BESTSELLER

Juan Francisco Ferrándiz Pascual nació en Cocentaina (Alicante) en 1971. Es licenciado en derecho y actualmente ejerce como abogado en Valencia. Con anterioridad ha publicado la novela *Secretum templi*, escrita en valenciano. *Las horas oscuras*, su segunda novela, le ha granjeado un puesto entre los autores más conocidos del panorama literario nacional. *La llama de la sabiduría* ha supuesto su consagración en el género de la ficción histórica.

Biblioteca
JUAN FRANCISCO FERRÁNDIZ

La llama de la sabiduría

DEBOLS!LLO

Primera edición en Debolsillo: abril, 2016

© 2015, Juan Francisco Ferrándiz
© 2015, Penguin Random House Grupo Editorial, S. A. U.
Travessera de Gràcia, 47-49. 08021 Barcelona

Printed in Spain – Impreso en España

ISBN: 978-84-663-3279-8 (vol. 998/2)
Depósito legal: B-3.552-2016

Compuesto en gama, s. l
Impreso en Novoprint
Sant Andreu de la Barca (Barcelona)

P 332798

Penguin
Random House
Grupo Editorial

A Clara,
hija de una larga estirpe de damas valientes y
luchadoras. No olvides el lugar que ocupas en el
universo ni la poderosa luz que pulsa en tu
alma de diamante.

A la memoria de la condesa Anastasia Spatafora,
encargada de los niños expósitos del hospital de la
Santa Creu de Barcelona en los albores del siglo XV.
Por una fortaleza humana que el peso de los siglos
no ha logrado extinguir.

Debes saber que existe una razón muy especial por la que hemos venido, y que vamos a desvelarte: se trata de expulsar del mundo el error en el que habías caído, para que las damas y todas las mujeres de mérito puedan de ahora en adelante tener una ciudadela donde defenderse contra tantos agresores.

Pero yo, la verdadera Sibila, te anuncio que la Ciudad que fundarás con nuestra ayuda nunca volverá a la nada, sino que siempre permanecerá floreciente; pese a la envidia de tus enemigos, resistirá muchos asaltos, sin ser jamás tomada o vencida.

CHRISTINE DE PIZÁN,
La Ciudad de las Damas, 1405

PRIMA LECTIO

«¿Tienen alma las mujeres?»

Así es como todo empezó, con esta pregunta.

Una cuestión que sólo es producto de la degeneración de consideraciones formuladas en la Antigüedad, cuando Aristóteles afirmaba que las mujeres eran hombres defectuosos o Platón creía que el alma de éstas alcanzaba la perfección si se encarnaban en varón. Calificada de putífera, portadora del hedor y la putrefacción, la mujer se hundía con el paso de los siglos en un légamo de desprecio y pecado.

¿Eran aquellos pensamientos irrefutables? ¿Son ciertas las afirmaciones soeces de Boccaccio en su De claris mulieribus y las de otros tantos autores?

Al igual que Aristóteles rebatió a Platón y san Agustín pasajes de escritos de aquél, son merecedoras de reproche tales ideas, y de este modo tuve la oportunidad de descubrir la «Querella de las Mujeres», un debate intelectual que enfrentaba a autores desde hacía siglos. De Hildegarda de Bingen o Herralda de Hohenburg a otros posteriores como Juan Rodríguez del Padrón, Teresa de Cartagena y María de Zayas, por citar algunos, rechazaban las tesis misóginas y replicaban que los vicios son una inclinación que afecta por igual a individuos de uno y otro género.

Entre los querellantes destacaba por su acérrima defensa de la mujer Christine de Pizán. En su Cité des Dames levantaba piedra a piedra una ciudad imaginaria para ser habitada por grandes mujeres que, a lo largo de la historia, habían destacado en todos los ámbitos de la vida sin por ello obviar la esencia de su condición. Alentada por la Querella, pasaron por mis manos las memorias y los hechos de notables heroínas. Desde

13

sabias hasta reinas, de santas a guerreras o sanadoras, y todas ellas merecen ser recordadas por resultar esenciales para la humanidad. Una tarea que, mi querida hija, deberás acometer con tesón e interés, pues cambiará el modo de enfrentarte a los avatares de la vida.

Tras años de paciente lectura, a aquella primera pregunta («¿Tienen alma las mujeres?») se sumaba otra: ¿qué nebuloso sendero nos condujo a tal estado de postración? Detrás de las puellae doctae, sabias excelsas, del valor de las amazonas y de los mitos sobre diosas y heroínas aparece un rastro sutil, ignoto y atractivo, como perlas dispersas, ocultas en un laberinto intrincado y misterioso.

La «Querella de las Mujeres» es una lid intelectual, pero hunde sus raíces en misterios arcanos, sepultados bajo el polvo de los siglos a causa de la ignorancia, el fanatismo y un intenso miedo.

Como si se tratara del enigma de la Esfinge, su respuesta requiere de una gran dosis de tenacidad y, sobre todo, de la capacidad de abrir la mente y deambular por sendas que pueden rozar lo herético y lo prohibido.

Dos caminos se abren ante ti ahora, hija. Uno es conocido: el que espera a cualquier mujer de buena cuna, respetuosa con sus progenitores, fiel esposa, madre y, por último, discreta y retirada en la viudedad. El otro es brumoso e incierto: es el que hollaron las mujeres que han dejado su impronta en la historia. No siempre se distinguen, pues el camino del héroe es interior, secreto, pero siempre determinante.

Sólo si estás dispuesta a asumir ese riesgo y a convertirte en el custodio de tales misterios podrás adentrarte en las siete lectionis que te conducirán a través del laberinto. Tu vida se verá iluminada entonces por otra claridad, aunque te advierto que su poder puede atraer tanto a criaturas de luz como de oscuridad.

1

A hora debes empujar, niña! —ordenó la partera.

La luz de las velas distribuidas por la estancia brillaba en el semblante sudoroso de la muchacha. Tendida en el camastro estiró el cuello y contrajo las facciones haciendo un esfuerzo titánico. Lanzó un grito y se desplomó sin aliento sobre el lecho.

Desde la puerta de la habitación se oyó un jadeo ahogado, y la morisca, colorada, se volvió hacia la joven recién llegada, que observaba el parto con una mezcla de temor y emoción, aún con la capa oscura de viaje sobre los hombros.

—Bienvenida, Irene Bellvent. Contemplad el milagro de la vida.

—¡Fátima!

Irene se sobresaltó con el grito de una nueva contracción. La parturienta era una niña de quince años con el pelo grasiento y el rostro sucio y crispado por el dolor. Fátima fruncía el ceño mientras palpaba, provocándole alaridos.

—Por favor, secadme el sudor —rogó.

Irene pidió un paño de lino a una sirvienta y, nerviosa, enjugó la frente de la partera morisca. Las dos criadas que asistían el parto estudiaban con disimulo a la que sería la heredera del hospital. Con aquel simple gesto la joven demostró que seguía siendo la misma después de llevar tres años alejada de la casa.

Irene era la hija única del bachiller y *ciutadà* Andreu Bellvent, el propietario y administrador de En Sorell, uno de los catorce hospitales abiertos en la próspera capital del Reino de Valencia, en la que habitaban más de setenta mil almas; unos eran regentados por la ciudad y otros auspiciados por nobles o burgueses piadosos. No obstante, salvo el De la Reina y En Clàpers —para enfermos de cualquier dolencia o heridos—, el de San Antonio —para aquejados de «fuego maligno»—, el lazareto de leprosos, el orfanato Dels Beguins y el de furiosos, llamado Dels Ignoscents, los restantes eran hospicios para peregrinos y mendigos con unos pocos catres que ofrecer, o bien acogían sólo a miembros de alguna cofradía o a clérigos. A pesar del continuo aumento de la población, entre todos estos hospicios y casas de salud apenas se contaba con doscientas camas para cumplir con el deber cristiano de atender a los enfermos.

En Sorell se fundó el último, treinta años atrás, sin distinguir entre menesterosos o dolientes, pues los físicos atribuían a ambos la misma causa divina y sólo diferían en los efectos y el paliativo. Pronto la buena labor de los Bellvent y sus médicos alivió el hacinamiento de los ingresados en los otros hospitales. Mientras tanto, el Consejo de la Ciudad demoraba la decisión de adoptar la propuesta planteada años atrás de fundar un Hospital General donde atender a un mayor número de enfermos sin la dispersión existente, fuente de dificultades y conflictos.

La carta que había motivado el regreso de Irene desde Barcelona explicaba que su padre estaba enfermo. Había llegado a Valencia con la caída de la noche, entrando por el Portal de Serrans justo antes del cierre de las puertas de la ciudad amurallada. Sabía que debía subir sin demora a las dependencias familiares, pero apenas hubo cruzado el portón del hospital oyó los alaridos desde la sala de curas y se contagió de la tensión que se respiraba. Era la energía palpitante de aquel lugar tal como la recordaba. Quedó atrapada observando el parto.

El pecho de Irene palpitaba con fuerza al ver las manos manchadas de sangre de la partera. El viscoso fluido la hizo sentirse de nuevo en casa, pero ya no era la muchacha ingenua que marchó tres años atrás a Barcelona para recibir educación de dama burguesa bajo la tutela de la noble doña Estefanía Carròs y de Mur.

Desde que tenía uso de razón, tenía la convicción de que En Sorell era su sitio. Los años y la distancia sólo habían acrecentado la certeza de que la lid contra las dolencias o la pobreza era su propia lucha.

Fátima volvió a introducir la mano y arrugó el entrecejo; algo andaba mal.

—¡Isabel, más luz!

La criada acercó una vela.

—Llamad a Peregrina, ¡rápido!

—Pero...

—¡La criatura no puede salir!

Irene confirmó la orden asintiendo. Su padre ya habría tenido noticias de su llegada, pero ansiaba ver de nuevo a la anciana Peregrina Navarro, una de las pocas mujeres que poseían licencia real para ejercer la medicina en toda la Corona de Aragón. Especialista en partos y dolencias femeninas, fue quien la trajo al mundo diecinueve años atrás y vivía en el hospital desde su fundación.

La anciana entró caminando apoyada del brazo de un apuesto joven.

Irene, que se había situado en un rincón para no molestar, se emocionó al ver a Peregrina. Desde allí no podía contemplar el azul intenso y profundo de sus ojos, que destilaban sabiduría y una intuición especial que algunos sanadores llamaban «gracia». A sus setenta años, la mujer tenaz y exigente que recordaba ya languidecía, pero se sentía aún la fuerza de su espíritu. Era respetada entre físicos y cirujanos del Reino de Valencia, aunque nunca recibiría honores ni sería calificada de maestra.

Luego observó con interés al joven que la acompañaba; debía de rondar los veinticinco años. Tenía las facciones delicadas y unos ojos profundos del color de la miel que irradiaban serenidad. El cabello le caía sobre los hombros en bucles oscuros.

—Es Tristán —le susurró Llúcia, una de las criadas, con una leve sonrisa—. Vuestro padre lo contrató hace un año como celador.

—¡Lavadme las manos! —exigió Peregrina, hosca. La orden evocó viejos recuerdos en la joven—. ¡Ya sabéis que antes de hacerlo, nunca se toca una herida!

Luego se inclinó con dificultad ante el lecho y palpó a la parturienta.

—Tristán, no te vayas y sujeta a la muchacha para que no se mueva.

—¿Un hombre presente en un parto? —inquirió Irene, estupefacta.

Peregrina se envaró y se volvió hacia ella.

—¿Irene?

Asintió, sobrecogida por el brillo intenso de los ojos de la anciana, pero no halló en su mirada el calor esperado ni vio formarse una sonrisa en sus labios finos y pálidos.

—Acabo de llegar de Barcelona.

—¡No debiste venir! —le espetó con sequedad Peregrina—. ¿Lo sabe tu padre?

La joven se disgustó ante la reacción inesperada. Nunca se había mostrado así con ella.

—Aún no lo he visto.

—Deberías subir, sin falta…

Iba a continuar, pero un grito agónico de la parturienta interrumpió la conversación.

—¿Por qué no da a luz en su casa? —siguió Irene, mirando a las criadas.

—Es una *fembra pecadriu*, prostituta en el Partit —explicó Llúcia, un tanto avergonzada—. En los hostales de la mancebía no está bien visto parir, pues espanta a los clientes. Con las primeras contracciones su rufián la ha abandonado en la Casa de les Repenedides.

Irene asintió, compasiva. Valencia era una ciudad de contrastes. Tras la ruina de Barcelona a causa de la guerra contra el rey Juan II hacía quince años, se había convertido en el principal puerto de la Corona de Aragón y vivía una época de esplendor visible en edificios en construcción como la Lonja de la Seda, signo de la prosperidad comercial, y ostentosos palacios de la nobleza rural cuyos miembros se instalaban en la ciudad junto a los de la alta burguesía formada por comerciantes y financieros que aspiraban a serlo, formando una verdadera corte de rivales pomposos. Con todo, también prosperaban lugares sórdidos como el Partit, un conjunto de callejuelas aislado dentro de la muralla que se había convertido en el mayor burdel de los reinos de Europa.

La inmoral actividad era controlada por el justicia criminal, encargado tanto de juzgar los delitos penales como de la vigilancia. Cada semana un médico revisaba a las *pecadrius* a costa del erario público para apartarlas del oficio en caso de estar enfermas. Se velaba por la salud de los ciudadanos, pero ellas malvivían endeudadas con sus caseros y esclavizadas por rufianes a pesar de las prohibiciones de los fueros. Muy pocas acudían para cambiar de vida a la Casa de les Repenedides, cuya función se reducía a confinarlas durante la Semana Santa, por estar prohibido ejercer, y a recogerlas si estaban enfermas o preñadas. En Sorell era el único hospital donde se las atendía sin reparos.

Irene se acercó a la cabecera y acarició la frente de la muchacha. Tenía gravadas las marcas de la miseria en forma de cicatrices y hematomas.

—¿Cuál es tu nombre?

—Ana, señora —musitó jadeando.

—Yo me llamo Irene Bellvent.

—¿Sois la hija de Elena?

—Así es, pero ella murió el año pasado.

—Hay bondad y compasión en vuestros ojos. Seguro que no es cierto lo que dicen de vuestra madre… —Su mirada destilaba temor—. Gracias por acogerme. Si es niña, se llamará Irene.

—¡Tiene estrechez pélvica! —gruñó Peregrina tras la exploración.

—Entonces las perderemos —sentenció Fátima.

Ana gimió desconsolada. Ignoraba lo que significaba aquello, pero no parecía nada bueno.

—¡Sacádmelo, por Dios, os lo ruego! —gritó desesperada mirando al techo.

—Irene, tranquilízala —indicó con serenidad Peregrina—. ¡No te preocupes, vivirás!

—¿Para qué darle falsas esperanzas? —adujo Fátima, sombría—. Mejor que encomiende su alma pecadora.

—Vamos a abrirla.

—¿Una cesárea? —La partera gesticuló; estaba espantada—. ¡Nacerá un hijo del diablo!

—Así lo afirman los físicos árabes, pero Ana es cristiana y la prioridad es sacar al infante vivo para bautizarlo. —Clavó sus intensos ojos azules en una sobrecogida Irene—. ¡Además, estamos en En Sorell, y trataremos de salvar también a la madre!

—Peregrina, vuestro pulso ya es tembloroso… —adujo Fátima, pávida.

—Lo harás por mí. Eres hábil, sabes coser con rapidez y precisión. Eso sí, debes lavarte antes.

—¿Lo habéis hecho alguna vez? —quiso saber Irene, sin aliento.

Peregrina levantó el rostro hacia la cabecera y la miró pensativa.

—Una vez, hace mucho tiempo… Entonces logré que la madre viviera, ¡y hoy también! Llúcia, ve al dispensario y trae la ampolla de vidrio azul del rincón. Isabel, necesito una navaja filuda y otra roma para el útero, bien limpias, muchos paños, hipérico, agua de eléboro y cloruro de mercurio. ¡Vamos, rápido!

Las criadas, desconcertadas, marcharon raudas y regresaron con todo aquello que la anciana les había pedido. Peregrina destapó la ampolla azul y un fuerte hedor inundó la sala.

—Es éter. Muy difícil de destilar. Es una mezcla peligrosa… pero un certero camino hacia la oscuridad.

Ana se retorció, dominada por el pánico, y Tristán la sujetó cuando Llúcia le aplicaba bajo la nariz un paño humedecido con el líquido. Se resistió hasta desvanecerse.

—Cada vez que se mueva, usad el éter. —Luego se dirigió a la atemorizada Fátima—. Debes hacerle una incisión de seis pulgadas en el costado izquierdo para no dañarle el hígado, donde reside el «espíritu natural». No hundas la hoja. Después corta el útero con la navaja roma. No vaciles en el momento de sacar a la criatura y la placenta. No respires ni tosas. Finalmente coserás enseguida el útero con hilo de seda.

—Pero los médicos desaconsejan hacer eso…

—Y por tal razón las mujeres en estos casos acaban desangradas. Hay que suturar ambas heridas, ahí está la clave. Es muy delicado, y la madre suele morir. Irene, reza por la niña y su retoño.

Ella acarició el rostro de la muchacha mientras observaba con pavor que el filo abría el costado y la sangre se derramaba hasta manchar el suelo. Peregrina, con gesto concentrado, acercaba sus manos a las de Fátima y susurraba instrucciones precisas acerca de cómo realizar el corte. Irene tuvo la absurda sensación de que los dedos sarmentosos de la anciana guiaban sin tocar los de la aterrada morisca. Desde niña había oído hablar de aquella combinación de conocimientos médicos e intuición que hacían de Peregrina una sanadora especial. Una descarga de energía la recorrió, acelerando sus latidos.

La piel de Ana se tornó macilenta y fría. La criada Llúcia, con años de experiencia, introdujo las manos para protegerle los intestinos y la vejiga. Fátima extrajo a una niña, que lloró débilmente. La morisca susurró una oración y, con lágrimas en los ojos, se la entregó a Isabel, la otra criada, de dieciséis años.

Peregrina, con gesto adusto, señalaba la herida y explicaba cómo coser la pared del útero. Al final aplicaron el cloruro de mercurio en emplasto para desinfectar.

—¿Respira? —demandó Peregrina con cierta ansia.

Irene, tensa, se inclinó sobre su rostro.

—¡Sí!

La anciana cerró los ojos, agotada. Las criadas cuchicheaban llenas de admiración.

—Si supera el derrame y la sepsis, quedará herniada para siempre… pero vivirá.

La cuestión que ninguna formuló era si su vida valdría la pena.

Durante una eternidad fueron secando la sangre, pero Ana, a pesar de la desnutrición, era fuerte y resistía. Peregrina se acercó y le palpó el cuello.

—Tristán, átala a la cama. Cuando despierte debe permanecer inmóvil durante varios días. Dadle el eléboro en tisanas, pero no superéis la dosis o la mataréis.

La criatura seguía llorando. Isabel lavó las manos teñidas de rojo de las dos protagonistas con la reverencia de un acólito, e

Irene, temblando de emoción, supo que había presenciado un milagro. Su padre la había enviado a Barcelona para alejarla de aquel ambiente de enfermedad y muerte, pero esa noche quedó unida al destino de En Sorell por un vínculo de sangre y sudor que jamás podría quebrar.

Frente a ella Tristán, sin pronunciar palabra, estaba pálido e impresionado. Ambos se miraron, compartiendo aquel momento intenso que jamás olvidarían. Sin poder evitarlo, Irene se echó a llorar y besó la frente de Ana, que se aferraba a la vida con ansia. Mientras, Llúcia, la criada, abrió la sucia camisa de la muchacha.

—Será necesaria una nodriza —masculló preocupada al constatar su delgadez.

Tristán aprovechó para retirarse en silencio; Irene, sin embargo, permaneció junto a la joven madre, incapaz de abandonarla. Buscarían una *dida* para amamantar a la criatura. El hospital contaba con varias amas de cría, pero cada una de ellas ya atendía a dos o tres niños.

Llamaron a la puerta y se asomó un joven con ropas de criado.

—¡Eimerich! —exclamó Irene.

—Me alegro de veros —la saludó comedido. Luego miró a la muchacha inconsciente y su semblante se apagó—. ¿Vivirá?

—Eso espero —indicó Peregrina, pensativa—. Aún es pronto para saberlo.

—Irene, por favor, acompañadme. Es vuestro padre.

La inquietó la expresión grave del recién llegado y se separó de la cama.

—Llúcia —ordenó—, cuando terminéis, aviva el fuego del hogar, pero apaga todas las velas menos una. No podemos malgastar sebo.

La estancia estaba bien caldeada, y en el patio el intenso frío la dejó aterida. Era un mes de diciembre especialmente severo en el reino. Irene se abrazó a Eimerich sin atender a las normas de comportamiento aprendidas. Era un criado, pero habían sido buenos amigos en la infancia. El joven al principio se contuvo, si bien acabó correspondiéndola.

—Es vuestro padre —repitió—. Se muere.

Irene sintió que el corazón se le detenía.

—¡No puede ser! En la carta sólo decías que había enfermado. —El remordimiento por no haber acudido a su lado enseguida la aturdió—. ¿Tan grave está?

—Ha empeorado en estas últimas horas. Pronuncia frases sin
sentido, y los médicos creen que ha perdido el juicio. Será mejor
que subáis, tal vez no pase de esta noche.

En los tres años de ausencia de En Sorell, Irene sólo había
regresado una vez, a finales de septiembre del año anterior, para
asistir al entierro de su madre. Cuando llegó ya la habían enterrado, sólo pudo llorar y rezar sobre la fría losa de su tumba. Se an-
gustió mientras ascendía la escalinata de piedra desde el patio hasta la galería superior. En la sala de curas había vencido la vida,
pero la muerte exigía su tributo esa noche y aún acechaba el hospital.

2

Irene corrió por la galería superior, que se asomaba al patio, hasta las dependencias del administrador, llamado «mayordomo» en los hospitales por ser la máxima autoridad. Tembló al asir la manija de hierro. La breve misiva que había recibido no vaticinaba un desenlace tan terrible. Había regresado convencida de que su padre sanaría y podría unirse a él en la batalla por la esperanza que cada día se lidiaba en En Sorell.

Todos los hospitales de la ciudad, además del mayordomo, que era siempre un varón, contaban con un matrimonio que ejercía de *spitalers*: encargados de acoger a los enfermos, organizar las cuadras donde eran alojados, darles sustento y ayudar a los médicos que los visitaban a diario. En Andreu Bellvent recaían excepcionalmente los dos cometidos, si bien la muerte de su esposa, Elena, el año anterior suponía una irregularidad al faltar la *spitalera*. Irene regresaba dispuesta a asumir la función que tuvo su madre. Ya no era una niña, y su padre debería aceptarlo. Confiaba en que el consejo del hospital también lo aprobara, pero la inesperada gravedad de Andreu no sólo la desgarraba de dolor, sino que ponía en peligro su aspiración.

Una vez que se halló en las dependencias donde había vivido hasta su marcha a Barcelona, una pequeña sala común y dos aposentos, pasó al de su padre. El murmullo del rezo la estremeció; eran oraciones del *Ars moriendi* para invocar un buen tránsito.

En la austera habitación, Andreu yacía en el camastro que la vio nacer. Se retorcía aferrándose el vientre, con el rostro macilento y perlado de sudor. Estaban presentes sus amigos y colaboradores de En Sorell: los físicos Lluís Alcanyís y Joan Colteller, el cirujano Pere Spich, el procurador del hospital Joan Dandrea y micer Nicolau Coblliure, abogado y asesor del enfermo. Dos de los tres hermanos de su padre residían en Gandía y el tercero vivía en Burgos; ya estaban en camino, y se había mandado mensaje también a otros parientes. En un rincón rezaban, lacrimosas, algunas criadas: Arcisa, la más veterana con funciones de ama de llaves; Magdalena, la esclava cocinera, y la joven Isabel, que había ayudado en el parto de la *pecadriu* Ana.

Los médicos, entre susurros, comentaban admirados la nueva gesta de Peregrina. Sólo *mestre* Joan Colteller criticaba la obsesión por la higiene de la física, pues, a su juicio, retrasaba las intervenciones y podía provocar el desangrado. Con ironía lo achacaba a la tendencia de las mujeres a la parsimonia y la distracción.

El ambiente lúgubre se acentuó al entrar la hija, desencajada. Irene se arrodilló junto a la cama y tomó la mano ardiente de su padre. El hombre reaccionó al contacto y abrió desmesuradamente los ojos. Con mirada febril recorrió las vigas del techo.

—*Audite quid dixerit… Iudicii signum* —dijo entre jadeos y mostrando una sonrisa extraña, como si estuviera contemplando a alguien allí arriba—. *Secreta, atque Deus reserabit pectora luci.*

—Lleva musitando esas frases desde hace un día —explicó Eimerich, abatido, situándose al lado de la joven.

—Son las palabras esculpidas en la tumba de mi madre, en la iglesia de Sant Berthomeu —explicó Irene, desolada—. ¡Padre!

Una mano rozó el hombro de la joven. Era Lluís Alcanyís, uno de los mejores médicos de Valencia y, por deseo del Consejo General, examinador de los físicos que querían ejercer en la ciudad. Era buen amigo de Andreu y no enmascaró su propia desolación.

—Ocurre a menudo con la fiebre. La realidad se torna difusa y aparecen los delirios.

Una lágrima se deslizó por el ajado semblante del moribundo, y su hija rompió a llorar desconsolada, besándole la mano.

—Aún recuerdo tu nacimiento, Irene —prosiguió abatido el médico—. Fue un parto terrible, de los que sólo Peregrina es capaz de atender con éxito.

—En esta casa se han vivido grandes momentos… y muchos otros están aún por acontecer. Siempre he deseado formar parte del hospital.

Alcanyís la observó con atención.

—Tienes la misma inclinación que tu madre por esta labor. De pequeña preferías sostener los paños a Arcisa cuando ésta limpiaba pústulas, en lugar de jugar con otras niñas.

Irene miró a su padre y refirió con amargura lo que pensaba:

—Por eso me mandaba largas temporadas a Gandía con la tía Damiata y a la escuela para niñas de doña María de Centelles.

—¡Debes entenderlo! No quería que crecieras entre heridas infectadas, cuerpos ardientes y niños infestados de piojos. Ahora eres toda una dama.

—Entonces ¿mi vida ha de limitarse a bordar, complacer al esposo y parir hijos? —inquirió entre sollozos—. ¡Puedo hacer todo eso y trabajar en En Sorell!

Alcanyís se volvió. A su espalda los hombres reprobaban con expresión adusta el tono irrespetuoso empleado por la joven.

—Este lugar no es tan luminoso como crees —indicó el abogado Nicolau Coblliure.

—¡Siempre trató de alejarme de aquí y de mi madre! —le espetó Irene.

—Fue por tu bien. Elena lo sabía y, aunque sufrió por ello, tuvo que aceptar que era lo más prudente —afirmó Nicolau, comprensivo—. En Sorell guarda secretos y tragedias que no es posible enterrar…

Ella negó con los ojos arrasados en lágrimas. Era consciente de que su manera de comportarse ante los presentes era inadecuada, pero el sufrimiento le nublaba el juicio.

—Con doña Estefanía Carròs, en Barcelona, además de labores y comportamiento he aprendido gramática, aritmética, historia y filosofía. Pero la distancia me ha hecho comprender que mi vocación es suceder a mis padres al cargo de este hospital.

—No olvides que eres sólo una doncella —adujo el físico Joan Colteller, condescendiente ante el idealismo de la joven.

—Mi tutora me demostró que una mujer puede hacerlo igual, y me hablaba a menudo de la condesa Anastasia Spatafora y de su labor con los niños expósitos del hospital de la Santa Creu de Barcelona. Ha pasado casi un siglo y aún se la recuerda. —Su mirada refulgió y, sosteniendo la mano de su padre, se dirigió a él—: Estoy preparada.

—Me temo que eso lo decidirá el consejo del hospital, Irene —concluyó Nicolau observándola con pena.

Llegó fray Ramón Solivella, el franciscano que atendía a las almas del hospital, y otro monje, casi un anciano, con el hábito negro y el escapulario blanco de la Orden de Predicadores al que Irene no conocía. Se llamaba Edwin de Brünn y, según le explicaron, solía dirigir encendidas homilías a los enfermos en la capilla.

Al rumor de los rezos, Andreu Bellvent jadeó y parpadeó. Alcanyís le puso bajo la nariz un paño que exhalaba un fuerte olor a mentol. Irene le acercó una escudilla con vino en el que flotaba un polvillo gris. El enfermo, tras beber un sorbo, la reconoció y sus labios temblaron mientras rozaba un mechón de la melena cobriza de su hija.

—Irene, busca la caja… —Los hombres se acercaron, y Andreu contrajo las facciones—. Una caja blanca… como la tuya, ¿te acuerdas? —gimió y arqueó la espalda. Tenía el vientre hinchado—. Encuéntrala o la perderás para siempre… Lo demás ya no importa…

—¿A qué os referís, padre? —demandó aterrada.

Andreu calló al ver al resto de los presentes. Sus ojos destilaban terror y el tiempo se agotaba.

—Hija…, te quiero.

El anciano se desplomó sobre el camastro y comenzó a susurrar frases incoherentes. Irene notó el ardor de nuevas lágrimas en sus mejillas.

—¡Padre! —exclamó desgarrada. Sentía que lo estaba perdiendo para siempre.

—Ninguno de los purgantes ha obrado efecto —indicó Lluís Alcanyís situándose en la cabecera del lecho. Negó con la cabeza—. Agoniza.

No lograron que recuperara la consciencia. Irene apoyó la frente en la mano flácida de su padre.

—Os juro que seguiré aquí y que seré una digna heredera de lo que emprendisteis…

Los médicos intentaron despertar al moribundo para que se confesase y recibiera los óleos mientras los monjes, musitando oraciones, extendían sobre una banqueta el hábito de franciscano que serviría de mortaja a Andreu Bellvent. La joven no pudo resistirlo y se dejó caer al suelo llorando. Arcisa ordenó a Isabel que se la llevara. Las criadas asistían con pena al final de su señor y al incierto futuro de aquel hospital que era también su hogar y su sustento.

Irene bajó en silencio a las cocinas con Isabel, quien no sabía muy bien cómo tratarla, pues la habían contratado tras su marcha. Le preparó una tisana caliente de salvia, y acto seguido le pidió permiso para retirarse y hacer la ronda por las cuadras. Los enfermos y los hospedados solicitaban continuamente conocer el estado del mayordomo y también rezaban por su alma.

La joven se sentó en una banqueta mientras trataba de asumir la inesperada situación. Su padre, siempre reservado, le había pedido algo que no entendía. Tal vez fuera un delirio más. La duda la corroía, pero la desesperación se impuso. Apenas un año antes había llorado la pérdida de su madre, y ahora debía afrontar el hecho de quedarse huérfana. Elena no tenía más parientes, y los tres hermanos de su padre vivían lejos con sus familias. Ansiaba poder abrazarlos; se sentía profundamente sola, y a su dolor se sumaba la incertidumbre de si sería la única heredera de Andreu Bellvent.

La propiedad de la casa sería suya, pero la supervisión de En Sorell estaba sometida al consejo del hospital y, como ya le habían recordado, ella sólo era una joven soltera. Había jurado a su padre moribundo algo que quizá no podría cumplir. Sin embargo, la descarga de energía que había experimentado durante el parto por cesárea aún ardía en su alma. Miró las paredes amarillentas de la cocina: lucharía por En Sorell, por aquello que sus padres crearon.

Reconfortada por la salvia, Irene salió al patio para serenarse antes de subir de nuevo al aposento de su padre y acompañarlo en el tránsito. Desolada, observó los dos cipreses con bancos de piedra alrededor y el pozo en el centro. Le gustaba pensar que la casa estaba viva, que crecía y que, a veces, enfermaba como sus internos. Tuvo una infancia feliz allí, austera pero sin estrecheces; pronto todo iba a cambiar.

En Sorell se encontraba alejado de las calles próximas a la catedral, con sus regios palacios de arcos ojivales y bellos artesonados. Se ubicaba en una pequeña plaza llamada de En Borràs,* de la parroquia de Sant Berthomeu, cerca del arrabal morisco, en el corazón angosto de la urbe, entre callejuelas tortuosas del tiempo de los árabes. La casa de la familia Bellvent se construyó aprovechando una de las antiguas torres de la muralla sarracena, engullida por la expansión urbana. Al convertirse en hospital, adoptó el nombre del rico mercader que contribuyó y estableció beneficios perpetuos: Tomás Sorell, señor de Geldo y financiero del rey Juan II. Su escudo lucía sobre el arco carpanel de la entrada, al lado del emblema del establecimiento: una dama hierática sentada sobre un laberinto.

Andreu y Elena Bellvent abrieron las puertas de En Sorell a principios de la década de 1460 para atender a enfermos y hospedar a mendigos. Se acogía a todos sin distinción, incluso a judíos y a moros, pero el carisma de Elena, la pericia de Peregrina para tratar los humores del cuerpo femenino, así como el buen uso de la farmacopea árabe y cristiana pronto atrajeron a damas aquejadas de graves dolencias, tanto nobles como criadas. Otros galenos se unieron con entusiasmo aprendiendo de la física, avalada por su licencia real, y en el año 1471 se adquirieron las casas colindantes y En Sorell se convirtió en un edificio que podía albergar unas

---

* En la actualidad la plaza se llama de Beneito y Coll. El hospital En Sorell se hallaba en el lugar que hoy ocupa la casa con el número 3.

cuarenta almas. Si los donativos y los beneficios de los censos se cobraban sin demora, solía estar bien avituallado de comida, hierbas y fármacos.

Irene se topaba con mil recuerdos en cada rincón. A los lados del portón de entrada estaba la pequeña recepción, con los registros, y un almacén. De allí se pasaba al patio rectangular, fresco y silencioso, que daba acceso a las dependencias principales. A la derecha se hallaba el dispensario, la sala de curas y la estancia con bañeras de bronce; al fondo, las estrechas habitaciones de los criados y la puerta del huerto, que lindaba con la iglesia de Santa Cruz, donde se ubicaban las letrinas de madera. A la izquierda se encontraban las cocinas, un amplio comedor y la antigua torre árabe consagrada como capilla dedicada a los Santos Médicos, Cosme y Damián. Del mismo patio, una escalera de ladrillos conducía a la galería superior con balaustrada de piedra que lo circundaba. En esa planta estaban las cuadras comunes de los internos, separadas por sexos, la llamada «de calenturas» y tres individuales, una de estas últimas ocupada por Peregrina, y por último, las dependencias de los Bellvent, que como propietarios y *spitalers* tenían la obligación de vivir allí.

Era un edificio austero, sin la cantería de las casas pudientes, pero, a diferencia del resto de los hospitales de la ciudad, cada año lo encalaban, y Peregrina exigía que estuviera siempre limpio y desinfectado. Además de los hospitaleros y los físicos, En Sorell era atendido por tres criadas: Arcisa, Llúcia e Isabel, la más joven; también contaba con Eimerich, el asistente del administrador; con Nemo, un morisco negro que hacía de portero y celador, y con la esclava Magdalena, ocupada en la cocina. A ellos se había unido más tarde el apuesto Tristán.

—¡Irene! —gritó una voz infantil desde el otro extremo del patio.

Tres pequeños corrieron hacia ella, y la muchacha reconoció a la niña.

—¡María! ¡Dios mío, qué mayor estás!

—Ya tengo ocho años, señora. Ellos son Francés y Gaspar.

Irene la abrazó. María era expósita, abandonada en la parroquia de los Santos Juanes al nacer. Los otros, más pequeños, habrían llegado tras su marcha a Barcelona.

—Rezamos en la capilla por el señor Andreu, como ha ordenado fray Ramón —explicó María, mohína—. ¿Qué será de nosotros si fallece? ¿Volveréis a marcharos?

La joven, tan angustiada como ellos, se limitó a abrazarlos con fuerza. María comenzó a llorar mientras la criada Arcisa descendía por la escalera y se acercaba con gesto grave. Rondaba los cincuenta años y llevaba allí desde la fundación del hospital, por eso nadie discutía sus órdenes.

—Venid conmigo, niños —indicó abriendo los brazos para acogerlos—. Vamos a la cocina. Irene también tiene que rezar por su padre.

Siempre podían pescar algo de la despensa de Magdalena y se marcharon más animados. La muchacha agradeció la prudencia de la avezada criada y, tras permanecer pensativa un rato, una extraña sensación de desasosiego la llevó a la capilla.

La puerta se encontraba entreabierta y el interior estaba en penumbras, apenas iluminado por la luz del sagrario y unas pocas velas. Se sobresaltó al atisbar una sombra al fondo: una mujer enlutada rezaba sobre un viejo reclinatorio de madera frente al altar. Se inquietó ante la inesperada presencia, pero la curiosidad la venció. La dama lucía un brial negro de seda ceñido que resaltaba su figura esbelta y se cubría con un fino velo. Al volverse, Irene se quedó sin aliento. Podía rondar los treinta años, pero sus rasgos afilados poseían una belleza enigmática, de piel fina y pálida, que permanecía ajena al paso del tiempo. Sin embargo, la joven se turbó ante sus ojos negros, incisivos y gélidos.

—¿Quién sois? —le demandó, sintiendo que el vello se le erizaba.

La dama no respondió.

—¿Te has fijado en el retablo, Irene? —musitó tras un largo silencio. Su voz, aunque susurrada, denotaba seguridad—. Salvo las imágenes de los Santos Médicos todas las pinturas son de mujeres.

—¿Me conocéis? —preguntó, sorprendida de que la hubiera llamado por su nombre. Jamás la había visto.

—Sé muy bien quién eres —adujo la otra con el rostro vuelto hacia el retablo.

Intrigada, Irene observó el altar. Había estado allí incontables veces, pero admiró de nuevo el conjunto de madera dorada. Las imágenes de los Santos Médicos en la hornacina del centro no podían competir con la belleza de las pinturas de las santas Catalina de Alejandría, Ana, Bárbara y María Magdalena. En la parte superior del retablo destacaban diez figuras femeninas con rasgos angelicales, cada una bajo un pórtico de talla, ataviadas con túnicas blancas. Sostenían libros o leían ante un atril. Sus manos alzadas parecían contemplar los delicados frescos del techo abovedado que representaba un séquito de mujeres en actitud orante hacia un cielo poblado de ángeles.

—Son las diez sibilas —añadió la dama enlutada—: Cumas, Délfica, Frigia, Eritrea, Pérsica, Tiburtina, Samos, Libia, Helesponto y Cimeria.

—Lo sé —respondió intrigada Irene—. Fueron sabias de la Antigüedad que preconizaron la llegada del Redentor y el fin de los tiempos. ¿Quién sois vos?

La aludida mostró una sonrisa helada como única respuesta.

—Las pintó Francesco Pagano —prosiguió Irene—. Le sirvieron como bocetos de los ángeles músicos que decoran la bóveda del altar mayor de la catedral.

La dama de negro levantó un dedo pálido y señaló cada una de las profetisas.

—Sus rostros se asemejan porque el artista sólo usó a tres mujeres como modelos. Las tres han desaparecido… Una era Elena Bellvent. Te pareces mucho a ella…

Un escalofrío recorrió a Irene. Había heredado las facciones delicadas de su madre, pero nunca había reparado en la similitud con aquellas sibilas del retablo. Veía su reflejo en la cuarta profetisa, que redactaba los vaticinios junto a un pebetero.

—¿Qué recuerdas de ella? —le demandó la enlutada, inmóvil.

La pregunta la sorprendió, y enseguida brotaron las mismas dudas que la habían asediado desde su pérdida. El porte elegante de Elena Bellvent se veía empañado por un caminar dificultoso y su delicada salud, pero poseía un espíritu firme y luminoso. Su piedad por cualquier necesitado era la inspiración de En Sorell, pero Irene siempre había sospechado que la vocación de su madre no se inclinaba sólo hacia cuestiones de salud. El férreo empeño de su padre por mantenerla alejada de allí no hacía más que confirmarlo.

Durante su infancia únicamente reparaba en la febril actividad del hospital que tanto la fascinaba. Jamás supo interpretar el paso furtivo de mujeres cubiertas con velos cruzando el huerto en plena noche, la música y las conversaciones susurradas que se interrumpían a su llegada con una afable sonrisa llena de enigmas. La curiosidad por el cariz de tales encuentros sólo afloró cuando estudiaba en Barcelona bajo la tutela de doña Estefanía Carròs. Su tutora, dama piadosa y discreta del antiguo linaje Carròs, hija del que fue virrey de Cerdeña, no había tomado esposo en contra de la voluntad familiar y se dedicaba a educar a doncellas, a las cuales despertaba su curiosidad y su intelecto. La noble había manifestado sentir un profundo respeto por Elena, pero eludía las insistentes preguntas de Irene, quien sólo logró sonsacarle que era mucho más que una caritativa *spitalera*.

La muerte de su madre la dejó con una cicatriz en el alma y un gran silencio. Durante los pocos días que había podido estar en Valencia para rezar ante su tumba, su padre callaba como si le horrorizara hablar de ello e insistía en su regreso a Barcelona. Elena Bellvent era, pues, un misterio para ella, y no supo qué contestar a la enlutada.

—Esta casa es un lugar desviado, Irene —siguió la dama ante la elocuente callada dada por toda respuesta y su visible desolación—. Andreu hizo bien en alejarte, y ha llegado el momento de que el hospital se cierre para siempre, a pesar del deseo de Elena. He venido hasta ti porque sospecho que tu padre te ha confiado el secreto… Dime qué ocultaba y podrás marcharte en paz.

Irene comenzó a temblar, recordó la alusión a la caja blanca y tuvo la sensación absurda de que aquella mujer, con su mirada penetrante, podría leer su alma.

—He llegado tarde, mi padre sólo deliraba…

La otra sonrió, ladina; irradiaba tal fuerza que la joven retrocedió.

—Lo averiguaré de todos modos. Te he visto abrazar a esos tres pequeños. Rebosas bondad, pero tu presencia atraerá la desgracia sobre ellos y el resto.

Angustiada, iba a replicar cuando oyó que la llamaban desde el patio.

—¡Irene!

No deseaba permanecer más tiempo sola con la siniestra dama y salió de la capilla, aliviada. En el patio aguardaba Caterina, la hija del abogado del hospital, micer Nicolau Coblliure, quien permanecía junto al lecho de su padre. Amigas y aliadas desde la infancia, se abrazaron con fuerza compartiendo el dolor. Caterina era un año menor que Irene, de tez blanca, ojos del azul intenso del Mediterráneo, facciones delicadas y rubia melena. Ya se elogiaba su sensual belleza en los mentideros de la urbe y era una de las doncellas más codiciadas tanto por su gracia como por la nutrida dote que aportaría el prestigioso abogado. Aun con aquel sencillo vestido carmesí se adivinaba la mujer esplendorosa en que se había convertido.

—Me han dicho que habías llegado por fin. Siento lo de tu padre, Irene.

—Ven, ven conmigo. Hay una extraña mujer allí dentro… Tal vez la conozcas.

Caterina la miró intrigada. Juntas regresaron a la capilla, pero estaba totalmente vacía. Irene sintió que un escalofrío le recorría la espalda.

—¡No puede ser! ¡Estaba ahí, en el reclinatorio frente al altar!

—¿Estás segura?

—¡He hablado con ella! Vestía de negro. Era bella, pero sus ojos…

—¡Mira!

Una máscara de cartón cubierta de cera blanca yacía abandonada junto al viejo reclinatorio. Caterina palideció y la tomó con cautela. No tenía ningún adorno ni marca. Su aspecto mortuorio las llenó de inquietud.

—La ha dejado ella —dedujo Irene, consternada, y revisó la capilla circular, sin recovecos donde ocultarse. La única puerta era la del patio—. ¿Cómo se ha desvanecido?

—¿Sabes qué puede ser? —preguntó la hija del abogado estudiando la máscara.

—No. Me recuerda a las usadas durante el Carnaval. ¡No tiene ningún sentido!

Aterrada, relató a su amiga el encuentro y la velada amenaza. Caterina contempló pensativa el viejo reclinatorio antes de añadir:

—Parece que ha regresado. Mala cosa…

—¿La conoces?

—Tu padre nunca te ha explicado nada, ¿verdad?

Irene se retorció las manos.

—Sus cartas eran parcas y se referían al deseo de verme convertida en una doncella casadera —reprochó como si se dirigiera a su agónico progenitor—. Mi madre insistía en que pusiera interés en las lecciones de historia y de filosofía de doña Estefanía, pues teníamos mucho que compartir, pero murió inesperadamente. Llegué aquí cuando ya estaba enterrada y tres días más tarde me marché de nuevo con unos mercaderes de seda.

Caterina la abrazó, consciente de su abatimiento, y le habló con gravedad:

—Sé por mi padre que el señor Andreu vivía obsesionado por alejarte del hospital y tenerte ajena a lo que ocurría. Quería protegerte.

—¿Protegerme? Caterina, ¡dime qué está ocurriendo! ¿Quién es esa dama?

—Antes debo confesarte una cosa. Hace dos días escuché tras la puerta del despacho de mi padre una conversación que mantenía con *mestre* Joan de Ripassaltis, el médico *dessospitador** de la ciudad. Los síntomas que sufre tu padre pueden deberse a muchas

---

* Médico con funciones similares a las de un forense actual. Era una concesión nominal otorgada por el rey.

dolencias, pero también a la cantarella, un veneno a base de arsénico y vísceras putrefactas de cerdo. Peregrina recomendó administrarle bezoar, una piedra formada en el estómago de las ovejas que sirve de antídoto, pero no ha funcionado. Yo juraría que tu madre también comenzó a tener los mismos síntomas antes de…

—¡Dios mío! —Irene recordó el polvo gris disuelto en el vino que le había dado a beber. Se sintió desfallecer y tomó asiento en una banqueta situada al fondo.

—Mi padre está muy preocupado —prosiguió Caterina— y teme que se repitan los extraños hechos ocurridos cuando estuvo aquí esa mujer que dices haber visto…

—¡Explícate, te lo ruego!

—Por tu descripción, se trata de Gostança de Monreale. Ignoro cómo llegó a Valencia, pero estuvo alojada en el hospital durante el verano del año pasado. La vi una vez y, aunque no hablé con ella, jamás la olvidaré. Parecía aquejada de melancolía; aun así, sus ojos… A pesar de que estuvo poco tiempo aquí, estaba muy unida a tu madre y llegó a participar en los encuentros que mantenían ciertas damas en el hospital.

Irene sintió una punzada en el pecho. Aquello la intrigaba.

—¿Qué tipo de encuentros?

—Lo ignoro. —Caterina se sentó a su lado—. Pero supongo que sabes que tu madre no sólo se dedicaba a los humores del cuerpo. Algunas señoras, sobre todo nobles y ciudadanas cultas, buscaban otras curas en En Sorell, en especial las del alma. Creo que aquí encontraban lo que se les negaba en sus casas y en los púlpitos…

Irene inclinó el rostro avergonzada. Ignoraba aquello.

—De su pasado sé poco —barruntó ella—. Antes de casarse con mi padre la llamaban Elena de Mistra. Era griega, y huyó de Constantinopla en 1453, con apenas dieciséis años, en una carabela veneciana unas semanas antes de que los turcos asediaran la ciudad… Pero jamás hablaba de su pasado, los recuerdos la entristecían.

—Tu madre era para todos una mujer fascinante y sabia. —Caterina torció el gesto—. Pero como en tu caso, mi padre prefiere que me dedique a mis labores. Sólo puedo decirte lo que he escuchado tras las puertas. Ya me conoces.

—¿Y qué más has averiguado de Gostança?

—Mi padre calla. —Entornó su mirada azul—. Pero su llegada coincidió con algunas muertes repentinas y sospechosas.

—¡Dios mío!

—La noble doña Angelina de Vilarig fue la primera. Como sabes, era una gran valedora del hospital. Falleció a mediados de julio en su palacete de la calle de la Armería, cercana a la seo. Según De Ripassaltis, murió asfixiada.

—Me lo notificaron por carta, pero sin mencionar la causa.

—Luego, en la Virgen de Agosto, falleció sor Teresa de los Ángeles, una dominica del convento de las Magdalenas.

—¡Era íntima amiga de mi madre! Me escribieron con la triste noticia. La misiva decía que le falló el corazón. Rondaba los sesenta años —alegó Irene, desconcertada.

—¡Quién sabe! Las monjas callan; sin embargo, aún siguen aterradas. Los incidentes no pasaron desapercibidos y circularon rumores siniestros sobre En Sorell y su *spitalera*. Tu padre obligó a la señora Elena a dejar de reunir a las damas. Parecía un perverso ataque y las habladurías deformaron la realidad. Llegó a tildársela de bruja, pero las influencias de Tomás Sorell evitaron una perquisición del Santo Oficio, aunque ya habrás conocido al monje predicador fray Edwin; vela por la recta ortodoxia de la casa.

—Mi madre murió ese septiembre —musitó sin aliento Irene.

—Comenzó a sentirse mal. Peregrina indicó que era una infección, pero… Dicen que le había exigido a Gostança que se marchara. ¿Sospechó que estaba detrás de tanta desgracia? Nunca lo sabremos. —Caterina negó con la cabeza—. A esa mujer no se la vio más, aunque algunos pacientes de poco crédito aseguran que rondaba de nuevo el hospital cuanto tu padre enfermó. —Miró a su amiga, sobrecogida—. Ahora afirmas haberla visto tú…

Irene se pasó nerviosa la mano por la frente. Caterina continuó:

—Ha pasado un año, pero los recelos sobre En Sorell perduran y merman los donativos. Mi padre no cree que el hospital pueda financiarse por más tiempo.

Irene recordó el temor de Ana, la parturienta, al referirse a su madre y cayó en la cuenta de los escasos internos alojados esa noche, la mayoría de ellos mendigos.

—¿Micer Nicolau también cree que Gostança es la responsable?

—Sabes que mi padre es parco en palabras, sobre todo con su hija menor —afirmó con amargura—. Con todo, lo conozco bien y es obvio que tiene miedo. Como te he dicho, los síntomas del señor Andreu pueden deberse igualmente a males naturales. No soy dada a las fantasías, pero me pregunto si esa dama no maldijo En Sorell.

Irene se estremeció. Sentía el frío que impregnaba los viejos muros de la capilla. No había visto un espectro; Gostança estaba allí porque tenía algo pendiente con los Bellvent. Se fijó en la sibila semejante a su madre, así como en las demás. Creyó ver los rasgos de las fallecidas doña Angelina y sor Teresa, a las que conocía desde niña. ¿Fueron ellas las otras dos modelos para las pinturas? Recordó a su padre empleando sus últimas fuerzas para rogarle que buscara una enigmática caja blanca, algo que también parecía interesar a Gostança de Monreale. El desaliento la invadió.

—¿Quién eres? —musitó a la siniestra máscara de cera que sostenía.

Ambas jóvenes se miraron compartiendo un pensamiento. Sólo eran doncellas hijas de honorables ciudadanos; su destino era desposarse con algún maestro de gremio, un notario o un comerciante próspero, tal vez un *honrat* que vivía de las rentas de sus propiedades, sin trabajar. Su condición las hacía débiles e insignificantes, incapaces de enfrentarse sin tutela a un enigma que, al parecer, hundía sus raíces en secretos del pasado.

—Mi padre piensa que lo mejor es que regreses a Barcelona —dijo Caterina tras el largo silencio—. Quizá tenga razón. Eres una dama bien educada, bonita y con gracia. —Le guiñó un ojo—. Seguro que hay pretendientes con recursos para darte una existencia cómoda, y si vendieras esta casa reunirías una jugosa dote.

Irene recordó la cesárea que había presenciado a su llegada. Desde niña había querido participar en el desafío por la vida. Aunque estaba aterrada, no podía dejar que su mayor anhelo se le escurriera de entre los dedos, ni faltar a la promesa de su padre sin luchar. Casi oyó la voz de Elena en su interior, alentándola a seguir, a pesar de ser únicamente una mujer joven y sola.

Una voz imperiosa resonó en la capilla.

—¡Es la primera vez que te oigo decir algo sensato, jovencita!

—¡Peregrina!

Entró renqueante, en esa ocasión sin ayuda. Irene buscó sus manos.

—Haz caso a tu lenguaraz amiga —musitó la anciana.

—Peregrina, ¿atendisteis a Gostança?

La mujer se soltó como si el contacto la hubiera quemado.

—¿Cómo lo has sabido? ¡Maldita sea, Caterina! —Mudó la faz con una expresión de ira—. ¡Esa Gostança llevaba el demonio dentro! Lo supe en cuanto tu madre la trajo.

—La he visto —adujo Irene, espantada, y le mostró la máscara de cera.

La anciana se encogió como azotada por una racha de viento gélido.

—¡Deshazte de ella y olvídalo! Ya es tarde… —Bajó el tono de la voz—. Tu padre acaba de fallecer. *Requiescat in pace.*

3

Andreu Bellvent fue enterrado el día siguiente en un sepulcro nuevo, al lado de su esposa, en una sobria capilla lateral de la parroquia de Sant Berthomeu, junto a sus ancestros. El féretro fue portado por seis indigentes atendidos en En Sorell, acompañados por la Cofradía de Sant Jaume, *préveres* y acólitos.

Una multitud acudió a rendir un último homenaje al hombre que dedicó su vida a paliar la miseria en Valencia y consumió en ello sus bienes, pues a pesar de que las arcas de mercaderes, cambistas y maestros de gremios se llenaban de oro, en la mayoría de las doce parroquias en que la ciudad se dividía los habitantes sufrían las frecuentes crisis monetarias, la falta de abastecimiento o las epidemias en una urbe atestada y de ambiente húmedo como lo era Valencia. Asistieron varios miembros del Consejo General y oficiales que presentaron sus condolencias a la única hija del finado; demasiado joven para quedar huérfana.

No faltaron tampoco administradores, *spitalers*, cirujanos y físicos de los otros hospitales, dado que compartían conocimientos y fármacos en unos años en los que la sanidad había dejado de ser una prioridad y los recursos se desviaban a las obras de la Lonja o a embellecer los salones de la Casa de la Ciudad con artesonados y tapices.

Cinco días después de enterrar a Andreu Bellvent, Irene, con un sencillo vestido de terciopelo negro, permanecía sentada en el despacho de la suntuosa residencia del notario Bernat de Sentfeliu en la plaza del Ángel, esforzándose en mantenerse firme en aquel trance.

Sentía la ausencia de su padre, asediada por la amarga sensación de que, en parte, sus progenitores eran unos desconocidos para ella. La conversación con Caterina flotaba como un funesto interrogante y había ocultado la máscara de cera bajo su cama, sin atreverse a hablar de ello con nadie, excepto con Eimerich, quien recordaba bien a Gostança y no disimuló sus recelos. Nada figuraba de la dama en los registros del hospital ni hallaron su *consilium*, el documento donde el físico relataba los hábitos del paciente, los síntomas de su enfermedad, el diagnóstico y el tratamiento tanto con fármacos como con oraciones y penitencias.

En el despacho, ensombrecido por cortinas pardas de damasco, reinaba un ambiente tenso. Los cinco miembros del consejo rector del hospital En Sorell y la heredera aguardaban la lectura del testamento. Junto a Irene se sentaban el médico Lluís Alcanyís y Joan Dandrea, procurador del hospital, ambos nombrados albaceas del finado. Los tres miembros restantes del consejo eran dos abogados veteranos, micer Miquel Dalmau, que a sus casi sesenta años ostentaba el cargo de abogado de la ciudad, y micer Nicolau Coblliure, el padre de Caterina, que rondaría la cincuentena y que también gozaba del respeto de la élite urbana a pesar de su origen converso; el último consejero era el *honrat* Bernat Sorell II, señor de Geldo y Albalat, sobrino y heredero de Tomás Sorell, cofundador del hospital.

El notario notificó el testamento de Andreu Bellvent, con atenciones a su alma mediante limosna de cinco libras para pobres y un legado para misas en la capilla de En Sorell. Instituía a su única hija, aún soltera, como heredera universal, la emancipaba para tener libertad de disponer y exhortaba al consejo rector para que le permitiera seguir su labor, un asunto espinoso por su condición. A continuación se pasó a leer el hecho fundacional del hospital y la descripción detallada del edificio con sus enseres.

La vocación original de En Sorell fue asistir a los menesterosos enviados por los *bacins de pobres** de las parroquias, pero el

---

* Nombrados por cada una de las doce parroquias de la ciudad, se encargaban de recoger a los mendigos para llevarlos a los hospitales o a las casas de acogida.

matrimonio Bellvent, administradores y *spitalers* a perpetuidad, aliviaron la carga de los otros hospitales al asumir también asistencia sanitaria sin autorización expresa del Consejo de la Ciudad. Tomás Sorell estableció rentas para costear los honorarios de algunos médicos y cirujanos, así como de *dides* que amamantaran a los niños expósitos abandonados en las iglesias, sin descuidar la distribución de alimentos y medicinas.

En Sorell era ejemplo de buena gestión, aunque la crisis monetaria del reino y los luctuosos hechos ocurridos habían mermado los donativos y los legados.

En ese momento el notario miró con semblante arrogante a Irene.

—El consejo estableció hace unos años que el cargo de mayordomo sería hereditario y que los de *spitalers* los ejercería un matrimonio, según la costumbre. Cuando vuestro padre enviudó rogó un aplazamiento de este requisito, pero sabía que debía casarse sin demora o renunciar al desempeño de tal función. Por desgracia, Dios lo ha llamado a su presencia de manera inesperada. Vuestra situación obliga a cerrar el hospital o a cederlo a la ciudad para su gestión.

Irene se estremeció; había llegado el momento que tanto temía.

—Deseo que siga abierto. Soy la heredera.

—Del patrimonio sí, pero la administración está regulada por los estatutos —le espetó, molesto por la intervención de la joven.

Irene notó la mano de Lluís Alcanyís sobre la suya. El reputado médico le sonrió tratando de insuflarle fuerzas.

—¿Y no tengo la posibilidad de mantener el hospital?

Micer Nicolau, el abogado de su padre, la miró afable.

—Las normas son claras para todas las casas de salud de Valencia. El mayordomo debe ser hombre, *ciutadà* y de declarada honradez. En el caso de En Sorell, fundado por iniciativa particular y no del Consejo de la Ciudad, los cargos de administrador y *spitaler* recaían en vuestro padre. La *spitalera* debe ser la esposa del mismo, y se ocupa de las criadas, las enfermeras y las mujeres atendidas.

—¿Y qué puedo hacer? —Irene sentía que los ojos le ardían.

—Sois la heredera universal de la casa, pero una mujer no puede ser mayordomo y, de estar soltera, tampoco *spitalera*. El consejo ve conveniente que aceptéis la herencia y que la vendáis aprovechando que Andreu Bellvent así lo ha permitido.

—Por mi parte sigo sin estar de acuerdo —señaló Alcanyís con el ceño fruncido—. A Valencia siguen llegando gentes de otros reinos, el rey no ha devuelto aún los empréstitos concedidos a su padre, Juan II, para financiar la guerra contra la Diputación catalana. Ahora la confrontación contra el Reino de Granada nos exige un nuevo esfuerzo. Los hospitales están en una situación precaria, sin apenas ayudas del erario por destinarlas éste a obras suntuosas. Cerrar En Sorell significa dejar sin asistencia a muchos habitantes, en especial a los más desfavorecidos.

—¿Y qué sucederá con todos los ingresados? —demandó Irene con voz atiplada—. ¿Y los niños que tenemos al cuidado de *dides*?

—Se derivarán a otros hospitales —terció Joan Dandrea, el procurador.

—¡No pueden asumir tanta demanda! —adujo el médico.

Irene se levantó de la silla con el rostro enrojecido, a punto de llorar.

—¡Evitemos que se cierre! Puedo administrarlo, tengo la formación adecuada.

El notario dejó el testamento sobre la mesa, sin entender por qué se molestaban en dar explicaciones a una joven cuya actitud desafiante le parecía inadmisible.

—Te conozco desde niña —apuntó Nicolau condescendiente—. Eres como mi hija Caterina, que desea ser abogada… Pero las cosas no son así. Has sido emancipada; sin embargo, estás soltera.

Los hombres asintieron en silencio. Alcanyís miraba con atención a Irene, valorando en el brillo de sus ojos si realmente poseía el valor y las fuerzas para lo que pedía. Se dio por terminada la lectura, pero, al levantarse, el médico no pudo contenerse.

—¡Vamos, micer Nicolau! Sois un experto jurista, habladle del matiz en los estatutos que una vez me explicasteis.

El interpelado se envaró, tenso.

—¡Esta muchacha no tiene por qué pasar por eso!

—Me consta que lo hacéis por su bien, pero dejad que sea ella quien elija.

—Señores, les rogaría que se explicaran —adujo Irene, intrigada.

El procurador Joan Dandrea sacó la carta fundacional y se la entregó a Nicolau.

—En sentido estricto, cuando se produce la muerte del *spitaler*, para sucederlo en el cargo el heredero acreditará su condición de casado al rendir las primeras cuentas ante el consejo y el mestre racional del Reino de Valencia el día de San Antonio, a mediados de enero; es entonces cuando debe aportar los esponsales o las capitulaciones matrimoniales. Falta un mes aproximadamente para dicha formalidad.

—¡La joven está de luto! —estalló Miquel Dalmau, interviniendo por primera vez.

Irene se inquietó; nadie despreciaba las palabras del jurista que tantos cargos públicos había ejercido en la ciudad.

—Así es —apuntó Alcanyís con una sonrisa maliciosa—, pero la heredera cumpliría la obligación si presenta los esponsales en San Antonio, aunque el matrimonio tenga lugar un año después.

Las miradas convergieron en Irene, que permanecía paralizada en su silla. Estaban a mediados de diciembre; en un mes debía encontrar un marido a fin de no faltar al juramento hecho a su padre moribundo. La acometió una fuerte comezón.

Micer Nicolau la miró con intensidad.

—Irene, te has convertido en una bella doncella, que será codiciada por burgueses y hasta por nobles. El hospital está prácticamente en la ruina, y nadie querrá acompañarte en ese incierto viaje. Por otra parte, piensa en el drama personal que sufrirás si tomas por marido el hombre equivocado. Si renuncias a la gestión y vendes la casa, pagarás las deudas y con el remanente formarás la dote. Podrías entonces elegir esposo con calma, regresar a Barcelona… —En sus ojos la joven creyó atisbar aquel miedo del que Caterina hablaba y el deseo de protegerla de los oscuros enigmas que envolvían En Sorell—. Creo que la alternativa es muy precipitada y es posible que te amargue la vida. No le desearía algo así a mi propia hija. Piénsalo.

Irene abandonó la notaría aturdida, junto a Arcisa y Nemo, el celador, pero la sorprendió una caricia de sol que atenuó su angustia. Era un día claro y templado que invitaba a dejarse seducir por el bullicio de las calles y olvidar los problemas.

—Señora —musitó Arcisa. La conocía desde su nacimiento y nada se le escapaba—. Estáis de luto, debemos regresar a casa sin demora.

Ella asintió distraída y pidió ir a Sant Berthomeu para rezar ante la tumba de sus padres. A la salida, en contra de la voluntad de la criada, siguieron hasta la calle de Caballeros, cerca de la catedral, y admiró los magníficos palacios góticos de las familias más poderosas del reino como los Malferit y los Centelles, cerca de la Diputación y la Casa de la Ciudad, sede del consejo. Era la vía más pudiente, transitada por nobles decadentes, ricos mercaderes y damas elegantes con cohortes de lacayos. Irene recordó los palacios de Barcelona, cuya belleza seguía aún empañada por los desconchados y la suciedad. Era la diferencia entre la paz y la guerra.

Después de tres años de ausencia, por fin deambulaba por las calles que la vieron crecer. A pesar de las diferencias de clase de los que caminaban a su alrededor, Irene respiró el sentimiento de comunidad libre, alejada de las servidumbres feudales. El *Cap i Casal*, como llamaban a la ciudad, era considerada una república por sus ciudadanos, protegida por sus fueros y con un sistema de cargos anuales seleccionados de las doce parroquias para evitar los modos feudales del pasado.

En la plaza de las Carnicerías, detrás de la antigua iglesia de Santa Catalina, la asediaron mil olores, aromas o hedores según cada puesto, pero no se detuvo.

Por calles atestadas deambularon entre fardos de mercancías y junto a talleres con mesas dispuestas a la entrada. Irene reparó en una dama con una elegante saya encarnada, escote de pico y tocado blanco. Estaba con su hija en un puesto de especias y plantas medicinales. La mujer era joven, y noble a juzgar por el séquito de criados. Con paciencia enumeraba a la pequeña los nombres y aplicaciones de las hierbas y las flores secas de cada cesto: hipérico, lavanda, espliego… La niña pasaba sus dedos por ellas y las olía, asintiendo a su sonriente madre.

El corazón de Irene comenzó a palpitar. Elena había hecho lo mismo con ella. Todas las mujeres, como futuras madres, debían conocer los remedios naturales para su familia antes de acudir al apotecario. Era algo que compartían nobles y criadas.

Entonces comenzó a distinguirlas entre el gentío. Doña Estefanía le había hablado de ellas con orgullo: una viuda que regentaba un telar, una tabernera al frente del negocio mientras su esposo dormitaba ebrio en una banqueta, tenderas negociando con habilidad o monjas con breviarios que regresaban al convento.

Denostadas por arrastrar el estigma de Eva y rebajadas en los fueros y las leyes, esas mujeres anónimas encaraban la vida con fortaleza. Al contrario que ella, nunca habían oído hablar de Hildegarda de Bingen ni de Christine de Pizán, ni debatido sobre la «Querella de las Mujeres», pero al observarlas comprendió que eran la fuente de inspiración primigenia de aquel debate. Su tutora sugería que la fuerza que las impulsaba a enfrentarse a un mundo hostil manaba de algo muy antiguo y poderoso.

Supo qué fuerza interior había motivado aquel paseo: debía elegir entre avanzar o claudicar. En el hospital nada sería como antes, y la lucha por mantener la obra de sus padres estaría colmada de sacrificios. Los últimos retazos de su plácida existencia se diluían. Estaba aterrada, pero el fuego ardía vivo en su interior. Imaginó el semblante sereno de su madre en cada una de aquellas mujeres anónimas.

—Nemo —indicó pesarosa—. Regresa a la notaría de don Bernat y comunica mi decisión: que me busquen marido.

Con la mirada empañada cedió a la insistencia de Arcisa y regresaron a En Sorell.

4

Había anochecido, e Irene echó un tronco al fuego del hogar. Sobre la falda de su saya negra revisaba las cuentas del hospital. Habían pasado tres días desde la lectura del testamento y su voluntad flaqueaba. Volvió a la interminable relación de los gastos y los exiguos ingresos. Los censos y la aportación de los Sorell apenas podían hacer frente a los costes. En Sorell estaba cargado de deudas cuyos vencimientos cercanos planeaban como buitres. El prestigio del bachiller Andreu Bellvent atrajo donativos y alguna esporádica asignación municipal, pero nadie confiaría en el juicio de una joven dama. La situación resultaba desalentadora para cualquier pretendiente.

Angustiada, vagó por las estancias familiares penumbrosas por las telas negras del luto que cubrían las ventanas. Se sentía desamparada.

Aunque cerrara la casa a ella le quedaba la herencia. No tendrían la misma suerte los pacientes, los tres pequeños huérfanos que tanto la habían animado esos días, ni tampoco el personal. Pensó en las criadas: Arcisa, la de más edad, que estaba allí desde la fundación; Llúcia, prostituta *repenedida* que cada día se esforzaba en demostrar que nada quedaba de su vida anterior, y la joven Isabel, recogida en la indigencia hacía tres años. En cuanto a Magdalena, la cocinera, fue donada por Tomás Sorell para el hospital. Elena la liberó de inmediato, pero seguían llamándola «esclava». Luego estaban Nemo, el gigantesco negro de cincuenta años, un árabe de sonrisa franca y brillante que era los brazos del hospital, y el joven Eimerich, despierto e inteligente, al cargo del registro y los *receptarios* donde el apotecario anotaba el fármaco para cada enfermo; por último, el discreto Tristán, con quien Irene intercambiaba miradas sin apenas hablar.

A todos los aguardaba un futuro incierto lejos de allí.

Además de Peregrina, hacían la ronda diaria varios médicos por turnos, así como un barbero. El apotecario, Vicencio Darnizio, acudía cada tres días para reponer el dispensario, y Fátima, la partera, cuando era requerida.

Desolada, salió a la galería situada sobre el patio. Esa noche se alojaban en los cuadros ocho mujeres y cuatro hombres, algunos aquejados de fiebres o de infecciones.

Se cruzó con Llúcia, encargada del primer turno de la noche, que calculaban con los tañidos de las campanas del reloj alemán de la seo.

—¿Estáis bien, señora?

—Sí, gracias, Llúcia. ¿Alguna novedad?

La joven criada bajó el rostro.

—Ana se ha marchado hace una hora. Lamento no haberos dicho nada, pero ya tenéis bastantes problemas y… eso suele ocurrir con las prostitutas.

—¡Sólo han pasado ocho días y no fue un parto!

—Ha venido un *hostaler* del Partit, y ella ha cedido a su exigencia. —La situación le traía amargos recuerdos del pasado—. Creo que era su rufián.

—¿Y la recién nacida?

—Está con Mercedes, la *dida*. Dice que con quince sueldos al mes no es suficiente, que la amamantará por veinte.

—Pero ¡ése no es el precio acostumbrado!

—Señora, muchos querrán aprovecharse de la ausencia de vuestro padre.

Irene bajó la escalera con lágrimas en los ojos. Si ya aborrecía la idea de tener que casarse sólo por mantener el hospital, ahora comenzaba a dudar sobre su capacidad para gestionarlo. Tal vez el consejo rector tenía razón y su futuro no estaba allí. Sin rumbo, entró en el dispensario donde se preparaban los jarabes, las grajeas, los siropes y las mixturas. El alambique de destilación desprendía un fuerte olor a rosas. Era una pieza cara, la última inversión de su padre.

Se inclinó para contemplarse en la superficie bruñida de bronce. Había heredado las facciones delicadas de Elena, la cara ovalada, las cejas finas y los ojos grises, grandes y luminosos. Se tocó la melena cobriza, que en ese momento le caía descuidada sobre los hombros. Era esbelta y lucía con elegancia los vestidos sencillos de lino que habían sido de su madre. Ya llevaba años siendo consciente de las miradas de los hombres, en la iglesia o en los paseos que daba con las otras estudiantes de doña Estefanía, en Barcelona. Como todas, soñaba con casarse con un hombre apuesto, que la respetara y del que pudiera enamorarse con el tiempo. Nunca imaginó haber de dar aquel paso en tan sólo unos días, aunque en realidad no tenía ningún pretendiente, algo que ya vaticinó micer Nicolau y corroboraban las cuentas revisadas.

—Irene, ¿qué hacéis aquí?

La joven dio un respingo y vio a Eimerich en la puerta, observándola preocupado. Avergonzada, se enjugó las lágrimas.

—¿Cómo estáis? —continuó el joven.

El rumor sobre lo ocurrido en la notaría se había difundido entre los físicos, y su situación legal no era ya ningún secreto para los atentos criados.

—Me siento perdida, Eimerich —reconoció.

—Tal vez no sea el momento, pero os buscaba porque quería hablaros de lo que me encomendasteis.

Ella se acercó y bajó la voz.

—¿Has descubierto a qué caja blanca se refería mi padre?

Eimerich frunció el ceño.

—El señor Andreu guardaba documentos en una caja así, pero ignoro dónde la ocultaba. Es posible que esté en su cámara… salvo que fuera un delirio.

—Vi cordura en su mirada —afirmó con pesar Irene—. ¿Qué está ocurriendo, Eimerich?

Él recorrió el dispensario con la mirada.

—He sido testigo de cómo En Sorell se hundía en este último

año. —La observó; ahora ella era la señora y él, un mero criado—. Se lo debo todo a los Bellvent, y os doy mi palabra de que trataré de averiguarlo.

Apareció una leve sonrisa en el rostro de la joven.

—Mi padre diría que si hay alguien que puede hacerlo, ése eres tú.

Eimerich acogió con agradecimiento el halago. Era hijo de una prostituta que murió en el hospital al darlo a luz. Se crió y educó en Santa María, el orfanato Dels Beguins de la ciudad, pero a los ocho años ya podía trabajar y fue reclamado por la hermana de su madre y el rufián al que ésta mantenía.

En el Partit malvivió entre golpes y hambre. Cuando tenía doce años, malherido tras una terrible paliza, la Providencia hizo que regresara a En Sorell por ser el hospital más cercano. Al revisar los registros, Elena recordó el nacimiento de aquel muchacho y, siempre atenta a los extraños giros del destino, entendió su llegada como una señal.

Valencia, además de hospitales, tenía un desarrollado sistema asistencial para los más necesitados a través del *procurador dels miserables*, el *pare d'òrfens*, que atendía a los huérfanos, la Casa de les Repenedides y el *affermamossos*, encargado de buscar ocupación a jóvenes ociosos y evitar, así, que emprendieran un camino de delincuencia. Por mediación de este último lo contrataron en el hospital como criado. La *spitalera* no se equivocaba. Eimerich, honesto y discreto, poseía una mente lúcida y era capaz de recordar con facilidad largos textos. Al año ya redactaba con fluidez y sacaba cuentas. En aquellos tiempos para Irene fue como un hermano menor, aunque la distancia social entre ellos se hizo cada vez más evidente.

Siguió un espeso silencio que Eimerich quiso quebrar de algún modo.

—En la cocina hay tomillo aún caliente. ¿Deseáis que os traiga…?

—No es necesario, iré contigo.

Al salir al patio encontraron a Tristán. Irene se preguntó si los habría escuchado.

—Es una noche gélida, señora —indicó, un tanto cohibido.

Notó que el joven miraba su melena suelta mecida por la suave brisa nocturna y se la recogió con una mano con cierto rubor.

—Me parece que el hospital está más frío que nunca —dijo.

—El sol regresará igual que la calma, no lo dudéis —señaló Tristán con una curiosa seguridad.

Irene recordó la primera vez que sus miradas se cruzaron durante la cesárea, el momento en que la recién nacida comenzó a llorar en brazos de Isabel. Deseó de corazón que el hombre con quien compartiera su vida tuviera ese brillo en los ojos.

Permitió que Tristán los acompañara. Apenas sabía nada de él y la intrigaba. Sentados a la mesa, Eimerich rompió el hielo relatando anécdotas de los pacientes con su verborrea lúcida que arrancó sonrisas, pero cuando regresó el silencio Irene compartió su última preocupación.

—La madre primeriza, Ana, se ha marchado sin estar recuperada.

—Si no puede trabajar, la arrojarán a alguna acequia o la abandonarán de nuevo.

El tono frío de Eimerich la sobrecogió; sabía bien de lo que hablaba.

—¿Podríamos encontrarla?

Eimerich negó, incómodo.

—El lupanar es más grande de lo que parece y muy tortuoso. Los *hostalers* se protegen y las mujeres guardan silencio. Ésa es la ley allí.

—Los rufianes defienden con celo sus inversiones —intervino Tristán—. Nunca la entregarán si no es a cambio de algo.

—En su estado no vivirá mucho. ¡Tal vez ya haya muerto!

—Lo siento, señora —musitó Tristán, pensativo.

Irene iba a replicar cuando un estruendo en el patio ahogó sus palabras.

—¿Qué ha sido eso?

Al salir vieron a Nemo retrocediendo desde el portón ante cuatro sombras embozadas en capas oscuras. Dos lo apuntaban con espadas.

—¿Quiénes sois? —exigió la joven tratando de mostrarse imperiosa.

—¡Aquí tenemos a la hija de la bruja! —dijo el que parecía el cabecilla, con el rostro cubierto—. Sin duda lo más bello de este lugar lleno de pus y piojos.

A Irene le palpitaba el pecho. Tristán se adelantó, pero lo hostigaron con las armas.

—Se cuenta que buscas marido. Podría ofrecerme. Sería placentero retozar juntos…

—¡Déjala! —gritó Eimerich a su lado.

Uno de los embozados le propinó un golpe con el pomo de la espada que lo dejó sin sentido en el suelo. Irene gritó, espantada, y Tristán aprovechó la distracción para escabullirse hacia la puerta del huerto.

—¡Ése sí era un cobarde! —El cabecilla se echó a reír, coreado por el resto. Se dirigió a la muchacha en tono frío—. No temas, bella Irene, hoy no vengo a por tu honra; tal vez en otra ocasión… De momento me conformo con que seas dócil y me conduzcas a las dependencias de tu padre.

—¿Qué pretendes? Descúbrete para que vea si eres un hombre o una alimaña.

El otro la cogió de la barbilla con fuerza.

—Sin preguntas —masculló artero.

Aterrada, se volvió hacia Nemo y lo vio asentir levemente. Los agresores lo mantenían a raya con sus armas. Al fondo del patio, Arcisa, Llúcia e Isabel miraban asustadas, rogando que los niños y los ingresados no se despertaran. No tenía más remedio que ceder.

En silencio, seguida por el cabecilla y dos esbirros enfilaron la escalera. El otro quedó vigilando a Nemo. La casa continuaba en calma, pero enfermos inestables y armas eran mala combinación.

Como vulgares ladrones, rasgaron el colchón de Irene y revolvieron el arcón con los sencillos vestidos de su madre. Continuaron el registro en el salón, pero su atención se centró en el aposento de Andreu Bellvent, ocupado por el catre, dos arcas y un escritorio.

—¿Qué buscáis? —insistió intrigada Irene.

—Seguro que vuestro padre guardaba dinero. Un hospital tiene gastos…

Metieron en un saco tres paños de seda bordados, una copa de plata y dos colgantes de Elena, pero prosiguieron su concienzudo escrutinio. La inquietud devino en angustia al verles revisar las baldosas una a una. Al final localizaron una suelta, bajo la cual había un pequeño hueco del que extrajeron una caja de poco más de un palmo. Era blanca. A Irene le pareció una burla del Altísimo; de nuevo iba a fallarle a su padre. Al agitarla se oyó el tintineo de monedas.

El cabecilla revisó el contenido: una bolsa con reales, algunas joyas que Irene reconoció de su madre y varios documentos. Su mirada refulgió; las alhajas podían ser valiosas.

—¡Ladrones! —espetó ella, iracunda—. Dejad al menos los papeles.

El interpelado se guardó la caja bajo la capa y se volvió a los dos hombres.

—Yo ya tengo mi parte. Ahora la vuestra, como pactamos. Buscad en el resto de la casa, seguro que hay ropas u objetos que pueden venderse bien.

—¡No lo hagas, te lo ruego! —suplicó Irene.

El líder la tomó por la cintura y la atrajo hacia sí oliendo sus cabellos.

—Sólo son esbirros contratados. Mejor que se cobren de ese modo y que dejen en paz a vuestras criadas, ¿no os parece?

Revolvieron las cuadras. Sin miramientos, abrían arcones y tiraban alacenas en busca de cualquier cosa de valor. En varios sacos amontonaron bandejas, instrumentos y jofainas. Los pacientes gritaban, pero los asaltantes los hicieron callar a golpes. Irene, impotente, pensaba en su padre. ¿Habían ido en busca de la caja o era mera casualidad?

—¡Vámonos! —ordenó el cabecilla sin soltarla.

Descendieron oyendo los lamentos de los internos. El patio estaba desierto. El que vigilaba a Nemo permanecía sentado de espaldas en el banco de piedra junto a uno de los cipreses, inmóvil.

—Esto no me gusta… —musitó el cabecilla acercándose intranquilo.

En cuanto lo rozó, su esbirro se desplomó. La garganta abierta supuraba sangre.

—¡Maldita sea!

Tras el árbol se perfiló una sombra.

—¿Tristán? —exclamó Irene aún en la escalera.

El criado iba armado con espada y daga. Un asaltante se acercó envalentonado dispuesto a vengar a su compañero, pero Tristán reaccionó dando un paso al frente y lanzó una estocada. No fue un movimiento vacilante, sino raudo y letal. El otro se encogió cubriéndose con una mano un tajo en el vientre y se desplomó gimiendo.

El silencio descendió sobre el hospital. Los enfermos asomados a la galería miraban impresionados a aquel joven parco en palabras que solía acarrear leña o subirlos en brazos por la escalera. Las mujeres, junto a la puerta de la capilla, se santiguaron sobrecogidas.

—¡Dejadlo todo en el suelo o morid! —amenazó Tristán a los otros tres.

—No está mal para un mísero sirviente —adujo el cabecilla, cáustico.

A una señal suya, el tercer esbirro atacó con una espada herrumbrosa a Tristán. Éste saltó hacia atrás y se equilibró para defenderse con sus armas, y detuvo cada estocada con facilidad. Se movía con agilidad, parando o fintando, y ganó terreno. El embozado gritó y se apartó con un corte en el hombro. La sangre le resbaló por el brazo hasta el suelo. Por detrás apareció Nemo con una gruesa rama y de un golpe lo dejó inconsciente.

El cabecilla aprovechó para correr hacia la salida. Eimerich había vuelto en sí y estaba ante la puerta frotándose la nuca. Se apartó temeroso.

—¡Al ladrón, al ladrón! —vociferó para ser escuchado por el vecindario.

Tristán salió en persecución del cabecilla y lo alcanzó en la plaza, a pocos pasos de la puerta. Cruzaron sus armas, pero el criado se abalanzó para derribarlo y rodaron por el suelo golpeándose. La caja blanca se abrió y su contenido quedó esparcido en la tierra húmeda. Tristán arrancó de un tirón a su adversario el pañuelo negro que le cubría el rostro.

Eimerich se había situado a su lado y lo señaló, asombrado.

—¡Josep de Vesach! ¡Es el hijastro de la fallecida doña Angelina de Vilarig!

—¡Maldito seas! —espetó el hombre al verse identificado.

La ira jugó a su favor y golpeando a Tristán pudo zafarse, pero la daga del criado lo hirió en la pierna. Josep, fuera de sí, levantó la espada con ambas manos.

—¡Vais a morir los dos por esto, miserables!

—¡Nadie va a matar a nadie! —rugió una voz imperiosa entrando en la plaza.

El *capdeguayta* que hacía la ronda por las calles de la parroquia de Sant Berthomeu, con cinco de sus guardias, había llegado alertado por los vecinos.

—¡Soy el *generós* Josep de Vesach y este criado me ha herido!

El jefe de la guardia contempló la escena con recelo.

—¿Qué ha ocurrido aquí?

Irene se encontraba ya en la puerta con el rostro desencajado.

—¡Han saqueado el hospital!

El *capdeguayta* levantó la mirada.

—¿Sois la hija de Andreu Bellvent? —preguntó.

Se fijó en los escudos que remataban el arco de entrada, pero prestó más atención al de la dama sentada en el laberinto. Conocía los rumores en torno a aquella casa.

—Mala cosa dejar a una mujer al frente de un lugar como éste…

Apenas hacía una semana que habían enterrado al mayordomo y ahora se sumaba ese nuevo altercado.

5

Una hora más tarde los pacientes estaban de nuevo en sus cuadras. Las estancias, aún revueltas, olían a salvia y reinaba una tensa calma. En el patio varios vecinos observaban atentos la escena que a la mañana siguiente correría de boca en boca por cada taberna. Irene lloraba de impotencia abrazada a Caterina. Sentadas en el banco de piedra, miraban con aprensión los cuerpos de los dos ladrones tendidos frente al pozo. El abogado micer Nicolau había acudido con su hija al aviso de Nemo y discutía acaloradamente con el *capdeguayta* y don Jerónimo Roig, el justicia criminal de la ciudad electo ese año, que había sido requerido ante la gravedad de lo ocurrido. Josep de Vesach, apoyado en una rudimentaria muleta, trataba de intervenir siempre que podía.

Irene miró la puerta del dispensario donde estaba confinado Tristán, aún desconcertada por el giro que había dado el asunto. Habían comprobado los estragos e interrogado a varios internos. El *generós*, descendiente de nobles, Josep de Vesach había cometido un deleznable acto de rapiña que recordaba a los antiguos abusos de los señores feudales. Aquel tipo de asaltos, espada en mano, se estaban convirtiendo en el último recurso de hidalgos y nobles arruinados que no podían costear ni siquiera un caballo para unirse a las huestes del rey contra el infiel de Granada. Era un acto contrario a los fueros, pero el justicia lo interpretó como una consecuencia lógica al estar el hospital desprotegido, en manos de una joven incapaz e irresponsable.

Josep, que contaba unos treinta años, era robusto y apuesto, pero hedía a vino y tenía el rostro abotagado por la vergüenza pública que le supondría aquel incidente entre la baja nobleza de la ciudad. Su abuelo fue ordenado caballero por el rey Alfonso V en la conquista de Nápoles.

—Es hijo del primer matrimonio de Felip de Vesach, quien casó por segunda vez con la fallecida doña Angelina de Vilarig, una de las damas ligadas a En Sorell; lo hizo para sacar a los Vesach de la ruina en la que están —explicó Caterina a Irene al oído—. Pero la relación entre Josep y su madrastra era muy mala. Cuando don Felip se entere de esta deshonra para su linaje puede que su corazón no lo resista.

—Pero ¡desciende de un caballero! —repuso Irene, sombría. Le resultaba intrigante que precisamente él asaltara el hospital.

—No está todo perdido. La ciudad crece y la nobleza no goza ya de su supremacía. Para mantener la estabilidad en el gobierno de la ciudad, caballeros y ciudadanos se alternan en el cargo de justicia y existe un pacto de mutuo respeto por sus decisiones. Don Jerónimo Roig es ciudadano rico, mercader de utillaje para telares, pero ha demostrado que no aspira a emparentar con alguna familia noble, como pretende la mayoría de los burgueses. Como juez de la ciudad para causas criminales, ha impartido justicia con equidad durante todo el año. Confiemos en que valore más los hechos que el linaje.

En ese momento se acercó micer Nicolau con gesto cansado.

—Lo lamento, Irene.

El justicia se volvió hacia la joven.

—Es evidente que han violado esta casa provocando daños, pero vuestros criados han matado a dos hombres y herido a otros tantos, entre ellos a un *generós*.

—¡Estaban saqueando el hospital!

—¡Un hospital gobernado por una muchacha soltera que debería dedicarse a bordar su ajuar! —Don Jerónimo abrió las manos abarcando la casa—. Más que un robo es la consecuencia de una situación irregular e indecorosa. ¿Qué esperabais?

Fue como si la abofeteara. Nicolau tomó la palabra y habló, circunspecto:

—Irene, mañana cerrarán cautelarmente el hospital. Llevarán a los enfermos a En Clàpers y De la Reina. Hay que resolver cuanto antes la cuestión de la herencia.

Irene se conmocionó ante la decisión, pero acabó por asentir, desolada. Debía ser realista y someterse a la autoridad pública o lo empeoraría todo más.

—¿Qué ocurrirá con Tristán? —preguntó en un susurro. Seguía impresionada por la reacción del criado a pesar del funesto resultado.

—Es un sirviente que ha herido a un *generós* de la mano mayor —respondió el abogado como al fin conclusion

Irene bajó el rostro. La sociedad cristiana se dividía en férreos estamentos con una clara distinción social en cuanto a privilegios y jurisdicción. Josep de Vesach se situaba junto con los nobles titulados y los *honrats*. Los Bellvent pertenecían a la mano mediana, con mercaderes, notarios y artistas entre otros. El criado, aunque libre, era de la mano menor, como los campesinos y los artesanos.

El justicia pareció leerle el pensamiento y prosiguió:

—Dado que estáis emancipada sois responsable de vuestros criados. No obstante, micer Nicolau me ha recordado la generosa labor cristiana de vuestro padre. Os propongo llevarme al llamado Tristán y juzgarlo como un ciudadano libre, sin relación con los Bellvent. Penará su delito y vos quedaréis indemne de responsabilidad.

—Hija —comenzó Nicolau en tono afable—, todos nos lamentamos por ese joven, pero apenas llevaba un año aquí y no sabemos nada de él. Acepta la gracia que te ofrece el justicia o te verás inmersa en un largo pleito y quizá acabes perdiendo la herencia.

Irene notaba el peso de las miradas expectantes. El dilema la devoraba por dentro. La causa era grave y Tristán sería condenado a muerte. Era la vida de un desconocido o su futuro. Si perdía la dote, el resto de su existencia podía ser un calvario en manos de algún individuo que prácticamente la compraría como a ganado.

En la entrada del huerto, Eimerich sostenía la caja blanca de Andreu Bellvent; había podido recuperar su contenido. Observaba compungido la escena. En Sorell había sido su hogar los últimos cinco años y se olía la tragedia. Su mente ya revivía el tiempo pasado en la mancebía y entonces acudió un antiguo recuerdo que le aceleró el corazón.

No debía intervenir si no era interpelado, pero al ver a Irene acorralada reunió el valor para aproximarse al grupo.

—Disculpad, señores.

—¿Y éste quién es? —demandó despectivo don Jerónimo—. ¿Es que en esta casa los criados no saben contenerse?

Nicolau y su hija lo miraron con gesto torvo, pero Irene medió a su favor.

—Disculpadlo, don Jerónimo. Goza de mi total confianza, y si solicita permiso es porque tiene algo importante que decir.

—Mi señor —comenzó Eimerich con respeto—, cuando estaba en el Partit...

—¿La mancebía? —El justicia lo escudriñó, atónito—. Sin duda un muchacho digno de crédito...

—Como bien sabéis por vuestro honorable cargo —prosiguió Eimerich, engulléndose la vergüenza—, son frecuentes los asaltos en hostales y tabernas. Ignoro las cuestiones jurídicas, pero sé que cuando el propietario sorprende al ladrón en su propia casa y lo mata queda impune. Yo fui testigo de ello.

Caterina reparó por vez primera en el criado y sus ojos brillaron.

—¡Padre! —exclamó poniéndose en pie—. ¡La *endoploratio*!

El justicia miró réprobo al abogado por no contener a su irrespetuosa hija; no obstante, éste permaneció pensativo, con las facciones contraídas.

—¿Qué ocurre, micer Nicolau? —exigió exasperado el justicia—. No soy experto en derecho, pero vos sí.

El hombre seguía reacio a pesar de los elocuentes gestos de Caterina para que hablara. Jerónimo aguardaba con impaciencia una respuesta.

—Es una institución muy antigua recogida en el fuero *De Crims* por Jaime I —explicó al fin—. Un procedimiento *in fra-*

ganti, aplicable en robos con nocturnidad. El dueño que acaba con la vida del ladrón en su casa queda exculpado si se da la *crida*, es decir, si lo ha increpado a viva voz para que la comunidad escuche la acusación.

El *capdeguayta* tomó la palabra mirando a Irene.

—Lo cierto es que hemos acudido advertidos por los vecinos.

Los presentes asintieron con firmeza. Micer Nicolau prosiguió:

—El grito equivale a la denuncia y la represalia *in situ* del propietario a la sentencia. Técnicamente, las muertes y las lesiones causadas equivalen a la ejecución de la pena por robo, como si la hubiera realizado el propio verdugo a vuestro cargo, justicia.

—Si Tristán es criado de Irene, la agresión por defender los bienes de su señora es lícita —concluyó Caterina sin poder contenerse. Posó su mirada azul en Eimerich y éste se sonrojó—. ¡Cualquier abogado mediocre podrá defenderlo!

—¡No! —gritó Josep de Vesach. Buscó su espada, pero estaba desarmado.

El justicia se volvió hacia él, furibundo.

—¡Silencio! ¡No enfanguéis más el apellido Vesach! Parece que el incidente ya está resuelto. Sin embargo, hay dos cuestiones. Una es el cierre de este establecimiento, pues no es concebible que una mujer regente un lugar así. —Clavó los ojos en Josep—. La otra es la vileza cometida. ¿Dónde queda vuestro honor y vuestra caridad cristiana, *generós*? ¡La ruina de los Vesach no justifica asaltar un hospital de necesitados!

Todos percibieron cinismo en su voz. El mundo estaba cambiando, la prosperidad la proporcionaba el comercio y no la espada. Gente sin linaje como Jerónimo Roig paseaba ante la seo con vestidos de seda inglesa mientras hijos de gloriosos linajes lucían el mismo traje durante meses hasta apestar más que sus siervos.

—Debería encarcelaros, pero os conviene más aceptar un año de destierro de la ciudad de Valencia. La distancia os evitará la vergüenza de las habladurías y podréis reflexionar sobre el rumbo de vuestra vida.

Josep, congestionado por la ira, los miró a todos como una fiera enjaulada hasta detenerse en Nicolau.

—¿Vos no tenéis nada que alegar, abogado? ¡Conocéis bien a mi familia!

El justicia dio un paso el frente, airado.

—¡Soy yo el que decido y ya he visto suficiente! Si aún os queda algo de honor acudid como soldada a las huestes del rey en la guerra de Granada, restaurad allí el honor de los Vesach. ¡Aquí sólo os aguarda el cepo y la mazmorra! —Sin esperar respuesta se volvió hacia Irene—. Dad cristiana sepultura a estos hombres. Olvidaré este turbio asunto, pero deshaceos de ese criado ahora mismo para evitar represalias.

La *guayta* sacó a Tristán del dispensario y lo pusieron al corriente de la decisión. Irene se acercó a él y durante un instante sus miradas se unieron. En los bellos ojos del color de la miel del joven Irene adivinó una advertencia y la asaltó la sensación de que cometía un error alejándolo, que lo necesitaba cerca; aun así, no tenía alternativa.

—Debes marcharte, Tristán —le ordenó. Se mostró autoritaria a pesar de la sensación de pérdida—. Sal por esa puerta ahora mismo y no regreses.

Aún no sabía nada de él, pero ya era tarde. Cuando Nemo le abrió el portón se acordó de que ni siquiera le había agradecido que los defendiera con su vida.

Josep de Vesach se acercó a Irene cojeando. Echó una última ojeada a la caja que sostenía Eimerich con extraña ansia.

—Habría sido más sencillo dejarme marchar —le susurró al oído—. Ahora ateneos a las consecuencias, pues no sólo os enfrentáis a mi ira… Ella ya os lo advirtió.

Lanzó una mirada de reproche a micer Nicolau y abandonó la casa con el otro esbirro, que caminaba renqueante, dejando a Irene aterrada. El justicia se aproximó flanqueado por los guardias y sus lacayos.

—Disponedlo todo para derivar a los pacientes a la orden del Consell Secret.*

* Órgano ejecutivo de la ciudad integrado por seis jurados, el racional —encarga-

Micer Nicolau los acompañó hasta la puerta y el patio quedó en silencio. Irene se abrazó a Caterina con fuerza. La tensión y el miedo estallaron en forma de llanto.

El abogado se acercó a Eimerich.

—Ha sido una intervención providencial, muchacho —dijo sombrío.

—En realidad, la oportuna ha sido vuestra hija, mi señor.

Nicolau suspiró.

—Prefiere los sobrios tratados de decretos a los finos bordados y encajes.

—Pero le agradezco el halago, micer Nicolau.

—Andreu siempre alababa tus excelentes aptitudes. Ahora tendrás que buscar otra casa para servir. No será fácil, pues con la marcha de judíos y conversos sobra mano de obra y sirvientes.

Eimerich notó su expresión de disgusto. Valencia había sido la primera ciudad de la Corona de Aragón en ceder a las presiones del rey y admitir el nombramiento de los nuevos inquisidores, bajo el férreo control del inquisidor general Fray Tomás de Torquemada, cuyo mayor celo era perseguir a judaizantes. La masiva marcha de artesanos y comerciantes conversos estaba provocando desocupación y miseria. El abogado era converso y, por tanto, también se hallaba bajo sospecha.

—Soy consciente, mi señor.

—Ven mañana a mi casa. Mi hijo cada día muestra menos interés en los estudios; necesita a alguien que lo acompañe y lo asista en las clases.

Eimerich sólo conocía al letrado de las visitas mensuales que éste efectuaba al hospital para tratar asuntos legales con el mayordomo, pero sabía que era uno de los juristas más reputados de la ciudad. Se estremeció de dicha. Desde que tuvo noticia de que su señor Andreu Bellvent era bachiller en artes, había fantaseado con

---

do de los intereses económicos del rey—, dos juristas y un notario con funciones de escribano. Era permanente y regía la ciudad en las cuestiones que no requiriesen la decisión del Consell General, máximo órgano con representación de los tres estamentos, militar, eclesiástico y real.

estudiar, algo imposible para él. Y ahora, en el peor momento, le ofrecían acudir a clases, aunque sólo fuera de asistente, algo habitual en estudiantes con recursos suficientes. Era más de lo que podía esperar, pero se contuvo pues debía lealtad a los Bellvent.

—Es una oportunidad que no debes rechazar, Eimerich —aseguró Irene a su espalda. Atenta a la conversación, podía apreciar el anhelo en sus ojos.

Finalmente Nicolau se acercó de nuevo hasta Irene; su gesto grave la desalentó.

—Me temo que en estas circunstancias la posibilidad de hallar marido queda descartada por completo. Tu única fuente de ingresos será lo que saques de la venta de la casa. Lo lamento, Irene, pero no veo ninguna otra salida.

Ella asintió. Lo supo en cuanto oyó la decisión del justicia.

El abogado y su hija abandonaron el hospital, y Eimerich se acercó a Irene.

—Estoy tan cansada… —musitó la joven dejando caer los hombros.

Él le devolvió la caja blanca, pero miraba la puerta que conducía al huerto.

—Además del dinero y las joyas únicamente contiene las escrituras de la casa y los viejos planos de la reforma. Puede que mencionarla sólo fuera un delirio de vuestro padre. —Entonces entornó los ojos—. Pero sí hay algo muy extraño que deberíais ver…

6

I rene siguió a Eimerich, alumbrados con un candil, a través del amplio huerto cerrado que ocupaba la parte posterior del hospital y que lindaba con la iglesia de Santa Creu. Pasaron ante el pequeño cementerio, donde Nemo ya se afanaba en cavar las tumbas de los asaltantes, y cruzaron el campo de nogales, almendros, higueras y limoneros regados por un ramal de la acequia de Rovella. Al fondo estaba la parcela de plantas medicinales que cultivaba Arcisa y un cobertizo apoyado en el muro.

Hacía años que no criaban cerdos, pero tenían gallinas y dos cabras, así como una mula que enjaezaban a un viejo carro para transportar a los enfermos.

—Me estaba preguntando de dónde sacó Tristán la espada —dijo Eimerich—. Nemo y yo dormimos con él, y en la pequeña habitación es imposible esconderla. Entonces he caído en la cuenta de que él se encarga del cuidado de los animales y de limpiar el corral.

—Lo sé —musitó Irene distraída. Tras el desastre, sólo deseaba ir a su cámara.

—Mientras hablabais con el justicia, he venido a echar un vistazo.

Entraron en el cobertizo, y el muchacho apartó un montón de paja de un rincón. Apareció una tabla de madera carcomida y astillada, que levantó para descubrir la cara posterior.

—¿Qué es esto, Eimerich? —demandó desconcertada Irene.

Sobre la madera se veía un burdo plano del hospital trazado

con carbón. A su lado había varias letras relacionadas con flechas y otros símbolos extraños.

—Son iniciales, de todo el personal del hospital. Esta I sois vos y la flecha os relaciona con la A del señor Andreu. Está anotado el día de vuestra llegada al hospital y unas aspas que ignoro lo que significan. Pero eso no es todo.

Del forraje sacó una pequeña bolsa de cuero que contenía una maltrecha pluma, un frasco de arcilla manchado de tinta y varios papeles plegados.

—Son anotaciones sobre todos nosotros, incluso de los miembros del consejo rector, los *bacins* y los pacientes habituales. Varios poseen la leyenda «a investigar», especialmente Nemo por ser morisco, así como Magdalena, que lo era pero se bautizó hace años. También desconfía de Llúcia por su pasado en el lupanar, del franciscano que atiende la capilla, fray Ramón Solivella, y del monje predicador Edwin de Brünn.

—¿Qué dice de mí?

Eimerich le mostró la hoja. Había sido escrita unos días antes. La encabezaba una críptica leyenda, que la joven leyó intrigada:

—«Irene Bellvent, hija del mayordomo y de Elena de Mistra. Diecinueve años. Además de hermosura, posee una esmerada educación adquirida en Barcelona, donde se encontraba cuando murieron las damas. Descartada.»

Eimerich le tendió otro fragmento. Su rostro mostraba desazón. Irene leyó:

—«Pude por fin registrar el hospital la noche de San José. Salvo Arcisa, todo el servicio del mismo fue a la quema de los *parot*, unos candelabros de madera que usan los carpinteros durante los meses de invierno. La festividad cada año concentra a más curiosos, y en las hogueras se asan carne y cebollas en un ambiente festivo. En calma recorrí a conciencia cada estancia. No obtuve resultado, pero me consta que las damas se reunían en algún lugar que sigue oculto. Allí podría estar la clave de estas muertes.»

—Ésta es la última anotación —anunció el criado, y leyó—: «El fallecimiento de don Andreu se suma a los de las damas. Sigo sin hallar pruebas, pero los indicios confirman nuestras sospechas:

el objetivo es ensombrecer el nombre del hospital y tras la muerte repentina de sus propietarios, provocar su cierre. Ahora sólo Irene Bellvent se interpone. Ignora la situación y temo por su vida, pues quien esté detrás de esta conjura no se detendrá.»

Irene levantó la cabeza, pávida.

—¡Tristán! —exclamó tratando de hallar sentido a lo leído.

—Debemos encontrarlo. Es obvio que no es un mero criado.

La voz poderosa de Nemo resonó en el huerto reclamando al joven.

—Tengo que ayudarlo o me lo reprochará durante un mes. —Suspiró—. Creo que nos conviene mantener esto oculto hasta saber qué significa.

Irene, con el candil, revisó otros papeles y la asedió el desánimo. Las notas detallaban los hábitos de cada uno de ellos y sus relaciones con personas ajenas al hospital. ¿Por qué? Se pasó la mano por la frente. En Sorell había cambiado. Era un lugar lúgubre con damas enlutadas, criados espías y ladrones muertos en el patio, pero aún le provocaba mayor desazón pensar que Josep de Vesach se había referido a su madre como «la bruja». Con la nueva Inquisición publicando Edictos de Gracia una afirmación así era peligrosa.

Se sentía sola y desorientada en aquel momento trascendental.

Oyó pasos cerca del cobertizo.

—¿Eimerich?

El silencio la inquietó y cubrió de nuevo la tabla. Ya en el exterior, una ráfaga gélida la estremeció. En el otro extremo del huerto las antorchas iluminaban a ambos criados con las azadas. Un nuevo crujido la obligó a volverse. Allí estaba otra vez Gostança, inmóvil junto al tronco de un nogal, ataviada de negro y con el velo. No pudo evitar retroceder, asustada.

—Te lo advertí… —siseó la dama—. En Sorell está manchado por el pecado.

El terror le ascendió desde el vientre cuando Gostança se acercó y levantó un bello cepillo de plata. Con un seco chasquido, del mango brotó un fino estilete.

—¿Quién sois? —musitó Irene casi sin aliento.

Antes de poder retroceder notó el filo bajo su garganta.

—Entrégame la caja —ordenó la dama con mirada ardiente.

Temblando, la joven se la ofreció.

—¿Cómo sabéis vos…? ¿Quién os ha revelado eso? ¿Acaso Josep de Vesach?

Gostança se separó unos pasos. Observó las joyas con atención.

—¡Eran de mi madre! —gritó Irene. Gostança la fulminó con la mirada, pero la rabia pudo con el miedo—. ¿Eso buscáis? ¿Robar unas viejas joyas? ¿Por qué?

La dama se guardó las alhajas. Examinó el resto y, furiosa, lanzó la caja desparramando los reales y los documentos. La amenazó con el estilete.

—¡Eres demasiado frágil para interponerte en mi camino! Haz caso a tu miedo y márchate de aquí. Regresa a tu vida plácida y despreocupada.

Se fundió con la oscuridad, e Irene quedó temblando. Las últimas palabras tenían un matiz de amargura que dejaban entrever una frustración soterrada. Llorando, volvió a llenar la caja y echó a correr despavorida. Nemo y Eimerich oyeron sus gritos y salieron a su encuentro.

—¡Ahí! ¡Ahí! —jadeaba mientras se abrazada al fornido Nemo.

—No hay nada, Irene —repuso el hombre.

—¡Gostança está aquí!

Nemo se mostró inquieto, pero ante su insistencia revisaron el huerto sin éxito. En el muro de mortero que lo delimitaba había huecos y piedras salientes que permitían escalarlo con facilidad. El criado morisco regresó y la miró con preocupación.

—Señora, sois a la única a la que le ha dado una oportunidad de vivir. Tal vez deberíais aprovecharla y alejaros de aquí.

—¿Creéis que ella está detrás de las muertes?

—Estoy convencido, señora. Ahora os ruego que os retiréis a descansar. Eimerich y yo vigilaremos en la escalera.

Irene accedió. Ansiosa, dio un respingo al oír a Eimerich a su lado.

—La están ayudando. Tal vez sea alguien cercano…

Ya en su aposento, Irene dejó la caja junto al camastro. ¿Cuántos sabían de su existencia? Sin duda los presentes en la habitación cuando su padre moribundo lo mencionó, incluidos clérigos y criados, aunque quizá Andreu ya lo había revelado antes. ¿Tras tantas amenazas y tanto misterio sólo latía el interés por apoderarse de unas viejas joyas? ¡Ella había perdido el hospital! Mortificada por la incertidumbre, se arrodilló frente al crucifijo.

Al serenarse su mente se aclaró. Pensó en doña Estefanía y en cómo actuaría la bonrada mujer. No siempre lo evidente era lo cierto, y lo sucedido la seguía intrigando. Tomó la caja de nuevo y jugueteó con ella, evocando el momento en que su padre se la mencionó. Entonces recordó que había añadido algo más: «como la tuya». Sintió una punzada en el pecho. Años atrás un viejo maestro del gremio de los cajeros fue atendido de una infección en las manos y al ver el interés de la niña por ayudar a las criadas enfermeras le regaló una arqueta de pino. El artesano le explicó con un guiño que tenía un doble fondo para guardar secretos.

Irene dio la vuelta a la caja y se estremeció al ver la misma muesca. Metió la uña y la base se soltó. Dentro había una nota de papel plegada, que abrió con dedos temblorosos.

Estimada hija:

Recibe mi abrazo afectuoso. Intentaré ser breve en mis palabras, pues mi pulso es ya débil. Temo que no tardaré en comparecer ante el Altísimo. Rezo por ti, consciente de las dificultades que te esperan, pero no puedo marcharme sin revelarte lo ocurrido y advertirte del terrible peligro que podría envolverte si permaneces en el hospital. El mal nos ha encontrado después de tantos años. Ahora ha mostrado su cara en forma de bella mujer.

En cuanto acontecieron las cercanas muertes de doña Angelina y sor Teresa de los Ángeles sospeché que una sombra siniestra surgía de las brumas del pasado. No es la primera, me temo, y cuando tu madre comenzó a sentir los primeros síntomas de un envenenamiento, supe que iba a ser la siguiente víctima. Logramos descubrir a tiempo la ponzoña y Peregrina pudo contrarrestar sus efectos, pero la siniestra amenaza seguía rondado el hospital y propuse a Elena emplear la astucia, fingir su fallecimiento y escapar así del infortunio. Actuamos en secreto, sin los criados, ayudados sólo por Peregrina, quien simuló los síntomas del veneno, y amortajamos el cuerpo anónimo de una finada en el hospital; así únicamente la mano asesina creería haber logrado su objetivo, mientras el resto pensaba que la débil salud de mi esposa había claudicado.

Cuando leas esta carta tu madre estará lejos y los preciados bienes de la academia, ocultos. Un mar os separa, y ella aguardará paciente hasta que la Providencia gire de nuevo la rueda del destino. Ahora sé que alguien nos ha traicionado, pero no hablaré y Elena seguirá a salvo. Recuerdo tu desolación el día del sepelio; sin embargo, la ignorancia te ha preservado de la amenaza hasta el momento. Tenía el deber de detener el mal que nos persigue, pero he fracasado. Ahora ese mismo veneno corre por mis entrañas en mayor cantidad, sin que Peregrina pueda contrarrestarlo con antídotos o vomitivos.

Con dolor me aferro a la idea de reencontrarme con mi esposa en la otra vida; nuestro amor fue puro y hemos sido felices. Apelo a tu discreción y tu buen juicio para protegerte de esa oscura dama que sigue acechando el hospital. Sé que te preguntas por qué no te revelo aquí el paradero de tu madre, incluso de su ajuar, que tan útil te sería para cubrir los gastos de En Sorell, pero temo que puedan arrebatarte la nota y que sea el fin de todo. Abre tu mente y pide ayuda a Eimerich; quizá su sagacidad te ayude a entender cómo Eritrea ocultó secretos en el principio de su lamento; de ese modo, es posible que algún día tus lágrimas sean de alegría por el reencuentro.

Perdónanos, querida hija, y que Dios te guarde.

Un mar de emociones embargó a Irene y buscó aire fresco en la ventana. Elena de Mistra vivía, pero estuvo a punto de morir envenenada, del mismo modo en que tal vez había muerto su padre. Sentía una mezcla de dicha y miedo al ser consciente del peligro que flotaba en aquella casa. Gostança debía de sospechar la argucia; Andreu Bellvent aseguraba haber sido traicionado, por eso la siniestra dama seguía allí, buscaba localizar a Elena. Pero En Sorell guardaba celoso sus secretos. A pesar de los temores, la carta dejaba entrever una clave para descubrir el paradero de su madre, e Irene intuía que si se alejaba del hospital perdería la posibilidad de descubrirla. A pesar de todo, no podía enfrentarse a una decisión del justicia criminal de la ciudad; el futuro de En Sorell había quedado sentenciado.

El dilema la acongojó. Se sintió sola e impotente, y acabó llorando de nuevo, incapaz de hallar el modo de enfrentarse al extraño destino que se abría ante ella.

7

Era una fría mañana con nubes dispersas y molestas rachas de viento. En los portales de los talleres los aprendices iban disponiendo aparadores, mesas y bancos. Algunos ambulantes ya voceaban por las calles, pero Eimerich avanzaba pensativo y agotado. Los criados tuvieron que permanecer despiertos hasta que fray Ramón ofició el funeral y enterraron a los ladrones en una fosa con cal viva.

La ciudad despertaba con su habitual actividad. Pasó ante grupos de oficiales camino de la Diputación y la Casa de la Ciudad con sus gramallas y emblemas, clérigos abrigados con capote y consejeros. Un ambiente que contrastaba con la miseria en la que había vivido hasta ser acogido en En Sorell.

Se sentía frustrado por lo ocurrido. Valencia poseía otras murallas invisibles; las de las clases sociales y la riqueza. Los tiempos cambiaban con rapidez. Los fueros permitían a la alta burguesía amasar fortunas con el comercio, la banca o la artesanía mientras los nobles, altivos y ociosos, se agostaban celebrando justas con cualquier excusa, o se enredaban en interminables pleitos y ajustes de cuentas. Pero buena parte de la población vivía sumida en la precariedad, ajena al disipado ambiente caballeresco de la nobleza y los prohombres que la prosperidad granjeaba. La ciudad no podía prescindir de uno de sus hospitales. En los retazos de conversación que el viento arrastraba Eimerich oyó el apellido Vesach, así como versiones deformadas de lo ocurrido. A nadie complacía el cierre de En Sorell; no obstante, lo veían como una consecuencia natural siendo su propietaria una mujer joven y sin tutela de varón.

Enfiló hacia la calle dels Juristes, una estrecha vía que nacía en la de Caballeros, y el pecho comenzó a latirle con fuerza. Casi al fondo estaba la casa de micer Nicolau Coblliure, de fachada encarnada, con ventanas de doble ojiva y una puerta arqueada que permitía la entrada de carruajes. Un criado de avanzada edad que se presentó como Guillem lo condujo a un patio central con una primorosa arcada de piedra alrededor y una amplia escalinata. Jamás había estado en una morada así.

Eimerich sabía poco de aquella próspera familia. Micer Nicolau era viudo desde hacía cuatro años y tenía dos hijos: Garsía, un joven díscolo, con tendencia a las malas compañías y que a menudo se veía envuelto en altercados y riñas, y la bella Caterina, de la que no había olvidado su sonrisa ni sus ojos.

Allí estaba ella. Le sorprendió que, a pesar del frío, estuviera leyendo en un banco de madera frente a la escalera. Vestía una saya ajustada de seda azul, sujeta a la cintura con un ceñidor de orfebrería ligeramente caído sobre una falda con amplios pliegues. De vez en cuando se atusaba la larga melena rubia, trenzada y cubierta con una redecilla de seda y perlas. La halló especialmente hermosa; incluso parecía haberse coloreado los labios con pétalos de geranio como recomendaba el apotecario Darnizio.

Jugó con la absurda idea de que aquel aspecto era debido a su visita y la observó con disimulo, estudiando cada gesto y movimiento de la joven.

—¿Te gustaría saber qué leo?

Eimerich dio un respingo. Su gesto mordaz lo azoró. Tragó saliva.

—Leéis poesía.

—¿Cómo lo sabes? —demandó sorprendida—. Lo que sostengo es un breviario, y ni siquiera te has acercado.

El muchacho se encogió de hombros y trató de escabullirse.

—Mi padre dice que eres inteligente y despierto, ¡demuéstramelo!

Una infranqueable barrera social los separaba. Ante el silencio de Eimerich, ella se encogió de hombros perdiendo el interés.

—Son cartas que os han dado esta mañana, puede que en la iglesia —comenzó él al fin, si bien con timidez—. Una lectura inadecuada, a juzgar por el modo en que la escondéis entre las páginas del breviario. —Al ver el desconcierto de Caterina, ganó seguridad y se paseó ante la muchacha un tanto vanidoso—. Podría ser la correspondencia de dos amantes. Ella es una joven llena de sueños, pero lucha contra la pasión y le recuerda al amante que se debe a su marido, un anciano que la hace infeliz. Él le habla de una vida juntos en tierras lejanas, pero ante la negativa siente celos y amenaza con liberarla de su cárcel de un modo cruento. Se debaten entre el deseo y el remordimiento.

Caterina, con las mejillas encendidas, lo miró espantada.

—¡Por Dios! ¿Practicas brujería?

Él se encogió de hombros.

—He visto el borde de una de las cartas…

—¿Y su contenido? —demandó sin aliento.

—Vuestra cara se sonroja y palidece, compartís los sentimientos que se transmiten los amantes. Atenta al drama, suspirabais y maldecíais en susurros. Tal vez no he sido exacto, pero creo que me he acercado al dilema que os mantiene en vilo.

Ella estalló de pronto en una carcajada sonora y descarada. Tuvo que disculparse cuando su aya de compañía se asomó por una puerta con gesto severo para contener aquel exceso.

—Tenéis razón en buena parte —reconoció fascinada—. Son dos cartas de juventud de una dama valenciana, Isabel Suaris. La conocí en una tertulia a la que mi padre me dejó ir tras la última Cuaresma. Estaba casada con un hombre quince años mayor que ella y la cortejó un clérigo, Bernat Fenollar. Éstas son las misivas que se escribían en bellos versos.

El joven criado asintió. Aunque le resultaba un mundo lejano, sabía que Valencia vivía su esplendor también en las letras. El taller del impresor alemán Jacobo Vizlant, junto a la antigua puerta árabe llamada el Portal de Valldigna, era el primero en toda la Corona de Aragón, y probablemente también en los reinos hispanos, que proporcionaba libros impresos con tipos móviles. Entre los caballeros y la alta burguesía con ínfulas de nobleza la afición a la lectura medraba, si bien en algunos casos se trataba simplemente de acumular libros para guardar las apariencias. Además de circular novelas caballerescas y versos de loados poetas como Ausiàs March, se organizaban en los palacios lecturas de composiciones y debates sobre el amor cortés. En ellas, los relatos caballerescos, con aires de trovador, y los poemas cortesanos ganaban terreno a los textos píos.

Caterina lo miró con los párpados entornados; seguía poniéndolo a prueba.

—¿No te escandaliza que una mujer lea letras de amor?

—En realidad sí. —Sonrió malicioso—. Pero me sorprende más que escudriñéis a escondidas libros de vuestro padre. Ese tomo oculto bajo vuestra falda valdrá una fortuna. No me extraña que supierais el nombre de la argucia jurídica que ayer salvó a Tristán.

Los grandes ojos azules de la joven Caterina refulgieron de cólera mientras se arreglaba la falda para disimular la forma del grueso volumen. Eimerich se apartó con la sensación de haberse excedido.

—Los elogios de Irene no eran exagerados. Me has impresionado, criado.

Se abrió la puerta principal y Garsía, el hermano mayor de Caterina, entró en el patio, ojeroso y desaliñado. Rondaría los veinte años, espigado y con el mismo cabello rubio de la muchacha. Lucía un jubón pardo, bien entallado pero manchado de vino. Los excesos nocturnos le estaban pasando factura. Al ver a Eimerich lo señaló airado.

—¡Tú! ¿Qué haces tan cerca de mi hermana?

—Lo ha citado padre —intervino ella, incómoda—. Vete a dormir, Garsía.

Se acercó a Eimerich con los ojos enrojecidos.

—¿Eres el criado que perjudicó ayer a Josep de Vesach? —Su gesto se retorció de rabia—. ¡Lo han desterrado, pero lo conozco bien y sé que no lo olvidará!

Lo agarró por la camisa. Su aliento hedía a vino agrio y lo miraba furioso.

—Di a tu señora, Irene Bellvent, que algún día pagará la afrenta con creces.

—¡Garsía! —gritó Caterina, fuera de sí.

Él tiró al suelo de un empujón a Eimerich.

—¡Apártate de mi hermana!

Rezongando, desapareció por las cocinas. Caterina se acercó avergonzada.

—Desde que madre murió no es el mismo. Se junta con jóvenes de la nobleza y les sirve de bufón. Su pena se ha convertido en ira.

En ese momento Eimerich la vio mirar la escalera y ruborizarse. Un hombre apuesto y elegante, de unos treinta años, descendía con pose erguida. Se cubría con un sombrero de ala ancha con tres plumas verdes y vestía un jubón de terciopelo negro forrado a la moda para realzar el torso, unas calzas y una capa púrpura. El criado sospechó entonces para quién se había acicalado Caterina.

—¡Sólo por el regalo de contemplaros vale la pena el penoso viaje desde tierras andaluzas! —exclamó el noble con sonrisa seductora.

Caterina recibió el halago como una caricia y desvió el rostro, azorada.

—Me alegro de veros, don Felipe. Espero que la guerra contra Granada acabe pronto.

—Esos infieles son valerosos y defienden su tierra con arrojo, pero la victoria será nuestra. —Señaló al cielo—. Los clérigos dicen que mi tío el rey don Fernando es el encubierto, elegido por Dios para acabar con los enemigos de la cruz. Tal vez sea cierto.

—¿Cuándo os marcháis?

—En unos días. Vuestro padre está arreglando unas censales para reclutar a más peones. Se avecina una campaña encarnizada; el objetivo de nuestros reyes es tomar Málaga a los infieles. —Sonrió seductor—. Me ha propuesto unir a mi soldada al *generós* que protagonizó ayer el lamentable suceso en En Sorell. He sabido que hicisteis gala de vuestra inteligencia, mi bella dama. —Contempló complacido su sonrojo y añadió—: Cumplirá el destierro en la guerra. Espero que los rigores del asedio le hagan recuperar el juicio y el honor de los Vesach. De momento dejará de ser un problema de orden para Valencia.

Caterina miró fugazmente a Eimerich. Micer Nicolau había logrado no sólo alejar a Josep del reino, sino que estuviera bajo disciplina militar. Una maniobra hábil.

—Que Dios os dé ventura y podáis regresar sano y salvo.

El noble se acercó y le besó la mano con suavidad; Eimerich la vio estremecerse. Pasó junto a él sin reparar en la presencia del muchacho.

Caterina tardó un tiempo en recuperar el aliento, con la mirada fija en la puerta.

—Es don Felipe de Aragón, hijo natural del príncipe de Viana, don Carlos de Aragón, y sobrino del rey. Es conde de Beaufort y arzobispo de Palermo, pero renunció cuando su tío le ofreció convertirse en maestre de la Orden de Nuestra Señora de Montesa.

—Entonces ha profesado los votos como clérigo —indicó él, asombrado.

—Sí —musitó ella con disgusto—. Pero es un caballero gentil, y dicen que no hay batalla en la que no destaque por su valor y su destreza.

Cuando Eimerich fue llamado para entrar, Caterina le dirigió un gesto, distraída, y regresó a la lectura. Él, decepcionado, maldijo su ingenuidad. Para la hija del reputado abogado, él no era más que una de las hojas secas del patio mecidas por el viento.

En la antesala del despacho, el joven vio a varios escribientes con legajos y libros. Admiró los techos altos y los sobrios muebles. Presidía la estancia un cuadro de la Virgen de los Desamparados. Al igual que las casas de la mayoría de los conversos, aquélla tenía numerosas imágenes religiosas para alejar la sospecha de que sus moradores no fueran verdaderos cristianos.

Luego pasó a un despacho amplio, con zócalo de azulejos y un ventanal de doble ojiva. Un armario de nogal entreabierto guardaba libros semejantes al que escondía Caterina. En el centro, sobre una alfombra de bellos arabescos, una enorme mesa disponía de plumas, tinteros y papel de calidad. Al momento entró el dueño. Su sobrio aspecto, como el de la vivienda, difería del lujo excéntrico que mostraban casi todos los prohombres semejantes a Nicolau en oficio y recursos.

Alto y enjuto, el abogado vestía su habitual gramalla negra sin mangas sobre una camisa de lino, blanca e impoluta. De pelo plateado y abundante, su mirada era severa y lo estudió con detenimiento.

—Bien, muchacho. ¿Has pensado en mi propuesta?

Eimerich recordó la amenaza de Garsía. Podía ser duro vivir allí, pero no tenía adónde ir en cuanto cerraran En Sorell.

—Sería un honor serviros. He visto a vuestros ayudantes…

—Podrías ser uno de ellos con el tiempo. Yo provengo de una familia humilde que ha prosperado con esfuerzo y sacrificio. No me importan tus orígenes si eres leal y discreto. Ya has visto la clase de clientes que atiendo…

Eimerich asintió con la cabeza, impresionado.

—Trasládate cuando lo desees. Si cumples, asistirás a Garsía en las clases de gramática de la escuela de Antoni Tristany. Necesita de alguien que tome notas de las lecciones y lo ayude con la mnemotecnia. Tendrás contrato de *afermament* como cualquier aprendiz, pues quiero que tus derechos y obligaciones estén claros y asumidos. Vivirás con los criados, con su mismo sustento, calzado y ropa durante cinco años.

El joven no podía creer tanta generosidad. Sin saber qué decir, optó por retirarse.

—Una cosa más… —Los ojos oscuros del jurista lo miraban incisivos—. He lamentado profundamente la muerte de Andreu, éramos buenos amigos y me siento responsable de su hija. ¿Va todo bien en el hospital?

—Flota una amenaza, mi señor, pero nadie entiende su naturaleza. —En ese momento recordó un detalle que seguía intrigándolo—. Micer Nicolau, don Andreu antes de morir pronunció unas frases en latín que aparecen en la tumba de su esposa.

—Las escuché. Son versos de *El cant de la Sibil·la*. Es un canto muy antiguo que se representa en la seo la víspera de Navidad por un niño ataviado como una antigua sibila pagana sosteniendo una espada. Profetiza la próxima llegada del Redentor y los signos que acontecerán en la tierra antes del Juicio Final. Pensé que era un delirio, como aquello de la caja blanca, ¿no lo crees así?

Eimerich estaba cohibido por el escrutinio.

—Supongo que sí.

Nicolau lo miró con atención.

—Sé que eres un joven despierto. Es importante que me transmitas cualquier sospecha. Los misterios de En Sorell siguen allí, acechando. Quiero que te mantengas en contacto con Irene, atento a cualquier peligro. Es lo que desearía Andreu.

Eimerich asintió y se retiró en silencio. Abandonó la casa con el corazón desbocado de dicha y con las últimas palabras de micer Nicolau revoloteando en desbandada. Esperaba llegar a tiempo para despedir a los enfermos durante el desalojo de En Sorell. Quería estar junto a su señora y amiga en aquel momento tan triste.

8

I rene abrió las manos y sonrió enigmática ante los fascinados niños.

—Entonces mosén Tomás Sorell, el fundador del hospital, se fue a una playa y compró a unos moros barriles de añil y pólvora que provenían del abordaje de un navío inglés. Los piratas no habían dejado vivo a ningún miembro de la tripulación, por eso nadie sabía que en aquellos toneles, entre el tinte y la pólvora, estaban ocultos… ¡veinte mil ducados! —Los tres niños, sentados en la misma cama, prorrumpieron en exclamaciones con los párpados muy abiertos, y ella continuó—. ¡Así fue como nuestro fundador se hizo rico! —Señaló el crucifijo de la pared—. Pero, como buen cristiano, repartió parte del tesoro entre los necesitados y ayudó a mi padre a fundar este hospital.

—¡Un tesoro! —se admiró Gaspar—. ¡Todo esto viene de un tesoro!

La joven le revolvió el pelo.

—Así es. Un día me ayudaréis a buscar por la casa… por si todavía quedara alguno de los barriles ocultos en algún rincón.

La historia sobre la fortuna de Tomás Sorell corría aún por la ciudad. Dejó a los tres infantes alborotados, desbordando mil aventuras, y salió a la silenciosa galería.

Como anunció el justicia, tras el rezo del ángelus llegó un alguacil del Consell Secret con la orden de suspender la actividad asistencial. Primero salieron los mendigos. Acudieron los médicos a fin de entregar los recetarios y los *consilium* de los enfermos para que continuaran con sus tratamientos. La mayoría de los pacientes agradeció a Irene los cuidados antes de que las camillas fueran cargadas por esclavos de los otros hospitales. Los tres pequeños se quedarían hasta que el orfanato Dels Beguins pudiera acogerlos.

Desde la balaustrada, la joven observó al personal deambulando por el patio. Peregrina había abandonado su pequeña cámara y permanecía silenciosa, cogida del brazo de Arcisa, ambas sentadas en el banco del ciprés. Llevaban media vida entre aquellos muros enfrentándose a partos, epidemias, accidentes y mil dolencias con el tesón de quien contemplaba esa lucha como una encomienda sagrada.

Junto al pozo estaba Llúcia, tratando de animar a Isabel, que sollozaba ante la incertidumbre. La joven criada era considerada por los médicos un ángel de dulces ojos verdes, cuyo optimismo y alegría parecían equilibrar los humores de los internos. Sus cantares y risas formaban parte del recetario de En Sorell. Esa mañana la afinada voz, clara y aguda, ya no resonaba en los pasillos ni estancias de los enfermos.

Nemo pasó entre ellas con un costal de leña. Era su modo de combatir el abatimiento. Seguía fiel a su religión, pero gozaba del respeto de cuantos frecuentaban la casa, pues encarnaba los valores de la compasión y la lealtad. Magdalena se acercó a él y conversaron en susurros. Decían que la cocinera tenía el don de percibir el estado de ánimo del mismo hospital como si éste fuera un enfermo. Nunca faltaba una tisana de tal o cual hierba o un caldo reconstituyente antes de que Alcanyís o cualquier físico lo recetara en el recorrido diario por las cuadras.

En ese momento llegó Eimerich. De todos los criados sólo él sabía leer y escribir, y ayudaba a Llúcia e Isabel a aprender en los ratos libres. Entrar a formar parte de los aprendices de micer Nicolau era lo mejor que podía ocurrirle.

Tristán, del que nadie hablaba, seguía siendo una incógnita. Irene ansiaba encontrarlo para saber por qué los espiaba, pero tal vez sus caminos ya no se cruzaran de nuevo.

Suspiró cuando todas las miradas convergieron en ella. Eran pocos; sin embargo, funcionaban con la eficacia de las ruedas dentadas del reloj que los alemanes habían instalado en el campanario de la seo. Ellos lograban que En Sorell fuera uno de los mejores hospitales del reino, a pesar de la fama de los últimos tiempos.

No la miraban con reproche o decepción. Salvo quizá Eimerich, todos tenían asumido que una mujer era incapaz de ejercer de mayordomo; no se lo cuestionaban.

Apoyada en la baranda se dirigió a ellos para comunicarles la dolorosa decisión.

—Lamento mucho que esto haya acabado así. Conocéis la situación de En Sorell. Las deudas y el altercado son razones suficientes para ahuyentar a cualquier posible marido que asuma los cargos de mayordomo y *spitaler*. Os confieso que, en parte, es para mí un alivio no tener que casarme de ese modo. Sólo me queda la opción de vender el edificio y todos sus enseres, pagar lo que se debe y destinar el resto a mi dote. Pero no regresaré a Barcelona hasta que todos estéis bien colocados en casas o en otros hospitales de Valencia. Por estas dependencias han pasado miles de necesitados y muchos no eran indigentes. Ese trabajo se conoce, y la ciudad no desaprovechará vuestra capacidad.

—¿Qué será de Peregrina? —preguntó Arcisa mirando a la anciana. Los hechos la habían abatido especialmente y permanecía silenciosa, con la mirada puesta en la punta de la capilla.

—Haré lo que mi madre habría hecho —respondió Irene sin dudar—. Si en Valencia no tiene lugar para quedarse en las condiciones que merece, se vendrá conmigo a Barcelona como si fuera un pariente mío cercano.

La criada asintió, agradecida. A su lado Peregrina la miró con sus ojos azules, e Irene creyó notar una extraña descarga de energía. Tenían una conversación pendiente.

Magdalena les ofreció vino caliente con enebro, pero la joven prefirió retirarse a sus estancias. Debía convocar al consejo en la notaría para tasar los bienes y fijar un precio de venta. Iba a instalarse en Barcelona, pero establecería a perpetuidad misas por sus padres en la capilla de En Sorell para poder regresar con frecuencia por si la Providencia algún día le mostraba un indicio que le permitiera descubrir el paradero de Elena de Mistra. Era su mayor anhelo en ese momento; aun así, la posibilidad de encontrarla se le antojaba remota. No sabía qué más hacer para dar con ella salvo seguir en contacto con la vieja casa que había sido En Sorell. Si el nuevo propietario era devoto respetaría la costumbre y permitiría sus visitas.

Anhelaba la paz del palacete de doña Estefanía Carròs y con un poco de suerte pasaría la Navidad con ella. La noble decía conocer a su madre y tal vez podría orientarla acerca de dónde pudo refugiarse o cómo encontrar alguna pista.

9

Sin el toser y los quedos lamentos de los pacientes el silencio en En Sorell durante la noche era sobrecogedor. Isabel entró en la alcoba de Irene con un candil. Ella se incorporó alarmada y la criada dio un paso atrás al verle los ojos enrojecidos e hinchados.

—Por favor, Isabel, márchate.

—¡Señora! Tristán ha regresado. —Sonrió emocionada—. ¡Tenéis que venir!

Irene, ansiosa, se cubrió con un viejo manto de lana y salió a la galería. La pálida luz de la luna le permitió verlo junto al pozo; portaba a alguien en brazos. Una oleada de calor la abrasó y fue como si el corazón volviera a palpitarle.

—¡Por todos los santos!

Bajó la escalera a la carrera y se acercó corriendo.

—¿Es ella? ¿Ana?

—Sí —respondió Tristán con voz cansada.

El joven tenía el labio hinchado, varios moretones en la cara y un feo corte en la ceja. Sin duda había tenido problemas para sacarla de la mancebía.

—La cicatriz de la cesárea causaba repulsión a los clientes y la abandonaron en el cobertizo de uno de los hostales controlados por el rufián Arlot.

—¿Arlot?

—Es un toscano de Pisa, de nombre Caroli Barletta, pero lo llaman así en recuerdo del rey Arlot, el cabecilla que regentaba el burdel hace siglos. Posee varias tabernas, casi un tercio de las chicas de la mancebía y un pequeño ejército de esbirros fieles y peligrosos. Ni siquiera el justicia criminal interfiere en sus negocios.

—Miró con lástima a la muchacha macilenta—. La esposa del tabernero se apiadó de Ana, pero no ha sabido decirme cuánto tiempo lleva sangrando.

Irene acarició la mejilla de Ana. Estaba fría y extremadamente pálida, sin color en los labios. Un rastro de gotas de sangre llegaba desde el portón.

—¡Llévala a la sala de curas!

Se acercó a un extremo del patio y uno ó insistente una pequeña campana de bronce. Aparecieron Nemo y Arcisa con la cara descompuesta.

—¡Tristán ha traído a Ana! Nemo, corre a avisar al cirujano Pere Spich. Hay que cerrar esa herida y desinfectarla.

Peregrina apareció en la galería.

—¡Jugo de rábano con yema de huevo y limón! —exigió con su habitual tono imperioso.

Magdalena corrió a la cocina y avivó el fuego, que nunca dejaba extinguir precisamente para las urgencias.

—Me queda un muslo de pato… ¡Prepararé también caldo! —gritó al resto.

Al momento aparecieron Llúcia y Eimerich.

—Traed leña —indicó Irene—. Hay que caldear la sala de curas.

—Llúcia —continuó Peregrina, descendiendo la escalera como si la actividad le confiriera fuerzas—. No olvides poner a hervir las agujas del cirujano. ¡No toquéis a la muchacha sin lavaros las manos y los brazos!

Juntos libraron una nueva batalla contra la muerte, e Irene se sintió invadida por una potente vitalidad. Pere Spich acudió sin demora. Era joven y, al contrario que otros galenos, atendía con interés las precisas instrucciones de Peregrina. Limpió la herida de la cesárea con agua y sal y logró suturarla de nuevo con varios puntos. Llúcia, como si pudiera leerle los pensamientos, ponía en sus manos el instrumental antes de que él lo pidiera, y Magdalena iba y venía desde la cocina trayendo cuencos de loza humeantes.

Tras la cura todos miraron sobrecogidos a Peregrina mientras acercaba las manos a la fea lesión sin tocarla. Cerró los párpados y musitó unas frases incomprensibles. La habían visto infinidad de veces actuar así y casi podían percibir el calor que brotaba de sus dedos nudosos.

—Ahora está en manos de Dios —concluyó agotada—. Recemos.

Dos horas después la muchacha parpadeó. Irene, con los ojos húmedos, se volvió hacia los criados; habían vencido tal vez el último combate de En Sorell.

Tristán y Nemo, cumpliendo las secas instrucciones de Peregrina, la subieron a una cuadra caldeada con vapores de vinagre. El reposo era vital. Apenas faltaban tres horas para amanecer, y todos se retiraron animados. Irene esperó en la sala de curas a que el joven regresara. En cuanto lo vio entrar su pecho se aceleró.

—No sé cómo agradecerte lo que has hecho.

Tristán se acercó hasta la mesa donde estaban los paños limpios y las jofainas con agua. Metió las manos en una y se lavó.

—En este lugar he aprendido lo que es la compasión.

—Lo has hecho por mí —repuso ella situándose ante él.

—Arlot vela por sus negocios. Para ejercer, las prostitutas necesitan habitación y vestidos. Ana le adeudaba una buena cantidad, pero he logrado saldarla y ya es libre.

Ella observó los hematomas y los cortes de su rostro.

—Parece que te han dado una paliza…

—Uno de los negocios más lucrativos del Partit son las peleas. Se apuestan enormes sumas. Arlot no sabía que juego con ventaja…

Irene se acercó y sin creer lo que estaba haciendo humedeció un paño y comenzó a retirarle la sangre reseca de la ceja. La mirada de Tristán vagó nerviosa por la estancia, pero no se movió al sentir el tacto suave en su rostro.

—Dejadlo, señora, mañana se encargará Arcisa.

Ella sonrió. Siguió limpiándole el rostro mientras veía la tensión en su mandíbula.

—¿Quién eres, Tristán? —susurró. Algo se le revolvía en el vientre.

Sus miradas se encontraron.

—Un criado. Un desahuciado que tuvo la fortuna de cruzarse con vuestro padre.

Ella estudió sus facciones y se detuvo en sus labios. Se sentía turbada. Nunca había estado tan cerca de un hombre, pero no hizo caso a su conciencia y no se apartó.

—Dime la verdad, Tristán. Te vi luchar con quienes nos atacaron, y hemos descubierto lo que guardabas en el establo. —Ante el gesto de sorpresa del joven, Irene buscó sus ojos . He perdido el hospital y pronto me marcharé a Barcelona. Según tus notas, todo forma parte de una conjura…

Él trató de apartarse, pero Irene le cogió la mano.

—¡Andreu Bellvent, mi padre, ya no está! Sólo quedó yo. ¡Si realmente temes por mi vida como dejaste anotado, dime a qué me enfrento!

—Hice un juramento que no puedo quebrar —musitó zafándose de su mirada.

Irene lo observó con decepción. Se separó de él y le habló con voz gélida.

—Te agradezco lo que has hecho por la joven Ana, pero márchate.

Él dejó el paño y la contempló con anhelo. Parecía sumido en una intensa batalla interior. Cuando alcanzó la puerta se detuvo.

—Mi nombre es Tristán de Malivern. Soy doncel, hijo del caballero Jean de Malivern, de Prades. Estoy aquí siguiendo instrucciones de mosén Jacobo de Vic, caballero de la Orden de Nuestra Señora de Montesa, de quien soy escudero.

—¿El ermitaño de San Miguel? —Irene estaba desconcertada.

Toda la ciudad conocía al veterano caballero, amigo del ya fallecido maestre don Lluís Despuig, que había combatido en Nápoles y en la guerra catalana. Pasaba sus últimos años retirado en una desvencijada ermita próxima al Portal de Ruzafa. En ocasiones compartía con En Sorell parte de la comida que los vecinos le entregaban.

—Es extraño que un eremita tenga escudero y más que lo envíe aquí —replicó, cínica—. Si eres doncel, el hijo no armado de un caballero, sabrás que el honor se gana en batallas y justas, no espiando a criados y pacientes de un hospital.

Tristán sonrió ante la incisiva réplica.

—Si habéis leído las notas ya sabréis que algo siniestro planea sobre esta casa desde hace un año.

—Esas notas mencionaban un lugar donde se reunían las mujeres.

—Tras la muerte de doña Angelina de Vilarig y la de la monja se extendieron los rumores sobre Elena de Bellvent. Además, bajo el tálamo de la noble fallecida apareció una extraña máscara de cera. —Vio la inquietud en la mirada gris de ella, pero siguió explicándose—. El asunto podía llegar a ser una cuestión real, pues aunque las cuadras de En Sorell se llenen de mendigos y enfermos, a las misteriosas reuniones acudían damas de las casas Boïl, Montcada y Corella, entre otras de igual alcurnia.

—¡Son los linajes de la más alta nobleza valenciana!

—Ninguna de ellas ha querido hablar. A sus maridos e hijos explican que venían en busca de remedios y consejos médicos. No obstante, casi todas se marcharon a propiedades alejadas de la ciudad… como si temieran sufrir el mismo destino fatal que doña Angelina o la propia Elena.

—Sé que Bernat Sorell evitó que el Santo Oficio investigara.

—Así es, pero a cambio de garantizar que el turbio asunto cesara. Don Bernat recurrió a un buen amigo suyo experto en intrigas palaciegas, don Felipe de Aragón, el maestre de la Orden de Nuestra Señora de Montesa, para pedirle que indagara discretamente lo ocurrido. El maestre encomendó la tarea a un veterano de confianza, el caballero Jacobo de Vic, quien decidió enviarme como criado.

—¿Mi padre estaba al corriente?

—Así es; deseaba evitar la zarpa letal del Santo Oficio. En cualquier caso, era muy reservado en todo lo concerniente a vuestra madre. Intentaba esclarecer los hechos por su cuenta, y cuando me instalé en el hospital, al poco de morir doña Elena, me topé con un muro de silencio y miedo. Con paciencia investigué a los criados, los médicos y los miembros del consejo rector. Sobre las actividades de las damas nada sé, pero en cuanto a las muertes siempre aparece la misma sospechosa: Gostança de Monreale.

—Cuentan que la trajo mi madre.

—La dama resultó más escurridiza de lo previsto —repuso él con el ceño fruncido, frustrado—. Dicen que se la vio al poco de enfermar vuestro padre. Aun así, él desconfiaba de todos. No supo o no quiso revelarme de dónde procedía esa dama siempre enlu~ ~ ~La miró con intensidad—. Cuando fue consciente de que iba a morir, se limitó a rogarme que os protegiera mientras siguierais aquí.

—Yo la he visto. La primera vez dejó también una máscara de cera. La segunda, tras el ataque de Vesach, se llevó las joyas de mi madre.

—Estoy seguro de que no son aderezos lo que busca —indicó Tristán, asombrado ante aquella revelación—. Sus razones son más ominosas, pero no hemos sido capaces de descubrirlas. Debéis ser cautelosa. Sospecho que el recinto donde se reunían las damas tiene acceso al exterior, por eso Gostança entra y sale del hospital sin ser vista.

La recorrió un escalofrío al recordar que Gostança se había desvanecido de la capilla como un espectro. Suspiró, hastiada.

—Me crié aquí… y ahora todo me parece extraño, como si no fuera la misma casa, sólo la reconozco cuando veo a los pacientes.

Tristán asintió.

—En estos meses es poco lo que he averiguado y mucho lo que he sentido. ¿Os acordáis del parto de Ana? ¡Cada vida es tratada como el bien más preciado! —Su semblante se agrió—. Aunque he ayudado a salvar algunas, no pude evitar la muerte de vuestro padre, pues no sé a qué nos enfrentamos. Cuando apareció Josep de Vesach cumplí la promesa de protegeros, pero también lo hice pensando en los criados y los enfermos. Este lugar me ha transformado. Lo más triste es que En Sorell haya acabado así.

—¿Qué harás ahora? —demandó ella con un peso en el estómago.

—Todos saben que Tristán, el criado silencioso, maneja la espada y que hirió a un noble; demasiado obvio… —Chasqueó la lengua—. Mi señor mosén Jacobo opina que el asunto ha acabado con el cierre del hospital. Yo no lo creo así; sin embargo, no puedo contradecirlo ni desobedecer al justicia, me va mucho en ello.

Una miríada de emociones estalló dentro de Irene. El leal doncel había cumplido su promesa, pero carecía del orgullo inclemente de los nobles. Veía respeto en sus ojos. En Sorell lo había influenciado, por eso había ido más allá arriesgando su vida en el Partit por una prostituta.

Sus miradas conectaron. La de él firme y triste; la de ella, asombrada.

—Regreso a Barcelona y no volveré en un tiempo —le dijo al verlo dispuesto a retirarse. Algo en su pecho la ahogaba—. Me habría casado por mantener abierto el hospital.

—De vuestra alma brota una luz potente —musitó observándola casi con devoción—. Este revés no podrá someteros. Si no es aquí, será en otro lugar, pero sois valerosa y lograréis alcanzar lo que os propongáis.

Ella se estremeció. Jamás nadie la había mirado de ese modo. Al verlo salir quiso detenerlo; no encontró las palabras. No estaba educada para expresar sus sentimientos en voz alta. Se apoyó en la camilla y arrugó la sábana con la sensación de que cometía un grave error.

—Irene.

El corazón comenzó a palpitarle con fuerza. Tristán estaba en la puerta buscando en sus ojos una señal. Se produjo una pugna de fuerzas, una tensión entre lo correcto y la certeza de que jamás volverían a vivir ese instante. Apenas se conocían, pero fue un impulso inesperado. El joven corrió hacia ella y se abrazaron. Ella nunca había estado con un hombre, aunque, como todas las doncellas de la escuela, fantaseaba con un encuentro así. La asaltaron las dudas fruto de incontables sermones y charlas sobre el decoro y la decencia, pero sus manos notaban el cuerpo torneado del joven bajo la vieja camisa y se dejó ahogar por la intensidad de su abrazo. Simplemente aguardó a que él buscara sus labios, tímidos al principio para acabar en una batalla que desató un mar de deseo en su vientre.

Notó cómo el cuerpo de Tristán despertaba. El deseo la dominaba y permitió que le abriera la camisa. Se estremeció al notar sus labios cálidos deslizarse desde el cuello hasta los pechos y gimió agitada mientras la sentaba sobre la camilla. A su vez le quitó la camisa a Tristán con torpeza, y se vieron desnudos y excitados. Con besos y caricias, sus cuerpos se fueron perlando de sudor mientras descubrían la frontera de sus sentidos y mil maneras de estremecerse.

Ella se recostó y lo recibió con deseo. Unidos en un beso eterno, fue consciente de que él la buscaba y que su vigor ansiaba fundirse en un único cuerpo. Entonces se vio invadida por una fuerza impetuosa y le llegó una punzada de dolor. Fue un instante de angustia que él supo compensar con caricias y movimientos pausados. Lentamente notó una quemazón en la base del vientre, acompasó su ritmo al del hombre y juntos volaron dejando el mundo atrás.

Respiraban entre jadeos comedidos para no ser sorprendidos e iniciaron un rápido ascenso hacia el clímax. Ella echó la cabeza hacia atrás y con balanceos espasmódicos alcanzaron el éxtasis. Permanecieron entrelazados, faltos de aliento aún, dejando que la ternura fuera el último capítulo de un acto prohibido e incorrecto, pero querían retener la experiencia de un instante de felicidad inolvidable.

Tristán se incorporó y la acarició. Ella sonrió sin sentirse culpable. En parte había sido el desquite contra todo lo ocurrido.

—Irene —musitó, inquieto—, ¿qué te ocurrirá después de esto? Tu honra…

Ella lo besó. Era la primera vez que no le hablaba como un criado, y sonrió ante la preocupación nacida de su educación como doncel.

—Si no nos delatan, las mujeres recuperamos la virtud todas

las veces que queremos. —Le guiñó un ojo mientras sus manos le recorrían el torso—. Fátima, la partera, confecciona bolsitas de vejiga que llena con sangre de pollo y que se hacen estallar cuando… ya sabes.

La miró espantado y ella se echó a reír; era verdad lo que había oído sobre la ingenuidad de los hombres. Lo atrajo hacia sí. Deseaba hablarle de amor, de algo que bullía en su pecho, sin pensar en su inminente separación.

—Bésame, Tristán.

10

Habían transcurrido dos días desde que Tristán llegara con Ana, e Irene lo echaba de menos con ansia. A pesar de ello las órdenes del justicia eran claras y la realidad la cercaba con crueldad. Se encontraba en sus dependencias con Eimerich, revisando los documentos del hospital. Confiaba en él como en un hermano y le había mostrado la nota oculta de su padre, bajo juramento de no revelarla jamás, pero no tenían ningún hilo que seguir para averiguar el paradero de Elena. El criado, apocado, iba a trasladarse esa misma mañana a la casa de micer Nicolau.

Poco antes del ángelus la urbe se estremeció. La joven se envaró con el pecho palpitando. Se asomó por la estrecha ventana de la torre y vio una humareda a lo lejos, por encima de los tejados y los campanarios. Algo terrible había ocurrido y permaneció atenta. Al rato apareció un muchacho en la plaza con la cara descompuesta.

—¿Qué ha pasado? —le gritó ella.

—¡Ha sido en la Lonja de la Seda! ¡Un andamio ha cedido y parte del muro se ha venido abajo!

—¡Dios mío!

Descendió la escalera y tocó insistente la campana del patio convocando al personal, que andaba haciendo relación de los enseres y los medicamentos disponibles.

—Somos el hospital más cercano y debemos atenderlos —indicó al reunirlos.

—Señora, no estamos autorizados para acoger a nadie…

Irene miró a Arcisa con severidad.

—Lo sé, pero aún tenemos las camas, vendas y fármacos. Nadie nos condenará por asistir al prójimo. ¡Sólo os pido un último esfuerzo! —Hablaba con convicción. Quería demostrar que habría podido ser una buena *spitalera*—. Hoy dejaremos en la memoria de la ciudad lo que fue En Sorell.

Todos acabaron asintiendo, arrollados por su energía.

—Nemo, avisa a Pere Spich y al *mestre* Lluís Alcanyís por si se unen a nosotros —ordenó con firmeza.

—Traeré también a Joan Colteller, que es maestro en el *art de trencadures*,* y al barbero Martí Manyes.

—Los demás preparad el hospital para atender a los heridos. Eimerich, ven conmigo.

Corrieron a la plaza del Mercado. El joven iba haciendo cálculos.

—Irene, con los fondos que nos quedan no podremos asistir más que a una docena… como máximo.

Ella apretó los labios y aceleró el paso. En la plaza la escena los sobrecogió.

Las obras de la Lonja de la Seda se habían iniciado dos años antes y ya se atisbaba el portentoso aspecto que alcanzaría; símbolo de la prosperidad de una urbe mercantil. El edificio sería el corazón económico de Valencia, la sede del Tribunal del Consulado que dirimía los litigios del comercio marítimo, foro de mercaderes y lugar para formalizar operaciones financieras, seguros, o cambiar moneda en los banqueros.

La delicada ojiva y el arco de la ventana de la torre central habían cedido arrastrando parte del andamio y, con él, a decenas de picapedreros. Se oían lamentos bajo los escombros, e Irene se dirigió a la caseta del maestro de obras entre el caos de hombres cubiertos de polvo que trataban de sacar a los heridos.

Todos en la ciudad conocían a Pere Comte, el prestigioso picapedrero que ya había mostrado su maestría en la ampliación de

* Físico cuya especialidad se equipara en la actualidad a la del traumatólogo.

la catedral dos décadas atrás. De mediana edad, delgado y con una incipiente calvicie, golpeaba la mesa atestada de planos mientras vociferaba para organizar el desescombro. A punto estuvo de echar a Irene; sin embargo, al ver la dulzura de su mirada se calmó y atendió su propuesta.

—¡Que Dios os lo page, Irene Bellvent! Conocí a vuestros padres, y no cabe duda de que habéis heredado algo muy preciado de ellos.

—El Consell Secret nos ha retirado la autorización, pero si así lo deseáis atenderemos a vuestros hombres con el mayor esmero. Los médicos ya han sido avisados.

Pere la estudió con los ojos entornados. La joven iba a cometer desacato. Se mantuvo en silencio un instante mientras la veía apocándose. Al final asintió.

—Está bien, confío en vos. Espero que sepáis lo que estáis haciendo al desafiar una orden oficial.

Salió de la barraca y a viva voz ordenó que trasladaran a los heridos al hospital En Sorell. Los carpinteros de la plaza aportaron tablones para improvisar camillas y numerosos transeúntes se aprestaron a llevarlos. La plaza de En Borràs se atestó de curiosos cuando Nemo abrió las dos hojas del portón. En el interior, los sorprendidos médicos, ya con sus propios criados y los del hospital, todos ataviados con sus delantales blancos y mangas de lino, impartían secas órdenes solicitando jofainas con agua, listones y vendas.

Fue un día muy largo en En Sorell. Estudiantes de cirugía, vecinos y clérigos de las parroquias cercanas se sumaron a los físicos y al personal del hospital. Para alivio de Irene, consciente de que los hombres se incomodaban ante los mandatos de una muchacha, Lluís Alcanyís refrendaba cada directriz suya. Organizó grupos para asistir a los físicos. Eimerich fue con el barbero Martí Manyes y con Colteller, encargados de brazos y piernas rotos o dislocados, mientras que Nemo y Tristán, que había acudido al conocer la tragedia, dirigían el traslado de los heridos. La joven se ciñó también un delantal y se unió al grupo de *mestre* Alcanyís y Peregrina.

Con el tañido de las campanas y los lamentos de agonía de fondo, entablillaron miembros, suturaron cortes con tripa de gato y limpiaron heridas con áloe y caléndula. Casi cuarenta accidentados recibieron allí la primera cura, pero los que podían moverse eran trasladados a los hospitales de la ciudad, En Clàpers y De la Reina, para evitar suspicacias. La muerte comenzó a rondar la casa. Fray Ramón Solivella y el predicador Edwin de Brünn acompañaron en el tránsito a siete hombres tras haber sido desahuciados por los médicos.

Irene tuvo una acalorada discusión con Gilabert de Montferrat, uno de los mejores físicos de la urbe. Nadie lo había avisado, pero apareció con tres ayudantes expertos y un arcón colmado de ungüentos y vendas. Estaba dispuesto a intervenir si le pagaba de inmediato las cuatro libras que aún le debía el hospital. La joven, manchada de sangre y suciedad, con la cabeza palpitándole por la tensión, subió frustrada a sus estancias y tomó dos pequeños pendientes, lo único que le quedaba de valor.

María, Gaspar y Francés aguardaban allí por expresa orden de Arcisa. La mayor le entregó una pulserita de cuero, que una vez le regaló Nemo. Irene la abrazó con fuerza.

—Guárdala, cielo; es tu tesoro.

En ese momento llamaron a la puerta. Era Pere Comte, que llevaba horas deambulando por las habitaciones dando ánimos a los heridos.

—He podido escuchar la discusión con ese físico. En estas crisis sale lo mejor y lo peor de cada uno.

Irene asintió, triste. No tenía tiempo para conversar con el maestro de obras.

—No puedo prescindir de la ayuda de Gilabert.

Pere lanzó una bolsa de cuero que tintineó al caer sobre la mesa y se encogió de hombros ante la cara de asombro de la muchacha.

—Es mucho el bien que estáis haciendo, Irene. Esta ciudad lleva años confiando en mí para que levante los mejores edificios y me paga bien. Es justo y de buen cristiano que yo ahora le devuelva parte.

Irene la abrió y contempló diez florines de oro. Valencia recordaría a Pere Comte por sus portentosas edificaciones, pero ella lo haría por su generosidad. Efectuó el cálculo: equivalía a ciento diez sueldos, la mitad del salario anual que los hospitales pagaban a un médico.

—Tomadlo.

—Gracias, *mestre* Pere —musitó. No estaba en condiciones de rechazarlo.

Salió en busca de Gilabert de Montserrat, y el maestro de obras reparó en la humildad de aquel pequeño despacho. Sonrió a los tres niños que lo observaban curiosos. Entonces algo le llamó la atención. De entre los documentos esparcidos en la mesa, junto a una caja blanca, sobresalía un viejo papel con un dibujo. Su pasión por la arquitectura lo empujó a curiosear y confirmó que era el plano de las dos plantas del hospital en torno al patio. Reconoció cada espacio hasta que se detuvo en un punto. Entornó los ojos y se sentó lentamente en una silla.

—¿Qué hay aquí, pequeña?

María se acercó, ansiosa por conversar, y miró el lugar señalado con el dedo.

—Es la capilla de la torre mora; ahí está el retablo y detrás el muro. Luego está el comedor.

Pere asintió con una enigmática mueca; algo no encajaba.

11

La luz del día declinaba y se oía el toque de campanas que anunciaba la hora de vísperas. La calma había regresado al hospital. Mientras Nemo sacaba agua del pozo para que pudieran lavarse conforme exigía Peregrina, los médicos y los criados se miraban, agotados pero satisfechos. Los heridos que no debían moverse fueron alojados en las cuadras vacías, y la mayoría de ellos dormían sedados con bebedizos de lúpulo y lavanda. Tres se debatían entre la vida y la muerte narcotizados con opio. En la capilla se había dispuesto el estandarte de la Cofradía de los Canteros, bajo el patronazgo de santa Llúcia. Los cofrades y sus esposas habían rezado toda la tarde y regresarían con el alba.

Irene ofreció un florín de oro a cada físico, pero salvo *mestre* Gilabert el resto lo rechazó agradeciendo el gesto. Aunque eran parcos en halagos, no disimulaban su admiración por la hija de Andreu Bellvent. En Sorell había salvado muchas vidas ese día y ni siquiera el Consejo de la Ciudad se atrevería a interpelarla por su desafío.

Cuando los físicos abandonaron el hospital, Pere Comte salió de la capilla donde oraba con los otros maestros y menestrales. Mientras todos se despedían hasta el día siguiente condujo a Irene a un rincón del patio.

—¿Sabíais que falta una estancia?

—¿Cómo decís, *mestre* Pere?

—He visto los planos que tenéis sobre la mesa y he recorrido todo el hospital. Falta un espacio entre la capilla y el comedor.

Desconcertada, Irene hizo llamar a Arcisa y a Nemo. En cuanto Pere les expuso su sospecha ambos se miraron de soslayo. El rostro oscuro del hombre se mantuvo impenetrable, pero la anciana comenzó a retorcerse las manos, nerviosa.

—Si no recuerdo mal, pasaba una acequia y había demasiadas humedades. Vuestro padre decidió tapiarla, pues teníamos espacio de sobra.

—No parece que por la parte exterior rezume —replicó suspicaz Pere.

—Tal vez deberíamos ver de qué se trata. —Irene estaba intrigada.

—¡Dejad las cosas como están, señora! —indicó con vehemencia Arcisa.

La joven se quedó observando el muro encalado junto a la capilla. Nemo le tocó el brazo discretamente. Sus ojos mostraban un matiz grave.

—Seguir removiendo el pasado sólo os traerá dolor, Irene.

—Tiene algo que ver con mi madre, ¿verdad?

—Ahí es donde fue aislada y falleció a los pocos días.

Una comezón se instaló en su alma. Aunque sabía que su muerte había sido una farsa para huir con vida, tras aquel muro liso podía ocultarse la respuesta sobre quién era Elena de Mistra y quizá su paradero. Ansiosa ante esa esperanza, siguió atendiendo a los enfermos hasta bien entrada la noche, pero cada vez que pasaba entre la capilla y el comedor se detenía pensativa. Había rogado una ayuda para hallar el camino hacia su madre, y ésta a lo mejor le había llegado de la mano del maestro Pere Comte. Los criados eludían sus preguntas, pero ello sólo servía para alentar más su curiosidad.

Era muy tarde cuando Magdalena dispuso para el personal de servicio unos platos con queso, tiras de tocino desecado y frutos secos. Irene cenó en sus estancias un estofado de ave con los tres pequeños. Tras rezar con ellos y acostarlos salió a la galería. En la cuadra de las mujeres encontró a Llúcia con una escudilla dando de comer a Ana. La estancia tenía seis camas a cada lado, pero el resto estaban vacías.

—Retírate, Llúcia, ha sido un día largo —indicó Irene, afable—. Yo terminaré.

—Gracias, señora.

La criada posó sus labios en la frente de Ana y comprobó que no tenía fiebre. Se estaba recuperando. Irene continuó dándole las gachas de salvado de centeno y leche.

—¡Dicen que mañana traerán a mi niña al hospital! —exclamó la muchacha sin atreverse a mirarla.

—Así es. He mandado un recado a la *dida*. ¿Te gustaría abandonar esa vida?

—¿Quién va a hacerse cargo de mí?

Irene se mordió el labio; había estado a punto de ofrecerle un puesto de criada en el hospital. La angustia la atenazó. Algo en su interior seguía clamando que desmantelar En Sorell era un gran error.

—Puedo hablar con los cofrades de la Almoyna de les Òrfenes a Maridar… Poseen beneficios y censos que destinan a dotar a las mujeres sin medios para casarlas.

La joven asintió. La mayoría de las cofradías tenían la caridad como deber cristiano y, según su origen gremial o particular, asistían a viudas o a lisiados, o bien a otros desfavorecidos como antiguos esclavos, niños o mujeres necesitadas, siempre con la esperanza de evitarles el camino hacia el delito y el pecado.

—Nadie quiere una mujer con una niña… y Arlot no lo permitirá. Cuando tenía trece años, mi padre me vendió, y aún adeudo el préstamo por la ropa y las sábanas de la cama.

—Tristán saldó la deuda. No debes nada.

La muchacha se deshizo en un mar de lágrimas.

—¿Y adónde iría? Cuando cerréis me veré en la calle. El Partit es mi única casa.

—Encontraremos una solución —dijo Irene, apenada—. De momento descansa.

Dejó a la muchacha llorando; temía la libertad porque era incertidumbre. Irene sentía que tenía tanto por hacer que la frustración le desgarraba el alma.

La oscuridad engullía los detalles del patio. Apoyado en el alfeizar de la galería, Tristán parecía deseoso de absorber la calma llegada con la noche. Irene se acercó y, tras comprobar que nadie deambulaba por el pasillo, se acurrucó en su pecho. Tembló al sentirse rodeada por sus fuertes brazos.

—Ha sido un día terrible. Gracias por volver.

—Si se entera el justicia, su ira caerá sobre ti, Irene.

La joven levantó el rostro y se fundieron en un largo beso. Tristán le atusó la melena apelmazada por el sudor y ella lo miró con intensidad. Aunque seguía siendo un desconocido, sabía que podía confiar en él. Durante toda la jornada se habían dedicado miradas cómplices en las que ardía el deseo, pero también la frustración de no poder estar juntos y sostenerse mutuamente. A pesar de la advertencia de su padre, Irene le confesó lo que había descubierto sobre Elena.

Él la abrazó de nuevo.

—Anhelo con toda mi alma que la encuentres.

—Es posible que esta noche ambos encontremos alguna respuesta.

Con una sonrisa enigmática lo envió a por Eimerich, quien había pospuesto su marcha tras lo ocurrido. Ambos, intrigados, se reunieron con ella en la capilla desierta.

—Según el maestro de obras, las distancias son distintas en el plano. Entre el muro de la torre, tras el retablo, y el comedor faltan al menos diez palmos.

—¿No será un error del documento? —aventuró Eimerich, que acababa de despertarse.

Irene negó al recordar de nuevo el modo en que Gostança se había desvanecido la primera noche que la vio. Tenía que haber una explicación. El retablo formaba un gigantesco marco de madera policromada sostenido por un armazón enclavado en el muro. Más de una vez, de niña, había usado los huecos de los laterales para esconderse; sin embargo, jamás imaginó que podía existir un acceso oculto.

Tras varios intentos Tristán logró mover una gruesa tabla. Hacía la función de puerta, pero tuvo que alzarla medio palmo para liberarla del anclaje y abrirla hacia dentro con un leve chirrido. Una vaharada de humedad emanó de la oscuridad. Vieron que el retablo ocultaba una antigua puerta de herradura árabe hecha con ladrillos y una escalera que descendía bajo la torre. El espacio no era mayor que el calculado por Pere Comte.

Los tres se miraron asombrados y Tristán encabezó el descenso con un candil en la mano. La escalera seguía la curva del muro de la torre. Era estrecha, de peldaños altos y torcidos. Antes de llegar al final la trémula luz los dejó sin aliento.

Era una cripta octogonal con una bóveda de aristas de factura sarracena. Una parte la ocupaban viejos toneles, como si hubiera sido una bodega, pero en el centro descubrieron una decena de sillas caídas cuya disposición había sido circular, orientadas a un atril situado entre dos pebeteros de bronce. Detrás, sobre un pedestal, una escultura de mármol blanco mostraba a tres mujeres desnudas cogidas de las manos que parecían danzar. Junto al muro vieron varias pinturas de temas mitológicos muy deterioradas y algún busto, pero por doquier se hallaban pequeños trípodes, peanas y basas que evidenciaban que la cripta había contenido muchas más obras de arte.

Irene sintió la esencia de Elena impregnada en el lugar. En todas esas obras aparecían mujeres; avanzó impresionada. Pensó que aquellas piezas podían ser el ajuar de su madre. Eimerich y Tristán, en cambio, se santiguaban aterrados ante cuerpos desnudos y deidades paganas que a ella le resultaban familiares. En Barcelona estudió mitología y textos clásicos con doña Estefanía. Era como si su docta institutriz la preparara para lo que su madre le transmitiría en el futuro.

—Bienvenidos a la Academia de las Sibilas.

La voz reverberó en la bóveda y los sobresaltó.

—¿Peregrina? —musitó Irene.

—Lo que hemos logrado ocultar treinta años lo ha descubierto Pere Comte en unas horas —prosiguió la anciana, no sin fastidio—. Sabía que vendrías.

La física surgió de las sombras, tras la escultura. Su mirada azul brillaba con fuerza. Después de un incómodo silencio asintió, aceptando la situación.

—Estabas destinada a unirte a nosotras tras tu formación con doña Estefanía, una valiosa aliada, pero apareció Gostança de Monreale, Dios la condene, y todo acabó. Te pedí que regresaras a Barcelona porque esto sólo te causará más dolor y vacío.

Irene vaciló antes de hablar.

—Peregrina, los tres sabemos que mi madre vive. Deseo encontrarla.

La anciana abrió los ojos, sorprendida, y se inclinó como si las piernas le fallaran. Tristán corrió a sostenerla y Eimerich alzó una de las sillas para acomodarla. Ella los miró agradecida.

Irene le detalló el descubrimiento de la caja blanca y le leyó la carta de su padre.

—Si Andreu no reveló dónde se refugia Elena, no la encontrarás. Fuimos extremadamente cautelosos simulando su muerte y ocultando su marcha.

—¿Conocéis su paradero? —demandó Irene, ansiosa.

—No, gracias a Dios. Nunca dijo adónde iría. Fue hábil, pues Gostança no creyó la treta, como si lo sintiera, y sigue buscando… Apareció una noche en mi cuadra para interrogarme, pero vio la ignorancia en mis ojos y tal vez por eso sigo viva.

—¿Y mi padre?

—Creo que recibió un mensaje de tu madre desde algún lugar lejano poco antes de enfermar, de ahí la carta que te escribió, pero ni siquiera bajo la terrible agonía de la cantarella confesó el secreto a nadie.

La joven había esperado tres días para mantener esa conversación con Peregrina, la única que podía saber algo más sobre Elena, de modo que su respuesta la dejó desolada.

—¿Creéis que volverá algún día?

—Te parió con más de treinta años y ronda los cincuenta; su salud es muy delicada. Le advertí que no huyera lejos, pero si, como escribe Andreu, un mar os separa, el viaje y la humedad serían nefastos para ella. Su cuerpo no soportaría un viaje de regreso.

Irene sintió un terrible peso en el pecho; la física no solía errar en sus asépticos diagnósticos. Había perdido a su madre para siempre. Una miríada de cuestiones la asediaban, pero quiso despejar una duda que la reconcomía.

—Por aquí salió Gostança la noche en que murió mi padre, ¿verdad?

—Tras uno de los toneles hay un pasadizo que sirve de respiradero y que conecta con la acequia del huerto. Está cerrado con una cancela, aun así… —Peregrina torció el gesto y comenzó a rezongar como si estuviera sola—. Sigue siendo un misterio para mí por qué Elena la trajo y en apenas unas semanas le reveló la existencia de este lugar. Aunque le advertí que no lo hiciera, me dijo que veía en ella algo… Quería redimirla. ¡Ingenua!

Los tres conocían bien su agrio carácter y no replicaron.

—¿Dónde estamos, Peregrina? —demandó Irene—. ¿Quién era mi madre? ¿Sólo una muchacha que huyó de Constantinopla?

Tras un largo silencio la anciana volvió a hablar.

—La conquista de Constantinopla por los turcos en 1453 fue la peor catástrofe para la cristiandad desde la pérdida de Jerusalén, pero también provocó algo extraordinario: un cambio en la manera de entender el mundo. El éxodo de eruditos y filósofos que huyó de la antigua capital de Bizancio recaló en las cortes europeas de príncipes y nobles con más ansias de conocimientos. No sólo traían textos y manuscritos en arcones, sino un tesoro aún mayor: la lengua de los clásicos, que antes únicamente unos pocos monjes conocían. Así se tradujeron infinidad de pergaminos griegos enmohecidos en las bibliotecas de los monasterios. Tal vez no fue el inicio, pero sí un viento de sabiduría que sopló sobre los viejos reinos de Europa y, portando el deseo de descubrir la cultura griega y romana, trajo consigo su rico humanismo, historia y arte. Los hombres cultos anhelaban cuestionar el mundo y debatir en libertad. Fue un renacimiento. En Roma comenzaron a excavar en busca de estatuas, se fundaban academias neoplatónicas y los artistas, además de temas religiosos, se atrevían a plasmar en sus lienzos escenas mitológicas, alegorías paganas, con una perspectiva nueva y maravillosa.

Irene miró las pinturas de la cripta. Conocía las obras de Píndaro y Hesíodo, por eso reconoció a Venus, así como a Perséfone y las amazonas, con un pecho cortado para usar el arco con mayor precisión. Era cierto: desde la toma de Constantinopla, el mundo había cambiado. Finalmente observó la estatua de las tres mujeres desnudas que danzaban.

—Las tres gracias: Voluptas, Pulchritude y Castitas, heraldos del Amor en sus tres estados que fluye entre la divinidad y los hombres…

—Elena de Mistra fue una de esas portadoras de luz. Su llama era mucho más pequeña... pero maravillosa... Los ojos de Peregrina destellaron—. Era la hija de un profesor de la Universidad de Constantinopla llamado Néstor, discípulo del filósofo Jorge Gemisto Pletón, el mayor experto en Platón de este siglo. Néstor era maestro de príncipes y nobles, y poseía una gran fortuna. Estaba enfermo y no quiso emprender aquel terrible periplo, pero dispuso que su amada hija huyera con un arcón de objetos muy valiosos, joyas y oro. Aunque fuera huérfana y exiliada, con aquel ajuar podría vivir sin estrecheces y formar una dote digna de una reina. Por eso tu nombre es griego.

»Elena había crecido entre libros y sabios, y a pesar de su juventud, cuando llegó con su pequeño séquito de criados a la corte del rey Alfonso V en Nápoles, fascinó a los palaciegos más eruditos, de manera que se le permitió seguir estudiando junto al clérigo y poeta Antonio Beccadelli. Pero ya desde niña, tal vez orientada por su padre, sus lecturas iban en busca de ciertos mitos y hechos dispersos en los pliegues de la historia, o sugeridos en los textos religiosos. Como la dama del laberinto de su escudo, quiso informarse acerca del pasado de quienes compartían su género, y descubrió destellos de una verdad velada. En Nápoles conoció la "Querella de las Mujeres" lidiada en Occidente desde hacía siglos por *puellae doctae*, autoras cultas y valientes, que de algún modo eran la consecuencia de lo que ella estaba descubriendo, y deseó fundar una academia muy especial.

—Pero ¡era muy joven!

—Así es —reconoció la anciana—. Antes tuvo que transitar

su periplo iniciático lleno de dolor, pero jamás hablaba de ello. Elena se casó con Andreu Bellvent, abrieron el hospital con ayuda de Tomás Sorell y llevó a cabo su mayor deseo: fundar una escuela de pensamiento para mujeres. Nos tildaron de brujas, pero aquí se emulaba la Academia platónica de Cosme de Médicis, en Florencia; la Neacademia de Venecia o el Porticus Antonianus de Nápoles. No era un espacio de extraños ritos, sino un lugar de estudio y discusión serena. En libertad, se representaban mitos clásicos, se leían textos judíos e incluso de Padres de la Iglesia. Elena estaba convencida de que era necesario que las mujeres comprendieran ciertas claves del pasado para entender la verdadera esencia que nos envuelve y qué nos llevó a quedar sometidas bajo la potestad patriarcal.

—Peregrina, ¿formabais parte de la academia?

—Me conoces. Prefiero un tratado médico de Galeno o de Arnau de Vilanova a los versos de Homero, pero respetaba y compartía lo fundamental. —Miró a Tristán y Eimerich, y se explicó—: No existe una ley natural que nos haga inferiores a los hombres en inteligencia o espíritu.

Irene recordó sus lecturas y debates con doña Estefanía y las otras doncellas sobre la *Ciudad de las Damas* de Christine de Pizán. Su madre había elegido bien a su tutora.

—Mi presencia atraía al hospital a mujeres de toda condición —prosiguió Peregrina—. En muchas eran más graves las dolencias del alma que las del cuerpo. Asfixiadas por hombres crueles e incomprendidas, muchas casadas para forjar o mantener alianzas entre familias, se preguntaban si somos algo más que recipientes para engendrar; hijas, esposas o madres. Las que tenían la mente abierta para escuchar las lecciones de Elena fueron admitidas. Se la llamó Academia de las Sibilas en recuerdo de las antiguas profetisas que desde la oscuridad de sus grutas y templos guiaban a la humanidad. Queríamos comprender el verdadero papel que desempeñamos en la Creación.

La anciana había recuperado su aplomo y se levantó de la silla. Era obvio que velaba partes de aquella historia. Pasó un dedo por el polvo acumulado de una de las pinturas.

—Ahora todo ha acabado.

—Es la ninfa Cénide —dijo Irene, orgullosa de sus conocimientos. Los demás la veían resplandeciente y fascinada por aquel entorno—. Pidió a Poseidón convertirse en hombre. Fue un gran guerrero y coronado rey. —Sus ojos se empañaron—. ¡Daría mi vida por encontrar a mi madre, por aprender…! Siento que este lugar es importante para nosotras…

Peregrina se acercó y la observó con atención. Estuvo a punto de asir su mano, pero prefirió no hacerlo.

—No puedo complacer tu deseo. Sin embargo… has de saber que Elena no se ha marchado del todo. Era consciente de los peligros de su huida y me entregó esto para ti. —De entre los pliegues de su raído vestido negro sacó un pequeño libro con aspecto de breviario—. Había decidido dártelo cuando partieras hacia Barcelona, aunque tal vez sea éste el momento. Aun así, no olvides que esta cripta es ahora un lugar de oscuridad y muerte.

La joven lo tomó emocionada y Peregrina siguió:

—Sólo Dios sabe qué ocurrirá a partir de mañana, pero la academia no se desvanecerá si la conservas allí donde la Providencia te conduzca. Te ayudará a encontrar fuerzas y a mirar el mundo sin complejos.

—¿Qué son todos estos pedestales vacíos? —Eimerich estaba intrigado.

—Para ilustrar las lecciones, Elena adquirió pinturas e imágenes, auténticas obras maestras. Puede que esto sea lo que quedó del valioso ajuar que trajo desde Constantinopla y que, junto al dinero de Tomás Sorell, sirvió para financiar el hospital. Si hay algo más lo ignoro, pero desde la marcha de Elena En Sorell comenzó a endeudarse.

—¿Eso es lo que busca Gostança o es este breviario? —preguntó Irene.

—Lo ignoro, hija. Esta casa sabe ocultar secretos. Si Andreu recibió algún mensaje de su esposa es posible que lo ocultara en algún lugar también. Esa carta que obra en tu poder quizá sea la clave, y por eso la está buscando esa maldita dama. Sé cauta.

—Sin duda estas obras podrían ser un señuelo para reclutar

aliados codiciosos como Josep de Vesach —terció Eimerich, pensativo, observando las pinturas y la escultura.

—¡Quién sabe! En cualquier caso, ya es tarde.

Irene permanecía ajena, abstraída en el breviario en cuyo interior no había oraciones, sino dibujos, diagramas y textos en la abigarrada letra de su madre.

Peregrina se dirigió a la escalera en silencio y ascendió con paso agotado. En su semblante se mostraba la paz de quien había culminado una delicada tarea. Eimerich se excusó en cuanto detectó que Irene quería permanecer un instante en soledad. Tristán iba a retirarse, debía informar de inmediato a Jacobo de Vic, pero ella le tomó la mano y se abrazaron. La joven lloró liberando la tensión que la atenazaba. Tenía los nudillos blancos de sostener con fuerza el libro.

—No quiero que se cierre el hospital. ¡Ahora no! Es aquí donde empieza la búsqueda de mi madre.

Él le acarició la mejilla.

—Lo sé.

—¡Ayúdame, Tristán! Juntos podríamos lograrlo… —Sus pupilas grises destellaron de emoción—. Como marido y mujer…

—¡No sabes lo que estás diciendo! No me conoces.

—Sé lo que veo en tus ojos y… te quiero. ¡Es la única posibilidad!

Tristán le levantó la barbilla para robarle un beso.

—¿Casarte con un mero criado? No te lo permitirán.

—Me dijiste que eres doncel.

—¡Nadie debe conocer mi identidad de momento! —Reaccionó con una extraña inquietud—. Me debo a mosén Jacobo de Vic.

Ella lo obligó a mirarla.

—Soy libre y ciudadana. —Le dedicó una sonrisa sensual—. ¿Tienes tú algún impedimento?

—Desearía unirme a ti para siempre, Irene, pero hay cosas que no sabes. He de hablar antes con mi señor. Piénsalo con calma y no desveles aún quién soy en realidad.

Ella lo besó sin atender más a sus palabras y abandonó la cripta con el corazón palpitándole. A ambos los arrollaba el deseo, y le dolió su reticencia a pesar de haberle entregado la honra. Sentía su amor bajo un velo de temor del que ella quería librarlo.

Suspiró con el libro de Elena de Mistra en las manos. No iba a meditarlo más. Si le exigían un marido, esa misma noche redactaría una carta al consejo rector citando al doncel Tristán de Malivern como adecuado por su condición. Si los convencía, podrían firmar los esponsales y presentarlos el día de San Antonio, aunque la boda se celebrara pasado el luto.

Además, con el respaldo de la junta, pensaba interponer un *clam* ante la Justicia contra Gostança de Monreale para que fuera capturada y juzgada por sus crímenes.

En el patio aspiró el aire fresco de la noche. Acalló la voz interior que pedía prudencia. Estuvo tentada de hacer sonar la campana y comunicar al personal su decisión, pero se contuvo.

12

El día 23 de diciembre regresaron al despacho del notario Bernat de Sentfeliu. Irene se situó junto a los albaceas y consejeros Joan Dandrea y Lluís Alcanyís. Enfrente tenía a micer Nicolau y al procurador de Bernat Sorell II.

—Sólo falta micer Miquel Dalmau —indicó el notario, impaciente.

La joven se sentía inquieta. Sabía que la propuesta de casarse con el doncel había causado agitación en el consejo; aun así, hizo valer su condición de emancipada para mantenerse firme. Tristán le pidió que esperara, pero el tiempo se agotaba y sin contar con él convocó la reunión. Si el consejo aceptaba, su vida daría el ansiado giro.

Tras la decisión de ayudar a los heridos de la Lonja de la Seda quedó patente ante el gobierno de Valencia que aquella muchacha de rostro dulce tenía capacidad para ejercer de *spitalera* como sus padres. Esperaba que la orden de clausura temporal fuera revocada gracias al prestigio de Pere Comte. Ningún alguacil se había presentado y los picapedreros seguían las curas en En Sorell. Estaba a una firma de lograr su sueño.

En ese momento entró Miquel Dalmau vestido con una elegante gramalla encarnada y un bonete. Observó con atención a Irene.

—Lamento el retraso, pero quien me acompaña no podía venir antes.

Tras él entró un hombre que rondaría los treinta y cinco años, de rasgos angulosos, el pelo corto y una fina barba, que vestía con ricas sedas de tonos ocres. Regaló a Irene una sonrisa franca a la que ella correspondió, intrigada. Su extrema palidez y las bolsas oscuras bajo sus ojos le conferían un aspecto frágil y enfermizo. La manera de comportarse evidenciaba una esmerada educación.

Dalmau se situó a la cabecera de la mesa y la miró de nuevo. Un detalle la escamó: salvo ella, nadie parecía sorprendido.

—Querida Irene Bellvent, en primer lugar, debo elogiar la caridad cristiana que os mueve a casaros de una manera tan precipitada para mantener abierto En Sorell y os felicito por vuestra iniciativa tras el accidente en la Lonja. Como miembro también del Consell Secret, por mi condición de abogado de la ciudad, os comunico que se ha revocado la orden de cierre cautelar del hospital. Todos os presentan sus respetos y desean que permanezca abierto por muchos años para los necesitados, conforme a su acta fundacional.

Irene asintió emocionada, pero las buenas noticias y los halagos no disimulaban la tensión en la voz del micer. El letrado parecía acariciar a la víctima antes de asestarle el golpe.

—El consejo rector ha estudiado vuestra petición y acepta que prosigáis con vuestra labor; aun así, dado que la ley os obliga a estar casada para ser *spitalera*, os presento a Hug Gallach, a quien el consejo propone para desposaros.

Irene notó una punzada en el estómago y se levantó de la silla. Desde el otro extremo, Hug la observaba con atención.

—¿Es que no recibisteis mi carta? —demandó con voz atiplada.

—Cálmate, Irene —sugirió Nicolau frente a ella—. Si deseas conservar el cargo escucha con atención.

Se sintió acorralaba por una manada de fieras.

—El hombre con quien pretendíais uniros en matrimonio os ha mentido… o al menos no os ha dicho toda la verdad —prosiguió Miquel Dalmau—. Es cierto que su nombre es Tristán de Malivern, nacido en Prades, en el Rosellón, y que es doncel. Sin embargo, el entusiasmo de vuestra misiva evidencia que ignoráis que la justicia lo persigue por el asesinato de su padre.

La joven palideció y miró a Nicolau, quien asintió con semblante grave.

—Así es, Irene. Entre mis clientes figura el maestre de Nuestra Señora de Montesa don Felipe de Aragón, orden de la que Tristán es escudero. Hace unos años huyó del Rosellón, ahora en manos del rey francés, después de asesinar a Jean de Malivern con un golpe de espada. Tras un periplo delictivo acabó como escudero de Jacobo de Vic, que a pesar de todo lo admitió. Mientras sirva a la orden está protegido bajo su jurisdicción, pero si la abandona para casarse deberá ser prendido y llevado ante la Corte de Justicia de Prades para ser juzgado por el parricidio. Goza del favor de los caballeros y trata de hacer méritos a fin de lograr el indulto de nuestro rey don Fernando. El maestre no explicó qué hacía en En Sorell; imagino, no obstante, que mosén Jacobo lo obligaba a purgar por su pecado.

—¡Dios mío! —exclamó ella con los ojos enrojecidos.

—El indulto no ha sido firmado aún y la causa por parricidio no prescribe.

—¡No podéis desposaros con un asesino, Irene! —indicó Dalmau.

El dolor la arrasó como si fuera metal licuado descendiendo por su pecho. Avergonzada, se maldijo por arrojarse en los brazos de un desconocido sólo por lo que destilaba su mirada. Había desoído el ruego de Tristán de no desvelar su identidad; sin embargo, en ese momento era ella quien se sentía traicionada.

Derramó lágrimas en silencio. Hug habló por primera vez, con voz gastada.

—No tenéis por qué darlo todo por perdido.

A pesar de que sus ojos oscuros carecían de brillo, tenían una expresión afable.

—Si me aceptáis, quizá el futuro no sea tan amargo. Soy Hug Gallach, hijo de Pedro Gallach, jurista de Daroca y buen amigo de micer Miquel Dalmau. Enviudé hace unos años, pero no tengo hijos. Vos ansiáis proseguir la labor de vuestros padres y yo un poco de paz... —Tosió—. Tal vez podamos entendernos.

Irene lo miró con atención. Su aspecto cansado le despertaba cierta ternura.

El abogado Dalmau tomó la palabra.

—Lo siento, Irene. Hemos visto que estás decidida a seguir al frente del hospital, por eso en cuanto descubrimos el secreto de Tristán nos afanamos en hallar a alguien dispuesto a afrontar los graves problemas económicos que En Sorell atraviesa. Hug procede de una familia próspera que hará frente a las deudas.

—Así es —confirmó él—, pero ya os dije, micer Miquel, que sólo acepto si ella consiente.

Bernat Sorell reclamó la atención.

—Agradezco a Miquel y a Nicolau que hayan evitado que el apellido de mi familia se vincule al de un asesino. Si consentís, Irene, se abrirá una nueva etapa y contribuiré a la prosperidad de En Sorell con mejores censos y beneficios a su favor, como habría querido mi tío don Tomás. Dado que Hug deberá asumir cuanto antes su cargo de mayordomo, ofrezco que viva en mi palacio de Valencia durante el luto y hasta la boda. Suelo residir con mi familia en la casa de Albalat, donde el aire es más sano.

El propio Hug se sorprendió. A su lado micer Miquel Dalmau lo invitó a aceptar con una amplia sonrisa. Irene, apocada, se volvió hacia Lluís Alcanyís.

—Lamento lo ocurrido. Sentía un gran aprecio por Tristán, pero… ha sido mejor descubrirlo a tiempo. Ahora la decisión es vuestra.

—¿Cuáles son las condiciones? —demandó Irene con un hilo de voz.

El notario mostró un documento previamente redactado. Todo estaba previsto.

—Hug Gallach e Irene Bellvent se comprometen a casarse tras el primer año de luto. Ella aportará como dote el edificio con sus enseres; Hug, los muebles según el inventario que facilita y un depósito de setecientas libras, que será saldado por su padre tras la boda. Los censos para el hospital que aportará Bernat Sorell contribuirán a una renta de cien libras anuales.

»El documento se validará en el día de hoy, pero el ritual religioso de los esponsales, con intercambio de anillos y arras, será dentro de tres meses en la iglesia de Sant Berthomeu. Viviréis separados hasta celebrar la boda dentro de un año. Si firmáis, Hug será el mayordomo en funciones y ambos seréis *spitalers*, cargo que ejerceréis con honestidad y caridad cristiana. Se rendirán cuentas anuales según la costumbre. —Los ojos severos de Bernat de Sentfeliu se posaron en Irene—. Tales condiciones quedarían revocadas en el caso de que la desposada perdiera su honra antes de la consumación del matrimonio.

Irene mantuvo la mirada fija en la mesa para que nadie notara su desazón y quiso romper el silencio expectante.

—¿Cómo se mantendrá el hospital hasta la boda?

Bernat Sorell tomó la palabra.

—Sabéis que mi familia es una de las que financian a nuestro monarca. Por el loable servicio de En Sorell tras el accidente de la Lonja, he solicitado al lugarteniente del gobernador general del Reino de Valencia, Lluís Cabanyelles, una *licència d'acaptes* para recaudar alimentos y limosnas a beneficio del hospital, válida en todos los territorios de la Corona.

Irene sintió que el vello se le erizaba; esa licencia era la más cotizada por las casas de salud, pues garantizaba el sustento continuado. Incapaz de comprender cómo en un instante todo había cambiado, miró a Hug. No se notaba el pulso acelerado, pero no le disgustaba el aspecto frágil de quien le proponían por esposo. Sus manos se movían con delicadeza. El consejo no tenía dudas respecto de la resolución a adoptar, y ella sabía lo que su negativa implicaría: alejarse de En Sorell y perder la posibilidad de encontrar algún rastro de su madre.

En silencio asintió, y la felicitaron por su decisión. Hug sonrió, afable, y ella le correspondió con timidez. Esperaba que la tratara con respeto y tal vez, con el tiempo, llegaría a amarlo. La viabilidad del hospital quedaba garantizada durante años.

Cogió la pluma. El pulso le temblaba mientras plasmaba el nombre con letra firme al final del documento. Entró un criado con una jarra y varias copas de metal.

—Correcta decisión, Irene. Vuestro padre estaría complacido

—indicó Miquel Dalmau levantando el licor—. Conozco a Hug desde hace años; con él podréis llevar adelante vuestro mayor anhelo. Sólo os pido que seáis fiel como esposa y *spitalera*. Bienvenida a una nueva vida.

—Una cosa más, señores —anunció Irene, aún incapaz de valorar la situación—. Creo que Hug tiene derecho a saber lo ocurrido en En Sorell.

La escucharon, incómodos, desgranar sus dos encuentros con Gostança, las veladas amenazas de ésta y las sospechas de que era responsable de al menos tres muertes: la de doña Angelina de Vilarig, esposa de don Felip de Vesach, la de sor Teresa de los Ángeles y tal vez la del propio Andreu Bellvent.

—Con todos mis respetos —comenzó Miquel con irritante condescendencia—, creo que vuestra juventud os hace proclive a la fantasía. Las meras sospechas y los rumores de criados arraigan en la imaginación femenina, pero no son prueba ante el justicia.

Irene frunció el ceño; sin embargo, contuvo su ira: esperaba tal reacción. Sin apostillar nada, de una pequeña bolsa sacó la máscara de cera. Los hombres la estudiaron en silencio.

—Irene —terció entonces Nicolau en tono paternal—, yo he vivido lo ocurrido y no niego que flota la sospecha de que tales muertes no fueran capricho de la Providencia. Pero nadie más que tú, que sea digno de crédito, ha visto a la dama en más de un año y este objeto, aunque siniestro, de poco nos sirve como prueba. Aun así, me comprometo a permanecer atento e investigar si surge alguna evidencia clara.

El resto asintió, conforme, y la tensión se diluyó. Irene estaba desolada y no quiso incidir más. Tenía un secreto que mantener oculto. Entonces reparó en *mestre* Lluís Alcanyís, que había permanecido callado. Estaba lívido, mirando fijamente la máscara sobre la mesa con expresión de temor. Sus labios murmuraban algún tipo de oración. Nadie más parecía haber apreciado el cambio operado en el médico.

—Guardadla o deshaceos de ella —insistió Miquel Dalmau mostrando una amplia sonrisa—. ¡Es hora de celebrar el futuro enlace!

De camino al hospital En Sorell cubrieron las formas. Irene iba delante acompañada de micer Nicolau y Hug detrás con el resto del consejo. La joven reparó un instante en el escudo de la dama sentada sobre el laberinto y se imaginó a sí misma. Desgarrada y extraviada. Amaba a Tristán y lo había perdido por su falta de sinceridad. Ahora estaba en manos de un desconocido de buenas maneras y comedido. Muchas amigas habían tomado esposo por acuerdos familiares, sin amor, pero en su caso se sentía más bien ofrecida a un único postor.

La puerta del hospital se hallaba abierta y se oía un jovial alboroto. Boquiabiertos, contemplaron en el patio un carro con varias jaulas. Nemo y Magdalena trataban con poco éxito de bajar un cerdo corpulento que se revolvía sin dejar de chillar. Se respiraba un ambiente festivo. En la balaustrada de la galería varios obreros ya recuperados reían y jaleaban a los dos esforzados criados.

—¡Señora, señora! —La joven Isabel se acercó alterada—. Han traído de todo… ¡Harina, vino, gallinas, conejos y hasta ese cerdo! Es un milagro, ¡un regalo de Dios!

Irene se volvió hacia Hug y Dalmau, que sonreían complacientes. Dos sirvientes de su prometido habían llegado casi una hora antes al hospital. Al parecer, nadie del consejo había dudado que firmaría, lo que aún la irritó más.

Con disimulo estudiaba a su futuro marido mientras le mostraba En Sorell. Tuvo palabras amables para cada uno de los ingresados. Asentía con una sonrisa a las explicaciones de Arcisa y Alcanyís, y propuso abrir algunas ventanas para mejorar la ventilación de las estancias inferiores. Esa mañana estaba presente Vicencio Darnizio, el apotecario, mezclando emplastos para los heridos de la Lonja. Hug se reconocía lego en materia médica, pero mostró un interés especial en el dispensario así como en el tratamiento usado para el dolor. Irene trataba de asumir la pena y convencerse de que era un hombre interesante; con todo, su alma destrozada seguía asida a Tristán.

Acabaron en la capilla, donde fray Ramón y el predicador

Edwin iban a celebrar una misa de acción de gracias por el enlace. Eimerich se aproximó a Irene.

—Tristán está en el huerto —musitó con disimulo.

La joven se excusó un instante y salió por la puerta del fondo mientras el criado era reclamado por Lluís Alcanyís. Lo encontró en el corral. Tristán se acercó desolado y ella le propinó una bofetada justo antes de derramar las primeras lágrimas.

—¿Por qué me has mentido? ¡He contraído esponsales con alguien que no conozco!

—Te advertí que tuvieras paciencia. Hay muchas cosas que no sabes. ¡Déjame que te explique lo que ocurrió con mi padre!

—¡No sé quién eres ni qué ha sido verdad entre nosotros, pero prefiero ignorarlo para olvidarte cuanto antes! —Debía arrancarlo de su alma o no soportaría la compañía ni el contacto de Hug. Como muchas mujeres de su clase, aprendería a mantener ocultos sus auténticos sentimientos—. Me casaré con él y trataré de amarlo como…

—¡Espera! ¿No te parece una propuesta extraña? ¿Quién es Hug Gallach?

Ella se zafó con brusquedad de sus manos. No dejaba de preguntarse eso mismo. En cuanto anunció que se casaría con Tristán al consejo rector, éste le encontró otro candidato en sólo tres días.

—Adiós, Tristán —le dijo imprimiendo ira en su voz.

Él encajó el golpe con mirada funesta.

—Presiento que llegan nuevas sombras, Irene, no quiero dejarte.

En ese momento uno de los criados de Hug se asomó por la puerta.

—¡El justicia ordenó tu marcha. ¡Hazlo o te denunciaré! —gritó furiosa. Cada palabra era una daga en su pecho, pero tenía que hacerlo por ella y por el hospital. Si alguien sospechaba de su relación, todo acabaría en un instante—. Que Dios te ayude a limpiar tu terrible pecado, doncel Tristán de Malivern.

Ya en la capilla se cubrió con el velo, que disimuló el torrente de lágrimas.

Tristán se quedó mirando los árboles, desolado. Musitó una maldición y golpeó la tierra con el pie. No había calculado bien el ímpetu de Irene y la había perdido para siempre. Con una intensa sensación de fracaso enfiló hacia la puerta, pero entonces aparecieron Eimerich y Lluís Alcanyís.

—*Mestre* Lluís te estaba buscando —le dijo Eimerich.

El físico los apartó hasta un rincón tranquilo bajo un manzano.

—Ser médico exige una aguda intuición. Irene se precipitó contigo, Tristán, pero sé que no querías perjudicarla. Conozco a mosén Jacobo de Vic, tu señor, por eso me fío de ti y deseo que sigas protegiéndola. —Los miró a los dos—. Me consta que ambos estáis unidos a Irene y que compartís sus sospechas. Personalmente no daba crédito a las habladurías hasta hoy, cuando he visto esa máscara de cera… —Sus ojos centellearon—. Prefiero que ella no sepa nada por ahora, pero quiero mostraros algo. Esta noche uno de mis criados vendrá, y os pido que lo acompañéis.

Sin dar más detalles, Lluís Alcanyís regresó junto al resto del consejo, dejando a ambos criados tensos y expectantes.

13

El pregonero de la ciudad se presentó en la plaza de En Borràs para publicar la decisión del Consell Secret de levantar la suspensión. Hizo lo propio en la puerta de los Apóstoles de la seo y en el mercado, cerca del cadalso donde se realizaban las ejecuciones públicas. Esa tarde regresaron los alegres cantos de la joven Isabel, contagiando a Magdalena y a Nemo. Una oleada de optimismo se adueñó del hospital.

Por la tarde, los *bacins* de las parroquias, enterados ya, llevaron a varios indigentes para que pasaran la fría noche en En Sorell y éstos fueron acogidos como era costumbre por la *spitalera*. Antes de distribuirlos en las cuadras fueron examinados por *mestre* Joan Colteller y por Peregrina. Eimerich anotó en el recetario de cada uno la purga o el remedio prescrito. Hablaron con entusiasmo de contratar a un oculista judío, así como a un *quexaler* para que tratase los males de muela.

A pesar del luto, Irene invitó al consejo a cenar en sus dependencias. Magdalena se esmeró con un guiso de conejo especiado con canela y clavo, que Arcisa sirvió en platos de loza.

Hug explicó que era el tercer hijo de Pedro Gallach, de Daroca, quien fue durante años asesor de la bailía del reino. Sólo el primogénito pudo seguir la carrera del padre, y Hug, tras cursar estudios, se enroló en la carabela *Santa Ana* del noble Altubello de Centelles. Tiempo más tarde se casó con la hija de un próspero comerciante de alumbre, pero un brote de peste en Alicante se llevó a su esposa y al único hijo de ambos, de tres años. Abatido, quiso alejarse de los recuerdos y regresó a la casa paterna, donde se dedicó a cuidar de su madre hasta que ésta falleció, hacía sólo unos meses. Irene apenas habló, percibiendo con alivio que su prometido era un hombre sensible y culto. No tenía el rostro firme, la mirada clara, ni las manos cálidas de Tristán que la hacían estremecer, pero tal vez, con el tiempo, su corazón podría reverdecer e incluso confiarle el secreto de la Academia de las Sibilas. Esperaba que la respetara como Andreu Bellvent a Elena de Mistra.

Mientras Arcisa recibía efusivos elogios por la cena, Hug rogó a Irene que lo acompañara al aposento de su padre en busca de un poco de intimidad. Le entregó un libro con tapas de cuero rojo.

—Es la primera edición de *Obres e trobes en lahors de la Verge Maria*. Uno de los primeros libros impresos con ese artilugio de tipos móviles al que llaman «imprenta» —explicó con orgullo. Irene apenas había visto alguno, y la asombró aquella letra uniforme y elegante—. Entre sus poemas hay uno de vuestro querido Lluís Alcanyís. Consideradlo mi primer regalo.

—¡Es el certamen poético que tuvo lugar hace diez años en Valencia convocado por el virrey Lluís Despuig! —alegó la joven, maravillada.

Él le tomó el libro de las manos y repasó las páginas lentamente.

—Como sus versos me gustaría que fuera nuestro matrimonio: dulzura entre nosotros y alabanza a Dios.

Irene se sonrojó; no esperaba aquellas palabras de ternura.

—El tiempo lo dirá.

Hug se levantó los puños de la camisa y mostró unas feas cicatrices en las muñecas. Ante el gesto de sorpresa de ella, explicó:

—Fui capturado por corsarios de la Berbería. Pasé casi un año cautivo en Al-Yazair, la que llamamos Argel, hasta que los monjes mercedarios trajeron la suma del rescate que pagó mi padre. No os detallaré las penalidades que padecí, pero, aunque pude rehacer mi vida, jamás he sido el mismo… y creo que mi aspecto lo delata.

Irene asintió, sobrecogida ante su magro semblante.

—Mi padre me considera débil de carácter. Llegó a un acuerdo con Miquel Dalmau y el resto de los miembros del consejo rector de En Sorell porque buscaban a alguien como yo, que no les causara problemas, y así poder controlar el hospital. —La miró a los ojos—. No se fían de una mujer, casi una muchacha, aunque sea la culta hija de Andreu Bellvent.

—Imaginaba que no os habrían escogido al azar.

—Pero quiero que sepáis que cuando seamos marido y mujer únicamente nos deberemos fidelidad mutua. Deseáis administrar En Sorell y yo sosiego para mi alma.

Irene hizo un esfuerzo por apartar a Tristán de su mente.

—Me gustaría ser feliz a vuestro lado.

Se miraron sin saber qué decir, y Hug regresó al salón. Ella lo siguió, pensando en cómo habría reaccionado si hubiera intentado besarla.

Sólo faltaba concretar de qué modo se organizarían. Hug aún tenía algunos asuntos legales que arreglar antes de instalarse temporalmente en el palacio Sorell. Irene seguiría al frente del hospital, pero debía recabar el consentimiento de su prometido ante cualquier gasto extraordinario que pensara acometer.

Lluís Alcanyís fue el primero que abandonó la casa, disculpándose. Los demás se demoraron en la galería para agradecer, de nuevo, la hospitalidad. Irene se acercó a Hug tras haberlo observado detenidamente.

—He notado que os tiemblan las manos desde hace un instante, como si tuvierais escalofríos, y vuestras pupilas parecen contraídas. ¿Os encontráis bien?

El hombre sonrió.

—Los físicos dicen que la bilis negra tiende a dominar mi temperamento, pero perded cuidado, pues me ocurre desde que regresé del cautiverio. Ha sido un día intenso… —Algo se le pasó por la cabeza y bajó la mirada—. Antes de marcharme, quisiera acercarme a la capilla y dar gracias a Dios por haberos conocido.

—Siempre está abierta —indicó ella, turbada.

Desde la galería, vio a su prometido hablar un instante con sus dos criados y, acto seguido, entrar en la capilla. Cuán distinto habría sido desposarse con Tristán. Aún se azoraba al recordar el tórrido encuentro en la sala de curas. Sabía que jamás sentiría aquellas sensaciones con Hug, pero al menos no estaba con alguien que ocultaba su vida anterior. Despidió a los miembros del consejo y se retiró a su cámara. Ella ocuparía algún día la de su padre, con Hug, pero no tenía ningún anhelo de que llegara ese momento.

Como cada noche, quiso sumergirse en el breviario de su madre, lleno de notas, reflexiones y recuerdos de su paso por el hospital. Cada página parecía vibrar y revelar nuevos hechos que le conferían fuerzas para hacer frente a las dificultades; sin embargo, anhelaba su compañía, escuchar de su boca el consuelo por el engaño de Tristán o algún consejo sobre cómo enfrentarse a la nueva vida que la aguardaba junto a Hug.

Deseó imitar a su devoto prometido y se arrodilló para rezar por el alma de su padre, y rogó poder encontrarse algún día con su madre. Al menos mantener el hospital le permitiría impulsar su búsqueda, aunque no tenía el menor indicio de por dónde empezar. Finalmente imploró por la salud de Hug Gallach. Pensó en cómo se comportaría con ella en la intimidad y en los años venideros. Apareció fugaz la imagen de Tristán y, sin querer hurgar en sus sentimientos, tomó el libro de poemas, pero no tardó en sumirse en un sueño tranquilo por primera vez desde la muerte de Andreu Bellvent.

14

Poco antes de que el reloj de la seo señalara la medianoche, Eimerich y Tristán siguieron a un silencioso morisco hasta la recia puerta del hospital Dels Ignoscents, Folls e Orats, situado dentro de las murallas pero a las afueras de la urbe, cerca del Portal de Torrent. Valencia alardeaba con orgullo de haber fundado casi un siglo antes el primer hospital de la cristiandad dedicado únicamente a cuidar y aliviar a los denominados «inocentes» y «furiosos», mantenido mediante el apoyo real y el de algunos prósperos mercaderes. Lo formaban un edificio principal y varios más pequeños entre huertas y jardines, rodeado por una tapia de ladrillo. El aire era limpio y reinaba un ambiente tranquilo, necesario para la clase especial de residentes.

En el portón admiraron una copia de la bella imagen de la Virgen de los Desamparados que presidía la capilla del hospital, cuya leyenda aseguraba que fue esculpida por cuatro ángeles que visitaron la urbe como jóvenes peregrinos. Junto a ella, la ciudad había erigido una estatua del padre Joan Gilabert Jofré, el fraile mercedario que a principios de la centuria, yendo a la catedral se detuvo a defender a unos dementes que estaban siendo apedreados por niños. Impresionado al verlos tan desvalidos, incapaces de regirse, esa mañana desde el púlpito apeló a la caridad de los habitantes de Valencia para fundar un hospicio con un carisma novedoso, un ejemplo que pronto siguieron otras ciudades.

Un celador malcarado abrió la puerta y les cedió el paso.

—¿Qué hacemos aquí? —demandó Eimerich al criado.

El morisco se limitó a guiarlos por un jardín entre cipreses, pinos y olivos. De vez en cuando el silencio era quebrado por un lamento o unas risas que helaban la sangre.

Los mejores médicos de la urbe dedicaban parte de su tiempo a estudiar aquellos estados y procurar sanarlos, y comenzaban a defender con vigor que era un error culpar al Maligno, como se hacía desde antiguo. Los trataban como enfermos necesitados de atención especial, y opinaban que para ellos el trabajo era la mejor cura; por eso el hospital tenía un aspecto limpio y bien cuidado. Durante el día los hombres que podían regirse laboraban el huerto vestidos con camisas de retales y caperuza, mientras que las mujeres hilaban o cosían.

En una fría estancia con zócalo de azulejos del edificio principal los aguardaban Lluís Alcanyís y Joan de Ripassaltis, el *dessospitador*. Sólo había en ella una vieja mesa y un armario abierto, donde se guardaban los *consilium* de cada paciente. Reinaba un tenso silencio cuando se acercaron a la mesa iluminada por un candelabro.

—Os he convocado porque esta mañana, en la notaría, he descubierto el rastro de Gostança de Monreale —informó Alcanyís sin preámbulos, con gesto grave.

Sin añadir nada más, sacó del armario un paquete de cuero y lo abrió lentamente. Los otros tres exclamaron al contemplar una máscara de cera, pero, a diferencia de la que poseía Irene, estaba manchada con una sustancia parda y reseca.

—Sangre —musitó Ripassaltis.

—La encontraron junto al físico Simón de Calella, que murió desangrado en este hospital Dels Ignoscents en mayo del año pasado, con las manos amputadas, sólo dos meses antes del fallecimiento de doña Angelina. Yo mismo lo asistí moribundo y oí sus últimas palabras sin sentido. Ahora ya no estoy tan convencido…

El *dessospitador* señaló la máscara.

—Los jurados de la ciudad que regían ese año solicitaron una investigación. *Mestre* Simón era un buen médico, de carácter templado y piadoso, dedicado por vocación al tratamiento de los internos más furiosos de este establecimiento, hombres y mujeres cuya bilis amarilla los hace coléricos y con instintos criminales. Solía permanecer noches enteras en sus celdas y a veces los sacaba de paseo… Ningún celador ni criado vio nada, pero con seguridad fue agredido por alguno de sus pacientes. —Sonrió con tristeza—. Cuando los interrogué, todos se atribuyeron el mérito…

—¿No os llamó la atención la máscara? —intervino Tristán.

—No le di importancia, conocíamos a Simón; podía ser parte de alguno de sus curiosos tratamientos. Hasta que hoy lo ha mencionado Irene… He revisado los *consilium* de los pacientes del finado y, como me temía, he encontrado éste.

Dejó varias hojas sobre la mesa.

—No está completo. Faltan la entrada a este hospital y parte de sus anotaciones. Es como si lo hubieran expurgado; no obstante, la información que ha quedado resulta palmaria.

Se inclinaron sobre la mesa y el médico acercó el candelabro.

La paciente de la celda de San Román tiene una edad aproximada de treinta años, el examen reveló que no es doncella y que ha dado a luz al menos una vez. Su cuerpo posee aún la tersura juvenil y bellas formas; sin embargo, su piel presenta infinidad de pequeños cortes y quemaduras, a lo que responde que fue maltratada en su infancia. Su rostro tiene una belleza que embelesa, aunque en sus pupilas se adivina la terrible tempestad que la domina.

Se la encontró un arriero cerca del Portal de los Judíos. Si bien no se ha podido demostrar, me temo que intentó forzarla y que ella lo degolló con una curiosa arma: un cepillo que oculta una daga.

—¡Es ella! —exclamó Eimerich—. ¡Amenazó con ese artilugio a Irene!

Babeaba y gritaba sin control. El justicia dictaminó internarla en Els Ignoscents hasta determinar si realmente era una furiosa o debía ser juzgada. En la celda, no obstante, muestra un carácter pacífico. Es letrada y conoce las obras de santo Tomás y relatos hagiográficos.

A veces me asalta la sensación de que causó aquel terrible crimen para venir aquí y encontrarse conmigo. Su serenidad y la manera fragmentada de exponer su vida me cautivan. Sé que es absurdo, pero parece algo meditado durante mucho tiempo. Tal vez debería ceder el caso a otro médico.

Lluís, circunspecto, cambió de hoja y señaló un nuevo párrafo.

Según relata, se crió en el convento de Santa María Martorana, en Palermo. Rememorar aquello le produce accesos de furia extraños, y no sé si tendrá relación con las marcas y cicatrices que cubren su piel. Cuando le pregunto al respecto, asegura que es un paladín de Dios enviado para erradicar la ponzoña que Satán deja a su paso. Cree oír voces exigiendo que prosiga su misión, pero no percibo signos de posesión, sino una ira desbocada. He decidido, por tanto, mantenerlo en secreto para que los clérigos no la acusen de endemoniada.

Eimerich se volvió hacia Alcanyís espantado. Ambos recordaban a la bella dama recorriendo el hospital, su aire hierático un tanto oscuro.

—Da la sensación de que lo estaba seduciendo —indicó Ripassaltis.

Algo está cambiando en la dama de Palermo. Capturado por sus ojos, a veces creo que soy yo el que descargo en ella mis miedos, y me sorprendo respondiendo a sus preguntas, relatando hechos de mi pasado, hasta los más inconfesables. Hace unos días me habló de Elena Bellvent, la *spitalera* de En Sorell. Pensaba que podía ayudarla. Ignoro cómo sabía de ella, pero insistió en conocerla y cedí. Cuando le expliqué el caso a Elena no dudó en visitarla. Se han visto varias veces, y reconozco que la paciente se muestra más serena. Hay un estrecho vínculo entre ellas. Le está haciendo bien.

Lluís pasó algunas páginas en las que Simón de Calella describía tratamientos de baños a distintas temperaturas, sesiones de ejercicio, labores de hilado y combinaciones de fármacos. Finalmente se detuvo en el último párrafo:

> Hoy he visto las extrañas máscaras que ha grabado en el muro y la siniestra inscripción. Sé que me ha engañado. El mal que la acosa no ha cesado, como afirmaba, sino que sigue ardiendo en ella con fuerza, pero ignoro su origen. Ahora lo sabe todo de mí, y en sus ojos hay algo que me aterra. Yo formo parte de esa ponzoña que ha decidido exterminar, por eso he decidido marcharme de Valencia.

—Esto último lo redactó con pulso tembloroso —musitó Ripassaltis con voz rasposa, señalando los trazos—. El pánico lo dominaba.

—Encontramos el cuerpo de *mestre* Simón detrás del pabellón, con la máscara sobre el rostro. Ese día la celda de San Román ya estaba desocupada —continuó Alcanyís—. Lo sorprendente es que nadie denunciara la desaparición de una interna ni la relacionara con el asesinato.

—Tal vez el hospital autorizó su marcha —dedujo Ripassaltis—. Libre de sospecha, Gostança se instaló en En Sorell.

—Eso pensé, pero de ser así alguien ha sustraído el permiso de salida del registro, quizá la misma persona que expurgó el *consilium*.

Una vela crepitó, y Eimerich dio un respingo. Escalofríos le recorrían la espalda. El silencio era demasiado intenso en la fría estancia.

—Sólo nos queda una cosa que examinar —añadió Lluís.

Aún sobrecogidos, llegaron a un pabellón alejado de los demás, y un celador de guardia descorrió el grueso pasador que cerraba una puerta con remaches metálicos. Más allá se vislumbraba un largo pasillo iluminado por candiles. El ambiente estaba cargado. La mayoría de los internos del hospital eran pacíficos o melancólicos, pero allí se confinaba a los violentos. Lluís ordenó que evitaran mirarlos a los ojos; aun así, las reacciones no se hicieron esperar. Varios se abalanzaron contra las puertas de barrotes estirando los dedos para atraparlos. Proferían alaridos y amenazas o se lanzaban contra las paredes forradas con esparto. Estaban presos en sus camisas con correas de cuero y bozales; algunos llevaban una jaula de hierro en la cabeza para evitar que se mordieran.

Llegaron hasta una celda del fondo en la que había una pequeña placa oxidada en la que se leía: San Román. Con una gruesa llave, Alcanyís abrió la reja que ocupaba toda la parte frontal. Revisaron los ladrillos desnudos de sus muros hasta que Tristán localizó las marcas tras el jergón de paja. Pudieron ver varias máscaras grabadas, pero cinco estaban raspadas hasta hacerlas casi irreconocibles. A ras de suelo aparecía una frase marcada con punzón. Eimerich la leyó, aterrado:

—*Expelle Domine diabolum ab hac creatura tua Gostança.*

El eco de la voz exaltó a los furiosos, cuyos alaridos causaban pavor.

—Es ella. Estuvo aquí antes de llegar a En Sorell —musitó Alcanyís, impresionado—. Elena lo sabía… y calló, quizá para protegerla.

—Pero ¡no sabemos nada más, ni dónde está ahora! —terció Tristán.

—*Mestre* Lluís —siguió pensativo Eimerich—, habéis dicho que *mestre* Simón de Calella musitó algo antes de morir. Tal vez pueda ser importante.

—Lo recuerdo con nitidez. Tenía los ojos fuera de las órbitas y me cogió por la pechera antes de decir: «Armand de San Gimignano me traicionó y yo he hecho lo mismo con el siguiente. Que Dios tenga piedad de las larvas. Pagamos por nuestros pecados». —Negó con la cabeza—. Sé que no tiene sentido, pero eso fue lo que dijo.

—¿Quién es ese tal Armand? ¿Y qué son las… larvas?

Ambos médicos se encogieron de hombros.

—Me consta que en Venecia estas máscaras poseen dicho nombre, pero no veo la relación. Me temo que en esta celda acaba la pesquisa —concluyó el *dessospitador*.

—Cinco máscaras borradas… Si una es la de Simón de Calella, ¿a quién pertenecen las otras cuatro? —musitó Eimerich—.

¿Hubo más muertes antes de que llegara a Valencia? A ellas se añadirían las de la noble, la monja y mi señor Andreu… —Pensó también en el envenenamiento de la propia Elena, pero lo calló.

—En cualquier caso, hay indicios suficientes. Cabe pedir al justicia un bando de captura para Gostança e interrogarla —dijo Ripassaltis observando a Eimerich con admiración.

Alcanyís miró en ese momento a Tristán.

—Irene inicia una nueva etapa en su vida; permaneced alerta. Si Gostança sigue cercando En Sorell significa que la pesadilla no ha concluido. Aún no comprendo cómo pudo abandonar Els Ignoscents sin que se la echara en falta. Tampoco nadie la relacionó con la muerte de *mestre* Simón hasta hoy. Es algo imposible, salvo que alguien, el mismo que expurgó su *consilium*, la haya ayudado y encubierto.

En el hospital, la joven criada Isabel salió en silencio de una de las cuadras tras comprobar que los pacientes dormían. Calculó que había pasado una hora desde que las campanas de la seo señalaran la medianoche. Estaba agotada pero exultante tras la grata sorpresa dispensada por la señora y su prometido. Era una noche tranquila y, salvo algunos heridos de la Lonja aquejados de fuertes dolores, el resto de los pacientes dormía. Aún faltaban tres horas para que Llúcia la sustituyera.

Se arrebujó en el grueso manto de lana y se encaminó a la cocina para calentarse con los rescoldos. Atizó las brasas y extendió las manos. Todo estaba limpio y los cacharros en su alacena correspondiente, como le gustaba a Magdalena. Entonces recordó que Arcisa le había indicado que organizara el dispensario. Vicencio Darnizio era un excelente apotecario, pero el orden no era su mayor virtud, y luego tenían serias dificultades para localizar los medicamentos.

Refunfuñando, tomó un candil, cruzó el patio y se detuvo ante la puerta cerrada. Los dos criados de Hug dormitaban apoyados en la pared. Observó intrigada que por el hueco de la cerradura se filtraba un haz de luz.

Con cautela abrió la puerta y se asomó. Un hombre registraba las estanterías atestadas de tarros, redomas y ampollas de vidrio. En cuanto oyó el crujido de la madera se volvió sobresaltado.

—Señor —dijo Isabel en tono de disculpa—, ignoraba que estabais aquí.

Hug Gallach la miró con curiosidad y con un gesto la invitó a entrar.

—Estoy buscando un medicamento para el dolor. ¿Me ayudas?

Isabel se acercó tímidamente.

—Arcisa no quiere que nadie toque los frascos sin su permiso. Si os encontráis mal, podríamos avisar a…

—¿No quieres ayudarme? —insistió con un matiz de enfado.

Ella enmudeció, asustada. Hug era presa de intensos escalofríos y sus manos tocaban los tarros con torpeza, a punto de tirarlos. Mordiéndose el labio, la criada se acercó al estante. Algo le decía que saliera de allí, pero temía airar más al prometido de la señora.

—¿Qué buscáis?

—Adormidera.

—¿Opio? ¡Es muy peligroso!

El hombre rió burlón y le cogió el brazo, insistente.

—¡Vamos, búscalo!

Isabel se desplazó hasta el otro estante y sacó una redoma de arcilla lacada en azul que contenía pequeñas piedras oscuras semejantes a la resina.

—¡Magnífico!

Hug tomó un pedazo de buen tamaño y, ante la mirada atónita de Isabel, calentó la punta de un cuchillo en la llama de la vela.

—¿Cuántos años tienes?

—Dieciséis, señor, el día de Navidad cumplo diecisiete.

—Acércate.

Obedeció temblando; comenzaba a invadirla un miedo atroz.

—Habrás visto a los físicos emplear opio para calmar el dolor, pero es mucho más que eso. —Dejó caer la piedra sobre la punta al rojo vivo de la daga y crepitó. Apenas podía controlar el ansia que destilaba su voz—. Los sanadores de Oriente lo llaman *mash Allah*, el regalo de Dios, pues no hay nada en toda la Creación que cause tanta paz y felicidad.

—La adormidera está prohibida por la Inquisición —indicó Isabel, que observaba con pavor el humo oleoso. El apotecario jamás actuaba así—. Sólo la usamos como analgésico y en pequeñas dosis. A veces también para que los niños dejen de llorar.

—Éste es uno de los motivos por los que acepté la propuesta de casarme con tu señora. La expresión de Hug se tornó riñada. Las pupilas contraídas le conferían un aspecto de lunático—. Un hospital es el mejor lugar para encontrar opio sin riesgo a tener problemas con la Iglesia. Ven, te invito a un viaje para reunirte con Dios.

Isabel trató de resistirse cuando él la cogió de la nuca y la inclinó para obligarla a inhalar el humo pestilente.

—Por favor… —suplicó tosiendo.

—Compláceme, criada —gruñó, colérico, aguantando la cabeza de la muchacha hasta que su nariz casi rozó el cuchillo.

La joven tuvo que aspirar varias veces y continuó tosiendo antes de que la liberara. Se irguió lentamente y, desorientada, trató de alejarse. Sus ojos idos vagaron por la estancia mientras su cuerpo se balanceaba, a punto de perder el equilibrio. Hug sonrió y ella le correspondió con una mueca antes de arrastrarse hasta un rincón gimiendo.

Mientras él calentaba de nuevo el cuchillo, tembloroso, sus pupilas brillaban con el ansia del que mataría por obtener aquello.

—Si hablas de esto, me encargaré de que te echen a la calle como una perra… o algo peor. —Estremecido, inhaló las volutas amarillentas con fuertes aspiraciones. Su cuerpo se relajó y, con los ojos vidriosos, volvió a mirar a la muchacha—. Si quieres sentir esa paz otra vez me serás fiel. Yo vendré cada miércoles, y te encargarás de darme el opio con disimulo… si deseas seguir aquí. Para eso te necesito. Será nuestro secreto.

—¿Por qué yo? —logró decir Isabel con dificultad.

—Habría podido ser cualquiera, pero eres tú la que ha entrado por esa puerta. —Se encogió de hombros—. Será la voluntad de Dios.

SECUNDA
LECTIO

A principios del siglo IV de nuestra era, en una sórdida celda cerca de Pavía, un condenado a muerte por el emperador Teodorico recibía la extraña visión de una mujer con el aspecto de una estatua antigua y maltrecha. En su vestido, rasgado violentamente, lucía bordadas las letras griegas phi y theta, y entre ellas algo parecido a una escalera. Sostenía en la mano derecha un libro y en la izquierda un cetro.

El preso era Boecio y la mujer se reveló como Sophia, la Sabiduría. Así lo describe él mismo en su obra La consolación de la filosofía. Las letras del vestido representaban el conocimiento teórico y práctico. Este sabio redactó obras que abarcan las siete Artes Liberales y aún hoy son lectura obligatoria en todas las universidades del orbe.

Es por ello, querida hija, que encontrarás en libros miniados representadas las Artes envolviendo a esa reina sedente, señora del conocimiento. Medita sobre si se trata de una alegoría o bien encierra una verdad que, al igual que el vestido de Sophia, se halla desgarrada y maltrecha, oculta bajo el peso del tiempo.

La historia está llena de damas «esclarecidas» que aportaron grandes beneficios a la humanidad, como Carmenta, Minerva o Ceres. Se aferraron a ella en forma de leyendas y mitos para no quedar sepultadas.

No olvides a las sibilas, sacerdotisas y profetas, con la capacidad de establecer un puente sólido entre el mundo tangible y el más allá.

Ahora levanta tus ojos hacia los altares. Verás a Catalina de Alejandría, que estudió en la mayor biblioteca jamás vista y alcanzó tal sabiduría que superó con su dialéctica a los filósofos del emperador Magencio. Como Hipatia de Alejandría, también fue condenada por no renunciar a sus ideas. Sorprende el paralelismo entre ambas sabias de aquel tiempo, una cristiana y otra pagana; dos caras de una misma moneda. Al lado verás a santa Ana, que es la madre de la Madre, al igual que las diosas Deméter y Perséfone de los antiguos griegos; transmisoras del saber. Otras santas, Bárbara, María Magdalena o Eulalia, sostienen libros como símbolo de conocimiento y fortaleza.

De ellas conservamos su erudición y su testimonio. Pero ¿son ellas las únicas? No. Son sólo un símbolo que evoca a las mujeres que te rodean, anónimas, con defectos y virtudes, pero que custodian la memoria familiar, los remedios curativos y otros saberes propios de las damas; también las que enseñan a rezar y muestran los rudimentos de la fe a los hijos y los nietos.

Así lo estableció Platón en Crátilo y en Las leyes al señalar a las mujeres como las que guardan mitos y fábulas útiles para la educación. Lo que transfieren en realidad es la memoria genealógica, los cimientos de la identidad de una familia, una comunidad o una patria.

Cada una es una sibila y ejerce la sagrada labor de sacerdotisa y profeta.

Estas especiales funciones nos hacen distintas a los varones pero iguales en dignidad, y así lo han manifestado defensores de la Querella, entre otros don Álvaro de Luna en el Libro de las virtuosas y claras mujeres, Juan Rodríguez del Padrón o fray Martín Alonso de Córdoba en su Jardín de nobles doncellas dedicado a la futura reina Isabel de Castilla, la que sería esposa de don Fernando de Aragón.

La dignidad nos corresponde por derecho natural y nuestras capacidades intelectuales nos sitúan en un mismo nivel. Una vez asumido este aspecto externo, debemos quebrar el sello y penetrar en el misterio que nos elevará del conocimiento mundano al primigenio.

15

Arcisa entró en el despacho donde Irene, desesperada, revisaba las cuentas del hospital a la exigua luz de una vela. Lamentó ver el aspecto ojeroso de la joven.

—Señora, a pesar de las horas que son, siguen llegando.

Las campanas de la seo habían tañido las diez de la noche. La *spitalera* de En Sorell se frotó las sienes y suspiró.

—Está bien, que entren.

—¡Las cuadras están atestadas!

Oía la misma queja desde hacía semanas, y se limitó a asentir mientras salía para asomarse a la galería. Las llaves del hospital tintineaban colgadas de una anilla en su cintura. Consciente de su responsabilidad, vivía angustiada lo que estaba sucediendo en los últimos meses. Un farol iluminaba a Nemo y a Llúcia mientras ayudaban a un matrimonio anciano. Bajo las sayas harapientas, sólo eran piel y huesos.

—Están demasiado débiles —dijo Arcisa, a su lado—. Se mueren de hambre.

Irene los miró con lástima. Nada estaba saliendo de la manera esperada.

Valencia sufría. El trigo de Sicilia se demoraba y el Almodí donde se almacenaba se encontraba casi vacío. Los hornos sin harina no abastecían y el hambre se había extendido entre las clases sociales más pobres. A ello se unía la falta de moneda y el aumento de los precios debido a la depreciación de la acuñada en la ceca. La ciudad no pagaba sus deudas a los censalistas, y se había producido un escándalo de corruptelas y malversación de fondos públicos provocado por el poderoso racional, Bernat Català, encargado de los asuntos financieros del monarca en el reino.

La desocupación aumentaba a causa de la emigración masiva de conversos hacia otros reinos de la Corona, donde la resistencia a la nueva Inquisición era más rotunda. El acecho del Santo Oficio con su tupida red de informadores, llamados «familiares», generaba desconfianza y lastraba las relaciones comerciales.

Denuncias y delaciones ponían en marcha la contundente maquinaria de fray Pedro de Épila, y sus masivos autos de fe acababan en piras y cadalsos frente a la seo. Las jugosas confiscaciones iban a parar en parte a las arcas reales para financiar la santa cruzada contra el infiel de Granada, pero Valencia apenas podía hacer frente a las exigencias fiscales del monarca y la política de impuestos abusiva ahogaba aún más el comercio.

Mientras se celebraban fastos y torneos entre las clases pudientes y la nobleza, miles de aprendices —cuando no maestros—, siervos y esclavos vagaban por las calles, sin techo, viviendo de la caridad o la delincuencia. En aquel ambiente de terror y crispación En Sorell luchaba día a día por aliviar el sufrimiento, pero las cuentas no engañaban: Irene había vendido ya las pinturas halladas en la cripta y, tras rebuscar a conciencia por toda la casa, estaba convencida de que eran el ajuar; si había otros objetos de valor, no se hallaban allí. El hospital había consumido todos sus recursos.

La *spitalera* bajó la escalera y descubrió, sentada en el banco de piedra, a la más joven de las criadas.

—¡Isabel, por Dios, ayúdalos! —Al ver que no reaccionaba se acercó—. ¿Estás bien?

—Sí, señora —adujo irritada, levantándose con desgana.

Irene se contuvo, aunque su falta de respeto comenzaba a resultarle ofensiva. La jovial muchacha era apenas una sombra cerrada en sí misma, apática. Hacía meses que su voz no alegraba a los internos. Había perdido la lozanía, tenía la piel grisácea y le faltaban dos dientes. Peregrina afirmaba que estaba abusando de alguna sustancia y que su cuerpo había enfermado, pero Isabel lo negaba jurando por Dios.

No podía permitir un comportamiento como aquél, que suponía una mayor carga de trabajo para el resto del personal; a pesar de ello, se resistía a tomar la decisión de echarla. Al menos pudieron incorporar a la joven Ana, que deambulaba activa por la casa. Había logrado reponerse de la cesárea, pero caminaba inclinada y sentía dolores.

Irene miró a los dos ancianos.

—Los alojaremos en la capilla.

—¿Y luego? —demandó Arcisa, desesperada con la señora.

—¡Se quedarán en el patio si es necesario! No negaré a nadie la entrada.

—¡No tenemos nada que ofrecer! —alegó Magdalena, que había presenciado la discusión desde la puerta de la cocina—. Sólo hay hervido de verdura.

La *spitalera* se vio asediada por las miradas de los criados y cerró los puños con frustración. Sabía cuál sería el siguiente comentario.

—Deberíais hablar de nuevo con vuestro prometido —le sugirió Arcisa—. Tenéis que recapacitar y…

—¡No! —exclamó ella notando la congoja instalada en su estómago. Se llevó la mano al *annulum fidei* que lucía en el dedo como si de repente le quemara.

Los esponsales con Hug Gallach se habían celebrado en febrero, en una ceremonia privada ante el párroco de Sant Berthomeu. Se intercambiaron los anillos de compromiso, el esposo entregó las trece arras por su futura esposa y se verificó ante testigos la inexistencia de impedimentos canónicos para el enlace. La segunda parte del ritual del matrimonio y la consumación tendrían lugar pasado el año de luto.

—Seguimos sin la prometida *licència d'acaptes* —espetó con hosquedad la criada.

Irene torció el gesto disgustada; debía reconocer que era cierto. Hug era gentil con todos, se interesaba por el hospital y sus internos, pero no tomaba decisiones ni compartía el sufrimiento con ella por la situación. Desde los regalos en especie de los esponsales, ni una libra había llegado aún. Ella lo justificaba, achacando su apatía a los terribles dolores que decía padecer, aunque en el fondo estaba desesperada y confusa.

—Mañana iré al palacio de los Sorell y hablaré con él.

Los criados se miraron sombríos; no era la primera vez que lo intentaba.

El portón de En Sorell se abrió de nuevo.

—¡Gracias a Dios! —exclamó Magdalena aliviada.

Irene se volvió con el corazón palpitándole con fuerza. Conocía bien la reacción de sus criados; también ella aguardaba su llegada, aunque lo disimulaba.

Tristán entró con un saco a cuestas y lo abrió ante la ansiosa cocinera. Como cada semana, vieron hematomas en su rostro y escucharon en silencio sus mentiras:

—El arroz es del hospital En Bou. Tenían nabos y galleta seca en el lazareto; sus alacenas también están vacías. Es cuanto he podido conseguir.

—¡Tenemos para tres días! —calculó la cocinera, aliviada.

En cuanto oyeron su voz, María, Francés y Gaspar bajaron la escalinata para festejar una noche más la llegada de Tristán, pero ya no lo hacían a saltos. La debilidad se evidenciaba a medida que las raciones mermaban. Irene notó que le ardía la garganta al verlos abrazar al joven. A pesar de lo ocurrido hacía casi un año y del muro de silencio construido entre ambos, su ausencia era una losa que no sólo a ella le pesaba.

Vigilada de continuo por los silenciosos criados de Hug, apenas habían cruzado palabra; aun así, sus sentimientos, lejos de extinguirse, seguían ardiendo con fuerza. Él continuaba bajo la protección de la Orden de Nuestra Señora de Montesa, pero acudía regularmente con su saco lleno de viandas y ambos se regalaban miradas infinitas.

Magdalena y Arcisa se llevaron el hatillo a la cocina seguidos por los animados niños, ansiosos por ver el botín de su héroe. Irene y Tristán sonrieron al oír a la esclava advirtiendo que más les valía contener las manos.

—Están muy débiles —murmuró el doncel.

—Lo sé, pero viven. —Lo miró con nostalgia—. Gracias, Tristán.

A pesar de su excusa, ella sabía que conseguía la comida en las peleas del Partit organizadas por el poderoso rufián Arlot, del mismo modo que logró rescatar a Ana. Tristán luchaba para ellos, alimentándolos a costa de golpes y heridas, pero todo era ya distinto; ella estaba desposada y sus caminos no debían volver a cruzarse.

Una vez más se miraron en silencio, cargados de preguntas que ninguno llegaba nunca a pronunciar. Al observar su cara maltrecha recordó que así lo había amado la primera vez.

Hug sospechaba. Amenazaba con pedir la expulsión de Tristán como escudero de la Orden de Nuestra Señora de Montesa para librarlo al justicia si seguía frecuentando En Sorell, pero en las últimas semanas de carestía total su ayuda era imprescindible. Irene ocultaba a su prometido la visita cada pocos días del doncel, y lo esperaba ansiosa, no sólo por las viandas.

—¿Cómo te encuentras? —se animó ella a preguntarle esa noche. No se veía a ningún criado de Hug cerca—. ¿Todavía vives en la ermita?

—Mosén Jacobo de Vic es afable… —Sonrió—. Y excéntrico a veces.

Al ver que se marchaba, cuando nadie miraba corrió hacia él y lo tomó del brazo.

—Yo te he perdonado, Tristán.

La lealtad de aquel hombre la desarmaba, la hacía sentirse culpable y cruel.

—¿Cómo está Isabel? —se interesó él.

—Cada vez peor. Creemos que es ella la que roba la adormidera. Peregrina asegura que sufre el exceso de su toma, pero Isabel lo niega.

—Vigila con atención a tu prometido —le recomendó él,

grave—. No es de fiar, y no me extrañaría que tuviera algo que ver con su estado. Los criados no dejan de murmurar.

Irene se encogió como si la hubiera golpeado y se apartó, furiosa.

—¿Sabes lo difícil que resultaba entregarse a un desconocido por mantener abierto un lugar de caridad que se desmoronaba ante sus ojos?

—¡Despierta, Irene! ¿No te das cuenta?

—Márchate, Tristán —dijo cuando las lágrimas ya resbalaban por su cara—. ¡No me hables más de eso!

16

El día siguiente amaneció gris y húmedo. Hacía dos horas que las puertas de la ciudad habían abierto. El trayecto entre el hospital y el palacio Sorell era corto. Irene y el fiel Nemo pasaron por la calle de los Ángeles, aún silenciosa a esas horas, para dirigirse a la plaza donde se alzaba la residencia del cofundador del hospital.

Se arrebujó con la capa y suspiró pensativa, admirando aquel edificio gótico que le traía recuerdos de Barcelona. En ese momento se le antojaban un sueño plácido las largas tardes frente al fuego del elegante hogar con el escudo de los Carròs, bordando, leyendo o discutiendo sobre los más variados temas con doña Estefanía. Su vida había cambiado al frente de En Sorell, asediada por problemas económicos y endureciendo el corazón ante el sufrimiento de los enfermos y los necesitados que llamaban a su puerta.

Su mano rozó el contorno del breviario de su madre guardado en una bolsa de cuero, del que jamás se separaba. Cada página era una bocanada de su aliento, lleno de energía y esperanza. Por la noche, en el silencio de su alcoba, extraía fuerzas de cada mujer, pagana o santa, que Elena había destacado. Sólo por eso resistía.

A menudo bajaba a la cripta y trataba de evocar los encuentros de la Academia de las Sibilas, imaginando la voz clara de su madre, sus ojos grises, como los de ella, centelleando con entusiasmo, transmitiendo su saber a las damas para sacarlas del lodo. Sentía que en su alma se estaba operando una transformación, pero aún tenía mucho camino por andar y no sería llano.

Nada habían sabido ya de Gostança. Pesaba sobre ella una orden de captura, si bien no tenían ninguna pista de su paradero. Irene la sentía cerca, y más de una vez creyó verla en el mercado o en Sant Berthomeu; Gostança la observaba entre la gente, bajo el velo oscuro. Su pasividad resultaba inquietante, pues sólo podía significar que todo marchaba a su gusto.

Sí sabía de Josep de Vesach, quien había regresado con los caballeros y los peones de la Orden de Nuestra Señora de Montesa tras la cruenta toma de la ciudad de Málaga culminada en agosto de ese año. Había sido una campaña penosa y sangrienta para los cristianos y el rey no tuvo piedad con los sarracenos que habitaban la urbe. El *generós* no había hecho méritos para ser elevado a caballero, pero le levantaron la pena del destierro. Irene confiaba en que la actual situación del hospital contuviera sus ansias de venganza.

Se sacudió los siniestros pensamientos y contempló la portentosa fachada del palacio. La plaza al final de la calle Corona era llamada por sus vecinos «la de Sorell». A su espalda se extendía la huerta hasta la muralla, y un camino estrecho conducía al pequeño Portal de Santa Catalina o dels Tints, cerca de las hediondas balsas de teñir telas y cueros. Aquélla era la puerta más humilde de las doce que tenía la muralla cristiana, erigidas en tal número siguiendo las recomendaciones de la obra *Lo Crestià* del monje Francesc Eiximenis el siglo anterior.

Algunas partes de la fachada estaban en obras, pero el palacio ya era considerado como el más fastuoso de la ciudad, superando al de la Diputación. Entre las humildes viviendas colindantes destacaba su grandiosidad, la delicada factura de cantería del portal y las tracerías en las ventanas. Los Sorell, de origen burgués, mostraban sin pudor la bonanza de sus actividades mercantiles y financieras con un edificio que hacía palidecer a los de la nobleza titulada erigidos de la calle de Caballeros.

Ante la puerta principal, de ornamentación flamígera, golpeó con insistencia el picaporte de bronce. Se fijó en los escudos con el jurel de los Sorell, más recargado que el del hospital. Sobre el arco, en letras longobardas cinceladas, se leía el lema de Tomás

Sorell: «¿Por qué aquello que tenemos fallece? El bien obrar no perece».

El palacio estaba silencioso. Desde que Hug Gallach se instaló en él, su verdadero propietario, Bernat Sorell, y su séquito apenas habían visitado Valencia, aunque costeaban la manutención de su desposado. Tras la esquina apareció uno de los criados de Hug, un morisco llamado Azmet. Ante la inesperada visita frunció el ceño.

—Necesito reunirme con tu señor —indicó ella, firme.

—Me temo que se encuentra indispuesto.

—Sólo será un instante y es muy urgente. No me marcharé sin verle.

Ante la determinación de su mirada, Azmet asintió.

—Entrad.

Entraron por una puerta de la fachada posterior y accedieron al patio central. Una vez más, a Irene la maravillaron la arcada de piedra y la amplia escalera con balaustrada gótica que ascendía a la planta superior.

—Esperadlo en el salón de las Leyendas. Bajará en un instante.

—Conozco el camino —musitó ella mordaz.

Irene indicó a Nemo que aguardara allí y cruzó una puerta de tracería de inspiración mudéjar. Permaneció extasiada bajo el artesonado geométrico del techo y los tapices colgados. El breviario de su madre contenía relatos míticos y algunos podían verse allí en aquellas magníficas telas: el nacimiento de Venus en el mar bajo el soplo de Céfiro, o a Deméter, señora de la fertilidad de los campos, en busca de su hija Perséfone, señora del inframundo. Pero esa vez no aguardó la llegada de Hug. Salió del salón y siguió el eco de los pasos de Azmet a través de varias estancias hasta una escalera estrecha de baldosas destinada al servicio. Pisó el primer peldaño y el mamperlán crujió.

El criado, advertido, alcanzó una enorme puerta teñida de negro y entró sin avisar. Era un amplio aposento, digno de un rey. En el interior, Hug ni siquiera se dio cuenta. Miraba iracundo el sucio pañuelo con dos pequeñas piedras de adormidera. A su lado Isabel, la criada del hospital, permanecía encogida.

—¿Esto es todo lo que has podido sacar?

—Sospechan de mí. Darnizio y Peregrina han escondido el resto de la adormidera.

—¡Maldita furcia! —estalló abofeteándola con furia.

Azmet se acercó para detener a su sofocado amo.

—Vuestra prometida viene hacia aquí.

Hug agarró del pelo a Isabel y la zarandeó con violencia.

—¡Perra! ¡No me dijiste que llegaría tan pronto!

—¡Vine a advertiros! —musitó lacrimosa—. Pero no sabía cuándo…

—Azmet, abre las ventanas. Y tú regresa al hospital. Sal por detrás.

En ese momento se oyeron golpes en la puerta.

—Dadme un poco para mí —imploró Isabel mirando ansiosa el opio.

—¡Ahora no, necia! —le espetó mientras ocultaba el pañuelo bajo la cama.

Irene, hastiada, presionó el picaporte y abrió la hoja. Le pareció que al fondo de la estancia se cerraba un pequeño acceso usado por el servicio. Arrugó la nariz. Las dos amplias ventanas arrastraban un hedor acre que ella reconocía perfectamente.

—¿Siguen los dolores? No abuses de la adormidera. Debes tomarla en infusión.

—Discúlpame, querida. Sufro el cambio de tiempo y la humedad de Valencia.

La camisa abierta mostraba el torso escuálido, las prominentes clavículas y las costillas bajo una piel amarillenta. Del cuello pendía la llave de la puerta trasera del palacio que le había entregado Bernat Sorell como muestra de confianza. Irene sintió un conato de repulsión física. Además, Hug tenía serios problemas de salud; en cuanto se instalara en el hospital, se encargaría personalmente de atenderlo.

—Debería verte Alcanyís. —Tocó su mano fría—. Necesitas coger fuerzas.

—No… Sólo necesito descansar —indicó con una sonrisa. Sus dientes se oscurecían con el paso de los meses y había perdido un incisivo.

—Hug, la situación de En Sorell es delicada por falta de recursos. No queda comida y el dispensario está casi vacío. Pasamos hambre.

—La solución está en tus manos, Irene. Te lo he dicho muchas veces.

—Lo sé, pero…

—Escucha, me complace que seas una mujer respetuosa con la costumbre, pero dadas las circunstancias no ofendes la memoria de tu padre si celebras la boda antes de cumplir el luto. El donativo de mi familia no llegará hasta entonces, ni las rentas de los nuevos censos que Bernat ha instituido a favor del hospital.

Irene bajó el rostro. Casi desde el principio, Hug la había presionado con ello y Arcisa también le insistía. Se excusaba en el luto para evitar afrontar su sino, y no sólo era por Tristán. Presentía que Hug no era sincero. Podía imaginar que, como cualquier varón comprometido con una desconocida, tenía sus secretos de alcoba, pero había algo en su actitud que no encajaba y le aterraba ahondar en aquel presentimiento.

—¿Y qué ocurre con la *licència d'acaptes*? Llevamos meses esperando.

Hug desvió la mirada.

—Me temo que el Gobernador no ha recibido aún la autorización del rey.

—¡Hablaré con él si es necesario!

El hombre palideció y la tomó por los hombros. Irene vio un destello de ira en él, pero al instante regresó su habitual expresión apocada.

—He ido varias veces al palacio Real, y la excusa que me dan es siempre la misma: para el monarca no es un asunto prioritario. La guerra de Granada ocupa todo su interés.

—¿Que sus súbditos mueran de hambre es algo baladí? —Comprendió que estaba dirigiendo la frustración contra su prometido de manera absurda—. Perdona mi desesperación. ¡No nos queda ni lino para las mortajas!

—Lo lamento, Irene. Solicitaré audiencia con el gobernador en persona.

—Hasta entonces ¿cómo nos mantendremos? —inquirió desesperada.

—Tal vez ofende a Dios que aceptes alimentos de un parricida —añadió él, artero—. Sé que Tristán de Malivern sigue acudiendo al hospital a pesar de lo que te dije.

—Nos trae comida, lo que puede… —replicó Irene con voz ahogada.

—En ocasiones pienso que lo recibes por otra razón y que eso es lo que demora tu decisión de casarte. —Sus ojos adoptaron un matiz aciago—. Si es así, prefiero saberlo ahora que podemos echarnos atrás y separar nuestros caminos.

Irene se sintió bajo el peso opresivo de una losa.

—¡Tristán no volverá a pisar el hospital! —aseguró con un ligero temblor en la voz—. Consigue la *licència d'acaptes* y nos casaremos sin esperar más tiempo.

Hug asintió, visiblemente satisfecho.

—Antes de marcharte ve a las cocinas. Hay cebollas y tocino.

Ella forzó una leve sonrisa y enfiló hacia la puerta. La asaltaba la imperiosa necesidad de salir de allí.

Hug miró por la ventana hasta que Irene y Nemo, cargados con sendos cestos, se alejaron del palacio. A su espalda oyó un chasquido y se estremeció. Su inquietante manera de aparecer siempre le causaba la misma aprensión.

—¿Y bien?

Hug se volvió hacia la mujer enlutada. Sin el velo, su belleza turbaba.

—Gostança… —musitó—. Irene ha claudicado. Ya no esperará más, pero me ha pedido la *licència d'acaptes*.

—Cada día recela más de ti… —le espetó desdeñosa.

Hug desvió el rostro. Lo azoraba su aroma a jazmín.

—¡Me he limitado a hacer lo que me pedisteis!

—No es suficiente.

—No deberíais hablarme así. He permitido que os ocultéis en las buhardillas del palacio para eludir la orden de búsqueda. Dejo

que mis criados os atiendan y os acompañen cuando lo abandonáis discretamente. —Entornó los ojos—. Podría delatar vuestra
presencia a los miembros del servicio de Bernat Sorell y dejar que
el justicia os atrapara…

Gostança le propinó una sonora bofetada. El otro se revolvió,
pero cuando alzó la mano ella mostró su cepillo de plata. Del
mango de orfebrería brotó la daga y la situó bajo la prominente
nuez de Hug.

—Yo no soy como esa niña a la que te gusta maltratar, miserable. —La hoja descendió hasta la ingle, y Gostança presionó—.
Sabes por qué te escogimos y qué ocurrirá si nos fallas por culpa
de tus vicios. El plan sigue adelante. ¡Quiero En Sorell abandonado!

—¡El hospital ha resistido más de lo esperado por culpa de
Tristán! Lucha a cambio de comida en las peleas clandestinas que
Arlot organiza en el Partit.

—¡Si esa licencia es necesaria para doblegarla, recupérala a
cualquier precio!

Hug balbució aterrado. Los ojos de Gostança refulgieron y
esbozó una sonrisa maliciosa acercándose a él.

—Yo te explicaré cómo hacerlo… y luego celebraréis la boda
sin demora. —Con manos impúdicas recorrió el cuerpo escuálido del hombre. Al oír su respiración agitada lo empujó y añadió
con sarcasmo—: Irene es toda una mujer. ¡A ver cómo te com-
portas en la noche de bodas…!

17

¿García Coblliure tampoco ha venido hoy, Eimerich? Espero que esté estudiando y no en alguna de sus algazaras.

El aludido dio un respingo, y la banqueta que compartía con otros cuatro criados al fondo del aula crujió. Agarró la tabla para escribir que apoyaba en sus rodillas.

—Hoy se encontraba indispuesto, *mestre* Antoni —balbució atropellado—. Ya sabéis que su salud es delicada.

Los escasos alumnos soplaron conteniendo la risa. La escuela de Antoni Tristany era la mejor de la ciudad en gramática y aritmética. Impartía lecciones a hijos de *honrats*, notarios y comerciantes de holgada economía, aunque el recelo por su condición de converso había disminuido el número de asistentes.

El aula era una estancia espaciosa de la planta superior de la casa, bien iluminada por tres grandes ventanales que miraban hacia la calle del Mar, cerca de la judería. Los bancos para una veintena de discípulos acogían ya sólo a siete. Aparte se contaban los cinco criados, que ocupaban la banqueta del fondo; una incomodidad que nunca fue problema para Eimerich. El olor a papel, tinta y libros viejos le parecía el más exquisito de los perfumes, aunque la escasa higiene de los alumnos se acabara imponiendo.

Mestre Antoni deambulaba esgrimiendo su regla de madera.

—No conozco a nadie tan brioso y con los humores tan desequilibrados. ¡Hasta el sabio Galeno se asombraría! Suerte que su criado compensa tan delicada salud.

Se expandió una risotada general mientras Eimerich rehuía la mirada suspicaz del avezado maestro. La convivencia con Garsía no había sido fácil. Nicolau exigía a su hijo que mostrara respeto con su asistente, pero fuera de la casa el muchacho era cruel con Eimerich.

—No obstante, Garsía te habrá trasladado la respuesta a la cuestión retórica planteada ayer sobre el derecho natural —prosiguió Antoni con cinismo. Miró con interés a Eimerich—. ¿Serías tan amable de transmitirnos el fruto de su esmerado estudio?

—Desde Platón hasta santo Tomás, la concepción de lo que es justo se descubre observando los fenómenos naturales. La Creación muestra los principios inmutables que la rigen; justos por necesidad. Eso nos lleva a las leyes universales como «debe hacerse el bien y evitarse el mal» o «la justicia consiste en dar a cada uno lo suyo».

Los ojos de Antoni brillaron de admiración. El aula se quedó en silencio.

—Excelente, felicita a Garsía —adujo irónico.

—Sin embargo, Garsía no está totalmente de acuerdo —continuó Eimerich con cierta sorna—. No hay autor que interprete el concepto «natural» del mismo modo, ni tampoco hay correlación clara con lo «justo». Por ejemplo, para autores como Aristóteles o Cicerón la esclavitud es natural por existir desde la remota Antigüedad y, por tanto, es justa. En cambio Sócrates y algunos estoicos la repudiaban. Los intereses particulares pervierten la interpretación de la realidad, por eso no hay leyes totalmente justas en ningún lugar del orbe.

—Una cuestión interesante —apuntó Antoni admirado—. Sin duda Garsía habría hecho las delicias de mi maestro de retórica, el monje Armand de San Gimignano, en la Universidad de Bolonia. El viejo profesor habría propuesto una interesante *disputatio* para debatir el tema.

Eimerich sufrió una conmoción al oír ese nombre después de tanto tiempo. No podía creer que aquella pista surgiera de un modo tan casual, pero así era. Le parecía que habían pasado siglos desde que una noche en el hospital Dels Ignoscents, Lluís Alcanyís lo mencionara al repetir las palabras de *mestre* Simón de Calella al borde de la muerte. El misterio regresaba en el momento más inesperado.

—¿Te ocurre algo, Eimerich?

—Disculpad, *mestre* Antoni. Oí hace tiempo ese nombre.

—Muchos valencianos han estudiado en Bolonia, una de las mejores universidades del orbe, y el benedictino Armand fue un gran maestro de retórica.

A Eimerich el pecho le palpitaba con fuerza, pero Antoni retomó la *lectio*.

La clase fue interrumpida varias veces por gritos y carreras en la calle. A pesar de los golpes con la regla, los estudiantes se abalanzaban a las ventanas. Grupos de desarrapados insultaban y huían de la *guayta* enviada por el justicia criminal.

—¿A qué se deben los disturbios? —preguntó un alumno llamado Jacme Vives.

—Es por la falta de ocupación y el impago de los censos —respondió otro, Simón Salvador—. Valencia tiene hambre y se culpa al racional por su corrupción.

Eimerich se situó entre ambos. Eran hijos de médico y notario, respectivamente, pero tenían la misma edad y se habían hecho buenos amigos a pesar de la diferencia social.

El maestro no desaprovechó la circunstancia.

—Los clásicos ya afirmaban que no se puede practicar la virtud con el estómago vacío. —Ordenó que regresaran a los bancos y siguió—. Algunos de vosotros tomaréis las riendas de la ciudad, por eso no es malo que reflexionéis sobre la honestidad que debe regir a los gobernantes, algo en lo que Platón incidía en su *República*.

Simón habló de nuevo:

—Mi padre dice que la guerra contra Granada engrandecerá Castilla a costa de Aragón y que está siendo especialmente gravosa para el leal Reino de Valencia, de donde el monarca está sacando buena parte del dinero para costear sus mesnadas.

—¿Tú qué opinas, Eimerich?

Todos se sorprendieron de que el maestro preguntara a un mero asistente.

—Creo que si las calamidades proceden de Dios no hay más

remedio que asumirlas, pero cuando proceden de los hombres son crímenes, y muchos los cometen quienes gobiernan con impunidad. Su codicia trae la desesperación.

—¿Apruebas los disturbios?

Amargos recuerdos de la infancia se agolparon en su mente.

—Cuando se te retuerce el estómago piensas en comer, y de qué manera lo consigas poco importa. Entonces la sangre mancha las calles y la ciudad llora. Esa gente no es más criminal que quienes han causado el hambre por su vileza. El rey lo tolera, pues los necesita para financiarse. Sólo tiene ojos para su gloriosa empresa, la que lo cubrirá de honor ante toda la cristiandad.

—¡Todos estamos llamados a esa gran campaña! —afirmó vehemente Joan de Próxita, el único joven de sangre noble que asistía a la escuela, visiblemente molesto por tener que oír la opinión de un criado—. Nobles y caballeros a luchar con honor en el campo de batalla, y los de tu condición a pasar hambre si es necesario para costear la guerra. ¡Tus palabras son injuriosas! —Miró al resto al tiempo que señalaba a Eimerich—. ¡Esto es lo que ocurre cuando el vulgo empieza a leer y a pensar!

Eimerich se volvió furioso ante la sorpresa general.

—Si tuviera una mínima oportunidad…

Era la primera vez que hablaba sin el permiso de *mestre* Antoni. Golpeó el banco con la regla antes de que estallara una disputa.

—¡Está bien por hoy, alumnos! Mañana seguiremos.

Mientras se formaba una algarabía para abandonar el aula, el maestro llamó a Eimerich a la tarima y esperó para hablar a que todos se hubieran marchado.

—Mi padre era un modesto sastre que llegó de Xàtiva con su joven esposa. Los primeros años a duras penas lográbamos sobrevivir. También yo conozco la dentellada del hambre, pero las refriegas con un noble no solucionan nada.

—Algún día eso cambiará, *mestre* Antoni.

El hombre señaló el aula y le puso una mano en el hombro.

—Si eso ocurre, no será por la espada sino por el estudio.

El joven sonrió. Antoni sentía verdadero aprecio por aquel criado aunque lo disimulaba para no ofender al resto del alumnado.

—¿Crees que acompañarás a Garsía cuando marche a la universidad?

Su actitud rebelde había alentado a micer Nicolau a enviarlo a algún *Studio General* alejado de Valencia, a pesar de haber comenzado el curso el mes anterior.

—¡Nada desearía más! —afirmó enfático, si bien desde hacía dos meses no era ya del todo cierto—. Pero los Coblliure también son conversos, y algunos clientes han prescindido de sus servicios por esa causa. Es posible que lo mande al *Studi General* de Lleida, que goza de prestigio y está más cerca.

Aprenderías mucho solo con asistir a las lecturas.

Tras un breve silencio, Eimerich decidió arriesgarse. Aún sentía la comezón en el estómago.

—*Mestre* Antoni, ese fraile, Armand de San Gimignano, ¿sigue en Bolonia?

—Fue un gran profesor, vivía en el monasterio de Santo Stefano de la ciudad. Hace unos años tuvo un accidente y dejó de impartir la *lectio de prima* de retórica. No sé si aún vive. —Lo observó con curiosidad—. ¿Por qué te interesa tanto?

Eimerich no respondió; permaneció pensativo, con el ceño fruncido. Al final volvió a mirar al maestro.

—Sé que es absurdo y, disculpadme, pero ¿sabéis si existe alguna relación entre ese hombre y unas máscaras llamadas «larvas»?

Antoni Tristany abrió los ojos sorprendido. Eimerich buscó una excusa.

—Lo oí mencionar a un médico hace tiempo… y siento curiosidad.

El maestro asintió, no muy convencido, pero le gustaba hablar de aquellos tiempos felices de estudiante.

—En el *Studio* de Bolonia los alumnos se juntan por naciones, según su origen, pero la convivencia genera otros intereses y algunos se agrupan para profundizar en determinadas materias o simplemente para organizar memorables algazaras. Hace ya al menos tres décadas existió una de esas hermandades, llamada las Larvas.

—Espectros…

—Forma parte ya de las historias truculentas que tanto gustan a los estudiantes. Cuentan que se reunían por las noches en la bodega de la Taberna del Cuervo. Vestían raídas capas negras y una máscara de cera, pues estaba prohibido que se reconocieran… Ya me entiendes, algunos temas podían ser sospechosos de herejía. Cada miembro estaba autorizado a llevar a un nuevo alumno, de modo que sólo conocían la identidad del que lo había invitado y la de quien a su vez él aportaba. Con los años, se iban renovando sus miembros.

Eimerich recordó las últimas palabras de Simón de Calella: «Armand de San Gimignano me traicionó y yo he hecho lo mismo con el siguiente…».

—Una cadena… —musitó sobrecogido.

—Así es. Al parecer, siguiendo la moda neoplatónica de los florentinos, debatían sobre antiguos mitos y les fascinaban los estudios de Marsilio Ficino de la Academia de los Medici. Se cuenta que fue larva nuestro paisano el cardenal Rodrigo de Borja, obispo de Valencia y vicecanciller del Vaticano. Sin embargo, ocurrió algo luctuoso y las reuniones cesaron. Lo que pudo ocurrir es fruto de leyendas, pero sin duda hubo de ser terrible. Puede que fray Armand fuera miembro ya que aquello pasó cuando debería de ser estudiante aún. En cualquier caso, lo ignoro.

Eimerich asintió pensativo. Había encontrado una senda tortuosa y olvidada pero que, tal vez, podía ser transitable todavía.

—*Mestre* Antoni, dicen que Bolonia posee el mejor estudio de derecho.

—¡De ambos! Canónico y decretos.

—Tal vez deberíais sugerir a micer Nicolau que envíe allí a su hijo. —Sonrió con malicia—. Si he de elegir, prefiero tomar notas de los mejores maestros.

Tristany lo miró intrigado. Iba a interrogarlo, pero en ese momento apareció Irene por la puerta. Ni siquiera su aspecto agotado mermaba la dulzura en las bellas facciones y la fuerza expresiva de sus pupilas grises.

—¡Irene! —la saludó Antoni—. ¡Qué grata sorpresa!

Eimerich la conocía bien y percibió la angustia en su gesto descompuesto.

—¿Ha ocurrido algo?

De pronto ella se echó a llorar. Antoni miró a Eimerich con gravedad.

—Necesitamos ayuda urgente —balbució—. Ya no sé adónde acudir… y pensé en vuestros alumnos.

El *mestre* la contempló circunspecto. Reconocía el esfuerzo de la joven dama humillándose hasta el extremo de mendigar.

—Mañana les pediré que traigan comida. La caridad también se aprende.

Eimerich trató de animarla:

—En Sorell ya ha pasado por momentos críticos y ha salido adelante. Si vuestra madre pudo, también vos podréis, Irene.

—Acompáñame con Nemo y Llúcia a las cofradías; tal vez nos den algo.

Eimerich asintió. La *spitalera* le pedía ayuda con frecuencia, pues gracias a su aguda memoria ni siquiera necesitaba consultar los registros del hospital para saber a quién se había prestado asistencia en el pasado o tenía un deber de gratitud con la casa. Micer Nicolau y Caterina colaboraban en todo lo que podían, y tenía permiso del abogado para ayudar al hospital.

Eimerich miró a Antoni y éste asintió conforme.

—Si me esperáis, llamaré a mis hijos e iremos con vosotros.

Cuando llegaron al hospital y descargaron la exigua colecta del día, Irene miró sobrecogida dos cadáveres envueltos en mortajas sobre la carreta. Fray Ramón Solivella rezaba un responso.

—Son los ancianos Tomás e Isabel Salat —susurró Arcisa situándose a su lado.

—Que descansen en paz —musitó desolada. Los conocía como al resto de los internados. Habían llegado hacía tres días famélicos y con fiebres.

—*Mestre* Joan Colteller aguarda en la sala de curas. Ha hecho la ronda y desea hablaros.

El médico sonrió con tristeza al verla. En ese momento se quitaba el delantal y lo colgaba de un clavo de la pared.

—Os he traído esto.

Irene se acercó a la mesa y apartó el pañuelo que cubría un pequeño cuenco.

—¡Jalea real!

—La mayoría de los pacientes se encuentran muy débiles. De hecho, creo que el fresco de la noche ha matado a los dos que habéis encontrado en el patio.

—*Mestre* Lluís Alcanyís desaconsejó acostarlos en las mismas camas de los que tienen fiebre, como suele hacerse para que aprovechen el calor.

—Estoy de acuerdo; hemos observado que muchos enferman por contagio. Lo que casi todos los ingresados necesitan es alimento, y si se enfrían hay que darles friegas con alcohol. —Señaló el tarro de jalea—. Distribuidla a los menos fuertes en fragmentos del tamaño de granos de arroz poniéndoselos bajo la lengua. He traído también higos secos y pasas. Son alimentos que revitalizan.

—Que Dios os lo page —dijo avergonzada.

Colteller asintió. Fue el primero en poner en duda la capacidad de una mujer al frente del hospital, pero en aquellos duros meses su opinión había cambiado.

—Lo estáis haciendo muy bien, Irene. Andreu y Elena estarían orgullosos. Sólo espero que Hug Gallach esté a la altura.

—Yo también —musitó ella desolada mientras veía al médico salir de la sala.

Pasó el resto de la mañana recorriendo las cuadras. Su corazón bombeaba con fuerza al ver los rostros macilentos y huesudos, pero el dolor más lacerante se lo provocaban las miradas vacías, sin esperanza.

Se acercó a la estancia de los pequeños. Gaspar, el menor de los tres, tenía fiebre y tiritaba bajo la áspera manta. El niño sonrió y levantó la mano pidiendo una caricia. A su lado María y Francés permanecían silenciosos. Les administró la jalea mientras luchaba por contener las lágrimas. Al besarles la frente antes de marcharse susurró:

—Saldréis de ésta los tres. Empeño mi vida en ello.

A media tarde fue a la capilla. Dos ancianas rezaban arrodilladas frente al altar rogando por sus hijos. La saludaron afectuosas, pero prefirió estar sola y se retiró a un rincón. Rezó a las santas del retablo recordando su valor y su resistencia. Luego observó a las sibilas, hieráticas y misteriosas ante sus libros de secretos y profecías. Todas señalaban con el dedo a los cielos, de donde procedía la Revelación. Veían lo que estaba por venir, e Irene imploró una señal, un camino al que dirigirse en plena oscuridad.

Tras una hora de lucha contra el desaliento, distraída, admiró los frescos del techo abovedado, también pintados por el artista Francesco Pagano. La capilla permanecía en penumbras y apenas se apreciaba la maestría de los trazos. Entonces algo le llamó la atención y volvió a contemplar a las sibilas. Cada una tenía el brazo levantado con una inclinación concreta, de tal modo que, en realidad, parecían señalar todas el mismo punto en la bóveda. Ese gesto no debía de ser azaroso.

Intrigada, encendió tres gruesas velas de cera blanca que sólo se usaban en las vigilias de Navidad y Pascua. Las ancianas se extrañaron ante tal despilfarro, pero Irene deambuló absorta en las pinturas. La trémula llama le permitió comprobar que las sibilas indicaban exactamente uno de los frescos de la parte derecha de la bóveda, donde un grupo de mujeres vestidas de blanco salía de una villa amurallada hacia una gruta situada en la costa frente a un mar azul.

Lo había visto incontables veces, pero nunca a la luz de las enseñanzas plasmadas en el breviario de Elena de Mistra. De las casas les arrojaban cosas. Al principio pensó que huían de ser lapidadas; no obstante, al fijarse vio que no eran piedras, sino panes y fruta. La última mujer vestida de blanco tenía pintado un corazón rojo en el pecho del que salía un hilo dorado hasta el afilado campanario de la ciudad de forma octogonal; su semejanza con el de la seo de Valencia, el Miquelet, la intrigó. La alegoría le resultaba familiar, pues se mencionaba en el breviario. Entonces dio un respingo.

—¡*El latido de la sibila*!

Su grito sobresaltó a las ancianas. Irene se excusó y salió rauda hacia los aposentos en busca de intimidad para releer las notas de su madre.

Micer Nicolau Coblliure estaba invitado a una cena y tardaría en regresar. Eimerich, en su despacho, como cada tarde comenzó a guardar documentos en sus legajos y a ordenar los tinteros. El abogado había confiado en él desde que se instaló en la casa, y el criado lo ayudaba a transcribir *clams* y alegatos, además de adecentar el despacho. Trabajó de manera mecánica sumido en oscuras cavilaciones.

—¡Aquí estás! —exclamó una voz desde la puerta.

Eimerich dio un respingo. Caterina lo miraba suspicaz, con una maliciosa sonrisa. Su belleza le cortó el aliento. Había cumplido dieciocho años, como él, pero cada vez era más patente que pertenecía a otro mundo.

Lucía un vestido de terciopelo marrón con pedrería que resaltaba el rubio de su melena adornada con pequeñas flores de papel. Poseía el aspecto de la hija núbil de un próspero jurista, discreta y recatada, si bien sus pupilas azules destilaban vitalidad. Eimerich pensó en cuán diferente era de Irene. Ambas luchaban para no ceder a otros las riendas de sus vidas; con todo, los ojos de Caterina no brillaban con dulzura ni su voz destilaba bondad. Era incisiva y siempre permanecía alerta, sin disimular la frustración que le provocaba no poder seguir la profesión de su padre por ser una mujer.

Bajo la atenta vigilancia de su aya, se aplicaba en labores que detestaba como coser, bordar y conocer los remedios naturales que toda buena matriarca necesitaba para velar por la salud de su prole, sin descuidar el rezo y las visitas a las iglesias y los conventos.

Se acercó a él. Sostenía su bastidor con un bordado de flores que era incapaz de concluir. Contempló con envidia los armarios atestados de tratados jurídicos, complejos procedimientos y perquisiciones que ella jamás podría encabezar.

En Eimerich había hallado el modo de aplacar su frustración. En secreto, tres noches a la semana se encontraban en el fondo del establo y él le explicaba las lecciones de gramática de *mestre* Antoni. El tiempo pasó entre discusiones y notas, y a la luz tenue de una vela como testigo se produjo el primer silencio entre largas miradas, luego un halago, un ligero roce de manos y, al final, besos fugaces que siempre nacían de ella.

Tan sólo era un juego de juventud, ambos lo sabían. El próspero Coblliure ya había recibido alguna petición de mano para su hija.

Caterina se cercioró de que el aya María aún no había notado su ausencia de la sala de costura y se plantó ante Eimerich.

—Pareces pensativo.

Era difícil mentir bajo la mirada escrutadora de la joven. Hacía mucho que había compartido con ella su secreto.

—Sé quién es Armand y dónde reside. —Le explicó la conversación con Tristany—. Tal vez pueda escribirle.

—¿Aún crees que las palabras de ese médico no fueron un delirio? En Sorell tiene ahora otros problemas, y tú estás en esta casa.

—Se lo debo a los Bellvent. De no ser por ellos, no sé qué habría sido de mí… —En ese momento la miró—. Por cierto, ¿dónde estudió vuestro padre?

—En Lleida. —Caterina rebuscó en un armario y le mostró el título de *Legum Doctor* con el sello del obispo de aquella diócesis en nombre del Santo Padre—. Es el bien más preciado de esta familia y no entiendo por qué no lo guarda en la hornacina oculta en el zócalo donde protege la documentación más delicada.

Él asintió distraído y decidió intentar lo que llevaba barruntando todo el día.

—El *Studio* de Bolonia es mejor. Sabéis influir en vuestro padre, tal vez podríais sugerirle que mandara a Garsía a…

Ella, con su habitual espontaneidad, le selló los labios con los suyos. Aprovecharon la soledad del despacho, y a ese primer beso siguió otro, largo, húmedo y ardiente, que a ambos les costó concluir. Caterina se apartó con las mejillas ruborizadas.

—Si existe alguien en el orbe capaz de resolver el enigma, ése eres tú. Te ayudaré, aunque sea lo último que haga en libertad. Mi padre se está impacientando y pronto empezarán las visitas de pretendientes.

18

Habían pasado tres días desde su encuentro con Hug, e Irene no tenía noticias de él. El estado de muchos pacientes empeoraba a causa del hambre, y la noche anterior dos mujeres habían muerto. El pequeño Gaspar se iba apagando y ni las sangrías de Alcanyís le bajaban la fiebre. Además, se sentía profundamente arrepentida de estar cumpliendo la promesa hecha a su prometido de no dejar entrar a Tristán en el hospital. Desde que le mandó el mensaje no había vuelto a saber nada del doncel y la situación era ya insostenible. Su propio estómago rugía vacío.

Sola y desesperada, optó por acudir al racional de la ciudad. A pesar del escándalo de corrupción y la investigación ordenada por el monarca, seguía al cargo del puesto con más poder efectivo de Valencia. Controlaba las finanzas municipales y diseñaba en nombre del rey la *ceda*: listas de candidatos para la elección mediante los *redolins** de los cargos rectores de la urbe para la siguiente anualidad.

La Casa de la Ciudad era un soberbio palacio de muros de piedra con dos torreones cuadrados en los extremos de la fachada principal, orientada a la calle de Caballeros. Las ventanas inferiores, donde se hallaban las cárceles y las salas de los justicias, estaban

---

* Los nombres se colocaban dentro de bolas de cera que eran extraídas al azar por un infante.

protegidas con rejas, pero las plantas superiores lucían ventanales de doble o triple ojiva decorados con exquisita tracería geométrica. Cada una de las cuatro fachadas tenía una amplia puerta. Irene accedió por la principal hasta el patio con arcos carpaneles, adornado con palmeras. Se encontró con numerosos consejeros y funcionarios. No era la primera vez que visitaba el edificio, pero permaneció ajena a la belleza delicada de los rosetones del rastel de la escalera.

La acompañaba a la audiencia fray Ramón Solivella, que estudiaba con disgusto las gramallas y las capas de los funcionarios; una ostentación excesiva para tiempos tan inciertos. En la planta superior cruzaron la galería abierta de arcos apuntados y columnas salomónicas, y pasaron ante el salón de los Ángeles hasta el racionalato.

Tras una hora de espera accedieron a una estancia con tribuna de madera. Bajo un tapiz con el escudo de la ciudad permanecía sentado don Bernat Català, con un jubón de terciopelo encarnado y una gruesa cadena de oro sobre el pecho.

—Es un honor recibiros, Irene Bellvent. Fray Ramón Solivella...

El racional era de mediana edad; su mirada brillaba astuta e intrigante.

—Imagino cuál es vuestra petición —indicó levantándose y acercándose a la ventana de doble ojiva. El papel encerado difundía una luz diáfana—. Han pasado los administradores de todos los hospitales.

Ante el tono melindroso, Irene tuvo deseos de espetarle los hechos de los que era acusado, pero se contuvo. No convenía ofender al ciudadano más poderoso de Valencia.

—Estamos enterrando a nuestros pacientes porque se mueren de hambre.

Bernat reaccionó vehemente al captar la velada acusación.

—¡Desde el racionalato y el consejo estamos haciendo todo lo posible! —La señaló con el dedo—. En Sorell goza de un privilegio que muchos querrían.

—¿A qué os referís? —demandó Irene desconcertada.

—¡Usad la *licència d'acaptes*! Como el resto de los hospitales, podéis sobrevivir de la limosna que los buenos cristianos dispensan para pobres y enfermos.

—Aún estamos pendientes de su concesión.

—Me consta que no es así, Irene —replicó el taimado racional—. Lamento comprobar que no sois tan pulcra en la gestión como lo era vuestro honorable padre.

Ante el hiriente comentario, ella notó la angustia ascenderle por el pecho.

—Don Bernat, os aseguro que…

—¡El propio lugarteniente del gobernador general, mosén Lluís Cabanyelles, me lo confirmó hace unos meses! A pesar de lo que digan, nuestro rey es compasivo con las capas más humildes de la urbe, y todos los hospitales han sido beneficiados con ella. —Ante la mirada trémula de la muchacha, dulcificó el tono—. Vuestra sorpresa me lleva a concluir que no está en vuestro poder… ¿Habéis permitido que os la roben?

El franciscano miró a Irene y habló apocado.

—No teníamos la menor idea de que ya estaba expedida, disculpadnos.

—Lo que ha ocurrido es muy grave —señaló Bernat—. El documento lleva el sello real. Quien lo posea está autorizado a recoger alimentos y enseres en nombre del hospital en cualquier villa del reino. ¡Un gran negocio!

Se acercó a Irene, condescendiente.

—Demasiada carga para una joven. Vuestro lugar está en la casa, administrando el hogar y cuidando de la prole como toda buena mujer honrada.

—Es mucha la gente que me necesita —replicó ya sin brío.

—Espero que con vuestro marido las cosas se enderecen. —Bernat regresó a la mesa y se sentó tras ella—. Si no deseáis nada más…

Humillada, agradeció la audiencia y salió de la estancia con el fraile.

—Me temo que no ha ido demasiado bien —farfulló el franciscano, abatido.

Irene no le respondió para evitar el llanto. Fray Ramón señaló una puerta con un dintel decorado con imaginería religiosa y un ángel sobre la dovela.

—Es la capilla del Ángel Custodio, el protector de Valencia. Recemos.

Ella aceptó para calmarse. No podía creer que Hug le hubiera mentido en algo tan importante. Eran decenas los fallecidos en las últimas semanas.

—Fray Ramón —dijo arrodillada junto al fraile—, necesito pediros algo.

—Decidme, hija.

—Id a hablar con Hug y que os acompañe el procurador Joan Dandrea. —Un acceso de ira la acometió—. Advertidle que si no entrega la licencia mañana mismo romperé los esponsales y lo denunciaré al gobernador.

Sin comer, Irene recorrió un día más las doce parroquias, las sedes de los gremios y las cofradías. La rabia la reconcomía y esperaba noticias del franciscano. Cuando regresó agotada al hospital caía la noche. El silencio la paralizó. Ana lloraba sentada junto al ciprés. Por la escalera descendió Eimerich con los hombros hundidos.

—Yo también he llegado tarde —musitó—. El pequeño Gaspar ha muerto.

Tras él bajó Nemo portando en brazos al infante ya amortajado. Lo seguían el resto de los criados. Irene se derrumbó y cayó de rodillas al suelo.

—¡Tenía cuatro años y quería ser físico! ¿Te acuerdas? —exclamó desolada—. ¡Le prometí que no moriría!

—Esa decisión no te corresponde —alegó Arcisa apenada.

—Pero ¡fui yo la que ordené racionar los alimentos sin excepciones! Estaba tan débil que la fiebre lo consumió.

La noche descendió sobre el hospital impregnado de tristeza. Fray Ramón llegó con el rostro sombrío. Miró a Irene y negó con la cabeza; ni rastro de Hug Gallach.

A medida que se enteraban, acudían vecinos y antiguos pacientes, sobrecogidos por la muerte a destiempo del infante. En la capilla atestada comenzó el velatorio. Un ángel subía al cielo y dejaba la tierra desconsolada.

19

Tristán abrió las piernas y aguardó alerta. Lo rodeaban viejos olivos, y más allá casas y barracas dispersas. Al fondo, iluminada por dos antorchas, se veían las almenas del desvencijado Portal de Ruzafa y parte de la muralla de tapial. Era un lugar aislado, resguardado de miradas ajenas. Sólo la brisa entre las hojas rompía el silencio, pero trató de atisbar otros sonidos más sutiles.

Notó un hormigueo en la nuca y se tensó. Esperó un instante, inmóvil, y rápidamente se volvió. La hoja de una espada destelló, y Tristán la paró con la suya a pocos dedos del rostro.

—No está mal.

El joven empujó el acero del adversario y atacó. El hombre de pelo cano parecía enclenque, pero detuvo con precisión cada estocada. Su risa burlona enardeció a Tristán. El otro lo provocó con la mano libre, y Tristán, enojado, comenzó a golpear con más fuerza, ganando terreno entre los viejos olivos. Cuando vio el momento se lanzó hacia delante con la espada apuntando el pecho de su adversario, pero éste, como si hubiera adivinado en su cara la treta, fintó y golpeó con el pomo de la suya al doncel en la mano. A Tristán se le escapó el acero y aulló de dolor agitándola.

El caballero Jacobo de Vic volteó la hoja con gracia y la clavó en el suelo. Mientras recuperaba el aliento miró el campo y la muralla.

—Hasta que no controles tu ímpetu no podrás vencerme.

—¡Habéis retrocedido, por primera vez!

—Es cierto. Pero los músculos se agotan con más rapidez que la mente, por eso la técnica es esencial. Has progresado mucho,

Tristán —adujo con sorna—. En cuanto logres controlarte, entrenaremos con espadas de madera. ¡Aún soy joven para morir!

Tristán rió mientras recogía las armas y las guardaba en las vainas. Jacobo tomó el hábito gris que colgaba de una rama y se lo puso por encima de la vieja camisa.

—Vamos a la ermita, hijo. Ya es noche cerrada y estoy agotado. Creo que hoy la sopa de ajos te encantará. Ha venido el caballero Rodrigo de Cuenca y me ha traído un puñado de sal. ¡Alabado sea Dios!

—Será un honor, mosén Jacobo —añadió el joven con una juntina reverencia.

Siguió los pasos del anciano dejando el olivar hasta el pequeño templo consagrado a san Miguel, un eremitorio antiguo y humilde pegado a la muralla.

A Tristán todavía le sorprendía su carácter desenfadado y excéntrico, que ocultaba a un respetado noble de casi sesenta años, mosén Jacobo de Vic, caballero de la Orden de Nuestra Señora de Montesa, al servicio de tres reyes de Aragón hasta que las fuerzas comenzaron a menguarle. Se había recogido en aquella ermita para hallar paz de espíritu y disponer su alma. El juicio divino de un hombre de armas se auguraba complejo.

Bajo el pórtico aguardaba alguien envuelto en una raída capa. Al ver las espadas del joven levantó las manos.

—Busco al doncel Tristán de Malivern.

—¿Quién pregunta por él?

—Vengo en nombre de Caroli Barletta, al que conoces como Arlot.

—Dile que no pienso luchar de nuevo por cuatro cebollas y una ristra de ajos.

—Hoy tiene algo mucho más interesante que ofrecerte —repuso con acritud el recién llegado—. De ti depende la vida o la muerte en En Sorell.

Jacobo se acercó y miró con recelo al esclavo del rufián.

—Sólo de la Providencia dependen esas cosas. Más bien lo que está en juego es un gran negocio… No te fíes, Tristán; me da mala espina.

—Conozco bien a Arlot. Es un miserable, pero no suele mentir. Si hay algo que pueda hacer por el hospital debo intentarlo.

También notaba una lóbrega congoja, pero sin atender a las advertencias marchó tras el esclavo, consciente de que su señor no se lo impediría.

En la calle Muret ya se oía el jolgorio y las risas de las prostitutas bromeando con sus clientes. Pasaron por delante de la horca levantada para disuadir a los que incumplieran las disposiciones del *regent del publich**** y cruzaron el portal que daba acceso al Partit. En la pequeña y sucia plaza se formaron animados corros que auguraban una interesante velada. Algunas jóvenes bajo sus faroles silbaron, pero Tristán siguió adelante impasible, pensativo. Presentía que sería una noche distinta. En la lejanía, un tañido fúnebre anunciaba la muerte de un infante y se estremeció.

Las campanas de Sant Berthomeu sonaban alternando toques secos con un repiqueteo insistente de dos de ellas, llamando a gloria por un ángel que subía al cielo. En su lenguaje, aquello indicaba que el fallecido era un niño pobre y que los campaneros tocaban por amor de Dios, sin cobrar.

La capilla de los Santos Médicos estaba atestada. Irene rezaba y se enjugaba las lágrimas con un pañuelo. De vez en cuando notaba en su hombro la mano de Caterina insuflándole ánimos. En la parte de los hombres rezaban circunspectos los miembros del consejo rector del hospital. La muerte del pequeño era una más, pero había conmovido a todos los que tenían relación con En Sorell.

Arcisa se acercó.

—Ha llegado *mestre* Pere Comte.

Irene asintió levemente y se levantó. Asía el breviario de su madre, que hojeaba cada vez que le era posible. Lanzó una última mirada a las sibilas del retablo y al fresco en penumbras de la bóveda.

---

* Oficial del justicia criminal que controlaba la mancebía.

—Lamento profundamente lo ocurrido —musitó Pere en el patio.

—Creo que esta muerte es un aviso de la Providencia para que deje de llorar y despierte. —Lo miró con sus grandes ojos grises—. *Mestre* Pere, ¿qué es la piedra sonora del Miquelet?

El sorprendido picapedrero reparó en el librito que sostenía.

—¡Es el breviario de vuestra madre! También ella me lo preguntó. Al realizar las obras de ampliación de la seo en las que unimos la nave al campanario, tuvimos en cuenta respetar su acústica interior original. Hay una piedra «sonora» en la base de la torre que al ser golpeada se oye con intensidad en el cuarto de las campanas.

—¡Ingenioso!

El *mestre* alzó el rostro.

—La catedral guarda secretos arquitectónicos de los que me siento orgulloso.

Irene hizo un gesto implorante.

—Necesito que hagáis algo por mí. Sois un hombre respetado en la ciudad, y el campanero no os negará una petición como ésta, a pesar de la hora.

Abrió el libro y señaló una página. En un dibujo tosco una dama tañía una gruesa campana. Unos puntos negros pautaban cuál era el ritmo. Desde el primer momento Pere sabía que iba a pedirle lo mismo que antaño Elena.

—¡*El latido de la sibila*! Ha pasado mucho tiempo…

—Lo descubrí en los frescos de la capilla, pero aquí relata que se tañó desde la seo varias veces, la última durante la carestía de trigo de 1483. Fue una llamada de auxilio que atendieron las damas tratadas durante años en el hospital. Golpeaban la piedra sonora, y el campanero seguía el ritmo con la campana *Caterina*, la más antigua de la catedral. Mi madre no sólo se preocupaba de sanar sus cuerpos e impartir lecciones de filosofía. Vos sabéis dónde está esa piedra para hacerla sonar.

—Elena de Mistra tejió en aquellos tiempos una red de ayuda que salvó del hambre a muchas familias humildes, pero hace mucho de eso.

—Si lo haces, Gostança sabrá que sigues los pasos de tu madre... —dijo una voz a su espalda.

Peregrina había escuchado la conversación y la observaba con su intensa mirada azul. Se refería a Gostança; aun así, Irene no se arredró.

—Precisamente de Elena surge la única esperanza. —Rasgó la página que contenía el ritmo de *El latido de la sibila* y se la tendió a Pere—. ¡Tocad la piedra sonora y convenced al campanero, os lo imploro! No nos queda nada y hemos perdido la *licència d'acaptes*. Si nadie nos escucha deberemos marcharnos todos de En Sorell.

Pere Comte se perdió en sus ojos. Había hecho mucho por él y por sus hombres.

La taberna del Trinquet en la mancebía era un tugurio oscuro; apenas cuatro mesas mugrientas y una estrecha barra en la que dormitaba un parroquiano ebrio. El esclavo de Arlot la cruzó en silencio y golpeó con fuerza una vieja alacena. El mueble retrocedió y vieron a un sarraceno malcarado, quien los acompañó por un angosto pasillo hasta el secreto mejor guardado del Partit. A esas horas, el amplio granero estaba atestado de gente enfebrecida. Hedía a sudor, vómitos y vino agrio. Entre risotadas, se empujaban o trataban de agarrar a las camareras que rondaban con las camisas abiertas y varias jarras en las manos. En el centro, un amplio círculo de arena recién traída de la playa revelaba el motivo de tanta algarabía. Al ver a Tristán corearon y muchos le palmearon la espalda. Se auguraba una pelea memorable y comenzaron las apuestas.

En un pequeño anexo, el pisano Caroli Barletta lo esperaba tras una vieja mesa, flanqueado por dos gigantes. El antiguo corsario era un hombre fornido de cincuenta años, con una melena aceitada hasta media espalda, gruesos pendientes de oro y sonrisa lobuna. No se dejaba ver demasiado en el tugurio, pero esa noche parecía especial.

—Me alegro de que estés aquí, Tristán. ¿Cómo se encuentra mi pequeña Ana?

El joven lo miró torvo, y Arlot levantó las manos seráfico.

—Reconocerás que tengo palabra. Tú peleas, y ella vive feliz entre mendigos y enfermos… Y encima te llevas parte de las apuestas y les das de comer.

—¿Para qué me has mandado a uno de tus perros, Arlot?

—Sin rodeos, así me gusta. —De su jubón de seda manchado de sudor, sacó un documento de papel recio y lo extendió sobre la mesa—. ¿Sabes qué es esto?

Tristán abrió los ojos al ver el sello real junto a la firma de Lluís Cabanyelles.

—¡Una licencia d'acaptes! ¿Es la de En Sorell!

—No sé cuántas ofertas he recibido, algunas realmente jugosas. El que la posea puede recorrer el reino y sacar una buena tajada…

—¿Cómo ha caído en tus manos? —demandó ansioso.

—Eso ahora poco importa, Tristán. No ignoras cómo es el juego. —Entornó los párpados mientras guardaba el documento—. Pero yo sabía que el mayor beneficio lo obtendría cuando alguien tratara de recuperarlo… y no me equivocaba. ¿Te has fijado en cuánta gente se ha reunido aquí? ¡Esta noche será la mejor de todas!

—¡Estás jugando con el hambre de inocentes! ¡Maldito seas!

—¡Tranquilo, doncel! —Arlot se echó a reír e indicó a sus esbirros que no actuaran—. Reserva tu furia. Te ofrezco la posibilidad de recuperar la licencia para esa belleza de *spitalera* que tanto te gusta complacer. —Su sonrisa se borró. Lo miró con dureza—. Eres el mejor luchador que ha pasado por el Trinquet en años, pero si quieres la licencia deberás vencer a tres contrincantes. Para que las apuestas aumenten he tenido que esmerarme, y creo que tus adversarios darán juego. Están ansiosos por romperte los huesos, Tristán.

El joven escudriñó los ojos de Arlot.

—Si venzo, cumplirás y te encargarás de que el documento llegue al hospital.

El otro rió displicente.

—¿Crees que soy un cura?

—¿Has pasado hambre alguna vez, pisano?

La mueca en el semblante del rufián se desvaneció.

—¡Vamos! La clientela espera con sus bolsas repletas.

Cuando Tristán salió al granero estalló una ovación como nunca. Arlot permaneció silencioso, observando. Tras él apareció Hug, que había esperado oculto en un rincón. El pisano lo miró con desprecio.

—Deberías ser tú el que saltara a la arena para que Tristán te moliera.

El otro se retorció las manos, agitado.

—Recuerda que la licencia me la entregarás a mí.

—La necesitas para poder casarte. Debiste pensarlo antes de jugártela a los dados, estúpido.

Hug asintió varias veces con el miedo en el rostro. Caroli lo cogió por la gorguera amarillenta y lo estampó contra la pared del cobertizo.

—¡Me adeudarás la donación de setecientas libras a recibir tras la boda! —siseó amenazante—. Sé que eres dado a desaparecer, pero si intentas engañarme te buscaré hasta en el infierno para desollarte vivo.

20

Tras una larga espera, un tañido singular de la *Caterina* se expandió por Valencia esa noche, e Irene sonrió agradecida en el patio. Pere Comte había cumplido. El ritmo lento semejaba a los latidos de un gigantesco corazón; el que palpitaba en su pecho. Sentía miedo, pues de nuevo en aquellas circunstancias estaba sola frente al problema, pero aspiró con fuerza y entró en la capilla. Pasó ante los reunidos y tomó una cruz alta de madera usada para los cortejos.

El rezo enmudeció ante su postura erguida. Cuando habló, su voz temblaba:

—Los que podáis andar acompañadme en esta noche de penitencia para que todos contemplen los estragos del hambre y se dignen ayudarnos. —Entonces se dirigió a los frailes que flanqueaban a fray Ramón—. Lo que oís es *El latido de la sibila*, una llamada a los corazones de buena voluntad de todas aquellas mujeres que una vez pasaron por esta casa. Hace mucho tiempo de eso, y no sé si nos escucharán. —Señaló la mortaja del pequeño—. Pero por él despertaremos a las damas.

Se extendió un murmullo. Algunos se santiguaron como si hubieran oído una sacrílega salmodia y otros la observaban en silencio, juzgando su valor.

—Señora, no tenemos autorización para *acaptar* en la ciudad —indicó fray Ramón mirándola con inquietud. Los miembros del consejo lo refrendaron.

Por única respuesta Irene inició un canto cadencioso. Al principio apenas era audible, pero luego elevó el tono y resonó hasta en el patio. Durante una eternidad cantó en soledad erguida junto al cuerpo del niño. La angustia se apoderó de su alma y su voz se tornó ronca. Cuando estaba a punto de desistir, avergonzada, otra voz se sumó. Era Isabel, llorosa. El eco de su timbre suave pero dominante hacía meses que no se oía en la casa y conmovió a los presentes. Arcisa la siguió junto con dos ancianas. Una extraña sensación de serenidad impregnó los ánimos de los presentes.

—Es *El cant de la Sibil·la* —explicó fray Ramón con los ojos vidriosos—. Es el que entona el niño que la representa en los misterios durante la vigilia de Navidad.

—¿Por qué ése? —preguntó Eimerich anonadado. Eran los versos susurrados por Andreu Bellvent en su lecho de muerte y que figuraban en la tumba de Elena.

—Era el himno de las damas —comentó el fraile.

Irene comenzó a derramar lágrimas cuando casi una docena de voces coreaban las antiguas estrofas. En el exterior, la *Caterina* llamaba colándose a través de los postigos de fastuosos palacios y de decrépitas casas.

Cedió la cruz a Eimerich y avanzó hacia la puerta con paso solemne. Una vez en el exterior se convertirían en la esperanza de algunos y en un problema para otros, pero tenía que hacerlo. Nemo cargó el féretro en la carreta y el cortejo fúnebre abandonó En Sorell hacia las oscuras y tortuosas calles del centro de la ciudad cantando con sentimiento las terribles profecías de la sibila. Sobre ellos la cúspide del Miquelet brillaba con una hoguera que ardía día y noche, señalando que eran tiempos de paz para la ciudad; dos fuegos significaban peligro de asedio o asalto. Esa noche su tañido indicaba que Valencia también debía velar por sus habitantes hambrientos.

Tristán se dejó caer en la arena teñida de sangre, exhausto, sin prestar oído a la mezcla de palabras de aliento e insultos. El ambiente se había caldeado en el Trinquet con altercados violentos y amenazas entre la agitada concurrencia. Un hombre se acercó y le echó un cubo de agua fría. Con las manos doloridas y los nudillos descarnados se frotó el rostro para limpiarse la sangre que le dificultaba la visión. Tenía partido el labio, una brecha en la frente y la cara hinchada, pero al fondo yacían inconscientes los dos primeros adversarios. Respiraba con dificultad y escupía babas sanguinolentas, pero había vencido.

Entre el público que jaleaba le pareció atisbar a Hug Gallach mordiéndose las uñas, aunque inmediatamente se perdió entre el gentío. Una turbia sospecha se le alojó en el pecho. Arlot era un miserable, si bien tenía un particular sentido del honor con los que le hacían ganar dinero y, a juzgar por su faz exultante, la noche resultaba propicia. Confiaba en que cumpliría su palabra.

Cuando se levantó apoyándose en la valla lo asaltaron agudos dolores en el pecho y el costado. Había llevado al límite su cuerpo y era una locura seguir adelante. Pensó en Irene, en zambullirse en el estanque gris y cálido de sus pupilas. Apretó los dientes y extendió el brazo hacia la puerta del granero; la señal convenida para retar a un nuevo contendiente.

Estalló una algarabía jubilosa y las apuestas corrieron tanto como el vino. Al momento se formó un pasillo por el que se acercó un hombre de unos cuarenta años, bajo y recio, de piel pálida y ojos rasgados. La ovación inicial se convirtió en un rumor de desconcierto y alguna carcajada. Tristán no recordaba haber visto a nadie con ese aspecto. Por doquier se oía decir «oriental» y «ruta de la seda». Comenzaron a cambiar las apuestas; no lo creían rival para aquel joven que ya había tumbado a dos fornidos luchadores.

Sin embargo, Tristán sabía que Arlot siempre dejaba lo mejor para el final. El extranjero lo estudió con disgusto al verlo tan maltrecho. Parecía no desear combatir con un adversario debilitado y discutió en una lengua extraña con un mallorquín que hacía de intérprete. Éste negó y lo instó a entrar en la arena.

El oriental se descalzó y, tras un nuevo cruce de miradas, efectuó una extraña reverencia con las manos juntas ante el pecho. Tristán no halló ira ni ansia en sus negras pupilas como en la mayoría de los luchadores, sino serenidad y atención. Su actitud le recordó a Jacobo de Vic y empezó a inquietarse.

El doncel atacó primero, pero sus puños descarnados sólo hendieron el aire. El otro anticipaba cada golpe limitándose a esquivarlo. Imprimió más vigor a los puñetazos, pero el oriental los interceptó todos con los antebrazos mediante movimientos precisos y rápidos como destellos. El silencio descendió sobre el granero; nadie había visto antes aquella manera de luchar. El extranjero era más peligroso de lo que aparentaba.

Sin previo aviso contraatacó profiriendo un potente grito gutural, pero no lo hizo con los puños; su pierna derecha trazó una curva en el aire elevándose hasta la oreja y Tristán salió despedido hacia la valla. Aturdido por el dolor y con un intenso pitido en los oídos, notó que la boca se le llenaba de sangre y escupió un trozo de muela. Observó de soslayo al adversario, inmóvil, concediéndole tiempo para que se recuperara. Ni una sola vez logró golpearlo y ya no le quedaban fuerzas para resistir más ataques como aquél. Una siniestra evidencia se abrió camino en su mente embotada: iba a morir en la arena.

Irene caminaba con la mirada puesta en la mortaja, guiando la procesión por las calles oscuras que conducían hasta la plaza de los Apóstoles y la de la Llenya. Cuatro hombres con velas iluminaban el cadáver del pequeño Gaspar. A las criadas y los pacientes se sumaron vecinos, y el clamor resonó en la noche. Temían que la *guayta* o la propia Inquisición hicieran su aparición, pero no se arredraron.

El ritmo regular y sereno de la campana precedía la comitiva. Las ventanas y los postigos se abrían al paso del cortejo fúnebre. Algunos se santiguaban y otros los recriminaban por interrumpir su descanso. Irene era el centro de atención y cantaba con fuerza, confiada en lo descrito por su madre. Se acercaron canónigos de la seo para rogarles que regresaran al hospital y velaran allí al niño. No sería ni el primero ni el último que moriría de hambre.

Pasaba el tiempo, y el entusiasmo menguó. Algunos abandonaron el cortejo mientras otros comenzaban a mirarla incómodos. A la joven le dolía la garganta, y las voces fueron languideciendo. No había ocurrido nada.

—Deberíamos regresar —musitó Arcisa a su lado.

Irene la miró avergonzada. La sensación de fracaso le llegó como un duro golpe y asintió sofocada. Estaban junto al edificio del Almodí, el granero de la ciudad, cuando hizo un gesto a Nemo para regresar. La procesión enmudeció, pero ella, sumida en la angustia, no captó el murmullo a su alrededor.

—Señora… —musitó Ana, sobrecogida.

Levantó el rostro y vislumbró escurridizas sombras en la noche. Un escalofrío le recorrió el cuerpo. Amparadas en la oscuridad y ocultas bajo sus mantos aparecían, dejaban algo en el suelo y se alejaban en silencio. Sin hablar ni descubrir su rostro. Así se describía en el breviario.

Llúcia se acercó a Irene con lágrimas en los ojos.

—¡Mirad! —Abrió un viejo pañuelo—. ¡Son acelgas!

—¡Han dejado cebollas, ajos y calabazas! —dijo Caterina, que ya había corrido para curiosear una cesta.

El murmullo se convirtió en un rumor agitado de alabanzas. La joven lloró de alegría y alivio al contemplar cómo se operaba el milagro. Siguieron la marcha recogiendo cestos, sacos o pañuelos. Como si esperaran que la joven bendijera aquel maná, le presentaban pan de centeno y alfalfa, legumbres, quesos, tiras de tocino, pescado y frutos secos. Pequeños fragmentos de vida para los hambrientos de En Sorell surgían en las esquinas, los portales y los rincones. Vio la gratitud dibujada en cada semblante de los pacientes que iban con ella.

Una de las escurridizas damas se acercó a Irene acompañada por dos criadas. Caterina, siempre atenta, le musitó al oído:

—¡Es doña Eironis de Montpalau! Es amiga personal del rey.

—Hace muchos años Peregrina la curó de lombrices —explicó Arcisa—. Fue generosa con el hospital y solía acudir a las reuniones de Elena.

—Eres muy valiente, Irene, al igual que tu madre —afirmó la dama con la mirada brillante—. Si conservas *El latido de la sibila* es porque la verdad no ha desaparecido. Acepta nuestra ofrenda, pero a cambio debes conservar lo que ella te legó.

Sin dejar que Irene pudiera decir nada se escabulló.

El tañido de la *Caterina* cesó de manera abrupta. Irene tuvo un presentimiento y apremió al cortejo para regresar cuanto antes a En Sorell. Iban cargados de víveres y exultantes, pero en la plaza de les Mosques un grupo con antorchas les impidió el avance. Con paso decidido llegaba el caballero Francesc Amalrich, el justicia criminal de ese año, y una docena de soldados. Lo seguían un clérigo y dos hombres a los que conocía: Johan Català y Pere Çapota, los mayordomos de los hospitales En Clàpers y De la Reina, respectivamente. Cuchicheando entre ellos observaban ávidos las casi dos docenas de sacos, cestos y pañuelos mandaderos.

—Irene Bellvent —comenzó mosén Francesc—, esta procesión no es conforme a costumbre ni está autorizada. ¿Podéis explicarme a qué se debe?

—Señor —respondió ella conteniendo el miedo—, acompañamos el féretro de un niño fallecido por falta de comida. Como manda nuestro Redentor: «Pedid y se os dará». —Señaló las viandas recogidas—. La ciudad ha cumplido el mandato divino.

—No es propio de una dama sin permiso de su esposo emprender una iniciativa semejante —replicó un monje con el hábito de los Predicadores—. Y aún me escandaliza más que nuestros hermanos franciscanos la secunden.

—Puede que al convento de los dominicos no, pero a En Sorell ha llegado el hambre, hermano —replicó fray Ramón con acritud.

—La seo ha tañido de un modo singular. Tal vez la Inquisición debiera investigar qué ha inspirado a la hija de Elena Bellvent a comportarse así…

—¡Será mejor que nos calmemos! —exigió el justicia a los monjes.

Pere Çapota, el administrador de De la Reina, se acercó. Había sido amigo de Andreu Bellvent, pero no parecía acordarse de los favores prestados.

—El conjunto de los hospitales está pasando por la misma situación, Irene. Los recursos son escasos para todos, y no podéis recoger limosna en Valencia si no contáis con la *licència d'acaptes* que concede el rey.

—Señor, En Sorell no cuenta con ayudas de la ciudad.

—Pedir para un hospital sin el privilegio es desobedecer directamente la voluntad del monarca. —Çapota miró directamente al justicia—. Si la han perdido por su negligencia y se le permite, lo pondremos en conocimiento de nuestro soberano.

—¿Qué sugerís entonces?

—Estas viandas deben ser para los que están en posesión de las licencias.

Irene notó que las piernas le flaqueaban.

Tristán luchó con desesperación, pero jamás se había enfrentado a un adversario con ese extraño estilo. El extranjero podía concentrar toda su fuerza en dos nudillos, en la base de la mano o convertir sus pies en potentes arietes.

Sangrando por la nariz, la boca y un oído, jadeaba encorvado, ya incapaz de erguir la espalda. El oriental lo rondaba como un felino; a pesar de su semblante frío, también parecía sorprendido de que aún se tuviera en pie. Tristán hizo un último intento desesperado; la única posibilidad era tirarlo al suelo, y así, con su último aliento, saltó sobre él. El extranjero lo esquivó y con los nudillos de las falanges le golpeó un punto preciso en la base del omóplato. El joven abrió los ojos por un súbito dolor insoportable y cayó arrodillado, con la espalda arqueada e incapaz de moverse.

Todos los reunidos quedaron en silencio al ver al famoso Tristán paralizado, a merced del oriental. El otro, como si supiera cuánto tiempo duraría el efecto de aquel singular golpe, se acercó a la valla para hablar con el mallorquín. La muchedumbre se enardeció, y Arlot llegó gesticulando. Tradujeron las explicaciones del rufián al luchador y éste permaneció pensativo, observando con interés al maltrecho doncel.

Regresó frente al joven, que ya comenzaba a poder moverse.

Mirándolo a los ojos, el extranjero levantó el brazo con la mano apuntando al cuello, como el hacha del *morro de vaques*.* Los presentes contuvieron el aliento. Todos habían visto la potencia de aquellos golpes. Tristán supo cómo iba a morir; se encogió de manera instintiva, pero su cuerpo aún no lo regía la voluntad.

El oriental profirió un terrible grito y descargó. Tristán pudo sentir una oleada de energía sin dolor atravesándole la garganta, pero aun así seguía vivo. Aterrado, alzó la mirada. La mano se había detenido en seco junto a su cuello. Los ojos negros y rasgados brillaban.

—Honor —pronunció su adversario con un extraño acento.

El extranjero se dio la vuelta y saltó con agilidad la valla de madera, caminando hacia la puerta del granero. Un estruendo de voces hizo temblar el local. Si abandonaba el combate antes de que el otro cayera inconsciente o muerto se lo consideraría derrotado, y varios se acercaron recriminándole al ver peligrar sus jugosas apuestas. Un individuo ebrio quiso detenerlo con malos modos y salió volando de un golpe, con la nariz rota.

En ese momento Arlot se acercó hasta Tristán. Al joven, con la mirada borrosa, le pareció ver algo de compasión en sus ojos.

—¡Jamás habíamos visto nada semejante! —Observó su maltrecho cuerpo y chasqueó la lengua—. No sé si sobrevivirás, muchacho… Sea como sea, te prometo que la licencia es para el hospital y me aseguraré de que esta misma noche se entregue.

Tristán trató de asentir, pero la oscuridad lo engulló y se desplomó sobre la arena empapada con su sangre.

Hug se aproximó sobrecogido. El pisano le entregó el documento.

—Espero que tengas una mínima parte del valor de este joven y que devuelvas la licencia a su dueña. —Mientras le tendía la *licència d'acaptes* levantó un dedo a modo de advertencia—. Cásate

* El verdugo de la ciudad de Valencia. Vivía en el patio de la Casa de la Ciudad, junto a la cárcel común.

cuanto antes y págame las setecientas libras que me debes. Que no se te ablande ese corazón podrido.

El otro asintió con una sonrisa siniestra, tratando de disimular el miedo.

—Una vez celebrado el enlace, ni Irene ni el hospital necesitarán ya esos fondos.

Pere Çapota y Johan Català, los mayordomos de En Clàpers y De la Reina, discutían con micer Nicolau, el abogado de En Sorell. Irene trataba de intervenir, pero ninguno se avenía a escucharla. Finalmente habló el justicia. Aunque lo hastiaba la actitud de rapiña de aquellos dos, debía acatar la ley.

—Las viandas quedan confiscadas y a disposición de los hospitales que sí han acreditado la tenencia del privilegio.

Estalló un clamor disconforme entre los congregados, y los soldados se acercaron dispuestos a intervenir con las armas. Irene hizo un gesto a sus criados para que dejaran las cestas en el suelo. La última esperanza se había desvanecido, y más que nunca echó de menos a su padre.

—Me temo que no será necesario proceder a ninguna confiscación, honorables caballeros —dijo una voz jadeante mientras se acercaba al grupo.

Hug Gallach apareció ante ellos con uno de sus criados, sudoroso por la carrera.

—Me han informado de que estabais aquí. Traigo la *licència d'acaptes* de En Sorell —afirmó solemne mientras sonreía a su prometida.

Un rumor se extendió entre los presentes. Irene no salía de su asombro. El justicia y los mayordomos revisaron el documento a la luz de una antorcha.

—Es auténtico, no cabe duda.

—Este documento fue robado hace unas semanas del interior del palacio Sorell, falto de vigilancia y sirvientes por estar desocupado en esta época. —Miró a su prometida—. Lo lamento, Irene, no quería preocuparte. Llevo mucho tiempo corroído por la angustia, pero al fin supe por mis criados que estaba en posesión de un rufián del Partit llamado Arlot. El doncel acusado de parricidio, Tristán de Malivern, ha luchado para recuperarla, hecho que lo honra; no obstante he tenido que ser yo quien convenciera a Caroli para que devolviera la licencia. —Al ver que el rostro de Irene perdía el color, asintió funesto—. Rezaremos por ese joven... Me temo que no sobrevivirá. Sin duda os aprecia mucho, Irene.

Las miradas convergieron en ella, ausente. Sólo pensaba en Tristán.

El justicia corroboró públicamente la validez del documento y una gran ovación estalló en la plaza mientras se afanaban en recuperar las cestas. Irene se acercó a Hug. No entendía la extraña manera de su proceder, pero se sentía avergonzada.

—He cumplido mi parte, Irene —musitó él, extrañamente frío—. Ahora tú debes cumplir la tuya. Ansío unirme a ti en esta lucha.

No percibió sinceridad en sus palabras y la asaltaban serias dudas sobre el papel de Hug en la cuestión de la licencia; sin embargo, lo que habían recogido esa noche duraría apenas tres semanas, no más. La licencia garantizaba el flujo de víveres y además necesitaban la donación prometida para cubrir las deudas pendientes.

—Nos casaremos el 28 de octubre, día de San Judas —indicó a su prometido a la vez que lo observaba con intensidad—, dentro de dos semanas.

El hombre asintió, curiosamente aliviado. La noticia corrió de boca en boca. Fue cuestionada por algunos a causa del luto, pero la situación era dramática y nadie dudaba ya que Irene quebraría cualquier frontera física o moral por su hospital.

Mientras el cortejo, protegido por la *guayta*, regresaba a la plaza de En Borràs, Caterina se escabulló del brazo de su padre y alcanzó a Eimerich, que portaba la cruz.

—Hug miente —le musitó con disimulo.

El joven sonrió. Nada escapaba a la intuición de la hija del jurista.

—Yo también lo creo. Tenemos que averiguar qué esconde.

Caterina miró de soslayo al prometido de Irene caminando en silencio junto a ella.

—Más bien debemos indagar quién es en realidad Hug Gallach.

21

El viejo caballero Jacobo de Vic aguardaba a Tristán con el alma en vilo, pues ninguna noche de las que acudía al Partit había tardado tanto en regresar, y salió de la ermita con un candil herrumbroso atento a los pasos que se acercaban por la pedregosa senda. Lo inquietó ver a dos hombres surgir de la oscuridad y se acercó con cautela, espada en mano. Sobre ellos pasó rauda una lechuza blanca hasta posarse en el tejado de la ermita y ululó con fuerza. Uno de los recién llegados portaba sobre los hombros a su escudero, inconsciente y cubierto de heridas.

—¿Sois mosén Jacobo de Vic?

—¿Quién quiere saberlo?

—Mi nombre es Romeu de Sóller, patrón de barco y comerciante. Este extranjero es Tora. Nos han dicho en la mancebía que lo trajéramos aquí.

—¿Qué ha ocurrido? —inquirió Jacobo, preocupado al ver el estado de Tristán.

—El joven ha luchado con honor por una causa justa, pero se muere.

—¡Dios mío!

No mentía. El caballero había visto demasiados moribundos en su vida. El oriental dijo unas palabras en un idioma ininteligible de cadencia fuerte.

—Tora pregunta si tenéis una bañera. Es lo único que puede salvarlo.

—Aquí no, pero sé dónde encontrarla.

El oriental siguió hablando.

—No es bueno mover tanto el cuerpo —tradujo Romeu—. Dice que hay que traerla aquí. Necesitará también una pala y agua.

El caballero lo miró desconcertado. El extranjero parecía ansioso por ayudar al joven y aquello le hizo confiar.

—Acompañadme, Romeu. Debemos ir al Temple, la sede de la Orden de Nuestra Señora de Montesa.

—Por cierto, Tora dice que percibe en vuestra mirada la dignidad de un gran guerrero y que sin duda sois el *sensei* de Tristán.

Jacobo no salía de su asombro, pero no perdió ni un instante en ponerse en camino con el comerciante, acortando por huertas y sendas fangosas hasta salir a las calles de la ciudad de camino a la casa de la orden.

Romeu de Sóller era un mercader de especias de Mallorca, afable y lenguaraz. Le explicó lo ocurrido en el Partit, y mosén Jacobo supo que aquel extranjero llamado Tora venía de la remota Cipango, en el extremo oriental del mundo. En un viaje de cinco años había recorrido desiertos y montañas hacia poniente en caravanas que, a pesar del dominio otomano, aún seguían la ruta de la seda en busca de las más exóticas especias, pieles y joyas. Viajaba movido por la curiosidad de conocer el mundo allá donde moría el sol, en el otro extremo del orbe. Iba con lo puesto y era un experto maestro en la lucha, aunque sólo combatía para costear el viaje y pagar guías e intérpretes. Se conocieron en Samarcanda y surgió entre ellos una estrecha amistad. Empleaban una combinación de gestos y de palabras de sus diferentes lenguas para entenderse.

El mallorquín era patrón de la *Santa Coloma*, una *nau* que había fondeado en Vilanova del Grao, el puerto de Valencia, apenas hacía cinco jornadas. Faltos de dinero, acudieron al famoso burdel del Trinquet, un lugar fértil para las luchas clandestinas. Tora peleó para Arlot dos días antes y aceptó su jugosa oferta para enfrentarse a un joven considerado el mejor luchador de la ciudad. Pero esa noche le había disgustado que otros dos rivales ya lo hubieran debilitado y se preguntaba qué interés podía tener el llamado Tristán para exponerse a tanta violencia.

Romeu se detuvo un instante.

—Al verlo levantarse una y otra vez, sospechamos que no luchaba por un puñado de monedas, ansia de sangre, ni por la vida. Tora me decía que en sus ojos veía agazapados a niños y ancianos, a mujeres y enfermos... —Miró a Jacobo con orgullo—. Tora no es un simple guerrero ni sus técnicas son estudiados golpes. La lucha real es contra las debilidades humanas, por eso medita durante días enteros, somete su cuerpo a un duro entrenamiento y rige su existencia por un estricto código de honor.

—Una forma de entender el combate sin duda singular.

Siguieron caminando hacia el Temple.

—En su tierra, la línea que separa este mundo del más allá es más difusa. Me dijo que durante el combate oía las voces de sus ancestros y que éstos le recriminaban, algo que jamás debe ser desatendido. Por ese motivo cuando inmovilizó al joven para asestarle el golpe final exigió a Arlot saber la razón de tan terrible agonía. Sin entrar en detalles, explicó que el muchacho trataba de recuperar un documento vital para un hospital de menesterosos. El sustento de muchos inocentes se jugaba en la arena, y para Tora fue suficiente: la lucha de Tristán era más honrosa que la suya.

El caballero negaba con la cabeza, desconcertado.

—Tu amigo sabría que al retirarse perdía la pugna y con él sus apostantes, ¿verdad?

El mallorquín asintió.

—Según dice, esa derrota es la última lección que le faltaba aprender como maestro en su arte. —Se encogió de hombros; muchas veces no entendía la forma de pensar del oriental—. Ahora está convencido de que ha cruzado el orbe para conocer el sacrificio de ese joven y ayudarlo.

Cuando llegaron a la fortaleza del Temple los guardias les franquearon el paso y varios miembros de la orden aparecieron en el patio de armas para recibir al honorable Jacobo de Vic, maestro de muchos de ellos. El caballero hizo la extraña petición, y enseguida unos escuderos les llevaron una pesada bañera de bronce.

Regresaron a buen ritmo a la ermita, acompañados de algunos caballeros, escuderos y dos físicos. Siguiendo el consejo de Romeu, Jacobo ordenó que obedecieran al oriental. Sólo él sabía qué golpes había propinado, qué costillas estaban hundidas y qué órganos dañados.

Bajo el altar, el cuerpo fue lavado con jabón y tratada cada herida con ungüento de cebolla y lavanda. Tora recolocó las costillas en su posición correcta. Les llevaron agua y tierra, y llenaron la bañera de un espeso fango. A pesar de la negativa del físico, Tristán fue introducido en él hasta la barbilla.

—Cuando el fango fragüe, quedará inmóvil —tradujo Romeu, tan sorprendido como los demás—. Sólo de este modo tendrá una mínima posibilidad de sobrevivir. Deberá permanecer así varios días y beber caldo de carne para recuperar las energías.

Tristán, maltrecho e inconsciente, quedó atrapado en el bloque de barro oscuro. Tora tocó la cabeza del joven con los párpados cerrados y musitó algo. Jacobo no necesitaba traducción; había visto agonizar a demasiados hombres.

—Ahora está en manos de Dios. —Mosén Jacobo se volvió hacia los otros caballeros, que miraban impresionados la escena—. Acerquémonos al altar y recemos.

22

A la noche en la que *El latido de la sibila* removió de nuevo las conciencias de las damas siguió una jornada intensa y agotadora en el hospital. Los fogones de Magdalena estuvieron encendidos durante todo el día para alimentar tanto a los pacientes como al personal. La alegría se convirtió en exultación al hallar entre las viandas florines y alguna libra, que se usó para fármacos y pagar parte de lo adeudado a los médicos.

Fray Ramón y Edwin celebraron un sentido funeral por el pequeño Gaspar, al que enterraron en el cementerio del huerto, pero pronto la atención se centró en la inminente boda, lo que causaba una profunda desazón en Irene.

Era ya de madrugada y no lograba conciliar el sueño. Abrumada por los preparativos a acometer, se levantó y abrió el postigo de la ventana para dejarse acariciar por el aire fresco. El cielo negro estaba encapotado y al fondo destellaban silenciosos relámpagos. Octubre era época de lluvias y temporales en el Reino de Valencia.

Se atavió con un gastado traje oscuro y tomó el manto de lana. Bajó al patio y llamó a la puerta de los criados. Nemo abrió somnoliento.

—¿Ocurre algo, señora?

—Llévame con Tristán —le susurró.

—¿A estas horas? —Nemo, inquieto, miró en derredor para cerciorarse de que los criados de Hug no estuvieran husmeando como de costumbre.

—Por suerte han salido —indicó ella leyendo en los ojos del negro—. No me pierden de vista ni un minuto, y me temo que me esperan días intensos. No tardaremos. —Lo miró lastimera—. Necesito verlo.

El hospital estaba tranquilo esa noche y Llúcia, la encargada de ese turno, deambulaba por las cuadras. Salieron discretamente y tras una larga caminata llegaron a la ermita de San Miguel. Había comenzado a llover e Irene se arrebujó con su capa.

Sobre un olivo frente al pórtico los observaba una lechuza blanca. Irene tuvo la sensación de que la vigilaba atenta. Antes de entrar, Nemo la miró con expresión grave.

—Sed fuerte.

Un escalofrío descendió por su espalda. La única vela del sagrario mostraba el contorno de una bañera de bronce en el centro. Sólo la cabeza de Tristán sobresalía del fango oscuro y cuarteado. El rostro macilento e hinchado tenía un rictus mortal. Al lado, sobre una estera de esparto, un hombre cuyos rasgos la joven jamás había visto permanecía sentado con las piernas cruzadas y la espalda recta. Parecía sumido en un profundo estado de meditación.

—¡Dios mío! —exclamó Irene corriendo hacia Tristán—. ¿Está...?

—No —indicó Jacobo de Vic desde una puerta situada junto al humilde presbiterio—. Vive y se está recuperando.

Tras el caballero apareció Eimerich. Tenía permiso de micer Nicolau para pasar la noche junto a su amigo. Irene se acercó con el corazón encogido.

—¿Qué te han hecho, Tristán? ¿Qué te han hecho?

Rozando su melena oscura lloró desconsolada. Acarició su piel ardiente como si quisiera transmitirle fuerzas.

—Nemo, no debiste traerla —dijo el caballero.

—Mi señora huella su propio camino.

Jacobo le presentó a Romeu de Sóller. Irene lo saludó, intrigada, y escuchó por fin el relato detallado del enfrentamiento con Tora, que permanecía junto al herido observándola. Llevaba dos días ansiando saber qué había ocurrido en realidad.

—¿Cómo llegó la licencia a ese sórdido lugar? —preguntó ella, aunque temía conocer la respuesta.

—Todo lo que ocurre en el Partit se queda allí —repuso Eimerich lúgubre.

—Si es Hug el que está detrás de todo esto, no sé qué haré…

Nadie respondió. La misma sospecha flotaba oleosa entre ellos. Sus manos siguieron acariciando a Tristán.

—Te debo mucho —musitó con ternura al oído del joven inconsciente—. Perdóname. Vuelve, te necesito a mi lado…

Jacobo se le acercó y ella suspiró.

—No sé quién es Tristán en realidad, ni por qué ha hecho tanto por nosotros a pesar de mi desprecio —se sinceró Irene desolada, dirigiéndose al caballero.

—Como os podréis imaginar, la Orden de Nuestra Señora de Montesa no habría protegido jamás a un parricida sin una causa justa.

—Explicaos —demandó; la curiosidad la devoraba.

—El padre de Tristán, Jean de Malivern, fue uno de los caballeros fieles al rey Juan II que luchó contra los franceses para que el Rosellón siguiera formando parte del Principado de Cataluña. Tenían la residencia en la ciudad de Prades, en el corazón de la región, con tierras de viñedos. Su madre, Simonetta, regentaba un modesto taller de pasamanería para cortinas. Cuando el monarca cedió los territorios a la Corona francesa a cambio de apoyo en la guerra catalana, se sintió traicionado por su señor. El honor humillado quebró el alma del caballero. Como dicen los médicos, la bilis amarilla, que procede del hígado y crea el temperamento colérico, lo dominó y descargaba el enojo sobre su esposa. Tal vez envidiaba que pudiera regentar un negocio próspero mientras a él se le herrumbraba la espada. Tristán y sus hermanos menores crecieron ocultándose tras un arcón, presenciando palizas y curando con paños mojados las heridas de su madre. Pero la del alma del muchacho siguió abierta y con el tiempo comenzó a supurar.

—¿Cómo lo mató?

El caballero se frotó las sienes.

—Tenía dieciocho años cuando una noche a Jean de Malivern se le fue la mano, ebrio e iracundo. Simonetta murió en brazos de su hijo desangrándose por una herida en el costado. Tras el entierro, Tristán exigió a su padre que se entregara a la justicia. El caballero, fuera de sí, comenzó a golpearlo con furia, pero el joven ya había aprendido los rudimentos de la esgrima y el combate. Si bien no era su intención, supongo que imagináis cuál fue el desenlace. —Negó con la cabeza—. Sus hermanos fueron amparados por un pariente de la madre, pero él tuvo que huir. Durante años malvivió en tugurios como el Partit o ejerciendo de esbirro en la soldada de algún noble. Un alma ganada para el Infierno.

»Nuestros caminos se encontraron hace seis años en Zaragoza. Se vio envuelto en una trifulca cerca del convento donde yo estaba alojado con mis hombres, y pudimos detenerlo. Desde el principio intuí que había bondad en su alma, sepultada bajo un légamo de miedo y tristeza. No quise entregarlo a la justicia sin escuchar antes una confesión. He visto mucha crueldad a lo largo de mi vida, pero la que padeció su madre fue gratuita, sin razón, algo que ofende gravemente los principios de la orden de caballería. El maestre de entonces, Lluís Despuig, comprensivo, me concedió permiso para acogerlo como sirviente y escudero, de modo que quedara sometido a la jurisdicción de la Orden de Nuestra Señora de Montesa hasta hacer méritos y lograr el perdón. El año siguiente murió Despuig, al poco de ser nombrado virrey de Valencia, y la redención de Tristán se ha ido retrasando, pero él se mantiene leal a la orden y fiel a mí.

Los presentes tuvieron la sensación de que, más que un escudero, era el hijo que nunca tuvo por su celibato.

—Cuando le encomendé infiltrarse en el hospital lo hice sabiendo que en un lugar como En Sorell vería que no siempre el combate de la luz contra las tinieblas acaba en derrota; eso le purificaría el alma.

Irene notó las lágrimas aflorar de nuevo. Ahora entendía el brillo de los ojos de Tristán en la cesárea de Ana, su pugna contra las necesidades del hospital. Era Simonetta la que gritaba de dolor sobre el catre, también la que bajaba brincando con entusiasmo la escalera al verlo llegar con comida y la que lo bendecía mientras transportaba a los enfermos en volandas hasta la sala de curas o a las camas.

Por salvar a su madre los había estado alimentando y había recuperado la *licència d'acaptes*.

Cuando Irene abandonó la ermita seguida de Nemo dejó fluir un llanto que se mezcló con el agua de lluvia. No era de dolor. Por fin conocía el secreto del hombre al que amaba y sólo esperaba poder verlo sano y abrazarlo algún día. No le importaba casarse con Hug. Como para cualquier noble o burguesa, el matrimonio era algo distinto al amor.

Había comenzado a llover con fuerza y el rumor engullía cualquier otro sonido. Un relámpago rasgó las tinieblas, e Irene vio una sombra negra desvanecerse por un campo vecino. Ella y Nemo aceleraron el paso temerosos, convencidos de que no estaban solos en las huertas. De pronto apareció en el lodo del camino una máscara de cera y se detuvieron, aterrados. La pesadilla regresaba como anunció Peregrina al decidir despertar *El latido de la sibila*. Al igual que lágrimas, las gotas de lluvia se deslizaban por la cera desde las cuencas vacías de la larva.

—¡Has desoído mi advertencia y emulado a Elena de Mistra, la matriz del mal! —gritó una voz desde el aguacero.

El siguiente relámpago llegó acompañado de un terrible estruendo. La noche se convirtió en día durante un fugaz instante para iluminar a Gostança, inmóvil bajo la lluvia, como un espectro errante en medio de la tormenta. La fugaz claridad mostró a Irene que la dama lucía el broche de su madre, el que robó de la caja blanca.

—¿Quién eres? —clamó aterrada—. ¿Qué quieres de nosotros?

—¡Acallar los susurros! —respondió desde la oscuridad ominosa—. Dios quiere que mueras y de la manera más horrible… Implora perdón o púdrete en el infierno, pues tu sangre está infectada con la ponzoña.

El pánico paralizó a Irene cuando otro trueno estremeció el paraje. Nemo la arrastró por la senda embarrada hacia la ciudad. La siniestra amenaza arrancó el tierno brote de ilusión nacido en su pecho.

23

A tan sólo cinco días para la boda, el hospital había recuperado el pulso y la despensa se mantenía nutrida gracias a los *acaptes* realizados. Irene, si bien trataba de mantenerse animosa, permanecía en vilo por el estado de Tristán, al que ya no había podido volver a visitar por la férrea vigilancia de los hombres de Hug. No deseaba exponer a su amado a mayores peligros.

Por Eimerich sabía que recuperaba la consciencia unos instantes, aunque no hablaba. Los físicos querían sacarlo de la bañera, pero Tora se mantenía firme en su convicción de que el cuerpo sanaría sin ayuda. Irene rezaba cada día mientras vivía el ajetreo de su enlace sin entusiasmo. En la cámara ya colgaba el delicado vestido de seda azul prestado por la familia Sorell para la boda, aunque ella evitaba mirarlo.

A petición de Llúcia, visitó a Isabel en la estancia de las criadas. La muchacha se negaba a levantarse y gritaba a sus compañeras fuera de sí. Peregrina permanecía junto a su cama con el labio torcido, su habitual expresión cuando algo no la convencía.

—No estoy bien, señora —gimió Isabel con voz ahogada—. Me asalta una terrible angustia. Tal vez un poco de adormidera…

La anciana ciega negó, circunspecta.

—Isabel, llevas mucho tiempo incumpliendo tus obligaciones. Fuiste la alegría de esta casa, pero has cambiado. ¿Por qué comenzaste a tomarla?

—¿Qué sabéis vos? —replicó agresiva, tocándose el rostro sudoroso.

Irene jamás la había visto así. Se retorcía las manos con la mirada perdida. Sintió que el corazón se le desgarraba, pero era la *spitalera*.

—Lo lamento, Isabel, este hospital no puede permitirse holgazanes. En cuanto pase la boda deberás marcharte para siempre.

—¡Señora!

—¡Yo necesito brazos fuertes y entusiasmo! No a alguien que vacíe el dispensario a mis espaldas.

Mientras salía la oyó llorar desconsolada. Ella también tenía los ojos empañados; aun así, se mantuvo firme. Pensó en sus padres y se preguntó cómo habrían afrontado ellos la situación.

En ese momento llegaron voces de una discusión desde el portón. Hug y sus criados gritaban a Nemo. La asaltó un escalofrío al ver a Josep de Vesach sosteniendo las cadenas oxidadas de cinco jóvenes harapientos y cubiertos de tizne. El *generós* estaba más robusto, endurecido por las arduas condiciones del campo de batalla. Lucía un jubón elegante de terciopelo y cuero. Sus ojos la miraron desafiantes.

—¡Son esclavos! —musitó Arcisa a su lado—. Mal asunto.

Hug vio a Irene asomada a la galería y torció el gesto con fastidio.

—Sigue con tus ocupaciones. Yo me encargo de esta cuestión.

La joven hizo caso omiso y bajó la escalera preocupada.

—¿Os habéis hecho corredor de esclavos, Josep?

El *generós* la recorrió con la mirada de arriba abajo sin recato.

—Tan bella y descortés como siempre, Irene Bellvent… —Rió despectivo mostrando sus dientes amarillentos—. ¡En Málaga conocí a unos cuantos nobles que han llenado sus arcas con las comisiones que genera la compraventa de estos desdichados y me proporcionaron buenos contactos! Es hora de que los Vesach vuelvan a lucir su grandeza en Valencia.

—Es una actividad ingrata a los ojos de Dios.

Josep se acercó a ella más de lo que el decoro permitía.

—Las tierras de cultivo y los palacios necesitan esclavos, es un hecho, y Dios lo permite. Con lo que obtenga podré iniciar mi *cursus honorum* en la ciudad. Deseo entrar en la *guayta*, y tal vez algún día llegue a ser consejero o justicia. —Se ensimismó en la curva de sus senos—. Medid vuestros insultos, por si llegara ese día…

Ella buscó la mirada de Hug, pero él la rehuyó. Ofendida, puso la mano en el pecho de Josep y lo apartó con firmeza. El *generós* la contempló burlón y dijo en voz alta:

—Acabo de comprar estos esclavos. Dispongo del certificado de *bona guerra* y he abonado a la bailía la quinta parte del precio, como se establece. El mayordomo del hospital me ha permitido traerlos para que les curen la erosión de las argollas, y pagaré los gastos si se quedan unos días, hasta que organice la venta y el traslado.

Nemo se acercó a la joven.

—Señora, no nos conviene tratar con marchantes. —Sus ojos denotaban un intenso odio. Una vez también él estuvo encadenado de manos y pies—. Si los atendemos, la casa se nos llenará de esta clase de corredores. Ellos tienen sus propios *alberchs* donde alojarlos y puede pagar a un barbero para las curas.

—¿Por qué aquí, Josep? —inquirió ella.

—No creo que un criado deba decidir estas cuestiones —terció Hug en tono venenoso—. Irene, no nos viene mal un ingreso adicional.

Sabía que Nemo tenía razón. Tales negocios llevaban aparejadas riñas, altercados y, en ocasiones, violentos intentos de fuga que en un lugar concurrido como En Sorell podían tener consecuencias trágicas. Sin embargo, la actitud de Hug era firme por primera vez. Él era el mayordomo, la máxima autoridad, e Irene no quiso tener un enfrentamiento con él delante de todo el hospital. Josep la miraba triunfal acunando con la mano una pesada bolsa de monedas atada al cinto.

—Está bien —aceptó, aun sintiendo que cometía un error—. Las criadas se encargarán de la cura y traeremos al barbero Manyes. ¿Adónde irán?

—A la mancebía o a las plantaciones de caña de azúcar de los Borja en Gandía. —El *generós* sonrió taimado—. Serán para quien puje más.

—Los alojaremos en el almacén. Sólo serán unos días —indicó Hug, inflexible—. Acompañadme a la recepción, honorable Josep, y cerremos el precio.

—¡Hug!

Todos se volvieron hacia la voz que lo interpelaba. Apoyada en la balaustrada de la galería superior vieron a Isabel, con aspecto consumido. Sus ojos, envueltos en un halo violáceo, se movían nerviosos, enajenados.

—¡Te espero en el infierno! —exclamó.

Apareció Peregrina con los brazos extendidos y gritando aterrada. Llegó a rozar el ajado vestido cuando la muchacha se inclinó hacia delante sobre la baranda y dejó que su cuerpo basculara hacia el vacío. Un alarido desgarrador recorrió el hospital.

Una sombra se movió rauda con un repiqueteo metálico. Isabel cayó, pero antes de alcanzar el suelo unos brazos la agarraron, y ambos rodaron por el patio. Irene y los demás corrieron hasta ellos. La muchacha gemía. Junto a ella, uno de los esclavos trataba de recuperar el aliento tras el golpe.

Aún presa del pánico, Irene examinó a Isabel, que parecía ilesa. Nemo la cogió y la llevó corriendo a la sala de curas. La joven se volvió hacia Hug, quien se encogía de hombros desentendiéndose de lo ocurrido. ¿Por qué Isabel lo había interpelado? Los recelos de Irene aumentaron. Su prometido era un hombre enfermizo y poco esforzado, pero tenía maneras educadas y amaba la poesía. Quiso creer que la criada había perdido el juicio.

Cuando se acercó al esclavo la intrigó la paz de sus ojos claros. Tendría su edad y se adivinaba apuesto bajo la mugre. La camisa hecha jirones dejaba ver hematomas y costras, producto del trato inhumano.

—¿Por qué lo habéis hecho? Sois un cautivo condenado a la esclavitud.

—Soy un hijo de Dios, señora —respondió sin apenas acento—. «Respeta aquello que Alá ha declarado sagrado y para ti habrá un bien procedente de tu Señor.»

—¿Cómo dices?

El esclavo sonrió. Tenía una dentadura perfecta, aunque sucia.

—Es una máxima sufí. Nuestro destino es ignoto. Unas veces conduce a la desesperación y otras, a la dicha. Pero interrumpir la vida es despreciar la aventura sagrada diseñada por el Supremo. —Indicó el lugar por donde se había lanzado Isabel—. Así es como se pierde definitivamente la libertad. Creo que vos me entendéis, lo veo en la tristeza de vuestros ojos.

El esclavo parecía cultivado y con una singular forma de entender la vida a pesar del terrible destino que sufría. En el breviario de Elena se hablaba de aquellos extraños encuentros fugaces con desconocidos que eran capaces de transformarlo todo, señales que nunca debían desatenderse. Irene supo que se había cruzado con alguien especial que, consciente o no, le había transmitido una sutil lección en ese momento de su vida; no desfallecer ni en la mayor de la desesperación.

—¿Cómo te llamas?

—Altan, señora. Soy turco, nacido en Anatolia.

Josep tiró de su cadena, inclemente. El esclavo se levantó pesadamente y, tras lanzarle una fugaz mirada de lástima, siguió a su amo.

La joven permaneció inmóvil un tiempo, descompuesta, pero debía restablecer la situación. María y Francés lloraban mientras Magdalena trataba de calmarlos con unos mazapanes recién pastados. La criada hacía regresar a los pacientes a las cuadras.

Suspiró mirando sus manos aún temblorosas y se encaminó hacia la escalera. Esperaba poder hablar de lo sucedido con el escurridizo Hug antes de la boda.

Mientras Isabel se lanzaba al patio de En Sorell en busca de la oscuridad, lejos de allí Tristán parpadeaba y abría los ojos. Miró aturdido el interior de la ermita en penumbras y trató de moverse, pero le resultó imposible.

Tres hombres conversaban a los pies del altar, e identificó la voz de Jacobo de Vic recriminando a otro que aquel templo era sagrado y no debía entrar con una lechuza. Tosió débilmente y se volvieron hacia él.

—¡Bienvenido a la vida! —lo saludó el caballero, jovial—. Jamás volveré a afirmar que más allá de la Sublime Puerta sólo habitan hordas de bárbaros.

Al lado estaba el oriental con una rapaz blanca en el brazo. Tristán sintió un escalofrío al reconocerlo, pero vio paz en sus ojos y se supo a salvo.

—Has estado tanto tiempo en la bañera que tuvimos que abrirla por debajo para poder limpiar las heces.

En ese momento fue consciente de que estaba atrapado dentro de una pesada piedra oscura y lo asaltó una apremiante necesidad de abandonarla.

—Tu cuerpo ya ansía moverse, joven —tradujo Romeu a su lado—. Te esperan unos días de agónica recuperación, pero has vencido.

Tristán se apocó; temía formular la siguiente pregunta. Jacobo leyó su faz.

—Lo lograste, escudero. Recuperaste la *licència d'acaptes* y el hospital sigue haciendo frente a las necesidades de quienes llaman a su puerta. Fue una gesta que se recordará durante años, aunque injustamente compartes mérito con Hug Gallach, que fue quien se la entregó a Irene. Ella se comprometió a adelantar la boda. Será dentro de cinco días.

Mientras Romeu y Tora con punzones de hierro iban retirando el barro, lo pusieron al corriente de lo sucedido. El oriental lo sacó de la bañera en brazos y en el exterior lo limpiaron con cubos de agua. Cualquier movimiento le resultaba agónico, pero hinchaba sus pulmones y la brisa le brindaba una agradable sensación de frescor en la piel cubierta de hematomas amarillentos y costras.

En el cobertizo situado junto a la ermita donde habitaba el caballero, Tora lo frotó con un emplasto de aloe y caléndula mientras Romeu calentaba un espeso estofado de cordero. El aroma hizo que sus tripas rugieran.

—Creí ver a Hug Gallach entre el público —musitó el joven.

Jacobo sonrió poniendo la mano en su hombro desnudo.

—Tu amigo Eimerich no ha dejado de visitarte y no disimula

sus recelos respecto de ese hombre, por eso hice unas pesquisas en el Partit. Un tal Dionisio Miralles perdió la *licència d'acaptes* del hospital a favor de Arlot del mismo modo que la obtuvo: en una partida de dados. Le presioné, y me confesó que la ganó con facilidad a un hombre ansioso que parecía enfermo. —Sonrió con malicia—. Ignoraba su nombre, pero la descripción coincide con Hug Gallach.

—¡Maldito sea! —exclamó Tristán. No lograba sostener el cuenco de estofado y dejó que Romeu se encargara.

—El joven Eimerich cree que Hug esconde alguna intención poco clara.

—No he conocido a nadie tan listo, mosén Jacobo. Deberíais fiaros de él.

—Le escama que Gostança deje de aparecer cuando surge Hug. Cree que se está tejiendo una oscura red en torno a Irene y el hospital. —Sonrió de nuevo—. He mandado un mensaje a los franciscanos de Zaragoza para que averigüen lo que puedan de los Gallach en Daroca, pero es posible que la respuesta se demore varios días.

—Mi señor, si eso es verdad, preservar a Irene y la misión encomendada por el maestre don Felipe de Aragón van de la mano.

—Así es. He pensado hacer una visita a nuestro misterioso amigo en el palacio Sorell —prosiguió el caballero, vigoroso—. ¡Quiero sorprenderlo antes de la boda y sonsacarle la verdad!

—Deberíais informar antes al maestre don Felipe de Aragón. Si Gostança tiene algo que ver, podría ser peligroso.

—Ha ocurrido una desgracia que mantiene ocupado a nuestro maestre. La pasada noche acabó con la vida de Joan de Vallterra, hijo del virrey de Mallorca, frente al palacio de los Centelles de la calle de Caballeros, una disputa por las atenciones de doña Leonor de Centelles, la marquesa de Crotone. El conflicto entre linajes puede acabar en un enfrentamiento de bandos y teñir las calles de sangre como en tiempos pasados. Atraparé por mi cuenta a Hug, y él mismo nos dará todas las explicaciones preso en las mazmorras del Temple.

—Entonces debo acompañaros. —Tenía un anhelo que superaba el dolor de su cuerpo—. Si ese Hug no es quien dice, debería evitarse la boda con Irene.

El joven hizo ademán de levantarse, pero las piernas le fallaron. Tora silbó y la lechuza blanca se coló por el ventanuco. El oriental hizo que Tristán extendiera el brazo y el ave se posó sobre él. No pudo sostenerla y el animal salió aleteando. Romeu tradujo las palabras del extranjero.

—Asegura que la blanca Mey señalará cuándo puedes intentarlo. Si logras aguantarla hasta que ulule tres veces podrás iniciar los ejercicios para recuperar tu vigor sin lesionarte. Hasta entonces, no te moverás.

Ante el gesto anonadado del doncel, el mallorquín se encogió de hombros como si quisiera distanciarse de las insólitas afirmaciones de Tora.

—Mosén Jacobo —insistió Tristán con gravedad—, sed cauto.

—Vigilaré el palacio Sorell y detendré a Hug Gallach. Ésta será mi última misión —aseguró el caballero, solemne—. Empeño mi vida en ello.

24

Habían pasado cuatro días desde que Tristán salió del fango, pero por fin, bajo una espesa cortina de lluvia, el caballero Jacobo de Vic divisó a Hug llevado por sus criados hasta el palacio. Apenas podía caminar, estaba bajo los efectos de la adormidera o el alcohol. Eimerich había explicado en la ermita que Hug había cobrado una buena suma de dinero por acoger en En Sorell esclavos de Josep de Vesach, recién llegado de Málaga, y ese mismo día se había ausentado con una burda excusa. Era obvio que su larga ausencia de la ciudad no fue para atender unos asuntos familiares en vísperas de la boda.

Casi dos horas más tarde vio salir del palacio a los criados. Entre risas y burlas comentaban su estancia en varios lupanares clandestinos de las alquerías moriscas de la huerta. Con su señor traspuesto, era el momento de divertirse ellos. Jacobo sintió arder la sangre ante tanta villanía. La prudencia le recomendaba informar a don Felipe y contar con otros caballeros y peones para la detención, pero lo tenía a su alcance, desprotegido. Sabía que el verdadero propietario del palacio estaba en Albalat. Tal vez no se presentara de nuevo una oportunidad así, pensó vanidoso.

Jacobo sacudió la capa empapada tras horas de vigilancia y rodeó el palacio hasta una estrecha puerta de las que tenía la fachada trasera. La oscuridad era absoluta. Más allá se extendían las huertas y el camino hacia la puerta de la muralla.

Con una daga especial de hoja bífida quebró el pestillo. El silencio y la oscuridad en el interior eran absolutos. Palpando, deambuló por aquella parte del palacio reservada a los criados, de muros encalados y viejas puertas. Cuando llegó a uno de los pasillos de la planta superior, con el suelo de baldosas formando delicados mosaicos, un hedor acre lo envolvió. Avanzó sigiloso hasta una puerta entreabierta, de la que salían una tenue claridad y volutas de humo. La tensión se acumulaba en su garganta como en los viejos tiempos. Desde su incorporación a la orden hacía más de cuarenta años, había participado en innumerables batallas y escaramuzas. Su carrera militar había concluido, pero si lograba esclarecer lo ocurrido en En Sorell, como quería don Felipe de Aragón, no sólo le aguardaba la gloria sino que reclamaría el ansiado indulto para Tristán.

Abrió la puerta con cautela y vio a Hug tendido en una gran cama con dosel. Permanecía con los párpados entornados, gruñendo en su sopor. Se había vomitado encima. A su lado había un brasero y un embudo de latón con cenizas de opio.

—¡Maldito seas, Hug Gallach!

Hug abrió los ojos, turbios, y trató de incorporarse con torpeza.

—¡Mi nombre es Jacobo de Vic, caballero de la Orden de Nuestra Señora de Montesa! —anunció enfático—. Engañas a la joven Irene, y por tus actos deshonrosos mi escudero casi muere. Vendrás conmigo a la casa del Temple para explicar por qué te jugaste la *licència d'acaptes* de En Sorell y si respondes ante alguien más.

—¿Qué…? —El hombre pareció despertar al fin, alarmado—. Yo no…

—¡Callad, por Dios! No os denigréis más con la lengua.

En ese momento oyó un lánguido llanto desde un aposento contiguo, comunicado por una gran puerta oscura y labrada.

—¡Ayuda! —imploró una voz—. ¡Ayuda, os lo ruego!

Jacobo veía que Hug apenas podía moverse y lo amenazó con el dedo para que no tratara de escapar. Tomó una vela del candelabro y abrió la puerta.

No pudo evitar una exclamación. Iluminada por varias velas, en medio de otro fastuoso aposento de cortinas de seda azules con flores doradas, una mujer permanecía de pie con una túnica blanca vaporosa que permitía vislumbrar las formas de su cuerpo esbelto. Su faz pálida y afilada estaba enmarcada por la larga melena azabache sobre los hombros desnudos. Su sensualidad lo desarmó.

—Gostança de Monreale.

Jamás la había visto en persona, pero había oído hablar mucho de ella y del peligro que entrañaba. Sin embargo, aquella imagen desató sus instintos; no la imaginaba tan bella y le nubló la razón. Apoyó la mano en la espada, pero no desenvainó. Sólo era una mujer casi desnuda.

—¡Así que sois vos la que controla a Hug Gallach!

Ella sonrió con descaro mientras se acercaba mostrándose sin recato, y Jacobo vaciló. Hacía mucho tiempo que no sentía la punzada del deseo y el aroma de jazmín lo turbó. Estaba preparado para celadas y cuchilladas traicioneras, no para contemplar la curva de unos senos atisbados en el escote de la ligera saya.

Supo que había cometido un grave error un instante antes de que el gesto de Gostança se congelara. Tras décadas enfrentándose a mil peligros, acabó vencido por la sensualidad de una mujer que utilizaba sus armas con frialdad asesina.

—¡Morid, caballero!

Un destello fugaz pasó ante sus ojos. Notó un agudo dolor en el cuello y la sangre derramándose sobre su jubón. Borrosa, vislumbró la afilada hoja que brotaba del cepillo de plata de la dama.

—Debisteis quedaros en la ermita.

Intentó nombrarla, pero con la garganta abierta apenas profirió un borboteo. Por no querer compartir el mérito, moría llevándose el secreto de quien estaba con Hug Gallach. Ya nadie podría advertir a Irene de la siniestra alianza de su futuro esposo.

Hug entró renqueante por el sopor del opio y contempló la escena con los ojos fuera de las órbitas. Gostança se volvió hacia él furibunda.

—Llevaba días vigilando el palacio. Si hubiera decidido apresarte en la calle… Tus vicios por poco lo echan todo a perder, ¡estúpido!

El hombre escupió al oír el insulto. Gostança le clavó las uñas en la muñeca hasta que lo hizo gemir y arrodillarse. Le situó la fina hoja de la daga en el pómulo. Hug aguardó, paralizado ante el brillo letal de sus pupilas.

—Mil veces habría preferido acabar contigo antes que con este noble caballero. —Lo empujó de la barbilla y Hug cayó de espaldas—. Te pierde el opio, pero si cometes una nueva imprudencia te cortaré el gaznate. Ve a tu alcoba. Mañana te aguarda un día muy largo. Cuando vuelvan tus criados, que se deshagan del cuerpo y que limpien esto.

—¿Cómo nos desembarazaremos de Irene?

Ella entornó los ojos.

—Pondremos la ley de nuestro lado. Nada supera la crueldad de la justicia.

TERTIA
LECTIO

En la Universidad de Constantinopla se conservaba, al menos hasta la conquista otomana, la copia de un antiguo texto: el Targum Neofiti, una traducción del arameo del Libro del Génesis realizada por targumistas, interpretadores de los textos bíblicos, de la comunidad judía de Egipto. Los estudiosos hebreos de Grecia confirmaron que procedía de una tradición anterior a la reforma del culto por el rey Josías, que expurgó los Textos Sagrados seis siglos antes de la venida de Nuestro Señor. El primer versículo del Génesis mostraba una sutil diferencia: «En el principio, con Sabiduría (el Espíritu que aletea sobre las aguas), el Señor creó y completó el cielo y la tierra».

Esta Sabiduría es hipostática, es decir, posee una naturaleza personal, es un ente propio, y en Proverbios dice: «Desde la eternidad fui constituida, desde el comienzo, antes del origen de la tierra… yo estaba a su lado como arquitecto».

Quien se describe junto a Dios es Sophia, la que se apareció a Boecio, y fue en Bizancio donde se erigió la mayor basílica bajo su advocación, asumida por la Madre de Dios.

Puede resultar turbadora la existencia de esta tradición, pero en definitiva confirma lo que la literatura rabínica judía, en la Tosefta, los midrasim agádicos y la obra cabalística del Zohar definen como la Sekiná, el fundamento femenino de la divinidad, llamada Melek (Princesa) o Matrona. La Creación es su obra y ella se ocupa como una madre de sus hijos: es la mediadora.

De esta manera, por Dios y Sekiná fuimos hechos a su imagen y semejanza.

Del mismo modo que los cabalistas aseguran que el pecado, el fanatismo y la ignorancia alejaron a la Sekiná del contacto con la humanidad, nosotras, las mujeres de este tiempo, sentimos que nada tenemos que ver ya con Ella ni con Sophia; nos parecen extraños conceptos intelectuales, incluso efluvios diabólicos. Pero no es así. Existió un vínculo entre Sabiduría y las sibilas, un hilo de Ariadna que debemos tomar y seguir con paciente estudio. Se vislumbra ya la sospecha de que hubo una ruptura entre lo que fuimos y lo que somos, como la expulsión del jardín del Edén. Las insidiosas preguntas son: ¿cuándo se quebró ese vínculo? ¿Por qué dejamos de ser sibilas, transmisoras y profetas para convertirnos en brujas?

En este momento debes abrir tu mente si quieres enfrentarte a tales misterios o huir despavorida para refugiarte en píos breviarios o en la plática de los predicadores, implorando perdón si crees que son cosas heréticas. Comprender la dimensión sagrada de tu esencia hará que, al igual que Christine de Pizán, reúnas el valor necesario para rechazar el concepto desdeñoso que los hombres tienen sobre ti, por muy letrados que parezcan y citen a grandes filósofos y teólogos, pues como te he demostrado no eres inferior a ellos en la dimensión trascendente.

Si las leyes, la historia, la educación, la religión y la costumbre te han reducido al ámbito doméstico y reside en tu alma la certeza de que eres una criatura indigna e inferior por naturaleza, deberás buscar la razón de tal aberración en otro lugar, ya que no es eso lo que el Creador estableció para ti y así lo he visto escrito con mis propios ojos.

25

No era costumbre en el reino voltear las campanas, pero sí balancearlas con brío en fechas señaladas o ante celebraciones notables. El 28 de octubre, día de San Judas Tadeo, las de la seo anunciaban el enlace de los ciudadanos Hug Gallach e Irene Bellvent gracias a la vanidosa generosidad de Bernat Sorell.

Pero esa mañana Valencia despertó sobrecogida mirando el cielo plomizo.

Las lluvias torrenciales de octubre causaban pavor en sus habitantes y los más ancianos aún recordaban la riada del año 1427 que derrumbó puentes y penetró con fuerza por las puertas de la ciudad arrasando casas y vidas; la sexta, según los registros. Durante toda la noche y la mañana había llovido con intensidad y la mayoría de las calles estaban embarradas e impracticables. El *sotobrer* y las peonadas de la Junta de Murs i Valls, órgano municipal encargado del mantenimiento de murallas, fosos y caminos de Valencia, con el justicia a la cabeza vigilaban el cauce del Turia y entablaban las puertas orientadas al río. En muchas parroquias ya se rezaba a santa Bárbara y al Ángel Custodio, protector de Valencia.

Hug, ojeroso y con semblante enfermizo, no quiso suspender la ceremonia y aguardaba impaciente con sus criados y el consejo rector del hospital bajo la arcada de la puerta de los Apóstoles. Deseaba que la entrada se hiciera a través de ella por ser más bella que la antigua y pobre puerta principal de la seo.

Algunas familias pudientes, tras excusarse convenientemente, habían abandonado la ciudad; con todo, el templo se iba llenando de invitados y curiosos.

El matrimonio concluía el enlace con la solemne velación, donde los contrayentes consagraban a Dios su vínculo y se comprometían a guardarse fidelidad y a tener prole legítima. Irene descendió de un carruaje con tolda tirado por dos caballos blancos que llegaron cubiertos de fango. Intercambió una fugaz mirada con Hug. Antes de ausentarse cuatro días le había jurado ante Dios que nada tenía que ver con el estado de Isabel, y la muchacha, por su parte, aseguraba no recordar nada del intento de suicidio. Aun así, el recelo instalado en su pecho la reconcomía. Tarde o temprano arrancaría el secreto a la criada.

Un breve mensaje de Tristán transmitido por Nemo le rogaba que pospusiera la ceremonia hasta recibir información de mosén Jacobo de Vic, pero el caballero no había aparecido. El miedo a las consecuencias de retrasar la boda la superó.

Un murmullo de admiración se extendió al ver a la novia. Lucía el traje de seda azul prestado por los Sorell, con mangas acampanadas. Llúcia y Arcisa lo habían ajustado con mano diestra para realzar su figura, y lo adornaba con un cinto blanco anudado a la espalda. Llevaba una diadema de plata y el frondoso cabello cobrizo recogido en seis trenzas, tres a cada lado del rostro, y decorado con flores blancas. Como marcaba la tradición, se cubría con el largo velo, el *flammeum*, que disimulaba la tribulación pero no su belleza radiante.

Hug, bajo el justillo negro abierto, vestía un jubón de seda colorada con brocados de oro, relleno en el pecho y los hombros para disimular la delgadez y acuchillado a la moda, dejando ver en cada corte el forro interior. Llevaba una gruesa cadena de oro, y se cubría las piernas con calzas de seda y una braguete que abultaba la ingle.

Ambos se felicitaron tímidamente, como era costumbre. En la puerta los recibieron cabildos, acólitos y el oficiante elegido, el canónigo Jordi de Centelles, hijo bastardo del conde de Oliva. Irene saludó al oficiante ataviado con seda y oro. Era miembro afamado de la aristocracia valenciana y ella recordaba de memoria su poema en el libro *Obres e troves en lahors de la Verge Maria* que le regaló Hug. Don Jordi preguntó si prestaban consentimiento libre para consagrar la unión indisoluble a los ojos de Dios. Irene afirmó su voluntad distraída e inquieta mientras que Hug lo hizo con voz ronca.

A continuación el canónigo solicitó saber quién portaba a la novia, y Joan Dandrea, el procurador del hospital, la acercó de la mano.

Cuando se disponían a entrar en el templo una bola de fango manchó el valioso jubón del novio.

—¡Maldito seas! —gritó una mujer harapienta bajo la lluvia, a una docena de pasos del cortejo. Se cubría con una manta y tenía el rostro arrugado. Su mirada danzaba delirante—. ¡Te conozco y te maldigo en su nombre! ¡Tú…!

Los criados de Hug se abalanzaron sobre ella y la empujaron con saña mientras gemía aterrada, retrocediendo y resbalando en la plaza embarrada. Apareció la *guayta*, pero la mujer huyó por sombríos callejones tras la seo. Hug comenzó a vociferar, e Irene le tomó la mano.

—Es una pobre enajenada. Déjala en paz y sigamos adelante.

Desde el dintel, Caterina seguía atenta lo ocurrido. Buscó a Eimerich entre los criados situados al fondo del templo, pero no lo vio.

Limpiaron los ropajes al novio, y formando una procesión solemne entraron al templo engalanado con ramas de mirto mientras el coro cantaba el salmo 127 acompañado por las notas regulares del portentoso órgano construido ese mismo año por el alemán Joan Spindelboguer.

Los invitados se habían dispuesto ante el altar en reclinatorios o en sillas conforme a su condición. Entre el desprecio, la curiosidad y la envidia, habían aceptado la invitación del rico Bernat Sorell miembros de destacados apellidos valencianos y asistían al enlace de sus protegidos Hug e Irene, pertenecientes a la mano mediana. Entre los Centelles y sus eternos rivales, los Vilaragut, se sentaban los Montpalau, los Corella y otros nobles distinguidos. Detrás, *honrats generosos*, miembros del Consejo de la Ciudad y todos los mayordomos de los hospitales, además de oficiales y parientes de los Bellvent.

Cuando cesó el cántico y su eco se desvaneció en las bóvedas de crucería se oyó el rumor del agua sobre el tejado de losas y los chorros vomitados por las gárgolas en el exterior. Con temor, el coro de clérigos entonó las letanías.

Eimerich observaba la ceremonia de pie en la parte trasera, con el resto de los criados varones de las familias presentes. En ocasiones buscaba el tocado blanco y la mantilla que lucía Caterina, situada entre las damas de la burguesía. Pertenecía a otro mundo. Elevó la vista hacia la bóveda del altar mayor. Entre los seis nervios, Francesco Pagano y Paolo de San Leocadio, traídos por Rodrigo de Borja, habían plasmado con primor el coro de ángeles músicos sobre un fondo azul. Se distrajo observando el detalle de sus túnicas claras y vaporosas, la delicadeza de sus rostros hieráticos y festejando la ascensión de Nuestra Señora a los cielos. Sin duda las sibilas del retablo del hospital habían sido un boceto de aquella obra maestra.

Los contrayentes fueron cubiertos con el velo de la novia. Jordi de Centelles les hizo unir la mano derecha y efectuó la señal de la cruz.

—*Ego coniungo vos in matrimonium, in nomine Patris, et Filii et Spiritus Sancti.*

Irene inclinó el rostro. Ya estaba hecho. Había sido el alma y las manos del hospital ante la actitud pasiva y ajena de Hug. Todo iba a cambiar desde de ese instante.

De pronto se oyó un estruendo que reverberó en las arcadas. La puerta del Almodí, situada en el otro extremo del transepto, se abrió y penetró un fraile calado hasta los huesos. Miró a los presentes con el semblante desencajado y buscó a los administradores de los hospitales.

—¡El río se desborda!

Aquel día del Señor de 28 de octubre de 1487 se desató la séptima avenida del Turia a su paso por Valencia.

El pánico se adueñó de los invitados, los coristas y los clérigos, que sin guardar el debido respeto abandonaron el templo por las tres puertas. Jordi de Centelles desistió de proseguir con la ceremonia; los contrayentes habían prestado el consentimiento ante Dios, así que los despidió con una breve bendición y se dirigió a la sacristía.

—Debemos regresar al hospital —indicó Irene a su esposo, ansiosa por conocer detalles de lo que ocurría.

—La boda no ha terminado, Irene —repuso éste—. Aunque suspendamos el banquete, esta noche la pasaremos en el magnífico palacio de los Sorell.

Ella lo miró sorprendida.

—Hug, los que viven en las huertas junto al río llegarán, y si el agua entra en la ciudad será aún peor. ¡No podemos permanecer ajenos a esta desgracia!

La sacudió una oleada de cólera al reparar en la mirada indiferente de su marido. Sin esperar la réplica se alejó en busca de Arcisa y Llúcia. La plaza de la Seo estaba embarrada y habían dispuesto tablones para facilitar la salida hacia los carruajes. El terror se adueñaba de los habitantes, y vieron a decenas de ellos chapoteando de un lado a otro con hatillos y pequeños arcones para abandonar la urbe.

Los criados presentes aguardaban las órdenes de la *spitalera*. Irene, como todos, sentía un terror atávico por las riadas, alimentado por exagerados relatos contados frente a la lumbre del hogar. Jamás se había enfrentado a una situación de ese tipo.

El joven cirujano Pere Spich llegó con su elegante jubón de terciopelo pardo chorreando.

—Tres palancas del puente Nuevo se han derrumbado y se teme que ocurra lo mismo en el del Mar. En Sorell debe prepararse para el día más difícil de su historia.

Contrajo los labios y apartó el velo a la novia como si fuera una molesta telaraña.

—¡Vamos!

—¡Espera! —exigió Hug con voz gutural.

—Luego, esposo, luego.

Con los puños crispados, Hug contempló a su esposa alejarse sin preocuparse por el caro vestido prestado que pronto quedaría empapado y maltrecho. Una discreta presencia se le aproximó por la espalda y le susurró al oído:

—Te felicito, esposo… Pero ha llegado el momento que llevo meses esperando. Ya sabes lo que has de hacer y ten cuidado con Tristán, pues se está recuperando.

—¡Cumpliré con mi parte! —siseó. Sus manos temblorosas se crisparon.

Se volvió hacia la voz aspirando la fragancia de jazmín, pero sólo vio una figura oscura mezclándose entre los últimos invitados que aún seguían en el interior de la catedral, reacios a abandonarla con aquel tiempo. Tenso, buscó a sus dos servidores; se guarecían del diluvio bajo la cornisa.

—Id a por Isabel y seguid a Tristán. Terminemos con esto de una vez.

Caterina y micer Nicolau se disponían a salir cubiertos por una gruesa manta que sus criados les extendían sobre la cabeza.

—Eimerich —comenzó el abogado—, sé lo que me vas a pedir, así que ve y ayuda en el hospital. Cuando lleguemos a casa, enviaré a la cocinera y a Guillem con ropas y comida. —Observó intranquilo el cielo plomizo que descargaba inclemente—. Yo me uniré a las partidas de la Junta de Murs i Valls que vigilan las puertas por si el agua arrastra las barreras. Será un día largo.

Se alejó para hablar con uno de los alguaciles del justicia, y Caterina aprovechó para acercarse a Eimerich.

—¿Has visto lo que ha ocurrido? ¿Quién es esa mujer que ha insultado a Hug? Ha sido muy extraño…

—Parecía saber algo sobre él que ignoramos. Deberíamos tratar de encontrarla —le sugirió el criado.

La joven le guiñó el ojo y con disimulo rozó su mano antes de alejarse con el aya hasta un carruaje. Eimerich supo interpretar aquel gesto. Si Caterina ponía su empeño, nada podía detenerla.

26

Irene llevaba meses al frente de En Sorell y en cuanto entró en el hospital recuperó el aplomo. Ya habían llegado dos familias de las huertas que se extendían hacia el norte tras el palacio Real, ubicado fuera de las murallas, en la otra orilla del Turia. Explicaron que la situación era desesperada. Los campos se anegaban de agua rojiza que arrastraba la tierra fértil.

La *spitalera* comenzó a impartir órdenes con firmeza. Magdalena encendió todos los fogones y puso a hervir agua para hacer sopa y tisanas. Hacinaron a los pacientes para ganar espacio en las cuadras y dispusieron la sala de curas.

Hug no había aparecido aún, y al final de la tarde las noticias eran desalentadoras. El Turia superaba ya los puentes con grave riesgo de ser arrastrados, como le había ocurrido al Nuevo. La Junta de Murs i Valls reforzaba las barricadas ante las puertas que daban al río, pero si la lluvia persistía nada detendría el ímpetu de la riada.

Como en otras ocasiones, Irene agradeció la presencia de Pere Spich, Joan Colteller y el barbero Martí Manyes. Lluís Alcanyís estaba en el hospital De la Reina y acudiría en cuanto le fuera posible. Al personal de En Sorell se sumaron Eimerich, Guillem y Dolça, de la casa de micer Nicolau.

Irene visitó una vez más a Isabel y le ofreció la última posibilidad de redimirse si se comportaba como la criada que antaño fue. La muchacha asintió sin entusiasmo.

—Su único señor es ahora la adormidera, Irene —adujo Peregrina sombría.

—Pues entonces mañana deberá marcharse —sentenció la *spitalera* y se le quebró el alma al observar la apatía de Isabel.

Por precaución, Nemo acudió al almacén del hospital y revisó las cadenas de los esclavos de Josep de Vesach. No podían exponerse a una fuga en aquel trance.

Cuando cayó la noche tenían acogidos a más de treinta heridos y todos se encontraban bien atendidos. A pesar de los esfuerzos, la información que les llegaba no era esperanzadora. Los peor parados habían sido los barqueros que remontaban el río desde el mar hasta el muelle del Portal de Serrans. Habían luchado por evitar que las barcas, pero la furiosa corriente arrastró a algunos. Al menos tres perecieron ahogados y otros seguían desaparecidos.

—Irene, voy al Portal del Mar —le anunció Eimerich—. El puente está a punto de ceder, pero muchos siguen cruzándolo hacia la ciudad. Si se hunde causará una tragedia que habrá que atender allí mismo. Además, se ha formado un caos en la puerta que podría agravar las cosas.

La ansiedad la dominó, y pensó en las palabras de su madre. Debía estar donde fuera necesaria, sin miedos ni complejos por su condición.

—Iré contigo. Hay que guiar a la gente hasta aquí.

Dio las instrucciones precisas y abandonaron En Sorell.

Contemplaron los estragos causados por la tempestad. Las calles estaban oscuras y avanzaban con el agua hasta los tobillos; en algunas plazas, les llegaba a las rodillas. Los vecinos combatían el lodo con tablones, cubos y palas. La *guayta* había obligado a abandonar aquellos edificios en los que aparecieron enormes grietas, e Irene y Eimerich tuvieron que sortear escombros de voladizos y balcones desprendidos.

Los campanarios repetían insistentes el toque *tente nublo* para conjurar la tormenta y pasaron ante iglesias con las puertas abiertas, abarrotadas de fieles rezando rogativas *ad petendam serenitatem*. Delante del convento de Santo Domingo se detuvieron al paso de una larga procesión. Ajeno a la persistente lluvia, un fraile con la capucha de la cogulla echada portaba una cruz de plata flanqueado por otros dos con incensarios. Bajo un palio totalmente empapado, un clérigo llevaba el *Lignum Crucis* seguido por los miembros del cabildo catedralicio, así como por capellanes y fieles con lámparas encendidas. Recorrían las puertas orientadas al río cantando salmos y misereres para alejar las aguas.

Irene se persignó y continuaron hasta el Portal del Mar, oyendo ya el sobrecogedor rumor del río tras la muralla. Vieron portones iluminados con candiles para anunciar que allí se acogía a los refugiados. La ciudad mostraba su cara piadosa, consciente de que la desgracia ajena podía ser la propia en el futuro.

Al llegar a la puerta se miraron sobrecogidos. Por ella arribaban las mercancías del puerto y el descampado frente al edificio de la aduana era un caos de gente asustada y carruajes. Vieron al justicia, el caballero Francesc Amalrich, con sus hombres. El *lloctinent*, que era su mano derecha, y varios *capdeguayta* de diferentes parroquias instaban a gritos a la muchedumbre para que se despejara el portal de la muralla.

El justicia reconoció al instante a la hija de Andreu Bellvent y la hizo llamar. El incidente de la *licència d'acaptes* había impresionado al hombre.

—¡Ni en vuestra noche de bodas Dios os concede un respiro, Irene! ¡Hay demasiada gente y los de dentro no dejan entrar a los de fuera!

Ella observó inquieta al gentío agolpado ante la puerta.

—Mi señor, debéis ordenar que se abran el Portal de los Judíos y el del arrabal de Ruzafa. Están cerca y facilitarán la entrada a la ciudad.

El justicia la observó, un tanto molesto por el tono imperativo de su sugerencia.

—Sois una joven atrevida y deslenguada, pero es lo más sensato que he oído en toda la noche —reconoció—. El problema es lograr que nos escuchen.

Un *capdeguayta* subió a la torre con una antorcha y vociferó las instrucciones del justicia ayudado de un cornetín. Poco después Irene logró avanzar entre empujones hacia la puerta. Una vez fuera de las murallas se acercó al puente del Mar.

La estructura tenía ocho basamentos de mampostería que soportaban una amplia pasarela de recios tablones. La corriente había arrastrado árboles y barcas destrozadas formando una barrera que elevaba el nivel de las aguas hasta pasar por encima. El estruendo era terrible, pero muchos seguían cruzando agarrándose a lo que podían.

—¡La estructura de madera no resistirá la fuerza del agua! —exclamó Eimerich.

—¡Tienen que retroceder!

La joven echó a correr hacia el puente uniéndose a los guardias. Como ellos, gritó sin éxito. Resultaba imposible hacerse oír. Los que lograban alcanzar el margen del río animaban a los demás a intentarlo. La desgracia llegó precedida de secos chasquidos en la pasarela. Luego se produjo un estruendo aún mayor, seguido de gritos desesperados.

—¡Está cediendo!

Una arcada se hundió y con ella la pasarela de madera. El puente quedó cortado, y una masa informe desapareció río abajo engullida por las tinieblas.

El pánico dominó a los que aún seguían sobre la pasarela y huyeron desorientados, dominados por el afán irracional de sobrevivir. Entre chillidos y lamentos se empujaban y varios se precipitaron a las fangosas aguas. Pero aquello sólo fue el principio. Mermada la integridad del puente, las palancas contiguas se resquebrajaron con un gran crujido y acabaron cediendo a la poderosa corriente. El suelo se estremeció por el estruendo. Fueron momentos de confusión y pavor que quedaron grabados una vez más en la memoria de la ciudad. Cinco lunas del puente habían desaparecido, y como centinelas sólo resistían los basamentos descarnados. Las víctimas podían ser decenas.

Al rugido de las aguas se sumaron gritos de auxilio, e Irene corrió hacia los restos del puente. Casi una veintena, entre hombres, mujeres y niños, se aferraban desesperados a sillares desencajados o a los restos de la pasarela.

Se acercó al borde con precaución y vio a un crío que colgaba pataleando sobre el río. No había nadie a quien pedir auxilio y con el alma encogida se agarró el vestido y se agachó. Desde el extremo del puente le gritaban, pero no era capaz de dejarlo allí.

—¡Agárrate!

—¡No puedo!

Ella se inclinó más.

—¡Coge mi mano!

El pequeño soltó una de las suyas y se aferró a la de ella con fuerza. Irene trató de retroceder, pero el peso de la seda empapada le impedía moverse. No podía alzarlo. La evidencia resultó tan dolorosa como el filo de una daga. Sus ojos se anegaron ante el gesto desesperado del niño. La manita húmeda comenzó a escurrirse. Abajo las aguas se arremolinaban, ansiosas de engullir a otra víctima.

Entonces apareció un brazo junto a ella que cogió la camisa del pequeño y tiró hacia arriba. Irene soltó la mano entumecida y retrocedió jadeando. A su lado alguien sostenía al niño en brazos y lo tranquilizaba con caricias.

—¡Nadie más que Irene Bellvent podía cometer semejante locura!

Notó que su agitado corazón se colmaba al reconocer aquella voz.

—¡Tristán!

El joven sonreía mientras dejaba al niño en el suelo y lo conminaba a salir del puente. Ella sabía que llevaba varios días fuera del fango recuperándose, pero ya no había podido visitarlo, siempre vigilada por los criados de Hug. Aún tenía mal aspecto y cada movimiento le suponía un esfuerzo. Sin pensarlo, lo abrazó y no le importaron las miradas de los curiosos agolpados en la vereda.

—¡Gracias a Dios! —susurró pegada a él—. Creí que te había perdido.

Se acercaron a una mujer de cierta edad aferrada a un tronco astillado sobre el borde. Uno de sus brazos estaba en una posición imposible y gemía de dolor. Entre los dos lograron sacarla de allí y corrieron hacia el siguiente que, atrapado bajo los escombros, pedía auxilio a voces. Su valor fue secundado por otros, y llegaron también Eimerich, Tora y Romeu para unirse al arriesgado rescate. Durante una eternidad se batieron contra la muerte entre maderos y cascotes sueltos. Oían gritos y chapoteos; no todos resistieron lo suficiente, pero una docena de almas pudieron ser llevadas hasta la orilla.

Mientras atendían a los heridos a los pies de la muralla, lo que quedaba de la estructura del puente cedió. En la parte contraria aún resistieron dos arcos y los que permanecían sobre ellos retrocedieron, aterrados.

Con el vestido de boda hecho jirones Irene observó sobrecogida la tragedia. La lluvia amainaba por fin y en el atestado portal se elevaron plegarias de alabanza. Tristán parecía agotado por el esfuerzo, pero halló la misma luz de siempre en sus pupilas. La miraba con devoción.

—Sé que viniste a la ermita, arriesgándote a ser descubierta por Hug…

Ella le acarició la cara ansiando besarlo. Atrás habían quedado las dudas y los recelos. Su amor era duro y brillante como un diamante.

—Deseaba cuidarte en el hospital —aseguró sombría—, pero él no lo habría permitido.

—Me temo que hemos caído en una sutil trampa. Como te transmití, mosén Jacobo de Vic está convencido de la culpabilidad de Hug al menos en el asunto de la licencia; de todos modos, sólo contaba con habladurías del burdel. Quiso desenmascararlo antes de la boda, pero ha desaparecido.

Ella, con ojos húmedos, le contó el incidente de Isabel y lo ocurrido antes de la ceremonia nupcial.

—Supe que jamás lo amaría… Aunque confiaba en él —musitó apocada. A pesar de que Hug se comportaba comedido con ella, seguía resultándole un completo desconocido—. ¡Es ahora mi esposo, Tristán! ¡Dios mío…!

Él le tomó la mano, pero la retiró rápidamente cuando vio acercarse al justicia. Como un padre, Francesc recriminó a la joven la arriesgada iniciativa.

—Deberíamos recorrer el cauce río abajo e inspeccionar con atención —sostuvo ella—. Puede que algunos hayan logrado alcanzar la orilla.

El justicia oteó la oscuridad más allá del puente derrumbado.

—Honorable Francesc Amalrich —dijo el *capdeguayta* de la parroquia de Santo Tomás—, no creáis en ensueños de mujer, nadie podría haber sobrevivido a la corriente.

El justicia cortó sus palabras con un gesto y la invitó a hablar. Irene frunció el ceño señalando aguas abajo.

—Habría que inspeccionar el fango en partidas de cuatro, dos para sacar a los heridos y dos para llevarlos al camino. Otros grupos los trasladarán aquí. Salvo los más graves, el resto debe buscar albergue en la ciudad. La gente ofrece sus casas y *alberchs*.

Francesc Amalrich cabeceó con una leve sonrisa.

—Os vi salvar de morir de hambre a todo un hospital. Tenéis una poderosa luz en vuestro interior, señora; que nadie os la arrebate. Dispongo de voluntarios de las parroquias de Santo Tomás y de Sant Esteve, además de la Cofradía de Sant Jaume. Lo haremos así.

No fue sencillo organizar a un centenar de hombres nerviosos y cansados, pero las horas pasaron y unas veinte almas medio enterradas fueron sacadas del río contra toda esperanza. Llegó fray Ramón Solivella con frailes legos del convento de San Francisco portando víveres, mantas y mortajas. El justicia insistió que se atendieran las instrucciones de la *spitalera* de En Sorell sin réplica. Bajo el *Miserere nobis* de los clérigos, Irene dirigió el envío de los heridos con carretas o simplemente a hombros hacia su hospital y el De la Reina, junto al Portal de Ruzafa.

La lluvia persistía, pero sin la violencia de la mañana.

Esa noche la joven hija de los Bellvent pasó a formar parte de relatos y anécdotas que serían narrados con emoción durante años.

27

I rene y Tristán llegaron a En Sorell justo cuando la campana del convento de los carmelitas llamaba a maitines. Romeu y Tora habían vuelto a la ermita de San Miguel con la esperanza de que mosén Jacobo ya estuviera allí, y Eimerich regresó a la casa de su señor, Nicolau Coblliure. A esas horas de la madrugada reinaba la calma en el patio y sólo algún carraspeo o leve llanto quebraba el silencio. Irene comprobó satisfecha que todos los refugiados y los heridos estaban bien alojados en las cuadras y la sala de curas. No vio ni rastro de los criados de Hug y se sintió aliviada. Aquella calma contrastaba con su agitación tras lo vivido.

La lluvia seguía descargando sobre el patio anegado, aunque la tempestad amainaba. Miró su vestido de boda totalmente destrozado. Dudaba que algún día pudiera restituir su precio, pero Bernat Sorell era un hombre generoso. Suspiró pasándose las manos por el rostro húmedo y se topó con la mirada de Tristán, cuyo aspecto cansado contrastaba con la luz de sus ojos. La expresión le recordó la noche lejana en la que había llevado malherida a Ana desde el Partit. El doncel ya no era un desconocido para Irene; la había estado cuidando en la distancia. El matrimonio de ella los separaba para siempre, pero no podía sepultar sus sentimientos, cada vez más vívidos. Una oleada de calor la invadió hasta cegar su razón. Él le rozó la mano y la hizo estremecer; era su última noche sin Hug. Sus mentes se acompasaron sin cruzar palabra y permitió que la asiera por el talle vigilando, inquieta, que nadie oteara desde la galería superior.

Sus cuerpos vibraban debatiéndose entre el ansia de encontrarse y el riesgo que implicaba estar al descubierto, a merced de miradas indiscretas. Hugo sus criados podían aparecer en cualquier momento. Si eran sorprendidos sería la perdición de ambos, pero el pulso acelerado retumbaba en las sienes de Irene ahogando la cautela.

—Ven —susurró a Tristán mientras una sensación de ahogo le ascendía por el pecho. Su obligación era no ceder; sin embargo, había fantaseado con aquello demasiadas veces. La educación cedió al deseo.

Con sigilo cruzaron hasta la capilla. El peligro planeaba sobre ellos; aun así, la noche fue cómplice y nadie apareció para evitarlo. En silencio abrieron la puerta tras el retablo de la capilla y descendieron a la Academia de las Sibilas. Con una vela encendieron uno de los pebeteros de bronce y, envueltos en una cálida claridad anaranjada, sus ojos se buscaron. Tristán se le acercó y se fundieron en un beso. Irene se debatía entre la excitación y la culpa, pero el modo en que la acariciaba la arrastró sin remedio. El doncel luchó contra la seda empapada y cuando logró abrir el vestido ella aspiró; sentía el deseo a flor de piel y cada roce de sus manos la estremecía. Los últimos retazos de esa fatídica noche serían para ella, para liberar por última vez su amor y su pasión antes de someterse a su condición de esposa.

Sus labios se buscaban con anhelo mientras se desprendían de las últimas prendas y las caricias azuzaban el celo cautivo desde hacía meses.

El hombre descendió más allá del ombligo e Irene respiró agitada. Cada curva de su cuerpo, cada recodo gritaba ser tocado de ese modo. Todo se diluyó; la pena y el miedo se retiraron empujados por la poderosa fuerza del deseo. Jadeó, incapaz de contenerse, y Tristán entendió la señal. Irene se abandonó por completo a la pasión.

Él la condujo a uno de los sitiales. Ni las heridas ni el cansancio de Tristán mermaban su vigor, y ella quiso demostrarle que también dominaba aquel juego. Se demoraron en besos y caricias hasta perlarse de sudor. Entre gemidos y susurros Irene se sentó sobre él, ansiando ser invadida hasta lo más profundo de su ser. Un estallido de placer la recorrió y, unidos, se fundieron en una luz que borró todas las penas. El clímax los sorprendió desprevenidos y el universo se diluyó tras un estallido.

Se quedaron abrazados, dichosos, brillantes de sudor. Cuando recuperaron el ritmo de la respiración, Tristán le recorrió la piel con el dedo. Ella jugaba con los rizos de su pelo oscuro, apelmazado. El miedo a ser descubiertos regresó renovado. No era capaz de calcular el tiempo transcurrido. Tal vez Hug la estuviera buscando por el hospital, y quizá se encontrarían con algún feligrés rezando laudes en la capilla. Salir de allí podía ser peligroso.

—¡Vayámonos, Irene! Lejos de aquí.

Ella sintió un enorme peso en el pecho. Era lo que su alma gritaba insistente.

—Sabes que no puedo. El hospital me necesita, yo…

En ese momento oyeron voces lejanas que provenían del patio y la capilla. Irene se envaró, sobresaltada. Los temores la acuciaban; sin embargo, no se sentía culpable.

—Parece Arcisa —indicó él, atento—. Está alarmada y te busca.

Al levantarse se miraron desnudos, notando cómo perdían el calor del contacto de sus cuerpos. Se amaban más que nunca, pero la dicha había durado poco; debían separarse para siempre. En silencio dejó que la ayudara para cubrirse con el vestido de boda rasgado y sucio. Antes de ascender la escalera, él buscó sus ojos.

—Saldré al huerto por el túnel. Cuando amanezca regresaré. Te debes a Hug y yo, a mosén Jacobo de Vic, pero quizá la felicidad esté en otro lugar, lejos de aquí.

La joven ascendió desalentada. La razón y la educación le impedía ni siquiera valorarlo. No se podía abandonar a un esposo, aunque una parte de ella le gritaba lo infeliz que sería al lado de Hug Gallach.

Cuando apreció que sólo estaba Arcisa en la capilla se sintió aliviada. La criada no disimuló el gesto réprobo al verla salir de la cripta con aquel aspecto, pero no la juzgó.

—¡Señora, Isabel ha desaparecido!

—¿Cómo ha ocurrido?

—Nos estaba ayudando y se marchó. En el trajín de idas y venidas no nos dimos cuenta de si alguien vino a buscarla. Sus cosas siguen aquí, salvo el manto.

—¡Dios mío!

Irene convocó a los criados en el patio. Ninguno supo explicarle cuándo se había ido.

—¿Dónde estás, Isabel? —musitó la *spitalera*, sintiendo el peso de la culpa.

Agotada, se sentó en un peldaño ajena a la lluvia que seguía empapándola. Escondió el rostro entre las manos y se echó a llorar.

Tristán recorrió el pasadizo que comunicaba la cripta con el huerto y abrió la cancela herrumbrosa. Unas muescas en la piedra permitían sortear la acequia evitando el agua y salió al huerto anegado. Sentía el olor de Irene adherido a su piel y suspiró frustrado. Todo su cuerpo gemía por el agotamiento y sabía que debía regresar cuanto antes a la ermita. Entonces una voz lo alertó desde la oscuridad del huerto, entre los árboles.

—¡Tristán, Tristán, ayúdame!

Intrigado, avanzó con dificultad hundiéndose en el barro. Tras la leñera, en un rincón húmedo y lleno de maleza, estaba Isabel, con el rostro desencajado y desaliñada.

—Irene quiere echarme del hospital. Intercede por mí, Tristán.

Notó un hormigueo en la nuca. La joven se desplomó y él se acercó para ayudarla.

—¿Qué haces aquí, Isabel? —demandó al ver su expresión desesperada.

—Lo siento. Él me ha prometido que podré seguir en En Sorell si cumplo…

Creyó oír a Jacobo recriminándole por ignorar la advertencia de su instinto cuando de las sombras surgieron los criados de Hug con garrotes. Sus mermados reflejos le impidieron esquivar el golpe. Tras un fogonazo de dolor, llegó la oscuridad.

Cuando apareció Hug, Isabel contemplaba aterrada a Tristán tendido en el barro.

—Siempre fue gentil conmigo —musitó la joven—. ¡Que Dios me perdone! He hecho lo que esperabais, mi señor. Ahora debéis impedir que Irene me expulse.

—No será necesario discutir, querida. Ninguno de los criados seguirá aquí.

—¡Maldito seas, Hug Gallach! —chilló Isabel, fuera de sí.

El aludido abrió los ojos con una expresión de pánico. Aquellos gritos podían oírse desde el hospital. Se abalanzó sobre ella, la derribó y le hundió la cara en el fango. La joven braceó, sus manos y sus piernas resbalaban. Se resistió un tiempo, pero la debilidad de su cuerpo consumido por el opio le impidió evitar el desenlace. Los criados de Hug observaban silenciosos el asesinato, mirando con desprecio a su señor.

Isabel sufrió varios espasmos antes de que cesara el borboteo de su boca y quedara inerte, con la cara atrapada en el lodo. Una figura enlutada, con el vestido manchado, se aproximó desde los árboles. Miró a Tristán en el suelo y luego a Isabel.

—¡Eres un ser despiadado! No tenías necesidad de matar a esa muchacha.

—Era un cabo suelto —indicó Hug aún jadeando—. Vos habitáis en las sombras, oculta, pero yo soy un respetable ciudadano y debo seguir siéndolo.

La dama entornó la mirada a través del velo y Hug retrocedió. Finalmente optó por ignorar las palabras de éste y rozar el rostro de Tristán.

—Ya sabéis adónde llevarlo.

28

A la mañana siguiente Irene, con una camisa blanca y un sencillo vestido verde de lino sin mangas, ayudaba a Joan Colteller y Pere Spich a entablillar una pierna en la sala de curas. Le fue imposible descansar y seguían sin tener noticias de Isabel.

Mientras se limpiaba en la jofaina entró Nemo, contrito.

—Acaba de llegar vuestro esposo.

Irene lo vio aparecer con las calzas cubiertas de barro y aspecto agotado. Miró sus manos como si esperara verlas manchadas de sangre.

—¿Dónde estabas, Hug? —inquirió ella recelosa—. Hacías falta en el hospital. Isabel ha desaparecido. ¿Has tenido algo que ver?

—Estuve con miembros de la Junta de Murs i Valls en el Portal Nuevo, mis criados te lo dirán —le espetó mordaz, harto de las formas de su esposa delante de terceros—. ¡Parece que tú, en cambio, desatendiste tus obligaciones en el hospital! ¿Quién te acompañaba en el puente del Mar? ¿Regresaste sola a casa?

Irene sintió un escalofrío. Podían haberlos estado espiando.

—¡Será mejor que nos calmemos! —indicó *mestre* Colteller, incómodo.

—No sé nada de esa criada, pero nos ha ahorrado el trabajo de tener que echarla —adujo Hug encogiéndose de hombros—. Encontraremos otra.

Irene miraba ansiosa la puerta. Tristán le había propuesto marcharse, y en ese instante lo anhelaba con toda el alma. Nada indicaba que Hug tuviera algo que ver en aquella nueva desgracia, pero la desconfianza entre ellos iba en aumento. Hizo un esfuerzo por serenarse. Si Hug sabía algo de su encuentro con Tristán y callaba era porque estaba tan interesado como ella en consumar el enlace para que desplegara todos sus efectos legales.

—Hay mucho que hacer aquí, Hug, y aunque el temporal amaina la ciudad no está fuera de peligro —adujo Irene con sequedad, sin mirarlo—. Si deseas esperar en el hospital, las estancias del administrador son ahora tuyas también. Además, quiero que ⸺⸺⸺⸺⸺⸺⸺⸺⸺⸺⸺⸺⸺⸺⸺⸺⸺⸺⸺⸺ te un fugaz recuerdo—. Excepto al llamado Altan, al que desearía liberar y contratar para que ayude a Nemo.

Él se encogió de hombros y le acercó el dedo al rostro, pero al verla apartarse se contuvo, ofendido.

—Ya hablaremos de eso. Hoy será nuestra noche de bodas y el palacio Sorell está a nuestra disposición, Irene, y si bien comprendo tu dolor, recuerda que por fin lograrás legitimar tu cargo de *spitalera*. Sé que dudas de mí, pero te demostraré que estás en un error. Sólo espero que me seas fiel y que olvides a ese doncel parricida con el que sigues viéndote, según dicen.

Irene se estremeció. La acusación había sido ante los dos físicos. Hug saludó cortés y abandonó la casa. Joan Colteller tomó una banqueta y se sentó al lado de la joven.

—Ya sabéis que os tengo en gran estima, Irene, y aunque todos dudamos de la capacidad de vuestro esposo para administrar el hospital, no podéis rehuir la ley. En Sorell debe tener un varón al frente y una esposa leal y servicial apoyando la gestión. Admitidlo y aceptad a Hug, veréis como lentamente las brumas se disipan. Nadie os pide que lo améis, sólo respeto y mucha discreción.

No tuvo fuerzas para replicar. Se sentía más sola y desamparada que nunca.

Pasó la mañana de un lado a otro, acompañando a los médicos en sus rondas por las cuadras. Siempre que pasaba por el patio miraba el portón de la entrada, confiando en ver los ojos tiernos de Tristán tendiéndole la mano para escapar de aquella pesadilla. Temía la llegada de la noche y el próximo encuentro con Hug en el tálamo.

Pero el doncel no apareció. Romeu y Tora llegaron buscándolo tras el rezo del ángelus a mediodía, y la decepción se convirtió en inquietud. En la capilla, bajo la mirada hierática de santas y sibilas, aceptó su destino de mujer: unirse a un hombre que no amaba. A cambio vería cumplido su mayor deseo: dirigir En Sorell y seguir atenta hasta que apareciera alguna pista que la condujera a su madre.

Durante la tarde la lluvia cesó por fin y Valencia dio gracias al Ángel Custodio. El caudal del Turia descendía y aunque tenían que lamentar destrozos y muertes, la urbe había medrado durante siglos siempre enfrentada a un río amado y odiado, generoso y traicionero. La séptima riada quedaría registrada en los anales de la Historia y, como en las anteriores, enterrarían a los ahogados, limpiarían el fango de las casas y alzarían de nuevo los puentes con orgullo. Tampoco esa vez la capital del reino renunciaría a su paraíso de clima templado y fértiles huertas.

Arcisa penetró en las dependencias del administrador con aire solemne y despertó a Irene, que dormitaba junto al hogar.

—Señora, no podéis presentaros así ante vuestro esposo. —La miró de arriba abajo con disgusto. La melena le caía en mechones apelmazados, salpicada de fango. Su piel tenía una tonalidad grisácea, con restos de hollín y tierra—. Primero vais a comer y luego os prepararemos para la noche de bodas. Hemos subido la bañera y Vicencio, el apotecario, os ha traído un regalo muy especial: Agua de la Reina de Hungría.

—Pero ¡ese alcohol es carísimo!

—¡De cedro y romero! Dicen que cuando la reina tenía setenta años parecía una doncella gracias a ella. —Le guiñó un ojo con picardía—. Con esa esencia recuperaréis vuestro aspecto lozano de siempre para enloquecer a vuestro esposo.

Irene asintió en silencio simulando hallarse temerosa ante lo que se avecinaba en el tálamo nupcial. Conocía el amor y el placer, valiosos recuerdos a los que aferrarse. Se sometería a Hug y se convertiría en una oscura matrona, discreta y rígida, pero jamás olvidaría las veces que se sintió una mujer con Tristán.

29

Era uno de los aposentos más ostentosos del palacio Sorell, sin duda destinado a las visitas más ilustres. Irene, impresionada, admiró el zócalo de azulejos azules y verdes con motivos geométricos que rivalizaba con el artesonado de madera del techo, con mosaicos dorados y piezas de nácar encastradas. Al fondo, sobre paredes forradas de seda carmesí, un enorme tálamo con baldaquín sería testigo de su unión.

Hug había contratado cocineras y camareros ataviados con elegantes casacas oscuras, y la agasajó con una opípara cena a base de codorniz asada con miel y pasas, quesos, frutos secos y, al final, una copa con carísimo helado de leche, limón y canela. En su ficticio papel de señor del espléndido palacio, describió con detalle los tapices y los motivos fantásticos de los techos, desplegando una erudición que a la joven llegó a sorprenderle.

Constató apenada que ése era el mundo anhelado por Hug: ostentación, lujo y finura; no las pústulas y las heridas sangrantes que podía ofrecer un hospital.

El baño que le habían preparado las criadas del hospital esa tarde templó sus ánimos para afrontar el trance, pero ni siquiera los detalles que Hug tuvo esa noche calmaron el hierro incandescente que le atravesaba el pecho.

No tenía noticias de Tristán, ni de Isabel ni del caballero Jacobo de Vic, y su intuición señalaba a Hug como implicado en una sutil tela de araña que parecía tejerse lentamente en torno a ella; aun así, siguió los consejos de Arcisa y se mostró afable. Al fin y al cabo era su esposo por vínculo indisoluble. Por otra parte, si se ganaba su confianza podría acercarse más a él y descubrir sus secretos.

Se aproximó al tálamo y se desprendió del vestido de terciopelo de color lavanda que Caterina le había prestado. Tan sólo con una fina camisa que le llegaba a las rodillas se metió en la gigantesca cama. La sensación de hundirse en el blando colchón de plumón le agradó. Oía a Hug conversando en la antesala con un notario y una partera. Quería acreditar la consumación del enlace y si era virgen. Durante la cena se sintió humillada al conocer la exigencia, pero al menos se realizaría tras la cópula.

En cuanto se percató de que su esposo se dirigía hacia la puerta, se colocó entre los dedos la minúscula vejiga con sangre que Fátima le había entregado antes de acudir al palacio. Mil recuerdos y temores la enfriaban y se calmó pensando en los beneficios que tendría para ella.

Hug sonrió al hallarla dispuesta. Irene vio un furioso fuego en su mirada y todo su ser gritó que estaba cometiendo un gran error.

—El día que nos conocimos te dije que esperaba que fuéramos felices —afirmó él mientras se desprendía del jubón.

—Lo recuerdo.

—Ha pasado mucho tiempo desde entonces. Has cambiado.

—Los dos lo hemos hecho —repuso ella con frialdad.

—No confías en mí.

—¿Debería hacerlo?

—Llevas demasiado tiempo conviviendo con criados. —Se volvió hacia ella cubierto sólo con la camisa—. Pronto ocuparás el lugar que mereces.

Sin entender bien a qué se refería lo recibió en el lecho, y el aroma del Agua de la Reina de Hungría se mezcló con el hedor de su sudor. Cuando se situó encima y lo notó hurgar con ansia bajo la tela tuvo deseos de llorar, pero apretó los labios y bajó la mano en busca de su miembro que ya trataba de introducirse en ella con bruscas embestidas. Con un rápido movimiento, hizo estallar la pequeña vejiga en su sexo y lo condujo para que la penetrara. No tuvo que simular el dolor pues se sintió desgarrada, a pesar del ungüento de aceite y caléndula que se había aplicado. Hug embistió jadeando sobre su cuello y al instante se desplomó sobre ella.

Sin una palabra se levantó y observó satisfecho las manchas de sangre sobre la sábana. Hizo entrar al notario y a la partera seguidos por Arcisa, avergonzada. El notario hizo un gesto de conformidad, pero la partera frunció el ceño y se inclinó rogando a Irene que abriera las piernas.

Inquieta, ella obedeció. Entonces Arcisa se acercó rauda como si quisiera comentar sus dudas, pero se limitó a susurrar a la partera sin que los hombres la oyeran:

—Te conozco, María Serra. El apotecario Vicencio Darnizio te provee de ungüento de eneldo para la sarna de tu hijo Josep. Es buen amigo mío, así que no querrás que un día se confunda y añada ortiga…

La partera abrió los ojos y se irguió. Miró al notario y asintió en silencio. Ambos se retiraron, y Hug se acercó sonriente con una copa de vino especiado con canela.

—¡Soy Hug Gallach, mayordomo de En Sorell!

Un escalofrío recorrió a Irene mientras bebía para que el alcohol le levantara el ánimo. La treta de Fátima había funcionado. Las formalidades y las exigencias de los esponsales estaban cumplidas, sólo faltaba la entrega de la donación y las rentas de los censos. El hospital se hallaba al comienzo de una época dorada y por fin había logrado convertirse en *spitalera* de En Sorell de pleno derecho.

Hug volvió a desnudarse. Estaba extremadamente delgado y su sexo colgaba flácido, casi oculto por una maraña de vello negro.

—Disfrutemos ahora de nuestra noche de bodas.

Durante una eternidad la joven tuvo que acariciarlo hasta que Hug recuperó el vigor y volvió a embestirla. Sumisa, lo recibió. Dejó que la tocara sin recato y correspondió a sus besos. Pensó en Tristán, en su mirada y en su torso desnudo. Fantaseó con los ojos cerrados y su cuerpo reaccionó tarde, pues Hug se derramó de nuevo y se levantó de la cama como movido por un resorte.

Vaciaron la jarra de vino, entre comentarios fútiles y embarazosos silencios. Irene estudió aquella cámara, destinada para auténticos príncipes. Su noche de bodas no había sido tan terrible como solían describir algunas de sus amigas, pero ya entendía por qué muchas poetisas casadas a la fuerza se referían en sus versos al adulterio con condescendencia cuando era fruto de un amor sincero. Sólo deseaba estar con Tristán.

Sintió otro escalofrío y quiso achacarlo a la tensión acumulada, pero se repitió varias veces y los dedos de los pies comenzaron a hormiguearle. Al querer dejar la copa sobre una mesita se le escurrió de las manos.

—¿Qué te ocurre?

Trató de enfocar la mirada. Todo empezó a dar vueltas a su alrededor.

—No sé qué me pasa —balbució con la lengua hinchada.

Trató de levantarse y cayó sobre el blando colchón, sin dominio de sus músculos. Intentó señalar la copa, en el suelo. La mancha oscura del vino derramado se extendía sobre la gruesa alfombra. Notaba el sudor frío en la frente.

—Me has envenenado… —logró susurrar. Su cuerpo ardía como si fuera a prenderse.

—¡Irene!

Lo último que vio antes de desvanecerse fue la puerta abrirse y una sombra talar, negra como la noche, acercándose al tálamo.

30

El consejo rector se encontraba reunido esa noche en el hospital, y cuando apareció el notario para notificar la debida consumación del matrimonio, los hombres quisieron festejarlo abriendo el tonel de fondillón, un excelente vino de Alicante, traído por Miquel Dalmau.

Incluso los criados pudieron disfrutar de un pequeño cuenco y se hizo un esfuerzo por mantener los ánimos a pesar de la desazón que causaba la ausencia de Isabel. Hacía muchos meses que no se oían sus cantos ni sus risas, pero todos la querían y esperaban escuchar que se encontraba acogida en algún hospicio o en el seno de alguna familia piadosa.

Para sorpresa de Eimerich, Caterina no había aparecido en En Sorell. Según micer Nicolau se encontraba indispuesta y Guillem se había quedado con ella en casa. En la cocina, el aya María, dando buena cuenta del vino, debatía acalorada con Arcisa y Magdalena sobre la receta del mítico membrillo que la esclava cocía en el hospital. Eimerich se escabulló hacia la capilla y ayudó a Llúcia y Nemo a adecentarla tras la tempestad de la noche anterior.

Eimerich secaba los charcos del enlosado cuando entró Caterina cubierta con un viejo manto gris de lana para disimular su identidad.

—¿Qué hacéis aquí? —inquirió el criado, sorprendido—. Vuestro padre…

—¡Silencio! —ordenó la joven, especialmente grave, haciendo una señal a alguien que aguardaba ante la puerta de la capilla.

Ante la sorpresa de los tres, cruzó la puerta la mujer desaliñada que había lanzado barro a Hug antes de la boda. De edad indeterminada, con la piel ajada y los dientes negros, se envolvía en una mugrienta manta que expandió un hedor inmundo en el templo. Llúcia le ofreció un vaso de agua y ella bebió con avidez, escondiéndose para que no se lo arrebataran. La miseria había hecho estragos en su cuerpo y devorado su mente. Miraba de soslayo, sin dejar de murmurar, y dos veces trató de escapar, pero Nemo la detuvo.

—Guillem ha logrado encontrarla en una casa abandonada de la calle del Bany. Se volvió hacia ella. Tu nombre es Guiomar, según me has dicho… Guillem te ha dado dos reales, yo te ofrezco cuatro más si nos explicas por qué agrediste a Hug Gallach.

La mujer tardó en poder hilar las palabras. Se retiró la manta, y los criados instintivamente retrocedieron espantados. Tenía el rostro y el cuello hinchados, con manchas y granos oscuros.

—Yo… yo trabajaba en el Partit hasta que me echaron cuando el galeno dijo que padecía morbo gálico.* De eso hace cinco años. Voy a cumplir la treintena y he tenido tres hijos, que dejé expósitos en la puerta de la parroquia de San Lorenzo y jamás he sabido nada de ellos. Malvivo de la caridad de las parroquias, esperando la muerte sola, como merece una mujer pecadora. Cuando vi a ese hombre engalanado de boda lo reconocí y no pude contenerme. Él me arrebató lo único bueno que me ha ocurrido en mi desgraciada vida. ¡Dios lo maldiga!

—Explícate —insistió Caterina, impaciente.

—Las mujeres del Partit, aunque rivales, solíamos ayudarnos. Nos juntábamos por lugar de origen para prestarnos vestidos y maquillaje, curar golpes o compartir hábitos de los clientes, para así no vernos sorprendidas y pagarlo caro. Con las del Reino de Valencia teníamos a Joaneta, una joven de Catarroja que había huido de las palizas del marido y, repudiada por su propia familia,

* Sífilis.

acabó en la mancebía. Era reservada y no salía del hostal por miedo a que la encontraran. Nació entre nosotras una amistad profunda y sincera; cuidábamos la una de la otra… —Comenzó a sollozar—. ¡Yo… aún la echo de menos!

—¿Qué ocurrió?

—Hace unos nueve años, un joven cliente asiduo llamado Pere Ramón se encaprichó de ella y dejó de frecuentar a las demás. Joaneta cambió. Se ofrecía a cualquiera aceptando terribles vejaciones para conseguir adormidera. Ni siquiera a mí me escuchaba. Una fría mañana de abril del año 1478 apareció ahogada en el río. Las sospechas recayeron en ese hombre. El rufián de Joaneta, un tal Montserrat, quería resarcirse por la pérdida. Acudió a hablar con el padre del cliente, que debía de ser alguien importante en la ciudad, pero fue asesinado de un hachazo. Nada más supimos. Dijeron que Pere Ramón huyó a Murcia ayudado por su familia. Aún sigo llorando a Joaneta.

—¿Y no se investigaron los crímenes? —demandó intrigada Caterina.

—Eran asuntos turbios del Partit. El justicia interrogó a varios, pero nunca supimos nada y los hechos fueron olvidados por nuestros cristianos gobernantes.

—Si salió impune era un prohombre, seguro —alegó Eimerich, pensativo.

—Al reconocerlo en la seo, feliz, a punto de casarse con una bonita joven, pensé en todas nosotras y lo maldije —prosiguió Guiomar haciendo una mueca horrible—. Cuando una mujer es obligada una y otra vez a yacer con un hombre se le queda adherido hasta el hedor de su sudor. Está muy cambiado, pero es Pere Ramón, el que me arrebató a mi amada Joaneta. —Sollozó—. ¡Yo jamás habría acabado así de haber estado ella!

Caterina suspiró horrorizada. La vida de las mujeres del Partit era algo de lo que nunca se hablaba en las esmeradas clases de doña María de Centelles. Guiomar comenzó a divagar. Desdeñó otra ayuda que no fueran los cuatro reales prometidos y, envuelta en la manta que ocultaba su aspecto, se marchó lo más aprisa que pudo.

—¡Debemos explicárselo a micer Nicolau! —exclamó Eimerich visiblemente afectado. En aquella mujer había visto el calvario de su propia madre, a la que nunca conoció, malviviendo en el Partit hasta morir de una paliza, un mal parto o una terrible infección.

—¡Aún no! —se opuso Caterina con gesto amargo—. No quiero que me recrimine como siempre el vicio de husmear en cuestiones impropias de una dama. Hug Gallach fue presentado al consejo por Miquel Dalmau. Siempre dará más crédito al abogado fiscal de la ciudad que asistió a las Cortes celebradas en San Mateu y que ha sido consejero de la ciudad durante varios años, que a una prostituta enferma y enajenada.

El joven no tuvo más remedio que asentir. Conocía el estilo práctico de su señor y creyó estar escuchando sus argumentos. La vieja *pecadriu* no merecería ningún crédito.

—Debemos hacer que Hug confiese. ¡El matrimonio con Irene es nulo!

—¿Qué proponéis? —demandó Eimerich.

—Ir al palacio Sorell, ahora.

—Vuestro padre no os lo permitirá. ¡Es la noche de bodas!

Ella observó la puerta, pensativa.

—¿Se puede salir por el huerto?

—¡Caterina! —exclamó Nemo.

Eimerich sonrió soplando. La conocía bien. La reacción de Nicolau sería contundente, pero la indómita joven no dejaría desamparada a su amiga.

—Nemo —indicó él—, ve a la ermita de San Miguel. Avisa a Tora y a Romeu. Puede que entre los secretos de Hug Gallach esté también lo sucedido con el caballero Jacobo de Vic y, tal vez, con Tristán, que sigue sin aparecer.

Sigilosos, salieron de la capilla hacia el huerto mientras el consejo seguía celebrando el enlace en el comedor. El elegante vestido de Caterina quedó pronto manchado por el lodo que embarraba las calles hacia el palacio Sorell, pero la obsesionaba descubrir con quién estaba casada Irene.

31

Irene se despertó con el ruido lejano de puertas y voces alarmadas. Tenía la boca pastosa y un terrible sopor que la invitaba a cerrar de nuevo los párpados. Se estremeció debido al frío y cuando alargó la mano en busca de alguna manta notó que se hallaba desnuda. Al abrir los ojos se vio tendida sobre un catre viejo y carcomido. Ya no estaba en el lujoso aposento de invitados de los Sorell, sino en una modesta habitación encalada. Una pequeña cruz de madera ennegrecida era el único adorno.

Comenzó a tiritar y vio el vestido arrugado en el suelo, junto a la camisa y el calzón de lino. Notó un movimiento a su lado. Se volvió con aprensión y ahogó un grito. Junto a ella dormía Tristán, de espaldas, totalmente desnudo como ella. En sus cabellos vio sangre apelmazada, pero lo oyó respirar.

El pánico la dominó. La ropa de su amado yacía en un rincón.

—¡Tristán!

Despertó tan desorientado como ella y se tocó la herida.

—¿Irene? —En cuanto se ubicó abrió los ojos espantado—. ¡Dios mío! ¿Qué hacemos aquí?

—¡No lo sé!

Entonces la puerta se abrió con violencia y Hug se asomó haciendo aspavientos.

—¿Veis, honorable justicia? ¡Os lo dije!

Junto al vano apareció el justicia criminal, mosén Francesc Amalrich. Su mirada reflejó decepción al descubrir a su admirada joven cubriéndose las vergüenzas como una vulgar ramera.

—Creo que me echó algo en el vino… —adujo Hug gesticulando con exageración—. ¡En cuanto me dormí le franqueó la puerta a su amante!

—Tristán de Malivern —identificó mosén Francesc.

—¡Ya quiso casarse con él, y han estado engañándome desde los esponsales!

—Os vi juntos la noche de la riada —reconoció el justicia.

Irene sintió que se ahogaba. Dos soldados se asomaban por detrás, ansiosos por verla en cueros. Tristán trataba de despejarse a pesar del terrible dolor de cabeza.

—¡Adúlteros! —gritó el esposo con voz atiplada. Se mostraba escandalizado, pero su mirada acuosa tenía un matiz victorioso—. ¡En mi propia casa, señor! ¡Una terrible humillación, un pecado imperdonable!

—Os tenía por una dama digna de ser recordada por la historia —añadió Francesc, defraudado—. Veo que sois como todas: mentirosa, deshonesta y lasciva.

Ella se vistió como pudo bajo el escrutinio descarado de los hombres. Estaba tan avergonzada que no podía pensar con claridad. Tristán, a su lado y en silencio, se puso sus ropas.

—Prendedlos y llevadlos a la cárcel común de la Casa de la Ciudad —ordenó mosén Francesc a los dos guardias, divertidos con la morbosa situación—. Hug, acompañadme para formalizar el *clam*.

Mientras salían, Irene oyó las palabras del justicia:

—Los Fueros establecen que el adulterio de la esposa implica además del castigo la pérdida de la dote, que pasa al marido. El Consell Secret debe conocer de inmediato el delito, pues lo que ocurra con En Sorell afecta a la ciudad. Ahora el hospital os pertenece en pleno dominio, Hug Gallach.

La evidencia se abrió paso con la potencia de un relámpago e Irene se apoyó en el catre para no caer. A pesar del terrible castigo que los aguardaba, sólo era capaz de pensar en la forma en la que finalmente le habían arrebatado su sueño. Jamás podría cumplir la promesa que había hecho a su padre, ni profundizar en las enseñanzas de la Academia de las Sibilas ni conocer el paradero de su madre. Allí acababa todo: humillada y en pecado.

De pronto oyó un golpe seco y el ruido de algo que se desplomaba. Al volverse vio al guardia en el suelo, inconsciente mientras Tristán estrellaba la cabeza del segundo contra el marco de la puerta. Regodeados en la visión de la joven desnuda no intuyeron la amenaza que se cernía sobre ellos.

—¡Vamos!

Irene fue incapaz de reaccionar. Veía a Tristán desdibujado. El doncel se acercó y la zarandeó por los hombros. En ese momento oyeron el eco de unos pasos descendiendo a la carrera por una escalera de servicio del palacio.

—Ya viene el resto de la guardia.

—Todo ha sido una trampa para apoderarse del hospital, desde el principio —musitó—. Cuando Gostança me amenazó con una muerte terrible se refería a esto…

—Aún nos queda lo más importante, Irene —le dijo él con dulzura—: la vida. No pienso dejar que ese malnacido también nos la arrebate.

Vio el reflejo de la espada que Tristán cogía de la vaina de uno de los guardias y rasgó el velo tupido de la frustración. No les brindaría el placer de apocarse. Ya no.

—He estado varias veces en este palacio. ¡Vamos!

Cogidos de la mano se internaron por un oscuro pasillo.

Caterina y Eimerich se detuvieron en la plaza. Casi una docena de guardias con antorchas rodeaba la casa y atendía las imprecisas órdenes de un *capdeguayta* alterado.

—¡Inútiles! —gritó fuera de sí mientras fustigaba a uno de los soldados con una fina vara—. Los adúlteros no pueden andar lejos. ¡Maldita sea! Son una mujer y un hombre que casi muere de una paliza hace quince días ¡Buscadlos en las huertas!

—Dios mío —exclamó Eimerich en susurros—. ¿Qué ha ocurrido aquí?

Vieron salir al justicia acompañado de Hug, que efectuaba aspavientos presa de una gran tribulación. Los ojos de Caterina irradiaron certeza.

—Un plan astuto y definitivo —musitó, pávida, incluso admirada por la sutileza de la trampa—. De las mil maneras de desembarazarse de Irene, sólo hay una que supone que la herencia no pase a los hermanos de Andreu Bellvent, como habría ocurrido con la muerte: el adulterio. En nuestros Fueros, el marido se apropia de los bienes y los derechos aportados por la adúltera en la dote y los culpables reciben cien azotes mientras corren desnudos por las calles de costumbre hasta el Mercado. Si el propio justicia criminal, competente para juzgar tal delito, ha presenciado el ultraje contra el esposo, el asunto no tiene defensa.

Un plan retorcido y cruel.

—Astuto —susurró ella admirada—. Demasiado para Hug... o Pere Ramón.

—Al menos han escapado.

—Será inútil. La *guayta* de cada parroquia y los vigilantes de las puertas estarán siendo avisados. No se les permitirá abandonar Valencia.

—¡Tenemos que encontrarlos y ayudarlos a ocultarse! —estalló Eimerich.

Ella sonrió con tristeza y le acarició el rostro. No conocía como ella las *sumas* y las *consilia* de su padre. Se enfrentaban al hecho más perseguido.

—El adulterio más que un delito es un pecado que puede desatar la cólera de Dios si no es debidamente reprendido por la comunidad. Aunque los Fueros no hablen de muerte, los reos siempre acaban en la hoguera o en la horca de la plaza del Mercado.

Mientras abandonaban el lugar, oyeron comentarios de los guardias. Los habían encontrado desnudos, fornicando como posesos mientras maldecían a Dios y al marido cornudo con impronunciables ofensas y blasfemias, agravantes que el verdugo convertiría en dolor y escarnio público.

—Vayamos primero al hospital —indicó el joven—, pues tengo que coger algo. Luego intentaremos reunirnos también con Tora y Romeu; no andarán lejos.

32

Tristán e Irene corrían por la calle de Aluders. Resultaba difícil avanzar sin ser advertidos por las partidas de *guaytas*; además, a la caza se habían sumado jóvenes de la nobleza y la burguesía deseosos de acción y de la posible recompensa.

Tristán mostraba síntomas de agotamiento y la angustia crecía en ambos. Se hallaban cerca del convento de San Francisco, pero Irene ya no sabía en quién confiar y no quería perjudicar a los frailes que tanto habían ayudado al hospital.

Doblaron por la calle de les Flors y con el agua hasta casi las rodillas se ocultaron bajo una arcada.

—La ermita de San Miguel está demasiado lejos —musitó ella apocada.

Tristán quiso transmitirle ánimos, pero oyeron nuevos gritos:

—¡Allí, allí están!

Sin apenas tiempo de valorar las opciones volvieron a alejarse. Entonces oyeron el ulular de una rapaz sobre los tejados.

—¡Es la lechuza de Tora! —indicó Tristán, esperanzado—. Debemos seguirla, su dueño estará cerca.

Tratando de orientarse se internaron por un estrecho callejón cubierto de estiércol y desperdicios que doblaba varios recodos hasta terminar en una tapia mohosa.

—¡Es un *atzucac* sin salida! —exclamó Irene.

Tristán se detuvo maldiciendo. El callejón ciego, vestigio del tiempo de los árabes, era una ratonera. Oyeron a sus perseguidores adentrándose con cautela.

—Nos ocultaremos entre los restos.

Se cubrieron con fango, ladrillos y maderos podridos. Los perseguidores aparecieron con palos y cuchillos. Con temor, Irene y Tristán advirtieron que eran cinco.

—¡No han podido salir de aquí! —exclamó uno que parecía estar ebrio.

Registraron con los palos la basura que en las esquinas superaba la cintura. Las ratas saltaban chillando en busca de refugio. Irene, con los párpados cerrados, trataba de controlar el pánico y las arcadas ante aquel hedor insoportable. Notó que alguna alimaña reptaba por su pierna y apretó los dientes hasta hacerlos rechinar. Entonces sintió un dolor fuerte en el cuero cabelludo y tuvo que levantarse para que no le arrancaran la melena.

—¡Ya tenemos a la furcia!

Tristán emergió de la inmundicia y de un único golpe lanzó al hombre contra la pared. Los otros se acercaron con sus palos en alto. El primero que atacó hendió el aire. Tristán le arrebató el madero y de un solo golpe lo dejó tendido en el suelo. Pero no estaba en condiciones y los otros atacaron juntos, reduciéndolo.

Sangrando por la nariz y la boca, lo obligaron a arrodillarse. Miró de soslayo a Irene con una pena inabarcable. Ella quiso acercarse, pero se lo impidieron manoseándola sin pudicia.

—¡La hija de Bellvent! ¡Una diosa! —exclamó uno haciendo una mueca lobuna—. ¡No tendremos otra oportunidad de hacerlo con una mujer así!

La arrinconaron contra el muro mientras otro individuo la agarraba por detrás para impedir que se moviera. Ella pataleó, pero un puñetazo en el vientre la dejó sin aliento. Ajenos a sus lágrimas, le levantaron el vestido entre risas y comentarios lascivos.

El ulular suave de una lechuza los sorprendió y detuvieron la agresión. Tras ellos, un hombre solitario llegaba al final del *atzucac* con paso firme. El ave blanca, posada en su brazo, remontó el vuelo y se apostó sobre el voladizo de una de las casas.

—¿Quién es este diablo? —comentó uno, desdeñoso—. Esta fiesta no es para ti. ¡Si deseas una mujer págala en otro sitio!

La respuesta sonó como un gruñido y uno de ellos se acercó.

—¡Dios mío!¿Le habéis visto la cara? ¡Sus ojos parecen dos cortes!

—¡Tora, huye! —gimió Irene al verlo sin ninguna arma en las manos.

El agresor se plantó ante el oriental para impedir que avanzara.

—¡Venga! —le imprecaron los demás—. Dale una tunda y sigamos antes de que lleguen otros y quieran compartir este regalo del cielo.

Tora separó las piernas y su cuerpo pareció vibrar. La mano derecha oscilaba como el movimiento de una serpiente erguida antes de atacar. La extraña posición desató la hilaridad de los tres.

El agresor levantó la maza aprovechando aquella absurda danza y Tora le lanzó un potente golpe en la cara con el borde inferior de la mano. El hombre salió despedido hacia atrás y cayó, inconsciente, junto a Tristán. Tenía la nariz aplastada y la sangre manaba de ella con profusión.

—Pero ¿qué…?

Otro se acercó con el garrote asido con ambas manos. El oriental, como si exhibiera su arma, alzó el dedo índice rodeando la falange con el pulgar. Formaba un ángulo recto con el resto de la mano, como si fuera un carnoso aguijón.

Antes de que su adversario lo alcanzara con el madero, Tora lanzó un potente grito y le golpeó el costado con el dedo. El hombre ahogó un jadeo y cayó fulminado. Los dos que quedaban en pie, aterrados, huyeron sin decir nada. Pasaron lo más alejados posible del extranjero, que permanecía inmóvil, con la mirada puesta en Irene y Tristán. Ella corrió hasta el doncel y le miró las heridas de la cara.

—¡Dios mío! ¿Estás bien?

—Gracias, Tora —musitó Tristán, asombrado por el ataque.

Cuando se puso en pie, la curiosidad lo llevó a acercarse al que había caído bajo el golpe de un solo dedo. Le apartó la capa y le levantó la camisa. Vio un oscuro hematoma no más grande que un ducado de plata entre dos costillas, que se notaban al tacto más separadas de lo normal.

—¿Qué le ha hecho? —musitó Irene, todavía con la voz temblorosa.

—Le ha parado el corazón con el índice —explicó Romeu de Sóller, que se acercaba a ellos por el callejón, acompañado de Caterina, Eimerich y Nemo—. Vi hacérselo a un bandido que nos asaltó en el puerto de Alejandría. Es una técnica muy complicada pero absolutamente letal.

—¿Está muerto?

—Sí.

Tristán miró a Tora y tragó saliva. Él conocía la contundencia de un golpe, pero no había visto aún el verdadero poder letal de aquellas técnicas. Pasaron ante el otro hombre con la cara hundida como si lo hubieran golpeado con una barra de hierro y, sobrecogidos, abandonaron el infecto callejón.

Irene se abrazó a Caterina y lloró desconsolada. A pesar del hedor adherido al vestido de su amiga, la hija del jurista le acarició el pelo húmedo y cubierto de inmundicias.

Se pusieron al corriente de los acontecimientos. Las dudas sobre la identidad de Hug Gallach fueron un nuevo varapalo para el ánimo de Irene. Por desgracia, el testimonio de la pobre Guiomar no sería tenido en cuenta y en cambio el justicia criminal en persona la había sorprendido con un amante.

—Ha sido una trampa, querida, creo que desde el principio habían previsto que todo acabara así. —Caterina la miró con determinación—. Debes esconderte hasta que podamos aclararlo. Juro por Dios que encontraré pruebas.

Perder En Sorell le había desgarrado el alma, pero no deseaba morir vilipendiada por la ciudad que la vio nacer. Amaba a Tristán y se sentía inocente ante los ojos de Dios; sin embargo, un miedo atroz la atenazaba y le impedía pensar con claridad.

Eimerich veía los labios de Irene temblando, sus ojos vagando entre ellos, pidiendo ayuda. Jamás la había visto así y lo arrolló una inmensa tristeza. Se le acercó y le ofreció una pequeña bolsa de cuero encerada y bien atada.

—Me temo que no podréis volver al hospital; por eso he buscado en vuestra alcoba el breviario de Elena. —Un ligero destello de emoción apareció en los ojos de la joven. Eimerich notó un escozor en la garganta—. Sé que de estas páginas habéis extraído el valor demostrado en estos meses. Ahora más que nunca lo necesitaréis.

Irene lo abrazó sin poder contener el llanto. Cuando se separaron, sacó de entre las páginas una carta y le susurró al oído:

—Es la que me dejó mi padre en la caja. Por si me detienen, prefiero que la guardes tú, Eimerich. No abandones la búsqueda de mi madre. —Esbozó una triste sonrisa rozando la mejilla del afectado criado—. Que algún día pueda saber que lo intenté, que quise seguir sus pasos. Hazlo por mí.

—Hay rondas de *guaytas* en la ermita de San Miguel —musitó Romeu, consciente de que estaban perdiendo un tiempo precioso—. Debéis buscar otro refugio.

—Hay una opción —adujo Nemo con su rostro oscuro contraído—. El convento de las Magdalenas. Por la memoria de la fallecida sor Teresa de los Ángeles no le negarán refugio a la hija de Elena de Mistra.

Todos se volvieron hacia el criado; parecía tener dificultades para expresar lo que durante tanto tiempo había callado.

—Yo solía acompañarla en sus visitas al hospital y cuando las damas acudían al convento. Había algo allí que ellas reverenciaban, creo que era una pintura que también se encuentra en otros lugares del orbe.

—Es cierto —afirmó Irene levantando el pequeño libro. Miró a Eimerich, pero poco le importaba ya que los demás escucharan sus secretos—. Mi madre afirma que ese lugar es importante para la Academia de las Sibilas.

—Tampoco nos quedan muchas más opciones —adujo Tristán con un brillo de esperanza—. No aceptarán a un varón, pero yo buscaré refugio en cualquier agujero.

Amparados en la oscuridad alcanzaron la plaza del Mercado, donde se alzaba el antiguo convento frente a la Lonja en obras. Al fondo podía atisbarse en las tinieblas el contorno del cadalso, el lugar de las ejecuciones públicas. Irene se encogió, inquieta.

—Hay alguien en la plaza —musitó Nemo asomándose por la esquina.

Un individuo parecía vigilar la confluencia de calles, tal vez con la esperanza de que los adúlteros pasaran por allí. A medida que la noche transcurría, más y más se unían a la búsqueda, azuzados por la generosa recompensa prometida por el justicia.

Estaba a una treintena de pasos en medio del fango. No era un hombre de armas pues lucía ropas de artesano, pero era imposible acercarse sin ser descubiertos.

—Romeu —murmuró Tora con voz gutural.

Todos se volvieron sorprendidos. El mallorquín asintió y se adelantó. Del cinto sacó una larga tripa de cabra unida a una cazoleta de cuero.

—Honda… —volvió a gruñir Tora con un malicioso brillo en sus ojos rasgados.

Los habitantes de las Pitiusas tenían fama de grandes honderos desde antiguo. Las viejas historias hablaban de cohortes enteras en tiempos de los romanos y su puntería era legendaria.

—Mi abuelo era pastor, él me enseñó de niño —explicó Romeu.

Sacó del zurrón un canto redondo de río. Lo colocó en la cazoleta y asió los dos extremos de la tira. Se equilibró y comenzó a voltear la piedra hasta que el zumbido quebró el silencio de la plaza. El sujeto se volvió, intrigado, justo cuando Romeu lanzaba. El impacto en el hombro le hizo proferir un leve grito y se arrodilló encogido. Tora corrió hasta él y con un seco golpe lo dejó sin sentido.

Los demás miraron anonadados al sonriente Romeu.

—No se puede cruzar medio orbe si no se tienen algunos recursos.

Ocultaron el cuerpo del artesano bajo las sombras de un portal y se guarecieron en el pórtico del convento. Irene cogió la mano de Tristán y lo atrajo hacia sí. Su mirada había recuperado en parte el fulgor al sentir el afecto de sus aliados, pero era realista.

—No he estado a la altura y lo he perdido todo salvo el escrito de mi madre.

—Puede que con eso sea suficiente —dijo Tristán con convencimiento, de la misma forma con la que se había ganado su corazón—. Saldremos de ésta y refundarás la Academia de las Sibilas.

Sólo eran vanas esperanzas, pero con los ojos empañados Irene lo besó, ignorando que estaban en compañía. Eimerich lanzó una fugaz mirada a Caterina, que observaba a Irene admirada. Su gesto, libre y espontáneo, parecía haberla impresionado.

En la planta superior de la Casa de la Ciudad, dos grandes ventanas de triple ojiva cubiertas con papel encerado derramaban su resplandor sobre los grandes charcos de la calle de Caballeros. En la magnífica estancia del Consell Secret, se celebraba una intempestiva reunión convocada por el justicia criminal.

Al fondo de la cámara, Hug Gallach yacía arrodillado ante el altar consagrado a san Miguel, bajo el portentoso artesonado de casetones con florones encarnados. Por toda la madera policromada aparecían motivos fantásticos y escudos del Reino en bandas bermellones sobre campo de oro. Los tapices representaban el Juicio Final, el Paraíso, el Infierno y el Ángel Custodio. Se estremeció ante la advertencia de aquellas obras maestras: sin duda él tendría un juicio difícil cuando compareciera ante el Altísimo.

Sentados en sus recargadas sedes pero sin las gramallas rojas, las gorgueras ni los bonetes, los seis jurados se miraban con el semblante grave, acompañados por el racional, un escriba y Miquel Dalmau como abogado de la ciudad y miembro también del consejo del hospital de En Sorell. Escuchaban el relato del justicia.

—Me resulta difícil concebir que la hija de Andreu Bellvent, a la que vimos luchar a brazo partido en el puente del Mar, haya podido cometer tan abyecto delito —dijo Joan de Vilarrasa, uno de los jurados elegido del brazo militar.

—La vi desnuda junto al doncel Tristán de Malivern, un escudero protegido hasta ahora por los caballeros de la Orden de Nuestra Señora de Montesa —alegó el justicia con disgusto—, pero ahora el delito lo ha cometido en Valencia.

—Es el hombre que ella propuso como esposo, lo que revela

que la relación pecaminosa es anterior al momento de desposarse —terció Miquel Dalmau con gesto torcido.

—¿Creéis que debería intervenir la Santa Inquisición? —demandó circunspecto el jurado Jaime Pelegrí.

Bernat Català, el racional, negó vehemente. Al igual que otros miembros del consejo era converso y no quería ni oír hablar de esa institución.

Hug se acercó a las cátedras y se inclinó cortés.

—Nadie hay en Valencia más avergonzado y humillado que este que presenta sus respetos a los honorables miembros del Consell Secret. Bajo la mirada de nuestro Ángel Custodio, sólo pido justicia, no crueldad con mi esposa ni su amante.

—Eso ya no os compete, Hug Gallach —adujo el justicia—. La ofensa es también contra Dios y su grey.

—Habrá que determinar qué hacer con el hospital —musitó Bernat Català.

—Nuestros Fueros son claros al respecto —indicó el abogado Miquel Dalmau—. Este vergonzoso crimen será el fin de los donativos que se recibían para su sustento. Dudo que los Sorell deseen seguir manteniendo esa casa abierta y que su apellido quede unido a la vergüenza; aunque, sea como sea, la decisión corresponde a Hug en exclusiva.

—En Sorell está totalmente impregnado del recuerdo de la mujer que me ha humillado. Lamento confesarlo, pero no me siento con ánimos de proseguir su labor por el momento. La única ayuda que pido a los jurados es que se autorice el traslado de los acogidos a otros hospitales, si puede ser esta misma noche, sin bando ni pregón. Me gustaría evitar las habladurías.

—Así se hará, a costa del erario público —concluyó el racional, sorprendido ante la premura de Hug por cerrar el hospital—. ¿Qué haréis con los criados?

Hug siguió hablando, apocado.

—Intuyo que Irene no habría podido mantener el engaño sin su connivencia.

—¿Deseáis que los detengamos por cómplices?

—Es gente humilde que ha hecho mucho bien a la ciudad.

Son leales a su señora, algo que todos los que tenemos criados deseamos. No sería de buen cristiano hacerles pagar por este pecado, así que me limitaré a expulsarlos. Ruego a sus señorías que no se los considere dignos de crédito ante cualquier acusación que realicen contra mi persona, pues sin duda será falsa y manipulada por su dueña.

La cuestión fue zanjada con un asentimiento unánime de los presentes.

—Sois un buen cristiano y de corazón generoso —musitó Joan de Vilarrasa—. Yo jamás habría aceptado tal afrenta sin hacer pagar con la vida a todos los que pudieran estar relacionados con el adulterio.

Nadie replicó. Era una actitud habitual de la nobleza, que solía derivar en violentas bandosidades por la ciudad.

Mosén Francesc Amalrich tomó la palabra de nuevo.

—Ya se han dado órdenes para que una vez abiertas las puertas nadie salga de Valencia si no es a cara descubierta. Carruajes de todo tipo, mercancías sólidas y líquidas serán revisadas a conciencia, y he anunciado una recompensa de cuarenta libras a quien los capture vivos.

—¿No creéis que es un importe excesivo? —inquirió el caballero.

Francesc asintió.

—El necesario para quebrar lealtades.

33

Con paso furtivo entraron en el vestíbulo desnudo y austero del convento de Santa María Magdalena. Caterina tiró de la cuerda que hacía sonar la campana de aviso tras el torno. Los cuatro se miraron tensos; tras ellos Nemo permanecía en silencio, pensativo. Tora y Romeu se habían marchado a la ermita para recoger sus cosas, y al día siguiente comenzarían a armar la *Santa Coloma* mientras urdían alguna treta para poder sacarlos de la ciudad. El oriental deseaba ayudarlos como si quisiera saldar una antigua deuda y Romeu no dudaba en complacer a su singular amigo.

Caterina se presentó a la portera del convento como la hija de micer Nicolau Coblliure y requirió la presencia de la abadesa, sor Ángela Marrades, para tratar un asunto de extrema urgencia. Eimerich insistía en que debía regresar con su padre, que ya estaría fuera de sí, pero ella se mantuvo inflexible. A ambos iba a costarles cara aquella correría. Tras una angustiosa espera se descorrió el cerrojo del portón que daba acceso al convento. Una monja con toca y hábito pardos se asomó por el vano.

—Ave María Purísima —musitó Caterina.

—*Concepit sine peccatum* —respondió la monja, recelosa, y observó a los cinco.

—Mi nombre es Irene Bellvent.

Sor Ángela la miró sorprendida y la puerta osciló en sus manos.

—¡Madre! —le rogó antes de que cerrara—. He sido víctima de una trampa terrible que mañana conocerá toda la ciudad. Os imploro cobijo y la posibilidad de explicarme. —Sin dudar, le mostró el breviario—. Sé de este lugar por mi madre, Elena de Mistra. Tenía en gran estima a sor Teresa de los Ángeles…

Se oyeron voces, y la monja los apremió para entrar. Cerró de un golpe y echó un pestillo más grueso que su propia muñeca.

Sor Ángela precedía la marcha bajo la arcada del claustro que rodeaba un patio totalmente anegado por la lluvia, con un antiguo pozo en el centro.

—Este convento no tiene una clausura rígida pues vivimos de la caridad y el trabajo manual —susurró de manera casi inaudible—. Os refugio porque En Sorell siempre ha atendido a nuestra congregación. Sólo exijo silencio y discreción para no turbar el descanso de las hermanas. Falta poco para el rezo de maitines.

El cenobio era antiguo y austero. Pasaron por delante de la sala capitular de paredes encaladas, sin apenas mobiliario ni bellas imágenes. Llegaron a la cocina, y la madre cerró con pestillo. Les ofreció unos mendrugos de pan, higos y queso viejo, antes de escuchar una minuciosa versión de lo ocurrido.

—Veo en vuestra mirada la verdad, pero no la inocencia —indicó mirando alternativamente a Irene y a Tristán—. Sin embargo, por el amor y la ayuda que tu madre siempre nos brindó me hallo en la tesitura de convertirme en cómplice de este turbio asunto. Éste es un convento pobre donde la falta de un puñado de nueces se nota. Las que pagan la dote para entrar aquí no son hijas de la nobleza, pero entre las hermanas hay parientes de miembros del Consejo de la Ciudad y no puedo responder por su silencio.

—Yo costearía su sustento, sor Ángela —indicó Caterina—. Mis criados traerán comida a diario mientras estén ocultos aquí.

Sor Ángela negó, visiblemente incómoda.

—Es imposible que se queden en el convento, pero tenemos un pequeño *alberch* en la calle de la Acequia Podrida. No está lejos, y cubiertos con unos viejos hábitos no os costará llegar. Traed aquí la comida y una hermana de confianza la llevará. Es cuanto puedo ofreceros.

Irene miró a Tristán y ambos asintieron.

—Todo lo ocurrido me resulta estremecedor —musitó sor Ángela, pensativa—, primero aquellas terribles muertes y ahora esto. —Observó a Irene—. Es como si tu familia estuviera maldecida.

—El origen de tanta penuria está en esa misteriosa mujer, Gostança de Monreale, que pretende acabar con todo lo que mi madre creó.

La monja bajó el rostro y jugueteó nerviosa con el crucifijo de madera.

Fuiste valerosa en el accidente de la Lonja y en la riada. Elena fue una mujer notable, pero tú te has convertido en una heroína. Lamento el modo en que ha terminado todo.

La joven negó levemente. Más bien se sentía zarandeada por la Providencia. La hermana siguió estudiándola y Eimerich aprovechó la oportunidad.

—Madre Ángela, habéis acogido a la hija de Elena de Mistra por la amistad que mantenía con sor Teresa, pero nunca habéis querido hacer público las circunstancias de su muerte. Saberlo ayudaría a entender eso que llamáis «maldición».

—¡Murió de una infección! —afirmó la abadesa con demasiada vehemencia.

Eimerich, sin replicar, se acercó al fogón y tomó un pequeño carbón.

—¿Os suena esto? —Sobre la mesa dibujó el contorno de una máscara.

La monja abrió los ojos y se santiguó.

—¿Cómo lo sabes? ¿Quién…?

—Aparecieron con la muerte de doña Angelina Vilarig, del *mestre* Simón de Calella y de Andreu Bellvent. Aunque se lo negasteis a Joan de Ripassaltis cuando acudió a preguntaros al respecto hace unos meses, sospecho que aquí también. Es la marca de Gostança.

La hermana negaba, pero la seguridad de Eimerich acabó derrumbándola.

—¡Dios mío! No sabemos qué ocurrió. Tal vez entró por el

huerto o haciéndose pasar por una feligresa. Hallamos a sor Teresa en la capilla… ¡con la lengua amputada! Se había ahogado en su propia sangre. Aterradas, quemamos la máscara en fuego bendecido e impuse absoluto silencio a la comunidad bajo pena de azotes y expulsión.

—¿Por qué sor Teresa? Muchas otras mujeres también acudían a En Sorell.

—¿No lo sabéis? —dijo la monja, alterada—. Sor Teresa, doña Angelina y Elena llegaron juntas a Valencia desde Cáller, en Cerdeña. Creo que les costeó el viaje la condesa de Quirra. Puede que con ellas viajara alguien más, pero no lo recuerdo. Teresa fue el nombre que ella eligió para entrar en las dominicas. En realidad, se llamaba Sofía y era criada de Elena de Mistra ya en Constantinopla.

Todos se volvieron hacia Irene, quien se encogió de hombros, desolada.

—Ni siquiera sabía que había estado en esa isla —musitó—. Mis padres jamás hablaban del pasado, y mi madre no ha dejado nada escrito sobre ese lugar.

—Llegaron de Càller huyendo de una tragedia —explicó sor Ángela—. Nunca me explicaron qué pasó. Elena estaba recién casada con Andreu, y la noble Angelina lo hizo a su vez con Felip de Vesach algún tiempo después. Sofía sintió la vocación de monja dominica, o simplemente prefirió el refugio de unos muros más gruesos.

—En el breviario mi madre sólo indica de sor Teresa de los Ángeles que escogió este convento porque es especial. Además, cuenta con una nutrida biblioteca.

—¿Mencionaba a las Magdalenas? —demandó la monja, un tanto inquieta.

—Dice que poseéis una prueba que demuestra la pervivencia de una vieja tradición que era importante para las damas de su… academia.

Sor Ángela abrió los ojos, pero no dijo nada. Todos comprendieron que sabía a qué se refería. Suspiró lentamente.

—Me llamáis «heroína», cuando sólo soy una mujer más —prosiguió Irene—, indefensa y humillada. Lo he perdido todo. Os pido que antes de marcharme me dejéis contemplar lo que mi madre consideraba tan importante, para avanzar en sus lecciones. Prometo respetar vuestro silencio.

El lamento de la joven quebró las reticencias de la religiosa.

—Es algo que pronto se perderá para siempre. Tal vez convenga que otros ojos ajenos al convento la contemplen… Acompañadme a la capilla de la Trinidad.

Iluminados con un candil, salieron a un huerto embarrado tras el edificio y llegaron a una pequeña ermita de aspecto ruinoso adosada al muro de tapial.

—La tradición cuenta que las Magdalenas se fundó en tiempos de Jaime I alrededor de una celda donde una condesa acusada públicamente de vida licenciosa fue emparedada de por vida. El despiadado marido, para que fuera conocida la vileza de su conducta, obtuvo permiso del rey y alzó este convento al lado de la mazmorra, que sería refugio para mujeres arrepentidas y lugar para expiar sus pecados carnales. La condesa acabó sus días rodeada de otras damas que abrazaron la rigidez de aquella vida, hasta que en 1287 acogieron el hábito de la Tercera Orden de Santo Domingo.

»Se dice que en esta ermita estaba la mazmorra, y ha sido durante siglos lugar de peregrinación para mujeres que buscaban impregnarse de la fortaleza de aquella primera dama que prefirió la celda antes que una penosa vida con un marido cruel. Las dominicas actuales nada tenemos que ver con sus primeras moradoras, pero conservamos la tradición y esta extraordinaria capilla por ser alimento espiritual y muestra de que son los hombres y no Dios quien desprecia a las mujeres.

»Durante generaciones, muchas oraron aquí y las damas de esa academia solían acudir a menudo. Aquí está la prueba que tanto apreciaban…

Entraron y los cuatro se miraron, decepcionados. Era un cubículo minúsculo y polvoriento de planta cuadrada. La humedad había dejado oscuros regueros en los muros de piedra. Una antigua imagen de la Virgen con el Niño, con restos de policromía en los pliegues, presidía el altar sin adornos.

—En los lugares más humildes es donde se pueden encontrar los mayores tesoros. Esta capilla es para nosotras la piedra del Arquitecto desechada.

Tomó una banqueta para situarla en una esquina y cedió el candil a Tristán, al que hizo subir para que iluminara la bóveda. El doncel alzó la vela y apareció un fresco mal conservado y con manchas de humedad.

—Observad la pechina orientada al este.

En el espacio triangular apareció una imagen de la Trinidad representada en tres figuras humanas que brotaban del mismo cuerpo. Rodeados de una aureola dorada, el Padre aparecía a la derecha, con barba blanca, y el Hijo a la izquierda, con barba cobriza, de aspecto joven. Entre ambas estaba la imagen del Espíritu Santo, con una larga melena y facciones delicadas; compartía la misma aureola divina y brotaba del mismo cuerpo, pero se había representado claramente en forma de mujer.

34

N emo había dejado a su señora tras las recias puertas de las
Magdalenas y deambuló por las oscuras calles de la urbe,
atento a las noticias. Dos horas más tarde regresó al hospital para
informar de lo sucedido. Abrió el portón y se detuvo al notar el
filo cortante de una daga bajo su nuez.

—Por fin has llegado, Nemo —musitó una voz desde la recepción—. ¿Sabes algo de mi esposa?

Hug Gallach se adelantó con expresión lobuna, flanqueado
por sus dos silenciosos criados, armados y con gesto amenazante.
Comprendió que lo afirmado por la exaltada Caterina era cierto:
todo era una treta de Hug para apoderarse del hospital.

—He acompañado a hija de micer Nicolau. No sé nada de la
señora.

A empujones lo llevaron al patio. Un espeso silencio flotaba
en el hospital. La casa estaba vacía y sólo vio a los esclavos encadenados junto al pozo. Observaban sombríos la escena. Con ellos
se encontraba Josep de Vesach, sonriente.

—Los enfermos han sido trasladados a De la Reina —informó Hug—. Hace un instante la propia *guayta* de la ciudad ha sacado a los que no podían caminar.

—No habéis tardado en tomar posesión de la casa —repuso
con acritud el criado, sorprendido ante la celeridad del desalojo.
La intervención de la ronda nocturna de vigilancia evidenciaba
que Hug contaba con el auspicio de las autoridades de Valencia.

Hug musitó algo a uno de sus criados. A punta de espada sacó de la cocina a Arcisa, Llúcia, Ana y Peregrina. Nemo sentía el puñal firme bajo su garganta.

—Ahora, Nemo, me dirás dónde está Irene, mi esposa.

—Lo ignoro, señor, pero aunque lo supiera no os lo diría.

—¿Así lo crees? —replicó mordaz.

A una señal el criado regresó a la cocina y sacó a los pequeños María y Francés, aterrados. Hug apoyó la daga en el cuello del niño.

—Si le haces daño, hasta en el infierno te maldecirán —advirtió Arcisa.

—¡Cállate, vieja bruja! —espetó Hug con voz atiplada—. ¡Todos correréis la misma suerte que Isabel si no habláis! ¿Dónde están Irene y Tristán?

Nemo y las mujeres se miraron. María se había refugiado en el regazo de Arcisa y Francés lloraba, temblando, con el cuchillo mordiendo su piel blanca. Los ojos de Hug tenían un destello de locura que les ensombreció el alma.

—Señor, tened piedad —rogó uno de los esclavos encadenados, dirigiéndose a Josep de Vesach, indiferente éste a la situación—. La muerte de un inocente llenará de fantasmas vuestro descanso.

—No sé dónde está la señora, ¡maldito seáis! —clamó Nemo, y entornó los párpados—. ¿O debería llamaros Pere Ramón?

—Tú lo has querido —siseó Hug, despavorido al oír ese nombre.

Francés gimió de dolor cuando el filo hirió su piel y Llúcia gritó espantada. Josep, ensimismado en la mirada profunda del esclavo turco, reaccionó por fin.

—¡Refrénate ahora mismo o perderás la mano!

—¿Qué os ocurre, Josep? —gruñó Hug. Miró a los hombres a su servicio, pero éstos lo ignoraron; el *generós* había combatido en Málaga contra el infiel y era diestro con la espada. Ante el fiero gesto de Josep de Vesach, liberó al pequeño Francés.

—Ve con los criados, niño —indicó el *generós*, y luego se volvió hacia Hug—. Has sido útil para apoderarnos legalmente de esa casa, pero eso no quita que te desprecie.

—¡El negro sabe dónde está Irene, estoy seguro! —Miró al criado con expresión taimada—. Y parece que también sabe cosas de mi pasado que no conviene…

—¡Hace años que no existe ese tal Pere Ramón! ¿No es así? —lo atajó hastiado—. ¿Y desde cuándo te importa la suerte de tu esposa? Ahora es una adúltera y los Fueros son claros al respecto: el hospital es tuyo. Que Dios decida su destino. —Agitó la espada ante su cara—. No hay necesidad de derramar sangre inocente.

El aludido pegó la espalda al muro. Temblaba espasmódicamente.

—¿El peón más sanguinario de la toma de Málaga se ablanda? —se burló Hug.

—¡Hay que ser discretos, bellaco! Conviene que En Sorell sea pronto olvidado por los ciudadanos, y derramar sangre no ayuda. Tú lo sabes bien… Con independencia de lo que nos prometió Gostança, la trata de cautivos de *bona guerra* financiará mi carrera en la ciudad y a ti el opio que tanto deseas. ¡Vete al dispensario y olvida! —le espetó con desprecio—. Te pagaré bien, pero no me causes problemas.

En silencio, Hug se coló en el dispensario y se oyó como rompía frascos y ampollas al registrar ansioso las alacenas. Josep de Vesach se encaró a los aterrados criados. Aunque había salvado la vida del niño, los miraba con desprecio.

—Este lugar ya no pertenece a los Bellvent. Abandonadlo ahora mismo y llevaos a Peregrina con vosotros. No se os molestará si selláis vuestros labios.

—¿Habéis arruinado la vida de Irene por este viejo caserón? —inquirió Ana con voz temblorosa—. ¿Para mercadear con seres humanos?

Josep se acercó a la muchacha y la cogió por la barbilla.

—Es un negocio muy lucrativo. Precisamente tu antiguo rufián, Arlot, está interesado en la compra de estos cinco turcos. —La miró lascivo, intimidándola—. ¿Deseas quedarte con nosotros? Estás lisiada, pero algo sabrías hacerme…

—Vámonos —indicó Arcisa mientras cogía a Ana por el codo y la alejaba del *generós*—. Aquí hemos terminado.

Con los niños y una achacosa Peregrina totalmente desolada, salieron de En Sorell con sus escasas pertenencias. Se detuvieron en la plaza cuando el portón se cerró de un golpe seco. Debían buscar un lugar para pasar el resto de la noche y de sus vidas.

Después de treinta años, el espeso silencio de un hospital abandonado se adueñó de En Sorell, tan sólo roto por el estallido del vidrio y la porcelana en el dispensario. Josep permaneció pensativo en medio de la oscuridad del patio, aguardando.

La puerta del huerto se abrió y apareció Gostança. Hablaba en susurros con alguien embozado bajo una capa oscura, cubierto con la capucha. Con un leve gesto el desconocido se retiró hacia la oscuridad. Tras el velo de la dama se apreciaba una sonrisa triunfal que hipnotizaba.

—Veo que por fin habéis salido de las sombras del palacio donde os ocultáis.

Gostança avanzó altiva y sonrió ante el deseo que ardía en la mirada de Josep.

—Os he estado escuchando. Hug es un miserable adicto a la adormidera, pero tiene razón: Irene es un problema; posee un arma más poderosa que tu espada.

—¿De qué clase? —demandó él, burlón—. ¿Bombardas, arcabuces…?

—Las enseñanzas de su madre, Elena de Mistra. Acabé con la Academia de las Sibilas, pero veo que esa joven está cambiando; la ponzoña ya la invade y luchará contra su sino.

—No es más que una mujer perseguida por la justicia. La atraparán y morirá de un modo cruel y humillante. ¿No era lo que deseabais?

Gostança pasó un dedo por el filo de la espada. Brotó una gota de sangre en el dedo y se la aplicó a los labios, turbando aún más al hombre.

—Mi único deseo es acallar las voces y obtener el perdón de Dios. Desde el principio he sabido que Elena escapó. —Se retiró el velo. Su mirada refulgía—. Ha llegado el momento que os prometí, Josep de Vesach. Registraremos todo el hospital de arriba abajo, suelo y paredes. Para ti hay oro y joyas bizantinas, un ajuar que ni la castellana reina Isabel podría imaginar. Ni siquiera Irene sabe lo que hay.

—¿Y para vos?

—Creo que Elena de Mistra envió a su esposo, Andreu Bellvent, un mensaje desde su refugio. En algún lugar de esta casa se oculta la verdad; tal vez se halle junto al tesoro.

—¿Tan segura estáis de que todo eso se encuentra aquí? —Josep se fijó en el broche de plata que Gostança lucía en el pecho. Era una primorosa cruz latina de oro con pedrería azul—. Ya creísteis que la encontraríais en la caja blanca; sólo contenía dinero y unas pocas joyas.

—¡Y planos! —exclamó ella—. Irene ha estado en la cripta, pero incluso la mayoría de las pinturas y las obras de arte de la Academia de las Sibilas han sido escondidas. —Abarcó el hospital con las manos—. Andreu y Elena no pudieron llevarlo lejos. Cuando lo descubramos, seréis el hombre más rico de Valencia y yo seguiré mi búsqueda.

Los ojos ávidos de Josep refulgieron.

—Como deseéis, mi dama, pero por si acaso seguiré con el negocio de los esclavos. Esta casa es grande, cercana a la morería y al Partit. El noble Altubello de Centelles está a punto de atracar en el puerto tras una nueva expedición corsaria que habrá sido fructífera. —Señaló el oscuro patio con una sonrisa aviesa—. ¡Aquí celebraremos las subastas que me cubrirán de oro!

Gostança no mostraba interés en el proyecto del *generós* y señaló con un dedo la capilla.

—Llama a los criados de Hug. Hay que empezar el registro cuanto antes.

Josep se acercó a ella con aire seductor.

—Deberíais olvidar vuestra obsesión por esas mujeres y gozar como la que sois.

La dama levantó su cepillo de plata y el hombre retrocedió.

—¡No blasfemes! Mi misión es sagrada. —Ante sus ojos cruzó

un velo de tristeza—. Sólo cuando acalle todas las voces intentaré averiguar si aún tengo corazón.

El *generós* retrocedió. La enigmática Gostança de Monreale podría haber sido una de las damas más célebres del reino por su belleza a pesar de su edad, pero algo terrible le había ocurrido en el pasado para que todo su ser rezumara un odio espantoso.

Por ella Josep había ahogado a su madrastra, doña Angelina de Vilarig, y había padecido la vergüenza de ser desterrado al fracasar en su asalto al hospital. Aun así, finalmente la Providencia había dado un vuelco a su vida y su alianza con Gostança le permitía disponer de En Sorell para sus intereses particulares. Estaba a punto de iniciar su carrera ascendente para convertirse en un rico mercader y prohombre de la ciudad.

—Os ayudaré a manteneros oculta y se hará como digáis, mi señora —concluyó, impresionado.

QUARTA
LECTIO

Deseo, querida hija, que hayas podido contemplar con tus propios ojos el fresco de la Trinidad que conservan las Magdalenas antes de que el tiempo y el abandono borren para siempre su secreto.

Debes saber que lo mandó pintar a principios del siglo pasado una gran dama, Diana Visconti, esposa del noble don Ramón de Vilaragut. Esta noble venía de Milán, donde poco tiempo antes había concluido el proceso contra Guillerma de Bohemia, una mujer sabia que vivió cerca de la abadía de Chiaravalle y que ardió en la pira inquisitorial ante la basílica de Sant'Eustorgio, acusada de creerse la encarnación del Espíritu Santo. En el cementerio de ese cenobio se conserva una capilla en su honor, y aunque fue una hereje es venerada en secreto por las gentes del lugar y por los propios monjes, pues la virtud y la sabiduría mostradas por ella no tuvieron parangón en su época.

¿De dónde procedían sus tesis heréticas? Lo que has visto en las Magdalenas es una reliquia que esconde una antigua creencia aceptada. La pintura es una copia de un fresco de la iglesia de San Jacobo de Urschalling, en la lejana región de Baviera.

Existen cientos de ellas por todo el orbe, pero lentamente desaparecen para dar paso a la paloma como imagen del Espíritu Santo. La presencia femenina en el centro de la espiritualidad, la posición que ocupa en la Trinidad pintada, evoca a Sophia y la Sekiná. Nuestro Dios tiene también un aspecto femenino; su aire exclusivamente patriarcal se impuso con el paso del tiempo.

Al repasar viejas tradiciones hallamos menciones expresas sobre este singular aspecto del Espíritu en el poema XXXVI de las Odas de Salomón: «*Descansé en el Espíritu del Señor y Ella me elevó a lo alto*»; o en la Didascalia Apostolorum, *donde se exhorta a las diaconisas nombradas por los apóstoles como imagen del Espíritu Santo;* o en la Expositio del maestre cristiano Afraates, *donde escribió:* «*Ama y honra a Dios, su Padre, y al Espíritu Santo, su Madre*». *Podría seguir con las exégesis de Metodio y las* Homilías *de Macario, pero todas estas obras reposan en los anaqueles de los conventos.*

No te dejes llevar por el pánico, pues sólo por una cuestión de ignorancia se puede considerar herético este aspecto. Durante los primeros siglos tras la Resurrección de Cristo el concepto de Espíritu era el de los judíos, la Ruah YHVH, es decir, el aleteo de Dios sobre las aguas, de género femenino. A partir del siglo V se comenzó a emplear el género masculino en latín Spiritus o el neutro griego pneuma.

Pero apenas has recorrido una arista del intrincado laberinto. Más allá de la religión surgen nuevas cuestiones: ¿la asimilación entre principio femenino, sabiduría y Espíritu estaba presente en tiempos pretéritos? ¿Ya influyó en la filosofía de los griegos, padres del pensamiento?

Has llegado a la frontera de tus creencias y tu fe. En adelante, avanzarás por un terreno sombrío y pantanoso de saberes anteriores, de mitos y antiguos relatos, pues este misterio, hija, no es una cuestión teológica, sino profundamente humana y nos ha acompañado desde los albores de los tiempos.

35

Caterina profirió una maldición entre dientes y lanzó al suelo el bastidor de bordar sin tener en cuenta que era el mismo que habían usado las mujeres de su familia durante generaciones. La escasa aptitud y el poco interés que mostraba levantaban las iras del aya María, por fortuna ausente en ese momento. La pésima obra que pretendía ser un ramo de rosas era signo de la lucha que la amargaba, de su silenciosa rebelión.

Ya habían pasado tres días desde que dejó a Irene y Tristán en las Magdalenas y se enfrentó a la cólera de su padre. Desde entonces estaba confinada en su aposento bajo estricta vigilancia. Eimerich permanecía en el establo y, según los criados, sólo saldría para embarcar con Garsía y viajar a la Universidad de Bolonia, elegida finalmente por Nicolau aconsejado por *mestre* Antoni Tristany, de donde ya no debía volver.

A pesar del encierro, a través de Guillem había contactado con una amiga de las clases de doña María de Centelles con parientes en Daroca y había descubierto que los Gallach habían muerto años atrás durante una epidemia. El padre de Hug y los familiares que asistieron a la boda eran meros farsantes. La maltrecha Guiomar tenía razón y todo había sido una mascarada que ella habría evitado de haber estado más atenta antes de que se celebrara el enlace. Pero ya era tarde, y su padre, harto de sus elucubraciones, no quería escucharla.

Fuera como fuese, la desazón de Caterina brotaba de una frustración aún más profunda, vital. El drama de Irene era fruto de su condición de mujer, de la falta de libertad que padecían todas. Como reses las entregaban para establecer alianzas o negocios, cuando no, en ocasiones, simplemente para quitárselas de encima. Impotente, veía como su propio destino transcurría paralelo al de su amiga, pues su padre había decidido que la única manera de corregir tal rebeldía era firmando sin demora esponsales con el hijo de algún compañero o cliente de los que mostraban interés por unirse a los Coblliure y su saneado patrimonio, alguien de su condición o superior.

La mayoría de las doncellas que asistían a la escuela de doña María de Centelles ansiaban una vida regalada con alguien de prestigio y rico, pero ella se ahogaba con sólo pensarlo. Aborrecía unirse a un desconocido, dejar que la poseyera y criar a la prole encerrada en un universo doméstico, de obligaciones religiosas y alguna comedida reunión de damas para conversar sobre poesía y remedios caseros.

Involucrarse en los misterios de En Sorell había inoculado en ella el ansia por percibir el latido fuerte de la emoción, del riesgo. Sentir la vida a flor de piel era algo de lo que no lograba desprenderse.

Prometió a su padre acatar sus deseos sumisa, si bien en el fondo de su pecho se hacinaba una montaña de yesca que podía prender a la mínima chispa.

En ese momento entró Garsía en la cámara y sonrió divertido.

—¿Aún no se te permite salir?

—¿Dónde está padre?

—En el Temple, tratando de arreglar el asunto de la muerte de don Joan de Vallterra a manos de don Felipe de Aragón. Aunque el animoso maestre parece más interesado en la recepción que ofrece el Consejo de la Ciudad esta noche para celebrar el día de Todos los Santos y agradecer el final de la riada. Imagino que después el noble regresará con su tío el rey a la guerra de Granada para evitar represalias de los Vallterra y sus nobles aliados.

Ella asintió abatida. El crimen entre los amantes de la duquesa de Crotone, al contrario que el de Irene, quedaría impune, salvo si había ajuste de cuentas.

Garsía recogió el bastidor del suelo y con una sonrisa sardónica lo tendió a la disgustada Caterina.

—¿Sabes cuánto ofrece el justicia por tu amiga la adúltera? ¡Cuarenta libras!

Caterina se concentró en el desastroso bordado.

—Seguro que no se toma con tanto interés investigar las corruptelas del racional y de los miembros del consejo.

—Llevan tres días ocultos en algún lugar —siguió él—, justo desde que muestras una inusitada generosidad por ayudar al convento de las Magdalenas…

—Madre solía visitarlas con frecuencia —afirmó Caterina, impasible—. El mercado está vacío tras la riada. Sólo ayudo a las hermanas; no son hijas de nobles como las del convento de la Trinitat.

—No estarás pensando en profesar, ¿no?

—¡Déjame en paz! —le espetó incómoda, contemplando con frustración el amasijo de hilo rojo que pretendía ser un pétalo de rosa.

El joven la miró sin rastro de su sonrisa.

—Tan egoísta como siempre, hermana. Tú bien servida y con una jugosa dote que te asegurará una vida plácida, pero a mí casi no me alcanza con la asignación.

—¡Eres el heredero de todo esto, Garsía! —estalló colérica—. Podrás estudiar y gobernar tu vida, ¿no tienes aún bastante? ¡Modérate!

Su hermano se plantó ante ella y la obligó a mirarlo, invadido por la rabia.

—Tal vez podría compartir mis sospechas sobre las Magdalenas con el justicia —simuló reflexionar en voz alta para provocar a Caterina— o con algún secretario del obispo auxiliar Jaume Pérez. Una autoridad eclesiástica las hará hablar.

—¡Deja a las pobres monjas tranquilas, no tienen nada que esconder!

—¿No están allí entonces? —Garsía la observaba con detenimiento—. ¡Vamos, Caterina, a mí no puedes engañarme!

Ella se mordió el labio lamentando haber replicado con tanto énfasis.

—¡Márchate, Garsía!

—Ya entiendo. No están allí, sino en alguna propiedad del convento. Será sencillo encontrarlos siguiendo a las monjas que les llevan la comida de Guillem.

La joven lo miró implorante.

—Nunca has sido así, Garsía. Conoces bien a Irene, fuisteis amigos en la infancia. Ningún mal te ha hecho, déjala en paz.

—Lo haría, hermana —respondió con calma—, pero creo que soy el único que ve lo que está ocurriendo. ¡Los Coblliure estamos señalados! Haber sido el abogado personal de la adúltera y su labor en sus declaraciones. Podría ser el fin de la carrera de padre y nuestra ruina. Somos ricos y conversos, Caterina, eso significa una cosa: envidias y enemigos. Nuestro mejor cliente y valedor, don Felipe, regresará a la guerra y nuestros rivales o la propia Inquisición no tardarán en codiciar todo este patrimonio.

Caterina no pudo replicar. En los tres últimos días apenas habían entrado clientes ni amigos de la familia. Su padre deambulaba por la casa pensativo y temeroso.

—¿Pretendes delatar a Irene para recuperar nuestro prestigio?

—El adulterio es una falta que nos afecta a todos, lo sabes bien. Si prestamos ese servicio al justicia se diluirán los recelos sobre los Coblliure. Ya algunos dudan entre bromas de tu honestidad por ser amiga de Irene.

Caterina bajó el rostro, pues sabía que era verdad; toda mujer estaba bajo sospecha por la tendencia natural a la lascivia, y su relación con Irene la señalaba como proclive a tal desviación. Nadie se acordaba ya de que la joven Bellvent presentó un candidato para casarse y tuvo que aceptar que le impusieran a Hug Gallach.

—Si quieres recuperar nuestra buena fama persigue a Hug y averigua la clase de persona que es, empezando por que probablemente su nombre real sea Pere Ramón y protagonizó algún luctuoso incidente en el Partit hace nueve años. Estoy segura de que lo de Irene no es nada comparado con sus crímenes.

—No, Caterina —repuso Garsía, disgustado—. Seguiré a las monjas, y si encuentro a los adúlteros los denunciaré esta misma noche, durante la fiesta en la Casa de la Ciudad. Sería un excelente golpe de efecto. Aunque lo siento por Irene, debo proteger a esta familia.

—¿Servirá de algo que te implore? —musitó ella hastiada.

Por respuesta Garsía mostró una tira larga de cuero y la agitó en el aire.

—Esto es para tu amigo Eimerich. Seguro que sabe algo, pero no voy a perder tiempo platicando para arrancarle la información.

—¡Garsía! —exclamó espantada—. ¡Sabes que padre no permite maltratos!

—Una manía absurda que no tendrá en cuenta si lo salvo de la ruina.

La joven, de nuevo sola, se acercó a la ventada y la abrió en busca de aire. Era casi medio día y el cielo estaba cubierto de jirones grises que se desplazaban lentos hacia poniente. Vio a su hermano dirigirse hacia el establo y se pasó la mano por la frente. Si se quedaba en la alcoba, como era su deber, Tristán e Irene estarían perdidos, pero si los ayudaba todos sabrían que se había implicado y no sólo ella sino la familia entera caería en la vergüenza y el desprestigio.

Durante horas estuvo caminando en círculos por la cámara como una fiera enjaulada. Nicolau no estaba y Garsía no tuvo piedad. Se oyeron gritos y ruegos entre el restallar seco del cuero. Lloró por Eimerich, si bien sabía que no hablaría, pues era leal y más fuerte de lo que parecía. Cuando comenzaba a declinar la luz plomiza de la tarde vio salir a su hermano, sudoroso, y marcharse de la casa sin cruzar una palabra con nadie.

Las campanas de la seo señalaban la salida de la procesión de acción de gracias por el cese de la séptima avenida del Turia.

Se mesó la rubia melena, pensativa. La misma idea de los últimos días pulsaba en su interior con fuerza: quedaba un cabo suelto, una posibilidad remota e insospechada para dar un vuelco a la fatídica situación; había que probar ante la autoridad quién era en realidad Hug Gallach. Se estremeció. Sin duda los archivos del justicia criminal, por ser un cargo anual, podían manipularse con facilidad, pero en Valencia había un sitio en el que la verdad quedaba registrada para siempre sin injerencias de nadie, ni siquiera del rey. De todos modos, si trataba de acceder a él y llevaba adelante la treta que tenía en mente, el precio no lo pagaría Irene sino ella misma.

Una fuerte tensión la dominó. Miró el bastidor y lo dejó con cuidado sobre la mesa con la extraña sensación de que el pasado quedaba abandonado allí para siempre.

No muy lejos de la calle dels Juristes sonaban tambores y trompetas al paso del multitudinario cortejo que salió de la casa para correr las calles engalanadas con mantos bordados y banderas, haciendo el mismo trayecto que el del Corpus Christi. Micer Nicolau se unió con el resto de los juristas de la ciudad, tras los notarios. Aunque aún no eran gremio ni cofradía, se habían convertido en un colectivo influyente.

Cada arte y oficio desfilaba portando sus pendones e insignias, en perfecto orden y posición, seguidos del séquito municipal portando la *senyera* de Valencia, clavarios, menestrales, la nobleza y el nutrido clero con la imagen de Nuestra Señora y el Lignum Crucis bajo palio. El festejo concluiría con una misa de acción de gracias en la capilla principal de la Casa de la Ciudad y un banquete en el salón de los Ángeles, sede del Consell, del que formaban parte más de ciento sesenta ciudadanos de los diferentes brazos, parroquias y oficios.

Nicolau caminaba erguido, soportando réprobas miradas y habladurías a sus espaldas por su relación con la joven Bellvent como abogado de la familia, adúltera y prófuga de la justicia. Palideció al ver el pendón de la Inquisición y a los frailes predicadores con sus austeros hábitos blancos y su escapulario oscuro. A todos los conversos les convenía hacerse ver como píos cristianos. Bajó el rostro y unió las manos para rezar.

36

Cuando Caterina corrió el pestillo de su habitación trató de serenarse y miró la ropa elegante de su madre que había sacado del arcón familiar. Una fuerza extraña, intensa, la recorría. Sentía que estaba a punto de cruzar un umbral decisivo y que no podría regresar nunca más. Esa noche su existencia iba a dar un cambio hacia lo desconocido, y sin embargo lo ansiaba aunque pudiera acabar en dolor e incomprensión. Lo lamentaba por su padre, un viudo atribulado que albergaba la esperanza de tener un yerno decente y la casa llena de nietos. Rezaría por él y para que algún día la perdonara.

Se soltó el peinado y se mesó la rubia melena. Tras lavarse el cuerpo con una toalla humedecida de agua enjabonada y esencia de espliego, sin ayuda comenzó a vestirse con el corpiño de seda carmesí y la falda hasta los pies, ajustado con un fajín de ribetes dorados. Se asombró del generoso escote, bajo y de corte cuadrado adornado con cenefa de oro, que mostraba las curvas de sus senos, y se perfumó con ámbar.

En una pequeña caja halló maquillaje. Se aplicó en los labios grana de un rojo intenso y se perfiló las cejas con polvo de antimonio. Cuidaba la palidez de la piel, como correspondía a una joven de próspera familia burguesa, pero la empolvó ligeramente. Se limpió los dientes con un pequeño cepillo de hebras y luego pasó casi una hora creando finas trenzas que fue engarzando con pequeñas flores de tela alrededor de su larga melena, bien cepillada, hasta casi la cintura. Por último, se adornó el escote con un delicado colgante de plata, coral rojo y una esmeralda en el centro, la joya más cara que poseía la familia.

Tomó una bandeja bruñida y contempló el resultado. Sonrió coqueta y se pasó las manos por el fino talle, cuidando que se mantuviera bien ajustado. Jamás se había atrevido a vestirse de tal guisa, Nicolau no lo habría aprobado, y le gustó.

Repasó el plan y la invadieron las dudas, pero no se amilanó.

Cuando los relojes de la seo y de la Casa de la Ciudad dieron las ocho se cubrió con una capa añil. Con los elegantes chapines de raso verde de su madre en las manos descendió la escalera con sigilo. El abogado no tardaría en llegar y los criados estaban cenando en la cocina. Era su oportunidad de abandonar la casa.

Entró en el establo. Eimerich estaba sentado en el suelo con una mueca de dolor en el semblante y sin la camisa. No tenía heridas abiertas, aunque sí laceraciones.

—Siento lo que te ha hecho Garsía, pero necesito que vengas conmigo.

—¿Adónde? —preguntó, extasiado al verla tan radiante.

—Tal vez aún podamos salvarlos. —Desvió la mirada. De pronto le entraron remordimientos; iba a traicionar sus sentimientos—. Sólo te ruego que no preguntes.

Eimerich la siguió atónito. Con alivio comprobaron que la puerta no estaba cerrada con llave y salieron a la oscura calle.

Ayudada por el criado se calzó los altos chapines y caminó con dificultad sorteando los charcos malolientes. La gente congregada para la procesión se dispersaba, pues sólo el patriciado urbano y los notables se quedaban a la celebración ofrecida por el consistorio. De lejos vio a su padre conversando con algunos juristas.

—Quiero que te quedes aquí fuera y que estés atento, Eimerich.

—¿Vas a entrar en la fiesta? —demandó, desconcertado.

Los invitados accedían al consistorio por la calle de les Barres, llamada así por las barras de hierro que impedían el paso de caballería. Ante la puerta, iluminada por antorchas y adornada con una alfombra, permanecían dos ujieres con sobreveste de terciopelo negro y un gran medallón metálico con el escudo de la ciudad. Caterina tragó saliva y se acercó. Caminar con los chapines le hacía perder elegancia y rezaba para no caerse ante la concurrencia. La detuvieron al intentar entrar.

—Disculpad, gentil dama —dijo el ujier, cortés—. ¿A quién debo anunciar?

Había llegado el momento tan temido y ansiado al mismo tiempo. Ni siquiera sabía si él habría asistido, pero era el único que podía ayudarla.

—Informad a don Felipe de Aragón que lo aguarda Caterina Coblliure.

Los dos hombres se miraron atónitos y uno se internó. La joven esperó simulando distraerse alisándose el vestido. Su corazón latía desbocado y evitó volverse hacia Eimerich.

Cuando vio aparecer al caballero se sintió pequeña ante su imponente aspecto. Decían que don Felipe contaba por decenas sus amantes de entre las más ilustres familias, a pesar del voto de castidad como maestre de la Orden de Nuestra Señora de Montesa. A ella siempre la había tratado cortésmente en las visitas al despacho de su padre, pero apenas lo conocía y distaba un universo entre ellos.

El caballero vestía como un rico ciudadano, con un elegante jubón negro y la cruz de la orden bordada en el pecho. Las calzas, claras y ajustadas, ceñían unas piernas vigorosas. Sus facciones varoniles se recortaban con una fina barba y su media melena castaña con suaves ondas brillaba, limpia. Aún conservaba la tez morena de su estancia en el prolongado asedio de Málaga. Caterina se quedó sin aliento al verlo tan apuesto, pero trató de disimular la turbación.

Don Felipe la observó con interés. Del desconcierto inicial pasó a una abierta sonrisa y con un gesto permitió su entrada.

—No esperaba una cita con un ángel —la saludó al tiempo que le besaba la mano.

A Caterina le ardían las mejillas, cautiva de sus ojos negros y profundos.

—¿Sabe vuestro padre que habéis venido?

—No, no lo aprobaría —musitó ahogándose. Todo podía terminar ahí.

Las pupilas del hombre destellaron y sonrió, aceptando el enigmático juego.

—Me tenéis intrigado, pero si os soy sincero lo que más deseo ahora es alardear ante todos de la compañía de la dama más bella de Valencia.

Ella se dejó recorrer por sus ojos poco recatados. Casi podía sentir que la acariciaba con las manos. Sólo había conocido la mirada tímida y enamorada de Eimerich. Movió la cabeza con coquetería y se apoyo en el brazo que él le ofrecía. Junto a la personalidad de mayor alcurnia entre los presentes cruzó el atrio y levantó comentarios en los pequeños corros. Saludando a unos y otros recorrieron el patio interior adornado con faroles de papel y ascendieron por la escalera de piedra hasta el salón de los Ángeles.

El rezo en la capilla concluyó y los ujieres recogieron los velos y las mantillas de las mujeres para dar comienzo al banquete.

El grupo de cámara se situó bajo una estatua de san Miguel y empezó a interpretar una suave pieza que resonaba en el fastuoso techo artesonado. Aparecieron camareros con viandas y vino en copas de plata. En el salón la aturdió el intenso aroma de *mosquet*, de moda en la ciudad, un dulzón perfume de almizcles que no lograba ocultar el olor corporal. Su fragancia de ámbar fue un reclamo y tuvo que prodigar sonrisas y leves muestras de respeto con la cabeza. Asistía una buena representación de consejeros, además de numerosos cargos de la ciudad y de la bailía real. Muchos la reconocieron al instante. Ya no había vuelta atrás.

—La Providencia os ha traído para mí —le musitó Felipe al cuello—. Vuestra presencia parece ahuyentar a los que desean provocarme por lo del Vallterra.

—Yo soy la que me siento afortunada. He soñado con estas fiestas desde niña.

—Dejadme que sea vuestro guía en esta selva. Se está más seguro en el fuego cruzado con los moros que entre tanto noble, banquero, oficial y prelado.

—Estaré encantada —le susurró acercándose. Don Felipe olía a lavanda.

A pesar de sus votos, el maestre de la Orden de Nuestra Señora de Montesa la exhibió vanidoso. Caterina se sintió como una princesa, contemplada y admirada por todos. Tenía que hacer esfuerzos por recordar el motivo de aquella locura. Por primera vez agradeció las lecciones de María de Centelles; no desentonaba en aquel ambiente elegante. Vio al justicia y evitó acercarse a él, pero al menos su presencia significaba que no estaba llevando a cabo ninguna búsqueda. Garsía no había encontrado de momento a los fugitivos.

Algunas damas la cercaron intrigadas, con peinados excéntricos y largos vestidos escotados que dejaban sus pechos prácticamente al descubierto. Era inconcebible que aquella doncella hija de un simple jurista estuviera sola en la fiesta con el codiciado don Felipe de Aragón, pero éste se encargaba de ahuyentarlas con maneras finas aunque contundentes.

—Es un placer hallaros aquí, Caterina.

Su sonrisa se borró al ver el pálido rostro de Hug Gallach.

—No os esperaba en esta fiesta, dadas las circunstancias.

Hug asintió.

—Es grande la ofensa contra mí cometida, pero la vida sigue y confío en que esta misma noche acabe todo. Vuestro hermano está siendo colaborador, cosa que honra a los Coblliure, aunque me extraña que vos hayáis venido…

Caterina se mostró impasible.

—Dicen que habéis cerrado el hospital y que ahora alojáis esclavos en él.

—Demasiados recuerdos amargos, ¿no os parece? —siguió Hug con sorna—. En el fondo, he vuelto al espíritu caritativo de su fundador, Tomás Sorell. Esos desgraciados merecen techo y curas antes de afrontar su triste sino. ¿No es eso de buen cristiano?

Cada una de sus palabras era como el restallar de un flagelo y Caterina lo odió. Altiva, regresó junto al noble. Probó con mesura algunas viandas y simuló que bebía algún que otro licor de sabor dulce. A medida que pasaban las horas y se sucedían los elegantes bailes, ascendía el tono de las conversaciones, estallaban sonoras carcajadas entre flirteos y veladas proposiciones. Comprobó, asombrada, que muchos hombres y mujeres de la aristocracia urbana que solía ver comedidos en los oficios religiosos se mostraban esa noche ebrios y seductores, dando pábulo sin rubor a sus inclinaciones más recónditas.

Don Felipe, animado por el alcohol, le rozó la cintura. Su primera reacción fue apartarse; aun así, logró disimular con un contoneo.

—Esta noche celebramos que la ciudad se ha salvado del demonio —adujo el caballero con una sonrisa felina—, pero también lo efímera que es la existencia. Un golpe de espada, una epidemia o la furia del Turia y todo acaba. Son signos de la Providencia que nos revelan que no hay que contener lo que se desea, pues luego podría ser tarde.

Ella adivinó el sentido de sus palabras y sonrió estremecida.

—Esta noche he visto cómo bulle la vida más allá de los muros de mi casa.

Las pupilas oscuras del noble destellaron. La curiosidad lo corroía.

—A pesar de vuestra juventud os movéis con soltura en este ambiente. Prodigáis encanto y elegancia, pero no buscáis un pretendiente o un amante como imaginé al principio. Vuestros ojos vigilantes me recuerdan más a los de un informador.

El momento había llegado.

—Debo pediros disculpas, no fue arbitrario haceros avisar a mi llegada.

—Lo imagino, y lejos de ofenderme me intriga más. Desde el incidente con el Vallterra en el palacio de Centelles, las damas me rehúyen por orden de sus maridos.

—Sé que sois un hombre de acción y un caballero al que el buen nombre y la honorabilidad le importan por encima de todo.

—La disputa fue una cuestión de honor. Hubo un combate justo entre caballeros y uno cayó vencido. —Don Felipe se encogió de hombros, airado—. No entiendo tanto revuelo.

La joven disimuló su disgusto. Aquel caballero representaba la nobleza rancia, elegida por Dios para la gloria. Despreciaban los Fueros y la justicia por ser cosa de ciudadanos y plebeyos. Ellos resolvían los conflictos a golpe de espada, sin importar el daño que causaban a propios y ajenos. Sólo por una cuestión de formas aceptó someterse al consejo de un ciudadano abogado. No obstante, aquel comentario le brindaba la oportunidad de llevar a cabo su treta.

—Nadie cuestiona vuestro honor, y gozáis de fama y gloria en el presente, pero ¿qué dirán las generaciones venideras? ¿El hijo de Carlos de Aragón, príncipe de Viana, será recordado por sus gestas en realidad o por el crimen de Joan de Vallterra a causa de una amante?

La mirada de don Felipe centelleó y Caterina prosiguió, temiendo haberlo ofendido.

—Existe en este palacio un misterioso libro donde todos los cargos, hechos relevantes y crímenes que han quedado impunes se registran para la posteridad.

—El *Llibre del Bé e del Mal* —musitó Felipe pensativo.

—He venido para comprobar si se hizo constar un crimen acaecido en el Partit hace nueve años. Podéis ayudarme… y también comprobar por vos mismo el modo en que la ciudad ha dejado plasmado vuestro incidente para las generaciones venideras. —Entornó los ojos—. Seguro que al sobrino del rey no se le negará ver el singular volumen.

El noble, aún crispado, la miró con tal intensidad que la hizo encogerse.

—¿No es algo inaudito que una doncella se dedique a husmear en hechos escabrosos del pasado?

—Sin duda conocéis a Tristán de Malivern, el escudero de vuestro caballero Jacobo de Vic.

Don Felipe asintió con gravedad.

—Un joven leal y valeroso al que persigue la desgracia. Por si fuera poco, no hallamos rastro alguno de mosén Jacobo.

—Hug Gallach, el hombre que ha provocado la desgracia de mi amiga Irene Bellvent y del escudero de vuestra orden, oculta un secreto. Es probable que sea un impostor y que todo haya sido una burda mascarada. Sólo tengo dos claves: un nombre, Pere Ramón, y un hecho no aclarado en la mancebía ocurrido en 1478. Quiero saber si es él quien debería estar oculto de la justicia y no Irene Bellvent.

Don Felipe la estudió con atención, sin condescendencia; tenía ante sí un espíritu valeroso y tenaz.

—No sé si sois audaz o si habéis perdido el juicio, pero habéis despertado mi interés como ninguna dama lo ha hecho en mucho tiempo, Caterina Coblliure. ¿Son honorables vuestras razones o las mueve únicamente el deseo de ayudar a vuestra amiga, una adúltera infame?

—Sólo busco la verdad, don Felipe, os lo aseguro. —Le devolvió la misma oleada de calor que las pupilas del caballero desprendían, consciente de que sería una señal para cruzar ciertas barreras que el noble no osaría franquear sin su consentimiento.

—Aguardad aquí —dijo él con el ceño fruncido.

En la calle de la Acequia Podrida, Irene se asomó a la ventana y abrió el postigo para otear la noche. La asediaba un mal presentimiento.

—Demasiado silencio abajo.

—La hermana Consuelo ya nos lo ha advertido —afirmó Tristán a su lado—. La presencia de Garsía, el hermano de Caterina, por estos lares era muy sospechosa.

—Debemos irnos. Lo conozco y no es de fiar. La recompensa por nuestras cabezas es demasiado jugosa. —Suspiró—. La cuestión es ¿adónde?

—No lo sé, pero ten fe, aún nos quedan amigos ahí fuera.

Ella negó con la cabeza desesperadamente.

—¡El hospital cerrado y convertido en refugio de esclavos!

Tristán la cogió por la cintura y se abrazaron en la oscuridad. Perseguidos e injuriados, habían reafirmado su amor en la soledad de aquel pequeño y humilde *alberch* de paredes encaladas pero limpio y acogedor. Sin más lágrimas que derramar y ante un futuro aciago, se amaron con pasión conscientes de que cada beso podía ser el último de sus vidas. Desnudos sin rubor ni pudores, sobre una estera de esparto y rasposas mantas exudaron con ansia la amargura, escondidos de la muerte que acechaba en las calles, y sus jadeos resonaron en las viejas vigas con ristras de higos secándose y manojos de hierbabuena. Perdidos y sin futuro, fueron felices y sellaron su unión, no ante los hombres pero sí ante sus corazones.

Sabían que era tiempo robado. El cerco se estrechaba y la noche estaba teñida de amenaza. Tristán se acercó a la esquina y rozó la espada que arrebató al *guayta* en el palacio Sorell. Las fuerzas habían regresado, pero no era más que un hombre. La ciudad había establecido un férreo control en las puertas y no tenían forma de escapar sin ser descubiertos. Necesitaban otro refugio temporal.

—¡Ahora se acercan soldados de la *guayta*! —exclamó ella, asomada de nuevo.

Tristán se situó a su lado y oteó por el ventanuco. La luna brillaba entre nubes dispersas e iluminó a una docena de soldados con antorchas aproximándose por la sucia calle esquivando los charcos. No era la ronda habitual.

—Salgamos de aquí. El *alberch* es una ratonera.

Apagaron la única vela y bajaron la escalera de madera hasta la planta baja. La casa tenía allí dos dependencias, el taller y la cocina. En la parte trasera, por una estrecha puerta se accedía a un viñedo. Justo cuando salían resonaron fuertes golpes en la entrada principal. Se deslizaron por el pequeño campo embarrado mientras oían voces increpando y la orden seca del *lloctinent* del justicia mosén Francesc Amalrich de rodear el *alberch*.

—¡Son demasiados! —exclamó Irene, aterrada, cansada ya de huir.

Tristán le acarició las mejillas y la besó.

—Te protegeré hasta con mi último aliento.

Un siniestro crujido anunció que la muerte por fin había logrado franquear la entrada, y ellos escaparon hacia las sombras de la noche.

37

C aterina y don Felipe siguieron a un capellán y al escribano de la sala, encargado del enigmático *Llibre del Bé e del Mal*. Al noble le costó más de media hora y toda su influencia como maestre de la Orden de Nuestra Señora de Montesa y sobrino del rey don Fernando de Aragón para que le concedieran el capricho de contemplar el valioso volumen. No vieron de buen grado la compañía de Caterina, pero el caballero se mostró inflexible.

Por un pasillo llegaron a la cámara del Consell Secret. En completo silencio cerraron la puerta y abrieron la cancela de hierro del pequeño oratorio. Corrieron la tupida cortina de damasco negro y se acercaron al altar, cubierto con un tapete del mismo color, en el que había un crucifijo iluminado por dos gruesos velones, una Biblia miniada y un puñal.

—Esperad aquí.

El capellán se sacó del hábito una gruesa llave y se internó por una estrecha apertura tras el retablo del altar. Caterina se asomó. Era un cuartito. El clérigo levantó un tapiz. El muro tenía una portezuela de madera remachada. Hurgó en la cerradura hasta que resonó un chasquido y apareció un nicho en el muro. Del interior sacó un libro enorme y lo llevó, solemne, hasta el altar. Todos permanecían callados, sobrecogidos, como si tuvieran delante el más valioso tesoro de la ciudad.

El volumen estaba forrado de piel verde oscura, con abrazaderas metálicas oxidadas. Caterina y Felipe se acercaron emocionados. En caracteres góticos sobre la cubierta se leía: *Llibre del Bé e del Mal.*

—Este libro fue abierto el día del Señor de dieciocho de mayo de 1390 por decisión del consejo —susurró el escribano mientras soltaba los resortes. La piel crujió y un intenso olor a pergamino se extendió por la capilla—. A lo largo de casi un siglo cada escriba responsable queda protegido por el gobierno de Valencia para que pueda recoger sin desviaciones y con honestidad la verdad de prodigios, hechos inexplicables y gestas de héroes del reino, así como de los crímenes impunes, las conspiraciones, las guerras entre bandos de la nobleza y las corruptelas que han azotado la ciudad. Todo para que las futuras generaciones conozcan y juzguen nuestra conducta; si merecemos ser recordados con honores o despreciados con el olvido eterno.

El capellán sacó dos pequeños relojes de arena idénticos, les dio la vuelta y dejó uno sobre el altar.

—Éste es el tiempo permitido, honorable maestre. Yo he cumplido, cumplid vos.

El noble puso la mano sobre la Biblia.

—Comprometo mi honor por el respeto a las costumbres de Valencia.

Asintieron circunspectos y se retiraron tras la cortina. Tras oír la cancela cerrarse con un chirrido, Felipe miró a Caterina.

—Como veis, he satisfecho vuestro deseo, bella dama.

Ella le rozó la mano sin sentir culpa. Aún temblaba por la emoción que la recorría de arriba abajo. Su cuerpo vibraba, consciente del poder que el encanto podía ejercer. Era un arma más letal que la espada, la misma que poseyeron tantas heroínas de la Antigüedad, en ocasiones despreciadas, que pasaron a la historia por alcanzar su meta. Una habilidad peligrosa pero que podía permitirle ser libre.

Felipe comprobó las últimas anotaciones y leyó con el ceño fruncido el detallado relato de la muerte de Joan de Vallterra. Revisó el detalle de sus títulos y finalmente sonrió al ver que el escriba no había perjudicado su honor; a buen seguro ésa había sido la razón de permitirle leer el libro. La compensación podía ser generosa.

—Vuestro turno.

Caterina, controlando el temblor de sus manos, pasó las páginas de pergamino crujiente, retrocediendo en un extraño viaje en el tiempo, y vio descritos hechos singulares jamás aclarados. La curiosidad la invitaba a detenerse, pero el reloj ya había descendido más de la mitad. Por fin encontró lo que buscaba. Sus piernas flaquearon.

—Habéis perdido el color de las mejillas, ¿os encontráis bien?

—Sí, mi señor —musitó distraída—. Mejor que nunca.

Felipe se alejó para curiosear. Sola frente al libro, la tensión se convirtió en angustia al ver que la arena se consumía. Más allá de la cortina oyó pasos acercarse. Mientras percibía el tintineo de la llave en la cerradura de la cancela llegó a la parte que necesitaba. Sus labios comenzaron a susurrar una relación de nombres para memorizarlos.

El capellán descorrió la cortina y ella cerró el libro de golpe, estremecida por la tensión. El hombre la miró con recelo y luego volvió los ojos hacia el libro, evidenciando su curiosidad por saber qué había revisado la joven, pero vio salir a don Felipe del cubículo tras el altar y calló.

Caterina respiraba agitada y sonrió tímida cuando el volumen fue devuelto a las sombras; sin embargo, vibraba excitada en su interior. Jamás se había sentido tan viva y despierta. El riesgo le descubrió una mujer que no conocía.

Cuando estaban a punto de entrar de nuevo en el salón de los Ángeles don Felipe la detuvo.

—¿Habéis encontrado lo que buscabais, bella dama?

Se ensimismó contemplando sus labios, esperando la respuesta.

—Sí, mi señor. Debo hacérselo saber a mi padre para que mañana acuda a la sala del justicia criminal. No sé cómo agradeceros…

Sin esperar a que terminara, don Felipe le cogió la mano y la arrastró por la galería lejos del bullicio. Notó que el corazón se le aceleraba, pero no se resistió.

Eimerich, nervioso, daba vueltas a la Casa de la Ciudad. Al ver que una portezuela en la calle Bailía se abría se acercó con sigilo para escudriñar. Dos criados comenzaron a sacar toneles de vino que cargaban en un pequeño carro.

—¿Dónde está el malnacido de Martí? —inquirió uno, sudoroso—. Debería estar aquí arrimando el hombro.

—Hace un momento se ha marchado con el justicia y la guardia. Al parecer, el hijo de Coblliure, el abogado, ha delatado dónde se ocultan la hija de Bellvent y su amante. —Se echó a reír—. ¡Martí tiene la esperanza de ser él quien los atrape!

—¿Cree que le darán la recompensa a un sirviente del consistorio? ¡Iluso!

Ambos bromearon desdeñosos mientras seguían cargando el carro.

Eimerich tenía orden de esperar y lo inquietaba no saber qué pretendía Caterina desafiando a su padre al asistir a la fiesta. Le había asegurado que buscaba un modo de salvar a Irene y a Tristán, pero habían pasado horas y era probable que ignorara lo que él acaba de escuchar. Tenía que localizarla antes de que fuera demasiado tarde.

Colarse en aquella ilustre celebración podía costarle caro, pero actuó preso de la angustia. Se acercó al carro con sigilo y apartó las cuñas que trababan las ruedas. Aún no estaba enjaezado y comenzó a desplazarse lentamente. Los criados maldijeron a la vez que corrían para detenerlo, y Eimerich aprovechó para entrar. Cruzó varias estancias, desorientado, hasta una puerta con remaches oxidados.

Se encontró en un corredor oscuro y asfixiante, inundado de agua fétida que se mezclaba con un hedor de orines. Dos pequeños candiles mostraban una fila de rejas herrumbrosas en una parte. Se horrorizó; era la cárcel común de la ciudad. Sabía que estaba junto al patio y avanzó en busca de alguna puerta.

Unas manos salieron de entre los barrotes y le agarraron la camisa. Eimerich forcejeó con un hombre cubierto de costras y con la dentadura negra. Su vieja camisa se rasgó y así logró zafarse. Con el corazón desbocado, avanzó pegado a la pared opuesta a las celdas bajo insultos y amenazas.

Pasó por debajo de una mugrienta imagen de la Virgen hacia la que los presos dirigían sus oraciones y subió un tramo de peldaños hasta una puerta de metal cerrada con un grueso pasador oxidado. Abrió con dificultad y, jadeando, salió al elegante patio gótico de la Casa de la Ciudad.

Amparados en la oscuridad, bajo la escalinata de piedra, Caterina se vio rodeada por los brazos fuertes de don Felipe de Aragón. Ni siquiera tuvo tiempo de hablar cuando el noble la besó. Se resistió un instante, sorprendida por su ímpetu. Apretaba el cuerpo al de ella y podía notar en su piel el aroma de lavanda. La chispa acabó por prender. Le correspondió al principio con timidez, pero pronto se dejó llevar. Fue un beso largo; un combate brioso que la excitó hasta desear ahogarse en su boca. Las manos del noble la recorrían sin mesura, eran expertas en lances amorosos y la tensión acumulada durante la velada se desató en pasión.

—¿Caterina?

Su corazón dio un vuelco y, azorada, volvió el rostro hacia las sombras de una arcada. Allí estaba Eimerich, con el pelo enmarañado y la vieja camisa rasgada mientras ella se abrazaba al atractivo maestre de la Orden de Nuestra Señora de Montesa, el noble más deseado del reino. En sus ojos no vio reproche, sino la tristeza del vencido. El sentimiento de culpabilidad le causó un infinito dolor y se separó de don Felipe.

—¿Quién es este pordiosero? —gruñó el sobrino del rey—. ¿De qué cloaca has salido?

Haberlo interrumpido bien merecía la muerte de quien para él no era más que una rata. Desenvainó la daga.

—¡Es uno de los criados de mi padre! —afirmó Caterina, alarmada.

—¿Con ese aspecto?

—Eimerich —dijo Caterina con un hilo de voz, incapaz de

mirarlo a los ojos—, ¿qué haces aquí? Te dije que me esperaras fuera.

El joven tardó en reaccionar. Por un momento olvidó el motivo por el que estaba allí. Caterina siempre había sido inalcanzable. Él sólo era un pasatiempo; aun así, una profunda herida sangraba en su corazón y se maldijo por ingenuo.

—He oído que el justicia se ha marchado para detener a Irene y a Tristán.

—¡Dios mío! —Caterina se volvió hacia el noble, desencajada—. Mi señor, os ruego que me ayudéis. No hay tiempo para que mi padre concierte una audiencia con el justicia, pero tal vez aún quede una oportunidad. Os necesito de nuevo...

Don Felipe de Aragón la contempló desconcertado. La osadía de aquella mujer no tenía límites. Sonrió avieso.

—¿Qué extraño juego me proponéis esta vez, bella joven?

Caterina valoró las posibilidades.

—Convocad de urgencia a los miembros del Consell Secret, están todos en la fiesta. No podrán permanecer impasibles ante lo que he descubierto, y vos seréis mi valedor ante sus señorías; de otro modo, no me concederán ni palabra ni crédito.

El noble asintió mirándola con deseo. Su ímpetu lo enardecía cada vez más.

—Es alta la deuda que estáis contrayendo hoy con este pobre caballero.

Ella lo miró ansiosa, consciente del gesto abatido de Eimerich. Sabía que le rompería el corazón, pero era la única posibilidad de salvar a su amiga.

—Ayudadme y permitiré que seáis vos quien ponga los límites.

Eimerich se alejó cabizbajo mientras los veía ascender con brío la escalinata hacia el salón de los Ángeles. El dolor le resultaba cada vez más intenso. Trató de alejar la imagen del apuesto caballero, elegante y carismático, para recuperar la calma; le fue imposible. Ni siquiera se resistió cuando dos ujieres lo asieron y lo lanzaron al fango de la calle con empujones y patadas.

Irene y Tristán, faltos de aliento, se apoyaron en el retorcido tronco de un olivo. No estaban lejos y veían las antorchas temblorosas rodeando la casa. El concienzudo registro se extendió a los edificios adyacentes sin atender las quejas de sus habitantes.

—Debemos seguir —indicó Tristán—. Las huellas en el barro nos delatan.

Poco después las sospechas se confirmaban. Un hombre mayor y encorvado husmeó el huerto, se acercó al *lloctinent* y señaló hacia el campo donde se escondían. Al momento las luminarias comenzaron a acercarse campo a través.

Se metieron en una acequia de agua lodosa y avanzaron con sigilo hasta una vieja barraca abandonada y medio derruida. Se ocultaron en el interior. La joven, apoyada contra el muro que rezumaba humedad, se escurrió el bajo del vestido, sucio y empapado. Vio con horror que tenía las piernas cubiertas de sanguijuelas y empezó a pincharlas con una astilla para soltarlas.

El doncel vigilaba por una grieta de la puerta. Decenas de teas recorrían palmo a palmo los campos y los chamizos. La posibilidad de obtener una pequeña fortuna animaba tanto a los vecinos como incluso a los clientes de la cercana mancebía. El cerco se estrechaba.

—Estamos perdidos, Tristán —musitó Irene con la voz teñida de miedo.

Examinó el oscuro interior. La barraca amenazaba con derrumbarse en cualquier momento. No tenían donde esconderse.

Oyeron voces procedentes del exterior; ordenaban a los hombres que se separaran para escudriñar aquellas parcelas de huerta.

—Tal vez si nos entregamos sean compasivos.

Él la contempló con tristeza. En los tres días transcurridos los rumores se habían deformado y eran protagonistas de morbosas aberraciones sexuales. Ambos sabían que les aguardaba el peor de los tormentos que pudiera urdir el *morro de vaques*.

Una voz demasiado cercana les sobresaltó:

—¡Hay pasos recientes que van hasta esa cabaña!

—¡Los tenemos! —afirmó otro, exultante—. Llamemos al justicia.

Tristán levantó la espada y se situó frente a la vieja puerta que se desintegraría en mil astillas al primer golpe. Irene se persignó, vencida por la desesperación.

38

La precipitada reunión tuvo lugar en la sala Dorada, la sede de los jurados. Restaurada tras un incendio décadas atrás, era la cámara más bella y solemne de la Casa de la Ciudad. Símbolo de la prosperidad de Valencia, allí se agasajaba a los dignatarios foráneos en recepciones y embajadas. A través de las puertas de roble, las carcajadas y los aplausos de la fiesta contrastaban con el ambiente tenso que se respiraba en el interior.

Caterina se sintió aterrada al observar expectantes en sus sitiales a los seis jurados que regían la urbe, el racional, el abogado fiscal Miquel Dalmau y a un sorprendido Hug Gallach, convocado por expreso deseo de la joven y que permanecía de pie, mirándola hastiado. Jamás había hablado ante tantos hombres y probablemente, salvo las reinas consortes del Reino de Valencia, era la primera mujer con voz en aquella imponente sala. Tragó saliva y miró a don Felipe de Aragón, que con el gesto la invitaba a hablar.

—Honorables jurados —comenzó, engolando la voz para darse más presencia—, lamento interrumpir la celebración, pero en este momento en algún rincón de la ciudad se está cometiendo una injusticia intolerable. Sólo les ruego un instante para explicarme, y les recuerdo que al jurar el cargo el día de Navidad aceptaron respetar nuestros Fueros y actuar fieles a la verdad.

—Una mujer no tiene voz en este consistorio —le espetó Miquel Dalmau.

—Yo he visto lo que ella ha visto y su voz será la mía, señores

—adujo don Felipe, divertido ante los rostros embotados de los jurados—. Además, este asunto afecta a un escudero que está bajo la protección de la Orden de Nuestra Señora de Montesa.

—Juro por Dios que todo lo que diré es cierto y que puede ser demostrado.

—¡Explicaos! —exclamó Joan de Vilarrasa, amigo de don Felipe.

Le daban una oportunidad para hablar, era algo inaudito. De pronto desapareció aquel peso en el estómago que la acompañaba desde que entraron a la sala. Una extraña fuerza corría por sus venas, y se erigió orgullosa, imitando a su padre cuando ensayaba en casa un alegato. Por una vez en su vida actuaría como letrada. Dejó de lado las fórmulas de cortesía y prosiguió con voz enfática:

—El día de la boda entre Hug Gallach, aquí presente, e Irene Bellvent, una mujer, antigua prostituta, agredió e insultó al novio en presencia de los invitados. Tras localizarla, me narró un luctuoso crimen ocurrido hace nueve años y que quedó impune. Para ella, el elegante novio era aquel asesino que nunca pagó su delito.

—¿Una *pecadriu*? —inquirió micer Miquel Dalmau con ironía.

Caterina le devolvió la misma sonrisa.

—Así es, alguien sin crédito pero que sembró la duda sobre la identidad de Hug Gallach. Juzguen ahora sus señorías si el contenido del *Llibre del Bé e del Mal*, guardado en esta casa, debe también despreciarse. —Avanzó por la sala notando su mente cada vez más despejada—. A principios de abril de 1478, una joven prostituta llamada Joaneta era hallada por los barqueros del Turia ahogada y con marcas de estrangulamiento en la garganta. El hecho ni siquiera constaría de no ser porque el día dieciocho de ese mismo mes, cerca del Portal dels Ignoscents, se encontró muerto a Montserrat Just, *hostaler* del Partit, y en una acequia cercana el hacha con la que le dieron muerte. Todas las sospechas recayeron en un habitual de la mancebía llamado Pere Ramón.

—¿Y bien? —solicitó impaciente Joan de Vilarrasa.

—Ésa es la parte que la mujer recordaba. Según ella, Hug era el tal Pere Ramón, pero… ¿es eso cierto? De ser así, ¿de qué influyente familia procedía para lograr eludir a la justicia? —A cada palabra Caterina se sentía más segura, casi eufórica—. El *Llibre* recoge la declaración de varios testigos y consta que el *hostaler* Montserrat, antes de desaparecer, acudió a casa de alguien conocido por sus señorías: nuestro abogado fiscal aquí presente, micer Miquel Dalmau. —El aludido se puso pálido y comenzaron a temblarle las manos. La joven prosiguió—: Montserrat sabía que el asesino de Joaneta era ni más ni menos que vuestro hijo mayor Pere Ramón Dalmau. El *hostaler* os extorsionaba y acabó muerto.

—Os estáis precipitando, joven —le espetó el abogado fiscal en tono amenazante.

—Fue arrestado, pero influisteis para liberarlo y sacarlo de la ciudad. El escriba del *Llibre*, escrupuloso, anotó que Pere Ramón se casó dos años más tarde con Catalina Fajardo, hija de don Pedro Fajardo, adelantado de Murcia, y que murió en 1482 ingresando su viuda en el convento de Santa Clara, en Murcia.

Miquel Dalmau se levantó furioso de la silla.

—¿Debemos seguir escuchando a esta joven necia? ¡Dedicaos a bordar y a buscar un marido que os contenga esa lengua bífida!

—¡Silencio! —exigió Bernat Català, el racional. Siempre era útil conocer los trapos sucios de un poderoso jurista como Miquel Dalmau—. Un asunto comprometido, pero para estas causas está la justicia, no el Consell.

Caterina asintió. El tiempo y la paciencia se agotaban.

—La cuestión ahora es probar si la mísera prostituta está en lo cierto, si Hug es en realidad Pere Ramón Dalmau, autor de dos crímenes que quedaron impunes, con la complicidad de su padre.

Hug, sin habla, perdió el equilibrio y tuvo que apoyarse en el muro.

—¡Mentís! —estalló micer Miquel fuera de sí—. ¡No voy a tolerar tal infamia sin la menor prueba!

—Ésa es la cuestión que me ha traído hasta aquí, señorías. —Sonrió aviesa; el corazón le bombeaba con fuerza y su mente pensaba con rapidez—. Una ramera no es de fiar, pero, como esperaba, el meticuloso escribano del *Llibre* reflejó los nombres de los testigos. —Se esforzó por recordar la página leída—. Ellos podrán identificar si Hug es o no un farsante. Decidme si os suenan: Sabon de Bermeo, maestro zapatero; Gonçalo Colom, mercader; el clérigo Pere de Castro, vicario de la parroquia de Sant Esteve...

—¿No será una invención de la fantasiosa mente femenina? —clamó Dalmau.

—Doy fe de que esta joven ha consultado el libro y que de él ha extraído los nombres —terció don Felipe ante el gesto inquieto de Caterina—. Si despreciáis mi afirmación bastará con regresar a la capilla y comprobarlo, pero luego habréis de reparar la ofensa contra mi honor.

—¡Basta! —exclamó Joan de Vilarrasa—. Que el justicia criminal los cite para confirmar este extremo. En Murcia también apreciarán esta novedad.

—Si todo esto es cierto os enfrentáis a un grave problema, micer Miquel —adujo el racional, circunspecto.

—Un agravio que asciende hasta mi tío el rey —añadió don Felipe acercándose a la tarima—. El cargo de fiscal de la ciudad es demasiado importante para la Corona.

—¡Ocurrió hace casi una década! —estalló Miquel, sintiéndose acorralado.

—Montserrat Just amenazaba con airear los vergonzosos vicios y crímenes de vuestro hijo —siguió la joven, con excesiva audacia—, algo que ensombrecía vuestro ascendente *cursus honorum* en los cargos de la ciudad.

—¡Cállate, furcia! —gritó Hug con los ojos vidriosos.

Don Felipe se lanzó sobre él y lo estampó contra uno de los tapices. Bajo la solemne imagen de Jaime I cruzando las puertas la ciudad, Hug jadeó boqueando.

—Debería cortarte primero la lengua —siseó el noble presionándole la garganta.

—Lo... lo siento...

—¡No me gustan las formas melindrosas de los letrados! —le espetó presionando más—. ¡Di la verdad o te la arrancaré a golpes!

—¡Sí! ¡Soy Pere Ramón Dalmau! —gritó con voz atiplada—. ¡Simulé mi muerte en Murcia para huir de los acreedores, pero he cambiado! ¡Quería rehacer mi vida, y mi padre necesitaba un esposo para Irene y así evitar el cierre del hospital! —Ante el semblante réprobo de micer Miquel, inclinó el rostro—. Mentimos, es cierto, pero ¡todo habría sido distinto si mi actual esposa no mantuviera una pecaminosa relación con ese criado!

—Sigue… —gruñó don Felipe.

—Cuando los tuve a ambos a mi merced tras la noche de bodas lo dispuse todo para que pareciera un adulterio flagrante y avisé al justicia. ¡Debían pagar con la muerte su pasión!

Caterina sabía que no estaba diciendo la verdad. Algo más oscuro se ocultaba en esa mascarada, además del anhelo de apoderarse del hospital, pero se mantuvo en silencio, observando atenta las reacciones. Miquel Dalmau se levantó y caminó alterado por la sala. A pesar de la edad, poseía aún la energía que le faltaba a su pusilánime descendiente.

—¿Es justo que por una mísera *pecadriu* y su rufián se pierda el prestigio labrado con el esfuerzo y el trabajo honrado de toda una vida?

En ese momento las puertas se abrieron y el ujier dejó pasar a un hombre con el semblante desencajado.

—¡Padre! —exclamó Caterina sin poder contenerse.

Micer Nicolau había sido avisado con urgencia, pero no podía creer al mensajero. Observó la escena y se apretó el pecho como si el corazón se le hubiera detenido. Avanzó lentamente.

—¿Qué estás haciendo, Caterina?

De su mirada manó miedo y decepción.

—Debéis estar orgulloso de vuestra hija —adujo don Felipe tomándolo del brazo para sostenerlo—. Tiene un extraordinario valor, además de vuestro talento.

Micer Nicolau miró a Dalmau y luego a Hug, ambos inflamados de cólera.

—¡Esto no quedará así! —amenazó el fiscal con fuego en las pupilas—. A todos los miembros de esta cámara os conozco desde hace décadas y si llamáis al justicia os garantizo que saldrán a la luz secretos inconfesables de cada uno. ¡Estaréis tan acabados como yo!

En vez de replicar, los presentes miraron a micer Nicolau, culpable de no saber contener a su hija. La situación había dado un giro molesto: ningún abogado de la ciudad conocía mejor los oscuros entresijos de la política local, los abusos y las malversaciones que Miquel Dalmau. Podía ser realmente peligroso si no llegaban a un acuerdo. El equilibrio de fuerzas creó un silencio tenso.

Caterina los había situado en una difícil encrucijada; justo donde ella quería.

—No era mi intención acusaros formalmente, micer Miquel, ni a vuestro hijo —aseguró tratando de mostrar seguridad—. Muchos crímenes quedan impunes y éste sucedió hace nueve años. Que Pere Ramón prosiga su nueva vida como Hug Gallach y que micer Miquel mantenga oculto lo que sabe. Lo único que solicito de sus señorías es enmendar una injusticia cometida sobre Irene Bellvent y Tristán de Malivern.

—¿Cuál es vuestra propuesta? —quiso saber Dalmau temblando de ira.

Caterina avanzó altiva y se detuvo frente a los sitiales. Era el momento de zanjar el asunto.

—A cambio de permitirles abandonar Valencia, soterraremos el pasado y lo hablado en esta sala, con el ruego expreso al testigo presente, el maestre don Felipe de Aragón, de que respete también este pacto de silencio. Si no se alcanza el acuerdo, le insto a que haga público todo lo hablado y que lo comunique sin demora a su tío el rey.

39

Tristán abrió las piernas cuando la puerta se quedó hecha pedazos al primer golpe. Sin aguardar a que el polvo se asentara, cargó contra el hombre que se asomó y lo noqueó de un mandoble con el pomo del arma. En el exterior de la vieja barraca tres individuos lo azuzaron con sus horcas, pero al ver la espada retrocedieron inquietos.

Tristán se fijó en sus camisas raídas y sus alpargatas de cáñamo. Eran campesinos.

—¡Será mejor que os entreguéis! —dijo uno con un ligero temblor en la voz.

—Manteneos a distancia, seguro que tenéis familias que alimentar.

—¡Por eso vamos a atraparte!

El más joven trató de saltar sobre él. Tristán partió con facilidad el fuste de la horca y con una zancadilla lo hizo rodar por el suelo. Antes de que pudiera levantarse le dio una fuerte patada en el vientre para que desistiera. Los otros gritaron desaforados y las antorchas aún lejanas comenzaron a aproximarse. Estaban cercados, sin escapatoria.

—Vete… —musitó Tristán, permitiendo que el muchacho se escabullese gateando.

—Prefiero que sean ellos quienes se lleven la recompensa —musitó Irene.

—¡Señora! —exclamó un hombre joven sin dientes y con el rostro picado.

—Daniel Sicar —lo reconoció, apenada—. ¿Cómo está vuestro pequeño? ¿Han remitido los dolores de vientre?

—En Sorell ha cerrado y no puedo pagar las hierbas —respondió casi avergonzado—. Estoy aquí por eso... Lo lamento, señora, pero tenéis que entenderme.

—¡No, Irene! —gritó Tristán desesperado viéndola moverse.

Ella se acercó al hombre con los brazos bajados, consciente de que no les quedaba ningún resquicio de esperanza. La atraparon enseguida.

—Sólo te ruego que compartas con éstos el pago por mi cabeza. Seguro que también tienen sus propios problemas.

Tristán bajó la espada con los ojos húmedos. En el aciago instante en el que la derrota se cebaba con ellos la amó más que nunca. Entonces llegaron varios soldados y los rodearon apartando a empujones a los campesinos.

—¡Ven aquí, maldita bruja! —ordenó uno señalando a Irene con su espada.

—¡No! —se opuso ella—. Estos hombres me han capturado, de ellos es la recompensa.

El soldado se le acercó y la asió sin miramientos por el brazo.

—¡Te digo que vengas, ramera!

Hubo un destello, y salió despedido con una brecha en el hombro.

—¡Que rece antes quien ose rozar a esta mujer antes de que llegue el justicia! —gritó Tristán volteando la espada con habilidad. La ira comenzaba a dominarlo.

Dos soldados atacaron. La recompensa era demasiado jugosa y ellos sí tenían armas de verdad. Tristán saltó hacia delante protegiendo tanto a la joven como a los aterrados campesinos. Las espadas chocaron, pero los soldados empezaron a intuir que no podrían domeñarlo. Sólo la debilidad y los dolores que aún arrastraba mantuvieron la lid en equilibrio. Tristán evocó a Jacobo de Vic. Si iba a ser el último combate, lo libraría conforme a los dictados del viejo caballero. Se serenó para contener las estocadas con movimientos precisos y comedidos. Estudiando el estilo de los adversarios. Casi disfrutó del duelo, dejando, vanidoso, que admiraran su pericia.

La táctica impacientó a los soldados. Ya eran media docena los que rodeaban a los adúlteros, increpando, temiendo ver la recompensa comprometida. El primero en lanzar un ataque definitivo buscó el borde inferior del jubón. Tristán fintó y su hoja trazó un arco. El soldado profirió un alarido y la espada salió despedida con la mano aún aferrada al pomo. El guardia se alejó gimiendo y apretándose el muñón sangrante. Otro sonrió creyendo que no tendría que repartir el premio, y la distracción le costó un tajo profundo en el muslo. Cayó a tierra con un alarido, tratando de contener la hemorragia con las manos.

—¡Basta! —rogó Irene a Tristán, implorante—. Basta de sangre…

Tristán la miró. En sus pupilas grises sólo había vida, no muerte, y con furia clavó la espada profundamente en el suelo. Todo había acabado.

—¡Cuarenta libras! —exclamó uno de los soldados, exultante.

Los rodearon como alimañas ante una presa indefensa. A ninguno parecía conmoverlo el gesto de Irene que, sin duda, había salvado más de una vida deteniendo el estoque certero de Tristán. Él se acercó a ella.

—Te amo, Irene.

Los soldados se abalanzaron sobre el doncel y en el suelo comenzaron a patearlo, ignorando los gritos desesperados de la joven.

Entonces el trote de unos caballos hizo temblar la tierra y todos se volvieron.

—¡Guarda tu espada, soldado! —ordenó una voz imperiosa aún lejana—. Estos dos están bajo la protección de la Orden de Nuestra Señora de Montesa.

Reconocieron sobre un corcel negro a mosén Francesc Amalrich, el justicia criminal, pero la atención convergió en el caballero de jubón negro y en la dama de cabellos dorados y sugerente corpiño que iba a lomos de una montura blanca de guerra.

—Don Felipe de Aragón —musitaron algunos guardias.

Un par de caballeros jóvenes de Montesa ayudaron al juez a desmontar y éste se aproximó con paso brioso.

—He sido informado de que este hombre y esta mujer no son los fugitivos que buscamos.

Los presentes se miraron desconcertados; aquello no tenía sentido.

—Pero, señor…

—¡Silencio! ¡Ya me habéis oído! No son ellos.

Tristán se levantó del suelo y observó a Irene, que se acercaba temblorosa. Don Felipe de Aragón descabalgó ágil y, con prestancia, ayudó a Caterina. El noble se llevó a los detenidos aparte.

—Se os permite abandonar la ciudad —susurró sin disimular la impresión que todavía sentía—. Agradecédselo a una leal amiga que esta noche ha hecho que los prohombres de la ciudad se postren a sus pies.

Irene miró desconcertada al apuesto caballero, y al reconocer a Caterina se abrazó a ella con fuerza. La hija del jurista les explicó lo ocurrido y el secreto de la verdadera identidad de su marido.

—Señor, ¿sabéis algo del caballero Jacobo de Vic? —demandó Tristán.

—Aún no, y me temo que ha caído víctima de este turbio asunto. En cuanto a ti, como tu superior te ordeno que acompañes y protejas a Irene en su exilio para evitar una venganza de los poderosos Dalmau.

—¿Y qué ocurre con En Sorell? ¡Si Hug no es quien dice ser, ese matrimonio es nulo, mi señor!

El noble negó circunspecto.

—Puede ser, pero el trámite ante el tribunal eclesiástico sacaría a relucir secretos luctuosos de la ciudad que esta noche han quedado sepultados para siempre.

Tristán apretó los puños; sin embargo, no quiso contrariar al maestre de la orden, seguía bajo su autoridad. Miró a la lejanía y musitó una oración por el alma del viejo caballero mosén Jacobo de Vic, al que ya no esperaba ver con vida.

Don Felipe se volvió hacia las damas.

—Irene Bellvent —comenzó con gravedad—, considerad esta oportunidad como un milagro. Caterina y su familia se han granjeado poderosos enemigos y les debéis gratitud. Se ha pactado silencio por silencio, lo que supone que la acusación de adulterio, aunque sea falsa, permanece y que vuestro esposo mantiene la propiedad del hospital. Se ha aceptado para impedir que se ahonde más en el asunto y evitar represalias de los Dalmau contra todos los que estuvieron presentes en la reunión, pero si no os desterráis estará en peligro vuestra vida y la de los Coblliure.

Ella asintió sin decir nada. La noche despejada permitía vislumbrar el contorno irregular de Valencia. Perdido entre viviendas, palacios e iglesias, se hallaba el hospital por el que tanto había luchado. Con todo, aún le resultaba más doloroso pensar que no tenía ninguna pista sobre el paradero de su madre. Desterrada de la ciudad, intentaría buscarla de algún modo.

—Mi consejo es poner agua de por medio —recomendó el noble—, eso encarecerá buscaros y urdir una venganza.

A una señal del maestre cuatro caballeros silenciosos se acercaron. Al contrario que él, vestían la túnica y la capa blanca de la orden.

—Los jurados han mandado a la *guayta* que se abra con discreción el portillo del Portal Nuevo. Dos de mis lacayos os acompañarán hasta las afueras de la ciudad y seguiréis solos. —Besó la mano de Irene—. Que Dios os guarde. —Luego se volvió hacia Tristán—. Sé fiel y honorable, Tristán de Malivern. Todavía estás bajo la jurisdicción de Montesa... pero ya no podremos protegerte.

Un criado de don Felipe repartió monedas a la *guayta* y a los voluntarios para dispersarlos. Irene y Tristán se despidieron de Caterina con lágrimas y le encomendaron despedirlos ante Eimerich. Los caballeros insistieron en emprender la marcha cuanto antes.

—Que tengáis ventura en este nuevo periplo y rezad para que Dios os permita a ambos redimir vuestros delitos algún día. De momento, conviene dejar pasar el tiempo.

Con la despedida de don Felipe resonando funesta, Irene y

Tristán abandonaron la ciudad en plena noche. Atrás quedaban muchas preguntas y enigmas, y otros tantos enemigos. A pesar de los deseos del noble, los fantasmas del pasado eran demasiados para poder eludirlos.

40

El reloj de la seo señaló la medianoche de aquel agitado día de Todos los Santos. Caterina regresaba a casa, en silencio, flanqueada por su padre y el criado Guillem. En el pecho le revoloteaba un enjambre de sensaciones: orgullo por el éxito de su desesperada treta, agitación por el beso apasionado con el sobrino del rey y pena por Eimerich. Había dejado atrás la adolescencia, la cándida inocencia de mirar la vida aguardando que otros decidieran por ella, la de besos robados y tímidas caricias con un criado entre la curiosidad y los remordimientos.

Regresaba a la morada de su padre, pero ya no era la hija que salió esa tarde hacia la Casa de la Ciudad. Jamás podría dejar de buscar las sensaciones vividas.

Temía la reacción del jurista una vez en la intimidad de la casa. Desde que Nicolau apareció en la sala Dorada sólo veía miedo en su semblante. Ni siquiera las felicitaciones de don Felipe lo habían serenado.

—¡He hecho lo que debía, padre! —exclamó buscando una palabra de afecto o reconocimiento—. Creéis que no le corresponde a una dama inmiscuirse en tales asuntos, pero también sois justo. Irene y Tristán fueron objeto de un burda falacia para acusarla de adulterio y apropiarse limpiamente del hospital. Ese hombre, Pere Ramón…

—¡Pere Ramón Dalmau no existe! Recuérdalo.

—Ése fue el pacto, sí. Hug Gallach lleva muertes a sus espaldas y quedará impune, pero al menos no ha causado las de Irene y

Tristán. Estoy segura de que detrás de todo está esa siniestra dama, Gostança. Si el influyente Dalmau la protege ahora, entiendo por qué la justicia no ha sido capaz de atraparla en estos meses. Esa mujer se mueve con impunidad, pero esta vez ha sufrido un duro revés.

Nicolau se detuvo y la miró gélido.

—¿Eso crees? ¡Lo que has hecho en realidad es acabar con los Coblliure!

—¡Padre!

El abogado asintió circunspecto.

—Dentro de tres días Garsía embarcará hacia Bolonia y Eimerich irá con él. Tú serás enviada al convento de las clarisas de Gandía y permanecerás allí hasta que recapacites sobre tu inadecuada conducta o decidas profesar en la orden.

Caterina sintió que el corazón se le paraba. Se detuvo, pero él siguió andando. Se debatía entre la ira y la pena. Barruntaba un rápido compromiso, no los sombríos muros de un cenobio donde el mundo quedaba en suspenso.

—¿Por qué tenéis tanto miedo?

Nicolau se paró también, aunque tardó en volverse.

—Crees que has salvado a tus amigos, pero los Dalmau no olvidarán a Irene. ¡No la dejarán abandonar el reino y a nosotros nos hundirán por lo que has revelado! Lo único que espero es que para entonces tú y tu hermano estéis lejos de aquí, a salvo.

La joven avanzó en silencio mientras sentía aflorar las lágrimas.

—¡Sólo con que hubieras tenido tú un poco de miedo, todo esto no habría ocurrido! —siguió él—. Debiste confiar en tu padre. Mosén Francesc Amalrich tenía en alta estima a Irene. Habríamos conseguido que fuera azotada públicamente pero sin ejecución. Todo habría terminado y el tiempo habría borrado el incidente; sin embargo… ¡preferiste jugar a ser amazona!

Caterina estalló en un amargo llanto, pero su padre no había terminado.

—No me gusta lo que he visto en los ojos de don Felipe, hija. Es un noble tan fogoso como caprichoso en sus conquistas. Tú, en cambio, eres la hija de un *ciutadà* converso y sin linaje, un mero entretenimiento antes de partir a la guerra. Tu virginidad es cuanto posees para aspirar a una vida digna y respetable, no lo olvides.

Guillem abrió el portón de casa y Caterina corrió hacia su aposento. Se echó sobre el catre sollozando desconsoladamente, herida en lo más hondo.

Esa noche las horas pasaron lentas para Eimerich en el establo. Se había limpiado y llevaba viejas ropas prestadas por Guillem, de maslado grandes pero limpias. Con la espalda aún ardiendo por los azotes de Garsía, permanecía sentado en el mismo lugar donde le replicaba a Caterina las clases de maese Antoni Tristany. Parecía haber transcurrido un siglo desde entonces. Recordaba sus profundos ojos azules y la irónica sonrisa en sus labios carnosos, siempre con una capciosa pregunta en la punta de la lengua. En aquel rincón polvoriento y de ambiente cargado fue feliz.

La puerta se abrió con un ligero crujido y su corazón dio un vuelco al ver a Caterina con un manto gris. Siguió un largo silencio en el que ninguno de los dos encontraba las palabras adecuadas. Algo se había quebrado entre ellos para siempre.

—Mi padre dice que mañana iniciará los preparativos para vuestra marcha. Seguirás como asistente de Garsía —musitó ella viendo la marca morada en su pómulo.

—¡El *Studio General* de Bolonia! —replicó él, mordaz—. Me dejaría apalear cien veces por esa oportunidad. Quizá encuentre a *fra* Armand de San Gimignano.

—Yo marcharé a un convento.

Eimerich ya lo sabía por los lenguaraces criados. La conocía, y el matiz subversivo de su voz lo descorazonó.

—Pero no estáis dispuesta a someteros a los deseos de don Nicolau, ¿verdad? —El silencio fue elocuente—. ¡Vais a recurrir a… él!

—¡No quiero acabar encerrada entre monjas!

—¿A cuántas jóvenes habrá seducido don Felipe en su vida? ¡Arruinaréis vuestra vida por…!

—¡Cállate, Eimerich! —Sus pupilas azules oscilaban—. ¿Me hablas de vida ruinosa? Después de lo ocurrido hoy, mi padre no pondrá excesivos reparos al primer pretendiente que quiera cargar con la rebelde hija del Coblliure que se pavoneaba con el maestre de Montesa. Puede que ayer lo hubiera aceptado, pero ahora todo es distinto. No deseo una vida si no es en libertad, por alto que sea el precio.

Eimerich sintió que lo embargaba la tristeza. A pesar del muro levantado entre ellos podía percibir la desolación que la arrasaba. La quería demasiado para verla así.

—Habéis estado extraordinaria, Caterina —le dijo, captando su atención—. Por mucho que hablen, hoy habéis demostrado un valor que muy pocos poseen. Me siento dichoso de haberos servido durante estos meses. Os pido disculpas por mi actitud en la Casa de la Ciudad; por un momento olvidé cuál era mi lugar. —La miró a los ojos con intensidad y abandonó al hablarle el debido respeto a la hija de su señor—. Si hay una mujer en el orbe que pueda plantar cara a la vida eres tú.

Sus palabras resultaron un bálsamo para la atribulada joven, y cuando volvió a mirarla atisbó el habitual brillo en sus ojos. Antes de que pudiera reaccionar, ella lo besó en la boca. Fue un beso dulce y prolongado; a Eimerich le supo a despedida. Luchó contra el dolor, contra la imagen de la majestuosa pareja abrazada que tanto lo había humillado.

Caterina sacó de su mano un humilde anillo de plata y lo entregó al criado.

—Te querré siempre, Eimerich —le susurró al oído—, aunque no de la manera que te gustaría. Espero que seas feliz en Bolonia. Ojalá pudieras ser tú el estudiante.

—Deseo que también tú lo seas, Caterina, allí donde la Providencia te lleve —respondió él mientras se ponía el anillo en el dedo anular. No se desprendería jamás de él.

Su mano le rozó la piel pálida de la mejilla y ella le regaló la sonrisa más dulce. Eimerich anhelaba retener su imagen, el olor y el tacto de su piel.

—Nadie en el orbe te será más leal que yo —musitó él. Sus

labios se buscaron una vez más, fugaces—. Si todo se tuerce, acuérdate del joven criado que salió del hospital… Daría la vida por ti.

El último beso fue eterno y profundo. Cuando la vio salir sigilosa del establo, un vacío lóbrego invadió su alma. Decidió entonces luchar por adormecer sus sentimientos durante un tiempo, quizá para siempre.

41

La *Santa Coloma* era una *nau* de gran calado, con mástil, trinquete y mesana latina, diseñado para cruzar el Mediterráneo, aunque la primera parte del viaje remontaría la costa levantina y haría escala en Barcelona. El primer día, con todo el trapo desplegado, navegó a buen ritmo hacia el norte gracias al cálido lebeche, y Romeu de Sóller preveía alcanzar en menos de tres jornadas el regular litoral de la capital catalana. Allí Irene y Tristán debían decidir si desembarcar o seguir hacia Génova.

Ambos ocultaban su relación a los marineros de la *nau* y se perdían en largas miradas. Ella no imaginaba aquel calvario sola y daba gracias a Dios por tenerlo cerca. Pretendía olvidar, aunque el doncel ansiaba regresar y vengarse de Hug. Sólo el breviario de su madre, bien guardado en una bolsa de cuero encerada, sería su inspiración para seguir adelante. A veces recordaba las palabras de aquel esclavo turco, Altan, tras salvar a Isabel y se preguntaba si no era una advertencia para que buscara fuerzas ante la tragedia que se avecinaba. La Providencia enviaba señales que la ayudaban a avanzar en su crecimiento.

Tras escapar de la ciudad gracias a los caballeros de la Orden de Nuestra Señora de Montesa, llegaron con el alba a Vilanova del Grao y se reunieron con el oriental y el mallorquín. La lechuza revoloteaba entre los barcos, siempre atestados de ratas, y a la joven le llamó la atención la especial relación que Tora mantenía con aquella rapaz. Un hombre que era capaz de matar con sólo un dedo trataba al ave con una ternura sorprendente. La llamaba

Mey, y Romeu explicó que significaba «bella» en la lengua de Cipango.

Durante el primer día descubrió la agitada actividad del puerto. La suave costa en la desembocadura del Turia dificultaba el atraque de navíos de gran calado, pero el tesón humano había logrado vencer a la naturaleza. Entre pobres cabañas de pescadores y un bastión de vigilancia, el rey Martín I levantó las Reales Atarazanas, cinco largas naves unidas por arcos de diafragma donde almacenar las mercancías, así como un palacete anejo de dos plantas con salón de recepciones y estancias para las personalidades y las embajadas que arribaban por mar; una muestra más de la prosperidad del puerto.

Romeu de Sóller, hábil comerciante, sacó partido de aquella precipitada marcha y pudo cargar trescientos cahíces de trigo castellano para Barcelona. Luego seguiría hasta Marsella para embarcar telas y finalmente se dirigiría a Génova.

La estancia en la *nau* resultaba más dura de lo imaginado; no estaba preparada para acomodar pasajeros. Por respeto a su condición y para evitar desmanes entre los marinos, Irene dormía en el cubículo donde se guardaban las cartas y los instrumentos de navegación. Tristán lo hacía con los oficiales en la tolda sobre el castillo de popa, en literas colgantes. Recibían una ración de *cuynat* de verdura y por la noche *companatge*, con queso, cebolla, sardina o lo que pescaban. La deseada carne se servía los domingos, los martes y los jueves. Como los demás, Irene recogió un plato, una cuchara y una gaveta de madera.

Navegaban con una docena de marinos, además de los oficiales. Encontró a valencianos, catalanes, vascos, sardos y sicilianos, avezados lobos de mar que se comunicaban mezclando idiomas o gesticulando. Irene quiso permanecer activa y bajo las secas órdenes del *notxer*, encargado de los grumetes y de la cocina, baldeó la cubierta hasta destrozarse las manos. La vida a bordo no era fácil ni grata.

A media tarde del segundo día de navegación los envolvió una espesa niebla y las velas colgaron flácidas; apenas avanzaban en las oleosas aguas. Los hombres a su alrededor hablaban en voz baja, incómodos ante la falta de visión y la presencia de una mujer a bordo, algo que traía mala suerte. Rezongando encendieron lámparas para que el barco fuera visible y con frecuencia hacían sonar una campana colgada en la tolda.

En medio de la boira, Irene se contagió de la inquietud de los marinos. Corrían un grave riesgo de colisionar contra otra nave o encallar. Dos vigías permanecían en la cofa sobre el mástil, casi invisible por la bruma y lo avanzado de la tarde. Sostenían gruesas antorchas que desde abajo eran apenas dos puntos de luz.

Sólo imaginar verse en el agua la aterraba y rezó a la Virgen, la *Stella Maris*.

—¡Capitán, se aproxima una galera con boga larga! —gritó uno de ellos.

—¿Bandera y pabellón?

—Navega sin antorchas, no se distingue.

Irene buscó a Tristán y se situó a su lado. El joven oteaba sombrío, esperando la inminente aparición del bajel. Vieron surgir de la niebla una pequeña galera de quince bancos. Redujo la boga, pero mantuvo su posición en perpendicular respecto al flanco de la *nau*. Se detuvo completamente a quince brazas de distancia. La niebla apenas perfilaba los contornos, pero podían comunicarse. No se divisaba ninguna bandera oscilando sobre la cofa del único mástil. Salvo por las secas órdenes del cómitre que llegaban ahogadas, el silencio era absoluto en aquella embarcación.

—Puede que sean corsarios o piratas —musitó ella temerosa.

—Me temo que no.

Tras una tensa espera los alcanzó una voz desde la galera.

—¡Capitán, ése es el barco!

Irene se volvió hacia Tristán. Había reconocido la voz rasposa.

—¡Es Hug! ¡Dios mío!

—Nos ha encontrado —indicó Tristán con el ceño fruncido al ver la sombra de Hug Gallach recortada sobre la proa—. A pesar del esfuerzo de Caterina, los Dalmau no han claudicado. Para evitar un escándalo, han preferido este lugar perdido en el mar.

El mallorquín Romeu salió de la tolda y en calidad de patrón tomó un embudo metálico picado por el salitre y se lo acercó a la boca.

—¡Esta *nau* está bajo la protección del rey de Aragón! —Su voz resonó en la bruma—. ¡Identificaos como aliados o enemigos!

Un hombre apareció junto a Hug.

—Mi nombre es Altubello de Centelles, patrón de la *Santa María* —fue la respuesta voceada—. Sólo deseamos la entrega de dos pasajeros embarcados en Valencia y dejaré que vuestro barco siga su rumbo.

—¿Quién lo ordena?

—¡Dejaos de parlamentos y entregádmelos! —gritó Hug, impaciente.

Irene se encogió alarmada.

—¡Conteneos, Gallach! —Oyeron advertir a Altubello.

Romeu ladeó la cabeza con disgusto. Conocía a aquel patrón contratado por el Consejo de la Ciudad de Valencia para limpiar de corsarios las costas levantinas, el cual también acostumbraba asolar las aldeas de pescadores de Berbería para capturar esclavos. Tenía contactos entre los oficiales portuarios de la bailía; de ese modo había averiguado la derrota de la *Santa Coloma*.

—Dado que se trata de una cuestión privada, haríais bien en saltar a la *nau* y encargaros personalmente.

—Romeu de Sóller, sois un mercante respetable —prosiguió Altubello, conciliador—. Aceptad mi propuesta y proseguid el viaje.

—Parece que micer Miquel Dalmau está empleando sus fondos con profusión para acabar con el inconveniente problema, pero sin duda sabréis que fueron los jurados quienes permitieron a mis dos pasajeros marcharse de Valencia.

Siguió un silencio cargado de contrariedad. El noble no estaba acostumbrado a tales evasivas; con todo, en el mar el noble apellido Centelles no se erigía más digno que el del mercader, pues ambos eran patrones.

—¡Entregadlos! —gruñó Hug. Un girón de niebla se desplazó y pudieron verlo gesticular vehemente junto a Altubello.

Romeu volvió a colocarse el embudo frente a los labios.

—Retornemos a Valencia y sometamos la cuestión ante un juez del Consulado del Mar. Si dicta a vuestro favor, no tendré problemas en ponerlos a disposición de la justicia, siempre que me sean costeados los gastos del retraso.

No hubo respuesta. De pronto se oyeron tres pitidos de silbato. Un tambor marcó la boga lenta y los remos hendieron el agua. Sobrecogidos, vieron que la galera retrocedía y era engullida por la boira.

De pronto la bruma y el silencio resultaban especialmente siniestros. Irene se vio empujada con violencia hasta un viejo tonel. Antes de comprender lo que ocurría, Tristán tomó una cuerda y comenzó a atarla.

—¿Qué haces?

—¡Pase lo que pase, aférrate al barril con todas tus fuerzas!

—¿Por qué? ¿Qué pretenden…?

Tristán acalló sus palabras con un beso atropellado.

—Te amaré siempre, no lo olvides.

Los marinos gritaron despavoridos. De entre la niebla surgió la galera a boga de ariete. Los remos batían el agua con fuerza y rapidez, y el casco se deslizaba sobre el mar cada vez a mayor velocidad. Se oía el restallido del rebenque en las espaldas de los galeotes, pero el mayor terror se produjo cuando los jirones de bruma ya no pudieron ocultar el espolón de bronce con forma de lanza en la proa, que hendía la superficie del mar acercándose veloz hacia el panzudo casco de la *nau*.

—¡Agarraos! —alcanzó a exclamar Romeu antes de ser embestidos.

La *Santa Coloma* crujió y se estremeció como estrujada por la mano de un titán surgido de las profundidades. Irene, atada al tonel, salió despedida por la cubierta bajo una lluvia de astillas y sogas. Rodó hasta la base del mástil agrietado por la terrible vibración del impacto. Con el corazón encogido oyó los chasquidos de la madera. Buscó a Tristán y lo vio asido a la baranda mientras la *nau* escoraba a causa de las vías de agua que inundaban la bodega.

En el momento en que iba a llamarlo, una polea cayó de la arboladura y golpeó con terrible fuerza la cabeza de Tristán. El corazón se le detuvo en el pecho al ver el chorro de sangre que salió de su sien y presenciar que caía desplomado. Lo llamó con gritos desesperados mientras él rodaba como un fardo por la cubierta inclinada, tiñendo de rojo la madera. Entonces el mástil se partió y levantó parte del entablado, catapultando a Irene hacia el mar.

En el agua, la joven tragó y braceó en busca de aire. Verse en medio de incontables burbujas sin poder respirar le provocó tal pánico que olvidó todo lo demás. La sal mordía las mil heridas provocadas por las astillas y luchaba desorientada contra el peso del vestido. Su mano errática golpeaba el tonel al que estaba atada. Al final logró asirse a un borde de la madera y logró sacar la cabeza.

Tosió con fuerza y cuando se serenó contempló la magnitud de la tragedia. A pesar de la niebla, la luz crepuscular le permitió divisar la galera situada ahora junto a la maltrecha *nau*, que se hundía lenta, inclinada y sin arboladura. Podía oír los gritos mientras saqueaban el barco antes de que lo engulleran las aguas. Pidió auxilio con todas sus fuerzas mientras una suave corriente la alejaba de los barcos.

Junto a ella vio un brazo descarnado y le pareció que el anillo de oro en uno de los dedos era el de Romeu de Sóller. Se estiró para cogerlo, pero lo soltó con horror; estaba amputado.

Intentó bracear sin éxito hacia la galera mientras permanecía vívida en su mente la sangre brotando de la cabeza de Tristán. Las lágrimas se mezclaron con el agua de mar y poco después la oscuridad de la noche acabó por opacar los detalles. Desorientada, calló; tenía la voz ronca de tanto gritar, pero ya no sabía en qué dirección hacerlo.

42

Anochecía cuando Caterina entró sigilosa en la oscura iglesia de Santa Catalina. Era un templo gótico con naves de crucería, erigida sobre una antigua mezquita tras la conquista de Valencia por Jaime I. La tenue luz que penetraba por los esbeltos ventanales de alabastro le confería una atmósfera de sereno recogimiento. Su aya, como cada día que acudían, se acercó a la capilla de San Lorenzo, cerrada con una verja, donde se enterraban los Coblliure, y rezó hacia la tumba de Beatriu, la madre de Caterina. La joven, sintiéndose culpable, se encaminó al trasagrario, formado por una pequeña cripta bajo el altar mayor. Con su padre asistía a vigilias en aquel recogido espacio y sintió nostalgia. La niña huérfana que rezaba con fervor por la memoria de su madre ya no existía. Con los ojos enrojecidos, se arrodilló para orar y meditar sobre su futuro inmediato.

Acababa de llegar del Grao, donde toda la familia y los criados despidieron al primogénito Garsía y a Eimerich, que partían hacia Livorno, el puerto en el que desembarcarían en su viaje hasta Bolonia. Por si no volvía hasta finalizados los estudios, micer Nicolau entregó a su hijo varias letras de cambio para costear primero el bachillerato en artes y luego el doctorado en decretos y cánones. Garsía las tomó sin disimular su alegría, pensando en las algazaras de estudiantes tan mencionadas en la escuela de Antoni Tristany.

Caterina compartió con Eimerich una intensa mirada cargada de cálidos recuerdos y un comedido deseo de que Dios lo guardara. Él sonreía mientras acariciaba el humilde anillo que llevaba en su dedo.

El día siguiente era su turno para partir. En la alcoba estaba dispuesto el arcón con los vestidos más recatados y austeros para la vida en el convento. Había decidido dejar en la casa el bastidor de bordar; jamás terminaría aquellas deformadas flores.

En la intimidad del trasagrario sacó la breve nota que un lacayo de don Felipe le había entregado con disimulo. La propuesta de fuga era una locura que sólo se vivía en los libros de caballerías. La emocionaba y la aterraba. Tenía presente las advertencias de su padre y de Eimerich, pero sus labios aún retenían el recuerdo del beso ardiente que tanto la turbó. La decisión que tomara marcaría el resto de su vida.

Lentamente el trasagrario se vació y el silencio la envolvió. Oyó un crujido a su espalda. Gostança, cubierta con el velo, la miraba sonriente. El corazón se le desbocó.

—Has sido astuta, Caterina. Un ardid impecable, he de reconocerlo. —Levantó su cepillo de plata y le mostró cómo brotaba el estilete del mango—. Eres inteligente y sin escrúpulos. Habría sido interesante tenerte como aliada y no de adversaria.

Caterina se levantó y retrocedió lentamente.

—¿Qué queréis de mí?

—Para eliminar la ponzoña que envilece mi alma he tenido que hacer grandes renuncias y sufrir penalidades —siseó la otra mientras se desvanecía su sardónica sonrisa—. Ayudaste a Irene a escapar… y mi agonía se prolonga, pero no será por mucho tiempo. Morirá en el mar y con ella todo lo que enseñó su maldita madre. Sólo quedará Elena por encontrar, y espero que En Sorell me desvele dónde se oculta.

—¡Dejadme marchar! —jadeó Caterina.

—Te marchas para ocultarte, pero los Coblliure merecen un castigo. —Con la daga señaló la salida del trasagrario, donde se ubicaba la capilla de San Lorenzo, la tumba de su madre—. Tú y tu entrometido criado acabaréis juntos en ese sepulcro.

Gostança se aproximaba lentamente. Tenía el manto desplazado y un mechón de su oscura melena se le derramaba sobre un hombro. Nunca la había visto tan de cerca. Sus facciones eran las de una diosa; bella y distante.

Caterina retrocedió hasta que su espalda chocó con una talla de la Virgen de los Inocentes. Cuando la enlutada llegó hasta ella, empujó el pedestal de mármol. La pesada columna basculó y la imagen cayó sobre la agresora con un sonoro estruendo. Gostança profirió un alarido de dolor y renqueando se escabulló por el acceso antes de que los fieles entraran alarmados.

—¡Caterina! ¡Virgen santa!—exclamó el aya María, jadeante.

La joven, aún tratando de calmarse, advirtió un destello entre los restos destrozados de la escultura. Con disimulo se apoderó del cepillo de plata y se lo guardó bajo el cinturón de seda. Dos clérigos la ayudaron a ponerse en pie y se atusó el vestido mientras la criada le recomponía la mantilla.

—¡No sé qué ha pasado! —se excusó, simulando estar compungida y aterrada—. Creo que tropecé. ¡Dios mío! —Tomó del suelo la cabeza coronada de la Virgen y se la entregó a uno de los clérigos—. Mi padre entregará diez libras para novenas y misas.

—Ha sido un accidente, gentil dama —adujo el clérigo, pesaroso.

Cuando abandonaron la parroquia aún temblaba. Sabían que Gostança no estaba sola en aquella mascarada, sino aliada con los Dalmau y tal vez con Josep de Vesach, del que decían usaba En Sorell para su negocio de esclavos como si fuera suyo, con la aprobación de Hug Gallach. Pero esa noche la dama había hablado con palabras extrañas y opresivas como si lidiara a su vez una lucha personal y solitaria. Sólo sabía de un anhelo potente y desgarrador que justificara tanta crueldad: la venganza.

Antes de llegar a la calle dels Juristes pasaron por delante de un taller de cuero y correajes para caballerías en la calle de la Corretgeria. En la puerta, dos aprendices se enfrentaban al ajedrez con toscas piezas de madera. El antiguo juego causaba furor en Valencia, y desde hacía décadas en la urbe se practicaba con nuevas reglas que dotaban de mayor dinamismo y variedad a la lid.

Curiosamente, pensó Caterina, una de las novedades fue conceder a una de las piezas libertad de movimiento, convirtiéndola en la más poderosa y letal sobre el campo cuadriculado. Gostança la había calificado de «digna adversaria». En el ajedrez se enfrentaban dos de esas piezas singulares: las damas.

43

Irene despertó cuando se golpeó una pierna con algo duro y resbaladizo. Aunque no sentía sus miembros, el dolor fue intenso. Era noche cerrada, pero podía atisbar el contorno de una gigantesca mole frente a ella. Se impulsó luchando contra las suaves olas hasta alcanzar unas rocas y salió del agua. Comenzó a frotarse las piernas y los brazos hasta que la sangre fluyó de nuevo y recuperó las fuerzas para trepar por la abrupta pendiente. Llegó a una planicie de tierra seca, cubierta de cantos. Aterida de frío, se hizo un ovillo y se sumió en un inquieto letargo.

Cuando abrió los ojos de nuevo el sol la deslumbró. Oyó el graznido estridente de cientos de aves que volaban sobre su cabeza y se lanzaban sobre las olas en busca de alimento. Lentamente se movió, resistiendo el dolor de cada miembro. Estaba cubierta de cortes y arañazos pero ilesa.

Se puso en pie con dificultad y fue testigo del más bello amanecer que jamás había presenciado. Se negó a que su mente se perdiera en amargos recuerdos y permaneció extasiada en el rico espectro de tonos anaranjados e índigos que se intensificaban en la lejanía entre finas lenguas de nubes. Oteó el paisaje circundante. Se hallaba en una isla de menos de una milla, con forma de media luna, que acogía una bahía de aguas tranquilas y transparentes orientada al este. Sus dos extremos se elevaban en suaves montículos. A lo lejos avistó cuatro grupos de islotes, rocosos y de menor tamaño, y lejos, en el horizonte de poniente, se divisaba difusa la línea oscura de la costa. La última referencia que recordaba era el paso frente a Castellón y sus pueblos pesqueros. La isla estaría algo más al norte. Parecía deshabitada, y decidió explorarla.

Sorteando rocas y maleza, varias lagartijas se escabulleron a su paso, pero también advirtió que otras alimañas reptaban entre los matorrales de lentisco y sosa fina. Un escalofrío la recorrió cuando vio la primera; eran serpientes. Estaban por doquier, y con tiento escogió zonas despejadas en las que pudiera ver dónde ponía los pies descalzos.

Lentamente la angustia se abrió paso. No lograría sobrevivir en una isla desierta e infestada de serpientes. Bebió con avidez de los huecos de las rocas y llegó al montículo situado al norte. Sobre el agua flotaban maderos y marañas de cabos arrastrados como ella, pero ni rastro de la galera. La daban por muerta.

Descubrió un chamizo de troncos, barro y piedras construido en una hendidura cobijada del viento. En el interior halló dos mantas de lana acartonadas por el salitre, así como cuerdas, anzuelos y viejos cestos con migas rancias de galleta. De la techumbre colgaba una pata de pulpo reseco como el cuero. Sacudió las mantas en el exterior y se desnudó para poner a secar el calzón de lino, la camisa y los harapos en los que se habían convertido su saya y su capa. Mientras daba cuenta de aquellos restos de comida desechados se dejó acariciar por la brisa. El sol calentaba su piel y notó un hormigueo. Era una curiosa sensación de libertad, lejos de miradas indiscretas.

Sacó de la bolsa de cuero que llevaba colgada al cuello el breviario de Elena. A pesar de la envoltura aislante estaba húmedo y algunas páginas resultaban ilegibles, pero ella ya guardaba todas aquellas enseñanzas en su mente.

Unas horas más tarde, cuando el sol brillaba alto en el cielo, descubrió a Mey inmóvil en el aire, combatiendo la brisa con sus alas blancas. Ansiosa, se vistió para recorrer la costa. El ave, de hábitos nocturnos, parecía desorientada, pero trazó un arco en el aire y descendió. Irene la siguió, guiada por la intuición.

—¡Tora!

El hombre se hallaba tendido sobre una roca lamida por las olas. Mientras descendía con dificultad lo vio moverse. El oriental, pálido, sonrió al verla y señaló el torniquete en el muslo hecho con la camisa. Tenía los labios resecos y susurraba.

—No hay nadie más —indicó Irene.

Él asintió levemente; tal vez la entendía. Lo ayudó a llegar hasta la cabaña.

—Es un refugio para los meses estivales, pero estamos en noviembre.

Tora se animó al ver instrumentos de pesca y los cestos de mimbre.

—Pesca y coral rojo… —dijo.

—¡Veo que Romeu te enseñó algo de nuestra lengua!

Él sonrió con tristeza al recordar al afable mercader. También ella sentía el vacío de la pérdida, aunque no quería pensar en eso. La imagen de Tristán con la cabeza sangrando la desalentaba. El oriental siempre se mantenía distante, perdido en su extraño mundo, pero en ese instante vio al hombre agazapado bajo el guerrero. Le ofreció el resto de los mendrugos de galleta y lo que quedaba del pulpo, luego buscó agua dulce y le limpió la herida. Era un corte profundo en el muslo y tenía mal aspecto; aun así, confiaba en su fortaleza. Tora, frotando dos ramas secas sobre hojarasca, encendió un pequeño fuego mientras ella recogía arbustos y maderos del naufragio arrastrados hasta la orilla.

—Abandonados en una isla desierta llena de serpientes —explicó Irene, desolada—. Supongo que los pescadores no regresarán hasta la primavera.

—Islas *Columbretes*… —dijo el oriental—. Romeu contó camino de Valencia. Romanos llamaban *coluber* a culebras… Pero son víboras… peligrosas.

—¡El lugar está infestado! —exclamó Irene, espantada.

El atardecer volvió a mostrar la belleza de aquel inhóspito lugar. Frente al sol rojo que se hundía moribundo por el poniente, rompió a llorar por Tristán. Fue un llanto prolongado, colmado de amargura. Tora meditaba sobre una roca en la misma postura que lo hacía junto a la bañera de fango en la ermita. Al verla se acercó y le susurró palabras en su lengua. Allí no tenían sentido las estrictas normas que regían el decoro de una dama, e Irene se abrazó a él en busca de consuelo, dejando que el hombre la meciera y le acariciara la melena apelmazada.

Los días pasaron lentos. La herida del extranjero no mejoraba. Apenas podía caminar sin que volviera a sangrar, pero sobrevivir formaba parte de su entrenamiento. Con sus consejos, la joven reparó la techumbre del refugio y recompuso el muro con barro y ramas para mejorar el aislamiento. Aprendió a encender fuego, a pescar con los anzuelos, a recolectar moluscos y a recoger espárragos trigueros, abundantes en la isla. La lechuza cazaba serpientes o lagartijas y Tora la enseñó a traerlas. Ambos se esforzaron por hacerse entender. El hombre hilaba frases cada vez más complejas y se ayudaba de gestos que despertaban la hilaridad de Irene. A pesar de que el dolor por su amado no remitió, logró arrinconarlo mientras luchaban cada día por ver un nuevo amanecer.

A medida que el tiempo se hacía desapacible, una turbia inquietud se apoderó de ella: la infección de la herida de Tora comenzaba a extenderse por la pierna.

A mediados de noviembre ya reinaba un ambiente invernal. Una mañana gris y lluviosa Irene entró temblando en la cabaña y dejó el cesto en el suelo.

—¿Has cogido algo? —preguntó Tora con su extraño acento.

Ella sacó del cesto dos pequeños pulpos que se retorcieron en sus manos. Le dio la vuelta a las cabezas y se dispuso a colgarlos. Uno se le escurrió y comenzó a revolverse en el suelo, cubriéndose de tierra. Al verlo, estalló en un llanto de rabia.

—Debes ser fuerte, Irene. Ahora más que nunca.

—¡Compadécete de ti, Tora! —le espetó, furiosa.

Se arrepintió al instante y musitó una palabra de disculpa. Avergonzada, hizo ademán de salir de la cabaña, pero algo pasó volando ante su cara y se clavó en un tronco, a un palmo de su nariz. Palideció al contemplar la daga de Tora.

La oscilación de la empuñadura la hipnotizó. El hombre se entretenía jugando con el afilado estilete que tan útil resultaba. Lo volteaba y lo lanzaba con precisión.

—No me compadezcas, mujer… Soy un guerrero y así moriré. —Sus palabras sonaron claras, como si las hubiera meditado largamente—. Es grande el honor de caer ayudando a alguien indefenso, pero quiero que dejes de serlo.

En sus pupilas negras vio la verdad: pronto estaría sola.

—¿Podríais enseñarme a hacer eso? —le preguntó.

Entonces sacó una honda similar a la que usaba Romeu. En el barco ambos amigos solían practicar durante horas. Tora había aprendido a usarla y su puntería dejaba a todos asombrados.

—Muchas cosas puedo enseñarte, mujer. Lanzar cuchillo y honda, ser una sombra y moverte como la víbora. —Entornó los ojos—. También a serenar alma y a buscar el tesoro que guardas.

—¿Cuál?

—Valor para aceptar pasado y combatir futuro.

Irene sonrió y arrancó la daga de la madera.

Durante las siguientes semanas una chispa de luz y vitalidad los envolvió a ambos. La infección se extendía, pero Tora se animó a salir de la cabaña apoyándose con dos bastones y comenzó a instruir a Irene. Ella jamás tendría la fortaleza de un guerrero; su baza era el sigilo y la agilidad. Juntos observaron el comportamiento de las víboras de la isla y los certeros ataques de Mey. Irene aprendió a controlar la respiración, a serenarse sobre una roca bañada por el sol, a correr, a saltar y caer sin dañarse. Se sorprendió de su buena puntería con la honda, y pasaba horas golpeando guijarros a diferentes distancias.

A veces tenía la sensación de que los dos estaban muertos y no eran más que fantasmas vagando en una tierra solitaria, una isla atemporal entre la vida y la muerte. Tora comenzaba a hablar con fluidez, y la joven descubrió que era mucho más que un avezado combatiente. Poseía una riqueza espiritual extraña y fascinante. Mientras que ella rezaba en latín, a menudo distraída, él buscaba todas las respuestas en su interior y nada hacía sin meditar.

Irene quiso beber de esa serenidad que sólo se conseguía cerrando los sentidos, dominándolos. Así descubrió que su alma latía brillante, intacta a pesar de lo vivido.

44

Audite quid dixerit… Iudicii signum. Secreta, atque Deus reserabit pectora luci.

Eimerich despertó sobresaltado. Lentamente se diluyó la imagen de Andreu, macilento, agonizando en el lecho. A menudo en sus pesadillas regresaban las palabras que susurraba antes de morir, como si su alma no descansara en paz.

Tenía la frente empapada en sudor, pero comenzó a tiritar, envuelto en su capa sobre el suelo helado de madera. Se frotó los pies insensibles. Nevaba en el exterior, y cuando pensaba que el invierno aún estaba por llegar a Bolonia se aterraba. En esas condiciones no sobreviviría.

Llevaban instalados un mes en la ciudad y tenía la sensación de ser otra persona. Todo lo vivido en Valencia parecía lejano y difuso. El recuerdo de la bella Caterina le producía un dolor sordo y se preguntaba qué sería de ella en el convento.

Micer Nicolau consiguió una plaza para su hijo en el colegio de San Clemente, donde se alojaban en un régimen casi monástico los estudiantes de la nación española y excepcionalmente algún catalán, pero Garsía prefería una pequeña habitación en el bullicioso hostal de Piccolomini, lleno de estudiantes agitados, en la que por alguna moneda se hacía la vista gorda al acceso de prostitutas.

Eimerich solía dormir en la escalera o el pasillo y era despertado a patadas cuando molestaba el paso, pero Garsía le había comprado la vieja capa y tenía un cuenco de gachas al día si ayudaba en la cocina.

A pesar de su situación miserable, el hambre y las carencias, la asistencia a las clases colmaba sus desdichas. Acudía a diario en nombre de Garsía a las lecciones de arte de prima y vísperas, impartidas en un pequeño palacio tras la vía de San Mamolo, cerca de la puerta de la ciudad, para obtener el título de bachiller y poder así acceder a los estudios superiores de decretos. Fantaseaba con ser él miembro de una de las naciones de ultramontanos, la catalana, que integraba estudiantes de toda la Corona de Aragón.

La Universidad de Bolonia, a la que todos llamaban *Alma Mater Studiorum*, la formaban un conglomerado de estudios independientes por naciones según el origen de los alumnos, todos reconocidos por la autoridad local y la Iglesia. Gozaban de un estatuto jurídico propio con privilegios y beneficios que era causa de múltiples conflictos con los boloñeses. Con un régimen democrático, cada nación elegía dos consiliarios y éstos a su rector, siempre un estudiante de los últimos cursos, que se convertía en la autoridad y el juez en los pleitos entre el alumnado, y dirimían los conflictos con la ciudad y las otras naciones. Al contrario que en otras universidades, eran los estudiantes los que dirigían la marcha de la *universitas scholarium*, regulaban las materias y contrataban al profesorado.

Garsía sólo había asistido a la lectura matinal del primer día sobre aritmética, para calcular con el ábaco de Leonardo Fibonacci, y dejó allí a su asistente con los criados de otros alumnos. El hijo de Nicolau desaparecía del hostal durante varias jornadas sin liquidar los gastos a diario, como era costumbre. Eimerich se esforzaba para que no los echaran, pero no gozaba de estatus estudiantil y la paciencia de la casera se agotaba.

Muy pronto supo de Armand de San Gimignano, un benedictino irascible y exigente recordado como uno de los mejores profesores de retórica de todos los tiempos, pero hacía años que estaba retirado en el monasterio boloñés de Santo Stefano, incluso varios alumnos le aseguraron que había muerto. Desde su llegada se había propuesto acudir al importante cenobio en el corazón de la ciudad; no obstante, ajetreado con las clases y el trabajo en el hostal, había pospuesto la visita.

Días antes recibieron una carta de micer Nicolau informando del hundimiento de la *nau* donde viajaban Irene y Tristán. Caterina había ingresado en las clarisas de Gandía. Eimerich lloró por sus amigos y sentía un profundo vacío al pensar en la hija de su señor, pero Bolonia le ofrecía la posibilidad de olvidar la cenagosa trama de miedos y traiciones e iniciar una nueva existencia. Sin embargo, desde que recibió la terrible noticia, casi cada noche soñaba con Andreu Bellvent en su lecho de muerte. Era un asunto pendiente y tal vez había llegado el momento de dejar que su antiguo señor descansara en paz por fin.

Envuelto en la capa salió al oscuro callejón cubierto de una fina capa de nieve que ocultaba el empedrado salvo en algunos rincones. El invierno se acercaba inexorable.

En cuanto abandonó el portal lo golpeó una ráfaga de viento gélido y se estremeció. Los trapos con los que se envolvía los pies dentro de los botines de cuero gastado no lo aislaban del frío. Varias veces vaciló y cambió de rumbo por las calles intrincadas, llenas de restos que los artesanos abandonaban fuera de los talleres. Por la vía Paezze llegó a la calle de Santo Stefano. Avanzó a cubierto bajo los porches de las casas y cruzó por delante de tabernas en las que los estudiantes cantaban y reían con estruendo. En una de ellas podía estar Garsía.

Cruzó ante la torre Bianchi, que se elevaba como una aguja sobre las techumbres de la ciudad. Las esbeltas torres de ladrillos estaban por todo el centro y eran numerosas, pues simbolizaban el poder de las familias más pudientes y pretenciosas. Algunas se estaban inclinando peligrosamente, amenazando con provocar una catástrofe urbana.

La calle se amplió hasta convertirse en una plaza que moría ante las fachadas de tres iglesias unidas que formaban un bello conjunto; estaba ante la abadía de Santo Stefano, el lugar más sagrado de la ciudad.

Torció a la derecha y rodeó el cenobio hasta una puerta discreta que le habían indicado. Tiró de la cuerda y oyó el eco de una campanilla lejana. El portero, un monje lego, se asomó malcarado. El hedor de sudor y orines del hábito benedictino aturdió al joven. Molesto, observó al visitante como si se tratara de una criatura del averno.

—Deseo hablar con fray Armand de San Gimignano —solicitó Eimerich en el dialecto boloñés que ya comenzaba a conocer.

—¡Lárgate, pordiosero!

Eimerich no se arredró. Le ofreció dos manzanas que había robado en la mugrienta cocina del hostal. El monje se las arrebató y se encogió de hombros.

—*Fra* Armand murió.

Cerró de un portazo, y Eimerich oyó que atrancaba la puerta. No sólo le había robado, sino que estaba seguro de que mentía; perdió los nervios.

—¡Decidle que los fantasmas de las larvas lo seguirán hasta el infierno! —gritó golpeando con furia la puerta.

Se quedó acurrucado bajo el dintel tiritando y con los puños enrojecidos. Maldijo entre dientes. Decidió regresar a la taberna, pero el cerrojo volvió a gemir.

El portero lo agarró por la capa y lo arrastró hacia el interior. Pasaron a un amplio claustro, sobrio y silencioso. La nieve había blanqueado el pozo central. Una sombra talar aguardaba inmóvil en un rincón. Se cubría con la capucha, y de su rostro ensombrecido brotaban vaharadas en cada respiración.

—¿Quién más ha muerto? —demandó sin rodeos el clérigo en la lengua de Valencia pero con entonación toscana.

Tras Eimerich aguardaba el portero con un candil, esperando la orden de arrastrarlo de nuevo a la calle. Decidió aprovechar el miedo que destilaba el monje.

—*Mestre* Simón de Calella se desangró con las manos amputadas acusándoos a vos, fray Armand de San Gimignano, de traición y lamentando serlo él también. —Prudente, silenció el intento de asesinato de Elena de Mistra—. Luego Gostança de Monreale acabó con dos mujeres, una noble y una monja, y finalmente le llegó el turno a quien fue mi señor, Andreu Bellvent, probablemente envenenado con cantarella. De nadie tuvo piedad excepto de vos, al parecer…

—A veces la Providencia reserva castigos aún peores que la muerte.

Se retiró la cogulla y Eimerich dio un paso atrás. La tenue luz del candil mostró un rostro sin ojos. Dos cuencas vacías y profundas, con rugosas cicatrices al fondo de las oquedades. La visión de una faz mutilada dejó al joven sin habla, horrorizado.

—¿Quién eres, muchacho? ¿Por qué inquietas a los espectros del pasado?

—Mi nombre es Eimerich, soy criado del abogado de Valencia micer Nicolau Coblliure. Os contaré gustoso mi terrible historia y espero así librarme de ellos, pues aun siguen acosandome.

El monje se cubrió de nuevo y tras meditar un instante su actitud cambió.

—Es una noche fría, joven. Hacía mucho tiempo que aguardaba esta visita, aunque no esperaba a un criado.

—Llegué como asistente de estudios de su hijo, Garsía Coblliure, pero nada sabe él de este oscuro asunto.

—No hablas como un criado. Se advierte inteligencia en tu forma de expresarte.

El antiguo profesor de retórica se acercó al portero y le susurró algo al oído. Luego cogió del brazo a Eimerich.

—Acompáñame a la celda. ¡Se platica mejor con algo de vino especiado bien caliente!

45

Armand de San Gimignano había convivido durante muchos años con alumnos valencianos y dominaba bien la lengua. Ocultaba su horrible rostro mutilado con la cogulla y Eimerich, reconfortado por la bebida y el fuego que ardía en el hogar de la austera celda, desgranó su vida y describió con detalle los últimos acontecimientos que provocaron la precipitada marcha a Bolonia como criado de un estudiante díscolo. El monje escuchó atento, sin interrumpirlo ni una sola vez. El joven podía notar el ansia con la que su interlocutor movía las manos sarmentosas, pero se sentía cómodo.

—¿Irene es como su madre? —inquirió Armand tras un silencio.

—Elena era reservada en sus asuntos. A pesar de su delicada salud, pues caminaba encorvada por las hernias y la asediaban frecuentes dolores, era bella, poseía una singular fuerza siendo el alma del hospital regentado con su esposo. Su carisma despertaba recelos en algunos hombres, pero no en el señor Andreu. Ahora que sé que además era una filósofa comprendo de dónde brotaba su carisma y tesón; sin embargo, su pasado sigue siendo un misterio. Irene es muy parecida a su madre… Aun así, se quedó sola y, aunque ha tratado de seguir sus pasos, ha sido finalmente víctima de su condición.

—Y tú… ¿cómo eres tú, Eimerich? —siguió Armand.

No esperaba la pregunta.

—Estoy aquí porque mi mundo en Valencia se desmoronó

por culpa de una mujer llamada Gostança de Monreale, la que al parecer os hizo eso.

—Aún no has respondido.

—He sufrido mucho, *fra* Armand. Creo que este misterio no le corresponde resolverlo a un simple criado. —Se acordó de Caterina y sintió aquella familiar punzada en el corazón—. Lo único que deseo es seguir adelante con mi vida y, si algún día pudiera lograrlo, dejar de ser asistente y estudiar.

—Pues tendrás que elegir.

—No os entiendo.

El monje se levantó renqueante, afectado por el vino. Palpó debajo del jergón y sacó un pequeño arcón de madera vieja, sin adornos. Del interior extrajo una máscara de cera idéntica a las que Eimerich había visto en Valencia. Amarilleaba y tenía grietas que dejaban ver el cartón, lo que le confería un aspecto más siniestro.

—Aunque sé que dices la verdad, Eimerich, soy experto en retórica y percibo más de lo que habla tu boca. Sirves a un abogado, pero te mantienes fiel a los Bellvent como el primer día que entraste al servicio del hospital. Has venido a mí porque deseas entender lo que pasó, aun sabiendo que Irene ha desaparecido en el mar. Y sé además que ocultas algo importante. —Volvió a sentarse y su mano rozó la superficie de la máscara—. Puedes salir de esta celda y seguir con tu vida o conocer el origen de este asunto. Pero si escoges lo segundo deberás jurarme que no cejarás hasta descubrir quién es esa dama enlutada y por qué actúa así.

—Sois el único que ha sufrido un ataque y continúa vivo —adujo Eimerich—. Quiero saber al menos la razón antes de elegir.

Armand asintió sonriente ante la réplica del criado. Era justo, después de todo el periplo sufrido por aquellos valencianos. Era su turno. Se escanció más vino y comenzó:

—Todo empieza hace tres décadas. Los eruditos exiliados de Constantinopla impulsaron aún más la traducción de textos clásicos y mostraban al mundo la belleza de los mitos helenos como nunca antes se había conocido. La brisa fresca de renovación intelectual llegaba a las naciones de estudiantes del *Studio General* de Bolonia. En esta y otras universidades proliferaron círculos más o menos secretos para profundizar en tales cuestiones. Yo, joven y ansioso por aprender, me uní a una de tales hermandades.

—La de las Larvas…

—La larva, hierática, pálida y simple, es un mero fantasma al igual que nuestra alma antes de iniciar el largo proceso de comprender la relación entre el Creador y lo creado. La máscara de cera y una capa negra nos preservaba de posibles delatores. Cada miembro podía traer sólo a un aspirante, de tal modo que ninguno conocía más que al que lo había invitado y al suyo propio. A mí me introdujo Paolo de Bari, hijo de comerciantes de especias, al que copiaba libros de otros alumnos y me pagaba los estudios. Luego yo invité a un valenciano que deseaba terminar artes y estudiar medicina, Simón de Calella.

—Una cadena… —musitó Eimerich, recuperando viejas sospechas.

—Según las épocas, eran más o menos. Entonces éramos siete y nos reuníamos en el sótano de la Taberna del Cuervo en un ambiente libertino y mucho vino. Sin quitarnos jamás las máscaras y hablando en latín nos ataviábamos para representar escenas mitológicas, celebrábamos con solemnidad festividades como la muerte de Platón; además, componíamos poesía inspirada en autores clásicos. En ese ambiente surgió como un destello de luz blanca y pura la griega Elena de Mistra.

Apuró el vino visiblemente agitado y se sirvió más de la jarra, derramándolo sobre la mesa. Su gesto se ensombreció.

—No recuerdo bien su periplo tras huir de la invasión turca. Estuvo algunos años en Nápoles, bajo la protección del rey. Criada en la Universidad de Constantinopla, creció entre los más grandes eruditos y filósofos de Oriente, y a pesar de no tener ni veinte años sus palabras eran como rayos de potente claridad. Podía traducir textos griegos antiguos y los comentaba con agudeza. Su fama se extendió entre las damas de la corte napolitana y muchas comenzaron a estudiar a los clásicos. Bajo su guía lo hacían en busca de hechos dispersos y perdidos en la senda de la historia, que permitirían a las mujeres encontrar la salida del laberinto en el que estaban encerradas. Poseía una gran fortuna y un pequeño séquito de criados, aunque cuando llegó sólo la acompañaban dos mujeres: una muchacha noble de la corte de don Alfonso V llamada doña Angelina de Vilarig y su criada Sofía, que según dices cambió el nombre por Teresa de los Ángeles al profesar como monja.

—¿Elena estuvo en Bolonia? —demandó Eimerich, sorprendido.

—Fue durante el otoño de 1456, lo recuerdo bien pues fue el último año en la universidad del ahora poderoso cardenal don Rodrigo de Borja antes de ser llamado por su tío el papa Calixto III para asumir la vicecancillería del Vaticano. El ilustre estudiante vivía con más de treinta sirvientes en el Colegio Gregoriano. Asistí a alguna de sus inconfesables fiestas, como la del libidinoso juego de la castaña... ¡Éramos jóvenes! —trató de excusarse, con un matiz nostálgico en la voz—. Rodrigo quiso complacer a la comunidad estudiantil y su propia curiosidad. Usó sus influencias en Nápoles para que la joven Elena de Mistra, que entonces tenía apenas dieciocho años, impartiera alguna *lectio* en la universidad, pero al final las autoridades de Bolonia no lo permitieron. Sin embargo, una de las larvas logró que aceptara la invitación para acudir a la bodega y exponer sus singulares tesis.

—¿Y qué ocurrió?

Fray Armand agitó la cogulla.

—Durante seis noches, una cada cuatro o cinco días, Elena de Mistra nos habló con suaves palabras, sin amilanarse por estar rodeada de hombres con máscaras que susurraban entre sí. Conocía bien la obra de Platón, textos judíos y de la Iglesia primitiva. Era joven, bella y erudita... —Aspiró hondo—. Una combinación nefasta en una mujer.

»La séptima y última reunión con la griega se convocó un viernes de noviembre. Por alguna razón, uno de nosotros tenía intención de cargar el ambiente y el vino corría a raudales. Incluso las mujeres se vieron obligadas a beber por cortesía. Esa noche Elena y sus damas representaron una danza ataviadas como reyes coronados. Era un mito griego, el drama de Leda, pero interpretado de una manera sorprendente y novedosa. Entonces se desató una fuerte discusión. —Armand comenzó a alterarse y a gesticular—. Una de las larvas, exasperada, la acusó de inspiradora del diablo por reinterpretar el pasado con falacias peligrosas, de alterar los Textos Sagrados e incluso de cometer sacrilegio contra la Santísima Trinidad destacando la existencia de una parte femenina en la idea de Dios, ya elaborada por judíos y proseguida por cristianos.

Eimerich se estremeció al recordar el antiguo fresco de las Magdalenas.

—Ella sólo defendía la causa femenina de la «Querella de las Mujeres» —siguió *fra* Armand, alterado—, demostrar que no existía un derecho natural que las señalara como inferiores en dignidad o con tendencia al pecado. Sus afirmaciones eran especialmente heterodoxas cuando no heréticas, pero las fundamentaba con citas y textos, para ayudarnos a comprender. No veneraba a diosas paganas como al parecer hacen las brujas, sino que reinterpretaba el concepto de nuestro Dios con trazas de antigua sabiduría.

—Pero en boca de una mujer resultó ser intolerable...

—Los ánimos se enardecieron alentados por los vapores del vino. Varias larvas salieron en defensa de Elena entre gritos y empujones. Sin que nos diéramos cuenta, por la excitación y la penumbra reinante, la joven dama abandonó la estancia. Tal vez sólo quería serenarse, pues sus dos acompañantes seguían con nosotros, observando la disputa silenciosas en un rincón. Nadie notó que una de las larvas fue en pos de la dama... o si se percató, prefirió callar. El debate era enconado y no recuerdo cuánto tiempo pasó, pero las dos mujeres se dieron cuenta de que Elena no regresaba e inquietas salieron a buscarla. El sótano tenía un largo pasillo con pequeños cubículos a los lados usados de almacén. —La voz de *fra* Armand se atipló al rememorar aquello—. Cuando oí los gritos de terror de las damas comprendí que algo terrible había ocurrido.

»Salimos en tropel. En un estrecho silo yacía Elena con el

vestido desgarrado, medio desnuda, con signos de haber sido golpeada y forzada. Sollozaba y le sangraba un pómulo. Las otras mujeres la cubrieron, rogando nuestra piedad entre lamentos, aterradas.

—¿Quién pudo hacerlo?

—El agresor estaba entre nosotros, pero aprovechó el caos para unirse al resto de las larvas. Quien fuera se mostraba tan horrorizado como los demás bajo la máscara de cera. Uno de nosotros recuperó el aplomó, cogió a Elena en volandas y, seguido por sus dos acompañantes, abandonó la taberna en busca de los criados de don Rodrigo que aguardaban discretamente en un oscuro callejón.

»Cuando regresó el que había socorrido a Elena nos advirtió que la guardia de la ciudad no tardaría en llegar. El agresor debía desenmascararse. Nos miramos en silencio hasta que uno propuso un pacto de silencio. Elena era una mujer extranjera y todos nosotros, jóvenes estudiantes, privilegiados, cuyo futuro peligraba por aquel luctuoso incidente. La oposición se zanjó con graves amenazas; nos aterraba la posibilidad de ser apresados y sólo queríamos salir de allí cuanto antes.

—Preferisteis olvidar el crimen y proseguir con vuestras vidas.

—¡Dios me perdone! —exclamó Armand. De un tirón se apartó la cogulla y mostró de nuevo su faz mutilada—. ¡Éste es el pago por mi cobardía! Sin ojos para poder leer la *lectio* de retórica ni ver a mis alumnos… —Bebió de la jarra con avidez derramándose el vino sobre el hábito y prosiguió—: Sin cruzar ni una palabra más, abandonamos para siempre el cubil de las larvas.

—¿Qué fue de Elena? —inquirió Eimerich, pálido y sobrecogido.

—En el Colegio Gregoriano, el Borja costeó los mejores médicos de la ciudad.

—¿No se buscó al agresor?

—La larva que la atendió no aceptó el pacto y quiso husmear, pero a los pocos días dos esbirros lo asaltaron en un callejón y con una soberbia paliza le hicieron desistir.

—Sin duda era Andreu Bellvent —intuyó Eimerich.

—Así es, y por eso me ha sorprendido cuando has indicado que fue tu señor. Coincidíamos en alguna *lectio* de vísperas. Él no sabía que yo era una de las larvas, y al ver los hematomas en su cara comencé a rehuirlo, el miedo me dominaba. Andreu lo denunció a los rectores, pero el influyente Rodrigo de Borja no quería que el escándalo llegara a oídos de su tío Calixto III, así que la universidad abandonó la investigación.

—¿Y Elena no llegó a ver al que la forzó?

—Un golpe la dejó sin sentido y no pudo identificarlo. —Armand volvió a cubrirse, temblaba tras rememorar los hechos—. Cundieron rumores sobre diabólicos rituales en la taberna, y dos semanas después las tres damas salían de Bolonia para siempre. Nunca he dejado de rezar por Elena e implorar perdón por mi vergonzosa actitud. Seguí con mis estudios. Con Paolo de Bari y Simón de Calella, las dos larvas que conocía, hablé de reunirnos de nuevo, descubrir nuestras identidades y con Andreu Bellvent esclarecer lo ocurrido, pero nos faltó el valor. Jamás mencionamos el incidente para evitar a la Inquisición. ¡Creí que mi castigo vendría tras la muerte, no antes!

—¿Qué os ocurrió, *fra* Armand?

—Ocurrió hace dos años. Una noche de invierno fui asaltado en una calle solitaria al volver del *Studio*. Me golpearon dos hombres, sirvientes, y esa dama enlutada se sentó sobre mí con un extraño cepillo… —Se movía con nerviosismo y gesticulaba—. Me obligó a delatar a la larva por mí invitada, Simón de Calella, y a contarle dónde residía en la actualidad. Luego dijo que mi sangre acallaría una de las voces y que se liberaría de la ponzoña. No recuerdo nada más, sólo un dolor indescriptible en la cara.

Eimerich estaba sin aliento y tomó la máscara entre sus manos.

—Os dejó esto, ¿verdad?

—Así es. Tener el estudio de medicina en la ciudad me salvó de la muerte… y desde entonces no he salido del monasterio. Tardé un año en recuperarme y mandé escribir a Paolo de Bari con un terrible presentimiento. Me respondió un sobrino suyo. Meses antes de mi ataque, Paolo y su familia habían muerto al incendiarse la tienda de sedas que regentaba. Mi antiguo amigo me había delatado antes de ser castigado, como hice yo con la larva siguiente. Debí morir, pero en cualquier caso Gostança me desposeyó de lo más preciado para un maestro de retórica: la vista, para leer.

—Al comerciante Paolo le quitó todos sus bienes… —musitó Eimerich relacionando los hechos—; a Simón de Calella le cortó las manos, el instrumento del médico; al señor Andreu, mayordomo de un hospital, lo envenenó con fármacos; a sor Teresa de los Ángeles le cortó la lengua, para que no pudiera rezar, y doña Angelina fue estrangulada…

—¡Eres un joven despierto, Eimerich! No son las únicas muertes. El sobrino de Paolo me relató que, antes del siniestro, a su tío le afectó la extraña muerte de dos conocidos de sus tiempos de estudiante. Uno era un clérigo llamado Conrad von Kolh, profesor de teología en Montpellier. Apareció en su aula amordazado y con el miembro viril amputado. Tenía fama de mujeriego. Dos meses después, se halló al barón Jacme de Lacono ahorcado en un bosque cerca de Alassio como un vulgar malhechor, la muerte más humillante para un noble. No los conocía, pero estoy seguro de que eran larvas y de que aparecieron máscaras junto a los cuerpos.

—¡Han muerto cinco hombres, las tres damas y a vos que os hirieron de muerte! —exclamó Eimerich pensando en las máscaras tachadas de la celda Dels Ignoscents.

—¡Todos los que estuvimos aquella noche en la bodega, excepto uno, pues las larvas éramos siete…!

—¡Hay que descubrir quién es Gostança, quién le explicó lo ocurrido y la alienta a cometer los crímenes! Podría ser esa séptima larva… —Eimerich quedó pensativo y añadió—: ¿Os suena Miquel Dalmau? Es un reputado abogado de Valencia. ¿Tal vez fray Ramón Solivella o Edwin de Brünn, de la Orden de los Predicadores?

—Podría ser cualquier estudiante de la época, Eimerich. De momento, comprobaremos lo que averiguaste en el hospital de furiosos de Valencia y enviaré una carta al monasterio de Martorana, en Palermo, donde dices que se crió Gostança según el *consilium* del médico. Son benedictinas como nosotros. —Tomó las manos del joven como si pudiera verlas—. Ahora debes elegir lo que te he propuesto.

—Sólo soy un criado.

—Puedo ofrecerte lo que más anhelas: estudiar.

—¡Si apenas logro comer algo cada día! —Bajó la mirada a sus ropas mugrientas, las mismas con las que salió de Valencia.

—Éste es un monasterio grande y rico. Podrías trabajar aquí y seguir con las clases. Recibirás un sueldo que, si sabes administrar, te alcanzará para matricularte.

Eimerich sintió que las lágrimas pugnaban por aflorar a sus ojos.

—Pero ¿y Garsía?

—Si regresa, ya nos encargaremos de eso. Aprovecha esta oportunidad, hijo, porque quizá no tengas otra. Inicia tus estudios, e intentaremos resolver este misterio.

Aceptó efusivo. Esa vez ni siquiera Garsía impediría que luchara con ahínco por su futuro.

—Pero ¿por dónde proseguir la búsqueda? —quiso saber Eimerich.

—Dime antes qué secreto te has reservado en tu historia, hijo. Aún no hemos hablado de Elena de Mistra. ¿No ha sido acaso víctima de este mismo mal?

El joven se sorprendió; era difícil ocultar algo al viejo profesor. Siguiendo su instinto sacó de la camisa la carta de Andreu que Irene le había entregado, arrugada por llevarla siempre encima. Tras leérsela, el monje aspiró, asombrado.

—Desde que has llegado he tenido la impresión de que Dios te envía para que yo pueda redimir mi horrible pecado. No te desprendas nunca de esa carta, pues es posible que oculte un enigma en sus palabras. En retórica solemos debatir sobre cuestiones semejantes.

—Así lo haré, aunque no creo que sepamos nunca más de Elena de Mistra.

—Confía en la justicia divina para enderezar este turbio asunto, Eimerich. Por el momento estudiarás bajo mi protección, pero permanece atento a las señales. Recuerdo bien las lecciones de esa mujer y sé que la Providencia no permitirá que se diluyan en las brumas del tiempo.

46

He hecho cálculos y creo que hoy es Nochebuena —indicó Irene, consciente de que Tora no entendería el sentido de la efeméride—. Es una noche especial para mí, llena de recuerdos. En el hospital lo celebrábamos con doble ración para los enfermos. Magdalena preparaba mazapán… Tras la misa del gallo en la capilla, abríamos un tonel de vino dulce, y se invitaba también a los vecinos. Era un velada llena de cantos y alegría.

El hombre, ojeroso y macilento, trató de sonreír, pero incluso eso le costaba. Hacía varios días que no podía tenerse en pie. Durante las últimas semanas la pierna herida se había ennegrecido y ya hedía; la fiebre era constante. Ella sabía lo que iba a ocurrir; aun así, evitaba pensar en ello. Le ofreció una tisana en un tosco cuenco tallado de un tronco llegado a la costa.

—Es hinojo marino, limpia la sangre.

Tora lo cogió tembloroso pero la mayor parte se le derramó por la barbilla. Irene simuló no haberse dado cuenta. Entró Mey en la cabaña, aleteó y se posó en el brazo del oriental. Le acarició el plumaje blanco con suavidad, susurrándole en su lengua.

—¿Desde cuándo tienes la lechuza? —Nunca le había preguntado por el animal y esa noche sintió que debía hacerlo.

—El día que me casé con Anako.

—¿Estás casado?

Tora compuso un gesto triste, perdido en los ojos de la lechuza.

—Hace años… La noche de bodas oí un ruido en la ventana.

Mey era cría perdida de un árbol cerca… Anako vio señal; debía ser mi compañera y la llamamos Mey.

—«Bella» —musitó Irene. Al ver por primera vez lágrimas surcando las mejillas del oriental, se atrevió a insinuar—: La amabas profundamente.

—Amor puro, transparente como agua que rodea Columbra. Anako murió de fiebres. Yo me encontraba ausente, sirviendo a mi señor… No pudo ser atendida; hospital era muy pobre, sin medicinas… Desesperado, partí de Cipango para olvidar…

Irene se emocionó. En el Partit, Tora perdonó la vida a Tristán y logró que devolvieran la *licència d'acaptes*. En cada vida salvada esa noche estaba el espíritu de una mujer del otro extremo del mundo llamada Anako.

Tora mostró una sonrisa deslavazada y rozó el pico de la rapaz, extrañamente inmóvil, fija la atención en sus ojos como si lo entendiera.

—Ahora Anako se esconde en mirada de Mey. ¿La cuidarás cuando no esté?

—¿Por qué lo dices? ¡No vas a ir a ningún lado! —mintió.

—¿La cuidarás?

Irene notó que las lágrimas afloraban a sus ojos y asintió, desolada.

Esa noche soñó con Tristán luchando entre escombros y humo; cubierto de sangre, pisaba cuerpos destripados lanzando mandobles con un sable curvo. Lloró ante la horrible escena hasta que pasó una lechuza ululando feliz y el batir de sus alas blancas desvaneció la imagen. De nuevo en medio de la belleza salvaje de la isla, desde el otro extremo se acercaba Tora, resplandeciente y con gesto sereno. Caminaba por fin erguido sin la pútrida herida del muslo. Ella siguió sentada cuando él, con la mirada resplandeciente, le puso las manos en el vientre y le besó la frente. Pronunció unas palabras en su extraña lengua e Irene las entendió. Hablaban de esperanza y fe. El paso por la isla era necesario para crecer; se había convertido en una dama.

Al día siguiente se levantó presa de una fuerte comezón. Estaba próximo el amanecer cuando removió las ascuas para avivar el fuego. Tora parecía profundamente dormido. Siempre lo dejaba descansando y salía de la cabaña, pero en esa ocasión se sentó junto a él. Lo llamó con un susurro y luego más fuerte. Le rozó una mejilla y la cabeza se le ladeó, inerte. El frío de su piel la hirió como una estocada.

—¡Dios mío, no te lo lleves! —imploró.

Quizá porque sintió la conmoción, Mey entró volando en la cabaña para posarse sobre el brazo caído de Tora. Ululó fuerte tres veces.

Irene se acurrucó al lado del hombre y permaneció durante horas llorando desconsolada. Una parte de ella se había ido con él y la otra vagaba en la incertidumbre de saberse sola en la isla.

Cuando el sol declinaba lo arrastró con dificultad hasta la colina opuesta y sobre el punto más alto del promontorio lo cubrió de rocas, que mojaba con sus lágrimas. Lo enterró ante la serena bahía, hacia su isla natal de Cipango. Allí podría meditar cada amanecer frente a unas aguas que se convertían en espejo del sol.

Mientras rezaba un *paternoster* por su alma, le pareció oír una canción que emergía de la isla, una melodía de tonos nostálgicos pero que enardecía el ánimo. El último llanto ante la tumba, cuando el sol moría, no fue de desconsuelo sino de desafío. Lanzó piedras al mar con la honda y golpeó la tierra hasta que tuvo que sentarse, jadeando. Se tocó el vientre. Desde hacía un tiempo lo sabía; el sangrado ya no la había visitado: alguien iniciaba el viaje con ella.

Levantó el brazo y Mey se posó en él, mirándola con sus ojos profundos. La situación era desalentadora, pero Irene sentía un poderoso deseo de vivir.

QUINTA
LECTIO

Hubo un tiempo en que ellas conocían los misterios de la vida y de la muerte, de la naturaleza y lo incognoscible. De todo aquello apenas quedan perlas dispersas que los hombres se afanan en calificar de sabiduría inspirada por el diablo.

Entre los pitagóricos destacan sabias como Theano de Crotona o Phintys de Esparta, que probó con sus tesis que coraje, justicia y sabiduría son connaturales a ambos géneros a pesar de la apropiación forzada por parte del varón. Muchas otras sabias nos legaron sus planteamientos, alejados de lo que se platica desde las tronas de las iglesias o en las tertulias de los nobles y los burgueses.

Tal vez ése sea el motivo por el que llegan cada vez más efluvios sombríos, historias como la de Bella Peregrina de Volterra, adoradora de Diana, considerada diosa de los pobres. El desprecio y la incomprensión hacen echar la vista atrás, pero la intransigencia puede acabar encendiendo la llama del fanatismo. La burda asimilación de mujer sabia con bruja y con diablo traerá consecuencias nefastas.

Has estudiado filosofía y sabes que nuestra manera de pensar es herencia de los griegos; ellos fueron nuestros padres, e incluso nuestra fe ha sido armonizada con las tesis sobre el universo y lo trascendente de los grandes pensadores de la Antigüedad. Destacaría a Sócrates, maestro de Platón, donde en la obra El banquete *de este último afirma ser discípulo de una mujer, una sacerdotisa del templo de Apolo de Mantinea, que lo instruyó sobre los misterios de la inmortalidad del alma y del amor considerado como un* daimon, *un espíritu puente entre el mundo mortal y el inmortal. Diotima fue la partera que ayudó a Sócrates a transitar por la belleza y a descubrir el amor.*

Otra mujer que instruyó al filósofo fue Aspasia de Mileto, esposa de Pericles, que poseía profundos conocimientos de retórica y otros saberes. Pero donde Sócrates veía un manantial, Platón, tal vez acomplejado, intuyó una amenaza y no dudó en denostarla.

Debo hablarte por último de Parménides el Grande, padre de nuestra filosofía, de la metafísica, del modo de entender el pensamiento en Occidente. Sólo se conserva de él un poema fragmentado en comentarios de otros pensadores como el propio Platón o Simplicio, pero sorprenden sus ideas y la manera de obtenerlas. Parménides en ese poema describe una experiencia mística. La llegada a las puertas del Tártaro en un carro de dos ruedas conducido por las hijas del Sol, calificadas en los versos como las «conocedoras», donde es recibido por la diosa Justicia. De la mano de ésta y de Verdad, es guiado a la fuente de donde proceden todas las Leyes.

Su experiencia espiritual remite a un principio fundamental que debes entender y abrazar, pues es el más importante: somos héroes y heroínas llegados a este mundo. Al igual que Phintys de Esparta aseguró, poseemos cualidades para obtener coraje, justicia y sabiduría, pero debemos estar dispuestas a vivir la vida del héroe y, al igual que Parménides o tantos héroes míticos como Orfeo o Psique, descender a los infiernos, padecer las pruebas y sortear las dificultades para impulsarnos hacia la luz una vez transformadas.

Recuerda que aquellos sabios fueron guiados por mujeres y diosas, como las sibilas. Tal vez sean alegorías de Sofía, del Espíritu presente desde la Creación.

La senda es larga y hay que recorrerla entera, estudiar y formarse. Diotima dice a Sócrates en El banquete: «Quien, en los misterios del amor, se eleve hasta el punto en que estamos, después de haber recorrido convenientemente todos los grados en correcta sucesión, llegado al término de la iniciación, de repente percibirá algo maravillosamente bello por naturaleza».

47

*Bolonia, 2 de octubre de 1489,
un año y diez meses más tarde*

E imerich! —gritó el joven que corría por el amplio pasillo esquivando ágil los corros de estudiantes—. ¡El bedel ya tiene el listado para la *quodlibet* del día de Todos los Santos! ¡Has sido elegido como *concurrente* para el debate!

—¡Lucca, cálmate! Sólo es una *disputatio* más, un debate público.

—¿Una más, dices? —Gesticulaba de manera exagerada al igual que la mayoría de los itálicos—. ¡Nadie recuerda que un alumno de segundo de artes fuera seleccionado! Espero que nos dejes en buen lugar… ¡Tendrás rivales del último curso!

El otro bajó el rostro.

—¡Estará toda la facultad: alumnos, bachilleres y doctores, además de la representación oficial de la ciudad! —siguió Lucca, excitado.

—¿Sabes qué tema se va a debatir? —demandó Eimerich pensativo.

—Es del *Trivium*, la lógica de Jacobo de Venecia en los *Segundos analíticos*.

—La conozco —afirmó aliviado—, está en la biblioteca de Santo Stefano.

—¡Pues más te vale que te pongas a estudiar! —Al reparar en la expresión de su compañero la sonrisa se desvaneció del rostro de Lucca—. No pareces muy entusiasmado, Eimerich.

—Tendría que hablar con fray Armand.

—¡El viejo maestro de retórica estará encantado con esta distinción! —Lucca era el mejor amigo de Eimerich; habían dejado de tener secretos hacía mucho tiempo. Abrió las manos con sus habituales gestos exagerados—. En la *quodlibet* demostrarás que por encima del origen está el intelecto. ¡Esto costará más de un ardor de vientre!

El entusiasmo de Lucca acabó por contagiarlo y rieron a carcajadas. Todos sabían que Eimerich, el humilde discípulo que vivía en Santo Stefano, era brillante. El estudio de las siete artes liberales, previos a los de derecho, medicina o teología, se realizaba en cuatro años; sin embargo, el temor de que Garsía apareciera y le pusiera reparos lo instaba a esforzarse más y había solicitado a los profesores realizarlo en tres. Gozaba del respeto de la comunidad estudiantil; era la mejor época de su vida.

—Hablaré con fray Armand y si lo aprueba participaré en el debate.

Lucca lo abrazó, efusivo.

—¡Esto hay que celebrarlo! —Se separó y miró con disgusto la raída túnica de estudiante de Eimerich. Él, en cambio, lucía una flamante de terciopelo con ribetes plateados. Le guiñó un ojo—. Yo me encargaré de proporcionarte una toga adecuada al evento para que las boloñesas reparen en el joven valenciano de lengua afilada.

Lucca, un milanés más interesado en la diversión que en los estudios, era hijo de Paolo Benedetti, el mayor proveedor de sedas de la poderosa familia Sforza. A cambio de apuntes y explicaciones, Eimerich tenía calzado grueso, ropa interior y no pocas algazaras en las bulliciosas tabernas de Bolonia, para disgusto de *fra* Armand.

—Cuando reces completas te espero en Las Tres Rosas.

—¿No sería mejor festejarlo tras la *disputatio*?

—Por si acaso, valenciano, por si acaso…

Eimerich, con sus libros usados anudados con una cinta de cuero, se dirigió a la salida del palacete donde se impartían las lecturas, ansioso por regresar al convento y hablar con su mentor.

Pasó ante la puerta de un aula atestada en la que un clérigo situado frente al ventanal mantenía en alto un prisma de vidrio donde la luz del tibio sol de octubre se descomponía en un curioso espectro de colores. Eimerich sabía que aquel maestro inglés había dado clases en la Universidad de Oxford y que explicaba óptica bajo los postulados de su compatriota Roger Bacon, una materia que se le antojaba fascinante, aunque faltaba un año para poder asistir a esas clases. Aquél era su nuevo mundo.

Después de rezar completas, Eimerich abandonó Santo Stefano por el estrecho portón lateral del claustro, usado con demasiada frecuencia por los monjes y algunas compañías poco recomendables. De los cartones encerados que cubrían las ventanas de Las Tres Rosas brotaban las voces roncas de sus compañeros. Las canciones soeces en toscano y genovés acababan en carcajadas y aplausos. Aspiró con fuerza el aire gélido que silbaba entre las estilizadas torres que sobresalían del mar de casas. El pecho le vibraba esa noche de alegría. Haber sido seleccionado para el prestigioso debate en la plaza del Comunale ante toda la ciudad, que se realizaba dos veces al año, lo henchía de orgullo. Su vida había cambiado tanto en esos dos años que le parecía que había transcurrido una eternidad.

Garsía no regresó la noche que conoció a Armand, ni la siguiente, ni la otra. Abandonó a Eimerich tras cobrar las letras de cambio destinadas a costear los estudios, pero Armand facilitó alojamiento al muchacho en la casa de los criados del convento; éste trabajaría en el huerto y en las continuas obras de reparación.

Entonces se produjo el milagro. El monje, con ánimos para seguir viviendo y una buena dosis de retórica, convenció al rector de la nación ultramontana y al profesorado de artes para admitir al asistente de Garsía como estudiante de pleno derecho.

Eimerich, que no quiso dar un disgusto a micer Nicolau, cada trimestre mandaba una carta imitando la letra de Garsía, relatándole la vida diaria en el *Studio*, las clases de prima y vísperas impartidas por doctores así como las secundarias que solían leer bachilleres; también le informaba de las materias aprobadas. Entre textos de Boecio, Aristóteles, san Agustín y Sacrobosco descubrió un universo fascinante que con Antoni Tristany sólo pudo intuir. Pensaba a menudo que el maestro de gramática se sentiría orgulloso.

Cumpliendo la promesa, en sus escasos ratos libres repasaba con Armand los detalles más oscuros del misterio que lo había llevado hasta allí. La abadesa del convento de Santa María de Martorana, en la ciudad de Palermo, respondió que no constaba en los registros de su comunidad ninguna Gostança ni mujer alguna con la descripción remitida. Nunca más se supo de Irene ni de Tristán, y micer Nicolau nada decía en sus cartas de Caterina. El tiempo pasaba sin que hallaran una nueva senda hacia la comprensión de lo ocurrido. Eimerich recordaba a menudo a la hija del abogado y seguía portando su anillo de plata en el dedo, pero mirar al pasado tenía ya poco sentido; su vida ahora era la Universidad de Bolonia.

Cuando entró en la taberna fue recibido con una fuerte ovación. Lucca tenía la habilidad y el dinero suficiente para reunir en torno a la mesa a castellanos, catalanes, franceses e italianos. Entre ellos hablaban en latín, usado en las clases, salpicado con vocablos de distintas procedencias. No todos compartían las mismas aulas, pero sí la certeza de que vivían los mejores años de sus vidas. Eimerich se vio rodeado por tres jóvenes risueñas, y las risas estallaron de nuevo. Solían preguntarse si Las Tres Rosas se refería a las rollizas taberneras que servían sin amilanarse, replicando cada chanza con mayor ingenio incluso, lo que desataba la hilaridad de los estudiantes.

Eimerich se sentó y apareció en sus manos una jarra de cerveza.

—¡Por el valenciano más brillante que ha visto Bolonia en años!

Un estallido de vítores estremeció el viejo local y Josep de la Font, un joven de Barcelona, estudiante de decretos, entonó una picante canción en su lengua que el resto coreó sin entender el significado. El tiempo transcurrió entre comentarios jocosos y un ambiente de hermandad. Eimerich se dejó llevar por el entusiasmo, y cantó y bailó con una de las «rosas» sobre la mesa jaleado por sus compañeros.

Ya de madrugada la puerta se abrió y una fría corriente barrió el local. Un hombre de aspecto harapiento, encorvado bajo el peso de un voluminoso hatillo, entró silencioso. Al verlos sonrió con su boca desdentada.

—¡Qué fortuna la mía, los cardenales me invitarán a un trago!

Todos estallaron en carcajadas.

—¡Siéntate, Pietro!

El buhonero los llamaba así por sus dispares procedencias. Solía acudir a la ciudad cada pocos meses para vender sus curiosas mercancías, siempre de noche y en tugurios para escapar del escrutinio de los guardias y evitar los impuestos. Estaba de suerte, allí se encontraban sus mejores clientes.

Con el estómago confortado por el vino comenzó a mostrarles panaceas, frascos con polvo de unicornio, piedras de imán, reliquias de santos, filtros amorosos, cinturones de castidad, falos de madera y mil baratijas más que pasaban de mano en mano provocando chanzas entre los estudiantes y las avispadas camareras.

—¿Qué tienes ahí? —demandó Lucca señalando un cilindro de cuero de dos palmos de largo.

—Mi querido milanés, ésta sí es una obra extraordinaria.

—¡Como todas las que llevas!

Cuando cesaron las risas, Pietro prosiguió, curiosamente grave.

—Dímelo tú entonces…

Abrió el cilindro y sacó un lienzo enrollado. Apartó las jarras de cerveza y lo extendió. Por primera vez en toda la noche el silencio se adueñó de Las Tres Rosas. Pietro aprovechó para vaciar los vasos que pudo alcanzar. Luego señaló la pintura.

—Como sois buenos estudiantes, sabréis que es Judith, la heroína judía que salvó la ciudad de Betulia del asedio del invasor Holofernes, el asirio.

Era un conocido pasaje de la Biblia: la bella Judith, engalanada como una reina, degollaba al capitán de los asirios en la intimidad de su tienda salvando así al pueblo de Israel. La pintura poseía la profundidad y la perspectiva de los artistas florentinos. Admiraron los detallados pliegues del vestido blanco de la heroína, el brillo de sus joyas y el vuelo de los velos salpicados con la sangre de Holofernes.

—Es realmente bella, parece una diosa —musitó el catalán Josep de la Font señalando a la protagonista de la escena—. Aunque su gesto se ve demasiado sereno mientras decapita al asirio con el alfanje.

Eimerich se levantó como si lo hubiera alcanzado un rayo y su banqueta salió despedida hacia atrás.

—¡Dios mío!

Todos lo miraron sorprendidos. Pávido, pasó los dedos por la cara de la judía.

—Irene…

Los estudiantes musitaban sin comprender la reacción, y Lucca le susurró al oído:

—Ella murió, ¿no es cierto?

—Eso me dijeron, pero es su rostro y su cabello. Además, fíjate…

La tienda de Holofernes tenía las cortinas abiertas. En la lejanía se veía un círculo de mujeres en torno a un brasero presididas por una dama ataviada igual que Judith, con un brazo alzado. Sobre el hombro reposaba una lechuza blanca.

—«Las mujeres de Israel se juntaron para aclamarla» —citó el estudiante catalán.

—Sin embargo, aquí parece estar hablándoles… —Eimerich, pensativo, recordaba hechos del pasado—. La academia…

—¿De dónde has sacado esta pintura, Pietro? —demandó Lucca—. Sin duda es de un verdadero artista.

—¡No la he robado si eso es lo que insinúas, milanés! —replicó el buhonero, un tanto alarmado por la extraña reacción—. La adquirí en el puerto de Cáller, en la isla de Cerdeña.

—¡Venga, di la verdad!

Pietro contempló a la docena de estudiantes. No le convenía ofenderlos.

—El que me la vendió aseguró que la modelo era una enigmática joven que servía de dama de compañía de la condesa de

Quirra, pero algunos dicen que es bruja. ¡No sé nada más, lo juro! El hombre quería deshacerse del lienzo por temor a que contuviera malos efluvios y no se atrevía a destruirla. —Se encogió de hombros—. ¡Supercherías! Saqué un buen precio, por eso os la puedo vender a…

Eimerich ya no atendía. Como encerrado en una campana transparente, permanecía ajeno a los comentarios de sus compañeros. Adujo una excusa y abandonó la taberna con el pulso retumbándole en las sienes. El frío lo devolvió a la realidad y miró a su alrededor como si pisara por primera vez las heladas calles de Bolonia. Se sentía despierto tras un largo sueño.

A mitad de la calle Lucca lo alcanzó, jadeante.

—¿Qué vas a hacer?

—Irene no está muerta y debo encontrarla. Se lo prometí a Armand.

—¿Vas a viajar a Cáller?

—El monje tiene contactos y me ayudará. ¡Irene debe saber qué le ocurrió a su madre!

—¡Escúchame, Eimerich! —insistió el milanés asiéndolo de los hombros—. Eres un hombre nuevo, no aquel criado huérfano que se desvivía por todos. Si esa bella joven sobrevivió, da gracias a Dios… pero déjala en paz. Probablemente también esté rehaciendo su vida. Si abres de nuevo esa puerta quizá lo que más deseas se desvanezca.

Eimerich elevó la mirada hacia las esbeltas torres recortadas en la negrura de la noche. Lucca tenía razón; si se marchaba, tal vez no podría regresar y perdería la posibilidad de seguir estudiando. Aun así, su corazón latía con demasiada intensidad.

—No soy capaz de ignorar el clamor de los muertos, Lucca. No podría vivir con ello.

El milanés lo miró durante una eternidad y al final asintió.

—Tu tesón te hace ser lo que eres, por eso te admiro tanto. —De debajo de la capa sacó el viejo cilindro de cuero—. Desde que te levantaste de la mesa sabía que no lograría convencerte, por eso lo he adquirido para ti. Que la búsqueda no sea en vano, amigo. Si Dios quiere, algún día acabarás artes y te licenciarás en decretos como tanto anhelas. De momento en las clases diremos que estás enfermo, por si regresas pronto.

Eimerich sintió un escozor en la garganta.

—Gracias.

—No te olvides de mí. Sin tu ayuda, me temo que pasaré muchos años en Bolonia.

Tomó el tubo con la pintura de Judith y sacudió el jubón de Lucca, manchado de vino y cerveza.

—¡Con noches como ésta, no lo dudo!

—¡Que Dios te guarde!

Se abrazaron, conscientes de que tal vez sus vidas no volverían a cruzarse.

48

Mientras en Bolonia Eimerich se daba de bruces con el pasado, en Cáller, la capital de Cerdeña, la noche se pobló de fantasmas... o eso corría de boca en boca por las estrechas calles de la ciudad. El miedo contagiaba los cuatro distritos, pero las miradas de los sardos se dirigían siempre hacia el barrio más alto de la ciudad, Castello, donde residían los nobles y los oficiales, catalanes y valencianos, que desde hacía más de un siglo gobernaban la isla como parte de la Corona de Aragón. Ellos habían traído las sombras en forma de mujer.

Tras varios días de lluvia la brisa marina quebró el manto de nubes y la luna pudo mostrarse plena, iluminando con reflejos oníricos la urbe y el puerto. Algunos soldados que oteaban sobre la muralla del barrio de Stampace señalaron las extrañas luminarias que se deslizaban entre los árboles hacia campo abierto, alejándose. Las autoridades y el obispo estaban advertidos, pero aún no se había actuado. Todos comenzaban a temer la cólera de Dios.

Las luces se movían por viejas cañadas evitando las aldeas y las casas dispersas. Llegaron otras de poblaciones cercanas y convergieron en una antigua nuraga, una torre troncocónica de grandes bloques levantada hacía incontables siglos. Miles de ellas salpicaban la orografía de la isla. Se decía que pertenecieron a un pueblo llegado tras el Diluvio y que los romanos ya las encontraron abandonadas. Cerdeña era una tierra antigua, llena de secretos.

Las luces se apagaron, pero quienes las portaban siguieron silentes hasta un páramo rocoso situado en medio de una arboleda donde había antiguas tumbas labradas en la roca. Dos antorchas iluminaban un hipogeo esculpido en una ladera. En el dintel aparecían cinceladas dos serpientes que a la luz trémula parecían reptar como si ansiaran encontrarse en el centro. Un viaje que les llevaría toda la eternidad.

Se retiraron los mantos oscuros. Todas eran mujeres, bien ancianas, bien jóvenes, aunque algunas prefirieron mantener oculto el rostro tras un velo. Se saludaron con leves inclinaciones sin hablar, respetando el silencio sobrecogedor del vetusto cementerio. Bajo el sepulcro de las serpientes aguardaba una joven de cabellos cobrizos derramados sobre su espalda en suaves hondas, con los ojos cerrados. Estaba sentada en una extraña postura erguida que, decían, aprendió de un hombre venido del otro extremo del mundo.

Sobre ella pasó una lechuza blanca y ululó antes de posarse en la rama de un pino cercano para observarlas con sus ojos grandes y curiosos. Cuando la joven levantó los párpados a todas les pareció que el lugar cobraba un nuevo matiz cromático. Su mirada gris, tierna y profunda, irradiaba una luz intensa.

Un nombre corrió de boca en boca: Irene. Para unas pocas era la primera vez que veían a la escurridiza joven de la que tanto se hablaba, otras habían estado en reuniones anteriores.

—Aunque muchas ya lo sabéis, esta tumba es conocida como la gruta de la Víbora —musitó en la lengua de los conquistadores aragoneses. Algunas eran sardas, pero allí sólo importaba su propio camino personal—. Este lugar es fruto del amor. Aquí yacen las cenizas de Atilia Pomptilla, que ofreció la vida a los dioses a cambio de la curación de su esposo, Lucio Cassio Filippo, enfermo de malaria. Las plegarias fueron atendidas, y cuando ella murió él mandó excavar este mausoleo para que la posteridad recordara el valor de su esposa, su heroico sacrificio. —Se levantó y se acercó a las mujeres—. La cuestión es: ¿quién de entre los mortales puede amar hasta tal extremo? ¿Quién posee tal fuerza y, sobre todo, de dónde procede?

Las damas la miraban extasiadas; a pesar de su juventud, tenía un halo hechizante y su pasado era un misterio. Sostenía un pequeño libro del que parecía extraer la inspiración.

—Durante años estudié en Barcelona con una mujer muy culta. Sabía latín y griego y tenía una especial afición por la mitología clásica, pero fue cuando me vi desahuciada en una remota isla, ante un espejo dorado de aguas tranquilas, cuando comencé a entender el enigma que otras antes ya habían descifrado. Ahora observad.

Dos jóvenes situadas al fondo de la gruta, casi unas niñas, comenzaron a tocar el laúd con notas templadas al ritmo de un pandero. Algunas temieron que el sonido las delatara, pues no estaban lejos de la ciudad. La mayoría de ellas acudían a los encuentros de manera furtiva y a las más pudientes las esperaban sus criados en la nuraga. A pesar de todo, al final se dejaron arrastrar por la suave melodía.

Una muchacha con humildes ropas masculinas y una corona vegetal corrió hacia el centro del coro. Saludó a las mujeres mientras danzaba con una mano alzada y la otra hacia el suelo al compás cálido del instrumento. Entonces apareció otra completamente desnuda y se oyeron exclamaciones de sorpresa. Su cuerpo aceitado brillaba y olía a espliego. Simuló buscar al «rey» y al encontrarse se fundieron en un abrazo. Susurrándose palabras siguieron danzando, girando con sus cuerpos en contacto en un baile lleno de sensualidad hasta desaparecer en el interior de la tumba.

Las damas de menor edad se miraban fascinadas, debatiéndose entre el remordimiento y el deseo de entender la escena. La música se tiñó de matices lóbregos y apareció la «reina», que ahora cubría su desnudez con un manto de plumas de ganso. Se desplazaba temerosa, como si fuera perseguida. Al pasar dejó caer una piel de liebre, un pez seco, abejas muertas y un puñado de granos de trigo. De pronto de la tumba surgió el rey. Lucía la misma corona y el manto de plumas blancas de cisne. Su gesto era iracundo y al hallar a la aterrada reina gritó de júbilo. La atrapó y juntos rodaron en una escena de violencia sexual. Al retirarse dejaron en el suelo dos óvalos de jacinto.

La música cesó de repente y un silencio tenso dominó la necrópolis. Irene agradeció a las jóvenes la representación y se dirigió a las damas, aún sobrecogidas.

—¿Alguna sabría explicar qué hemos visto? Como siempre, os ruego que abráis la mente y que toméis esto como una enseñanza.

—La segunda parte me ha recordado al drama de Leda —indicó una muchacha tímida—. Cuando Júpiter, convertido en cisne, persigue y toma por la fuerza a la diosa Némesis. Ella, en su huida, adopta diversas formas, de ahí la piel de liebre, las abejas y el resto. Leí que de los huevos nacieron las divinidades Cástor y Pólux, la *concordia*, y las mortales Clitemnestra y Helena de Troya, la mujer que tanto sufrimiento causó debido a su belleza, llamadas *discordia*.

Los ojos de Irene refulgieron mientras las reunidas murmuraban.

—¡Así es, querida! El drama de Leda ha fascinado desde antiguo a los artistas. Hay infinidad de pinturas y de esculturas de Júpiter en forma de cisne besando los labios de Némesis. En el palacio real de Castello vi una.

—Creo que los cambios de aspecto de la diosa representaban el paso de las estaciones y el encuentro con el poder fecundador del padre de los dioses —indicó, tímida, una de las más ancianas.

—Los platónicos de la Academia de Florencia ven en el drama el amor arrollador que fluye entre la divinidad y los hombres —siguió Irene al tiempo que miraba con orgullo a la mujer—. Veo que has leído a Plutarco y a Eratóstenes. Sin embargo, ¿cómo explicar la primera parte de la danza?

—Reinaba la armonía entre ellos. Ella parecía llevar la iniciativa…

—En la primera parte son los mismos personajes, aunque es la reina quien persigue al rey —terció dubitativa una mujer de edad con un fuerte acento castellano.

—¿Y qué pensáis?

—Parece el mismo mito pero alterado —apuntó la muchacha.

Irene asintió con una sonrisa enigmática.

—La primera danza nos habla de antiquísimas leyendas que

permanecen aún vivas en la isla griega de Creta, donde nació el dios Júpiter. —Levantó el breviario como si contuviera la respuesta—. Efectivamente es el mismo mito, si bien invertido. La primera parte procede de un tiempo ya olvidado, en el que «ellas los miraban a los ojos». Una mujer sabia llamada Elena de Mistra decía que relatos como ése son brillantes perdidos entre la arena abundante de los mitos griegos.

—¿Por qué fue sustituido por el drama de Leda? —quiso saber la joven.

—Ahí radica el misterio, aunque serán otros en el futuro quienes tal vez descubran la causa histórica. —Señaló las serpientes del dintel de la tumba y los poemas griegos grabados en el fondo—. Los filósofos elogian el sacrificio de nuestra anfitriona Atilia, pues su vida no valía tanto como la de su esposo, pero yo os digo que no fue así en el pasado. Mucho antes, hombres y mujeres compartían la misma esencia divina y todos los ámbitos de la vida, incluso la pública. La capacidad de procrear era el legado más valioso y el aspecto femenino impregnaba el mundo. De esa época procede la primera parte de la danza, una leyenda casi olvidada en la que la reina no es forzada.

—¿Fue antes del Diluvio?

—La respuesta nos es esquiva en eso, querida. Sólo restan fragmentos dispersos de esa edad de oro y debidamente alterados. Desde Aristóteles, una mujer es un varón que nació defectuoso, pero yo cuestiono esa verdad.

—¡Eso es oponerse al orden del Creador! —estalló una mujer, escandalizada, desde el otro extremo del corro.

Mey ululó y agitó las alas, espantada. Irene sonrió y se le acercó.

—Sé que me llaman bruja, también lo decían de mi madre, pero no os reúno para adorar al diablo ni para hacer ofrendas a diosas paganas como se me acusa desde los púlpitos. Mi cometido es distinto: desde hace siglos, existe una Querella con posturas que parecen irreconciliables. Desde Hildegarda de Bingen, hace tres siglos, hasta Christine de Pizán las mujeres luchan por su dignidad sagrada. Muchas prefieren alejarse de su destino profesando votos o recluyéndose en casas como las beguinas, siempre cuestionadas, demostrando poder regirse sin el yugo marital; no obstante, las *puellae doctae* han llevado la Querella al terreno intelectual, pero sus razones son mucho más antiguas y profundas, y algún día los principios patriarcales se tambalearán, pues no tienen un fundamento divino sino humano.

—Pero la Biblia dice que fuimos creadas para que el hombre no estuviera solo, para ayudarlo y cuidarlo.

Irene asintió.

—A eso te respondo con las palabras de la religiosa Teresa de Cartagena, una de las mejores abogadas de la Querella: «Si ése fue el motivo de nuestra creación, ¿quién de los dos goza de mayor vigor, el ayudado o el ayudador?».

Todas sonrieron, e Irene le cogió una mano a la mujer.

—Meditadlo, señora, con la libertad que Dios os concedió por medio de Sophia.

Las jóvenes comenzaron a tocar una música animada mientras Irene saludaba a cada una con alegría. La tensión se diluyó. Las mujeres se reunían en grupos charlando. En algunos rincones algunas se aplicaban aceites a heridas y rozaduras. Otras se examinaban entre ellas lunares o bultos o se cedían herramientas del campo.

—Es maravilloso lo que haces, Irene —le susurró una dama de unos treinta y cinco años con porte elegante y un valioso vestido de seda negra.

—Todo es gracias a vos, condesa —indicó mirando los corros de mujeres.

—Mi madre acogió a la tuya y yo a ti. En estos días he comprendido el profundo respeto que mis padres sentían por Elena de Mistra.

Irene miró con afecto a su preceptora, doña Violant Carròs y de Centelles, la condesa de Quirra. Era la noble con más señoríos y títulos de toda Cerdeña, aunque había tenido una existencia desdichada.

—Aún me queda mucho que comprender de las enseñanzas de mi madre.

—A mí me ha bastado para recuperar la luz que perdí hace muchos años. —La trataba con afecto maternal aunque sólo se llevaran trece años—. Tengo algo importante que decirte esta noche. Han llegado noticias de Valencia. Al parecer tu esposo, Hug Gallach, ha fallecido a causa de la peste que asola la ciudad desde principios de año, aunque ese tal Josep de Vesach sigue con su negocio de esclavos en el hospital y, además, ha sido nombrado *lloctinent* del justicia criminal por ausencia del elegido. La mayoría de los consejeros, jurados y cargos se han ausentado huyendo de la epidemia.

Irene se estremeció. Desde hacía tiempo presentía que en un día cercano todo daría un nuevo vuelco, pero pensaba que su retiro en Cerdeña sería más prolongado.

Su mente voló hacia un soleado día de marzo en el que apareció una pequeña vela navegando hacia la isla donde quedó abandonada. Sin las técnicas que le enseñó Tora para pescar, no habría superado el terrible invierno en el archipiélago llamado Columbretes, pero finalmente llegaron los primeros buscadores de coral rojo, procedentes de Peñíscola. Tras la sorpresa inicial, al confundirla éstos con un espíritu femenino del agua que decían habitaba en esas islas, se quedaron asombrados. Que una mujer joven, náufraga, hubiera podido sobrevivir tanto tiempo era un milagro, una bendición de Dios, y aceptaron llevarla a Barcelona, donde doña Estefanía Carròs y de Mur la acogió con alegría y recompensó con generosidad el rescate. Se recuperó gracias a los esmerados cuidados de la noble, si bien no era la misma mujer que se había marchado de Barcelona para visitar en Valencia a su padre enfermo un año y medio antes.

Irene había cambiado. Todas las damas bajo la tutela de doña Estefanía pudieron comprobarlo. Sus ojos grises brillaban con el fuego de quien había conocido el amor y el odio, la lealtad y la traición, pero sobre todo de quien había visto la muerte muy de cerca.

El silencio y la soledad de la Illa Grossa le habían brindado la oportunidad no sólo de meditar sobre las reflexiones de su madre y la Academia de las Sibilas, sino sobre lo fútil que era la vida y la necesidad de perseguir sus anhelos sin miedo, con valor.

Sin la menor pista sobre el paradero de Elena, sintió la necesidad de recorrer su mismo periplo. Recordaba que sor Ángela, la superiora del convento de las Magdalenas, le aseguró que su madre había llegado a Valencia procedente de Cerdeña. Así se lo confesó a doña Estefanía, y la noble contactó con su cuñada, la actual condesa de Quirra, quien además de confirmar que Elena de Mistra había estado en Cáller tres décadas atrás mandó una de sus galeras a Barcelona con el deseo de conducir a Irene a sus dominios en Cerdeña.

Pero no viajó sola…

Con las heridas del alma restañadas y la protección de la condesa se había rodeado de mujeres que deseaban iniciar un camino de descubrimiento personal.

Había encontrado serenidad. Pero esa noche, al oír las novedades que provenían de Valencia, se despertaron en ella anhelos aletargados.

—¿Te gustaría regresar? —inquirió la condesa, un tanto apenada—. Piensa que aunque tu esposo ha muerto pesa sobre ti el delito por adulterio. Tu protector, el maestre don Felipe de Aragón, murió en la guerra el año pasado.

No respondió. Junto a ellas las damas comenzaron la segunda parte del encuentro. Como de costumbre, las más acomodadas habían llevado cestas con viandas y ropa usada para las demás. En pago, recibían pequeñas ampollas de fango con aceite hipérico, hierbas y mixturas cuyas fórmulas conocían de sus ancestros. En la iglesia ocupaban lugares alejados y en los festejos unas lucirían largos vestidos y sombrillas mientras las otras acarreaban cántaros de agua camino de la fuente, pero allí, en la tumba de Atilia, Irene pudo lograr en parte lo que su madre consiguió en En Sorell: aprovechar las diferencias para crear un vínculo de solidaridad.

Levantó el brazo. Mey pasó planeando sobre las cabezas de las damas, espantando a algunas, algo que hacía a menudo como si le divirtiera, y se posó sobre la manga del vestido añil, ansiosa por recibir caricias.

—En Valencia quedaron muchas cuentas pendientes y un hospital que atender. Aquí los rumores sobre mí infestan la ciudad y temo poneros en peligro.

—Aunque tu vil marido ha muerto, ¿en qué ha cambiado todo?

—En que ya no tengo miedo, doña Violant. Llegué a la Illa Grossa perdida y aterrada, pero cuando me rescataron comprendí que mi camino no concluía aún. Doña Estefanía lo percibió, y por eso estoy aquí con vos.

—Mi cuñada siempre ha velado por mí —adujo la condesa—. Enterrar a un marido amado y a dos hijos en tan sólo dos años pocos corazones lo resisten; tu fuerza es ahora la mía. Sería egoísta si tratara de retenerte. Tienes mi bendición y toda mi ayuda.

—Tristán murió a causa de algo oscuro e intrincado que sigue latente. —Irene frunció el ceño—. En parte deseo recuperar el hospital por él, para saber por qué me lo arrebató Hug. Además, creo que allí sigue oculto el camino que podría llevarme hasta mi madre. Sin mi esposo, todo será más fácil.

—Sin embargo, ahora tienes algo muy valioso que proteger.

Dejó marchar a Mey y se acercaron a la entrada del mausoleo de Atilia. La muchacha que había hecho de rey permanecía junto a una niña de algo más de un año que dormía envuelta en mantas de lana. Irene se inclinó y le besó la frente. Una lágrima quedó brillando en la mejilla sonrosada. En sus rasgos suaves veía la faz de Tristán. Era lo único que le quedaba de su amado. Aquella vida se había aferrado a su vientre en los peores momentos y la ayudó a no dejarse vencer por el desánimo en la isla. Aún recordaba con una sonrisa la cara anonadada de los pescadores de Peñíscola cuando vieron su abultado abdomen. La niña había nacido ya en Cáller, en el castillo de San Miguel, propiedad de la condesa, quien fue su madrina de bautismo.

—Tu hija quedará bajo mi protección —indicó doña Violant, tratando de sosegar su tribulación—. Dispongo de nodrizas. La cuidaré y educaré como si fuera mía. Sé que será un calvario para ti separarte de la pequeña Elena, pero el viaje puede ser peligroso… —La dama entornó la mirada—. Sobre todo al lugar al que te dirigirás primero.

—No os entiendo.

Doña Violant la contempló ceñuda. Irene dedujo que desde que había recibido la noticia de la muerte de Hug la condesa meditaba las posibilidades de su protegida.

—Debes ser astuta, como te aconsejaba aquel hombre, Tora. Ir directa a Valencia es un suicidio y nada conseguirás. La ciudad es un caos a causa de la peste. Acudirás primero al rey para rogar un indulto bajo la justa razón de que el matrimonio es nulo conforme al derecho canónico y reclamarás la propiedad de En Sorell, que te corresponde por herencia. Conozco muy bien a don Fernando y redactaré una carta abogando por tu causa. —Observó con gravedad a Irene—. Desde el verano se encuentra con su ejército sitiando la ciudad de Baza, cerca de Almería. La tenaza contra los moros de Granada se estrecha y la guerra se acerca a su fin, pero el asedio esta siendo penoso, han muerto miles a causa de las heridas sufridas en combate y de las epidemias.

Ella comprendió.

—Con mi experiencia seré bien acogida en algún hospital de campaña.

—Los atienden clérigos y religiosas. El rey es generoso con todos los que ayudan en su empresa.

Irene asintió. Aunque no le resultaría fácil recuperar su sueño, lo lograría. Abrazó a la niña dormida; confiaba en que la separación fuera breve.

Dos jóvenes entraron y entre risas se la llevaron al exterior. Las damas se habían animado a danzar al son de la música. Cogidas de las manos, daban vueltas y reían. Comenzaron a saltar y a cantar mientras se pasaban un pellejo de vino de pasas, dulce y espeso. Acaloradas, más de una se desprendió de la capa y el corpiño mientras otras giraban levantando sus vestidos entre carcajadas y bromas.

Las damas de Cáller no adoraban a Satán, ni los muslos desnudos eran el inicio de una pecaminosa orgía, pero una mirada fanática bien podía ver todo aquello y el tormento durante el interrogatorio daría alas al delirio. Muchas mujeres ardían en piras obligadas a confesar horribles crímenes de dudosa realidad.

Con el peso de la inminente marcha, Irene se dejó contagiar por la alegría. Danzó con el resto de las mujeres para que las penurias quedaran cautivas en las viejas tumbas.

49

Quince días más tarde Florencia vivía una noche especialmente gélida para ser mediados de octubre, pero el desapacible tiempo no había desalentado a los invitados de Lorenzo de Medici, deseosos de asistir a una de sus memorables fiestas. Pasada la medianoche los grandes pebeteros todavía iluminaban la fachada del Palazzo della Signoria y las esculturas expuestas en la *loggia*. Lorenzo el Magnífico, el ciudadano más poderoso e influyente, agasajaba a los aliados y los clientes de su banca con un legendario banquete tras casi año y medio de celebraciones discretas por el respeto debido a su esposa fallecida, Clarice Orsini.

En el salón de los Doscientos, engalanado para la ocasión, cincuenta pendones con los seis roeles de gules de los Medici colgaban del artesonado. El suelo estaba cubierto con pétalos de flores. Las lámparas cubiertas con conos de papel irradiaban una luz atenuada y cálida; la atmósfera propicia para el baile y los encuentros furtivos.

Los pajes, con sobrevestes de color rojo, deambulaban entre los invitados haciendo verdaderos esfuerzos por mantener en alto las bandejas mientras ofrecían licores y vino. El ambiente resultaba sofocante, hedía a sudor y a perfumes florales. Como exigía la invitación del excéntrico Lorenzo, todos se ocultaban tras máscaras de infinidad de estilos, desde sencillas Bauta blancas hasta extraños animales o recargadas obras maestras con perlas y gemas. Los tocados y los trajes siempre provocativos señalaban la opulencia y la excentricidad de la persona oculta tras el antifaz, artistas y eruditos acogidos en la fastuosa corte del Magnífico.

La música de cámara sonaba desde el fondo del salón, pero ya eran pocos los que aún guardaban las formas. En una pequeña tarima forrada de sedas, una joven de rostro aniñado y larga melena dorada danzaba desnuda sobre una enorme concha dorada. A su alrededor varios individuos ebrios filosofaban con voces arrastradas sobre el nacimiento de Venus conforme a la tradición de Ovidio.

La dama se mezcló, elegante, entre la concurrencia con un escotado brial carmesí y una máscara de igual color con forma picuda. Amparados en el anonimato, hombres y mujeres se acercaban sin pudor, dando pábulo a sus inclinaciones sin ambages. Simuló distraerse con la escena mitológica y notó unas manos rozando sus nalgas, pero se limitó a sonreír artera antes de escabullirse. Otros buscaron su talle susurrando inconfesables deseos. En el extremo del salón simuló ajustarse el tocado de dos picos que dejaba caer largas trenzas negras. Parejas enmascaradas entraban o salían por las grandes puertas ansiando perderse en las estancias que el Magnífico dejaba accesibles para los escarceos.

—Un cisne rojo —susurró una voz junto a ella—. La belleza altiva del ave y el color de la pasión. ¿Puede hallarse mejor combinación?

—Mucho más reserva el ave para quien merezca tales encantos.

El hombre, con una brillante capa negra de raso y una máscara de gato, mostró una sonrisa blanca. Eran las palabras convenidas y, tomándola de la mano, la arrastró fuera del salón. Rió cándida al cruzarse con otras parejas cómplices de aquel juego al tiempo que se dejaba guiar por una estrecha escalera secundaria hasta la planta superior, que parecía desierta. Entonces la sonrisa se borró de sus labios. El amplio pasillo estaba iluminado por una palmatoria en una hornacina. Tomaron la luz y se acercaron a una de las puertas para presionar el picaporte.

—Está cerrada.

Mientras él vigilaba, la dama palpó el aparatoso tocado y extrajo una lámina de metal flexible pero resistente. La insertó en el vano y manipuló hasta oír un chasquido. Su compañero la miró admirado y se colaron en silencio en un pequeño estudio lleno de armarios.

—¿Y bien? —demandó ella.

—Recuerdo dónde está. Me los enseñó el propio Lorenzo.

Fue directo al tercer armario, sacó una pequeña caja alargada y la dejó sobre la mesa. Contenía varios rollos envejecidos de piel de ternero atados con tiras de cuero.

—¿Son éstos?

El hombre extendió el primero.

—En 1428 el infante don Pedro de Portugal, tras visitar varias cortes en un largo periplo, arribó a la República de Venecia con trescientos caballeros y agasajó al *dux* con regalos y prebendas. Además de establecer lazos de amistad y comerciales, su hermano el rey Enrique le había encomendado adquirir mapas y cartas de navegación fiables de las cosas orientales. Este mapa es una copia del veneciano, adquirido en secreto a un miembro de aquella expedición por el florentino Paolo dal Pozzo.

—Toscanelli.

—Gracias al avezado matemático, el Magnífico dispone de una de las mejores colecciones de cartas náuticas pues, como sagaz banquero, le gusta conocer qué rutas y negocios son más arriesgados. Podrás comprobar que se basa en cartografías antiguas y en el *Libro de las maravillas del mundo* de Marco Polo.

Extendió otro mapa más detallado.

—Éste lo elaboró Toscanelli en la década de 1470, basado en el veneciano y en otros más antiguos. Es el que andabais buscando, ¿verdad?

Pudo atisbar el brillo en la mirada de la mujer a través de los huecos de la máscara. Aquella carta en varias tintas definía las costas occidentales de Europa y de África. A la izquierda se detallaba el contorno asiático y varias islas.

—Según Toscanelli, la anchura del océano Atlántico es inferior a lo establecido en la tradición ptolemaica. —Señaló la parte del océano más cercana a Europa—. Estos archipiélagos son las

Azores, Madeira, Canarias y Cabo Verde. En el otro extremo del mar está China y aquí Catay, Mangi y Cipango.

—Entonces ¿lo que asegura Cristóbal Colón ante la corte española podría ser cierto?

Él se encogió de hombros.

—Se dice que el genovés mantuvo una relación epistolar con Toscanelli. Puede que contengan errores en las distancias, pero tal vez la ruta atlántica hasta las Indias es factible realizando dos o tres escalas, en Madeira, Canarias o en la mítica San Brandán, y finalmente en Cipango —Al ver el gesto de la joven se atrevió a rozarle la mano—. Veo que haberlo encontrado os produce alivio más que otra cosa...

Ella, en silencio, sacó una bolsa de cuero que tintineó al cambiar de manos.

—Así es, y esto es lo convenido.

Ajena a la ansiosa mirada del hombre se alzó la falda y se ató los mapas a un muslo con cintas de seda. En el tobillo brilló un delicado cepillo de plata.

—Ahora hay que salir de aquí.

El otro levantó la mano al oír unos pasos que se acercaban.

—¡Están revisando todas las cámaras!

La puerta se abrió. Él reaccionó y posó sus labios sobre los de ella. Ante el sorprendido guardia, la dama se apartó simulando avergonzarse.

El soldado frunció el ceño, receloso.

—¡Se terminó la intimidad, querida! —musitó el fingido amante visiblemente molesto—. ¡Me quejaré a nuestro anfitrión!

—Lo siento, señor, pero este estudio no está disponible para la fiesta.

—¡Pues cerradlo como el resto! ¿Queréis buscarme problemas con mi banquero?

El guardia vaciló ante el tono ofendido.

—Mi señor, será mejor que regresemos al salón —sugirió ella, comedida.

—Buscaremos otro sitio para estar tranquilos.

Cruzaron la puerta de la mano, y el enmascarado aún guiñó un ojo con desfachatez al soldado.

—Querida, prepárate para correr —musitó entre dientes ya en el corredor.

—¡Deteneos! —oyeron a su espalda—. Necesito que me acompañen.

Se lanzaron escalera abajo para perderse por oscuros corredores. Los guardias no podían interrumpir la fiesta y se dividieron para registrar con discreción cada rincón del palacio. En la huida interrumpieron escarceos amorosos, pero hallaron refugio en un angosto trastero bajo la escalinata principal donde se hacinaban búcaros y pedestales. Juntos por la falta de espacio escudriñaron por la celosía de la puerta.

Dos guardias se detuvieron para inspeccionar, pero se oyeron los gritos lejanos de algún invitado importunado por el registro.

—Esto acabará en un escándalo —indicó uno de los soldados.

—Será mejor ir a ver qué ocurre.

Al comprobar que se alejaban, suspiraron aliviados.

—La próxima vez no tendremos tanta suerte —indicó él—. Soy buen amigo de Lorenzo. Si me quito la capa y la máscara nadie sospechará, pero vos…

—Ya imaginaba que no iba a ser tan sencillo salir de la guarida de los Medici —alegó ella con seguridad—. Los dos ladrones deben desvanecerse. Ayudadme.

Sin apenas espacio logró quitarse el vestido y el corsé. El hombre no pudo evitar admirar su cuerpo bajo la fina camisa abierta por delante. Ambos notaban el aliento del otro, conscientes de la proximidad y los roces. Le dio la vuelta al brial.

—¡Extraordinario! —exclamó él.

La prenda era reversible y ahora veía un vestido verde de seda inglesa. La ayudó a ponérselo notando la piel cálida y erizada de la joven. Luego ella se desprendió del aparatoso tocado, le quitó las dos protuberancias y el postizo de cabellos negros. Al retirarse el antifaz, él admiró su belleza embelesado. Ella arrancó el pico y el forro carmesí. El otro quedó asombrado ante la transformación: tenía delante a una joven esbelta de frondosa melena rubia, oculta tras una sencilla máscara blanca. También él se apartó la careta felina.

—El trato era no vernos las caras —indicó ella. Era muy apuesto.

—Por mi parte no lo lamento en absoluto.

Sonrió, un tanto ruborizada.

—Gracias por vuestra ayuda.

Él rozó su semblante sin que ella se apartara.

—Decid a vuestro señor que me complace hacer negocios con su bella agente. Aunque tengo la sensación de que hay algo personal en esta arriesgada empresa y creo que no es dinero lo que os mueve. Sé que jamás lo sabré, pero os deseo ventura.

Ella bajó el rostro, halagada. Nuevos gritos los devolvieron a la realidad.

—¡Tomad mi capa, os resguardará del frío cortante!

Salieron con sigilo y él la guió hasta un corredor.

—Atravesad la galería hasta la puerta Dogana —le indicó—. Lorenzo la mantiene abierta para que los amantes escapen hacia los hostales.

Ella asintió sin apartar la mirada de sus ojos penetrantes y se alejó. El pecho le palpitaba con fuerza. Notaba la áspera textura de los mapas rozándole la piel.

La guardia examinó con interés a la elegante mujer rubia. No se correspondía con la descripción y los soldados se limitaron a admirarla bromeando mientras se alejaba con paso sereno hacia las calles adyacentes a la piazza de la Signoria, sin lacayos.

Echando de menos su grueso manto siguió hacia el borgo de San Jacobo en el margen del río Arno. Divisaba ya el cartel de la posada de San Giorgio cuando la recorrió un escalofrío. Siguiendo su instinto pasó de largo y se detuvo tras la primera esquina, en la vía que conducía al ponte Vecchio.

Se asomó con discreción; una sombra la seguía.

Enfiló hacia el puente y la envolvió un hedor inmundo. Pasó

ante las desvencijadas casas de los carniceros y los pescadores construidas sobre el puente para evitar impuestos. Todas las puertas y los postigos estaban cerrados a esas horas.

Quien la perseguía se movía con paso vacilante, por eso se había delatado. Ella echó a correr. Sus zuecos resonaban sobre el empedrado irregular. Ganó distancia, aunque la amplia falda le impedía ver dónde pisaba y se torció el pie. El estallido de dolor fue intenso, pero evitó rodar por el suelo infecto. Maldiciendo, se refugió en un portal pegajoso y calculó que estaba en la mitad del puente. Había perdido la ventaja y si gritaba todo acabaría ante la guardia de la ciudad. Estudió los movimientos de la sombra. No era un rastreador experto.

Se acurrucó y comenzó a gemir, con las manos protegiéndose el pecho.

—¡Os lo ruego, no me hagáis daño! —suplicó cuando la figura se detuvo con el rostro ensombrecido bajo una capucha—. ¡Soy vuestra, pero no me matéis!

Cuando lo tenía delante se lanzó sobre él. El encapuchado se echó atrás por instinto, esquivando de milagro una cuchillada dirigida al cuello; aun así, perdió el equilibrio y ella aprovechó para atacar de nuevo.

—¡Caterina!

El cepillo de plata, con la hoja afilada fuera del mango, tembló antes de abatirlo.

—¿Eimerich?

Se retiró la cogulla y ella lo contempló atónita, aún apuntando a su garganta.

—¿Qué haces tú aquí?

—Me dijeron que ibas a asistir a la fiesta de Lorenzo de Medici.

—¿Quién? —Notó que el criado no le hablaba con el tono cortés de siempre.

—¿Te acuerdas de Armand de San Gimignano? Resulta que es íntimo amigo del hombre a quien sirves, el poderoso cardenal Rodrigo de Borja.

Caterina se estremeció. Había jurado la regla: nadie en los

estados itálicos que conociera su secreto debía seguir vivo. Vaciló. Era Eimerich… y no podía hacerlo sin más. El corazón no le había fraguado lo suficiente y apartó la daga.

—¡Márchate antes de que me arrepienta!

Eimerich la miró con intensidad.

—Has cambiado, Caterina. En unos días he sabido de ti más que en todo este tiempo.

Ella esbozó una sonrisa taimada. Habían pasado cerca de dos intensos años desde que lo despidió en el puerto.

—No soy la única. —Señaló la túnica negra bajo la capa—. ¿Has tomado los votos?

—Es el hábito estudiantil. Curso el segundo año de artes.

—Es lo que siempre quisiste.

Caterina lo veía distinto. Ya no era el despierto criado que había llegado del hospital, sino un apuesto joven de mirada intensa y curiosa. Lucía una barba recortada que le otorgaba solemnidad. La asaltó una oleada de nostalgia y se volvió para que no lo advirtiera; no quería generarle ilusiones vanas.

—Nada queda de aquella joven, Eimerich.

—¿Ni siquiera afecto?

Se sentían extraños, conscientes del abismo que los separaba.

—Sé que no ha pasado tanto tiempo, pero para mí son recuerdos de la niñez.

—Estoy de acuerdo —siguió él—. A las pocas semanas de marchar al convento te fugaste con don Felipe de Aragón, pero en Valencia creen que de Gandía pasaste al convento de Santa Isabel de los Reyes, en Toledo. Tu padre gastó una fortuna para ocultarlo, aunque te ha desheredado.

Caterina bajó el rostro, avergonzada. Sin embargo, le intrigaba saber cuánto había averiguado el antiguo criado y dejó que hablara con un matiz de reproche.

—En una torre de Bellreguard propiedad del hijo del cardenal, don Pedro Luis de Borja, entre plantaciones de *canyamel*, vuestro idilio fue tan apasionado como breve, pues en primavera el maestre de la Orden de Nuestra Señora de Montesa regresó con sus huestes a la guerra de Granada bajo las órdenes directas de su tío el rey. Por desgracia, en julio de ese mismo año encontró la muerte tras caer herido en una escaramuza cerca de Baza.

Caterina sintió cólera y vergüenza ante un relato que no reflejaba la pasión, la felicidad y la profunda pena que la arrasaron entonces.

—Eso es pasado.

—Tu padre te repudió en secreto. No podías regresar y aborreces la vida que él puede ofrecerte, por eso gracias a Pedro Luis de Borja, que murió a primeros de septiembre de ese año viajaste a Roma. Su padre, el cardenal, mantiene una tupida red de informadores y cuenta con agentes infiltrados en cortes y palacios. El prelado vio que la última amante de su amigo don Felipe tenía aptitudes y arrojo, de modo que te propuso lo que tanto ansiabas: vivir al margen del corsé que ciñe a las mujeres honradas.

Eimerich fue incisivo como un cirujano. Nada quedaba del sirviente dócil al que Caterina jamás mandó una carta. Sentía deseos de abofetearle.

—Sé que te instruye una enigmática mujer francesa a la que todos llaman Selena. Con sus mil personalidades ha sido durante décadas los ojos y los oídos del astuto cardenal que lleva tres papas sin perder el importante cargo de vicecanciller. Pero Selena ya es mayor y necesitaba una sustituta…

Caterina sabía que debía matarlo allí mismo, a su primer amor, y comunicar al cardenal que alguien filtraba información de los agentes.

—Armand conoce bien vuestras consignas y me indicó que antes de dejar que me degollaras te mostrase esto.

Le enseñó un anillo de oro con un toro de gules terrasado. Era el emblema de los Borja. Caterina lo tomó en la mano. Se había entrenado para advertir si el interlocutor mentía, pero con Eimerich no hacía falta.

—Aún no has respondido a mi primera pregunta. —Lo miró molesta—. ¿Qué haces aquí? ¿Fue el monje quien te contó que estaba en Florencia? Tú y yo ya no tenemos nada que ver.

—No fue eso lo que nos prometimos la última noche en el establo —repuso él con sequedad—. Creo que Armand y don

Rodrigo desean que unamos nuestras fuerzas. Ha sido tu señor el que nos ha revelado tu pasado oculto. Tengo mucho que contarte, Caterina.

Ella asintió levemente. Si eran ciertas sus palabras, debía escucharlo.

—Me temo que hemos acumulado secretos inconfesables, Eimerich. —Guardó la daga y lo cogió del brazo para ayudarse—. Terminemos esta conversación en un lugar más agradable.

50

E l frío intenso hacía temblar a Caterina. Eimerich le cedió su
grueso manto de lana y se desplazaron por las solitarias calles
de Florencia, alejados del esplendor de sus palacios y monumen-
tos. Ella atisbó en las pupilas del joven una profunda herida causa-
da por corrosivas cuestiones sin respuesta que lo habían torturado
durante demasiado tiempo. Sin embargo, caminar juntos en plena
noche, en silencio, como antaño, los trasladó a un páramo de recuerdos olvidados y el muro de hielo se fue desmoronando.

La posada de San Giorgio era un local tranquilo y su dueño lo
mantenía limpio para acoger a ricos mercaderes de paso por la
ciudad. La joven habló con sus dos lacayos, que ya tenían las manos sobre las dagas, y éstos se alejaron, si bien recelosos. Acomo-
dados en torno a una mesa alejada de la luz del hogar, agradecie-
ron que una anciana dejara sobre ella dos cuencos de vino
caliente con laurel. El local estaba vacío a esas horas.

Caterina esbozó por primera vez esa noche la sonrisa arrebata-
dora que tanto anhelaba el joven. Se sentían extraños, pero una
corriente de energía cálida los traspasó.

—Veo que aún llevas el anillo —indicó ella observando la
pequeña alhaja de plata en su dedo anular.

—Me recuerda lo que fui para no olvidar hacia dónde voy.

Caterina asintió, conmovida. Una parte de ella temía asomarse de nuevo al pasado; aun así, sentía curiosidad, y si Rodrigo de
Borja había permitido aquel encuentro debía prestarse. Eimerich
le explicó su periplo en Bolonia y el turbio asunto de la Her-

mandad Estudiantil de las Larvas. A ella le preocupaba no saber nada de Garsía; no obstante, tenía otros problemas más acuciantes. Luego fue su turno de hacer confidencias.

—Hace algo más de un mes que la Inquisición tiene encarcelado a mi padre, acusado de converso judaizante. Como sabes, era cauto a la hora de guardarse las espaldas, pero con la peste la mayoría de sus poderosos clientes se han marchado de Valencia y finalmente ha caído sobre él la venganza de los Dalmau. Aún no se ha celebrado el Auto de Fe gracias a las gestiones de varios influyentes amigos de los Coblliure; de todos modos, me temo lo peor.

—¡Dios mío!

—No parece tanto una cuestión religiosa sino de incautación, algo que interesa en especial a los reyes, que costean así parte de la campaña bélica contra los sarracenos.

—Es horrible.

—Está encerrado en las mazmorras del palacio Real, donde el Santo Oficio sigue instalado. Sé por nuestro sirviente Guillem que los interrogatorios le han minado la salud. —Su mirada se empañó—. Como has dicho antes, estoy repudiada, pero no me perdonaría no haber intentado salvarlo.

—¿Por eso has venido a Florencia?

—El cardenal me proporcionó la invitación falsa y el contacto.

—Estamos lejos de Valencia.

Caterina golpeó la mesa, furiosa.

—Nuestros monarcas no se molestarán por un simple jurista converso, pero hay un valenciano con influencia suficiente en la Corona de Aragón para negociar su liberación e incluso comprar voluntades: el escribano de ración.

—¡Luis de Santángel también es converso! —recordó Eimerich.

—Es el financiero principal del monarca, un manantial permanente de fondos. —Esbozó una sonrisa taimada—. Al pedigüeño Fernando y a su firme esposa se les adormece el celo religioso si hay oro de por medio.

—¿Y qué tiene que ver Santángel con los Medici?

—Hay un navegante genovés, Cristóbal Colón, que ha recorrido las cortes de Portugal y Castilla buscando financiar un viaje hacia las Indias Orientales por una derrota desconocida, a través del Atlántico.

—Lo sé por los alumnos castellanos del colegio San Clemente de Bolonia. Se ha debatido esa *quaestio* en la clase de geometría.

—Colón se ha reunido varias veces con nuestros reyes, pero el proyecto fue desestimado por una comisión de profesores del *Studio* de Salamanca. —Los ojos de Caterina brillaron maliciosos—. Sin embargo, hay quienes aún mantienen cierta curiosidad por las posibilidades comerciales que eso supondría.

—Entre ellos sin duda está Luis de Santángel.

—Él encabeza la facción de los aragoneses interesados. Hace unos años Colón pasó por Valencia y se conocieron en persona, pero el escribano de ración es un prestamista, un hombre frío en los negocios que no ha acumulado una fortuna lanzándose a empresas inciertas; quiere garantías o la certeza de que ese viaje es posible. —Bebió un sorbo de vino—. Don Rodrigo de Borja sigue con discreción los pasos del genovés dado el interés que también manifiesta Su Santidad Inocencio VIII.

—Dicen que Colón quizá sea uno de los numerosos hijos del Papa…

—El cardenal Borja me sugirió que las dudas sobre esa nueva ruta a las Indias podrían despejarse con los mapas que guarda Lorenzo de Medici trazados por un matemático florentino, Toscanelli. —De la falda sacó los planos sin dejar de advertir el destello en la mirada de Eimerich—. Sin duda interesarán a Luis de Santángel para valorar si será lucrativo convencer a los reyes de financiar la expedición.

Eimerich los estudió impresionado.

—¡A diferencia de lo descrito en los portulanos de Pietro Vesconte y el *Atlas Catalán*, aquí las costas orientales y las occidentales están separadas por un océano navegable! —explicó Eimerich, ya con conocimientos de geografía—. A cambio de la vida de tu padre, la oferta lo merece.

Ella sonrió agradecida. Había arriesgado su persona por aquellos pergaminos. Volvió a esconderlos y Eimerich entornó la mirada.

—Así que todo se reduce a regresar a Valencia para negociar…

Puso su mano sobre la de ella. Caterina notó que la invadía la nostalgia, pero la retiró. No quería generarle expectativas.

—Sabes que siempre has ocupado mi corazón, Caterina. Lloré tu ausencia y no sólo por la distancia geográfica… Mientras estabas con don Felipe yo vivía un terrible invierno abandonado en Bolonia. No te culpo pues para mí eras una estrella inalcanzable, pero eso no me preservó de la frustración de no ser suficiente para ti.

—Eimerich…

—Sea como sea, yo también he cambiado y no he venido a por las migajas de tu amor.

La voz del joven vibraba, preso de la emoción.

—¿Entonces?

—Creo que no es casualidad que don Rodrigo te ayude en el asunto de tu padre y debas contactar con Luis de Santángel. Es el modo de que regreses a Valencia y te enfrentes con ese otro asunto que turbó sus sueños hace décadas.

—Las larvas.

—Su Excelencia no formaba parte de la hermandad, pero fue él quien llevó a Elena de Mistra a Bolonia y luego costeó su cura; puede que se sienta culpable.

—¡Todo eso pasó hace más de treinta años! —exclamó ella.

—¿No te das cuenta? Fray Armand y don Rodrigo nos han puesto de nuevo sobre el tablero. ¡Somos sus mejores piezas para una última lid contra el viejo misterio! Hay que detener a Gostança y descubrir por qué ha derramado tanta sangre.

Caterina se sorprendió ante el tono osado, casi vanidoso, del joven. Le costaba verlo como su antiguo criado. Eimerich buscó bajo el forro interno de su capa un largo cilindro de cuero negro. Cuando desplegó la pintura Caterina palideció.

—¡Irene! —Tenía la piel erizada y no podía dar crédito—. ¿Está viva?

—Te seguiré hasta Valencia, Caterina, pero haremos escala en Cerdeña. Tal vez Irene continúa allí. Además, podremos reconstruir el pasado de Elena de Mistra, pues como sabes recaló un tiempo en la isla antes de instalarse definitivamente en Valencia.

—No ignoras cómo acabó todo… —prosiguió ella, sombría—. ¿Crees que seremos capaces de enfrentarnos al pasado?

—Ya no somos aquellos jóvenes ingenuos, ahora sabremos hacer frente a esa dama enlutada —aseguró él, vivaz.

A Caterina se le aceleró el corazón bajo el fuego de sus ojos. Casi no recordaba la fuerza que anidaba en su interior. Eimerich sonrió antes de concluir:

—Es la primera vez en toda la noche que no me miras como al criado del que te encariñaste. —Se atrevió a entrelazar sus dedos con los de ella. En esa ocasión la joven permitió el contacto, pensativa—. ¡Por todos los muertos que nos preceden, he regresado de las sombras para decirte que no vamos a ser los vencidos en esta turbia conjura!

51

El bergantín *Santa María* se deslizó suavemente por las aguas tranquilas y cruzó la empalizada de gruesos troncos que rodeaba el puerto de Cáller, la capital de Cerdeña.

—Los sardos tienen el sentimiento de pueblo sometido —comentó el capitán, un catalán llamado Gabriel Crespí—. Cuando las campanas anuncian el cierre de puertas ninguno puede permanecer en Castello, el barrio noble de la parte alta, donde residen en su mayoría aristócratas valencianos y catalanes. Han pasado doscientos años desde que la Corona de Aragón sometió la isla y ambas comunidades siguen recelando una de otra.

—Existe un miedo permanente a la rebelión —indicó Eimerich a su lado.

—Somos los señores de Cerdeña, pero los sardos no olvidan que les pertenece por derecho natural. El día que la Corona de Aragón se debilite nos echarán.

Crespí se alejó para dirigir el atraque, y Caterina sonrió a Eimerich.

—Ya estamos aquí, como querías.

—No cabe duda de que has hecho grandes aliados —musitó él.

—Tenías razón. Don Rodrigo desea quitarse una vieja espina. Nuestra única pista es una pintura. ¿Crees que lograremos dar con Irene?

—Será ella la que nos encuentre —adujo Eimerich con sonrisa enigmática.

Un marinero lanzó un cabo a los estibadores del puerto y el

barco quedó amarrado en el largo muelle que estaba separado de la ciudad por una alta muralla, con dos torreones en los extremos. Ante los guardias de la aduana mostraron las credenciales: eran una dama de la corte del cardenal vicecanciller y su lacayo.

Cuando en el registro vieron el lienzo, los oficiales se miraron de soslayo.

—Señora, no os conviene ir mostrando esta imagen en Cáller —advirtió uno devolviendo la pintura a Caterina—. Podéis tener problemas...

La dama asintió y con el porte erguido cruzó el portal arqueado. Ante ellos el barrio marino de Lapola se mostró caótico pero rebosante de vida y aromas. El hedor del pescado flotaba mezclado con mil fragancias de especias. Por doquier se asaban toda clase de carnes y peces, y el humo formaba una niebla oleosa que hacía que los ojos les escocieran. Cruzaron el bullicioso mercado que se internaba en tortuosos callejones por los que apenas se podía transitar. Hordas de marinos escandalosos se hacinaban frente a las sórdidas tabernas, piropeando a las mujeres o buscando gresca.

El joven estudiante se orientó con facilidad hasta el corazón del barrio donde se levantaba la iglesia parroquial de Santa Eulalia.

—Tras la conquista, los catalanes la consagraron a la patrona de Barcelona.

Caterina se fijó en el amplio rosetón de la fachada, en las vidrieras ojivales, en los contrafuertes, y se emocionó ante la familiaridad de su aspecto. Siguió a Eimerich al interior en penumbras de la única nave, donde apreció las bellas columnas de mármol, probablemente aprovechadas de un templo anterior. Se encontraban en el barrio habitado por los sardos, pero el clérigo que se les acercó era de Girona.

Media hora más tarde la campana más aguda de Santa Eulalia de Cáller tañía con un ritmo regular *El latido de la sibila*, un toque extraño que el campanero aceptó, no sin recelos, tras el generoso donativo de aquella dama de mirada azul y sonrisa irresistible.

Un tiempo después dos hombres fornidos y armados aparecieron en la iglesia y los observaron con atención. En el sobreveste lucían el escudo acuartelado con fajas oscuras de la noble casa valenciana de los Carròs.

—¿Sois los forasteros que habéis ordenado ese toque de campanas?

Ambos asintieron.

—La condesa de Quirra desea que nos acompañéis.

Caterina miró a Eimerich admirada y en silencio abandonaron la iglesia. Atravesaron el noble barrio Castello entre palacios góticos y salieron de la ciudad por una estrecha carretera hasta el cercano castillo de San Miguel, una de las numerosas propiedades del condado.

Era un bastión de piedra blanca, sobrio y con enormes torres defensivas en los extremos. Cruzaron el ancho portón hasta el patio de armas. En una parte eran visibles restos ennegrecidos de un derrumbe acaecido tiempo atrás que no había sido reparado. Por una estrecha puerta entraron en una capilla. A ambos jóvenes les impresionó el retablo, similar al de En Sorell.

En los frescos de la bóveda vieron de nuevo la muerte de Holofernes a manos de Judith. Al fondo, santa Catalina impartía su saber a los sabios egipcios mientras santa Cecilia cantaba antes de ser martirizada. El retablo lo presidía una Virgen rodeada de ángeles con aspecto femenino que cantaban y tocaban instrumentos de cuerda.

—Aquí fundó Elena de Mistra la primera Academia de las Sibilas.

Por una puerta oculta bajo un tapiz rojo con las armas de la familia apareció una mujer con un vestido de terciopelo negro adornado con pequeñas perlas. En silencio se acercó al altar y se arrodilló en un reclinatorio de alabastro. Al acabar su rezo, se volvió para estudiarlos con atención.

Caterina la miraba impresionada memorizando cada gesto. Era la noble más poderosa de Cerdeña. Tenía unos treinta y cinco años y mantenía un porte elegante a pesar de las profundas ojeras, señal indeleble de una vida desdichada. La piel extremadamente pálida delataba su alto linaje.

—Vosotros habéis hecho tañer *El latido de la sibila*.

—Así es, señora. —Caterina se inclinó, cortés—. Confiábamos en que alguien lo oyera: Irene Bellvent.

—Deduzco que estoy ante Caterina Coblliure y su criado Eimerich.

—Vos sin duda sois doña Violant Carròs y de Centelles, honorable condesa de Quirra. Hemos venido porque deseamos encontrarnos con ella.

—Pasa el tiempo y las lealtades cambian. ¿Debería confiar en vosotros?

Oyeron tintineos de cotas junto a la puerta. La condesa tomaba sus precauciones.

—Mi señora, juzgad si somos o no dignos de crédito —dijo Eimerich, para sorpresa de doña Violant, poco acostumbrada a apreciar ese tono en un criado—. A mediados de 1457 por mediación de Rodrigo de Borja, Elena de Mistra llegó a Cáller tras un luctuoso incidente en Bolonia. Vuestra madre la acogió por la amistad que los Centelles y los Borja mantienen.

—¿Cómo sabéis todo eso?

Los ojos de la condesa refulgían, pero Eimerich no se arredró. El discípulo bien aleccionado por el mejor profesor de retórica que conoció Bolonia fue desgranando lo averiguado sobre las larvas. Al concluir, doña Violant deambuló por la capilla atrapada por el relato que completaba algunos interrogantes que jamás había logrado responder.

—Yo tenía apenas cinco años cuando esa mujer llegó maltrecha acompañada de dos damas. Lo poco que sé me lo contó mi aya mucho tiempo después. Elena de Mistra era un espíritu de los que la Providencia envía cada cierto tiempo para alumbrar en las tinieblas. A pesar de lo ocurrido en aquella hermandad, cuando se recuperó siguió impartiendo sus lecciones, pero sin la ingenuidad del pasado. Su salud era delicada y se volvió desconfiada y muy selectiva. Sólo aceptaba a quien estuviera dispuesto a escuchar con libertad y respeto.

»Con la ayuda de mi madre fundó lo que mi aya llamaba la Academia de las Sibilas. Sólo eran nueve damas. —Señaló el fresco, donde sospechosamente las santas lucían vestidos y peinados complejos, a la moda italiana de hacía pocas décadas—. A *El latido de la sibila* se reunían en esta capilla o en la tumba de Atilia, un sepulcro de época romana cercano a Cáller. —Sonrió con mirada brillante—. Las imagino leyendo y debatiendo en complejas cuestiones de historia y filosofía.

—Pero finalmente marchó a Valencia —siguió Eimerich.

—A los tres años de residir en este castillo apareció un joven estudiante valenciano que había obtenido el bachillerato en artes en Bolonia.

—Andreu Bellvent.

—Elena y él habían mantenido un discreto contacto epistolar y se amaban profundamente. Mi madre había muerto el año anterior de mal de costado, y ya nada retenía a Elena en Cerdeña. Un banquero de Nápoles custodiaba parte del ajuar que ella había traido consigo de Constantinopla. Aceptó casarse y marchar a Valencia con una recomendación de mi padre al mercader Tomás Sorell.

—¿Conserváis documentos de aquella época?

—Apenas algunos poemas. —La condesa torció el gesto—. Es como si toda la documentación hubiera sido destruida. Sólo encontré una cuenta de gastos en la que mi padre costeaba el pasaje a Valencia de Elena, doña Angelina, la criada Sofía y Peregrina de Morella, pero nada más.

—¿Peregrina estuvo aquí? —preguntó sorprendido Eimerich. Se volvió hacia Caterina y habló como un criado—. ¿Os acordáis, señora? La superiora de las Magdalenas dijo que alguien más había podido viajar con ellas, si bien no lo recordaba.

—De eso estoy segura —prosiguió la condesa, intrigada—, pues en los libros de cuentas de mi padre están anotados gastos sobre fármacos para el dolor, navajas y otras herramientas para Peregrina Navarro, natural de Morella. Mi aya me contó algunas cosas sobre ella. Entonces ya era una afamada física. Muchos nobles la requerían, lo que disgustaba a los orgullosos médicos de Cáller. No sé cuándo llegó ni cuánto tiempo residió en la isla, pero sí consta que se unió a las tres damas y regresó al Reino de Valencia.

—Peregrina conoce bien a las monjas de las Magdalenas —barruntó Eimerich—. Tal vez la madre no la mencionó siguiendo sus instrucciones. Lo extraño es que la física callara ese detalle la noche en que entregó el breviario a Irene.

Un ligero velo de sospecha cayó sobre ambos. La condesa de Quirra los observaba con curiosidad y al final quebró el espeso silencio.

—¿Cómo sabéis que su hija Irene ha estado aquí?

Eimerich sacó la pintura del cartucho y la extendió ante la dama para demostrar la razón de su visita. Doña Violant Carròs movió el rostro levemente. A esas alturas de la conversación no tenía sentido disimular, de modo que les detalló el periplo desde que Irene naufragó y fue a parar a una isla desierta hasta su llegada a Cerdeña.

—En el tiempo que ha pasado junto a mí, Irene me ha hecho comprender que esa fuerza reside en todas nosotras, que es atávica y fue modelada hace milenios. Se puede sepultar y despreciar, pero no extinguir. Antes deseaba morir y ella me ayudó a erguirme con orgullo, a extirpar el miedo. ¡Ése ha sido su milagro!

Caterina y Eimerich se miraban emocionados. Conocían bien a Irene y su bondad, pero en sus recuerdos era una joven dulce, bondadosa y discreta. La condesa hablaba de una mujer fuerte capaz de regenerar la tristeza.

—Explicaos, mi señora, os lo ruego —intervino Caterina, impresionada.

Doña Violant Carròs deambuló por la capilla.

—Cuando tenía seis años murió mi madre. A los trece, la víspera de Navidad mi padre debía sofocar un altercado en uno de sus señoríos próximos a este castillo. Entró con sus hombres a la santabárbara para tomar las armas y ocurrió el desastre. La pólvora estalló. Recuerdo estremecerse cada sillar de la fortaleza. Habréis visto aún los destrozos en esa parte del edificio.

»Don Jaume Carròs murió días después por las quemaduras y como primogénita me convertí en la condesa de Quirra. —Esbozó una sonrisa irónica—. Pero la muchacha con más títulos y propiedades del sur de esta isla descubrió que era ganado en manos codiciosas. De los tres tutores nombrados, sólo aceptó el virrey, don Nicolau Carròs.

—El padre de doña Estefanía Carròs y de Mur.

—Sí, pero ella es totalmente distinta. Mientras los súbditos y sus hijos dábamos sepultura al fallecido conde, mi tutor hacía inventario de la herencia y se apoderaba de todo lo valioso: vajillas, joyas, tapices… Para poseer los señoríos y las tierras, ese mismo año me casó con Dalmau Carròs, su propio hijo, y como tutor lo aportó todo a la dote sin mi consentimiento. —Sus manos se crisparon—. Dilapidaron lo que mis ancestros habían tardado generaciones en reunir con esfuerzo y heroicos servicios a la corona. Mi esposo, al que veía una docena de veces al año pues se dedicaba a guerrear en mis feudos o en la alcoba de sus amantes, murió en la batalla de Marcomer en 1478. Un año después lo hacía su padre.

—Tengo entendido que os volvisteis a casar —indicó Caterina.

—Con Felip de Castre, primo de mi primer marido. Lo amé como jamás creí que podría hacerlo mi corazón. No guardé el luto debido a Dalmau, y Felip y yo nos casamos en secreto, pero Dios me lo arrebató a los dos años… y un tiempo más tarde perdí a mis dos hijos. —Las lágrimas afloraron a sus ojos y se encorvó a causa de la pena—. He vivido encerrada entre mis aposentos, la catedral y el convento de San Francisco de Stampace, donde yace enterrada mi familia. ¡Hasta los perros de caza del castillo han tenido más libertad!

Caterina se acercó a ella, conmovida.

—Irene también fue obligada a casarse.

Doña Violant sonrió mostrando un destello de su belleza marchita.

—Las mujeres de este tiempo no estamos llamadas a esa libertad. No obstante, como decía Irene, sí podemos mantener intacta nuestra esencia primigenia y luchar por ella si se ve agredida. Por eso la dejé marchar; su camino aún no ha concluido.

—¿No está aquí? —preguntó Eimerich, apocado.

—Llegó la noticia de la muerte de Hug Gallach y partió hacia el frente de la guerra contra el infiel situado en la ciudad de Baza, en busca del indulto del rey para recuperar la propiedad de En Sorell. Que Dios la guarde, pues algo de ella está conmigo y sé que volverá en cuanto pueda.

Doña Violant Carròs se acercó a la puerta oculta tras el tapiz. Una doncella entró con una niña curiosa que apenas había echado a andar. Se emocionaron al reparar en que la pequeña tenía el cabello ensortijado de Tristán y los grandes ojos grises de Irene.

—¡Dios mío!

—Supo que estaba embarazada en Columbra, aunque dio a luz en este mismo palacio. Se llama Elena, en memoria de la abuela.

—¡Elena de Malivern y Bellvent! —exclamó Caterina con solemnidad mientras la levantaba en volandas y, con lágrimas, besaba el rostro de la niña, que observaba risueña a los desconocidos.

El corazón de Eimerich latió fuerte viendo a la fría agente del cardenal Borja sin la coraza de hielo.

—Mi señora —dijo Eimerich con gravedad al tiempo que mostraba la maltrecha carta que le confió su antigua señora—, supongo que Irene os reveló que Elena de Mistra sigue viva.

—Así es, albergaba la esperanza de que estuviera aquí en Cáller, pero no es así.

—Elena huyó de esa enigmática mujer, Gostança de Monreale, que pretende eliminar no sólo su sabiduría y sus enseñanzas, sino también su linaje.

La condesa de Quirra abrió los ojos y abrazó a la pequeña con ademán protector. Eimerich continuaba pensando que la poderosa dama podía ayudarlos.

—El indulto la legitimará ante la ley. Sin embargo, temo que Irene no recupere la paz ni encuentre a su madre si no entendemos la naturaleza de su cruenta enemiga y logramos detenerla.

Doña Violant se le acercó, admirada por la manera de hablar de aquel muchacho que contrastaba con su raído hábito.

—Veo que eres un joven sagaz. Dime, ¿qué estás pensando?

—Según averiguamos en el hospital Dels Ignoscents, Gostança creció en el convento de benedictinas de la Martorana, en

Palermo. Las hermanas aseguran no conocerla, pero tal vez se cambió el nombre. —Miró a Caterina—. La capital siciliana no está lejos. Una galera apenas perdería dos o tres días si se desviara hasta allí.

La condesa entornó la mirada y, sin soltar a la pequeña Elena, sonrió taimada. Ella poseía una galera que su familia dedicaba al corso en el mar Tirreno; era rápida y estaba bien pertrechada. Caterina palideció; la angustiaba demorar su regreso a Valencia. Aun así no dijo nada, pues también su padre había sido víctima de la conjura que Eimerich pretendía desentrañar.

52

Cinco días más tarde, Eimerich y Caterina admiraban la belleza de los mosaicos bizantinos de las bóvedas de la iglesia normanda de Santa María de Martorana, en Palermo, erigida junto al monasterio de benedictinas donde aseguraba haberse criado Gostança. Bajo la imagen de Jorge de Antioquía a los pies de la Virgen se dejaron inundar por el destello del oro y una riqueza de colores asombrosa, pero apenas una hora más tarde una monja interrumpió la contemplación.

La respuesta de la encargada del archivo resultó una decepción: ninguna hermana ni novicia constaba con el nombre de Gostança, ni tampoco ninguna religiosa supo identificarla tras la detallada descripción.

Tras entregar el jugoso donativo de parte de la condesa de Quirra, decidieron regresar al puerto atestado de Palermo, donde aguardaba Joan de Próxita, capitán de la galera de la condesa *La Marieta*. Casi a punto de embarcar, Caterina se percató de que los seguía un hombre desarrapado. En un hediondo callejón lo abordaron, y la joven lo amenazó con su siniestro cepillo. El individuo, de aspecto miserable, imploró piedad y entre balbuceos explicó que era el encargado de la porqueriza del convento y padre de ocho hijos a los que no podía alimentar. Había escuchado la conversación que mantuvieron con las monjas y por unas monedas los llevaría a la ermita de Santa Tecla, en la montaña de Monreale, a las afueras de la ciudad. La habitaron cuatro monjas eremitas que hacía cuarenta años abandonaron el convento de la Martorana en busca de mayor rigor y espiritualidad, aisladas en la montaña. En el convento no solían hablar nunca de aquellas excéntricas mujeres, dadas a ayunos y terribles penitencias.

Gostança se hacía llamar de Monreale y el detalle los intrigó. El capitán se prestó a acompañarlos, y el trayecto se prolongó durante tres horas por sendas empinadas y pedregosas. Era avanzada la tarde cuando alcanzaron un claro en medio del bosque y se quedaron sin aliento. La ermita sólo eran unos muros descarnados, ennegrecidos entre la maleza, sin techumbre.

—¿Qué significa esto? —bramó Joan, sudoroso tras la ascensión.

El hombre que los había conducido hasta allí se encogió.

—Hace cinco años ardió hasta los cimientos. Nadie sabe qué pasó, pues las ermitañas murieron.

—¿Por qué no lo has dicho? ¡Maldito seas!

—No habéis preguntado, mi señor. Pero ¡os he contado la verdad!

—¡Miserable! —El capitán levantó el puño, airado, pero Caterina le rozó el brazo.

—Aguardad, mosén Joan —rogó ella al ver a Eimerich entre las ruinas.

El joven deambulaba entre muros y escombros calcinados. En la parte posterior del pequeño templo octogonal surgían entre la maleza cinco lápidas sin nombre.

—¿Cuántas monjas vivían aquí? —demandó.

—Cuatro, señor —dijo el hombre, ansioso por recoger las monedas y salir de allí.

Eimerich hizo una señal a Caterina y ésta se acercó moviendo su largo vestido con dificultad entre las zarzas. Al llegar junto a él exhaló un suspiro, cubriéndose la boca.

—¡Dios mío!

Tras una de las lápidas, unas toscas raspaduras formaban un nombre: Gostança.

—No era un lugar con buena fama —confesó el criado—, y el convento de la Martorana se olvidó de estas eremitas de su orden. Los pastores dicen que a veces se oían gritos y lamentos; por eso cuando ardió la gente de la vecina Monreale se sintió aliviada. Nadie habla de este sitio.

Sobrecogidos, siguieron registrando las ruinas. Hallaron fragmentos de imágenes y restos de un altar mutilado y mohoso.

—Mirad esto —indicó Joan de Próxita rebuscando en lo que parecía una pequeña celda en la parte posterior de la ermita—. Son argollas.

Las dos manillas oxidadas aún se mantenían firmes en un muro de ladrillos negros casi oculto tras los escombros. Eimerich recordó la celda Dels Ignoscents y la tendencia de Gostança a expresarse con dibujos. Ayudado por el atemorizado porquerizo, fueron despejando la pared. La tarde avanzaba y las sombras dominaban el desolado claro de la ermita cuando aparecieron los trazos que cubrían casi toda la parte baja del muro. El guía recogió las monedas, se santiguó y huyó sin dudarlo.

Caterina limpió con su pañuelo de seda el hollín adherido y leyó, aterrada:

—«*Exorcizo te, inmundisime spiritus omnis incursio adversarii, omne phantasma, omnis legio, in nomine Domini Nostri Iesu Christi.*»

Junto a la frase se veían varias escenas, unas realizadas con trazos infantiles y otras con pulso firme. Eran figuras simples: una niña atada a una cama rodeada de adultos con cruces y látigos. Azotes, argollas y sangre. Caterina notó que las lágrimas afloraban a sus ojos. En la sencillez de los dibujos se adivinaba a una criatura dominada por el más absoluto terror, sometida a mil tormentos.

—La creían endemoniada —musitó ahogada—. Son exorcismos y brutales penitencias para arrancarle esa especie de nube que siempre aparece sobre la niña.

—La ponzoña… —dijo Eimerich—. Aquí está el origen del mal. Tal vez Gostança no tiene el alma poseída, como cree, sino enferma tras años de vejaciones.

—Crearon un monstruo —añadió el capitán Joan, afectado.

Aun desconociendo el extraño misterio que los había llevado hasta allí, veían con claridad la transformación operada en la pequeña. En los dibujos más maduros las monjas estaban trazadas como criaturas deformes, con el cuello y la cara raspadas con ansia febril. Destacaba la imagen de un hombre desnudo y con el miembro enhiesto; todo él estaba cubierto de hendiduras y golpes de piedra a causa de una ira desatada. A sus pies siete máscaras deformes aparecían raspadas. La última escena era un pavoroso incendio y cuerpos mutilados en un amasijo. El odio aliado con la locura. Aquel muro irradiaba una energía ominosa que los dejó exhaustos y tristes.

—Gostança es una mente enferma —comentó Caterina, impresionada—, pero ¿cómo llegó a creer que el mal que la posee tiene que ver con Elena o con las larvas?

—Comenzó con Conrad von Kolh y la cadena no se ha roto aún —adujo Eimerich—. *Fra* Armand explicó que en Bolonia se rumoreaba que las larvas y Elena de Mistra realizaron rituales satánicos. Gostança se cree enviada por Dios para erradicar ese infecto aliento diabólico, pero puede que sólo sea víctima del oscuro fanatismo.

Una ráfaga gélida agitó las copas de los árboles provocando un rumor extraño que los sobrecogió. Sin decir nada abandonaron las ruinas con un lóbrego peso en el alma.

—Si no detenemos este odio, no sólo Irene sino también ahora su hija sufrirán el castigo —concluyó Eimerich mirando por última vez las ruinas de la ermita de Santa Tecla.

53

A primeros de noviembre un viento gélido y desapacible recorría las huertas y los páramos desiertos de las cercanías de Baza. Irene salió bajo la luz crepuscular y se limpió del rostro las lágrimas y los restos de sangre con la manga del ajado vestido. Al fondo podía vislumbrar el contorno sombrío de la recia muralla que envolvía la urbe.

La ciudad sitiada por el rey se situaba a los pies de la sierra de Baza, frente a una fértil hoya de huerta regada por el río del mismo nombre y otros afluentes del Guadiana Menor que serpenteaban por ramblas y barrancos. Aquel terreno intrincado impedía una aproximación a la implacable artillería cristiana, y el asedio se prolongaba entre combates aislados, emboscadas y graves infecciones por el hacinamiento de las tropas sitiadoras.

La guerra nada tenía que ver con los emotivos relatos caballerescos que leía en la biblioteca de doña Estefanía Carròs. Desde allí era visible el real de Santa Cruz, envuelto con una empalizada de piedra y troncos, en cuyo centro se hallaban las tiendas del monarca y sus generales.

Irene había llegado apenas cinco días antes. No fue recibida por el rey, pero uno de sus consejeros hizo llegar al soberano la carta de la condesa de Quirra. Eso y saber que la joven valenciana se ofrecía para prestar servicios en uno de los hospitales de campaña fueron motivos suficientes para que firmara el indulto. Era un extenso documento en el que, en uso de su *imperium*, Irene Bellvent era exculpada del delito de adulterio según los Fueros de

Valencia, se le restituían sus bienes privativos y se requería al lugarteniente del gobernador mosén Lluís Cabanyelles para que, en nombre de Su Majestad, devolviera la posesión del hospital En Sorell a su propietaria, con uso de la fuerza si fuera necesario.

Era libre y disponía de los florines que le entregó doña Violant para pagar una pequeña escolta hasta Valencia. Sin embargo, el horror que se vivía en el sitio de Baza la conmovió tanto que decidió retrasar su partida, confiando en que el asedio se culminara en poco tiempo.

Casi setenta mil almas se esparcían por el ancho valle tras las barricadas y los fosos construidos para aislar la ciudad. Los nobles, los caballeros y los clérigos poseían tiendas u ocupaban casas abandonadas, pero las mesnadas, los peones y la mayoría de los hombres con oficios auxiliares, las prostitutas y los buhoneros subsistían en toldas desgarradas por el viento y la lluvia, en sucios chamizos o simplemente al raso. El aire a muchas leguas a la redonda hedía a orines y a enfermedad.

Nada quedaba del aspecto original de la fértil hoya de huertas, torres y palacetes que loaron los poetas árabes. Tras sufrir constantes emboscadas desde el verano, el rey ordenó arrasar el valle y construir un cerco con rocas y troncos, con dieciséis castilletes de piedra, uno cada trescientos pasos, además de fosos inundados. Así lograron cortar las comunicaciones con Guadix y otras villas que prestaban apoyo a los bastetanos.

La empresa resultó titánica y penosa. Miles de hombres, soldados y constructores, habían empapado la tierra con su sangre hasta que sólo unas pocas semanas antes el comendador de León culminó el proyecto. Toda la ciudad estaba rodeada, e incluso por la sierra se disponía de un doble muro por el que transitar sin riesgo de ser alcanzados por las flechas que volaban desde murallas o de las traicioneras escaramuzas efectuadas por la retaguardia. Sin embargo, los ataques sorpresivos proseguían.

El rey, para desmoralizar a los asediados, dio orden de sembrar los campos de trigo, vides y azafrán, declarando así la intención de no retirarse. A pesar de todo, en pleno otoño el aspecto era desolador. Por doquier veía Irene troncos carbonizados y casas en ruinas aún con los azulejos quebrados. Entre los viejos olivares se alzaban bosques de cruces de madera señalando tumbas y fosos con los caídos en el asedio.

—Irene —dijo una voz a su espalda—, han llegado más hombres. Están atacando cerca de la fuente del Hinojo, tratan de recuperar el manantial.

Ella asintió en silencio mientras guardaba el documento real del que no osaba desprenderse. Al volverse vio el rostro cansado de Rodrigo de Vélez, cirujano del hospital De la Reina: seis grandes tiendas con camas y ropas para atender a los heridos, personal médico y medicinas, todo costeado por Isabel de Castilla y erigido junto al real de las Siete Fuentes, uno de los campamentos principales de las huestes cristianas.

Regresó con él a la tienda, pero antes de entrar usó un pañuelo con hojas de menta para cubrirse la cara. Los medicamentos eran escasos y el hacinamiento facilitaba el contagio. Los médicos, los religiosos y las mujeres que trabajaban allí como voluntarias afirmaban que los heridos habían disminuido tras la construcción del cerco, pero junto a las heridas gangrenadas y las quemaduras aumentaban las víctimas de reyertas, sífilis, aguas insalubres, comida pútrida, más los estragos que el frío y la lluvia estaban causando.

Irene tomó varios paños lavados con agua del río sin jabón y miró al joven que sangraba profusamente por una herida en el muslo.

—Ése no —indicó un franciscano con el hábito manchado—. No sobrevivirá.

Irene se acercó al herido.

—¿Cuál es tu hombre?

—Batista Aizaga, señora —musitó sin poder verla ya. Se escarbó el jubón—. Soy de Vizcaya. Un sacerdote me redactó una carta para mi familia. Enviadla…

Se desvaneció antes de indicarle el lugar; ya no despertaría.

—Esto no es como el pequeño hospital en el que te criaste —siguió diciéndole el fraile a su lado. Señaló al fondo de la tienda—. Mientras hablabas, dos más han muerto. Todo es cuestión de un instante, y este peón debería haber empleado sus últimas fuerzas confesando. Esto es una guerra. Son decenas, cientos... los que pueden caer en un día; por eso debes obedecer, ¿lo has entendido?

La joven asintió. Las palabras eran duras, pero se vio incapaz de replicarlas. Tomó la carta del moribundo. Aparecía un nombre de mujer pero ninguna dirección. Su historia, los sentimientos de añoranza y amor descritos, jamás serían conocidos por sus parientes.

En silencio se dedicó a limpiar y vendar heridas. Varios hombres con corazas herrumbrosas y abolladas comenzaron a discutir con Rodrigo en la entrada

—¡Son demonios! ¡Sobre todo el que los comanda, Ira del Infierno! ¡Que la pestilencia se lo lleve!

—¿Dónde ha sido?

—Han atacado a los hombres del caballero Arnaldo de Carvajal, a quienes se les había encomendado proteger una docena de lombardas.

Irene escuchaba sobrecogida. Los bastetanos realizaban incursiones sorpresivas y letales aprovechando el terreno accidentado o las ruinas de los arrabales exteriores.

—¡Una carnicería! —estalló un caballero cubierto de barro—. Si esta situación se prolonga y nos sorprende el invierno el asedio habrá fracasado.

—¿Y los heridos? —demandó el físico, secándose el sudor con la manga negra.

—Mueren abandonados en las tortuosas calles de la Rabalía, una intrincada alquería cerca de la Puerta del Peso. Nadie quiere exponerse a ser apresado o abatido.

—¡Deberíamos acudir en su ayuda! —indicó Irene.

El caballero se volvió y la miró sorprendido.

—No os ofendáis, señor —terció Rodrigo—. La mueve el sentimiento de piedad.

—Me conmueve vuestro arrojo —musitó despectivo—, pero son situaciones que una mujer no alcanza a comprender. Regresad a vuestras tareas.

Irene pasó casi dos horas atendiendo a los heridos. El combate se recrudecía a medida que la oscuridad avanzaba. Los sarracenos conocían cada palmo del terreno y, aunque no decantarían el curso del asedio, causaban cuantiosos daños y ganaban tiempo.

Un estruendo más potente que el disparo de las lombardas hizo enmudecer el hospital. Poco después aparecía un soldado sin pelo y cubierto de ampollas.

—¡Han hecho estallar la pólvora de los cañones cerca de la Rabalía!

Irene salió y vio el resplandor del incendio. Se oía el rumor en los campamentos cercanos y gritos de auxilio en la lejanía. En otro tiempo se habría limitado a rezar, pero una extraña sensación la estremeció. Aunque era muy arriesgado, algo en su interior le gritaba que debía acudir hasta la escaramuza. Había aprendido a confiar en su intuición y, a pesar de que estaba aterrada, tomó un pellejo con agua y un hatillo con vendas, ungüento de caléndula y pasta de ajo.

Una sombra se le acercó por detrás.

—Sé lo que pretendes —musitó el fraile que la había reprendido—. Tu intención es loable, aunque descabellada; pero recuerda que el rey necesita a todos sus hombres. Si te atrapan ruega al Señor una muerte rápida, pues a nadie se le permitirá sacrificarse por ti.

En la tienda donde dormía con las monjas, escondió bajo tierra la bolsa de cuero con el indulto y el breviario. Luego soltó a Mey, atada durante el día para evitar que la cazaran. El ave se alejó ansiosa perdiéndose en la oscuridad. No regresaría hasta el alba, e Irene esperaba estar allí para volver a esconderla.

Pasó invisible ante soldados que jugaban a los dados o jaleaban a las bailarinas sarracenas que llegaban de las alquerías próximas para obtener algo de alimento. Sin orden de sus capitanes para intervenir, tal vez por rivalidades entre nobles, aquellos hombres permanecían impasibles ante la tragedia. Les mostró las medicinas a los vigilantes y le abrieron la empalizada. Irene se dirigió a los peligrosos arrabales de Baza.

Con la falda anudada se deslizó por acequias demolidas, confundiéndose entre los matorrales y los escasos árboles que aún seguían en pie. Como aprendió con Tora, alternaba momentos de inmovilidad absoluta con veloces carreras, evitando hacer ruido.

El aire hedía a azufre. Descendió por un barranco y emergió en la Rabalía, a doscientos pasos de la ciudad amurallada. Eran un puñado de casas humildes desprotegidas, entre cuestas e intrincados callejones. El fuego había prendido viviendas y árboles cercanos. Por las estrechas arterias vio a los primeros heridos; algunos aún se arrastraban. Llevó a los que pudo hasta las afueras del arrabal y se ocultaron tras una tapia medio derruida. Dejó el hatillo a fin de que pudieran curarse.

En cuanto se recuperó, uno de los heridos leves salió hacia el real de las Siete Fuentes para pedir ayuda mientras un hidalgo, admirado por el arrojo de Irene, se aprestó a ayudarla. Juntos arrastraron a dos más en peor estado. Luego se acercaron a la escaramuza en la confluencia de dos calles.

—Observad a ese moro de turbante negro —le indicó el hidalgo.

Asomados a una esquina, Irene vio a cuatro sarracenos enfrentándose a media docena de cristianos. Entre los infieles destacaba el guerrero señalado, batiéndose con denuedo contra dos soldados. Su sable destellaba con fulgurantes reflejos.

—Entre las mesnadas se lo conoce como Ira del Infierno por su forma de luchar sin aprecio por la vida. Parece que ansía llegar pronto al paraíso de los infieles. Ya lo vimos combatir en la villa Zújar, a cuatro leguas de aquí. El monarca no quería enemigos en la retaguardia y creyó que el pequeño castillo claudicaría pronto, pero resistieron de manera heroica. Fue una treta para ganar tiempo y avituallar Baza urdida por el Zagal, el rebelde caudillo que disputa estas plazas con su sobrino Boabdil. Ira del Infierno destacó en cada escaramuza y el consejo del rey ha puesto precio a su cabeza.

El sarraceno lanzó varias estocadas con inusitada furia y partió el brazalete de cuero claveteado de un caballero. Los cristianos a duras penas lograron que retrocediera mientras el herido se arrastraba para alejarse de la lucha. Otro moro se dispuso a rematar al hombre que trataba de levantarse indefenso.

Irene sacó la honda de Tora.

—¿Qué vais a hacer? —demandó el hidalgo, aterrado.

—Vamos a sacarlo de ahí —musitó mientras colocaba una piedra redonda en el parche de cuero.

En cuanto salió de la esquina, el moro aulló sin reparar en el zumbido que rasgó el aire. La pedrada lo alcanzó en la mandíbula y cayó al suelo gimiendo. Ira del Infierno se volvió y sorprendió a la cristiana cuando llegó hasta el herido. Al ver que había abatido a uno de los suyos, colérico, volteó el arma y cortó el cuello de uno de los contrincantes, pero dos más le hicieron frente.

—¡Márchate de aquí, mujer! —bufó desabrido el caballero al que Irene trataba de ayudar.

Reparó en la calidad de su coraza y el emblema de tres barras horizontales encarnadas sobre fondo de oro de la casa de Aguilar. Su rostro le resultaba familiar, lo había visto desfilando junto a otros capitanes y nobles del consejo del rey.

—¿Sois don Gonzalo Fernández de Córdoba?

—¿No me habéis oído?

Irene, ajena al desprecio, lo ayudó a alcanzar la esquina donde la esperaba, anonadado, el hidalgo. El caballero tenía una herida en el brazo, pero no parecía grave. Miraba a su salvadora sorprendido. Sonó una corneta y los cristianos gritaron de júbilo.

—¡Los refuerzos no tardarán! —aseguró la joven, aliviada.

Los tres sarracenos corrieron a sus monturas para regresar a Baza y los soldados que se mantenían aún en pie aprovecharon para alejarse y esperar el auxilio de las tropas.

Irene permaneció junto a don Gonzalo. De pronto se aproximó Ira del Infierno sobre su montura y los señaló con el sable. El hidalgo y el caballero lograron escabullirse por un campo de maleza, pero el sarraceno cortó el paso a la joven antes de que pudiera seguirlos.

Aislada de los otros, Irene se dio la vuelta y huyó por una pendiente tortuosa y polvorienta. El trote del corcel aceleró a su espalda y, aterrada, notó el temblor del suelo. Se lanzó a un lado, pero su perseguidor la levantó en volandas. Ira del Infierno picó espuelas y galopó hacia la Puerta del Peso, que le abrieron en cuanto se apercibieron de su llegada desde las almenas.

Echada sobre la grupa, el pánico la invadió y maldijo su temeridad. Pensó en su hija Elena, demasiado pequeña para tener recuerdos de ella si no regresaba. Se volvió para implorar al captor. La luna creciente reflejó las facciones del temido guerrero de turbante negro. Irene lo vio con claridad y el corazón se le detuvo. Fue tal la convulsión que incluso él lo notó.

—¡Tristán!

Ira del Infierno la fulminó con la mirada.

—¡No es ese mi nombre! —le espetó gélido, aunque en castellano.

Irene reparó en una profunda cicatriz que tenía en la sien y que desaparecía bajo el turbante.

—¡Tristán, soy yo, Irene!

Lloró la muerte de su amado noches enteras mientras gestaba el fruto de su amor. Dios le había permitido hallarlo milagrosamente en aquel rincón del mundo, pero sólo para helarse con el vacío de sus ojos, en los que no hallaba el menor destello de reconocimiento.

—¡Has sido capturada para ser canjeada o vendida como esclava!

—Tenemos una hija… ¡Escucha…!

Las hordas cristianas estaban cerca.

—¡Cállate, infiel, o tendré que matarte!

Comenzó a revolverse, e Ira del Infierno le asestó un duro golpe en el rostro. Antes de abandonarse al llanto, ella se asomó de nuevo al pozo insondable de sus ojos, tan profundos y oscuros como la tristeza de su alma.

54

En el otoño de 1490 se recrudeció la peste que azotaba Valencia y otras plazas como Lorca, Murcia y Cartagena, además de otras poblaciones en Castilla y Portugal.

Cuando Caterina y Eimerich desembarcaron, a la incertidumbre de no conocer la situación de Nicolau Coblliure a manos de la Inquisición se sumó la desolación al ver la escasa actividad portuaria de Vilanova del Grao, apenas una lánguida sombra del bullicio reinante antes de la pestilencia.

Las muertes en la populosa urbe se contaban por miles desde la primera *crida* efectuada en enero por el pregonero anunciando medidas sanitarias, como la limpieza de acequias y fosos, junto con rogativas y rezos. Sólo cuatro accesos de los doce que tenía la ciudad permanecían abiertos, los portales del Mar, de Serrans, de Quart y de San Vicente que eran controlados por numerosos vigilantes porque estaba prohibida la entrada a quienes procedieran de lugares apestados.

El sello de los Borja de Caterina y un generoso donativo acallaron los reparos de la guardia. Valencia presentaba un aspecto desolador y se oía constantemente el tañido lúgubre de las campanas. Cruzaron el mercado, desabastecido y con puestos cerrados. Los escasos viandantes pasaban furtivos, cubriéndose con paños y evitándose. Cerca de la seo se toparon con carretas que sacaban cuerpos corruptos de las casas mientras en las tres puertas de la catedral varios predicadores arengaban el arrepentimiento tras una época de excesiva relajación moral.

Eimerich se marchó al orfanato Dels Beguins, donde le habían dicho que vivían los pequeños del hospital, María y Francés. Ansiaba saber de ellos y rezaba por su salud. En el camino vio casas y palacios vacíos con las puertas destrozadas. La desgracia atraía la rapiña.

Llegó a la calle San Vicente, casi desierta, y presenció una procesión penitencial de varias cofradías con estandartes y vestes. El sacerdote murmuraba plegarias. Cada pocos pasos agitaba el incensario y gritaba: «*A peste et fame!*», a lo que el cortejo respondía: «*Libera nos, Domine*»,

Al final de la calle, cerca de la puerta, estaba el beguinato, dedicado a orfanato desde los tiempos de san Vicente Ferrer a principios de la centuria. La situación era más dramática de lo esperado, pero ambos niños se encontraban sanos. Los beguinos le describieron la cruda situación. Los penitenciales se sucedían día y noche en las parroquias y se había prohibido a las prostitutas entrar en las iglesias. Se acusaba a las familias con puestos oficiales y recursos de abandonar la ciudad; faltaba la mayor parte del Consell y sólo dos jurados seguían en el cargo. Estaban desabastecidos e incluso los justicias civil y criminal habían preferido alejarse del insano aire de Valencia.

Con inquietud, Eimerich supo que Josep de Vesach era el actual *lloctinent* del justicia criminal y que controlaba toda la guardia urbana, formada por los *capdeguaytas* de las doce parroquias con sus hombres. Un año antes, mediante generosos donativos, había logrado ser elegido *capdeguayta* de la parroquia de San Andrés, el primer peldaño de su carrera, pero la peste había provocado la marcha del *lloctinent* designado por el justicia y de manera oficiosa había logrado hacerse con la vacante unos meses atrás.

Además, a pesar de la muerte de Hug Gallach, el *generós* mantenía abierto su negocio de corredor de esclavos en el antiguo hospital En Sorell y con los enormes beneficios en comisiones había recuperado su posición entre la baja nobleza. En aquellos críticos meses se había convertido casi en la única autoridad municipal; sin embargo, no era capaz de detener las reyertas, el vandalismo y los engaños en los pesos del mercado.

Eimerich rezó con los huérfanos ante la Virgen del Colmillo. Aun así, la compasión no le hizo olvidar que había regresado para desentrañar un secreto. Pensó en Caterina, que ya estaría en la calle de Castellvins, de la judería, en la casa familiar de los Santángel, y rezó para ver de nuevo el rostro de su señor micer Nicolau.

La mansión de los Santángel guardaba la misma apariencia que la mayoría de las viviendas de la judería: una fachada de tapial encalado, sobria, que ocultaba la suntuosidad del interior. Caterina accedió a un patio fresco con una fuente y varios naranjos y siguió a un silencioso criado por estancias de techos altos y prolijamente amuebladas con aparadores y sillas tapizadas. Resultaba exagerada la cantidad de crucifijos e imágenes de la Virgen. Todo el mundo sabía que la rama familiar de Zaragoza estuvo implicada en el asesinato del inquisidor de Aragón fray Pedro Arbúes tres años antes, lo que desató la ira contra la comunidad judía y los conversos.

Mosén Luis no hizo esperar a la hija de quien fue su mejor abogado en Valencia durante años. La recibió en un amplio despacho, iluminado por un balcón enrejado y con un tapiz con el escudo del reino. A sus cincuenta años lucía un aspecto vigoroso, con el cabello plateado cortado en flequillo y hasta la nuca. De pie tras la oscura mesa de nogal, presidida por un crucifijo y la vara de escribano de ración, el responsable de las finanzas reales en el reino sonreía sosteniendo su birrete carmesí.

Cubierta con el pañuelo, Caterina se dejó observar en silencio.

—Sois la última persona a la que esperaba ver en estos tiempos de oscuridad. Estáis espléndida, Caterina. Estos años de clausura os han sentado bien.

No replicó la ironía. Santángel estaba bien informado de su periplo.

—Os presento mis respetos, honorable Luis. Ya intuís el motivo de mi visita.

El hombre deambuló alrededor de la mesa.

—Lamento lo ocurrido con micer Nicolau. Un alguacil del Santo Oficio me mantiene informado. Hasta ahora he logrado evitar que lo torturen, pero se resiste a declararse culpable y el maldito fray Johan de Colivera está perdiendo la paciencia.

Caterina asintió.

—¿Es el mismo inquisidor que perseguía a vuestra madre, Brianda?

—Ese caso es distinto. Hasta mi propio padre la tachaba de marrana judía. —Torció el gesto al recordar un hecho que casi acaba con su carrera—. Por fortuna sólo la han condenado a abjurar de sus prácticas, asistir a misa con un cirio penitencial y efectuar un generoso donativo, sin confiscación

Ella entornó la mirada.

—Gracias a la influencia del escribano de ración, leal súbdito de don Fernando.

—¿Creéis que puedo volver a desafiar al Santo Oficio por vuestro padre?

—Así os lo imploro. Por la amistad de tantos años y por este presente…

Caterina sacó los planos de un zurrón y los extendió sobre la mesa. Las pupilas de don Luis destellaron y convocó a dos secretarios. Durante casi una hora discutieron revisando los planos con detalle, ajenos a la presencia de Caterina. Tras determinar que eran auténticos decidieron consultar a algún maestro de las escuelas de arte con conocimientos suficientes de cosmografía y que fuera discreto.

Santángel miraba impresionado a la joven preguntándose cómo había logrado aquellos valiosos mapas que podían marcar un nuevo futuro para sus señores, los reyes de Castilla y Aragón. Cuando estuvieron solos de nuevo sacó dos bolsas de cuero.

—Sin duda no puedo rechazar vuestra oferta, Caterina. Esto os servirá para sobornar al alguacil y visitar a vuestro padre.

—Sabéis que no es dinero lo que busco.

El escribano de ración asintió apoyando sus manos en la mesa.

—La perquisición contra mi madre me situó en una delicada posición, Caterina. Logré el respaldo del monarca, pero no me conviene volver a interceder por un converso que ni siquiera es de mi familia… Podría malinterpretarse.

Ella notó la angustia en la garganta; aun así, no iba a derrumbarse. Recogió los planos y se dio la vuelta, dispuesta a marcharse. Ya en la puerta, don Luis le habló.

—Dicen que ahora formáis parte del séquito de Su Excelencia don Rodrigo de Borja. Cada vez son más los valencianos que medran en Roma bajo su mano protectora.

—Veo que vuestros oídos llegan lejos.

—También se comenta que no sólo os dedicáis a embellecer sus ostentosas fiestas con vuestra presencia...

Se volvió con el ceño fruncido, incómoda.

—Complacedme a mí y complaceréis a Su Excelencia —alegó—. Sé que esos planos son valiosos, y uno de los señores más poderosos de los estados italianos se estará preguntando dónde están. Si os negáis, no olvidaré la afrenta.

El hombre la observó y lo sobrecogió el brillo de sus pupilas azules. Era un avezado negociador y sabía cuándo el contrario había alcanzado una posición inflexible.

Don Luis se acercó y besó la mano de la dama apreciando la suavidad de su piel. El pacto quedó sellado.

—Sois valerosa o habéis perdido el juicio. En cualquier caso, que Dios os proteja. Nuestra ciudad se desmorona por falta de autoridad cuando es más necesaria. El rey está culminando la toma de Baza, esencial para abrir una brecha hacia Granada, y desatiende los problemas del reino. Los ánimos están exaltados y se acusa a los conversos como falsos cristianos que atraen la cólera de Dios por su herejía.

—¿Quién impone orden?

—El *lloctinent* del justicia, el *generós* Josep de Vesach. Me temo que no tiene a los Coblliure en gran estima después de aquel incidente en el hospital En Sorell que le costó el destierro y la vergüenza entre el patriciado local.

Caterina se estremeció. Había pasado una eternidad, pero para un noble una afrenta así permanecía indeleble. Ni ella ni Eimerich habían previsto ese problema.

—Sé lo que pensáis —siguió Santángel—, por eso os aconsejo que seáis discretos y, si vuestro padre está en condiciones, abandonéis Valencia sin demora. Por mi parte, trataré de que Josep tarde en enterarse.

Los secretarios prepararon una solicitud de audiencia inmediata con el tribunal inquisitorial para un asunto de Estado. Cuando el despacho salió, el escribano de ración se volvió hacia ella.

—Acudiremos en un par horas. —Sonrió, artero—. Habladme ahora de esos planos. ¡Puede que algún día la historia nos recuerde!

55

El palacio Real, situado en la margen opuesta del Turia, fuera de la ciudad, era residencia de reyes desde el tiempo de los árabes. Los monarcas de Aragón lo ocupaban durante sus breves estancias en Valencia y servía de hogar a los virreyes cuando se los nombraba, pero desde hacía cinco años uno de los dos edificios principales se había convertido en sede temporal de la nueva Inquisición. En las estancias no reservadas a la corte estaban instalados los sobrios tribunales, escribanía y archivo.

Los fieros defensores de la ortodoxia deambulaban entre artesonados árabes con versos del Corán, mohosos y desconchados, mientras la construcción de la sede inquisitorial en el corazón de Valencia se demoraba.

Finalmente el reino no había podido resistir la presión de don Fernando y el contrafuero en las Cortes celebradas el año anterior en la urbe resultó un fracaso. El Santo Oficio estaba plenamente instalado en el reino, pero el Consejo de la Ciudad ponía obstáculos para su traslado, pues prefería tener al temible tribunal al otro lado del río, desde donde no se oían los alaridos del tormento.

La negociación con los abogados de Luis de Santángel se prolongó durante horas y fue un alivio para Caterina que no se le permitiera estar presente. Discreta, se retiró a la espaciosa capilla de la primera planta dedicada a Nuestra Señora de los Ángeles para rezar por su padre.

Se encontraba agotada, pero la tensión le impedía cerrar un

momento los ojos en la penumbra del templo. Cuando su mente logró sosegarse apareció un monje joven con túnica blanca y sobreveste negro, ojeroso y de aspecto aguileño. Se presentó como calificador de la Inquisición y en silencio la condujo hasta las mazmorras, en los subterráneos del antiguo palacio.

Caterina se cubrió la nariz con el manto cuando el carcelero abrió con parsimonia la cerradura de la cancela. Oía gritos de agonía y el hedor de la muerte se esparcía por los sótanos usados como improvisadas celdas.

—Sin duda tenéis enormes influencias, señora —musitó el andrajoso celador.

—¡Abre la puerta y sella tus labios! —indicó el dominico cubriéndose también la boca con un paño.

La joven se estremeció con el chirrido de la reja y descendió los gastados peldaños hacia el infierno. Hombres y mujeres sucios y harapientos se hacinaban en pequeñas celdas con un crucifijo enfrente al que dirigir sus oraciones.

A su paso le imploraron un poco de agua, y ella ocultó la cara temiendo ser reconocida. Conversos, sodomitas y supersticiosos se hacinaban cubiertos de heridas y mugre. Los aguardaba la muerte o una expiación pública con el sambenito que los señalaría de por vida, y ninguno jamás recuperaría los bienes confiscados. El fanatismo se había aliado con las rencillas y la picaresca, generando un ambiente de temor y desconfianza.

Un alarido desgarrador acalló las voces de súplica. El lamento de los sometidos al potro o la garrocha reverberaba en las mazmorras extendiendo como la peste las acusaciones de judaizantes y relapsos a causa del pánico.

—El marrano que buscáis está aquí —musitó el carcelero.

La vieja cerradura se resistía. El monje miró malcarado a Caterina.

—Las órdenes del inquisidor han sido claras. Mosén Luis de Santángel asume la responsabilidad, pero no olvidéis que ésta es una misión sagrada y que a Dios no se le escamotean pecados. Aunque su proceso quede aparcado, sigue bajo sospecha y no puede abandonar la ciudad sin permiso del Santo Oficio.

—¡Dadme la confesión de una vez, monje! —le espetó Caterina sin poder contenerse. Sentía en el cinto el peso tentador del cepillo letal.

El dominico se rascó la amplia tonsura y le tendió el documento en el que sólo faltaba la firma que esperaban sonsacar de micer Nicolau. La confesión era un listado de delaciones como rechazar el tocino, no trabajar el sábado, comer carne en Cuaresma, cumplir el ayuno del Yom Kippur y leer salmos; una sarta de mentiras. Crispada, tuvo deseos de rasgarlo ante el rostro del calificador y escupirle a la cara, pero un ataque de tos seca tras la puerta la devolvió a la realidad.

La celda era una cava con el suelo de tierra, húmeda y mal ventilada. Contuvo las arcadas al pasar entre los presos tumbados unos sobre otros, sucios y enfermos. No reconoció a su padre, aunque sí el jubón de terciopelo sin rastro del color original. Sucio y con una barba gris encrespada, dormitaba apoyado en el muro.

Caterina le limpió las mejillas rehuyendo los ojos implorantes de los demás.

—Vámonos de aquí, padre —le susurró.

—¡No! —Nicolau salió del sopor y manoteó sin fuerza—. ¡Firmaré, lo juro, pero dejadme en paz!

La asaltaron las lágrimas mientras lo ayudaba a levantarse. Oía una sinfonía de lamentos que la ahogaron de pena. Abandonaron la celda bajo la recelosa mirada del alguacil y salieron del palacio por una puerta lateral. Nicolau se desplomó varias veces y en el exterior gimió, incapaz de soportar la luz del mediodía. Su frente ardía y Caterina comprobó que tenía fiebre.

Llegaron hasta el río, donde pacía una mula vigilada por un lacayo de don Luis. La joven humedeció un pañuelo y le limpió el rostro con paciencia. El frescor sacó por fin al letrado del aturdimiento y se quedó mirándola sin el brillo inteligente de sus pupilas.

—Caterina…

—Soy yo, padre —musitó antes de estallar en un amargo llanto.

El hombre bebió con avidez de un pellejo que el lacayo le

tendió y dejó que la hija lo abrazara sin importar su aspecto repulsivo.

—¡Perdonadme!

—¿Cómo has logrado sacarme?

—Han pasado muchas cosas desde que me marché del convento. Ahora soy yo quien tiene buenos aliados.

Micer Nicolau se volvió hacia el palacio con el gesto contraído. Entre los pendones reales que colgaban de las torres aparecía el de la cruz y el olivo del Santo Oficio. Comenzó a temblar cuando entre la hija y el criado lo subieron a la mula.

—Nuestra casa está cerrada a la espera de venderse —explicó el jurista con voz cansada—. Ni siquiera pude sacar los enseres ni los documentos del despacho. No tenemos adónde ir, hija, y nadie nos dará cobijo.

Ella sintió que el alma se le quebraba.

—Padre, lamento haberos defraudado… A partir de ahora nada os faltará, lo prometo.

—¿Y tu hermano?

—Sigue en Bolonia —mintió—. Según Eimerich, estudia con fruición.

—¿Eimerich?

—Ha venido conmigo.

Por primera vez sus desvaídos ojos brillaron.

—La muerte me acecha, pero aún sé cuándo mi hija miente. Dudo que García cumpla con su deber, igual que tú. En cambio, apostaría que sí lo hace el joven criado.

Nicolau se desvaneció y tuvieron que humedecerle de nuevo la cara.

—Padre, Eimerich ha descubierto dónde germinó la sucesión de infortunios que nos han abocado a esta situación.

El hombre pareció estremecerse.

—¿Te ha hablado de las larvas? —musitó cuando pudo hablar de nuevo.

—¡Dios mío! ¿Lo sabíais?

—Andreu Bellvent me lo explicó hace tiempo. También él sospechaba que todo lo que estaba ocurriendo tenía su génesis en aquel terrible suceso. —Le dedicó una mirada opaca—. ¿Comprendes por qué tenía miedo? ¡Quise mantenerme al margen!

—¡Y mirad dónde estáis!

Al verlo apocado se arrepintió de aquella crueldad y moderó el tono.

—Padre, debemos detener esta pesadilla. Sabemos que Irene está viva y, si Dios la protege en Baza, regresará a Valencia con un indulto para recuperar sus bienes y derechos. Tiene una hija de Tristán. —Dudó un instante, pero al verlo tan débil quiso alentarlo—. Además, ¡Elena de Mistra sigue viva!

El abogado reaccionó.

—¡No puede ser! —Se pasó una mano temblorosa por el rostro.

—Debéis ayudarnos, padre.

El hombre asintió, agotado. Sus ojos brillaban con intensidad.

—Lo haré, hija, aunque sea con mi último aliento.

—Veréis a Eimerich en la posada. Está cambiado.

—Siempre ha sido muy inteligente, pero pisa un terreno peligroso y traicionero.

Mientras se marchaban, Nicolau acarició un mechón de los rubios cabellos de su hija y esbozó una sonrisa triste. Había perdido tres dientes.

—Estás muy bella, Caterina, como tu madre. Aunque he rezado cada día por volver a verte, no te conviene permanecer en esta ciudad.

La joven rompió a llorar de nuevo, pero esa vez de dicha. Sentirse perdonada la liberaba de una pesada losa que soportaba desde que se lanzó a los brazos de don Felipe de Aragón.

Los ojos de Eimerich aún permanecían húmedos tras el afectuoso reencuentro en la posada Los Tres Gallos, cerca de la casa de don Lluís Alcanyís. El médico, presente, se alegró al verlo con la túnica de estudiante.

Micer Nicolau estaba muy enfermo. Caterina lo había bañado y mandó llamar a Martí Manyes, el antiguo barbero de En Sorell, para adecentarlo, pero la fiebre lo consumía. El físico tenía la esperanza de que no fuera pestilencia, pues no tenía bubones.

Hizo tomar al anciano píldoras de Rhazés diluidas en vino, hechas con acíbar, mirra y azafrán, le practicó una sangría y le dispensó purgantes de ruibarbo. Con todo, el pronóstico no era alentador; la fiebre persistía e ignoraban cuántos días llevaba así.

Alcanyís mandó aviso a los antiguos colaboradores de En Sorell: el cirujano Pere Spich, los médicos Joan Colteller y Joan de Ripassaltis, el apotecario Vicencio Darnizio y el notario Joan Dandrea, quien preparaba sus últimas voluntades. En el aposento del abogado, observaban sorprendidos los cambios operados en la hija del jurista y en el criado.

Se pusieron al corriente de la situación del hospital convertido en un boyante mercado de esclavos por el Vesach. En vida, el propietario de la casa, Hug Gallach, había dilapidado sus ganancias en el Partit mientras el *generós* hacía ostentación de su recuperada posición llegando a ser nombrado para cargos municipales.

Los criados de los Bellvent trabajaban en el hospital De la Reina y Peregrina vivía con la familia de Alcanyís, refugiada en Alcira hasta que la pestilencia remitiera. El médico prometió a Caterina enviarle un mensaje con la novedad de su llegada.

A pesar de su estado, Nicolau se esforzaba por seguir el detallado relato de Eimerich desde su encuentro con el monje Armand de San Gimignano hasta reunirse con la condesa de Quirra y visitar la ermita arrasada. Tras un largo silencio asintió levemente.

—Te felicito, Eimerich, y nada me complacería más que verte algún día licenciado o doctorado. Por desgracia, la Inquisición me lo ha arrebatado todo.

—Rezo cada día para poder regresar al *Studio*. Armand me guarda los ducados.

—¡Elena viva! —siguió el hombre—. ¡Es algo extraordinario!

—Lamentablemente, la nota de Andreu no indicaba dónde se ocultó.

Nicolau reparó en su zurrón.

—¿La llevas ahí? ¿Podrías mostrármela?

Eimerich se la entregó. El juramento que le hizo a Irene de

guardar el secreto le parecía inútil cuando ellos no habían logrado averiguar nada sobre su paradero. Tal vez Nicolau pudiera arrojar luz en el brumoso asunto. El anciano hizo un esfuerzo por leerla, pero el papel temblaba en sus manos y tuvo que desistir.

—Protégela, Eimerich. Puede que Andreu encerrara ahí esa última respuesta, confiando en que su hija algún día la descubriera con tu ayuda, de ahí que te mencione.

—*Fra* Armand cree que los versos latinos de *El cant de la Sibil·la* que musitaba el señor Andreu, grabados en la falsa tumba de Elena, podrían ser la clave para encontrarla. Sea como sea, ese misterio sigue velado.

El abogado asintió pensativo.

—El hospital se había convertido en un lugar oscuro. Ahora lo veo claro: Elena, a punto de ser envenenada, se vio obligada a simular su muerte y huir. Andreu sabía que confiar la verdad a alguien era ponerlo en peligro, a él y a su familia. Pero estoy de acuerdo con ese monje. Es patente que Andreu deseaba que su hija conociera dónde está su madre. En cualquier detalle podría encontrarse la solución.

—¿Ha vuelto a aparecer Gostança? —demandó Eimerich.

—Nada más hemos sabido —reconoció Joan de Ripassaltis, el *dessospitador*—. Tal vez se marchó o la pestilencia la encontró…

—Conviene ser prudentes —advirtió Nicolau, y lo asaltó un acceso de tos.

—Igual que con el *lloctinent* Josep de Vesach —musitó Alcanyís, apocado—. Vigila a mi familia por ser conversos a pesar de que mi esposa fue detenida y liberada. Más vale que nadie descubra que estáis aquí.

Caterina estudió a los presentes en silencio. El desánimo los envolvía. Ella se marchó de Valencia siendo una joven impulsiva, deslumbrada por el gallardo don Felipe de Aragón, pero a su regreso hallaba a esos hombres sensatos y rígidos, que siempre había respetado, aterrados por la peste y sin fuerzas para exigir que las autoridades electas ese año tomaran las riendas para mantener el orden y luchar contra la epidemia. De seguir así, la ciudad se convertiría en un campo de batalla.

56

¡Tristán! —gritó Irene golpeando con insistencia la puerta de la celda.

Podía notar su presencia callada tras la gruesa madera que los separaba, como en las tres noches anteriores. No podía verlo, pero estaba allí, no tenía ninguna duda.

Aporreó por última vez la puerta remachada y en completa oscuridad palpó el tabique de ladrillos hasta llegar a su estera de esparto. Era inútil. Algo más que una cárcel los separaba. Pensó en el terrible impacto de la polea del barco y en la cicatriz que le había dejado en la sien. En el hospital había comprobado el abismo que podía abrirse en la mente tras un fuerte golpe en la cabeza; sin embargo, Alcanyís y Colteller sostenían que podía ser reversible con tratamientos y apelando a los recuerdos encerrados. Los dos primeros días, apoyada en la puerta, le habló del amor sin barreras que se profesaron, del fruto que Dios les regaló y que los esperaba en Cerdeña. Pero no sirvió de nada. El tiempo pasaba en las entrañas de la fortaleza sarracena e Irene comenzaba a exasperarse.

No esperaba ayuda de las tropas reales. No malgastarían recursos en el rescate de una mujer sin parentesco con nobles o hidalgos. El rey necesitaba a cada uno de sus soldados, incluso había prohibido los duelos e impuesto graves penas a los desertores. La tesorería no estaba mejor. Las bulas de cruzada y los impuestos no bastaban, y la reina había empeñado sus joyas para financiar el sustento de las mesnadas, hecho que en Baza también hicieron las sarracenas nobles. Su única oportunidad era que la incluyeran en un canje de prisioneros, pero para eso podían pasar semanas.

El hambre le retorcía el estómago y sabía que la ciudad estaba famélica. A las embajadas cristianas se les mostraba la alhóndiga rebosante de sacos de grano, aunque tan sólo los de encima contenían trigo. La ayuda del Zagal se agotaba. Los fosos y las empalizadas interrumpieron la llegada de víveres por los tortuosos caminos de las montañas. Baza pasaba hambre, y cada grano o semilla era vital para los sitiados. En cuanto sus captores descubrieran que a los cristianos no les importaba la suerte de aquella arrojada mujer no dudarían en matarla para no malgastar alimentos.

La culpa por tamaña insensatez la devoraba y cayó en un sopor poblado de imágenes horrendas entre las que aparecía su hija Elena llorando. La condesa de Quirra le daría futuro, educación y un buen marido, pero no una madre.

A la hora habitual la puerta se abrió. Cuando sus ojos se acostumbraron a la luz del pequeño candil vislumbró el manto andrajoso del esclavo que le llevaba una sopa de agua turbia con alguna miga de pan rancio. No hablaba más que árabe, y esa noche Irene no tenía ánimos de comunicarse con él mediante gestos y las palabras que conocía por Nemo. Tampoco le había sonsacado nada las veces anteriores.

El esclavo dejó la escudilla en el suelo, dándole la espalda como si se dispusiera a salir. Un movimiento imperceptible llamó la atención de Irene. Tora siempre le advertía que hiciera caso a su instinto. Se tensó justo cuando él se abalanzó y pudo esquivarlo rodando por el suelo. Desde el aislamiento en la isla cada día realizaba los estiramientos aprendidos del oriental y mantenía su cuerpo ágil. Se revolvió y saltó sobre la espalda del esclavo pasándole el brazo por el cuello. Estaba débil, pero tenía la ventaja de la posición y venció la resistencia inicial. Oyó un gemido y el tintineo de una daga curva sobre las lozas. Irene cogió el arma mientras la cólera la invadía.

—¿Ni siquiera merezco que el verdugo me muestre su faz?

La puerta se abrió de golpe y enseguida notó una dolorosa punzada en la espalda. Dos soldados con corazas y turbantes la apuntaban con sus sables. Uno de ellos gritó una seca palabra. El esclavo jadeó con voz de mujer. Irene, desconcertada, se apartó y soltó el puñal. No era el que solía llevarle la comida. A la luz del candil, atisbó bajo el manto un rostro femenino delicado, con ojos negros profundos y brillantes. Le calculó unos veinte años y por algún motivo se sintió desdichada.

—¿Quién eres?

Se miraron durante una eternidad, buscando en sus pupilas mucho más de lo que esperaban conocer con las palabras. La sarracena pronunció una larga frase en árabe y los dos soldados se retiraron. Irradiaba una fuerza extraña mezclada con odio.

—Mi nombre es Zahar —dijo al fin en castellano. Tenía el timbre dulce y melódico de quien domina las artes del canto y, aunque vestía con andrajos, su piel no era la de una criada—. Mohamad Hacen, el caudillo de las fortalezas de Baza, es mi hermano.

Irene frunció el ceño. Aumentaba su desazón y aguardó a escuchar lo que intuyó nada más ver el bello semblante de la sarracena.

—Soy la esposa de Ata, el guerrero que te capturó.

Irene se apoyó en el muro. El tajo de una daga habría sido menos doloroso. Zahar calló ante las lágrimas mudas de la cristiana. No se regodeó.

—Llamas Tristán a mi esposo, ¿por qué?

—Su nombre es Tristán de Malivern, doncel de una familia noble francesa.

Zahar se acercó para contemplarla bajo la exigua luz de la llama e Irene no hizo amago de retirarse.

—Algo has removido en su interior pues sé que cada noche acude y le susurras vivencias y amores que turban su sueño, pero tal vez sólo seas una hechicera malvada. —Levantó la daga recuperada por los soldados—. Él ha ordenado que estés sola en la celda y que no te falte comida, y nadie ha abusado de tan bella cautiva. —Entornó los ojos—. Háblame de él si de verdad lo conoces.

Irene, entre sollozos, esbozó el dramático periplo mientras la otra perdía la luz de su mirada. Ambas compartían el amor puro de dos hombres encerrados en un único cuerpo. Tras el relato, la sarracena deambuló pensativa por la estancia. El odio había cesado; una sensación expectante flotaba en el ambiente. Irene podía sentir que Zahar tenía una cualidad especial de transmitir sensaciones más allá de los gestos y las palabras. Su cambio de actitud denotaba que también percibía las de los demás.

—Ata significa «regalo» —comenzó conmovida, sin rastro de ira—. Sé que llegó a Almería como esclavo, fue capturado tras un naufragio con una brecha en la cabeza y sin recuerdos. Apenas hablaba, pero era diestro con la espada. El rey Fernando el año pasado conquistó Vera y quiso tomar Almería. El Zagal reclutó a un nutrido ejército y el propietario de Ata lo envió a la batalla. Después de varias incursiones los cristianos se retiraron humillados. Cuando Ata regresaba con la cimitarra goteando sangre de infieles las reticencias sobre su lealtad cesaron. No era un traidor, sólo alguien sin pasado, un regalo de Alá para la santa causa de defender nuestra tierra. Mi hermano lo compró y lo liberó al convertirse al islam. Pronto ganó honor y prestigio.

—¿Cuándo os casasteis?

—En primavera, antes de que vinierais a Baza a expulsarnos de nuestras casas.

—Llevo mucho tiempo llorando su muerte…

—Y amamantado a una hija… —Sus ojos refulgieron—. Eso es lo que gritas cada noche tras la puerta.

Irene inclinó el rostro. Zahar se acercó aún más.

—¿Lo amas?

Ella alzó la faz y vio inquietud en los ojos de la mora.

—Amo a Tristán con toda mi alma, como tú a Ata. Sin embargo, cuando me capturó pude asomarme un instante en su interior y no lo hallé.

—No recuerda nada, pero en sueños habla, grita, llora…

Irene estaba desgarrada bajo la mirada atenta de la otra.

—La Providencia se mofa al cruzar nuestros caminos de nuevo. Tristán sigue muerto para mí.

Zahar movió la cabeza, intrigada. Sin la presencia de los guardias se retiró el manto. Una larga melena negra se derramaba sobre su espalda hasta la cintura. Ambas tenían una ligera semejanza.

—Pensaba que te dejaste atrapar para reencontrarte con él.

—Lo creía muerto. Vine al campamento para obtener el indulto por mi delito de adulterio. Mi deseo es regresar a Valencia y recuperar el hospital de mis padres.

La sarracena tomó sus manos y las retuvo cuando Irene quiso retirarlas. Permaneció observándole la piel y las líneas como si pudiera confirmar la veracidad de sus palabras. Un ligero escalofrió la sacudió. Al levantar la cara tenía los ojos empañados.

—Veo tras de ti una larga procesión de mujeres; parecen fantasmas que velan…

—No te entiendo —musitó Irene, que se sentía desnuda frente a Zahar.

—Yo tampoco. —Se quedó pensativa, temblando—. Háblame de ellas.

Irene dudó, estaba cautiva en una celda ante la esposa del hombre al que había amado. Pero en las pupilas de Zahar descubrió deseo de conocer, el mismo que veía en las mujeres de Cáller por descubrir el plan de Dios para ellas.

Un suave calor envolvió a Irene y le habló sin recelos de su búsqueda y de su madre, plagada de dicha y pena, de vida y muerte. Zahar se estremecía bajo una intensa lucha entre deseo y voluntad.

—Quiero que me acompañes.

—¿Adónde?

—Vine a matarte para que dejaras en paz a Ata. Ahora sé que debes vivir, pero si sigues aquí derrumbarás el muro de olvido de mi esposo. Quiero que te alejes de nosotros para siempre. Por eso te ayudaré a escapar. —La miró con los ojos brillantes—. Antes conocerás a alguien a quien oí contar un relato similar, como si su vida hubiera transcurrido en paralelo a la de tu madre, pero bajo la mirada todopoderosa de Alá.

—Sabes que en cuanto pueda regresaré al campamento de los sitiadores.

Zahar asintió. Sus labios no mostraron miedo.

—En nuestra fe también hay damas que han visto la luz de la verdad. Tu búsqueda no estará completa si rechazas andar una parte del laberinto.

A Irene le extrañaron las solemnes palabras. A pesar del dolor sintió una oleada de afecto por la bella sarracena y comprendió que Tristán había encontrado en Zahar una gran mujer, en muchos aspectos parecida a ella.

A su llamada entró un hombre malcarado y con el rostro mugriento. Se presentó como Talal, el carcelero. Sus ojos brillaban al mirar con impudicia a ambas mujeres. La hermana del alcaide discutió durante largo tiempo en su lengua y al fin cerraron el precio. Talal sonrió con desdén y arrebató a Zahar la pequeña bolsa de doblas nazaríes de la ceca de Almería aprovechando para rozar la piel de sus manos.

Había vendido a la mujer a precio de oro. No gozaba de potestad, pero la suerte de Baza estaba sentenciada, pronto claudicaría y la lealtad valía menos que el dinero.

Mientras se sellaba el trato, a unos pasos de la celda un guerrero con turbante negro permanecía quieto y sin revelar su presencia. Se estremecía como si regueros de agua helada le recorrieran la espalda. Se frotó la cicatriz de la sien; le palpitaba dolorosamente mientras la bruma que velaba su pasado se agitaba por las palabras de la cristiana.

Había visto muchas veces su rostro en sueños y desde que sabía que era real algo se desmoronaba en su interior, por mucho que él se afanara en levantarlo. Temía asomarse a lo que pudiera ver más allá, a aceptar lo que ella gritaba en la celda. Luchaba contra su imagen y los sentimientos que pulsaban por brotar, pero cada noche la visitaba en secreto, sin poder evitarlo, para escuchar hechos semejantes a retazos de lejanas pesadillas.

Angustiado, se alejó por el corredor para no ser visto por Zahar.

En la fría madrugada dos mujeres cubiertas cruzaron en silencio la almedina por un oscuro callejón a los pies de la soberbia Alcazaba que dominaba Baza y pasaron por delante de la mezquita hacia la Puerta de Guadix. Irene seguía el paso furtivo de Zahar pensando en escapar. Podía ser escurridiza como las serpientes de la isla, y la facilidad con la que la mora la había sacado de las mazmorras denotaba el escaso interés de Cid Hiaya y Ben Hacen por custodiar a la cautiva.

Llamaron a una vieja casa que se alzaba junto a la muralla próxima al portal. Zahar habló en susurros con una anciana oculta tras un velo. Tras observar a Irene con disgusto les franqueó el paso y cerró de nuevo. Cruzaron estancias oscuras en las que se oía la respiración de hombres y mujeres que dormían. En la cocina, tras una cortina, descendieron por una estrecha escalera de peldaños inclinados. Los sótanos eran un entramado de pasillos y alacenas excavados donde apenas quedaban víveres.

En un cubículo desnudo la mujer descubrió una trampilla bajo la estera raída. Bajaron con una escalera de mano hasta un túnel cerrado con una cancela, que ella abrió con una llave pesada, y se arrastraron en completa oscuridad durante lo que a Irene le pareció una eternidad. Al fin notó el aire limpio en su cara. Estaba en el fondo de un barranco, fuera de Baza.

Mientras aspiraba aire limpio, memorizó la ubicación de la salida oculta por la maleza. Sería una información útil. No estaban lejos del real de Santa Cruz.

Salieron del angosto barranco y atravesaron campos de azafrán y vides hacia la sierra. Zahar sabía a qué lugar del cerco cristiano acudir y, tras la entrega de un pendiente de oro a un hosco castellano, cruzaron agachadas por un estrecho portón de troncos. A Irene le sorprendió la facilidad con la que sortearon la empalizada, pero dos mujeres, con seguridad meretrices, eran una escasa amenaza y el pago fue más que generoso para un simple peón encargado de la guardia. Bajo la luna creciente, rodearon el cerro artificial de las Bombardas y se alejaron de Baza por cañadas recónditas.

Después de caminar durante casi una hora Irene se detuvo.

—Zahar, ¿por qué haces esto? Te expones a ser acusada de traición. No creo que ser hermana del caudillo pueda evitar el castigo.

—Alejarte de mi esposo ya sería razón suficiente, ¿no te parece? Para los soldados de mi hermano esta noche has muerto. Una boca menos es un alivio en estos días... y hay otros problemas más importantes. —Entornó los ojos, enigmática—. Si no me sigues perderás la oportunidad de conocer a alguien que formará parte de tu búsqueda.

Irene deseó preguntarle si Tristán estaba bien, si era feliz, pero sabía que cualquiera que fuera la respuesta sólo le causaría mayor dolor.

—Creo que voy a marcharme.

Zahar se encogió de hombros cuando enfiló por una angosta garganta repleta de zarzales. Irene sintió el corazón palpitándole brioso. La sarracena leía en su alma y sabía que acabaría siguiéndola.

Suspiró y aceleró el paso para no perderla. Una hora más tarde llegaron a un páramo solitario oculto entre colinas arcillosas cubiertas de maleza. Irene observó asombrada puertas y ventanas excavadas en las laderas de los montículos, algunas protegidas con cortinas de lana. Parecían refugios bajo tierra. Atisbó incluso chimeneas surgiendo de las lomas. El silencio era absoluto.

—Todo este páramo está lleno de casas cueva. Las ocupaban pastores y campesinos, pero han huido a Baza o Guadix.

Llegaron a una aislada del resto por un barranco seco. Zahar le pidió que aguardara y entró sola apartando una raída alfombra. Poco después la invitó a pasar.

Irene admiró el interior compuesto de galerías y estancias excavadas con ángulos suaves, engullidas por la oscuridad. Llegó a una cámara amplia, encalada y cubierta con esteras de esparto, donde un hogar ardía alegre, flanqueado por un cubo de agua y una antorcha apagada. Zahar había colocado candiles, y una anciana sentada en el suelo aguardaba su llegada. Dos costras blancas cubrían sus ojos.

La mora se sentó al lado de la anciana y la miró con profundo respeto.

—Rabi'a de Málaga es *al-hakawati*, una narradora de historias y maestra de la senda sufí. Su nombre significa «la cuarta», y tiene noventa años.

—¡Y las cataratas velan mi vista! —replicó en castellano con fastidio.

—Pero mantiene la mente tan lúcida como cuando tenía treinta. Yo le traigo algo de comida y me llevo incalculables tesoros.

—Habla, hija, déjame escuchar el timbre de tu voz. Revela más que las palabras.

Por algún motivo aquella mujer recordó a Irene a aquel esclavo que la salvó en el hospital, llamado Altan, que había hecho mención de la senda sufí. Se sentía intrigada.

—Mi nombre es Irene Bellvent y procedo de Valencia.

Zahar se acercó al fuego y llevó una tetera humeante que olía a hierbabuena. Irene bebió reconfortada y con vergüenza vació el generoso cuenco de higos secos y almendras que se dispuso en la estera.

—Zahar me ha anticipado una curiosa historia. He vivido siempre de aprenderlas y narrarlas. En todas ellas hay secretos y verdades, ¿es así en tu caso?

Irene notó el calor que emanaba de las dos mujeres. Supo que no aguardaban oír sus desdichas, sino asomarse al manantial del que brotaban sus fuerzas. El bebedizo la incitó a hablar con franqueza, como si estuviera ante viejas amigas, y la comida le dio energías.

Al acabar su relato, tras un largo silencio Rabi'a mostró una sonrisa desdentada.

—Creo que Alá dispuso este encuentro hace eones. He soñado contigo incontables veces… o tal vez era tu madre.

La anciana hablaba con el rostro vuelto hacia la antorcha y el cubo de agua.

—¿Para qué los tenéis ahí? —demandó Irene con curiosidad.

—¡Para incendiar el paraíso y apagar el infierno!

Ante su desconcierto, Rabi'a profirió una cascada risotada.

—Rabi'a es *Sháij*, maestra sufí —musitó Zahar, reverente.

—Tu camino también es un *Sulûk*, un avance costoso donde no se inicia una nueva etapa sin superar la anterior. Mi senda transcurre por veredas distintas en busca del total abandono con Dios y el amor, pero todo el universo está en conexión. Has aprendido que la senda del conocimiento no está vedada a las mujeres y aquí descubrirás que tampoco lo está la mística que conduce a la plenitud. Cuando se unen sabiduría y ansia de buscar se diluyen las diferencias. La ignorancia y la ociosidad las alientan.

—Así es —indicó Irene, admirada—. No imaginaba que las mujeres árabes cultivaran esas prácticas.

Rabi'a mostró una risa burlona.

—Parir hijos y rezar, como las cristianas. —Su sonrisa se borró—. Pero igual que has hecho hasta ahora, rasca la superficie y descubrirás un mundo nuevo. El camino sufí ha contado siempre con grandes maestras como Shams de Marchena y Fátima de Córdoba, que formaron al gran místico Ibn Arabí; a Rabi'a al Adawiyya, de la que tomé mi nombre; a Fatima Nishapuri, de la que decían que conocía todas las *casas* de esta senda de amor y verdad, y muchas otras… Pero no quiero abrumarte. Unas decidieron aislarse en cuevas; otras, en cambio, estuvieron casadas, fueron madres.

Irene se sintió cautivada. Había descubierto un nuevo brillante perdido en la arena, un recodo del laberinto por explorar. La anciana prosiguió:

—Los seguidores del Nazareno se plantean la existencia del alma de las mujeres y el Corán es objeto de forzadas interpretaciones. —Cogió las manos de Irene como había hecho Zahar en la celda. Las de Rabi'a, sarmentosas, ardían casi hasta causar dolor y le recordaban a las de Peregrina—. Después de escuchar tu búsqueda deseo con el corazón que permanezcas unos días conmigo para explicarte la mía.

—Rabi'a, ésa no es mi senda.

—Hacen falta décadas para dejar de temer el infierno, despreciar el paraíso y así fundirse con la divinidad. Sé que no es ésa la razón de tu llegada. Pronto abandonaremos estas tierras y un mar separará nuestras culturas. Yo quiero hablarte de las fuentes clásicas de las que bebió tu madre, también estudiadas por los maestros sufís durante siglos: Aristóteles, Heráclito, Pitágoras y Platón, cuyos postulados sustentan la forma de pensamiento de los pueblos sucesores.

—Ahora todos ansían conocer a Platón, se traducen escritos por doquier.

—Los árabes nunca han sido ajenos a la filosofía griega. Durante siglos fueron comentados en nuestras bibliotecas hasta que los aires del fanatismo las hicieron arder. —Rabi'a sonrió y le agitó las manos—. ¿Te has preguntado cómo surgió la metafísica? ¿Quién sembró en los sabios griegos la forma de entender el mundo que aún pervive?

Irene se vio arrasada por la energía que manaba de aquel cuerpo enclenque y huesudo. Intuía una enseñanza como las del breviario. A su lado, Zahar permanecía en silencio.

—Controla tu miedo y el deseo de marchar, Irene. Te ofrezco una nueva *lectio*, una que tu madre tal vez también conocía; ella te hablará por mis labios.

Irene no pudo contener el llanto. Tras amargos días cautiva, oyendo mortificada la respiración de Tristán tras la puerta, la fuerza de Rabi'a era aire fresco y cargado de fragancias que le serenaban el alma.

—Estoy dispuesta.

—Sólo una cosa debes aceptar a cambio. Agradece la generosidad de Zahar; su alma es tan blanca y pura como la tuya. Ella te ha regalado la libertad, pero Tristán es ahora Ata. Ya lloraste su muerte y debes dejar atrás el pasado.

57

Eimerich había pasado dos semanas sin apenas salir de la posada salvo para visitar a los niños del orfanato. Lluís Alcanyís le había recomendado evitar las calles, pues la pestilencia no remitía y corría el riesgo de señalar dónde se estaba curando su señor. En su aposento aislado, Nicolau mejoraba lentamente soportando las sangrías y los brebajes costeados con moneda de los Borja.

Como criado de los Coblliure, Eimerich se alojaba en un cubículo junto a las cuadras de la posada y atendía los recados de su señor. Pero la búsqueda se había estancado y echaba de menos su vida en Bolonia, las clases, a su amigo Lucca e incluso los pesados trabajos en la huerta del convento. Ése era su mundo, entre el libro y la azada, para alcanzar el grado de bachiller o quizá una licenciatura.

Debía pedir permiso para encontrar una ocupación y ahorrar hasta poder pagar el pasaje de vuelta, algo que podría llevarle meses, incluso años. Caterina pasaba la mayor parte del tiempo junto a su padre, entre recuerdos y largos silencios. Su única preocupación era evitar que los descubrieran. Eimerich deseaba acercarse a ella, ser confidente de su tribulación, pero de nuevo se mostraba fría, como la encontró en Florencia.

En las horas ociosas releía la carta de Andreu y algunas notas que había tomado en sus conversaciones con el benedictino Armand y la condesa de Quirra. No tenían noticias de Irene y a menudo rezaba por ella. Sólo le quedaba visitar un lugar que había evitado desde su llegada. Temía ser vencido por los recuerdos.

Esa tarde plomiza y lluviosa por fin decidió acercarse a En Sorell. Pidió permiso a su señor y deambuló por calles desiertas y embarradas. La suciedad se hacinaba en los rincones y las ratas se enseñoreaban, altivas, de una urbe infectada. El hedor era insoportable. En los pórticos de iglesias y conventos, cientos de famélicos y consumidos por la fiebre se guarecían de la lluvia e imploraban con las manos extendidas. Se alejó, presa del terror atávico que sentía como cualquiera ante la peste.

En la pequeña plaza de En Borràs recuperó el aliento ante la fachada desconchada y los escudos deslucidos sobre el arco de la puerta de En Sorell. Sintió deseos de llorar. Al acercarse vio el portón abierto y empujó la hoja, que se desplazó con un ligero chirrido.

Un rumor de voces y lamentos lo dejó helado. Se asomó al cuarto de recepción y vio los viejos armarios abiertos, incluso atisbó *consilium* y *receptarios* enmohecidos en el suelo. El alma se le encogió al llegar al patio. Hedía a heces, que cubrían el suelo embarrado. Encadenados en el muro junto a la antigua sala de curas, cuatro hombres y dos mujeres, sucios y desnutridos, lo miraron con expresión vacía.

Se sintió arrasado por la tristeza que emanaba de cada rincón del antiguo hospital.

Un hombre grueso, casi tan cubierto de mugre y tan harapiento como los cautivos, se le acercó y lo empujó de malos modos. De su cinto colgaban decenas de llaves.

—¿Tú quién eres? —Lo apuntó con un cuchillo herrumbroso—. ¡Lárgate!

—Está aquí a petición mía, Bargils. Déjalo, sólo viene a rezar.

—¿Fray Ramón? —exclamó Eimerich.

Fray Ramón Solivella, el franciscano que siempre había atendido las necesidades de En Sorell, salió de la capilla, lo tomó del brazo y lo condujo al interior. Su estado contrastaba con el abandono del hospital. La lámpara del sagrario seguía encendida y el suelo estaba limpio. El fraile entonces sonrió y lo abrazó con fuerza.

—¿Eimerich? *Deo gratias!*

No pasaba de los cuarenta años, pero había envejecido. Su

poblada barba tenía vetas de plata y la tonsura había dado paso a una generosa calvicie.

—Los corredores de esclavos saben que su actividad ofende a Dios —explicó el clérigo, apenado—. Para acallar los escrúpulos, Hug y Josep dejaron a los franciscanos seguir oficiando en la capilla, sin que falte aceite en la lámpara del sagrario. Este lugar está poblado de fantasmas. No debemos privarlos de la presencia de Dios.

El joven asintió.

—He visto paredes agujereadas y el suelo levantado en algunos lugares.

—Toda la casa está igual. Fue registrada a fondo, como si buscaran algo. Pero, salvo por la suciedad, está en buen estado.

—Esto se ha convertido en el infierno —dijo Eimerich.

—Esas personas que has visto son capturas del corso o traídos de Asia. Es un negocio muy lucrativo en el reino, donde intervienen notarios, juristas, clérigos y hasta alguna monja. —Fray Ramón no disimuló su disgusto—. La bailía cobra por el certificado de *bona guerra* que permite venderlos, y es una fuente de ingresos importante para las arcas reales. Suelen transcurrir algunos días desde que sus captores obtienen ese certificado y son vendidos. La mayoría de los clientes de Josep son nobles o comerciantes que los compran y los venden rápidamente para especular con los precios. Se transmiten según la costumbre corsaria, es decir, el vendedor no responde del estado de salud pero sí de que es una esclavización justa: de reinos no cristianos ni aliados. Josep, como corredor, los aloja aquí a la espera de comprador. Percibe una comisión por cada esclavo y a veces él mismo compra y vende. En la casa permanecen unos días y, en ocasiones, los examina un médico. Los frailes tratamos de consolarlos y bautizamos a algunos.

—Es como una cárcel —musitó Eimerich.

—Apenas comen y ni siquiera les permiten salir al huerto para hacer sus necesidades. Lo hemos denunciado a la bailía, pero Josep de Vesach cada día es más rico e influyente. Amenazó con echarnos y derruir la capilla.

—¿Dónde está el *generós*?

—Ahora vive con ostentación en su palacete, cerca del Almodí. En Sorell es insalubre, así que sólo acude acompañado de un notario para formalizar la transacción o pagar el suelo a su esbirro Bargils y sus dos esclavos, encargados de vigilar la... mercancía.

—¿Y no les afecta la peste en estas condiciones, fray Ramón?

—Si alguno tiene fiebre, Bargils manda llevarlo al puente Nuevo y lo arrojan al río. —El fraile torció el gesto, desolado—. ¡Es horrible!

Eimerich se santiguó espantado y puso al corriente al franciscano del perverso modo en que arrebataron el hospital a Treue Bellvent.

—¡Hug sólo era un vicioso sin escrúpulos, incapaz de urdir un plan así! —exclamó el monje con el ceño fruncido—. Miquel Dalmau tal vez fuera capaz, pero era un hombre rico e influyente, no tenía ninguna necesidad. También murió el año pasado por la peste.

—Lo que nos lleva de nuevo a esa dama, Gostança...

—¿Para qué has regresado, Eimerich? —demandó el clérigo, suspicaz.

—Busco respuestas.

—¿Y si empiezas por las preguntas?

El joven aceptó el desafío.

—¿Estudiasteis en Bolonia, fray Ramón?

—¡No! —respondió sorprendido y un tanto avergonzado—. Nunca he salido de Valencia. Se me da mejor ejercer más las manos que el intelecto.

—¿Sabéis si alguien vinculado a En Sorell, además del señor Andreu, lo hizo?

—Puede que alguno de los médicos, también micer Miquel Dalmau del consejo y el predicador Edwin de Brünn.

La séptima larva podía ser cualquiera de ellos o ninguno. Pensó en el circunspecto monje alemán, de rasgos angulosos y profundas ojeras. Salvo en sus sermones, apenas lo había escuchado. Discreto y silencioso, confesaba a enfermos y dispensaba los sacramentos sin apenas tener contacto con los criados.

—¿Dónde se encuentra fray Edwin? Desearía hablar con él.

—Lo estoy esperando para celebrar misa, lo único que Josep nos permite. Aún acuden familiares de pacientes fallecidos en el hospital para adecentar el pequeño cementerio y rezar. Podrías quedarte y acompañarnos.

Eimerich aceptó. A media tarde llegó el monje alemán y un puñado de feligreses atribulados por el horror del patio. Se alegraron al ver al antiguo criado y, a pesar de sus inquietudes, fue un momento emotivo.

Tras la celebración, el joven abordó a Edwin para preguntarle sobre todo lo ocurrido.

—Lo siendo por ti, hijo —comenzó el predicador con acento áspero—, pero si la *spitalera* Elena no hubiera muerto, los Bellvent habrían acabado en manos de la Inquisición. Las mujeres no tienen ninguna necesidad de reunirse salvo para rezar o realizar alguna tarea doméstica. Otra actividad es sospechosa, y los rumores preceden a la certeza.

»Está ocurriendo en otras partes, según afirma un hermano de mi orden, Heinrich Kramer, inquisidor de Bohemia y Moravia, en su libro *Malleus Maleficarum*. Por todo el orbe surgen conventículos para realizar ofrendas en recónditas cuevas, compartir remedios naturales y ayudarse ante las miserias de la vida; sin embargo, con frecuencia sopla el aliento de Satán en tales encuentros. Me enviaron a En Sorell para vigilar que tal efluvio no hubiera infectado el hospital.

Eimerich se estremeció ante el ardor de su mirada. En Bolonia oyó que la caza de brujas en Europa se había recrudecido, mientras que en los reinos de España la cruzada era contra los conversos. Edwin no disimulaba su animadversión hacia Elena y su academia, pero no necesitaba urdir un plan tan retorcido para acabar con los encuentros, le bastaba con advertir a la Inquisición, regentada por los predicadores.

—Si como dices Irene vive, espero que se mantenga alejada de los oscuros tratos de su madre. Ya hemos sufrido bastante por ofender a Dios.

La lluvia había cesado y comenzaba a oscurecer. El Miquelet de la seo pronto anunciaría el cierre de las puertas. Eimerich se despidió de los monjes y salió al huerto. Estaba lleno de malezas y los frutales se veían descuidados. Mientras se acercaba al cementerio comprobó apenado que la parcela de hierbas medicinales había desaparecido. Se detuvo ante las humildes lápidas. En una anónima reposaba su pobre madre, nunca había sabido en cuál y no solía visitarlo, pero esa noche tuvo la necesidad de acercarse en busca de aliento. Confiaba en que desde algún lugar viera a su hijo, al que ni siquiera pudo abrazar al nacer, estudiante en una de las *universitas* más prestigiosas del orbe.

De pronto notó una presencia a su espalda y se volvió creyendo que sería alguno de los marchantes. Se estremeció ante Gostança de Monreale. Ni la oscuridad ni el fino velo velaban la gélida belleza que recordaba de su breve estancia en el hospital.

—En Bolonia te has convertido en un joven apuesto, Eimerich —musitó con voz serpentina. Hasta él llegó el aroma de jazmín—. También yo he hecho un largo viaje por tierras de este reino y de Castilla en busca de los parientes de Andreu Bellvent. Alguien me dijo que Elena podía estar escondida por ellos, pero todo fue una burda treta para alejarme de aquí. Regresé hace unos meses para culminar mi venganza y ahora el destino nos vuelve a convocar en Valencia. —Lo miró con recelo—. ¿Por qué has regresado? Ya registramos el edificio a conciencia… ¿Dónde está su secreto?

El muchacho no se dejó amilanar.

—Sé quién sois y he visto la ermita donde crecisteis, pero no comprendo la causa de tanta crueldad por algo que pasó hace décadas. —Señaló el broche que perteneció a Elena—. ¿Acaso esa mujer no os abrió las puertas de su casa? ¿No os trató con respeto y quiso insuflaros parte de su luz?

Los ojos de Gostança refulgieron como si Eimerich hubiera hurgado en una llaga abierta, pero tras un instante de lucha interna se enfriaron.

—¿Crees saber quién soy? —rezongó con rabia—. ¡Ingenuo! ¡No sabes nada!

—¿Quién es la séptima larva? ¿Fray Ramón, Edwin, Miquel Dalmau, alguno de los médicos? —Esas cuestiones inundaban su mente mezcladas con el miedo—. ¿Es Peregrina quien os ayuda o alguno de los criados?

Gostança sacó un pañuelo de una bolsa negra y Eimerich notó un intenso olor a éter. Retrocedió, sorprendido, pero la dama se abalanzó hacia él con un movimiento estudiado y le cubrió la cara con el paño.

—Guardas algo que me interesa… —Apretaba con fuerza, ahogando a Eimerich—. Aunque ya sabes muchas cosas, sigues palpando en la oscuridad. Yo te llevaré hasta ella.

Antes de caer en el pozo de la inconsciencia, el joven pensó en la carta de Armand que llevaba oculta en sus ropajes y se preguntó si a eso se refería la dama, pero la sustancia nubló su mente. Agitó las manos en la espalda y notó que perdía el anillo de plata de Caterina, un nefasto presagio de que no volvería a verla.

58

Había caído la noche sin que Eimerich regresara a la posada Los Tres Gallos. La lluvia arreciaba de nuevo y Caterina, intranquila, avanzó pegada a los muros para evitar los charcos y la lluvia pertinaz. A su espalda la seguía el discreto Guillem, que había dejado su trabajo en una herrería para regresar junto a sus señores, los Coblliure. Si durante el día Valencia presentaba un aspecto desolador con las campanas anunciando sin descanso la muerte, al anochecer las calles sin iluminar y el silencio plagado de lamentos la convertían en un dédalo lóbrego y amenazante. En la plaza de En Borràs se detuvo sorprendida y permaneció en la esquina, atisbando la escena.

Ante el hospital diez soldados, un notario y dos lacayos flanqueaban a un hombre con un jubón amarillo con franjas encarnadas. Portaba la vara de alguacil de mosén Lluís Cabanyelles, el lugarteniente del gobernador general del Reino de Valencia, la máxima autoridad real en el territorio. Junto a él aguardaba una mujer cubierta con un manto. El portón de En Sorell estaba abierto. Un hombre sucio y malcarado, con expresión inquieta, protegía la entrada.

Por la calle de En Borràs apareció Josep de Vesach sobre un valioso corcel de guerra. Caterina lo encontró más recio y apuesto con aquel jubón de cuero repujado de buena calidad, pero su rostro era un rictus de ira. Observó al alguacil tenso. De las casas vecinas se acercaron a curiosear e incluso aparecieron dos clérigos de la seo, tal vez avisados como testigos. El *generós* descabalgó con parsimonia.

—Me han avisado de vuestra presencia. ¿A qué debo el honor, alguacil? —demandó con la mirada puesta en la mujer. Sus ojos ardían de rabia contenida.

El oficial de la gobernación desplegó una carta con varios lacres y firmas. Sin molestarse en saludar al subalterno del justicia, leyó en voz alta. A Caterina se le aceleró el corazón al oír a viva voz la voluntad de Su Majestad, don Fernando de Aragón, de indultar a Irene Bellvent de cualquier delito pasado y la restitución inmediata del hospital conocido en Valencia como En Sorell, advirtiendo a quien lo habitara que de no plegarse a la decisión causaría el enojo del rey.

El rostro del *generós* se congestionó ante la orden real. Exigió ver las firmas y los sellos. Con el semblante céreo comenzó a vociferar airado, recordando su servicio en la toma de Málaga y la ingratitud del monarca con su persona. El alguacil lo amenazó con arrestarlo si no cesaba de injuriar. Josep señaló a la mujer y maldijo hasta rallar la blasfemia. Al aguacil parecía complacerle su ira.

—Ahora sois *lloctinent* del justicia, Josep, un cargo que se desluce con esta actividad indigna que ejercéis con los esclavos. Aceptadlo sin desatar la ira de mosén Cabanyelles y del rey. Cualquier desacato será considerado delito de lesa majestad.

Josep señaló a la mujer.

—¿Qué le has hecho al fogoso don Fernando para conseguirlo? ¡Maldita zorra!

—¡Conteneos! —imprecó, harto ya, el alguacil al tiempo que daba un paso al frente.

Un lacayo clavó en el portón una copia del indulto. Lo mismo se haría en la Diputación, el mercado y la puerta de los Apóstoles de la seo para dar publicidad.

—Conforme a Fueros debéis restituir la posesión a Irene Bellvent de inmediato.

—¿Y qué hago con los esclavos? —espetó, acre—. Dejadme al menos…

La mujer, sin esperar a que concluyera, le tendió una bolsa oscura de cuero.

—Me he tomado la libertad de averiguar que esta noche tenéis alojados a seis, pendientes de venta. Aquí hay cuarenta libras por cada uno.

—¡Los hay que valen más!

—Pero las dos mujeres son casi ancianas y os pagarían menos por ellas. ¡Si no aceptáis os los tendréis que llevar y costear un nuevo alojamiento!

Caterina aspiró mientras se le erizaba el vello. Había reconocido la voz de Irene, pero poseía un matiz distinto, de firmeza y determinación

Josep contó el dinero e hizo una señal al esbirro de la puerta. Tras él salieron sus dos ayudantes con el mismo aspecto desarrapado. Miraban con desprecio a la mujer, pero el alguacil los obligó a apartarse. El *generós* la apuntó con un dedo; tenía el rostro colérico.

—Es la segunda vez que me perjudicas, Irene Bellvent. —Ajeno a los gestos del alguacil, Josep palmeó el emblema del justicia que lucía en el jubón—. No sé por qué has vuelto, pero el sufrimiento de esos desdichados que has comprado no será nada comparado con el tuyo si vuelves a cruzarte en mi camino.

Se alejó con sus hombres seguido de cerca por el alguacil y los soldados reales. Irene se quedó sola ante el hospital. Se encogió y comenzó a llorar.

—¿Irene?

La otra se volvió, sobresaltada.

—¿Caterina?

Ambas se acercaron emocionadas y se fundieron en un abrazo. Fluyó un torrente de lágrimas de alegría.

—¡No sabía si volvería a verte! —exclamó Caterina.

—Llevo dos días hospedada en las afueras de la ciudad y los he pasado en la cancillería del gobernador, tratando de hacer efectivo el indulto. Mosén Cabanyelles también se ha marchado a las afueras por la peste, pero esta tarde ha refrendado la orden del rey. Es horrible lo que está sufriendo Valencia.

—La pestilencia es como un maligno peregrino que recorre el orbe sin descanso.

Irene se fijó en el elegante vestido de terciopelo azul con mangas blancas de su amiga.

—¡Dios mío, pareces una princesa!

—¡Pues imagínate sin estar empapada!

Ambas rieron y volvieron a abrazarse. Guillem se acercó y la saludó discreto.

—¡Eimerich descubrió que estabas viva en una pintura de Judith! —siguió Caterina.

—¿Está aquí? —demandó Irene, sorprendida.

—Ha venido conmigo. —Sonrió—. Han ocurrido muchas cosas. ¡Gracias a Dios! Ahora eres libre.

—¿Y tu familia?

Bajo el arco carpanel de la entrada, a cubierto del agua, Caterina relató lo ocurrido con su padre.

—Nos hospedamos en Los Tres Gallos, pues nuestra casa está cerrada por la Inquisición —explicó—. Mi padre ya no tiene fiebre, pero está débil y aterrado. He venido buscando a Eimerich; aún no ha regresado hoy y estoy preocupada, pensé que habría acudido por fin al hospital. —Señaló el bando del indulto clavado en la puerta—. Al menos lograste lo que pretendías en Baza. Dicen que es cuestión de días que los infieles rindan la ciudad.

—El 7 de noviembre llegó la reina Isabel al real de nuestro monarca. Su presencia es como un símbolo de victoria para las tropas. Incluso los propios sarracenos le rindieron tributo con un inesperado desfile ante las puertas de Baza. Su autoridad ha decantado la situación.

Asediada por la emoción, Irene silenció el doloroso reencuentro con Tristán.

—Estás cambiada —musitó Caterina al asomarse a sus expresivas pupilas.

—Todos lo estamos. —Miró la puerta—. Mucho ha quedado atrás.

Oyeron un chapoteo de cascos sobre el fango de la plaza. Dos lacayos guiaban un carro con un cuerpo tapado, seguidos por una mujer ataviada de negro y con velo. Sobrecogidas, oraron en susurros por el alma del desdichado.

—Deseas entrar, ¿verdad? —preguntó Caterina, abatida.

Apenas cruzaron el dintel, las lágrimas rodaron por las mejillas de Irene como metal fundido. Las goteras rompían el silencio con un ritmo extraño. Ver su hogar en aquel estado le quebró el alma. En el patio, Mey apenas tardó un suspiro en atrapar la primera rata que cruzó por un rincón, sobresaltando a Caterina. Seis sombras, como fantasmas, se acercaron aterradas, contemplando a las dos mujeres y al criado.

—¡Dios mío! —jadeó Caterina al ver su estado—. Maldito seas, Josep

Los esclavos se inclinaron encogidos. Irene se acercó y ayudó a una anciana a levantarse. Sin apartar la mirada de sus ojos sacó varias monedas de una bolsa.

—Guillem, llévalos a una posada discreta. Que se laven y que coman.

Caterina le hizo un gesto de asentimiento y el criado tomó el dinero.

—Regresad aquí mañana —les dijo Irene—. Gestionaré vuestra libertad en la bailía general a cambio de que me ayudéis a limpiar la casa.

—¿Vas a abrir el hospital? —inquirió Caterina, sorprendida.

—La ciudad lo necesita. No hay tiempo que perder.

El esbirro de Josep había dejado en el suelo una llave y la documentación manchada de grasa. Soltaron las cadenas y Guillem se los llevó en silencio. Los seis esclavos volvían la vista hacia las jóvenes preguntándose si no serían dos ángeles.

Irene y Caterina, sobrecogidas, recorrieron cada una de las estancias. La mugre cubría el suelo y las paredes, pero salvo en algunos lugares donde se habían practicado agujeros o levantado las baldosas la casa estaba en buenas condiciones.

—Parece que buscaban algo.

—El ajuar de mi madre y los bienes de la academia —musitó Irene—. Creí que eran las pinturas halladas en la cripta, pero Gostança ya sabía de su existencia.

—Lo que significa que tu padre se refería a otro escondite que sigue oculto; eso es lo que han estado buscando.

En la cuadra de calenturas Irene recogió un crucifijo de madera caído y lo colgó de su clavo. Luego bajaron a la cripta, cubierta de escombros. Los pebeteros y la estatua de las Tres Gracias habían desaparecido y era patente el concienzudo registro allí. Irene se perdió en cálidos recuerdos pensando en Tristán, pero el dolor la asedió y tuvo que apartarlos.

Durante dos horas permanecieron en la capilla, el único lugar intacto. En un diálogo fragmentado se pusieron al corriente del periplo seguido. Las lágrimas y las risas se mezclaron al recordar a la pequeña Elena. Caterina notaba distinta a Irene, sin miedo ni pena por lo vivido, y se sentía acariciada por una singular energía al escucharla.

—Rabi'a era una mística sufí respetada por sabios y pensadores de Guadix, Almería y Granada, sin importarles que fuera una mujer. ¡Hallé una prueba viva de las tesis de mi madre! Pero ante la inminente conquista de Baza prefirió marchar hacia el sur. El asedio pronto se levantaría, y era hora de regresar para seguir mi camino.

—Hay algo más, ¿verdad, Irene? Veo dolor en tus ojos.

Finalmente le habló de su encuentro con Tristán; la experiencia más dolorosa de todo aquel periplo. Parte de su alma había quedado encerrada tras las recias murallas de Baza.

Caterina la abrazó mirándola a los ojos; también ella debía relatarle los hechos más sombríos que habían averiguado. Desgranó con detalle lo que Eimerich había descubierto sobre Elena en Bolonia, el germen de todo aquel drama. Las pupilas grises de Irene se ensombrecieron ante la agresión de su madre por una de las larvas y regresaron las lágrimas al saber de la cobardía de los estudiantes excepto su padre, que acabó apaleado. Se abrazaron calladas, conscientes del triste sino que acompañaba a cualquier dama que deambulara por sendas vedadas a su género.

—Como a toda gran mujer, la Providencia te ha moldeado con duras pruebas —Caterina habló al fin con una sonrisa desafiante en los labios—. Primero te enfrentaste al menosprecio por ser joven y soltera, luego a la humillación como adúltera, al abandono y finalmente al desamor. Pero la condesa de Quirra nos describió tus reuniones en un viejo cementerio romano cerca de Cáller. —Sonrió—. Decía cosas maravillosas. ¿De dónde sacas las fuerzas?

Irene logró calmarse y se enjugó las lágrimas con el viejo vestido. Abrió la bolsa encerada donde guardaba el ajado breviario de Elena y sus ojos destellaron.

—Mi madre logró reponerse a pesar de lo que has descrito y ahora sé que fue por esto, por la academia. Habla de *puellae doctae* de nuestro tiempo, pero también de los hechos de heroínas de la Antigüedad, muchas de ellas humilladas, incluso forzadas como fue su caso. Destaca a mujeres que inspiraron a grandes pensadores griegos y traspasa los conceptos religiosos de cristianos y judíos. Yo añado ahora que ni siquiera el islam puede negar la riqueza aportada por sabias y místicas. No es una doctrina, un culto, sino un modo de enfrentarse a la vida y a la verdad oculta. —Miró con decisión y vigor en el gesto a su amiga—. Precisamente por eso será considerada la mayor de las herejías.

Caterina asintió. Ella tenía una vida intensa y arriesgada al servicio de los Borja; en su caso, las cuestiones del alma quedaban sustituidas por intrigas palaciegas.

Mey entró en la capilla ululando, pavoneándose ante la anonadada Caterina.

—Y ahora, Irene, ¿por dónde empezar?

La joven se levantó y tomó una vieja escoba de brezo apoyada en una esquina y en silencio comenzó a barrer.

—Las camas de todos los hospitales están ocupadas por nobles, comerciantes y *honrats* —explicó sombría—. Los pobres mueren en sus casas, las prostitutas, en cualquier rincón de la mancebía y los mendigos, en las calles. En Sorell hace falta.

—Me temo que no será suficiente con eso —afirmó.

—Mañana el factor de la banca Medici me pagará una letra de cambio firmada por la condesa doña Violant. Dispongo de fondos y confío en los amigos. —Le mostró una franca sonrisa—. Además, Mey limpiará esto de molestos inquilinos…

Caterina acabó asintiendo. En ese momento regresó Guillem. Había podido acomodar a los esclavos en una posada del arrabal de los moriscos, cercano al Partit. No quiso interrumpir el encuentro de las dos amigas y, discreto, salió al huerto.

—Te ayudaré, Irene —prosiguió Caterina—. Aunque mi camino es distinto del tuyo, deseo ser parte de tu academia.

La otra asintió agradecida. La hija del jurista guardaba secretos, apenas atisbados en su aspecto elegante, pero prefirió no preguntar.

—¡Ansío ver a Eimerich! —exclamó Irene—. ¡Todo un estudiante de Bolonia!

—No sé dónde se habrá metido. En el orfanato no lo han visto hoy.

Irene dejó la escoba y la cogió del brazo mirando atenta sus pupilas.

—No te inquietes, estará bien. Es un superviviente como nosotras.

—¡Necesitas un buen baño! —le dijo Caterina arrugando la nariz—. Ven a la posada para asearte y dormir. Nos queda mucho por hablar.

Ella no replicó. Era cierto; todavía llevaba el vestido del viaje, y poca cosa podía hacer allí esa noche. En Sorell era aún un lugar muerto. Mey, indómita como su dueña, prefirió quedarse y seguir con el particular festín. Irene le susurró algunas palabras, y añadió otras aprendidas de Tora para hacerla aletear. Su amiga la miraba asombrada, siendo cada vez más consciente de su transformación.

Entró Guillem con gesto preocupado y extendió la palma de la mano; les mostraba un anillo de plata sucio de barro.

—Lo he encontrado en el cementerio. —Se dirigió a Caterina, cuyo rostro había palidecido—. Vos teníais uno igual, ¿verdad?

—¡Es de Eimerich! —exclamó ella—. Se lo regalé antes de partir hacia Bolonia. Estoy segura de que no se desprendería de él sin razón.

Salieron al huerto, pero no hallaron nada que pudiera explicar qué hacía allí la alhaja. No obstante, ambas sintieron que algo nefasto le había ocurrido al criado.

Eimerich despertó con un fuerte dolor de cabeza. Tenía la boca seca y un regusto amargo. Las extremidades le hormigueaban y lentamente lo asaltó un vago desasosiego. Estaba tendido en un lugar gélido y envuelto en la más absoluta negrura. Con las ropas empapadas, el frío iba entumeciendo sus miembros. Se removió y una arcada incontenible le hizo vomitar. El hedor lo espabiló. Llamó, y el sordo eco de su propia voz lo estremeció.

Estiró una mano y tocó una superficie pulida y fría. Al incorporarse se golpeó la frente. Ni siquiera había espacio para sentarse e intranquilo, palpó hasta comprobar que lo habían encerrado en un espacio reducido. La atmósfera era pesada, hedionda y húmeda. Al estirar los pies rozó harapos y huesos descarnados. La evidencia se abrió como una explosión: ¡estaba dentro de un sepulcro!

De lo más hondo de su ser brotó un alarido. Gritó una y otra vez hasta que el dolor en la garganta se hizo insoportable. Comenzó a jadear, empapado en sudor, golpeando la losa. Notó que se ahogaba; la respiración agitada consumía el escaso aire.

Luchó contra su cordura la más terrible de las batallas. Retorciéndose, palpó el cadáver. La tela era un hábito, habitual en los enterramientos cristianos. Encontró una medalla en sus falanges e identificó a la Virgen de los Desamparados.

Demasiado aterrado para razonar, se recostó. La voz de Gostança resonaba en su cabeza: «¿Crees saber quién soy?». En la oscuridad, una sucesión de imágenes cruzaron ante sus ojos abiertos. Entonces lo entendió; los detalles dispersos se arremolinaron mostrando una verdad que lo atravesó como un rayo potente y doloroso.

Pero sólo fue un instante antes de que el pánico lo dominara de nuevo. Comenzó a golpear el mármol hasta que los puños le sangraron y acabó encogido, llorando desesperado.

No podía imaginar que el sonido amortiguado se mezclaba con el lamento de cientos de gargantas que en la nave principal de la iglesia, entre una espesa humareda de incienso, elevaban cánticos al Altísimo para que alejara la pestilencia de Valencia.

59

El aroma del sándalo y el benjuí llenaba de evocadoras fragancias la cámara y la luz de varias lámparas le conferían un ambiente cálido. Zahar se quitó el manto y dejó al descubierto una frondosa melena azabache, con dos bucles que enmarcaban su semblante, oculto tras un velo. Cubierta con gasas vaporosas, la joven parpadeó dejando atisbar el deseo buscado. El corazón del hombre se aceleró. Recostado en el lecho, entre cojines de seda, permanecía cautivo de su piel aceitada.

Ella tarareó una melodía e inició un movimiento ondulante, ingrávido, como si la brisa meciera su cuerpo bello, menudo y de piel tersa. Lentamente el contoneo adquirió brío. Se libró de algunas gasas, que cayeron sobre la mullida alfombra, y los abalorios de su cintura tintinearon con ritmo vibrante, convocándolo a viajar a mundos exóticos y placeres prohibidos.

A un gesto de él, se retiró el velo para acercarse con una sonrisa maliciosa.

—Eres una bailarina consumada, esposa —musitó acercándola.

—Son bailes que conectan el cuerpo con el alma, Ata —le susurró entre suaves besos—, que generan éxtasis y hacen olvidar la miseria de esta vida.

Perlas de sudor cubrieron la frente del hombre cuando las suaves manos ascendieron más allá de las pantorrillas. Zahar se desembarazó de las pocas gasas que aún llevaba puestas. Su piel desprendía excitación y se recostó dejando que fuera él quien con sus artes la situara a la misma altura del camino. Al oír la respiración entrecortada de su amado perdido en los oasis de su piel se estremeció.

Zahar lo atrajo hacia sí. Podía ver aún esa nefasta sombra en sus pupilas, la que no había desaparecido desde su encuentro con la cristiana semanas antes, y luchaba cada noche contra ella. Los labios lo recorrieron hasta cegar sus pesares.

—Ahora estás aquí conmigo —le susurró al oído situándose sobre él—. Olvida…

Lo abrazó con sus piernas firmes y lo condujo hacia el sendero que lo llevaría a la ansiada nada. Entre jadeos y besos ardientes se fundían rodando por el tálamo, y cuando se sintieron cercanos al clímax, sentada sobre él, cegó de placer al esposo. Él dejó de escuchar el nombre que su mente evocaba con insistencia: Tristán.

Poco antes del amanecer el guerrero se levantó y caminó desnudo hasta la ventana. La abrió para que el frescor lo despabilara. La casa estaba cerca del portal almenado de Guadix y más allá de la muralla se atisbaba el contorno de la empalizada, las torres de asedio y las techumbres de las tiendas del real de Santa Cruz, el campamento donde el monarca cristiano aguardaba la claudicación de la ciudad.

—Ven a la cama —musitó ella, somnolienta.

—Es casi la hora de mi turno de ronda.

—¿Eres feliz, Ata?

Él se volvió.

—Lo soy, Zahar. Sé que te preocupa el desasosiego que me causó esa cristiana, pero sus palabras llenas de amor no se referían a mí. —Quiso imprimir a su voz la seguridad que no tenía—. Si alguna vez fui Tristán de Malivern ya no lo soy.

Ella sonrió sin poder disimular el dolor de una fina daga en el pecho. Sabía que su amado luchaba con todas sus fuerzas, pero Ata no lograba imponerse. Sentía que algo se desmoronaba en el interior de su esposo y la angustia se le hacía insoportable.

Regresó a la cama y apartó la manta de lana para contemplarla desnuda. La besó con dulzura, eligiendo con precisión cada lugar hasta verla reaccionar con un jadeo.

—Espérame aquí.

—¿Crees que mi hermano decidirá hoy rendir la plaza?

—Desde que el Zagal ha comunicado que pone el destino de Baza en sus manos es cuestión de días. Estamos exangües, pero los cristianos no están mejor ahí fuera. No resistirían el duro invierno de esta tierra y nosotros tampoco, casi sin víveres ni leña.

—La presencia de la reina Isabel ha renovado sus ánimos.

—Es cierto. La rendición es inminente.

—¿Qué haremos, esposo?

—Soy guerrero del Zagal. Puede que Boabdil me acepte en Granada o que me castigue, como a tantos otros, para complacer al rey don Fernando, del que es vasallo para vergüenza de este reino. Algún día pagará el doble juego.

—¡Marchémonos a Fez! Allí tengo parientes. Podríamos vivir tranquilos y formar nuestra familia.

Él apartó la mirada, se ahogaba. Zahar sintió su alma desgarrarse.

—Es una alternativa —musitó sin aliento, perdido en la penumbra de la alcoba—. Hablaremos a mi regreso de la ronda. —Se acercó para besarla—. Espérame así.

Ella mantuvo la sonrisa hasta que se quedó sola. Las lágrimas se deslizaron por su rostro, arrebujada bajo la manta. Lo estaba perdiendo, lo sabía, pero era incapaz de sentir cólera. Fue la mujer más dichosa el día que lo vio entrar a la almedina con una partida de jinetes, pero ya entonces su corazón desbocado le advertía que no le pertenecía. Lentamente el sueño la venció.

Un tiempo después se despertó al oír pasos en la escalera. Los criados no subían a su alcoba hasta el amanecer y pensó que era Ata. Se levantó y sin molestarse en cubrirse miró por una brecha de la ventana. El sol aún no había salido por el horizonte, pero ya clareaba.

—Has regresado pronto —indicó, dándole la espalda, desnuda—. Mejor, así podremos aprovechar el día…

—¡Alá me brinda la oportunidad de contemplar el paraíso!

La voz la aterró y se volvió para contemplar el rostro mugriento de Talal, el carcelero. La miraba lascivo mostrando sus dientes negros. Ella se cubrió con la manta.

—Parece que tus esclavos tienen el sueño profundo. —Levantó un garrote con manchas de sangre.

—¡Sal de aquí! —gritó Zahar con voz temblorosa a causa del pánico.

—Tu esposo se enfría sobre los muros y yo me caliento contigo aquí.

—¡Maldita rata! Él y mi hermano te desollarán.

Zahar intentó escapar, pero el carcelero la atrapó y la tiró al suelo con violencia. Se inclinó sobre ella. Era musulmán, pero hedía a vino agrio y a sudor.

—Dicen que mañana se abrirán las puertas a los reyes de Castilla y Aragón. Es momento de escapar y necesito dinero. El que me diste por la prisionera no me basta.

Zahar comenzó a sollozar, le sangraba el labio.

—Te di lo que tenía. ¡Márchate!

El carcelero le arrebató la manta que ella trataba de retener gimiendo.

—No me iré de aquí sin todo lo de valor que pueda reunir.

Manoseó sus pechos y la furia cegó a Zahar. Le arañó el rostro con saña y Talal retrocedió, tratando de defenderse. Pero fue apenas un instante. Su cara herida se contrajo en una expresión diabólica mientras sacaba una daga del cinto.

—¡He dicho que me llevaré las cosas de valor, no a una maldita perra!

Le hundió con fuerza la hoja en el vientre. Zahar abrió los párpados y sus labios temblaron, incapaz siquiera de proferir un grito. Se desplomó tratando de contener con las manos la sangre que manaba a borbotones. El dolor la mantuvo ajena al rápido registro y a la marcha de Talal con un pequeño hatillo. Se arrastró hasta los velos que la noche anterior incitaron a su amado a llevarla al más intenso éxtasis y con ellos se cubrió la herida. Al verlos empaparse comenzó a llorar.

—¡No, no, no…!

Tristán voló sobre los peldaños y entró en la alcoba desencajado. Habiba, la criada de Zahar, con la cabeza vendada se acercó a él llorando desconsolada. Los otros dos sirvientes de la casa aún guardaban cama tras la agresión.

—*Cidi!* Estaba en el suelo malherida. ¡Han entrado a robar, Dios los maldiga!

Él se acercó al lecho donde dos médicos atendían a su esposa y una mujer de edad preparaba más vendas de lino blancas.

—Está muy débil —informó uno de los físicos—. Gracias a Habiba aún vive, pero ha perdido demasiada sangre.

Tristán hundió su cabeza en la oscura melena desparramada sobre los cojines y se echó a llorar. Una mano suave mesó sus cabellos y se irguió. Zahar, macilenta, le sonreía con sus ojos oscuros carentes del brillo de la vida.

—Esposo, ya estás aquí —susurró.

—Me han avisado tarde, la ciudad es un caos. ¿Quién ha sido? —demandó sin apenas poder hablar a causa de la cólera.

—Talal, el carcelero.

Tristán apretó los puños y agarró el pomo de la cimitarra. Trató de levantarse, pero la mano de la esposa, débil, lo detuvo.

—¡No te vayas, amor mío!

—¡Regresaré con su cabeza! —repuso él, lacrimoso.

—Espera… Quédate conmigo, no me resta mucho tiempo.

—¡No digas eso! —replicó a pesar del gesto grave de ambos médicos.

Una profunda amargura lo fue dominando. Zahar estaba serena.

—¿Qué ocurre fuera?

—Se ha confirmado que mañana la plaza se rendirá pacíficamente para evitar que don Fernando cometa la masacre de Málaga.

—Quiero hacerte un regalo, pero contén la ira para acompañarme en este trance.

Se dio cuenta de que aún seguía con la mano en la empuñadura. La soltó y tomó la de Zahar. La notó flácida; la vida se le escurría entre sus fríos dedos.

—Daría mi vida por ti.

Ella sonrió. Estaba convencida de ello.

—Reza, Ata, reza y serena tu espíritu.

Mandó llamar a Habiba y le susurró al oído. La joven criada abrió los ojos y al principio negó, pero ante la insistencia de Zahar suspiró asintiendo. En silencio abandonó la alcoba ante la mirada intrigada de Tristán.

—Hablemos, Ata —dijo ella invitándolo a sentarse en el lecho. Su voz sonaba débil, apenas suspiros, pero una fuerza interior la mantenía consciente—. No me marcharé hasta que recibas mi regalo. Ahora relátame al oído cómo nos conocimos, las palabras que me dijiste, mis simulados desprecios al principio, cada risa y cada beso compartidos en estos meses… —Le acarició la barba oscura—. Se ahora mi *al-hakawati*.

Tres horas más tarde, Tristán, sentado en un cojín junto al lecho, miraba con ojos anegados a los desconocidos que habían llegado con Habiba. Permanecía en silencio, sin preguntar, como deseaba su esposa moribunda. Rabi'a lloró acariciando el rostro de Zahar, ya demasiado débil. Los médicos se habían marchado. Nada más podían hacer por ella Los presentes veían con pesar a la joven desvanecerse y despertar, luchando con denuedo por retener un último hálito de vida.

La criada ayudó a la anciana a sentarse sobre la alfombra y le entregó un viejo pandero de piel de cordero. Al lado se situó un hombre negro de edad avanzada, con un viejo laúd y una joven, casi una niña, con una flauta de caña sin embocadura llamada *nei*. Los músicos saludaron con la cabeza al abatido esposo.

—Zahar te propone un viaje, joven Ata. —Rabi'a tenía sus pupilas lechosas posadas en él como si pudiera observarlo—. Trata ahora de liberarte de toda tribulación a pesar del sufrimiento que experimentas.

Zahar buscó la mano de su esposo y la cogió con suavidad para ayudarlo a hallar la paz perdida.

Rabi'a golpeó suavemente el pandero y susurró:

—*Maqam rast.*

Los músicos asintieron. Mientras el negro ajustaba el tono con el clavijero, Rabi'a reclamó de nuevo su atención.

—El *maqam* es una melodía sagrada que se inserta en lo más hondo del alma, usada desde hace siglos en los maristanes de todo el mundo árabe. Hay más de cuatrocientos y cada uno sirve para encontrar una sensación. El modo *rast* sosiega el espíritu y es como un ariete que abre cualquier puerta de la mente. —Inició un suave ritmo con el pandero—. Las notas te llevarán hacia un estanque de aguas cálidas. Si te concentras te sentirás a gusto y desearás abandonarte, pero debes nadar para emerger en el otro extremo. Tu esposa desea que te asomes a ese horizonte perdido, donde habitan los sentimientos olvidados, los únicos que pueden hacerte un hombre completo.

—Cierra los ojos —susurró Zahar con un suspiro, ante su desconcierto.

El ritmo y el laúd emprendieron una melodía extraña al principio, pero muy lentamente los tonos y las escalas de la flauta *nei* royeron su resistencia y el *maqam* fue empapando su ser, arrastrando como lluvia el légamo de dolor y cólera. Llegó a sentir pánico al acercarse a rincones vedados de su memoria, pero el poder de esa música era grande. Se hundió en un lago cálido y perfumado hasta perder la noción del tiempo.

Cuando el estanque se desvaneció lo acosó un terrible dolor de cabeza. Se hallaba en un lugar nebuloso. Oyó el batir de remos sobre las aguas, crujidos de madera y gritos, hasta que algo duro le golpeó en la cabeza sin piedad. Más allá de las brumas atisbó una mujer sin rostro sentada sobre un laberinto y detrás un hospital. La visión desapareció y se encontró en medio de la nada. Una figura se acercó lentamente entre jirones de bruma. Era la dama del laberinto; ya veía sus facciones. Irene lo miraba con ojos grises, llenos de amor. Deseó acercarse a ella. Una voz familiar susurró a su espalda en árabe, pero no le hablaba a él, sino a la cristiana.

—Cuando te conocí en la celda supe que era tuyo. Aun así, no fui capaz de matarte. Ahora sé por qué. He de marcharme hacia la luz. Te lo entrego para que lo hagas feliz.

Tristán se volvió para ver a Zahar, pero todo se oscureció de pronto. La música había cesado. Abrió los párpados, aturdido, y vio las lágrimas en los tres músicos. Notó la mano de Zahar flácida en la suya. Parecía dormida, serena, radiante a pesar de su tez pálida. La abrazó y lloró con amargura durante una eternidad.

Aquel remedio a caballo entre la mística y la más genuina tradición médica árabe había abierto su mente. Los recuerdos y las emociones de Tristán de Malivern lo abrumaban y fluían como una riada. Imaginaba que aquel mismo dolor desgarrador era el que había sentido Irene ante su indiferencia y su silencio.

Al caer la noche la enterraron junto a la mezquita de la almedina. La ciudad era un caos y ni él ni el hermano de Zahar, Ben Hacen, querían posponerlo para el día siguiente, cuando los cristianos tomaran Baza. No cumplieron todos los preceptos, pero tomó tierra hacia La Meca bajo una lasca blanca. Siempre quedaría un lugar al que acercarse a llorar.

Tristán se acercó a Rabi'a y a la desolada Habiba.

—Ignoro si los cristianos respetarán las capitulaciones que Cid Hiaya y Ben Hacen han firmado. Toda mi casa y los enseres son vuestros.

—¿Te marchas, Ata?

Miró a la anciana. Aquel nombre ahora le resultaba extraño.

—He sabido que el carcelero ha huido a Guadix. Haré justicia y luego…

—¡Que Alá te guíe! Y no olvides nunca a Zahar, pues te quiso de verdad.

Se apartó, incapaz de seguir hablando. A la pena se sumaba un torbellino de recuerdos y las palabras desesperadas de Irene tras la puerta de la celda. Lo recordaba todo, lo sentía todo profundamente en su alma. Ambos estaban vivos y estaba dichoso por ello. Le dijo que tenían una hija en Cerdeña. Ansiaba reunirse con ambas, pero no antes de hacer justicia con la mujer que tanto lo amó.

Se alejó hacia los establos con la mano aferrada a la empuñadura de la espada.

Al amanecer del 28 de noviembre de 1489, la ciudad de Baza anunció la rendición en la mezquita y en los reales cristianos, desatando lamentos y júbilo respectivamente. La entrega de las llaves y la entrada triunfal de los reyes de Castilla y Aragón se fijó para el día de Santa Bárbara, el 4 de diciembre, cuando la mezquita sería consagrada, se situaría la cruz sobre el minarete y se descolgarían los pendones reales de las puertas de la muralla. Siglos de dominio acababan para los sarracenos.

Pero la victoria era mucho más que una plaza ganada a la cruz. Baza, además de por la vega fértil que abastecía parte del reino, era la puerta de entrada hacia los territorios del Zagal, quien disputaba el trono de Granada a su sobrino Boabdil en una guerra entre facciones que desangraba el reino en beneficio de los monarcas cristianos. Tras la rendición, nadie dudaba que en pocas semanas se produciría la claudicación de Guadix y tal vez incluso la de la populosa Almería. Tan sólo Granada, gobernada por Boabdil, quedaría como el último reducto de la media luna sobre la península Ibérica.

Tristán supo de la noticia por dos mercaderes que junto a él dejaban descansar sus mulas en un recodo del río Castril. Con un sayo cristiano y un pañuelo en la cabeza, únicamente el brioso caballo andaluz blanco que sostenía por las riendas lo hacía sospechoso de ser un guerrero desertor, pero el gesto hosco aplacó la curiosidad de los testigos que iba dejando a su paso.

Se encontraba en una situación delicada. Para Boabdil era un guerrero de dudosa lealtad por haber servido a su tío; para los cristianos era un enemigo sanguinario.

Iba preguntando a los caminantes y, aunque no inició ninguna galopada para no despertar sospechas, divisó a Talal a diez millas de Guadix, por el camino que llevaba hasta la puerta Bib-Bazamarín. El carcelero había preferido viajar sin su familia para poder ocultarse. Si alcanzaba la urbe, los intrincados arrabales serían el mejor refugio.

Tristán saltó ágil de la montura y se acercó desenvainando el sable. Algunos transeúntes gritaron espantados. Talal huyó, pero la persecución fue breve. El carcelero se hincó de rodillas e imploró por su vida.

—¡Os devolveré el dinero, *cidi*!

—¿Y la vida de mi esposa?

El hombre no respondió y se encogió en el suelo. Su mano palpó con disimulo hasta aferrar una piedra del tamaño de una naranja. Desesperado, se la lanzó a traición. El guerrero la esquivó con un leve movimiento de la cabeza.

—Eres una hiena, vil.

Levantó la espada, dispuesto a decapitarlo en medio del camino.

—¡Suelta tu acero!

Con el rabillo del ojo vio salir de un olivar a seis peones castellanos con petos de cuero. Era una partida de exploradores alertados por los gritos.

—Esto no va con vosotros.

—Baza ha capitulado. Se ha decretado la paz con los sarracenos.

—Se trata de un ajuste de cuentas. Este malnacido ha matado a mi mujer y me ha robado. En cualquier derecho, cristiano o musulmán, es lícito que sea ajusticiado.

A pesar de sus humildes ropajes, la respuesta fruto del odio hizo que dos de los peones se acercaran. Uno de ellos se echó hacia atrás como si hubiera visto una terrible criatura.

—¡Es Ira del Infierno! ¡Es él!

—¡Está huyendo! Si lo atrapamos, el rey nos nombrará caballeros por lo menos.

—¡Marchaos! —indicó Tristán tensándose—. Os lo advierto.

—¡No tendremos una ocasión como ésta! Ramón, pide refuerzos a la compañía.

Se abalanzaron sobre él. Tristán desenvainó, saltó hacia atrás y atacó. El más cercano se apartó gritando, con un profundo corte en la pierna. Los otros trataron de domeñarlo lanzándose sobre él al mismo tiempo, pero la cimitarra danzaba con destreza deteniendo las herrumbrosas espadas y otro cayó con el vientre abierto. Cedió terreno para evitar que ninguno se situara a su espalda; con todo, dos más tuvieron que abandonar, heridos de gravedad. Lo acorralaron, pero se resistía a entregarse.

Mientras, Talal aprovechó para alejarse a la carrera campo a través.

Un estruendo de cascos hizo temblar el camino y apareció un escuadrón de jinetes con el estandarte del conde de Cifuentes. Tristán vio que conducían de las bridas a su montura. Una terrible angustia lo acometió al ver a Talal lejos, apoyado en un olivo, con una sarcástica expresión de júbilo.

La hueste, de unos treinta y cinco soldados, la comandaba uno de sus más aguerridos adversarios, Alfonso de Medina, caballero sevillano, que había combatido con valor muchas escaramuzas traicioneras de los bastetanos. El recién llegado lo reconoció con estupor. Tristán clavó el sable en la tierra al verse sin escapatoria.

60

¿Os encontráis bien, Irene? —preguntó Nemo al reparar en el aspecto cansando de quien era de nuevo su señora.

La joven, en el vano de la puerta de la sala de curas, se apartó el pañuelo lleno de hierbas con el que se tapaba la boca. En el interior casi una docena de mujeres se hacinaban en el suelo, envueltas en mantas, tosiendo y gimiendo. Todas eran prostitutas de la mancebía acogidas por En Sorell el día anterior. Había otros, traídos de las parroquias y repartidos en las cuadras de la planta superior e incluso en la recepción.

Era el tercer día desde que recuperó la casa y sólo fue necesario conocer el indulto real para que los médicos, los cirujanos y los barberos de En Sorell se unieran a su lucha contra la peste. Un hospital que acogiera a los más desfavorecidos era necesario en la ciudad, no sólo por la debida piedad cristiana, sino porque eran ellos quienes propagaban la epidemia, al no tener un lugar donde reposar.

La casa estaba lejos de estar en condiciones y seguían con la limpieza ayudados por los esclavos adquiridos a Josep de Vesach, pero era mejor alojar a los enfermos bajo techo que dejarlos en las calles.

Los fondos de la condesa de Quirra llenaron la despensa con alimentos y las alacenas con mantas, y abastecieron el dispensario donde Vicencio, el apotecario, ya preparaba los emplastos y las mixturas. Los físicos esperaban excitados la llegada del primer cargamento de hielo para combatir las fiebres que Irene había negociado con la influyente familia Corella y que se traía desde los neveros del condado de Cocentaina.

Gracias al indulto del que todo el mundo hablaba, y a un generoso donativo, el administrador del hospital De la Reina permitió que los antiguos criados volvieran a En Sorell. A todos extrañaba que la joven hubiera regresado cuando los que podían huían de la ciudad, pero su intención aliviaba la carga de las otras casas de salud de Valencia.

Quedaba mucho por arreglar y limpiar; sin embargo, la atención y el trato afable con los enfermos era el de siempre. Dos años después de haberse marchado marcada y humillada, el nombre de la hija de los Bellvent se pronunciaba de nuevo con admiración.

Irene suspiró y se volvió hacia el fiel africano.

—He pasado una mala noche, Nemo. Un sueño extraño me ha desvelado.

—¿Deseáis hablar de ello? —Se asomó a sus ojos abatidos—. ¿Era Tristán?

No tenía ánimos para detallar la pesadilla y la angustiosa sensación al despertar de que algo había ocurrido en la lejana Baza, un lugar bello y desangrado que jamás olvidaría. La faz de Tristán surcada de lágrimas ensombrecía su ánimo.

—Sigamos —dijo en un suspiro—, hay mucho que hacer.

Nemo continuó untando de cal la pared del patio. Irene sonrió. Esperaba ansiosa la llegada de Peregrina desde Alcira que *mestre* Alcanyís había anunciado para ese día e imaginaba su disgusto al ver tanta mugre y tantos desconchados.

—Me alegro de que hayáis regresado, me hacéis falta aquí.

Hasta ella llegó la voz imperiosa de Arcisa, más encorvada y con el pelo casi blanco, que vociferaba a dos hombres aportados por Pere Comte para cambiar algunas tejas y parte del cañizo. La joven Ana barría la galería en la planta superior y aún lloraba cada vez que su mirada se encontraba con la de Irene. También la admitieron como criada en De la Reina, y con trabajo sacaba adelante a su hija sin tener que recurrir a Arlot ni a ningún otro rufián. Desde hacía un tiempo se dejaba halagar por un barbero que solía acudir dos veces a la semana para arreglar a los enfermos.

—¡Señora! —la llamó Llúcia bajando la escalera del patio—. Ha llegado alguien muy especial... —Sus ojos brillaban impresionados—. Lo hemos alojado en uno de los cuartos individuales de arriba.

Intrigada, Irene siguió a la veterana criada, quien comenzaba a asumir las tareas que Arcisa, cada día más mayor, no podía atender. Vio en la galería a seis lacayos de aspecto grave, armados y ataviados con cotas y gramallas verdes. Al fondo del corredor una mujer elegante rezaba con dos criadas frente a un azulejo con una imagen tosca de la Virgen. Cuando Irene entró se quedó impresionada.

—Mosén Francesc Amalrich, ¡Dios mío!

El noble, justicia criminal de la ciudad el año en que ella vivió los momentos más dramáticos de su vida, la miró con ojos mortecinos. Su aspecto macilento, empapado en sudor, la abatió. Joan Colteller, cubierto con una máscara picuda, examinaba con tiento un oscuro bubón en el cuello. Irene se cubrió el rostro y se acercó al camastro.

—Me alegra verte, joven —dijo el hombre con voz rasposa.

—Pero ¿qué hacéis aquí, mosén Francesc? Este hospital no es digno...

—¡Es el más digno de todos, como lo es su dueña! —Sufrió un acceso de tos y uno de sus criados le cubrió la boca con un paño salpicado de sangre. Cuando se recuperó siguió hablando—. Al poco de marcharos de Valencia, mi buen amigo don Felipe de Aragón me confesó en secreto lo ocurrido. Os pido disculpas, mi señora, por haber estado tan ciego. Fuisteis la que salvó a cientos de morir de hambre y a otros tantos de perecer en la riada. Deseo estar aquí, que me atiendan en En Sorell; a cambio, mis criados y mi familia os ayudarán en todo lo que necesitéis. Hace años jamás habría dicho esto, pero si he de morir que sea junto a la mujer más valerosa que he conocido.

Las lágrimas empaparon el pañuelo con el que Irene se cubría el rostro. No estaba sola en aquella cruzada, contaba con los médicos, Pere Comte, el noble Amalrich, los Corella… Si resistían la pestilencia, cuando el aire fuera limpio de nuevo, traería a su hija y aquel sería su hogar. Sólo lastraba su ilusión el recuerdo de Tristán, alejado de ella para siempre.

—Hay otro motivo por el que estoy aquí, hija —susurró casi sin fuerzas—. Os marchasteis teniendo grandes enemigos y la ciudad está prácticamente en manos de alguien que no os tiene en gran estima.

—Josep de Vesach.

—Os maldice en cada taberna y burdel a los que acude. No os crucéis de nuevo en su camino, Irene. Deseo protegeros, pero temo que Dios me convoque a su presencia pronto. Son muchas las faltas por las que debo responder.

Agotado, cerró los ojos. Irene se marchó con una lóbrega sensación. Recordaba el odio en los ojos del *generós*. Agradeció tener cerca al antiguo justicia y su escolta.

Esa tarde, la llegada de Peregrina fue anunciada con la campana del patio recién puesta de nuevo. Fue un encuentro alegre, lleno de silencios cómplices. La anciana sostuvo las manos de Irene mucho tiempo y la miraba como si pudiera leer en su semblante todo lo que había vivido y aprendido.

—Me parece ver de nuevo a Elena de Mistra en esta casa —murmuró.

Siguió una rigurosa inspección del edificio y de las manos de todos los criados. El carisma de la vieja física se notó enseguida: hizo quemar la ropa que había estado en contacto con los enfermos y, citando al sabio Maimónides, ordenó abrir las ventanas orientadas al norte y que las cuadras se purificaran con agua de rosas y vinagre.

Mientras Irene dejaba a Peregrina hablando con los médicos, el portón de la entrada se cerró con un seco golpe y resonaron pasos de zuecos.

—Vengo del obispado —anunció Caterina con su habitual viveza. Levantó el anillo de los Borja—. Creo que dejarán en paz a mi padre, y se ha dado orden a todas las parroquias de que aporten camas y enseres para el hospital.

—Gracias.

Las idas y venidas de la elegante joven eran continuas y no parecían afectarle las habladurías sobre su actitud indecorosa, los caros vestidos, el maquillaje y la libertad de movimientos por la ciudad sin la compañía de sirvientas o criados.

—Caterina —comenzó Irene—, hemos registrado a fondo el hospital. Hay huellas profundas hacia el portón trasero del huerto, pero podrían ser de los albañiles.

—¡Han pasado tres días! ¡Dios mío, Eimerich…! ¿Dónde estás?

Irene observó las sombras bajo los ojos de su amiga; aún no deslucían su belleza. Sin embargo, no podía ocultar una angustia cada vez más profunda.

Se oyeron golpes en el portón, firmes e insistentes. Nemo, circunspecto, dejó pasar a cuatro guardias seguidos del *lloctinent* del justicia. Irene se estremeció ante Josep de Vesach.

—Irene Bellvent y Caterina Coblliure —indicó divertido—. Siempre juntas…

—Josep —saludó Irene cortés—. ¿Qué deseáis?

—Esta casa está muy animada últimamente. —Miró a los físicos y a los criados hasta detenerse en los esclavos aterrados—. Como delegado del justicia, he venido a verificar si poseéis la autorización del Consejo de la Ciudad para abrir un hospital.

En el patio se instaló un tenso silencio. Era la cuestión que más preocupaba a los médicos y el personal, pero para sorpresa de todos Irene mostró una sonrisa sardónica.

—Sabéis que la ausencia de la mayoría de los consejeros impiden ese trámite. —Tomó del cinto una bolsa repleta de monedas y la agitó ante su rostro—. Sin embargo, intuyo que no tendré problemas para obtenerla en cuanto se reúnan.

Junto a su mano apareció otra, de piel fina y pálida que lucía un grueso anillo de oro con el sello del cardenal Rodrigo de Borja. Josep, con los ojos desorbitados, miró la expresión desafiante de ambas mujeres. No esperaba su actitud retadora.

—Ya no soy la niña asustada que conocisteis al asaltar el hospital hace tres años —masculló Irene con mirada brillante, desoyendo la advertencia de mosén Amalrich—, pero pasad, *lloctinent*, los apestados agradecerán vuestro celo por su bienestar.

Como imaginaba, el hombre desistió. Era un lugar de enfermedad y muerte. Superada la cólera inicial, Josep la recorrió con los ojos, con el mismo deseo de antaño.

—¿De dónde habéis sacado los fondos para refundar la casa?

—Ahora mis aliados son poderosos —respondió con firmeza.

El *generós* se inclinó para no ser escuchado por los criados y susurró:

—La ciudad bendice vuestro nombre, Irene, pero yo sé lo que sois. Veo a las hijas de la bruja y del converso juntas, y me pregunto cuándo empezarán los problemas. Esta casa se cerró porque vuestra madre la infectó de ponzoña con su oscuro culto. Dios está enojado con Valencia, y no permitiré que desatéis aún más su ira. Tenedlo presente pues, si eso ocurre, ni el gobernador podrá protegeros.

Salió con su séquito y cerró de un portazo, dejando una sensación de amenaza flotando en el ambiente. Irene y Caterina reconocieron en sus palabras la manera de hablar de Gostança de Monreale, aunque la mirada codiciosa de Josep de Vesach contradecía lo que acababa de decir.

61

Poco antes de anochecer Caterina llegó a la casa de Luis de Santángel y se sorprendió al ver pesados arcones dispuestos en el patio y casi una docena de lacayos atando fardos. Entró en el despacho del escribano de ración y lo encontró vestido con un elegante jubón oscuro, una gorguera almidonada y una capa de viaje. Ante la mesa leía una pequeña cinta de cuero con gesto grave.

—Mi señor, ¿os marcháis? —preguntó sorprendida.

—¡Ha llegado un mensaje en paloma mensajera! —respondió él—. ¡Baza ha capitulado por fin! ¡En seis días los monarcas oirán misa en la mezquita de la almedina!

—*Te Deum laudamus.*

—He dado aviso al cabildo catedralicio para que sea entonado el Te Deum esta misma noche en la seo con vuelo de campanas. Si el Zagal ha cedido Baza es porque ha perdido toda esperanza. En unos meses veremos conquistados sus territorios y apenas quedará la ciudad de Granada a manos de Boabdil.

—El vasallo infiel de los reyes resistirá. Una cosa es pagar impuestos y otra ceder su capital.

—¡Pues afrontará un largo asedio y una vergonzante derrota! —Santángel guardó el mensaje—. Marcho hacia la corte para felicitar al monarca por su victoria. Es hora de cerrar acuerdos con los nobles y pagar a las mesnadas antes de licenciarlas.

Caterina sintió un escalofrío. Había previsto contar con la protección del poderoso escribano de ración para contener al *lloctinent* del justicia.

—Mi señor, la mayoría de las autoridades forales han huido de la peste. Sois el único hombre de confianza del monarca que aún permanece dentro de los muros de Valencia… Si la abandonáis, podría desatarse el caos.

—Mosén Josep de Vesach cumple órdenes del justicia.

—Ha amenazado a la propietaria de En Sorell. Muchos *guaytas* han huido de la peste, pero aún dispone de una treintena de hombres. Dicen que él mismo les compensa el sueldo ya que la ciudad no lo atiende. Le sirven a él antes que al propio justicia.

Luis levantó la mirada, curioso; aun así, negó con la cabeza.

—He sabido que mosén Amalrich está en el hospital. Josep jamás se atrevería a importunar a un noble tan influyente. En cualquier caso, rogaré al rey que exija el regreso de los jurados ausentes y a una mayoría suficiente del consejo.

Caterina asintió. En Roma ella tenía sus propios lacayos, todos entrenados en armas, pero su refugio en el palacio de los Borja quedaba lejos.

—Por cierto… —siguió Santángel al tiempo que iba ordenando los papeles de la mesa—. Como me pedisteis, he indagado sobre vuestro criado. Ha sido inútil. Son tiempos convulsos, a diario se recogen cadáveres por las calles y nadie se molesta en identificarlos.

Al ver su cara apocada se levantó y la asió por los hombros, paternal.

—Aún estoy admirado por los planos que conseguisteis. Cuando acabe la campaña de Granada estoy seguro de que los reyes cambiarán de opinión respecto a Colón. Sois brillante y con los Borja haréis leyenda. Aquí ya habéis hecho lo más loable para una hija: salvar a su padre y cuidarlo. Pero las cosas están cada vez peor y nadie está seguro en la ciudad. Sé que tenéis en alta estima a Irene Bellvent. Ella sabrá lo que hace, pero a vos os aconsejo que os marchéis, al menos hasta que remita la peste.

—¿No puedo convenceros para que recapacitéis?

Santángel mostró una sonrisa condescendiente.

—El rey necesita a su escribano de ración para las cuentas y las pagas. Rezaré por vos y vuestro padre; son tiempos inciertos para los conversos del reino.

Caterina se despidió con una cortés reverencia y desolada abandonó la casa del converso más influyente de Valencia. La marcha de Luis de Santángel dejaba la ciudad aún más desamparada.

62

Como cada noche, Irene acudía a la posada Los Tres Gallos para visitar al que fue el mejor amigo de su padre y abogado del hospital. Antes de cruzar, se encontró a Caterina en un rincón, llorando desconsolada con el anillo de Eimerich en la mano. Se acercó y se sentó junto a ella en silencio.

—¡Creo que jamás volveremos a verlo!

La febril actividad del hospital recién abierto copaba todos sus pensamientos, pero junto a su amiga dejaba fluir su propia tristeza. A la pérdida de Tristán ambas sumaban ya la del leal criado.

—¿Qué vas a hacer, Caterina?

Ella señaló con desánimo la puerta que conducía a los corrales. Estaba entreabierta y se oía una conversación apagada.

—Es el personal de mi padre. He mandado aviso para que vengan; les pagaré lo que se les debía cuando fue detenido por la Inquisición. Salvo Guillem, el resto deberá buscarse un nuevo señor al que servir. Mi padre está empeñado en marcharse cuanto antes y en el mayor de los sigilos. Tenemos parientes en Peñíscola y, pasado el tiempo, me propone acompañarme a Roma y ofrecer sus servicios de letrado al cardenal, que no alberga tantos recelos contra los conversos.

—¿Estás de acuerdo?

La amargura apareció en el bello rostro de Caterina.

—Siento que debo quedarme a tu lado, pero yo provoqué la desgracia de mi familia y mi deber es ayudar a mi padre.

Irene la abrazó.

—No te tortures. También yo de algún modo estoy cumpliendo la voluntad del mío. —Le limpió una lágrima con el dedo—. Y estaré aquí cuando regreses.

Juntas se adentraron en los oscuros pasillos de la taberna, formada por varias casas comunicadas, que componían un extraño dédalo de rellanos y tramos de escalera. Ya en la puerta de su padre, oyeron pasos atropellados. Caterina apoyó la mano en el cepillo de plata, siempre anudado a su cinto de terciopelo, pero respiró aliviada al ver al aya María. Tenía el gesto descompuesto. Desde que la joven se había marchado no había vuelto a verla, sólo sabía que vivía con una sobrina. Corrió hacia ella para abrazarla. La anciana la acogió con lágrimas.

—¡Hija…! Dios mío, ¡cuánto habéis cambiado! Recibí vuestro mensaje. ¿Qué ha ocurrido? ¿Dónde está vuestro padre?

—Descansando y recuperándose.

La mujer acogió la noticia con alegría, pero su primer gesto de desconcierto no pasó desapercibido. En el aposento, micer Nicolau las miró extrañado y saludó con gesto cansado a María. La antigua aya parecía sorprendida.

—¿Acaso os extraña que esté vivo? —adujo Caterina.

—Doy gracias a Dios por ello, pero vengo de la iglesia de Santa Catalina. Sigo con la costumbre de acercarme cada día a la capilla de San Lorenzo y rezar por vuestra madre, la señora Beatriu, ya sabéis cuánto la apreciaba. Los Coblliure fuisteis mi familia…

—¿Qué ocurre, aya? —la cortó la joven, intrigada.

—Desde la cancela me pareció que la losa del sepulcro había sido movida y la argamasa era reciente. Hace unos días Guillem me informó de que micer Nicolau estaba muy enfermo y temí que estuvieran preparando la tumba para…

—No puede ser, María. —El abogado, alarmado, se incorporó—. Lo habréis imaginado.

—Lo siento. Disculpad, mi señor —adujo la anciana, apocada.

Caterina se volvió hacia Irene. Ningún Coblliure iba a necesitar el sepulcro de momento, pero aquel detalle les heló la sangre.

—¡Dios Santo! —Irene estaba aterrada—. Y si… ¡Eimerich!

—¡Eso es absurdo! —replicó Nicolau, macilento—. Cientos de cadáveres son sacados de la ciudad sin control, ¿para qué tanto esfuerzo?

—Es cierto, micer Nicolau —comenzó Irene, sintiendo el peso de la sospecha aplastando su pecho—, pero Eimerich ha dedicado estos años a averiguar la verdad sobre las muertes causadas por una mujer: Gostança de Monreale.

Los ojos del hombre se oscurecieron. Caterina abrió los suyos, despavorida.

—Cuando esa dama me atacó en la iglesia de Santa Catalina dijo algo… —Hizo un esfuerzo por recordar—. Sus palabras fueron: «Tú y tu entrometido criado acabaréis juntos en ese sepulcro».

Irene negó con el rostro. Su cuerpo se estremecía ante la horrible posibilidad.

—Hay que buscar a *mestre* Lluís Alcanyís. ¡Salgamos de dudas!

Entraron en Santa Catalina acompañados de *mestre* Lluís, Peregrina, Guillem y dos ayudantes del médico pertrechados con picas de hierro. Como el resto de las iglesias, permanecía abierta día y noche y no se respiraba el ambiente sereno que Caterina recordaba. Aunque algunos galenos advirtieran que las aglomeraciones facilitaban el contagio, el antiguo templo estaba atestado de hombres y mujeres andrajosos que participaban en las rogativas o simplemente huían de sus parientes infectados. El hedor de los cuerpos hacinados se mezclaba con el incienso y el humo de las velas de sebo. Los sacerdotes entonaban un acto de contrición ante el altar cuando un murmullo inquieto se difundió ante la entrada atropellada de la comitiva.

Frente a la cancela de la capilla lateral de San Lorenzo, dos clérigos los imprecaron. Caterina se limitó a identificarse como Coblliure y a mostrar en su dedo un sello con el escudo de los Borja.

—En nombre de nuestro obispo, abrid la reja. Aquí yace enterrada mi madre. —Dejó en sus manos dos florines de oro—. Es muy urgente.

Una vez dentro, Caterina señaló una estrecha puerta negra junto a la hornacina donde estaba la talla policromada del santo.

—Comunica con un patio donde está el pozo de San Lorenzo, que da a la calle Tapinería. Si alguien la abre desde dentro se accede a esta capilla sin pasar por el templo. —Señaló las cortinas negras, retiradas en los extremos en ese momento, si bien podían cubrir toda la cancela—. Un lugar discreto en medio del gentío.

Los criados fueron directos a la losa indicada.

—Ha sido abierta recientemente, señora —confirmó uno de ellos

—Adelante.

Con las picas levantaron el pesado mármol y ambas jóvenes se asomaron con el corazón en un puño.

—*Miserere nobis!*

Eimerich permanecía tendido junto a un cadáver descarnado a sus pies. Su tez macilenta auguraba lo peor.

—¡Sacadlo de ahí! —ordenó Lluís Alcanyís mientras abría el arca de las medicinas.

La muchedumbre, en la cancela, gritó al ver que se inhumaba el cuerpo de un joven. Un silencio sepulcral descendió cuando el médico, grave, le tomó el pulso.

—¡Está vivo!

La noticia resonó en Santa Catalina como el eco de un trueno. Algunos alabaron a Dios y otros vociferaron, histéricos, sin saber si la insólita resurrección era cosa divina o diabólica. No pocos murmuraban contra el examinador de médicos *mestre* Lluís, un converso a cuya esposa se procesó por judaizante no hacía demasiado.

—¡Lavadlo, lavadlo! —exigió Peregrina mientras palpaba la piel cubierta de polvo y restos.

Eimerich, antes de perder el sentido, se había desprendido de las ropas mojadas, menos de la camisa. Tenía la piel grisácea y helada.

—¡Dadle agua y cuando pueda tragar que tome sirope de cereza con vino! —ordenó la anciana—. Vosotras, ¡dejad de llorar como niñas y frotadlo con gasas de alcohol!

466

Un tiempo después Eimerich tosió y abrió los ojos. Caterina lo abrazó sin rubor. El joven bebió con avidez hasta que salió del letargo. Alcanyís tocó sus ropas aún húmedas.

—Has estado más de tres días encerrado, pero se filtraba aire por las juntas y el hábito empapado saciaba tu sed. Da gracias a Dios, joven, has vuelto a nacer.

Irene sonrió a Caterina. De algún modo los tres habían regresado tras un periplo de oscuridad. Aunque Tristán seguía extraviado, no quiso entristecerse.

—Bienvenido —musitó Caterina, llorando de alegría a pesar de ver aplastados los restos de su madre.

—¡Dos ángeles han venido a rescatarme! —exclamó con voz rasposa. Parpadeaba, deslumbrado a pesar de la penumbra del templo—. ¿Cómo me habéis encontrado?

Ante el gesto de amargura de Caterina, Eimerich siguió la dirección de su mirada hasta un nombre grabado en la losa del sepulcro: Beatriu Gilabert, esposa de micer Nicolau Coblliure.

—En la tumba de mi propio señor… —musitó el criado, pensativo.

—Ha sido ella, ¿verdad? —demandó Caterina alterada—. Sigue aquí…

—Así es —dijo la voz sinuosa de Gostança desde la cancela. Contemplaba la escena entre los curiosos agolpados—. Hasta acabar con la ponzoña. Tu criado ha averiguado una parte, pero ignora la verdad. Os advertí que os apartarais de mi camino. ¡Si habéis regresado es para morir!

Sin demorarse, se mezcló entre la muchedumbre y desapareció.

—¡Maldita seas! —gritó Caterina asiendo el cepillo de plata.

Abandonó la capilla y comenzó a buscarla por la atestada nave de la iglesia. Atisbó su vestido talar cuando rodeaba la girola tras el altar mayor hacia la puerta de la calle Sombrerería y la interpeló con otro grito. La enlutada se detuvo y se dio la vuelta. Lentamente se retiró el velo oscuro para mostrarse. Algunos hombres cercanos admiraron extasiados su belleza hierática.

—¿De nuevo te escurrirás, endemoniada? —la increpó Caterina, fuera de sí.

—Nos veremos pronto —respondió la enlutada.

—¿No eres capaz de someterte a una ordalía? —la retó la joven—. ¡Si realmente eres un paladín de Dios, Él te protegerá!

Gostança sacó un cepillo idéntico al que dos años atrás le había arrebatado su adversaria. Se observaron con atención. Nadie se interponía. Caterina corrió hacia ella. La alcanzó en la girola y, como en el lance de un torneo, tras dos fugaces destellos metálicos al cruzarse siguió avanzando. Unos pasos más adelante el cepillo de Caterina repiqueteó en el suelo y se inclinó con el semblante contraído. Apoyaba la mano en la ingle.

—¡No! —gritó Irene al ver la sangre escapando entre los dedos de su amiga.

Mientras manchaba las losas, Caterina se volvió hacia Gostança, que avanzaba erguida hacia la puerta del templo sin volverse, pero entonces surgió Guillem de entre el gentío y la golpeó en la cabeza con un candelabro de la iglesia. La dama cayó al suelo inconsciente y el criado levantó de nuevo la pesada pieza de bronce sobre Gostança.

—¡No! ¡No la mates! —gritó Peregrina, angustiada.

—¿Por qué no debo hacerlo? —replicó Guillem—. Mi señora se desangra…

—¡Yo te lo diré, Guillem! —terció entonces Eimerich, que era portado por los criados de Alcanyís—. ¡Esa mujer es hija de Elena de Mistra! —Se volvió hacia Irene, desvaído—. Gostança es tu hermana.

La melena oscura de la dama enlutada, sin el velo, se empapaba de sangre. Sus bellas facciones mostraban una palidez mortal.

—¿No es cierto, Peregrina? —siguió Eimerich, tosiendo.

La anciana se encogió sobre sí misma como traspasada por un filo al rojo vivo y se desplomó sin fuerzas.

—¿Cómo lo has descubierto? —gimió antes de proferir un lamento que resonó por todo el templo.

63

El pánico cundió en la iglesia de Santa Catalina y el gentío la abandonó en tropel entre alaridos y lamentaciones. Los sacerdotes y los ayudantes de Lluís Alcanyís llevaron a ambas mujeres a la sacristía, dejando dos regueros de sangre en el enlosado que un par de esclavos se afanaron en limpiar. El médico rasgó el vestido de Caterina y examinó la herida.

—Es profunda, pero no parece haber afectado a ningún órgano. Si logramos contener la hemorragia vivirá.

Durante una eternidad lucharon por la vida de la hija del jurista mientras unos pasos más allá yacía inerte Gostança, con una brecha en la coronilla. Peregrina entró con las manos humedecidas en agua bendita y se unió a Alcanyís, pálida y en silencio. Puso sus palmas sobre los paños que cubrían la herida de la joven y cerró los ojos presionando. Permaneció así una eternidad. El médico la dejó hacer; había visto cómo actuaba aquella sutil gracia que hacía especial a Peregrina. Cuando levantó las manos, la anciana temblaba y su piel estaba gris, apergaminada, pero la hemorragia se detenía.

El físico comenzó a suturar la herida al tiempo que Peregrina, ayudada por Irene, se acercaba al cuerpo de Gostança. Su pulso era débil; el golpe había sido terrible. Podía morir en cualquier momento. La anciana pidió que le descubrieran la espalda y rozó con el dedo una fina cicatriz que la dama tenía desde el hombro hasta el omóplato.

—¡Es ella! —jadeó abatida—. Que Dios me perdone…

—Para eso fuisteis a Cáller hace treinta años, ¿verdad? —Eimerich se sentó sin fuerzas a su lado—. Encerrado en ese sepulcro, para combatir el pánico repasé de nuevo cada hecho conocido de esta historia. Elena fue brutalmente violada, y la condesa de Quirra mencionó vuestra presencia en la isla y un registro de gastos donde constaban navajas con filo y diversos fármacos para el dolor… similares a los que usasteis en la cesárea de Ana. Una extraña casualidad, que os habéis encargado de ocultar en este tiempo, ¿por qué…? La pregunta que mi mentor de retórica formularía es: ¿Elena, en cinta por la violación de las larvas, necesitó a la mejor partera?

Peregrina, con mirada torva, señaló la cicatriz de Gostança.

—Con ella no usé la navaja roma y le provoqué este corte.

—El embarazo de Elena coincide con la edad que le calculamos a Gostança, algo más de treinta años… —concluyó Eimerich, agotado.

—¿Qué ocurrió, Peregrina? —demandó Irene. Estaba angustiada; aún no podía creer que aquello fuera cierto—. ¿Sabía mi madre que esta mujer era su propia hija?

La anciana se encogió como si la hubieran golpeado.

—No. Tu madre sentía algo especial por ella, pero no tenía forma de saberlo. Yo sólo lo sospechaba y me negaba a creerlo. Este muchacho ha sacado a relucir mi más oscuro pecado.

—¿Qué ocurrió hace treinta años, Peregrina? —exigió Irene, con lágrimas en los ojos.

—Efectivamente, Elena de Mistra quedó preñada la noche en que la forzó una de las larvas. Don Rodrigo de Borja encomendó su cuidado a los condes de Quirra, apelando a la tradicional amistad entre las familias valencianas Borja y Centelles. El vergonzoso embarazo la marcaría de por vida, por eso fue alojada en el convento de San Francisco de Stampace y cuidada en secreto por unas monjas. En las últimas lunas de gestación aparecieron los primeros problemas y los físicos del conde auguraron la muerte durante el parto. La criatura no se hallaba en la posición correcta.

—Pero la condesa, fascinada por Elena y sus enseñanzas, no

claudicó —razonó Eimerich evocando las palabras de la condesa de Quirra.

—Mandó peticiones a las más nobles familias de la Corona en busca de los mejores físicos y parteras.

—Y se le recomendó a Peregrina Navarro, una de las pocas mujeres con licencia real para ejercer la medicina y que ya gozaba de un enorme prestigio en partos difíciles.

La anciana asintió tristemente al halago de Eimerich.

—Entonces yo tenía algo más de cuarenta años, era viuda y… muy orgullosa. Llegué poco antes de la novena luna. Los médicos habían desahuciado a Elena, y en el convento se rumoreaba que la criatura estaba manchada por el pecado de sus padres y por eso la ocultaban. La conocí esos amargos días y, al igual que todos quienes han atisbado su luz, me convencí de que debía salvarla, pues era importante. El único modo de lograrlo era realizándole una cesárea. —Se pasó la mano por el ajado rostro—. Pasé días estudiando, hablando con médicos y parteras de la isla. En las cocinas del convento practiqué con ovejas y cerdas cómo realizar la incisión, una técnica antigua que siempre cuesta la vida de la madre. Esa vez, yo pretendía cerrarla sin que Elena muriera desangrada.

—¡Vencisteis a la muerte!

—Sí. Quizá fue un milagro. A la pequeña le causé un corte, pero ambas resistieron —musitó, como si las fuerzas la abandonaran—. Esa misma noche, cuando me quedé sola velando a Elena, aún inconsciente, aparecieron en la celda dos monjes con el hábito de los predicadores. Ocultaban su faz y se los veía aterrados. No sé quién los avisó del parto de Elena… El único que habló lo hizo en latín y parecía consumido por un fanatismo exacerbado. Me dijo que había nacido una abominación. Añadió que la madre ya estaba condenada por sus diabólicas creencias, pero según él fue más allá y ¡hechizó a un hombre para buscar la cópula, con un abyecto fin que ellos debían impedir!

—¡Eso es absurdo! —exclamó Irene. Conocía bien a Elena por sus escritos.

—Yo también dudé. Los dos monjes comenzaron a hablar de

una hermandad de estudiantes, de saberes oscuros y de rituales extraños que me aterraron. La abyecta combinación de herejía y sexo era una puerta para que el mal invadiera a la pequeña. La niña debía ser aislada y exorcizada; de lo contrario, todos los que habían estado esa noche con ella serían condenados por no evitarlo. Estaban obsesionados con esa solución, presas del remordimiento y el temor a la cólera divina.

—Una interpretación misógina fruto del fanatismo y el miedo —musitó Irene y añadió, desolada—: Siempre es igual. La historia se repite.

—Esos dos eran sin duda larvas —apuntó Eimerich.

La anciana se alteró al haber tenido que afrontar después de tres décadas aquella pesadilla.

—¡Me negué y traté de salir para avisar a los frailes! Entonces me amenazaron: si protegía a Elena era porque también yo era bruja. Jamás se había oído que una madre se salvara tras una cesárea. Una denuncia ante el Santo Oficio podría ser mi fin y como mínimo perdería mi bien más preciado: la licencia real para sanar. —Peregrina comenzó a llorar—. Y cedí, ¡que Dios me perdone! A cambio de que dejaran en paz a Elena, les entregaría a la niña estigmatizada por el mal. Nadie sabría nada y yo seguiría adelante con mi oficio. Elena no reviviría su pesadilla cada vez que viera el rostro de la niña y ellos redimirían sus almas salvando la de la pequeña, según aseguraban. ¡Ni siquiera tenía nombre cuando se la llevaron! A pesar del daño, libré a Elena de una muerte segura.

Ante la terrible confesión todos miraron a Irene, que, cabizbaja, meditaba lo escuchado. Entonces se irguió y tomó la mano de Peregrina.

—En otro tiempo os habría maldecido, pero conozco la debilidad que produce la desesperación.

Peregrina hipaba sin poder contenerse. Nunca la habían visto así.

—Esa misma noche, gracias a las parteras de Cáller, adquirí por unas monedas el cuerpo de un niño alumbrado muerto en un hogar del humilde barrio de Lapola. En cuanto tu madre abrió los ojos el día siguiente me arrepentí de lo que había hecho. Le mostré el cadáver mientras me juraba unir mi destino al de ella y empeñar hasta el último aliento en ayudarla. Le aseguré que había bautizado a la criatura, y los monjes enterraron el cuerpo del pequeño en una tumba anónima bajo el púlpito de la iglesia. La condesa realizó varias novenas por su alma angelical e impuso el silencio a los frailes y los escasos sirvientes que conocían lo sucedido.

»Elena quedó herniada por la cesárea, pero logró reponerse. Le advertí que evitara un nuevo embarazo hasta que transcurrieran al menos diez años, por eso sólo has nacido tú, Irene. —Se cubrió el rostro con las manos—. ¡Jamás reuní el valor para confesar! He llevado este peso en el alma hasta que Dios ha querido que me enfrente a mi culpa.

Irene se acercó hasta Gostança, aún tendida sin sentido. La dama había destrozado su familia y había estado a punto de acabar con Eimerich, pero bajo el desprecio y la rabia hirviente germinó un velado sentimiento de compasión por Gostança al recordar el tormento al que se la sometió en Palermo, un sufrimiento capaz de quebrar la mente de cualquiera.

En las puertas del templo aguardaba una ronda de la *guayta* alertada por la gente. Irene recordó que la justicia tenía una orden de captura contra Gostança, sospechosa de varias muertes, entre ellas la de su padre, pero estaba moribunda y no resistiría el trato del *morro de vaques* ni las condiciones insalubres de la cárcel. Si no lograban que despertara, jamás conocería la verdad. Desesperada, imploró a los clérigos que no informaran de su nombre y mencionaran que había escapado desde la sacristía. Lo aderezó con un puñado de reales, y los soldados se marcharon sin registrar la iglesia. Ya tenían suficientes problemas y cada día eran menos los que acudían a la ronda.

—Sigue siendo peligrosa —masculló Caterina con un hilo de voz.

—Navega en ese espacio oscuro entre la vida y la muerte —adujo Peregrina observando la brecha en la cabeza de Gostança—. Tal vez jamás despierte.

—Llevadla al monasterio de la Trinitat —propuso la hija del

jurista—. Cuando la madre vea el anillo de los Borja no le negará una celda donde encerrarla. Estará bien atendida… Si logra despertar tendrá mucho que explicarnos.

Caterina se desvaneció tras hablar. Los vendajes se estaban tiñendo de rojo. Dios no había decidido aún quién de las dos adversarias vencería en la ordalía.

64

Tristán aguardaba su ejecución desde hacía días. Encapuchado y encadenado dentro de una cabaña de adobe en el real de las Siete Fuentes, oía los cantos del exterior que celebraban el fin victorioso del asedio. La mayoría de los combatientes sarracenos podrían marcharse hacia dominios del rey de Granada conforme a las capitulaciones firmadas; sin embargo, él, Ira del Infierno, no esperaba clemencia.

Le sorprendía que lo mantuvieran con vida todavía, y aún más las visitas de diferentes físicos para examinarle la marcada cicatriz de la sien y la hendidura de parte del cráneo. Había respondido a sus preguntas sobre el presente entre los sarracenos y sobre su pasado a las órdenes de mosén Jacobo de Vic, caballero de la Orden de Nuestra Señora de Montesa. A medida que transcurrían los días su mente se aclaraba. Revivía los recuerdos de su vida anterior, que alimentaban los sentimientos más profundos. Una enorme desolación se había apoderado de su ser.

Con sus propias manos había golpeado a Irene cuando se la llevó como una cautiva más. Impasible, había escuchado su llanto en la celda y el terrible periplo desde que la *Santa Coloma* se hundió. Su corazón se había removido al saber que había sido madre de una hija, el fruto de su pasión cuando ambos se sabían perdidos.

También su periplo había sido amargo. Había estado en una cochambrosa posada a las afueras de Cartagena, donde un barbero le curó la herida y fue vendido sin contrato por Hug Gallach y

Josep de Vesach a un musulmán llamado Abdel Bari, quien lo embarcó en secreto hacia Almería para venderlo a su vez como esclavo.

La Providencia cruzó su destino de nuevo con el de Irene, pero él se aterró. Desde que la subió a la grupa de su corcel sabía que era especial sin entender la razón. Fue cobarde al no querer indagar en su interior a tiempo y la había perdido. En cambio Zahar, su propia esposa, herida de celos y pena, se conmovió y con su naturaleza generosa la había dejado proseguir con su extraño periplo.

Había rogado a los soldados noticias de Irene Bellvent, de Valencia, pero ni ellos ni los físicos respondieron. Tal vez seguía en el real… Él podría entonces asomarse a sus ojos grises para pedirle perdón. Zahar siempre ocuparía un lugar en su corazón, pero la dueña de éste por derecho propio era Irene, y a cada momento Tristán lo sentía así con más fuerza.

Observó las recias cadenas y pensó en los miles de soldados que rodeaban el cobertizo. Jamás saldría vivo de aquel campamento. Con lágrimas, imploró por ella sin saber muy bien con qué nombre invocar a Dios.

SEXTA
LECTIO

En el relato de la Creación, Eva surge de la costilla de Adán. No se da en el resto del Texto Sagrado esta inversión contraria a la naturaleza, pues siempre es la fémina la que genera. En un anaquel del Studio de Constantinopla se conservaba un pergamino persa que recopilaba tradiciones de pueblos que habitaron la ribera del Tigris. En esa lengua la palabra que designaba «vida» significaba también «costilla» y la diosa del parto, Nin-ti, creaba los huesos de los niños en el útero a partir de las costillas de la madre. Es obvia la singular inversión del mito por parte del redactor yahvista, y la cuestión es saber el porqué.

Sólo es un ejemplo para que entiendas que la ruptura es, tal vez, el mayor de los misterios del laberinto. Supuso un hecho histórico trágico que alteró el equilibrio entre las esencias masculina y femenina, y que relegó a esta última hasta degenerar en la absurda duda sobre la existencia de alma en las mujeres. Supuso el ocaso de la Edad de Oro.

El redactor del Génesis conocía los antiguos mitos persas, pero su pluma ya relata la visión alterada del pasado, conforme al postulado patriarcal.

Aún podemos encontrar en la mitología de los griegos trazas del cambio de mentalidad. Así, la diosa Metis, que según Hesíodo «sabe más cosas que cualquier dios o mortal», fue engullida por Zeus, quien se apoderó de su esencia y sus conocimientos. La diosa Tetis fue expulsada del Olimpo y entregada a mortales. El Oráculo de Delfos, guardado por Pitón, hija de Gea, la madre Tierra, fue conquistado por Apolo y su protectora resultó derrotada.

Surgen nuevos mitos que ensalzan a héroes como Heracles o Prometeo y que abogan por la supremacía del varón en todos los aspectos de la existencia. Con todo, lo más descorazonador es que este novedoso paradigma para las mujeres aparece y generará una nueva mentalidad, que perdura hasta el tiempo presente.

El cambio más representativo quizá sea el de Pandora, que al igual que Eva es causa de los males que padecemos en este valle de lágrimas. Pero el mal como intrínseco en la mujer se concreta en el mito de Helena, quien sedujo a Paris y huyó con él a Troya, abandonando a Menelao y desatando la terrible guerra. Esa conducta licenciosa advertía a los griegos de los males que podía causar una mujer; convenía reducirla al ámbito doméstico, lejos de los libros y del foro.

¿Cuándo debía una mujer demostrar su coraje? A tal cuestión respondía la historia de Alcestis, hija de Pelias, que se desposó con Admeto. El día de la boda, él olvidó ofrecer sacrificios a Artemisa y la diosa, ofendida, llenó de serpientes la cama y lo condenó a morir. Apolo se apiadó del hombre, pero las Parcas sólo admitieron canjear su muerte por la de otro. Alcestis fue la única que se ofreció a morir por él. En el Hades, Perséfone admiró su abnegación y la devolvió a la vida.

Asimismo Homero exaltaba la fidelidad de Penélope, la esposa de Ulises, que resistió las peticiones de mano de sus pretendientes durante diez años aguardando el regreso del esposo tras la guerra de Troya.

Y ya estamos ante las puertas del Tártaro, hija. Siguiendo las lóbregas y traicioneras galerías del laberinto hemos retrocedido a un momento que cambió nuestro destino. No señales a los púlpitos ni a los fueros, pues la supremacía patriarcal hunde sus raíces en hechos más antiguos. Los hombres imitan a sus padres.

Quién sabe cuándo ocurrió y por qué. Lo esencial es que entiendas la clave: a pesar del légamo de ignorancia y desdén que cubre a la mujer a causa de estos mitos y tantos otros, nuestra esencia sigue brillando aunque esté oculta y denostada.

Carecemos de libertad, de formación, se nos niega la entrada a los Studio, al gobierno de la ciudad, al clero, a los gremios y a las cofradías; pero no fue siempre así. Sólo Dios sabe si algún día lograremos abandonar el dédalo, pero en nada somos inferiores ni nada nos limita, salvo el miedo y los prejuicios que nos infectan incluso a nosotras mismas.

65

La lechuza salió volando hacia la oscuridad abandonando el hombro de su dueña mientras cruzaban el puente de la Trinitat. Irene se arrebujó con su capa; de fondo se oía el rumor del Turia, caudaloso como siempre en otoño. Era una noche fría y sobre el río soplaba a ráfagas el viento, húmedo y desapacible.

Al contemplar el real monasterio de la Santísima Trinidad se estremeció. Después de tres días vagando entre la vida y la muerte, Gostança de Monreale había despertado. Irene había recibido el mensaje de la abadesa y no había querido aguardar una jornada más. A pesar de haber oscurecido y estar cerradas las puertas de la muralla, unas pocas monedas bastaron para que los vigilantes del Portal de la Trinitat abrieran el estrecho portillo. Junto con Eimerich y micer Nicolau, que se había prestado a acompañarlos con su fiel Guillem, la joven se dirigía en silencio en busca de respuestas.

En el hospital quedaba una Caterina malhumorada maldiciendo a los galenos, que le recomendaban reposo para que la herida se le cerrase sin infección.

El monasterio se alzaba en la ribera opuesta del Turia, extramuros de la ciudad, junto al palacio Real. Algunos aún recordaban el antiguo hospital para peregrinos regentado por los monjes trinitarios, expulsados por su comportamiento licencioso. En la década de 1440 la piadosa reina María de Castilla y varias familias nobles valencianas patrocinaron la reforma del edificio por los mejores maestros de obra y éste acogió a una pequeña comunidad de hermanas de Santa Clara llegadas de Gandía.

Bajo el auspicio de la reina, que pasaba casi todo su tiempo entre los muros del monasterio y lo iba dotando de mayor esplendor y bellas obras, ingresaron hijas jóvenes de la aristocracia y la oligarquía municipal. Pero la fama la alcanzó tras convertirse en abadesa sor Isabel de Villena, quien contaba por aquel entonces cincuenta y siete años y era la mujer más influyente del Reino de Valencia. Hija de Enrique de Villena, estaba emparentada con las dinastías reales de Castilla y Aragón. Se había criado en la corte de la reina; tomó los hábitos cuando tenía quince años y llevaba veinticinco siendo abadesa. Por su inteligencia y su vasta cultura, la frecuentaban nobles y notables para tratar con ella cuestiones religiosas, literarias y políticas. Contaba con la amistad personal del cardenal y obispo de Valencia, don Rodrigo de Borja, así como también con la del rey don Fernando, a tal punto que había acogido en el convento cuatro años antes a María de Aragón, una de las hijas ilegítimas del monarca.

Tras abrirles el portón, por el patio cerrado Irene, micer Nicolau, Eimerich y Guillem siguieron a una joven hermana cuyo raído hábito contrastaba con la finura de su piel, que delataba su origen noble. Sor Isabel los aguardaba en la puerta del acceso a la clausura. Bajo la toca, su rostro pálido y ajado parecía inexpresivo; sin embargo, sus ojos claros se movían con viveza, atentos.

Mientras les daba la bienvenida observó a micer Nicolau con gesto torvo por ser el padre de Caterina. No veía con buenos ojos a las mujeres que rodeaban al prelado Borja; aun así, se cuidó de manifestarlo.

En el interior del convento todavía se hacían reformas, pero admiraron los arcos de las puertas y las imágenes sacras, y hasta atisbaron las arcadas del claustro. En silencio llegaron a un austero locutorio dividido por una reja de hierro. Los aguardaban los frailes Ramón Solivella y Edwin de Brünn, así como el *mestre* Alcanyís y el *dessospitador* Joan de Ripassaltis. Tras la reja, en un camastro yacía Gostança con un aparatoso vendaje en la cabeza. Su aspecto pálido contrastaba con su mirada furibunda. Crispaba las manos tratando de comprobar si tendría suficiente fuerza para levantarse.

Durante una eternidad mantuvo sus ojos fijos en Irene. Luego observó al abogado y finalmente a Eimerich.

—¿Qué queréis de mí? ¡Entregadme al verdugo si eso os complace! —Levantó los brazos para mostrar las cicatrices y las señales—. Conozco la mordedura del dolor.

—¡Serénate, niña! —le espetó la abadesa sor Isabel de Villena con aire imperativo—. Estás en la casa de Dios y nadie quiere torturarte.

Gostança contrajo el gesto y se retorció las manos.

—¡No es eso lo que me hacían las monjas de la ermita, madre! ¡Soy hija del pecado! ¡Una abominación permitida por Dios, abadesa! ¡Fui concebida en una cópula entre una bruja que vomitaba falacias diabólicas y un enmascarado esclavo de su influjo! ¡Luego ella me abandonó, repudiándome! —Hablaba febril—. Estoy maldita y soy culpable ante los hombres, pero Dios sabe que mi intención es librarme de la ponzoña y alcanzar su perdón.

Sor Isabel se volvió hacia Irene con gesto grave.

—Lleva diciendo eso desde que ha despertado. Son explicaciones que escuchó de niña y la marcaron para siempre, lo he visto otras veces en novicias. Si queréis traspasar esa barrera, relatad con serenidad y sin afectaros todo lo que sepáis de esta turbia historia que Caterina me anticipó en su mensaje.

Irene miró a sus amigos y asintió. Aunque una voz interior le advertía que fuera discreta, sacó el breviario y le explicó su procedencia. Gostança lo observó con una mezcla de repulsión y deseo. Los presentes lo miraron con curiosidad. Durante una hora fue la voz de su hermana la que reveló a Gostança que Elena fue violada y que el fruto de la agresión le fue sustraído en cuanto nació. Gostança no fue concebida con amor, pero su madre la habría amado igualmente y la habría buscado por todo el orbe de saber que vivía, le dijo.

La enlutada hundió la cabeza en el colchón tratando de alejar la voz de Irene. Tenía accesos de ira en los que gritaba hasta que el dolor de cabeza la vencía. Irene no se amilanó ni suavizó el tono; quería que comprendiera todo el mal hecho.

—¡No sabes nada de mi sufrimiento! —la atajó al final Gostança. Ni una lágrima brotaba de sus ojos, pero en su gesto se reflejaba la desazón.

Entonces sor Isabel se acercó a la reja. Nicolau, pálido, le advirtió de la posible reacción violenta de Gostança, pero la regia abadesa no se amilanó.

—Hija... ¿no tienes la sensación de que has vuelto al origen? ¿No ves que estás de nuevo presa en un convento a merced de unas monjas desconocidas?

La dama se quedó inmóvil.

—Te revelaré un secreto —siguió la abadesa de manera pausada—. Llevo años escribiendo una vida de Cristo donde sólo hablarán su excelsa Madre y las mujeres valerosas que lo acompañaron, realzando su dignidad, no menor que la de los apóstoles. Aunque en este mundo se nos humille, ninguna mujer perderá la vida eterna salvo por sus pecados, no por su condición. La autoridad de quien te tachó de endemoniada no es superior a la mía, ni en este mundo ni en el otro. Habla con sinceridad y juzgaré si eres una condenada o sólo un alma zarandeada a capricho de una mente enferma.

Incluso Gostança se rindió ante el carisma de la hija del marqués de Villena. Nadie le había hablado nunca así y sus facciones perdieron el rictus de ira contenida. Sus pupilas temblaban cuando comenzó a hablar:

—Me lo explicó un monje predicador, fray Conrad von Kolh. —Entonces sonrió con crueldad—. Afirmaba que él y otra larva de aquella blasfema hermandad de estudiantes se apiadaron cuando mi madre me abandonó en un cruce de caminos escupiendo en mi rostro. —Sus ojos destellaron con odio—. Pero pronto comprendí que él también era parte de ese infecto mal que me envuelve.

—Conrad os mintió durante años para someteros a su voluntad —indicó Eimerich—. Tal vez fue él quien forzó a vuestra madre.

—¿Acaso importa? Crecí encerrada con cuatro monjas embrutecidas, amantes del cilicio, el ayuno y la vara. —Se irguió y con una mueca de dolor se abrió la camisa para mostrar sus pechos, colmados y bellos pero cubiertos de pequeñas cicatrices—. Incontables veces trataron de extraerme el mal heredado de mi madre. Por las noches lloraba de dolor y vergüenza mientras la maldecía y pedía a Dios que algún día me permitiera arrancar de este mundo su oscuro efluvio que tanto sufrimiento me estaba causando.

Gostança se cubrió y volvió a recostarse. Un silencio espeso flotaba en el locutorio.

—Cuando *fra* Conrad terminaba las clases en Montpellier acudía a Palermo y revisaba con esmero mi cuerpo en busca de marcas. Solía relatar cómo en Bolonia un pequeño grupo de estudiantes cayó bajo el influjo demoníaco de Elena de Mistra y que sólo dos larvas fueron capaces de vencer al mal y salvarme. A mis preguntas, contestaba que mi madre, aliada de Satán, había prosperado en Valencia y había fundado un hospital simulando ser una devota cristiana, donde sin duda ella y sus dos discípulas trataban de extender su ponzoña, la misma que me infectaba. —Engoló la voz, luchando contra tan amargos recuerdos—. Cuando tenía diecisiete años pedí ser una eremita más y me mortifiqué tanto o más que ellas para evitar los terribles exorcismos. El monje continuaba visitando el cenobio con regularidad y se deleitaba palpando mi piel, que seguía sin manchas ni pezones negros para amamantar al Maligno.

El tono desprovisto de emoción impresionó a los presentes.

—Luego comencé a estudiar los libros que traía en sus visitas. Entre martirologios y breviarios intercalaba obras de Arnau de Vilanova, Joaquín de Fiore, Vicente Ferrer y Rupescissa sobre la naturaleza del mal, las obras de Satán y el advenimiento del fin de los tiempos. —Comenzó a alterarse—. Después de pasar más de veinte años aislada, plegada a los insanos deseos del monje y las hermanas, imploré que se me permitiera enderezar lo que mi madre desató.

—En realidad buscabais venganza —farfulló Eimerich al recordar los grabados de la ermita de Palermo. La frágil mente de la niña se quebró en su adolescencia.

—¡Conrad me lo negó, prefería sus exorcismos para librarme

del mal! Entendí que el monje seguía cautivo de la ponzoña y seguro que el resto de las larvas también. Un tiempo después tuve un hijo... que nació muerto.

Irene se puso las manos en el rostro. Gostança, fría, prosiguió:

—Ni Conrad, el padre de niño, ni las hermanas quisieron enterrarlo en sagrado. Dios continuaba ofendido conmigo, y comprendí que no obtendría su perdón si no erradicaba a los que participaron en ese encuentro... Uno de ellos era mi padre, pero todos eran culpables por dejarse seducir por el influjo malsano de mi madre.

—Dios santo... —musitó sor Isabel.

En las pupilas trémulas de Gostança veían a la muchacha desgarrada por la pérdida de un hijo y trastornada por el odio.

—¡Dios me escuchó! —clamó exaltada.

—Arrasasteis la ermita y a las hermanas —dedujo Eimerich.

Su rostro brilló perlado de sudor.

—¡Me guiaba la luz divina! —afirmó sin el menor remordimiento—. Me refugié en un palacete a las afueras de Monreale donde vivía don Gaspar Leoni, un barón ya de edad avanzada y viudo al que siempre sorprendía mirándome cuando visitaba Santa Tecla. Sólo poseía una cosa que ofrecerle y supe aprovecharla.

—Vuestra belleza —adivinó la monja. Recorrió con mirada réproba a los hombres presentes, despreciando su debilidad ante la carne.

—Don Gaspar se conmovió al conocer todo lo que había padecido, sin dejar de buscar mi piel entre los desgarros del viejo hábito. Él puso la quinta lápida frente a las ruinas de la ermita para que nadie me buscara; así, la novicia Gostança fue una víctima más del incendio. Con el viejo barón dejé de ser una joven aislada. Aprendí a comportarme ante los hombres, leí sobre el mundo en su nutrida biblioteca y a los pocos meses me convertí en Gostança de Monreale, la joven esposa de don Gaspar, sumisa y discreta, que apenas salía del palacete por su aversión a los lugares abiertos. —Esbozó una sonrisa despectiva—. Me trataba con respeto y por primera vez se serenó mi alma, aunque las voces seguían clamando mi maldición. El anciano tenía el corazón débil y murió al cabo de dos años, no sin antes cambiar su testamento y legarme parte de su fortuna para disgusto de sus cuatro hijos. Él me proporcionó la ayuda que necesitaba y en su memoria visto de luto, hasta que las voces de la ponzoña se acallen.

—Así empezó hace unos cinco años vuestra peregrinación en busca de las siete larvas y las damas —dedujo Eimerich.

—Conrad era la única que conocía, pero me conduciría a la siguiente y así hasta encontrarlos a todos. Ni siquiera me planteaba averiguar quién era mi padre. Con ayuda de dos lacayos de mi difunto esposo, el predicador murió bajo el signo del pecado de lujuria que tanto padecí en la ermita. En plena agonía me reveló un nombre: Jacme de Lacomo, bachiller de noble cuna, que vivía en Alassio.

Gostança sonrió con falsa candidez y Eimerich se estremeció. A pesar de su tez pálida y los vendajes, deslumbraba su belleza. Sus víctimas no advirtieron en aquellas delicadas facciones el acecho de una tarántula negra y letal.

—Acabasteis con ese noble ahorcándolo como un vulgar malhechor y con Paolo de Bari incendiando su almacén.

—Soberbia y codicia eran sus males. En cuanto a Armand de San Gimignano, dado que era el mejor maestro de retórica de Bolonia debía morir cegado por su vanidad.

Eimerich se estremeció. La dama ignoraba que el benedictino vivía.

—Él os reveló la siguiente larva: Simón de Calella.

Gostança se crispó.

—Valencia era mi destino final. Aquí no sólo se encontraba Simón, sino que también estaban Elena, la larva que era ahora su esposo, las damas… —Vaciló un instante y calló de repente.

—¡Andreu Bellvent fue la larva que socorrió a Elena tras la violación! —insistió Irene, abrumada por tanta sangre derramada.

Gostança no respondió. Lidiaba en una lucha interna de fuerzas equilibradas.

—Permanecí semanas en un hostal fuera de la ciudad mientras mis criados recopilaban información de cada uno. Les ordené que aguardaran hasta tener noticias mías e hice mi entrada como una dama furiosa a la que todos se acercarían con temor.

Irene se llevó las manos al rostro. Gostança también poseía la fuerza y el tesón heredados de su madre, pero lo usaba para destruir, cautiva de voces que resonaban en su mente quebrada.

—No actuasteis sola —adujo Eimerich.

—Valencia, como el resto de las ciudades, está llena de corruptos y la domina la codicia. Es fácil comprar voluntades a cambio de algo, y así acabé con las dos discípulas de la bruja. Elena era la siguiente, pero detectó los síntomas del veneno y durante un tiempo lograron que yo misma creyera que había alcanzado mi objetivo.

El joven negó con la cabeza. Aquella respuesta no le convencía. Los Dalmau pertenecían a la oligarquía, su posición era holgada. En cuanto a Josep de Vesach, éste podía estar aliado con la dama y odiar a su madrastra, doña Angelina de Vilarig, hasta el extremo de colaborar en su muerte, pero algo no encajaba.

—Con mi padre culminaste tu venganza —terció Irene observándola con atención—, pero también querías el hospital. Tú guiabas a Hug, ¿no es cierto?

—Habría sido sencillo si lo hubieras vendido y regresado a Barcelona, pues yo tenía ya un comprador, pero ignoraste mi advertencia y te lo arrebatamos del único modo en el que ningún pariente de tu familia pudiera cuestionar la propiedad.

—¿Por qué?

—Lo sabes tan bien como yo. Elena no está muerta, fue astuta y me burló. La actitud de Andreu revelaba que tuvo noticias de su esposa, pero lo ocultó, así como la parte que conservaban del valioso ajuar de ella, un buen reclamo para hombres codiciosos como Vesach. Pero tu padre resistió la agonía con los labios sellados.

—Registrasteis palmo a palmo el hospital cuando quedó vacío —terció Eimerich, retomando la misma conversación mantenida con Gostança antes de que lo narcotizara.

—He visitado a todos los familiares de Andreu Bellvent en este tiempo. —Mudó el gesto—. Nadie sabe nada de Elena ni han recibido bien alguno; para todos está muerta. Por eso sé que el secreto sigue oculto, y pensé que en la carta de Andreu que portabas podía estar la clave. Tu regreso, Irene, me lo confirma; sigues sin saber dónde está tu madre.

La aludida bajó el rostro. Habían encontrado la misiva de su padre entre las ropas de la dama y las monjas se la habían entregado. Ni siquiera Gostança había podido dilucidar si contenía algún secreto y el paradero de su madre se le escurría de nuevo.

—¿Quién os reveló que yo tenía la carta? —demandó Eimerich estremecido.

Tras un largo silencio Gostança los señaló, amenazante.

—Aún hay voces que susurran. Pronto saldré de aquí y culminaré la búsqueda.

—¿Qué le ocurrió a mosén Jacobo de Vic? —siguió el joven.

—Lo mismo que a ti. Se acercó demasiado, aunque tú has tenido más suerte...

—Alguien más os ayuda —concluyó con recelo el joven.

La dama se recostó en el camastro, agotada. Su silencio estaba plagado de secretos y de hechos velados. Sor Isabel insistió en que los presentes se marcharan. La cautiva había reconocido las muertes. Le esperaba el tormento del *morro de vaques* y una ejecución pública. Eimerich pudo quedarse, a petición de Irene, y sor Isabel de Villena tomó la palabra, serena.

—Dicen que la noche previa a mi elección por la ventana de la sala capitular se apareció un ejército de demonios aterrando a las hermanas. Entonces llegó el arcángel san Miguel, patrón del convento, para ahuyentarlos, pues era voluntad divina que yo fuera la abadesa. Una monja pidió una prueba y la lámpara de la sala volteó sin que el aceite se derramara ni la llama dejara de arder.

—No os entiendo —masculló Gostança mirándola de soslayo con desdén.

La monja sonrió. Sin darles pábulo, tales leyendas en ocasiones le servían para ejercer su autoridad.

—Hija —siguió sor Isabel—, crees que Dios te impulsa, pero sólo es una venganza. A mí sí me escogió el Altísimo; por tanto, créeme si te digo que esa ponzoña fue sembrada por hombres fanáticos y crueles. Yo conocí a Elena de Mistra y, aunque no compartía sus tesis, creo de corazón que jamás habría abandonado a su hija. —La miró con atención—. En este mundo no tendrás perdón, pero en el otro sí, si rectificas.

Irene se acercó a la reja y la estudió con el ceño fruncido.

—No sé dónde está Elena de Mistra y creo que ese ajuar del que hablas eran las pinturas de la cripta, no sé de nada más. —Alzó el manido libro y la miró adusta—. Pero aquí está ella y la Academia de las Sibilas. Deberás pagar por tus errores, Gostança, pero es justo que conozcas sus pensamientos y lecciones para comprender la magnitud de tu error. —Borró el gesto de desprecio—. El mal que susurra en tu cabeza no procede de ella, sino de la intransigencia y el desprecio de muchos hombres hacia nuestro género. Si te avienes a escucharme puede que halles la paz antes de entregarte a la justicia.

Gostança ladeó el rostro con disgusto mientras Irene escogía citas de mujeres de otros tiempos y describía el sueño de Boecio, el amor de Diotima, la lucha de las amazonas… Los ojos oscuros de la enlutada vagaban por el techo del locutorio. A veces se contraían y su gesto se retorcía. No iba a ser fácil quebrar la costra oscura que la envolvía, pero Irene no deseaba que el peso de la ley descargara sobre ella sin entregarle un poco de luz y comprensión. Ése era el camino hacia su liberación.

66

Cerca de la medianoche Irene y Eimerich regresaron silenciosos y pensativos. El pago a los soldados incluía la apertura del portillo de la Trinitat a su regreso y cruzaron cautelosos las lóbregas calles hacia el hospital, peligrosas a esas horas.

Al llegar a la plaza de En Borràs varias antorchas surgieron de uno de los callejones y los rodearon. Eran cuatro guardias y Josep de Vesach, que no parecía extrañado con la intempestiva llegada de la propietaria de En Sorell. Irene se asustó.

—Ninguna mujer honrada deambula por la ciudad a estas horas si no oculta alguna oscura actividad. Si resulta ser hija de una bruja, el asunto se agrava.

—¡Hablad con sor Isabel de Villena, vengo de su convento!

—Podría hacer eso… o buscar la prueba que confirme mis sospechas.

A una señal convenida dos guardias la cogieron y los otros apartaron a Eimerich. Irene gritó mientras el *lloctinent* la manoseaba con impudicia y le arrebataba el breviario. Eimerich se estremeció; los aliados de Gostança siempre iban un paso por delante.

—Un libro interesante —siseó Josep de Vesach. Bajo una antorcha repasó las páginas y una mueca lobuna afloró a sus labios—. Diosas paganas, citas cabalísticas… ¡Lo que sospechaba, todo susurros del demonio!

Entonces encontró la carta de Andreu entre las páginas. A Eimerich no se le escapó el destello ansioso en sus pupilas.

—Si buscáis alguna referencia sobre el ajuar de Elena no la encontraréis.

Josep se acercó al joven y le asestó un puñetazo en el vientre.

—¿La codicia es lo único que os mueve? —le gritó Irene, furiosa.

El *lloctinent* se acercó a ella, le quitó el manto y olió sus cabellos.

—Fui desterrado por vuestra culpa. Es justo que me lucre de este turbio asunto, ¿no os parece?

Ella trató de apartarse. Veía rostros preocupados en las ventanas de En Sorell.

—Os propongo un trato —le susurró al oído—. Decidme dónde está y os dejaré en paz con vuestro infecto hospital; de lo contrario, me haré con él de nuevo.

—Yo no sé nada de eso, Josep.

El *lloctinent* asintió en silencio. Su templanza era sólo aparente, previa al estallido de ira. Levantó el libro y mostró los dientes.

—Puede que ahora, con este breviario y la carta, encuentre la clave. —Antes de que ella respondiera elevó la voz para ser oído en la plaza—. ¡Entonces será la Inquisición la que te arranque todos tus secretos, bruja! ¡Detenedla!

En ese momento se abrió la puerta de En Sorell y seis hombres armados rodearon a los guardias. Eran lacayos de mosén Amalrich. Ante la sorpresa del *lloctinent*, Irene reaccionó y le arrebató el libro. Junto a Eimerich esquivaron a los cuatro soldados de la ciudad, ocupados en defenderse, y alcanzaron el portón. Los seis sirvientes retrocedieron, entre insultos y amenazas, y una vez dentro atrancaron la gruesa puerta, golpeada con insistencia por los frustrados hombres de Vesach.

—¡Desde este momento eres prófuga de la justicia de Valencia, Irene Bellvent! —gritó él desde la plaza. Las decenas de acogidos y el personal del hospital escuchaban en silencio, sobrecogidos—. Si al amanecer no te entregas, entraremos a capturarte sin importar las bajas que causemos. ¡A todos los que habitan esa casa os advierto que he visto la prueba de los tratos de Irene Bellvent con el diablo y os aseguro que seréis considerados miembros de su conventículo ante el Santo Oficio!

Durante una eternidad un ominoso silencio reinó en el patio y las cuadras. Poco a poco se alzaron murmullos mientras algunos se santiguaban aterrados. Irene, sentada junto a un ciprés, comenzó a llorar desesperadamente mientras sus fieles criados la rodeaban. La siempre discreta Magdalena le llevó una tisana de salvia, y Peregrina tomó asiento a su lado y le cogió la mano. La *spitalera* se sintió reconfortada, pero veía rostros recelosos dispersos por el patio. Muchos ya imaginaban los terribles tormentos.

—¡Patrañas! —clamó una voz débil pero firme desde lo alto de la galería.

Todos se volvieron para contemplar al maltrecho Francesc Amalrich, sostenido por dos de sus hombres. La pestilencia lo devoraba y cabeceaba por la fiebre.

—¡No es la primera vez que envuelven a esta joven en un légamo de engaños para arrebatarle esta casa y acabar con ella! No creo a ese hombre sin honor, Irene, y mi escolta os defenderá con las armas hasta que el justicia criminal, y no su perro, aclare el asunto. Recordad todos que ella ha sido la única que os ha acogido, que os dispensa cuidados y un santo entierro si Dios os reclama. Ese hombre habla del diablo, pero que alguno diga si ha visto aquí otra cosa que no sea caridad y consuelo.

Mosén Amalrich se desvaneció y sus hombres lo llevaron a la habitación, pero sus palabras templaron los nervios. El silencio entre rezos regresó a las cuadras.

Irene subió a sus aposentos inquieta. Caterina, acostada en lo que fue su propia habitación, no la tranquilizó. La herida que tenía en la ingle sanaba con rapidez, pero no le convenía moverse para mantenerla cerrada. Ambas conversaron con aire funesto; los escoltas del antiguo justicia eran un puñado de criados frente a las decenas de soldados que podía convocar el *lloctinent*.

Dos horas más tarde sonaron golpes en la puerta y entró doña Leonor, la esposa de mosén Francesc Amalrich, con el rostro grave y la mirada brillante. Lucía un valioso vestido de terciopelo pardo con ribetes dorados, impropio para un hospital. Al ver a las dos jóvenes juntas no disimuló su disgusto.

—A veces creo que son ciertos los rumores y tenéis hechizado a mi esposo, Irene. Os tiene en demasiada estima.

—Señora…

—¡No! Dejadme terminar —la cortó imperiosa—. Accedí a su voluntad de acudir a En Sorell y reconozco que en ninguna otra casa de salud se trata al enfermo con mayor respeto. Pero este lugar está colmado de mendigos, bribones y furcias; es lógico que Dios le dé la espalda. Os lo advierto para que no les deis falsas esperanzas. Francesc agoniza, y cuando fallezca me marcharé con los criados y los hombres de armas. No quiero quedar manchada igual que otras damas en vida de vuestra madre.

Sin esperar una réplica abandonó el aposento dejando a Irene sin aliento. Caterina se incorporó con un gesto de dolor.

—Santángel ya se ha ido, pero contactaré con los procuradores de don Rodrigo de Borja o con los Corella. Encontraremos otros aliados. ¡La ciudad no te dará la espalda!

—No hay tiempo, Caterina, y la mayoría de los valedores han huido de la peste. Al amanecer todo habrá terminado. Debemos admitirlo y evitar muertes innecesarias.

—¿No lo comprendes? —exclamó al sospechar la intención de su amiga de entregarse—. Josep se ha visto humillado de nuevo y no se conformará contigo. Con la excusa de ser todos cómplices de tu herejía, arrasará la casa para dar una lección a la ciudad y hacer saber a todos quién manda en ella. ¡Lo he visto antes en Roma!

Irene salió del aposento con el breviario en las manos. Era la primera vez desde que lo poseía que la asaltó el deseo de acercarse al pozo y lanzarlo. No era más que una mujer entre lobos; la igualdad y la dignidad que preconizaban sus páginas le parecían en ese momento fantasías de una griega soñadora. Pasó ante Eimerich, que permanecía pensativo en un rincón, pero no tenía ánimos de hablar y entró en la capilla. Sabía que ni las damas de la bóveda ni las sibilas del retablo podrían guiarla en esa ocasión, pero necesitaba sosiego, un instante de sosiego antes de salir de allí para siempre. En su mente apareció la imagen de Tristán y se echó a llorar sobre el reclinatorio.

Casi una hora después notó a alguien a su espalda. Se secó las lágrimas con la manga de la camisa y se volvió. Ana, la joven criada, la miraba con ojos temblorosos.

—Señora, me ayudasteis en el peor trance de mi vida y lo mismo hacéis con todos los que llaman a la puerta de En Sorell. Acompañadme, alguien desea hablaros.

Intrigada, la siguió hasta la sala de curas. A pesar de que las ventanas estaban abiertas, el habitáculo hedía a miedo y muerte. En ese momento se hacinaban quince mujeres jóvenes, todas de la mancebía. La mayoría de ellas habían acudido sabiendo que sólo allí tendrían un lugar para agonizar y recibir los óleos en paz.

—Algunas son viejas conocidas —indicó Ana acercándose a una de las muchachas.

La enferma no tenía ni veinte años y a pesar de los estragos de la peste podía adivinarse la exuberante belleza que tuvo apenas unas semanas antes.

—Se llama Muhdia. Es morisca —indicó Ana rozando su melena azabache, larga y rizada—. Es la única mujer que ha robado el corazón a Caroli Barletta.

—¿El rufián Arlot?

—Id a hablar con él… —siseó la morisca. Sus preciosos ojos verdes vagaban ya ciegos—. Aún recuerda impresionado el combate de Tristán por aquella licencia que salvó de morir de hambre a muchos. Casi todas las que lo servíamos estamos aquí y otras enfermarán pronto. Él sabe que lo que estáis haciendo por nosotras…

Irene se estremeció. Sólo pensar en la mancebía le causaba pavor.

—Puedo enviar a mi criado Nemo.

Muhdia quiso levantar una mano, pero no halló fuerzas.

—Arlot es un rufián sin escrúpulos, pero aprecia el valor. Sólo vuestro carisma podría tal vez conmoverlo. —Tosió un esputo de sangre y suspiró—. Si vais decidle que lo amé de verdad. Lo único que lamento es no verlo de nuevo.

Irene rezó por ella a la Virgen y se dirigió al patio; el corazón le latía con brío. Era una locura; sin embargo, no tenía otra opción que intentarlo. Caterina estaba en lo cierto como siempre: su entrega no garantizaba la salvación del resto.

Era la última oportunidad. Estaba aterrada, pero nada era más horrible que las tenazas del Inquisidor. Sigilosa, cogió un manto de Arcisa y salió por el huerto. Saltó el muro que lindaba con los terrenos de la iglesia de Santa Creu. Silbó y la lechuza blanca voló hasta su brazo. En sus ojos dorados buscó fuerzas y se adentró en la noche.

67

Cuando Irene alcanzó la calle Muret, donde se ubicaba la única puerta de entrada a los callejones de la mancebía, se detuvo. El valor la estaba abandonando. Allí susurró unas palabras a Mey y dejó que se alejara hasta uno de los tejados. Tenerla a escasa distancia le transmitía el recuerdo de Tora y seguridad. Además, si sufría algún percance la rapaz se mantendría cerca y sus amigos podrían intuir lo sucedido.

Pasó por delante de la horca de madera astillada y cruzó el portal. El vigilante la miró con desdén, pero no se acercó. Las prostitutas ofendían a Dios y eran las mayores portadoras de la pestilencia.

En cuanto llegó a la plazuela, se erizó. Flotaba una sinfonía de risas estridentes, cantos y gemidos. Las jóvenes estaban ante las puertas bajo un farol para que se las viera mejor e increpaban sin recato a cualquiera que pasara por delante. Desde niñas hasta ancianas decrépitas, todas se afanaban por llevarse a los escasos clientes, discutían y se maldecían alteradas. La peste había vaciado la mancebía y apenas podían cubrir el pago de los préstamos a los *hostalers* para disponer de habitación.

Irene permaneció un tiempo ensimismada ante la escena y se acercó a un anciano preguntando por Arlot. El hombre le agarró los senos.

—Por fin una diosa en este lugar infecto. Aquí las mujeres no preguntan…

La vaharada de vino agrio la turbó, pero un codazo en las

costillas bastó para que el anciano la soltará maldiciéndola. Aunque en el cinto llevaba una daga recién afilada, se dijo que usarla pondría a todos en alerta. Se escabulló y trató de preguntar a otros. Pronto se dio cuenta, no obstante, de que una fulana sólo estaba para una cosa. Únicamente eran mercancía. Ningún hombre iba a molestarse en responder si no lo satisfacía como esperaba.

No había sido buena idea; debía salir de la mancebía sin demora. Varios asiduos habían reparado en la nueva *pecadriu*, su rechazo los excitaba más, e Irene se alejó esquivando a los que le salían al paso. Entendió por qué las prostitutas no se alejaban nunca de sus faroles. Era extremadamente peligroso para una mujer sola.

Buscó un callejón discreto para recuperar el aliento y se internó en la oscuridad al ver que la seguían. Se desorientó en las tortuosas arterias sin luz, llenas de desperdicios. Dos hombres surgieron de un portal a su espalda y la agarraron por los brazos. Apareció un tercero y la miró admirado. Tras cerciorarse de que ningún rufián la custodiaba la arrastraron al interior de la casa. La puerta se cerró de golpe y el silencio del exterior sólo fue quebrado por el ulular de una lechuza blanca posada sobre una viga.

La estancia, iluminada con candiles, tenía las paredes manchadas de moho y mugre. Estaba llena de cajas carcomidas, y en el centro un tonel servía para echar una partida de dados. Varios hombres de aspecto detestable, con sayos mugrientos, y un clérigo con su hábito acartonado de suciedad miraron animados el talle esbelto de la joven. Durante un instante la quietud reinó en aquel agujero infecto y el terror la invadió.

El que ordenó meterla en la casa la cogió por la barbilla.

—Las *pecadrius* no soléis trabajar en esta calle... ¿Te faltan clientes?

Irene tragó saliva.

—Un anciano se estaba sobrepasando, me asusté y huí hasta el callejón.

El otro profirió una carcajada y le cogió las manos.

—Piel fina, de señora, sin mordeduras ni marcas. —Observó la curva de su busto sobre el corpiño y la olió—. No hiedes a sudor de hombres.

—He llegado al Partit hace poco.

—¿La peste se ha llevado a tu marido? —musitó con una sonrisa pegándose a su cuerpo—. No tenemos con qué pagarte, pero al menos aprenderás cómo se fornica en la mancebía, una lección que no olvidarás.

A Irene le ardían las mejillas. Había sido una locura. Desesperada, se arriesgó.

—Pertenezco a Arlot.

Su captor volvió a reír y el resto lo coreó. Sobre las mesas depositaron sus dagas y estiletes. Parecían lobos prestos para el festín.

—Pues entonces más razón para disfrutar de ti. El maldito Caroli tenía las tarifas más altas del Partit, pero en su estado no creo que nos reclame el pago.

Irene se estremeció. Se preguntó cómo actuaría Caterina en ese brete. Vio los dientes amarillentos y la mirada perversa de aquel hombre. Su jubón oscuro estaba mugriento y el hedor que desprendía le provocó arcadas. Trató de zafarse, pero de un golpe él la tiró al suelo. Los demás la rodearon mientras se quitaban los cintos, ansiosos. Ella sacó la daga oculta y con lágrimas en los ojos comenzó a amenazarlos chillando. Los otros rieron, y uno le golpeó la mano con un madero. Gimió de dolor y el arma voló lejos.

Cuando el primero se abalanzó hacia ella tratando de rasgarle el vestido, la puerta de la calle se abrió; fue tal el portazo que hizo temblar las paredes. Tres hombres robustos y malcarados entraron con clavas de madera y pinchos de hierro. Observaron la escena desconcertados y los otros retrocedieron inquietos.

Uno de los recién llegados la señaló con el garrote.

—¿Quién eres?

—Irene Bellvent —musitó llorando aún.

Ambos se escrutaron. La curiosidad dio paso a la sorpresa. Irene reconoció en aquel hombre joven, fornido, la mirada clara de un maltrecho esclavo que llegó a En Sorell dos años atrás. Era Altan, el que salvó a Isabel. Por la expresión de su semblante, el turco también la había reconocido.

—¿Es tuya esa lechuza blanca posada sobre la casa?

Ella asintió sorprendida. El turco dudó, como si no esperara esa respuesta. Ella le imploró ayuda con la mirada.

—Ven —indicó mientras amenazaba a los presentes con el bastón.

—¡Di a tu amo Arlot que nos las pagará! —gruñó uno sin atreverse a detenerlo.

La asieron sin miramientos y fueron por varios callejones hasta un hostal enorme pintado de ocre. El aire viciado del interior hedía a sudor y vino. Pasó por delante de varios cubículos tapados con raídas cortinas de donde brotaban gemidos sin medida. Algunas mujeres desnudas la observaron con interés antes de escabullirse por los oscuros pasillos. Inquieta, siguió al esclavo turco hasta una lujosa alcoba de la planta superior.

Le pareció estar en uno de los aposentos de la condesa de Quirra. Varios candelabros iluminaban una gran estancia con cortinas de damasco y pieles de lobo en el suelo. El espacio estaba atestado de arcas, cómodas, una mesa sobre la que brillaba un relicario de oro y hasta una bañera de bronce. Un hombre yacía hundido en una gigantesca cama con dosel, rodeado de cruces y amuletos. Al acercarse, Irene atisbó los estragos de la pestilencia en su cuerpo y un pequeño bubón oscuro en su cuello. El propio Altan, que no dejaba de mirarla, susurró al oído del convaleciente y éste asintió levemente.

—Cuando mis hombres aseguraron que una lechuza blanca sobrevolaba el Partit pensé que Tora había regresado y mandé buscarlo —dijo el enfermo tras un acceso de tos—. Han pasado los años, pero nadie olvida al extraño oriental. En estos tiempos nos vendría bien una pelea mítica como la que mantuvo con Tristán de Malivern. —La miró con los ojos brillantes por la fiebre—. Ahora la amante del doncel es su dueña. Seguro que hay una interesante historia detrás.

—Arlot —musitó Irene.

El rufián tosió de nuevo y sus hombres retrocedieron instintivamente.

—¿Habéis perdido el juicio, señora? Mi curiosidad por la rapaz os ha salvado de ser vejada. Por fortuna este esclavo, Altan, os ha reconocido y ha decidido traeros aquí. —Torció los labios agrietados, burlón—. ¿Qué hacéis en la mancebía, recaudar fondos?

Ella se volvió hacia el apuesto esclavo. Estaba sano y bien alimentado. Lucía incluso un grueso aro de oro en la oreja. La miraba con piedad. Irene se acercó a la cama.

—Vengo por deseo de Muhdia. Ahora veo que no podrás visitarla como espera.

Los ojos del hombre se tiñeron de pesar.

—Me temo que pronto la veré en el infierno.

—Necesito tu ayuda, Arlot.

—¿Me veis en condiciones de ayudar a alguien?

—Mañana al amanecer los soldados de la *guayta* me prenderán y luego se ensañarán con el hospital. —Le hizo una descripción sucinta de lo sucedido—. Muchas de tus mujeres están allí. Ellas te han proporcionado todo esto y como rufián estás en la obligación de protegerlas.

—Para mí ya sólo son enfermas… —rezongó hosco.

—Pues quizá, antes de morir, deberías reconciliarte con Dios y evitar una injusticia —replicó desafiante.

—Lo lamento, Irene. Sé lo que puede resistir una mujer, y admiro vuestro valor al acudir hasta mí para implorar, pero me pedís que me enfrente al *lloctinent* del justicia o, lo que es lo mismo, a las autoridades de la ciudad. Fue a él a quien compré estos esclavos turcos formados en armas. Tengo muchos enemigos ahí fuera. Puede que muera pronto, pero prefiero hacerlo aquí y no en la cárcel común.

Irene sintió un acceso de cólera. La frustración le desató la lengua.

—Le diré a Muhdia que aquí sólo hallé a un cobarde sin piedad.

La mirada del hombre destelló; aun así, al final compuso una sonrisa deslavazada.

—Hace unos días os habría cortado la lengua por eso, pero puede que tengáis razón y sólo sea eso. —Hizo una señal a Altan antes de continuar—. Mis hombres os escoltarán hasta el hospital… Antes te mostraré algo.

Tras una tensa espera, regresó uno de los hombres de Arlot acompañado de lo que no era más que un cadáver. Irene tardó en reconocerlo y el corazón se le detuvo.

—¿Hug?

El hombre, sin pelo, con la piel grisácea y flácida, levantó la mirada vacía y mostró unas encías negras que lo asemejaban a un anciano decrépito.

—Esposa… —graznó con un destello de vida en su mirada acuosa.

—¿Os acordáis de la *licència d'acaptes*, Irene? —continuó el rufián, que parecía divertido—. Para que se la entregara a él tras ganarla Tristán, contrajo una deuda que no pagó. El año pasado la peste se llevó a su padre y protector, Miquel Dalmau, y decidí que era el momento de cobrarla. Lo que me encontré fue esto… La adormidera lo había devorado. Hicimos correr el bulo de que había muerto de peste.

»Aprecio mucho a mi esclavo Altan y le permití que se desquitara. El turco, sin embargo, comparte vuestra misma naturaleza bondadosa. Ni siquiera pude venderlo como esclavo, pero dejarlo vivir ha sido suficiente castigo. Os lo cedo en compensación por mi negativa para que os compense del dolor y la ruina que os provocó.

Irene se acercó a Hug bajo una tormenta de emociones, desde el más intenso odio hasta el horror al ver en qué se había convertido. El hombre la miró implorante y extendió una mano sarmentosa. Ella retrocedió.

—Quiero saber por qué —demandó ella, gélida—. Conozco la historia de Pere Ramón Dalmau, ahora quiero saber la verdad de Hug Gallach.

Él inclinó el rostro.

—Todo comenzó por culpa de mis excesos tras casarme en Murcia con la hija del adelantado. —Apenas se le entendía sin dientes—. Tuve la oportunidad de convertirme en parte de la oligarquía noble de la ciudad, pero la adormidera, el juego y las prostitutas de los arrabales velaban mi juicio. Abandoné a mi mujer acuciado por las deudas. No la amaba… Pero fue buena esposa, así que simulé mi muerte y ella ingresó en el convento de las clarisas para ahorrarse la vergüenza y olvidar todo el sufrimiento que le causé.

»Huyendo de los acreedores me enrolé en la carabela *Santa Ana* de Altubello de Centelles, con licencia de corso para atacar las costas de Berbería. Pronto podría hacer fortuna, pero la suerte nos fue adversa. En un cruento abordaje contra un jabeque berberisco fuimos capturados y llevados a Al-Yazair.

Irene asintió recordando las marcas de las argollas en sus muñecas.

—Revelé que era hijo de un reputado abogado de Valencia, Miquel Dalmau, y pasé meses aguardando a que los monjes mercedarios negociaran mi rescate: quince mil florines. Durante el día me deslomaba en una cantera, y durante las noches en la mazmorra las pulgas y las ratas no nos daban tregua. Cuando por fin llegó el rescate a través de los monjes y regresé comprendí por qué se había demorado. Aunque había guardado las apariencias, mi padre estaba asediado por las deudas con judíos y otros financieros. Pronto supe que los poderosos Dalmau estábamos al servicio de una misteriosa mujer.

—Gostança de Monreale.

—Me instalé en un pequeño *alberch* en Castellón. No podía superar la angustia del cautiverio y las pesadillas se repetían cada noche. Pensé en quitarme la vida, pero…

—Regresaste al sopor de la adormidera.

—Me proporcionaba olvido. Cada día necesitaba más y de nuevo me vi envuelto en problemas de juego por sacar algunos reales. Unos seis meses después de regresar apareció mi padre. Debíamos prestar un servicio a la dama de negro para arrebatarle En Sorell a su legítima dueña. —Sonrió con tristeza—. Consistía en firmar capitulaciones contigo y pasado el luto arrebatarte la propiedad de manera limpia para evitar pleitos con otros parientes de los Bellvent. —Bajó el rostro—. Acepté, pensando sólo en el dispensario…

—¿Cómo contactó Gostança con tu padre?

—Hay alguien más, cercano a ti… —musitó negando leve-mente—. Pero nunca he sabido de quién se trata. ¡No sé nada más, de verdad! Mi padre no confiaba en mí. ¡Estoy enfermo, Irene!

—¡Sólo eres un miserable! —le espetó ella con lágrimas en los ojos. Siempre amó a Tristán, pero decidió ser su esposa. Hug no había mencionado su relación ni si alguna vez sintió algo por ella, sólo hablaba del opio.

A una señal de Arlot, Altan entregó a Irene una daga de plata. Se miraron un instante.

—Podéis hacerle pagar todo el daño que os hizo —masculló el turco, como si evaluara la verdadera esencia de la *spitalera*.

Irene contempló el puñal ensimismada. Era indescriptible el sufrimiento y las penurias que Hug le había causado, y por su culpa había perdido a Tristán. Pero a su mente acudieron las pala-bras escritas de su madre y respiró para serenarse como aprendió con Tora. El destino había golpeado a Hug y él no supo afron-tarlo.

Ni siquiera se molestó en volverse hacia el rufián cuando habló:

—He hecho un largo camino hasta aquí y no me comportaré como tú, Arlot. Siento miedo y rabia, pero el único modo de morir en paz es con la mente en silencio, sin oír el lamento amar-go de todos los que sufrieron nuestro odio y nuestra cobardía. Que tus esbirros lo traigan al hospital. Será atendido y correrá la misma suerte que todos nosotros, la que Dios disponga. —Ya en la puerta se volvió—. Por cierto, Muhdia dijo que te amaba.

Abandonó la habitación sin mirar a Hug, que parecía no comprender aún lo sucedido. Desde la cama, Arlot la dejó mar-char hundiéndose entre las almohadas. Altan, antes de salir tras ella, miró al amo con sus ojos claros.

—Nada es casual, mi señor, todo es Dios. Pensad en lo que acaba de ocurrir.

Caroli torció el gesto e hizo un ademán brusco para que se marchara.

Cuando Irene entró en el patio del hospital por la puerta del huerto, los criados la rodearon aliviados, creyendo que se había entregado esa misma noche. A la sorpresa siguió el espanto al ver la compañía que traía. Mientras Nemo y los hombres de Arlot acomodaban a Hug en la recepción junto a la entrada, habilitada como cuadra para los no apestados, Arcisa se acercó a la joven con aire funesto.

—Señora, mosén Francesc Amalrich ha muerto. Su esposa se ha marchado con todo el personal para velar al marido en su palacio. —Sus ojos cansados la miraron con tristeza—. Estamos solos.

68

E l franciscano fray Ramón Solivella celebró misa en la atestada capilla del hospital a las siete de la mañana, como era
costumbre. Junto a Irene estaban Caterina, micer Nicolau, que
había acudido desde su posada antes del amanecer, todos los médicos, Peregrina, los criados y los enfermos que no lo eran de
peste. El silencio, sólo quebrado por las letanías del sacerdote, denotaba miedo y pensamientos errantes.

Varios pacientes se habían marchado durante la noche, pero
casi cuarenta almas ocupaban En Sorell, de los que una docena
eran moribundos. Irene sentía en las miradas oleadas de gratitud y
compasión al acompañarla en su profunda angustia.

En la plaza de En Borràs sonó el cornetín del pregón; aun así,
nadie se movió hasta que fray Ramón terminó la celebración.
Irene lucía un traje de terciopelo encarnado de Caterina. Se había
lavado bien y cepillado el pelo, que casi le llegaba hasta la cintura.
Su aspecto, deslumbrante a pesar de las ojeras, cautivó a los presentes y exaltó más los ánimos ante la injusticia.

Cuando se oyeron los secos golpes en el portón la joven asintió. En la puerta de la recepción Hug la miró impresionado, pero
no dijo nada. Irene abrazó a sus fieles criados y a sus amigos en
silencio. Nemo no disimulaba las lágrimas cuando desatrancó la
recia puerta y abrió las dos hojas bajo el arco carpanel.

La pequeña plaza estaba atestada de curiosos que murmuraban disgustados. En el centro, una docena de soldados con las armas envainadas rodeaban al *lloctinent* Josep de Vesach subido a su

montura. A su lado un ujier sostenía el pendón del justicia criminal, con las barras rojas sobre campo de oro y el Ángel Custodio de Valencia. A Irene la afectó la imagen de autoridad que irradiaba. Sólo uno de los seis jurados se hallaba presente, con su gramalla encarnada y su bonete, junto a dos notarios y varios oficiales, pero no parecía dispuesto a intervenir; tampoco el alguacil del gobernador, que observaba atento; era un asunto del municipio y quedaba fuera de su jurisdicción real.

—Irene Bellvent, viuda del *ciutadà* Hug Gallach —comenzó el pregonero mirándola con compasión—. Se os acusa de estar en posesión de un libro plagado de herejías y de propagarlas entre los acogidos con falsa piedad en este hospital. Se os conmina a entregaros para determinar si la causa es delito foral o competencia del tribunal del Santo Oficio.

Se alzaron protestas en la plaza y desde las ventanas superiores de En Sorell. La tensión crecía mientras Irene permanecía inmóvil en la puerta, con la frente erguida.

—En el resto de los hospitales se hacinan nobles, *honrats* y maestros artesanos víctimas de la pestilencia —dijo ella en voz alta. La muchedumbre enmudeció ante las palabras de la tenaz Bellvent—. ¿Adónde llevaréis a los mendigos, a las *pecadrius*, a las viudas y a los que han perdido a su familia? ¿Los acogeréis en vuestra casa, *lloctinent*?

Estalló una ovación que se extendió a las calles adyacentes. Valencia reconocía la labor de Irene en aquella tragedia común. Josep de Vesach blasfemó entre dientes, consciente del disgusto que reinaba entre el gentío, pero no iba a permitir una nueva humillación pública. Él era quien lucía la espada al cinto.

—Acabemos con esto. ¡Prendedla!

Irene dio un paso al frente y los soldados la rodearon. Entonces, como una ola, arribó un griterío de pánico y sorpresa desde el callejón del Ángel. El caballo de Josep se encabritó y sus hombres retrocedieron mientras una veintena de individuos malcarados se abrían paso a empujones hasta la plaza, agitando espadas melladas y clavas. Sin decir una palabra rodearon a la joven, que estaba desconcertada.

—¡Lleváosla ahora! —rugió burlón Altan al tiempo que regalaba una sonrisa a Irene. Su aro de oro destellaba bajo el sol.

Ella lo miró pasmada. Eran esbirros de Arlot, hombretones rudos, agresivos, acostumbrados a los tumultos. El rufián se había implicado. Cruzaron insultos con los guardias y algunos se enzarzaron en una pelea a puñetazos. Las espadas abandonaron las vainas.

—¿Esta escoria es la clase de aliados que os buscáis, Irene? —clamó Josep, furioso—. ¡Con razón Dios nos castiga!

La muchedumbre se dividió entre los partidarios de En Sorell y los vencidos por el terror supersticioso. Comenzaron los escarceos violentos y algunos curiosos huyeron. En la plaza, los dos bandos armados podían ocasionar una masacre. Irene, angustiada, intentó serenar los ánimos, pero ninguno de aquellos hombres parecía dispuesto a ceder.

—¡No deseo que nadie muerta! —gritó con lágrimas en los ojos, impotente.

De pronto el tumulto se fue acallando. Por la calle de En Borràs surgió una cruz de plata que avanzaba entre cánticos; tras ella iba una procesión de franciscanos, los beguinos que regentaban el orfanato y unos pocos predicadores encabezados por Edwin de Brünn, pero sin el estandarte del Santo Oficio. Fray Ramón se situó junto a los suyos con orgullo y efectuó una reverencia a la desconcertada Irene.

La aparición de clérigos enfureció aún más al *lloctinent*. Miró con odio al único jurado presente, que se refugiaba bajo un portal tratando de pasar desapercibido.

Caterina se situó al lado de Irene cubriéndose con la mano la herida de la ingle, soportando el dolor altanera. Micer Nicolau la miró espantado; ya no podía influir en su indómita hija.

—Dado que son posturas irreconciliables —dijo Caterina, enfática—, evitemos un baño de sangre sometiendo la cuestión a un tercero, imparcial y con juicio.

Josep no había previsto que incluso parte del clero se pusiera en su contra y miró a la hija del jurista con interés; podía ser una manera de salir airoso del trance.

—¿Qué proponéis?

—Presentar la cuestión al rey. —Se volvió hacia su padre y señaló a los notarios, que se hallaban junto al jurado—. Que se redacte un informe de la situación y que don Fernando dirima. Sin duda será justo con sus súbditos valencianos.

Un rumor se extendió debatiendo la propuesta. Caterina prosiguió:

—Usando las postas reales, el correo estaría en Baza mañana al atardecer y regresaría con la respuesta al cuarto día. El hospital seguirá abierto y necesita a su *spitalera*, pero ésta se comprometerá a no huir de la ciudad y vuestros hombres la vigilarán.

Josep descabalgó y se acercó al timorato jurado. Caterina rogó a su padre que interviniera como abogado del hospital ante los notarios y los oficiales. Al momento el *lloctinent* manifestó su aprobación con un lacónico asentimiento y los vítores resonaron en la barriada.

Mientras los prohombres se dirigían a la Casa de la Ciudad para preparar el documento, Irene, aún temblando, tomó por el codo a la sonriente Caterina.

—¿Cómo se te ha ocurrido? —preguntó desconcertada.

—Eres la protegida de la condesa de Quirra, amiga de su majestad, y salvaste de la muerte al apuesto capitán don Gonzalo Fernández de Córdoba. —Le guiñó un ojo—. Ése es mi trabajo, Irene: jamás hay que jugársela al azar... ¿Cómo crees que los Borja están en la cima de la Iglesia?

La joven la vio alejarse fascinada. A pesar del paso renqueante por la herida, su amiga irradiaba un influjo seductor a su paso. Dio gracias a Dios por mandarle tan fabulosos aliados.

Caterina se acercó a Eimerich, que miraba hacia la plaza apoyado en el vano de la puerta. El gesto pensativo del joven la intrigó.

—¿Qué ocurre? —demandó, esperando un halago por lo que había hecho.

—Está aquí, Caterina —musitó con la mirada clavada en la plaza. Allí seguían fray Ramón, Edwin, los médicos del hospital y los criados—. Hay un traidor entre nosotros, lo sé, y está cerca.

Pensaba en Peregrina, pues ya traicionó a Elena una vez y oculta secretos. Sin embargo, ya no sé qué pensar. En la historia de Hug hay algo muy singular…

—¿Todavía te preocupa eso? Al menos Gostança ha caído.

Eimerich la miró gravemente y se volvió hacia el patio.

—Quien sea se mostrará cuando descubramos lo que aún esconde el hospital…

69

Al retirarle la capucha Tristán entornó la mirada tratando de distinguir la silueta que se perfilaba en la penumbra. En el exterior debía de ser de noche, pero había perdido la noción del tiempo. Los guardias mataban las horas susurrándole los mil tormentos que le harían cuando lo permitiera el marqués de Cádiz y alargaban su agonía con el aislamiento.

Poco a poco distinguió la forma de una armadura bruñida. En el sobreveste lucía un escudo con tres barras encarnadas sobre fondo de oro. Reconoció a Gonzalo Fernández de Córdoba, alcalde de Illora. El militar tenía un gran prestigio entre la soldada y los nobles; comandaba una parte de la caballería en Baza y los sarracenos ya lo temían por su arrojo.

—Da gracias de que me hayan anunciado tu captura. ¿Te alegra o te entristece, Ira del Infierno? —Se acercó—. ¿O debo llamarte Tristán de Malivern?

—Veo que os habéis informado.

—Dijiste la verdad a los físicos. Uno de mis caballeros ha confirmado que eras escudero de mosén Jacobo de Vic, a quien yo conocía y admiraba. ¡Un descubrimiento sorprendente! Además, he hablado con tu cuñado, el caudillo Ben Hacen, y asegura que nada recuerdas del pasado anterior a tu venta como esclavo. —Se acercó y examinó la visible cicatriz de Tristán—. Es poco frecuente, aunque yo he visto cosas así en la guerra, por eso rogué que no te ejecutaran aún.

—Entonces sabréis que marché de Baza en busca del asesino de mi esposa.

—Noble intención, pero llevas años empapando las huertas con sangre cristiana.

—Pido perdón a Dios por ello, no a los hombres. Sin el recuerdo de pasadas lealtades hice un juramento a Mohamed XIII, el Zagal, y lo cumplí. Vos sois soldado, valoráis el honor y la fidelidad, seguro que lo entendéis.

Gonzalo sacó una daga y se acercó. Su intención no fue patente hasta que con un preciso tajo cortó la soga que lo ataba al poste y las ataduras de manos y pies.

—Sois un gran estratega, pero tal vez subestimáis vuestra pericia liberándome.

El caballero le dio la espalda demostrando que poco temía la advertencia.

—Ambos nos medimos hace unas semanas en una escaramuza nocturna en la Rabalía. Caí al suelo herido en el brazo, y uno de los tuyos me habría rematado de no ser por una osada mujer que me arrastró hasta una tapia. Pagó mi vida con su captura.

—Irene... —Sus ojos se empañaron—. ¿Dónde está?

El capitán estudió su semblante.

—Era verdad lo que me explicó a su regreso al real tras ser liberada por tu propia esposa. Le debes la vida a Irene, pues informó a los soldados de la Orden de Nuestra Señora de Montesa sobre quién era Ira del Infierno. Lo he comprobado a través de tu cuñado, el noble sarraceno Ben Hacen, por el que siento gran aprecio a pesar de haber sido adversarios.

Tristán asintió. En ambos bandos, entre nobles de la talla de don Gonzalo o su cuñado existía un profundo respeto por cuestiones de linaje y honor.

—Sabemos que serviste a mosén Jacobo de Vic y que estabas bajo la jurisdicción de su orden. Querías conseguir el indulto por un delito de parricidio cometido al exigir a vuestro padre que pagara por el asesinato de su esposa.

El doncel bajó el rostro. Los recuerdos lo encogían de dolor.

—Aquello fue en otra vida, mi señor.

—Es cierto, y por eso ahora debes enderezar lo torcido para recuperar tu honor como descendiente de los valerosos Malivern.

Deseo que participes en una misión no exenta de peligro, en defensa de alguien que a ambos nos importa.

Don Gonzalo acercó una banqueta y se sentó frente a Tristán. Sin permitir ninguna interrupción, le desgranó el correo urgente llegado al real desde Valencia. Detalló la tensa situación que se vivía, la loable lucha contra la peste de En Sorell y la acusación que pesaba sobre Irene Bellvent.

Tristán sentía que la sangre volvía a recorrer sus venas.

—Conozco a Josep de Vesach —concluyó don Gonzalo torciendo el gesto—. Se comportó cruelmente en la toma de Málaga, pero fue redimido del destierro por nuestro rey, que justificaba tales actitudes furioso ante la resistencia de los infieles. Sé de su desmesurada codicia. Además, acaba de llegar el escribano de ración del Reino de Valencia, Luis de Santángel, quien ha relatado la crítica situación de la ciudad.

—Ese hombre guarda un especial rencor contra Irene.

—Don Fernando ha ordenado que se respete a Irene Bellvent como *spitalera*, sin que la Inquisición intervenga salvo que se aporten pruebas firmes sobre esa herejía de la que se la desea acusar. Exhorta al Consejo General de la Ciudad, a los justicias y a los jurados a que regresen a Valencia y asuman el cargo que juraron ante Dios y los Fueros del reino. También el lugarteniente del gobernador, mosén Lluís Cabanyelles, será avisado. Van a investigar los desmanes de Josep de Vesach, que al parecer no son pocos.

Tristán volvió a asentir, aliviado. El rostro de don Gonzalo, en cambio, permanecía grave.

—Ambos somos guerreros, Tristán, y sabemos cómo actúa un hombre acorralado. Tengo un deber de gratitud con esa admirable joven que, según me reconoció apenada, aún sigue amándote con intensidad a pesar de creer que te ha perdido para siempre. —Calló un instante, viendo la tribulación en el rostro del doncel—. La guerra ha dado un vuelco con la toma de Baza, se nos abre la puerta para rendir los territorios de la hoya y tal vez conquistar la ciudad de Almería. El rey no quiere perder la oportunidad, a pesar de que el invierno nos acecha, y ha ordenado el avance de las tropas.

»Debo permanecer junto a mis hombres, pero con el correo que llevará la decisión del monarca enviaré a uno de mis caballeros más fieles, Ot de Soria, con un pequeño destacamento de soldados al que deberán unirse los del gobernador una vez que estén en la ciudad. Sin embargo, no me fío de Vesach y deseo que los acompañes. Te encomiendo el deber particular de velar por Irene Bellvent con tu vida, si es necesario.

De debajo de la coraza sacó una carta lacrada y se la tendió.

—Su Majestad está de acuerdo. Cree que será desmoralizador para los infieles que un guerrero como Ira del Infierno preste su cimitarra a los cristianos. Tras conocer tu historia y la lealtad que mostraste en el pasado he logrado convencerlo para que te conceda el indulto por tu crimen de parricidio. Ahora eres un doncel sin mácula. Te lo entrego por lo que puedo atisbar en tu mirada y porque incluso cuando eras mi adversario apreciaba honor en tus acciones. Además no te conviene estar aquí, los cristianos te odian. Limpia tu nombre.

—Gracias, mi señor —dijo Tristán, aún anonadado.

Don Gonzalo se levantó.

—Confío en ti, doncel Tristán de Malivern. No suelo equivocarme con los hombres, espero que tampoco contigo. Protege a esa mujer.

Tristán sentía el pecho a punto de estallar. Sostuvo la carta en sus manos y observó el lacre con el escudo real.

—Irene… —musitó ahogado.

Don Gonzalo lanzó su daga, que quedó clavada en el suelo ante él. Tristán lo miró sorprendido.

—Antes de marchar, te concedo hacer justicia —adujo con orgullo de caballero.

Dos soldados entraron arrastrando a Talal, el infame carcelero, que gemía aterrado. Al ver ante quién lo llevaban se encogió gimiendo con la cara pegada al suelo. Tristán tomó la daga y fue por última vez el sanguinario Ira del Infierno. Ata quedó para siempre en Baza, unido en espíritu a su amada, la bella y noble Zahar.

70

Habían pasado tres días desde que partió el correo hacia Baza a través de las postas situadas cada catorce millas, con caballos de refresco. Aunque era palpable la tensión, En Sorell proseguía su lucha sin cuartel contra la pestilencia. Habían llegado dos carretas de hielo, que Irene había repartido entre todos los hospitales de la ciudad, y en cada cuadra los médicos combatían la fiebre con nuevas armas.

Nadie dudaba del origen divino de la peste, pero la tregua había permitido a Peregrina, a través de *mestre* Lluís Alcanyís, influir en varias decisiones de la Junta de Murs i Valls. Se organizó una esmerada limpieza de los fosos de las murallas y se acometió tanto el cambio de aguas en los baños públicos como el exterminio del mayor número de ratas posible. Había convencido además al único jurado para prohibir el consumo de carne sin hervir, la pesca en el Turia a su paso por la ciudad y la venta de legumbres u hortalizas de lugares infectados.

La actividad de En Sorell se había intensificado. Levantaron tiendas en el huerto para alojar a los enfermos que ya empezaban a llegar también de las huertas. Irene no negaba la entrada a nadie, pero a su encarnizada lucha contra la desesperación se habían sumado numerosos vecinos, los esclavos comprados a Vesach, los franciscanos y las monjas de las Magdalenas. Agotada como el resto, organizaba el régimen de la casa, los turnos de comidas y la compra de los fármacos que los físicos pedían.

Al final del día la luz crepuscular llevó un poco de sosiego a la febril actividad. Una paloma mensajera había llegado al palomar del palacio Real con la noticia de que el correo del rey estaba en camino y arribaría al amanecer. La noche se avecinaba y todos pensaban en la mañana siguiente, cuando se conocería la decisión del monarca.

Irene, como cada día, encontraba un hueco para acudir al monasterio de la Trinitat, escoltada por hombres de Arlot y guardias de Vesach. Sentía el deber de mostrar a Gostança las enseñanzas verdaderas de su madre, aunque le resultaba difícil perdonarla. La dama sería entregada a la justicia una vez recuperada y seguía bajo su capa de odio y sufrimiento, pero en ocasiones sus ojos destellaban mientras escuchaba alguna reflexión del breviario de Elena. Ya no mencionaba las voces de su mente; aun así, incluso sor Isabel advertía que no era posible mudar el color del alma en tan poco tiempo.

En el equilibrio de fuerzas pactado, habían llevado al rufián Arlot a En Sorell para visitar a su amada, si bien él prefería el sosiego de su hostal. Muhdia se fue con él a cambio de que siguiera protegiendo el hospital.

Oscurecía mientras la *spitalera* seguía ausente, y Eimerich aguardaba a que fray Ramón concluyera el funeral por una mujer viuda y una *pecadriu* de quince años. Junto a Nemo cargaron a los amortajados en el carro y el criado africano salió guiando la mula hacia las fosas de cal viva más allá del Portal Nuevo.

El joven regresó a la capilla vacía y agradeció un instante de paz y soledad.

—*Audite quid dixerit… Iudicii signum.*

Se estremeció al reconocer las palabras dichas por Andreu Bellvent hacía una eternidad. Se volvió hacia fray Ramón. Lo miraba con tristeza desde la entrada.

—Todo esto parece un vaticinio del fin de los tiempos, ¿no lo crees, Eimerich?

—Así es —indicó intrigado.

—Estoy buscando al hermano Edwin para preparar los responsos.

—Hace rato que no lo veo.

El franciscano iba a salir cuando a Eimerich se le pasó un detalle por la mente.

—Fray Ramón, esas palabras pertenecen a *El cant de la Sibil·la*, ¿verdad?

—En efecto. Son cantados en la seo la víspera de Navidad.

Eimerich examinó las diez pinturas de las profetisas que coronaban el retablo.

—¿Cuál de ellas realiza ese vaticinio?

—La sibila Eritrea. Según Lactancio, Eusebio de Cesárea y san Agustín fue la que anunció la llegada del Redentor. Es un canto muy bello en latín, pero el original griego es un portento; guardamos una copia en el convento. Dicen que Eritrea inventó los acrósticos, pues al tomar la primera letra de cada verso griego de su canto se lee la frase: «Jesús, verdadero Hijo de Dios».

El fraile salió de la capilla y Eimerich sintió que las piernas le temblaban. Se acordó de una frase de la carta de Andreu: «Abre tu mente y pide ayuda a Eimerich; quizá su sagacidad te ayude a entender cómo Eritrea ocultó secretos en el principio de su lamento». Siempre pensó que las palabras de Andreu eran parte de la clave. Su mentor, *fra* Armand, también lo creía. De pronto en su mente estalló un fogonazo. Andreu no deliraba. Ese canto, esculpido en la falsa tumba de Elena de Mistra, no fue escogido por casualidad. Miró a las diez sibilas, todas similares.

—¡Un acróstico!

Excitado, cerró de un golpe la puerta de la capilla. La carta de Andreu la tenía Josep de Vesach desde que se la arrebató a Irene, pero él la había repasado incontables veces en Bolonia y la recordaba palabra por palabra. Tomó un pequeño carbón de un brasero y en un rincón del enlosado de la capilla emuló el acróstico según el canto original de Eritrea, es decir, eligiendo la primera letra de cada frase de la carta.

Estimada hija:

Recibe mi abrazo afectuoso. Intentaré ser breve en mis palabras, pues mi pulso es ya débil. Temo que no tardaré en comparecer ante el Altísimo. Rezo por ti, consciente de las dificultades que te esperan, pero no puedo marcharme sin revelarte lo ocurrido y advertirte del terrible peligro que podría envolverte si permaneces en el hospital. El mal nos ha encontrado después de tantos años. Ahora ha mostrado su cara en forma de bella mujer.

—¡ERITREA! —exclamó al leer las toscas letras.

Siguió recordando el texto de la carta y escribió la inicial de cada frase.

—ERITREAENLACUARTACASAP —musitó estremecido.

Retrocedió al centro de la capilla y estudió con atención el retablo. La cuarta sibila de la derecha tenía un pebetero para iluminar el voluminoso libro. La P podía referirse a aquel detalle… y su rostro se asemejaba curiosamente al de Elena de Mistra. Temblando, acercó la vieja escalera de mano y subió hasta ella. El retablo se sostenía con un recio armazón unido al muro de la torre y la pintura era mayor de lo que se apreciaba desde abajo. Con el estilete hurgó los bordes. La tabla chasqueó y se abrió como un portillo.

—¡Dios mío!

La tabla de la sibila era la puerta a un cubículo situado encima del acceso secreto a la cripta, el espacio perdido entre la torre árabe y la vivienda. Aunque en la penumbra, Eimerich distinguió rollos de pinturas, bustos antiguos y algunas piezas cuyo destello denotaba que podían ser valiosas. Era el ajuar que Elena había traido consigo desde la Universidad de Constantinopla. Cuando su vista se acostumbró, divisó varias cruces de oro y una diadema de brillantes.

De pronto la escalera osciló y perdió el equilibrio. Gritó mientras caía al enlosado y creyó ver una sombra ocultándose. Antes de que el mundo desapareciera maldijo su imprudencia al haber actuado solo.

—¡Eimerich! —lo llamaban con insistencia.

Sintió frío en la cara. Lentamente regresó de la oscuridad. Cuando despertó, un latigazo de dolor le recorrió todo el cuerpo desde la cabeza.

—No te muevas aún. —Peregrina le aplicaba hielo con una vejiga de cordero.

Enfocó la vista y los vio a todos inclinados sobre él: Irene, Caterina, Nicolau, los criados, los médicos y los frailes. Nemo sostenía a Hug por el cuello. El hombre se retorcía y repetía una y otra vez entre lamentos que él no tenía nada que ver. En lo alto del retablo seguía abierta la pintura de la sibila Eritrea y era visible el hueco.

—Me caí, no sé cómo… —logró decir tras beber.

—Lo imaginábamos —indicó Irene, preocupada—. Hemos visto lo que has descubierto. ¡Dios mío! No debiste hacerlo solo.

—Lo siento… ¿Cuánto tiempo ha pasado?

—Te encontró *fra* Edwin tendido junto a la escalera, inconsciente. El entierro fue hace algo más de una hora.

—¿Ha sido un accidente?

Eimerich no respondió, su mente palpitaba dolorosamente y era incapaz de recordar con detalle lo sucedido.

—Estarás dolido unos días, pero no tienes nada roto —afirmó *mestre* Lluís con una sonrisa.

—¡Has descubierto los tesoros de la academia y de mi madre, Eimerich! —añadió Irene con un matiz temeroso en la voz—. Las escasas pinturas de la cripta sólo eran un señuelo. Ahí arriba hay un valioso ajuar, pinturas y pequeñas imágenes de alabastro y jade.

—Si Dios quiere, mañana tendremos un veredicto favorable del rey y estaremos seguros —adujo Caterina con gesto grave—. Ni siquiera Josep de Vesach se atrevería a desafiar la voluntad del monarca. Aun así, hasta entonces nadie debe enterarse; la vida de todos los que estamos en el hospital depende de ello.

Eimerich asintió con el resto, aunque en su corazón notaba una estaca de hielo. Su mente se aclaraba. Recordó el instante en que la escalera cedió y la fugaz sombra que vio ocultarse con el rabillo del ojo. Alguien lo había empujado y estaba en el hospital. Prefirió no revelar su sospecha ante los demás. Recorrió cada rostro con la mirada, buscando un matiz de culpa o temor, pero el dolor lo obligó a bajar los párpados.

71

Intrépida, la galera más rápida del almirante del rey, don Galcerán de Requesens, había atracado en Vilanova del Grao procedente de Málaga horas antes del amanecer. Bajo el resplandor argentino de la luna, Tristán vislumbró por fin las murallas de Valencia ciñendo un mar de techumbres y campanarios aún en sombras.

Los funcionarios de la bailía en el puerto, alertados por la intempestiva llegada del barco, habían partido por encargo del caballero Ot de Soria a las localidades cercanas donde habían fijado su residencia los cinco jurados ausentes, los justicias y decenas de consejeros. En nombre de Su Majestad se exigía el inmediato regreso de todos ellos.

Tristán estaba ansioso por acceder a la urbe y correr hacia En Sorell, pero Ot prefirió seguir las formalidades y dio orden a uno de los vigilantes de la muralla para que avisara de su llegada al consistorio y al alguacil del gobernador. El *guayta* esperaba el correo real e informó de que serían recibidos en el Portal de Serrans. A Ot de Soria, altivo como todo noble, le satisfizo la propuesta. La comitiva de diez soldados a pie y el caballero a caballo bordearon en silencio el muro siguiendo el meandro del Turia hasta la imponente puerta ante los caminos reales a Zaragoza y Barcelona. Allí se recibía desde siempre a las personalidades.

Tristán, intranquilo, pensaba que la majestuosa apariencia del portal ocultaba una desarrollada ciencia militar y táctica. Estaba diseñada para repeler ataques de ejércitos, pero también para disuadir visitas molestas. El caballero no quiso atender sus recelos.

Los soldados que no habían estado en Valencia alabaron la factura de las dos torres simétricas de sillería, recias e inexpugnables sin artillería. Tristán observaba a los vigías con antorchas y esperaba impaciente oír el crujido de la madera.

Era pronto y nadie aguardaba aún la apertura de la puerta. Envueltos en la luz tenue del amanecer se abrió una de las hojas y apareció Josep de Vesach ataviado con un jubón oscuro, sin las insignias de la ciudad, acompañado de un lacayo con una antorcha. Saludó cortés al caballero. Tristán prefirió permanecer en las sombras, cubriéndose el rostro con la capa mientras el *lloctinent* les presentaba sus respetos en nombre de las autoridades y excusaba al alguacil del gobernador, que llegaría más tarde.

Ot de Soria hizo avanzar al paje que custodiaba el correo.

—En este documento Su Majestad ha manifestado su decisión. Es mi deseo que se haga llegar a los miembros del Consejo de la Ciudad sin falta. Nos consta que la mayoría de ellos están ausentes; por eso han sido requeridos a presentarse hoy antes del toque del ángelus.

Josep tomó el documento plegado y lacrado. Antes de que el caballero pudiera reaccionar quebró el sello junto a la antorcha y leyó.

—¡No estáis autorizado! —bramó Ot, furibundo ante la desfachatez.

El *lloctinent*, tras un rápido vistazo, frunció el ceño y asintió levemente como si ya imaginara el contenido. Dio un paso atrás y se situó bajo el portal mirando con desdén a los soldados. Ante el desconcierto de los castellanos arrugó la carta real y la pisoteó. Desenvainaron. Tristán notó que la nuca se le erizaba y corrió hacia la puerta.

—Aguardaba esta respuesta y os juro que la habría acatado —apuntó Josep ya en el dintel—, pero ayer se descubrió algo en el hospital que ha precipitado mis planes. ¡Encomendad a Dios vuestra alma!

La advertencia fue la señal para desatar un infierno desde las almenas y los balcones de las dos torres. Era una emboscada planificada. A los chasquidos de las ballestas siguió el silbido de las saetas y los gritos ahogados de los soldados. El *lloctinent* se había retirado y la puerta quedó atrancada. Pegado al quicio, Tristán jadeaba al ver pasar las flechas a menos de un palmo. A Josep poco le importaba la respuesta del rey; había decidido traicionar a todo un reino por algo relacionado con el hospital. Pensó en Irene con temor. Una locura semejante sólo podía significar que el *generós* había previsto también escapar lejos, tal vez al turco, y no temía las consecuencias de sus crímenes.

Cuando la mortífera lluvia cesó se dejó caer al suelo entre sus compañeros asaetados. Así había sobrevivido Ira del Infierno a más de una escaramuza. El silencio de la muerte reinaba ante el portal cuando la puerta chirrió de nuevo.

—Vosotros cuatro, esconded los cadáveres en las mazmorras de la torre —ordenó el *lloctinent*, impasible—. El resto que me siga a En Sorell.

—Mi señor, en el hospital se hacinan casi un centenar de inocentes.

—¿Llamas inocentes a menesterosos y putas? No tendrán tanta suerte los que agonicen cubiertos de bubones. ¡Vamos!

Los cuatro hombres, apocados, comenzaron a arrastrar cuerpos hacia el interior mientras los campanarios anunciaban el rezo de maitines. Tristán aguardó inmóvil hasta que uno de ellos se acercó para asirlo de los pies. Sin vacilar, se envaró y de un tajo con la daga le abrió la garganta. Mientras el soldado jadeaba esputando sangre se levantó y desenvainó la cimitarra. Los otros tres, desprevenidos, no pudieron enfrentarse al baile mortal del afilado sable y el último cayó cuando intentaba huir hacia el río.

Tristán, agitado, miró el portal abierto. Recogió la carta arrugada del rey y se internó en Valencia. Su corazón latía desbocado. El hospital no estaba lejos. Josep de Vesach ya habría llegado.

Poco después un terrible estruendo despertaba a la ciudad. En Sorell se estremeció con tal fuerza que Irene cayó del estrecho jergón.

Se cubrió con el viejo vestido y, aturdida, salió del aposento. Se topó con Caterina y micer Nicolau, que abandonaban espantados la estancia que compartían. En sus miradas anticipó el desastre.

Al llegar a la galería se vieron envueltos en una humareda espesa que les hizo toser. Irene recordó las escaramuzas en el asedio de Baza. Era el olor acre de la pólvora. Apenas podía atisbar el patio, pero destellaban pequeños incendios por doquier. Una cacofonía de lamentos y alaridos de terror llenaba el aire. Aterrada, descendió y fue consciente de lo sucedido.

La puerta del hospital había saltado de sus goznes a causa de la explosión de una mina que había formado un pequeño cráter en la entrada. Varios hombres embozados se enfrentaban a los esbirros de Arlot, que ahogados y ensordecidos por la deflagración apenas podían contener el asalto. En el dispensario alguien rompía las redomas y los frascos. Un asaltante salió del cuarto, tomó una astilla humeante y la lanzó al interior.

Irene pensó en los alcoholes y los aguardientes usados para destilar.

—¡No, Dios mío!

Al estallido lo acompañó una bola de fuego que brotó de la puerta y devoró a los que pasaban por delante. Se desplomó paralizada por el pánico y con un fuerte pitido en los oídos, vio correr sin rumbo a hombres y mujeres cuyos harapos eran antorchas que esparcían el incendio. Algunos, fuera de sí, se internaron en otras estancias avivando el terror.

Una mano la asió por el brazo y la levantó. Era Nemo, con las cejas quemadas.

—Señora, debéis marcharos. He oído que Josep os busca.

—¡No! —Encontrar a su criado la devolvió a la realidad y pudo controlar el miedo que la atenazaba—. Debemos sacar al huerto a los enfermos. ¡Busca a los demás!

En el suelo encontró el *hiyab* de una morisca y se cubrió la cara hasta la nariz. Observó la situación con desaliento. Uno de los esbeltos cipreses ardía y el aire era irrespirable. Los que intentaban escapar cruzaban ante hombres que luchaban con espadas o cuerpo a cuerpo. A pesar de la humareda reconoció a alguno de los asaltantes. Eran hombres de Vesach, aunque vestían como arrieros y artesanos. Ocultando el rostro alcanzó la sala de curas, aún intacta. Allí las mujeres gritaban y se abrazaban aterradas. Con ellas estaban Arcisa, Llúcia y Ana.

—¡Seguidme todas!

Pegadas al muro, una a una recorrieron el patio hasta el portón abierto del huerto. El fuego mostraba cuerpos tendidos junto al pozo y el hedor de la carne quemada era asfixiante. Irene oteó en medio de aquel caos de figuras que corrían y tintineos de armas. Del comedor brotaban pavorosas llamas.

Los asaltantes se habían concentrado frente a la puerta de la capilla y podía atisbar actividad en el interior. Cuando la última de las mujeres se alejó hacia los árboles del huerto se derrumbó desalentada y tuvo que apoyarse en el vano para no caer.

—¡Se llevan el ajuar! —exclamó Eimerich alcanzándola, cubierto de hollín.

—No importa —musitó la joven *spitalera* llorando—. Ya nada importa.

El dispensario, la cocina y el comedor eran pasto de las llamas. En la galería superior algunas puertas habían prendido y brotaban gritos desgarradores de las cuadras donde los apestados más graves veían llegar la muerte en forma de llamas.

—¿Cómo han sabido lo del hallazgo? —siguió Eimerich, intrigado.

La joven lo miró como si no lo reconociera.

—Es inútil, Eimerich —masculló con el ceño fruncido—. Ésta es ya nuestra última lucha, el fin. Sólo importan las vidas.

En ese momento se encontraron con Pere Comte y varios de sus hombres que habían entrado por la tapia del huerto, pero no se atrevían a cruzar la puerta hacia el patio.

—Mi señor —imploró Irene con lágrimas—, haced que vuelva a sonar la campana *Caterina*. Necesitamos ayuda y cobijo para los que sobrevivan a este infierno.

—El último *Latido de la sibila* —adujo el hombre, sobrecogido. La pena que destilaban las pupilas grises de Irene era indescriptible.

—Las damas son la última esperanza de En Sorell —concluyó ella.

Encogida, entró de nuevo al patio y alcanzó la escalera para guiar a los que descendían en tropel sin saber adónde huir. El ciprés era una antorcha que crepitaba elevando una columna de ascuas y el calor era insoportable. A lo lejos se oían las campanas de Sant Berthomeu. Todos conocían bien aquel tañido que anunciaba fuego en una vivienda de su parroquia. Pronto acudirían los vecinos y los médicos, pero ya era demasiado tarde.

72

S eñora… —gimió una voz ahogada.

Irene, a los pies de la escalera, vio a Arcisa apoyada en el muro y la mano tendida hacia ella. Su gesto de dolor le hizo mirar la mancha de sangre que le empapaba la falda. Quiso acercarse a la criada, pero el filo de una daga en la garganta la detuvo.

—Lo siento, esposa —siseó Hug Gallach a su espalda—. No quiero morir. Josep de Vesach me llevará con él si le entrego el mejor de los trofeos.

Por encima del patio planeó Mey ululando espantada. Recordó a Tora y con un rápido movimiento atrapó el brazo enclenque de Hug y lo apartó.

—¡Maldito seas! —le gritó retrocediendo.

El hombre lanzó una estocada hacia su vientre, pero de pronto salió despedido hacia atrás. Cegado por la frustración, comenzó a gritar despavorido a los asaltantes:

—¡Es Irene! ¡Está aquí!

Hug cargó de nuevo con el puñal y entonces lo alcanzó el fugaz destello de un sable curvo. Su cabeza salió despedida hacia un costado; su cuerpo aún permaneció erguido un instante antes de desplomarse.

—¿Tristán? —exclamó Irene, sin dar crédito.

Se abalanzó hacia él y le tocó el rostro como si necesitara cerciorarse de que era real. Contemplaron los rostros de quien les causó la separación y tanto dolor. La cabeza decapitada de Hug parecía vigilarlos con una horrenda mueca.

—He regresado de la oscuridad, Irene, para vivir o caer junto a ti.

—¿Y Zahar?

Tristán la miró sombrío y ella comprendió sin necesidad de palabras. Ansiaba saber cómo había logrado el doncel recordar y regresar, pero la amenaza los cercaba.

Irene corrió llorando hasta Arcisa. En ese momento comenzó a sonar la campana *Caterina* del Miquelet con el singular ritmo. Pronto recibirían ayuda y tal vez el edificio podría salvarse de quedar arrasado.

Tristán sentía la sangre hervir ante la masacre. Su espada cayó sobre los *guaytas* y, para asombro de los agotados esbirros de Arlot, la pugna comenzó a cambiar de signo. Forjado en el cruento campo de batalla de Baza, hacía que los soldados cayesen o escaparan aterrados. Los hombres del rufián, envalentonados, hicieron retroceder a los rebeldes. El tañido de las campanas anunciaba refuerzos y desde el interior de la capilla Josep ordenó la retirada, frustrado al no poder completar el saqueo.

Sin embargo, Hug había delatado a la *spitalera* y cuatro hombres armados la cercaron cuando estaba atendiendo a Arcisa. El doncel, que iba a entrar en la capilla, prefirió seguir a su amada; volteó la cimitarra y derribó al primero con un profundo tajo en el hombro. Los otros tres comenzaron a asediarlo inquietos.

—¡Un encuentro conmovedor! —exclamó desdeñoso Josep junto a sus esbirros.

Se dirigían al portón de salida con sacos abultados. Las pupilas del *lloctinent* destilaban miedo.

—Enfréntate a mí, Josep —lo retó Tristán. Otro de los guardias había caído y se alejaba arrastrándose—. Veamos si aprendiste algo en el frente de Málaga.

—Lo haría encantado, pero el tiempo se agota. ¡Ballesteros!

De entre los guardias se destacaron tres con las ballestas cargadas. Tristán apenas tuvo tiempo de cobijarse tras la escalera cuando las saetas sesgaron el aire. Dos rebeldes prendieron a Irene. Ella trató de defenderse y Josep la tomó de la barbilla.

—La heroína venerada por menesterosos y rufianes… —siseó

casi rozando sus labios. Irene no habría sabido decir si su mirada encendida era de odio o de deseo—. ¡Pagarás todo el mal que me has hecho! De momento serás mi salvoconducto si las cosas se ponen feas.

Los ballesteros mantenían acorralado a Tristán. Las flechas chasqueaban contra la escalera sin darle opción a abandonar su refugio. Sólo cuando los rebeldes salieron por el portón destrozado pudo asomarse, cauteloso. El patio era un campo de batalla arrasado. El fuego seguía devorando el hospital y los responsables habían logrado escapar, aunque mermados. La congoja dio paso a la ira.

Tristán se acercó hasta Arcisa. La anciana agonizaba, pero aún sonrió rozando con mano temblorosa el rostro del doncel. Se acercaron el resto de los criados y Eimerich. La mujer había caído junto a otros veinte, la mayoría de ellos moribundos por la peste. Con su muerte todos se quedaban huérfanos y el dolor era más vivo.

—Por fin Dios me reclama. —Con ojos implorantes miró a Tristán—. Debes salvarla, hijo. Dile que su madre la espera...

Inclinó la cabeza y expiró.

—¿Lo sabía? —musitó Eimerich, desconcertado.

—Ella era parte de esta casa —indicó Llúcia, sombría—. Pocos secretos se le escapaban, pero solía mostrarse tan enérgica como discreta.

Comenzaban a llegar vecinos, monjes legos de conventos cercanos y lacayos de varias familias nobles cuyas mujeres habían oído el último *Latido de la sibila*. Un incendio en esa zona de calles estrechas y retorcidas era extremadamente peligroso.

Tristán se irguió y se dirigió a la puerta.

—¡Espera! —gritó Caterina, que se acercaba desde el huerto donde se había refugiado. Caminaba cojeando y estaba tan desconcertada como los demás—. ¿Cómo has llegado?

—He venido con el correo real. Han muerto todos en el Portal de Serrans.

El doncel le entregó la carta y les explicó la intención del rey.

—Solo no lo conseguirás, Tristán. El actual justicia criminal reside en una casa de Bétera. Si ha recibido ya el mensaje con la orden de regresar estará en camino. Reunirá a la *guayta* fiel para detener a Vesach y su horda de traidores.

El doncel asintió. Sin duda los refuerzos estaban llegando. Entonces notó una mano que le asía el tobillo. Un hombre se había arrastrado hasta él. Sus ojos claros destacaban brillantes en el rostro negro y descarnado por las quemaduras.

—Es Altan —musitó Llúcia, impresionada. En esos días los más supersticiosos habían llegado a pensar que era en realidad un ángel guardián de la *opitalora*.

—No te demores, amigo —susurró el turco, malherido—. Vesach no es más que un cobarde asesino. Sigue tu instinto y no esperes a nadie o no la salvarás.

Tristán sintió un escalofrío. Parpadeó y vio al hombre tendido inerte, con los ojos abiertos hacia el brumoso amanecer. ¿Le había hablado de verdad? Mientras los criados se acercaban para tratar de reanimar al esclavo, el doncel envainó su sable y salió del hospital en busca de su amada.

—¡Eimerich! —Caterina le mostró con una mano alzada la carta del rey don Fernando—. Debemos buscar a mi padre y acudir a la Casa de la Ciudad. A él le escucharán. Hay que explicar lo sucedido a las autoridades que acudan.

Salieron mientras Nemo sacaba agua del pozo y decenas de hombres se afanaban por librar del fuego En Sorell. La letal intervención de Tristán de Malivern había salvado muchas vidas y brindado la posibilidad de salvar la casa de las llamas. Llegaron los médicos y comenzaron por atender a los heridos mientras se elevaban plegarias por la infortunada *spitalera*, a quien más de uno no esperaba volver a ver.

La noticia del asalto del *lloctinent* se difundió por la ciudad como un hedor inmundo a traición y muerte.

73

A pesar de la crítica situación, Caterina y Eimerich se miraron y no pudieron evitar una sonrisa. Ella avanzaba encorvada, con las manos apretando la herida de la ingle para proteger la sutura, y él cojeaba con la pierna entumecida por la caída. Encontraron a Guillem, que también buscaba a su señor. Para alivio de todos, el abogado no se hallaba entre los muertos del asalto, pero tampoco estaba en la posada. Muchos habían huido a casas vecinas y a la iglesia de Santa Cruz tras el huerto.

La joven decidió ir a la Casa de la Ciudad. Los ujieres, inquietos, explicaron que el justicia criminal había enviado un mensaje anunciando su llegada. Varios oficiales y escribas deambulaban alterados por el patio y los salones extendiendo los rumores sobre lo ocurrido. Caterina mostró su sello de los Borja y entregó la carta real a uno de los alguaciles del Consell Secret, que palideció al ver su contenido.

—¡Traición! —rugió, e inmediatamente comenzó a impartir órdenes a los ujieres.

La campana *Caterina* fue ahogada por el resto tocando a rebato. En los palacios de la calle de Caballeros, ancianos que un día dieron gloria a la Corona de Aragón rebuscaron en sus arcones las viejas espadas. La ciudad pedía ayuda.

—Tal vez micer Nicolau esté oculto en su propia casa —sugirió Eimerich.

A falta de otra opción Caterina aceptó. Bajo el escudo de Valencia en la fachada de la Casa de la Ciudad se concentraban caballeros y algunos ballesteros del Centenar de la Ploma que lucían el sobreveste con la cruz de San Jorge. Los caballos relinchaban nerviosos mientras sus dueños interrogaban a un apocado Guillem sobre lo sucedido y clamaban al cielo con exagerados aspavientos.

Caterina siguió a Eimerich en silencio, cada vez más preocupada. La calle dels Juristes estaba tan sólo a unos pasos y no tardaron en alcanzar la casa abandonada. En la fachada habían pintado la palabra «marrano». Se estremeció cuando Eimerich quebró el sello del Santo Oficio. La puerta se encontraba abierta.

A ambos los invadió la desolación al ver lo que fue su hogar en aquel estado de abandono. Todos los muebles habían desaparecido, incluso las puertas. Las hojas secas del emparrado crujieron bajo sus pisadas y el silencio les sobrecogió.

—Aquí no está —indicó Caterina, angustiada.

Eimerich subió las escaleras. Ella atisbó algo en su gesto que la incomodó.

—¿Por qué hemos venido, Eimerich? Sabes como yo que mi padre no ha venido.

El joven recorrió las estancias superiores.

—¡Eimerich! —gritó Caterina furiosa.

Fue tras él y pisó algo que se astilló con un chasquido. En el suelo estaba su bastidor aún con retales sucios del bordado que nunca acabó. Sus ojos se empañaron mientras regresaban los fantasmas de un tiempo que a veces añoraba con nostalgia.

Encontró al criado en el despacho vacío de su padre. En el suelo aún quedaban hojas esparcidas de *clams* y alegatos con la esmerada caligrafía del reputado micer Nicolau Coblliure. El drama de lo ocurrido era allí más intenso.

—Vámonos —musitó Caterina afligida.

—Una vez me dijiste que tu padre guardaba documentos en una hornacina del zócalo.

—Dijo que no pudo llevárselos cuando lo detuvieron.

—¿Sabes dónde está?

—¿Qué buscas? —le demandó intrigada.

—¡Dímelo! —exigió imperioso, con mirada ardiente.

La joven vaciló. Nunca había visto a Eimerich comportarse

así. En silencio señaló los azulejos del fondo con motivos geométricos. Se acercaron y el joven golpeó con los nudillos hasta escuchar un sonido hueco. Ajeno a las quejas de ella, sacó un estilete y presionó en la junta hasta que se escuchó un crujido. Cuatro losetas formaban la puerta de una hornacina. El interior seguía intacto y Eimerich sacó los papeles del interior. Al revisarlos mudó el color de su semblante.

—¿Qué ocurre? —demandó Caterina, que ya sentía el légamo del dolor extendiéndose en su alma.

—Hace tiempo me enseñaste el título de *Legum Doctor* expedido por la Iglesia a favor de tu padre, tras superar el examen en el *Studi General* de Lleida, lo que lo alejaba de sospecha, sin embargo verás que fue expedido seis años después del suceso de las larvas en Bolonia —explicó mientras revisaba un extenso documento hallado en la hornacina. Su voz temblaba—. Bajo llave guardaba este certificado de bachiller donde se indica que inició los estudios en Bolonia y relaciona las asignaturas del *Quatrivium* aprobadas en esa universidad.

—¡Dios mío! —exclamó Caterina mirando los sellos del viejo documento. Sus ojos recorrieron el texto en latín que especificaba el periplo académico del que su padre nunca había hablado.

Eimerich se sorprendió con el siguiente papel.

—¡Entonces era novicio de la Orden de los Predicadores! —La miró asombrado—. ¡Fíjate! Aquí está la carta de renuncia para marcharse de Bolonia a proseguir sus estudios en Lleida.

—¡No puede ser! Mi padre nos lo hubiera dicho. ¿Qué insinúas?

El joven sacó una máscara de cera blanca, idéntica a la que habían visto ya en varias ocasiones. Caterina jadeó aterrada, pero el criado siguió ojeando papeles. Halló varios con el sello del hospital Dels Ignoscents. Era la parte del *consilium* sobre Gostança redactado por *mestre* Simón de Calella, desaparecido del hospital de furiosos. Halló además una autorización del mayordomo Dels Ignoscents para acceder a los archivos por ser necesario para un pleito; la fecha era unos días posterior a la muerte de Simón de Calella.

—Es algo habitual —excusó ella, sintiendo la angustia en el pecho—. Mi padre también acudía a las parroquias cuando necesitaba partidas de bautismo o defunción.

—Pero pudo así expurgar el *consilium* de Gostança y eliminar su rastro.

—¡No sigas, insensato! Mi padre no…

—Eran siete larvas, Caterina, y sólo han muerto seis…

—¡No! —negó ella, y lo abofeteó enfurecida por las acusaciones del criado.

Eimerich no se defendió. La miraba desolado mientras todas las piezas encajaban con una precisión aterradora.

—La siguiente larva de la cadena después de Simón de Calella no era Andreu Bellvent como creíamos, sino Nicolau Coblliure. Él sobrevivió gracias a que se alió con Gostança por alguna razón. Fue sus ojos y oídos desde entonces. Cualquier paso que hemos dado, ella y su otro aliado, Josep de Vesach, lo han sabido sin demora. Cuando me enterró en la tumba de tu madre yo tenía la carta de Andreu, ¿cómo lo supo?

—¡En la posada se la mostraste a mi padre, pero también estaban los médicos!

—Luego Josep interceptó a Irene después de que ella enseñara el breviario en el convento de la Trinitat y ahora han sabido dónde se hallaba el valioso ajuar de Elena.

Caterina retrocedió como si se enfrentara a su peor enemigo.

—¡Estaban delante los médicos, clérigos, Peregrina…! Pudo ser cualquiera. ¡Que mi padre fuera novicio y estudiara en Bolonia unos años no prueba nada!

—Es cierto, pero ¿recuerdas lo que contó Irene sobre el cautiverio de Pere Ramón Dalmau a manos de los turcos?

—¡Claro que lo sé! ¡Llevas dándole vueltas cuatro días! —le gritó fuera de sí.

—Esa es la clave que me ha acercado a la verdad… —Sus ojos brillaron vivos—. Dijo que Miquel Dalmau no tenía fondos suficientes para pagar su rescate. Ninguno de los que has mencionado pudo financiar esa cantidad salvo micer Nicolau Coblliure, abogado de las familias más pudientes de Valencia y de tu amante

Don Felipe… —Le tendió uno de los documentos que había repasado y que había apartado a propósito—. Aquí está el pago entregado a los hermanos mercedarios que organizaron el rescate del cautivo. Quince mil florines. El resto de lo hallado sólo refrenda mi sospecha.

Caterina tomó el papel, que tembló en sus manos. Su alma se desgarró.

—¿Por qué? —musitó.

En ese momento escucharon la voz de Guillem llamando a su señora. El criado los encontró aún en el despacho. Tenía el rostro demudado.

—Ha llegado a la Casa de la Ciudad sor Isabel de Villena. ¡Gostança ha escapado del convento llevándose como rehén a la pequeña María de Aragón!

—¿La hija del rey?

El criado asintió. Se sabía que allí se criaba una de las infantas ilegítimas del rey don Fernando, acogida por su amistad con la abadesa. Tenía entonces diez años.

—¿Cómo ha ocurrido? —demandó Caterina. El pecho le iba a estallar.

—Mi señora, ha sido vuestro padre… —La miró desolado—. Ha ocurrido una desgracia…

74

Irene fue empujada contra un montón de redes de pesca malolientes y le quitaron el *hiyab* del rostro. Ella se miró las ataduras de las manos con inquietud. Su pecho aún latía con la imagen de Tristán. Confiaba en que hubiera sobrevivido y la buscara, pero aquella fuga había estado perfectamente planeada. Se ocultaban en un rincón solitario de las Atarazanas del puerto y veía el sol que doraba la superficie serena del mar. Varios hombres de Josep deambulaban como mercaderes alejando a cualquier pescador que se acercara demasiado. Aguardaban la llegada de una galera armada cerca de la Albufera y que atracaría con el toque del ángelus.

Vio que los sacos del hospital estaban junto a una docena de arquetas. Dedujo que era el botín de la rapiña del *lloctinent* en palacios y talleres aprovechando el caos y el desgobierno de la ciudad. Ignoraba qué pensaba hacer el *generós* con ella. Decía que sólo la retenía por si tenía problemas con los oficiales del puerto, pero adivinaba su tentación de llevársela en la incierta travesía que se disponía a emprender.

Una vez más lo abordó para saber qué lo había convertido en su más sangriento adversario. Josep la observó y sonrió triunfal. Su vanidad por fin le desató la lengua.

—Cuando mi padre, Felip de Vesach, se casó por segunda vez con doña Angelina de Vilarig, una dama noble que llegó con tu madre desde Cáller, pensé que su dote nos sacaría de la ruina. —Su rostro se retorció en una mueca de rencor—. En vez de eso embaucó con malas artes a mi padre para que me desheredara.

—Te declararon indigno por tu comportamiento violento y tu falta de respeto.

Él la miró con desdén. Eso era lo que siempre le decían.

—La maldije y me marché.

—Malvivías en la mancebía realizando pequeños robos que dilapidabas en los dados y las *pecadrius*.

El hombre, ofendido, asestó a Irene una bofetada que le hizo sangrar el labio.

—Entonces Dios o el diablo se acordó de mí una fría noche de enero de 1486. Una bella mujer enlutada me abordó en la calle Muret. Sabía todo de mí y me aseguró que la nueva esposa de mi padre era parte de una diabólica hermandad que estaba dispuesta a exterminar. ¡Ése era el origen de todos mis males! —Sonrió burlón—. Me ofrecía vengarme de doña Angelina y apoderarme de valiosos objetos que Elena de Mistra había traído de Constantinopla en su juventud. Soy un noble y vivo de las rentas o de mi espada. Lo primero lo habíamos perdido, pero nos quedaba lo segundo. Ella deseaba exterminar un mal que, según decía, emponzoñaba su alma y yo restaurar el esplendor de los Vesach. Me brindé a acabar con doña Angelina ahogándola con un almohadón y dejé junto a la cama una siniestra máscara de cera.

—¡Dios mío! —exclamó Irene, horrorizada.

—Luego se unió a nosotros un hombre de confianza de los Bellvent. Él fue nuestros ojos y nuestros oídos en el hospital: micer Nicolau Coblliure.

Irene notó que su corazón se detenía, pero Josep prosiguió, divertido:

—Pero ni él fue capaz de sonsacar nada a tu padre que falleció llevándose los secretos de Elena a la tumba, aunque antes de morir te mencionó una caja blanca…

—Nicolau estaba presente.

—En esa caja podía hallarse la clave para averiguar dónde habían ocultado el ajuar. Gostança pensaba encontrar alguna carta en la que tu madre informara de su refugio.

—Entonces asaltaste el hospital.

—Ése era mi objetivo, aunque no iba a perder la posibilidad

de llevarme lo que de valor encontrara. —El gesto de Josep se agrió—. Pero interferiste tú y ese maldito criado que resultó ser un escudero de la Orden de Nuestra Señora de Montesa. Luego la furcia de Caterina desafió a su padre y planteó al justicia una argucia jurídica que causó mi perdición. —Su mirada brilló febril—. Fui desterrado como un *generós* sin honor; el mayor de los agravios.

»Se retiró el escudo de armas de los Vesach de la iglesia de San Esteban y mi padre murió a los pocos meses consumido por la vergüenza mientras yo malvivía en un campamento de peonada frente a los muros de Málaga como un mísero lacayo. —Crispó los puños—. Cuando regresé a Valencia estaba dispuesto a alzarme del fango, pero necesitaba dinero. Me hice corredor de esclavos y En Sorell era un buen lugar donde alojarlos, pues su dueña pronto dejaría de serlo... —Sonrió indolente—. Las comisiones son jugosas... y poco a poco todo cambió. La peste me brindó ser nombrado *lloctinent* y, como ves, en estos arcones mi fortuna sólo ha hecho que incrementarse. Pero ansiaba ese ajuar llegado de Grecia con el que podría comprar alguna baronía o condado y alcanzar la cúspide nobiliaria como ningún otro Vesach había soñado.

»A mis soldados no les pasó desapercibido el regreso de la bella Caterina a Valencia. Gostança aguardaba la ejecución pública de su padre a manos de la Inquisición, como castigo por no haber impedido que su hija actuara por su cuenta y te salvara del castigo por adúltera. Realizamos indagaciones y localizamos a Nicolau oculto. Le advertimos que sólo si nos era fiel de nuevo permitiría que abandonara la ciudad con su hija sana y salva.

—Por él supisteis de la carta de mi padre que guardaba Eimerich y del breviario.

—Gostança creía que contenían la clave. Fuera como fuese, la suerte seguía esquiva hasta que ese astuto criado descubrió ayer el escondite de la capilla. —La rabia se convirtió en sorna. Señaló los sacos y los arcones—. Por culpa de tu doncel no he culminado mi venganza. No obstante, me llevo un puñado de riquezas y en cualquier reino no aliado con nuestros monarcas me acogerán como a un príncipe.

Irene tenía los ojos anegados en lágrimas. Micer Nicolau, el padre de Caterina y amigo de su propio padre, había estado siempre detrás. Recordó que Peregrina le había advertido que mantuviera el breviario en secreto; sin embargo ella, ingenua, confiaba en todos los colaboradores de En Sorell.

—Te has convertido en un proscrito, Josep. Tus sueños se han desvanecido.

Se encogió de hombros. Habían salido de Valencia de manera fácil y discreta. Todo estaba previsto:

—Cuando acepté someter al monarca el problema de En Sorell ya sabía que mi tiempo en esta ciudad se agotaba.

—El linaje Vesach se extinguirá por tu traición —le espetó, hurgando en su honor.

—¡Surgirá otro apellido y un extenso árbol genealógico que el oro hará creíble!

Irene se pasó las manos por la melena apelmazada. Desde que cruzaron su mirada tres años antes, sabía que Josep de Vesach era alguien vacío y sin escrúpulos. Si tenía éxito, su grandeza duraría lo que unas cuantas partidas de dados y algún negocio sucio. Pero era su naturaleza, y llegado el fin de sus días seguiría creyendo que la gloria de su sangre todo lo justificaba, incluso masacrar un hospital.

Lo más desgarrador era la traición de Nicolau Coblliure. El abogado era un converso sin tacha, próspero y respetado, no tenía ninguna necesidad de aliarse con la oscura Gostança. Escondió el rostro entre las manos, abatida.

Tristán recorría las calles de Valencia buscando desesperado el rastro de la *guayta* rebelde. La ciudad estaba tomada por el miedo y el tañido insistente de las campanas. Obtenía información contradictoria y había tenido que desandar varias veces el camino. Aquella fuga había sido minuciosamente preparada y, camuflados como ciudadanos, habrían salido con discreción por las cuatro puertas abiertas de la ciudad.

Frente al Portal de San Vicente se vio rodeado de una docena de caballeros sobre sus monturas y bien armados. Un paje los seguía con el estandarte del justicia criminal. Observaron circunspectos la empuñadura de su cimitarra. El jinete del centro, pálido como la cera, se acercó.

—Doncel Tristán de Malivern, soy mosén Francesc Martí, justicia criminal de este año. En la Casa de la Vila nos han informado de lo ocurrido y de que tratáis de detener esta vil insurrección. Se ha encontrado muerto al caballero castellano Ot de Soria y a sus peones en el Portal de Serrans. He mandado hombres armados por los caminos y las huertas, pero no hay rastro del rebelde ni de su cautiva Irene Bellvent.

Tristán trató de serenarse. Ante él se erguía un hombre aterrado por la ineludible represalia del rey tras haber delegado su responsabilidad en un traidor y abandonado a su suerte la capital del reino durante varios meses. El justicia estaba desconcertado y perdido, dispuesto a secundar cualquier propuesta.

Trató de pensar como Ira del Infierno en una de sus letales escaramuzas. Eran cerca de una veintena de rebeldes. No les resultaría fácil desvanecerse como la bruma.

—Todos los caminos que parten de la ciudad son llanos y están despejados durante millas. —Entornó la mirada—. De Valencia sólo se puede escapar de un modo rápido: por mar.

Le ofrecieron una poderosa montura de guerra y abandonaron la urbe al galope cruzando el mismo puente donde dos años antes había luchado junto a su amada por salvar decenas de vidas. Miró el camino embarrado hacia Vilanova del Grao y notó la sangre arder en sus venas. Únicamente le quedaba una vida por salvar.

75

F ue el miedo, hija, Caterina —gimió Nicolau contrayendo el
rostro por el dolor—. El miedo a morir, a perderos a ti y a tu
hermano… Simón de Calella me delató y Gostança vino a por
mí, el siguiente de la cadena.

El vestido de la joven, arrodillada junto a su padre, se iba empapando de sangre. El jurista tenía el semblante mortecino y la
mirada fija en el crucifijo del muro desnudo de la celda. La herida
en el costado no dejaba de sangrar y la monja de la enfermería ya
lo había desahuciado. Ninguna sospechó cuando el abogado llegó
al convento y solicitó entregar a Gostança un recado personal de
Irene. En realidad pretendía sacarla de allí. Con la pequeña María
de Aragón como rehén, la dama había recuperado el vestido negro y su cepillo. Sin embargo, antes de huir culminó su venganza
contra la séptima larva.

Eimerich recogió del suelo la tosca máscara amasada con cera.

—Gostança de Monreale llegó a Valencia siguiendo el rastro
de las larvas —musitó el joven. Su manera de hablar distaba ya
mucho de la de un mero criado—. Tras acabar con el médico
Simón escapó de Dels Ignoscents. Según los documentos, solían
conversar dando paseos por los huertos del hospital. Pudo matarlo y saltar el muro.

—Yo era el siguiente. La larva invitada por el médico. —La
necesidad de explicarse ante su hija consumía las últimas energías
de micer Nicolau—. Pero antes Gostança quiso vengarse de las
tres mujeres que participaron aquella lejana noche en la reunión,

en especial de Elena, la madre que la abandonó, la bruja que la infectó. Doña Angelina y sor Teresa cayeron víctimas de su odio en poco tiempo. Había estudiado con detalle sus movimientos y descubrió que la noble tenía un hijastro díscolo, ambicioso y lleno de odio hacia la nueva esposa de su padre.

—Josep de Vesach.

—Ella lo sacó de su sórdida existencia en la mancebía y le prometió riquezas si la ayudaba a terminar con doña Angelina. Su muerte conmocionó a la ciudad, pero cuando al poco tiempo aconteció la de sor Teresa, Andreu y yo intuimos que podían estar relacionadas con lo ocurrido en Bolonia. Pronto Elena comenzó a sentirse mal y de manera sorpresiva se anunció su muerte en el hospital. El breve velatorio en la capilla se hizo ante una blanca mortaja y fue un entierro precipitado, ni siquiera esperaron el regreso de su hija para enterrar a Elena en el sepulcro familiar de Sant Berthomeu.

»A pesar de los gestos abatidos y las miradas de inquietud conocía bien a Andreu; no se comportaba como lo hace alguien que ha perdido a su amada esposa. Traté de sonsacarle la verdad y él selló sus labios. Aun así, deduje el ardid para salvar a Elena de la venganza. Me pidió ayuda para detener a Gostança, pues éramos los siguientes larvas tras Simón de Calella, pero la dama era cauta y escurridiza, tenía fondos, dos fieles criados y a un *generós*, Josep, como aliado.

»Yo estaba dispuesto a huir de Valencia con mis hijos, cuando Gostança me abordó una tarde ante la tumba de mi esposa. Me entregó un *kipá* para cubrirse la coronilla al entrar en la sinagoga, la peor amenaza para un converso. Escuché su relato deformado de lo ocurrido en Bolonia. Las dos últimas larvas debíamos morir como el resto, de un modo atroz por haber ofendido a Dios. Jamás dijo que era el fruto de aquella violación, que consideraba un ritual voluntario entre una bruja y un hombre enfebrecido.

—Acorralado, ofrecisteis la sospecha de que Elena no estaba muerta para salvar la vida —lo acusó Eimerich eludiendo la encendida mirada de Caterina.

—¡Hubiera sido mi fin y el de toda mi familia! —siguió el

hombre—. Le imploré piedad a cambio de la información. ¡Que Dios me perdone! Me ofrecí a sonsacar a Andreu el paradero de Elena. Cumplí los dictados de Gostança y le cubrí las espaldas.

—Accedisteis al hospital Dels Ignoscents para eliminar el rastro que podía relacionarla con el crimen del médico.

—Sí. Por otra parte no era ningún secreto para las larvas el valioso ajuar que se decía Elena trajo desde Constantinopla. Sin saberlo a ciencia cierta, también aseguré a Gostança y a Vesach que estaría oculto en el hospital. Las pinturas de la cripta parecían un señuelo. Cuando mosén Jacobo de Vic por orden del maestre de Montesa comenzó a indagar, Gostança perdió la paciencia y me encomendó una nueva tarea a cambio de la vida.

—¿Vos envenenasteis a Andreu? —preguntó Eimerich, sobrecogido.

—Ambos sabíamos que estábamos en peligro por ser larvas. Gostança apareció varias veces por el hospital, pero era yo quien echaba cantarella en su copa durante las últimas visitas. Pensé que, amenazado, se sinceraría conmigo… Soportó la agonía con los labios sellados. No sé si sospechó de mí, pero luego supe que había legado el secreto a su hija, oculto en una caja blanca.

Tosió sangre. Caterina le acarició el rostro y él reaccionó mirando a su hija.

—Todo habría sido más sencillo si Irene hubiera vendido la casa y regresado a Barcelona. Cuando propuso casarse con Tristán para convertirse en *spitalera* me vi obligado a forjar una nueva alianza con mi mayor deudor, Miquel Dalmau, al que había prestado dinero para el rescate de su hijo y no podía devolvérmelo. Su propio hijo, Pere Ramón, sería el esposo bajo una nueva identidad, un títere para arrebatar a Irene En Sorell, cerrarlo y buscar su secreto: el paradero de Elena de Mistra y su valioso ajuar.

»Tras la orden de búsqueda, Gostança se ocultó en el palacio Sorell, habitado sólo por Hug. Miquel y yo influimos para evitar una persecución oficial por el justicia. Mi intención era alejar a Irene o reducirla al ámbito doméstico, pero cuando Gostança comprendió que no iba a desentenderse del hospital y que se interesaba por las enseñanzas de su madre, decidió eliminarla bajo la acusación de adulterio, y que su esposo se adueñara definitivamente de En Sorell.

—¿Por qué os detuvo la Inquisición? —quiso saber Caterina—. ¿Fue por mi osadía ante el Consell Secret en la fiesta tras la riada?

—Después de aquello la alianza se rompió. Ya tenían el hospital y yo debía morir como las larvas. Os dispersé, tú al convento y Garsía a Bolonia. Convencí a Gostança de que Elena estaría con algún hermano de Andreu, bien en Gandía, bien con el que residía en Burgos. Era una pista falsa, pero me brindaría el tiempo suficiente para huir. Entonces supe de tu fuga con don Felipe de Aragón y llegaban desde Bolonia cartas de Garsía falseadas por Eimerich. —Las lágrimas corrían por su rostro macilento—. Al final no hizo falta Gostança para perder a mi familia. Había fracasado.

»La dama regresó a Valencia hace unos meses, furiosa, y no tardó en detenerme la Inquisición, acusado de judaizante. Era su venganza final. —Posó los ojos lastimeros en su hija—. Pero ni siquiera Gostança, que aguardaba mi ejecución pública, imaginaba tu providencial intervención. La dama y Vesach aparecieron en la posada y me amenazaron con tu vida, hija. Conté lo que habíais averiguado y que Eimerich guardaba una carta de Andreu dirigida a Irene. La alianza renació por el miedo a perderte de nuevo.

El silencio se instaló en la celda. Sin ser conscientes, dos jóvenes mujeres, un doncel parricida y un criado, hijo de una prostituta del Partit, habían hecho frente a una oscura conjura urdida por hombres poderosos y una dama enferma de odio.

—Padre… —comenzó Caterina casi temblando. Necesitaba saberlo—. ¿Fuisteis vos quien violasteis a Elena de Mistra en aquella bodega hace treinta años?

El hombre desvió la mirada y su rostro se contrajo por la pena.

—¡El deseo carnal, hija, ése fue mi pecado! Para estudiar ingresé como novicio en la Orden de los Predicadores. Sin una clara vocación clerical me esforzaba por mantener el rigor y la vida célibe. Cuando llegó Elena la vi tan radiante que enfermé de deseo. Se adueñó de mi mente, turbando mi sosiego; jamás me había sentido así. —Caterina tenía los ojos cerrados por el dolor y micer Nicolau lloró—. La noche de la discusión la vi salir discretamente de la bodega y me escabullí tras ella. La encontré en uno de los cubículos deshecha en lágrimas. Estábamos solos, sin apenas espacio. Le pedí que regresara, ella rogó que me marchara. Aspiré el aroma de su piel, el calor de su aliento me alcanzaba y me estremecía. Sentí que me ahogaba, sólo era un novicio y jamás la tendría tan cerca. Excitado la abracé, de repente y sin pensar. Fantaseaba con una apasionada respuesta, pero ella se apartó. Su desprecio me enfureció y la zarandeé. Entonces quiso arrancarme la máscara y la empujé contra el muro. El fuerte golpe la dejó sin sentido. Al verla indefensa, a mi merced en aquel solitario cubil, me cegó el deseo y rasgué su vestido para admirar lo que tantas veces había imaginado en mis desvelos.

—¡Dios mío, padre! —gimió Caterina.

—¡Sí, enfebrecido la poseí! —Su padre siguió descargando el peso de la culpa—. Elena recuperó la consciencia, se defendió y la golpeé. ¡No era yo! ¡No era yo!

—¿Qué pasó después?

—Se apagó el fuego de mi cuerpo y desperté de la pesadilla. Había cometido un pecado abominable y me entró el pánico. Estuve oculto hasta lograr mezclarme entre las otras larvas cuando las damas encontraron a Elena. Los convencí para sellar un pacto de silencio, pero sabía que Andreu, el más noble de la hermandad, y mi mejor amigo, no cejaría. Necesitaba ayuda y recurrí a la larva que había iniciado la discusión. Hacía tiempo que lo había reconocido, pues su acento tirolés era inconfundible. Era otro novicio y compartíamos el dormitorio comunitario del convento. Conrad von Kolh, un estudiante exaltado, protegido de Heinrich Kramer.

—¿El Inquisidor de Salzburgo y Moravia? ¡El Martillo de las Brujas!

—Conrad buscó a los esbirros para que apalearan a Andreu y dejara de husmear. Como imaginaba, me exculpaba de la agresión y tildaba a Elena de bruja por sus ideas. Para él era obvio que la griega me había hechizado para forzarme a la cópula. ¡Una hereje y un futuro monje! Hay leyendas medievales que aseguran que así se concebirá al Anticristo que traerá el terror al orbe. Por Andreu supe que Elena quedó preñada y que residía oculta en un cenobio de Cáller. Para Conrad, la criatura no debía crecer con su madre o abriríamos una puerta al mal que nos perseguiría toda nuestra vida.

—¿Participasteis en el robo de la hija de Elena? —Eimerich estaba pasmado.

—No fue difícil sobornar a un fraile lego para entrar en el convento de San Francisco de Stampace. El milagroso nacimiento por cesárea sólo alentó la idea de su inspiración diabólica. Que fuera una niña y no el Anticristo no disipó la obsesión. Peregrina nos la entregó a cambio de olvidarnos de la madre. Por fortuna no hablé ni mostré mi faz ante la física. Luego Conrad se llevó a la niña para limpiar el estigma del mal y jamás supe nada de ella. Era el mes de julio, abandoné la orden y viajé al *Studi* de Lleida, donde pagué los siguientes cursos copiando libros.

Caterina entornó los ojos. Nicolau era un abogado sobrio y comedido.

—Padre, sed sincero conmigo… aunque sólo sea por una vez: ¿de verdad creíais toda esa patraña brujeril que vomitaba Conrad?

El hombre cerró los ojos. Su hija y su criado lo conocían demasiado.

—Sabía que en realidad era culpable de una execrable violación, pero estaba aterrado —reconoció desolado—. Me dejé llevar por los desvaríos de Conrad, que atemperaban mi culpa. El fanatismo siempre encubre el miedo. Elena era una mujer más y yo, un dotado estudiante con un futuro brillante que se torcería si se conocía mi crimen.

Caterina se apartó como si de pronto le asqueara el contacto con su padre y comprendió que tras la Academia de las Sibilas se ocultaba la lucha contra aquella manera de pensar, contra el desprecio y la humillación de las hijas de Eva.

—¡Elena cargó con vuestro delirio y vuestra cobardía!

Nicolau la miraba con lástima, deseaba concluir su confesión antes de descansar.

—Cuando terminé los estudios regresé a Valencia, donde se habían instalado los Bellvent. Ver a Elena con su esposo era una agonía intensa, pero suponía un pago mínimo después de lo que le hice. Como Peregrina, también quise purgar mi culpa ayudando al hospital y a sus propietarios, hasta que regresó el espectro del pasado.

—¡Vuestra propia hija! —gritó Caterina trastornada—. Mi hermana…

Eimerich, por su parte, se limpió la cara con la manga del hábito estudiantil. Micer Nicolau era el hombre que más había admirado en su vida. Ansiaba estudiar para ser un día como él. El desengaño lo desgarraba. A pesar de todo, aún quedaba una última pregunta.

—Cuando descubrí el secreto de la capilla erais vos quien espiaba. Os bastaba con ir a Josep y revelarlo, ¿por qué me empujasteis?

—Por la misma razón por la que he liberado a Gostança —le respondió desvaído. Miró al criado—. Soy la séptima larva; para conjurar la condena tenía que acceder al escondrijo antes que tú y obtener algo más valioso que el ajuar.

—¿Qué? —exigió saber Caterina, despavorida.

—Lo único que hará que Gostança se aleje de los Coblliure y de Valencia para siempre. Se lo entregué, pero al final no me ha servido para que cumpla su venganza. *Miserere nobis.*

Micer Nicolau cerró los ojos. Aunque todavía respiraba, su vida se extinguía. Caterina, al verlo agonizar, se acercó de nuevo y lo acunó, llorando no sólo de pena.

Eimerich, ofuscado, abandonó la celda dejando atrás el rezo de las monjas por la vida de María de Aragón. Decían que los caballeros de la ciudad y el justicia habían acudido al puerto. Salió del convento y se encaminó hacia allí.

La brisa otoñal enfrió sus mejillas húmedas. Algo se había quebrado en su interior al desenmascarar la traición y supo que jamás sería el mismo.

76

I rene contemplaba con aprensión la vieja galera anclada mar adentro frente al puerto. Los rebeldes embarcaban con discreción. Un esquife transportaba los cofres de Josep y en un extremo del muelle algunos *guaytas* rebeldes esperaban su regreso para subir a bordo.

El *generós* y ella seguían ocultos en las Atarazanas, a resguardo de miradas curiosas, y media docena de rebeldes deambulaba por las arcadas simulando curiosear entre las redes y los pertrechos almacenados.

—Señor —indicó uno acercándose—, ella está aquí. Desea hablar…

Gostança, con el velo cubriéndole el vendaje de la cabeza, apareció entre los pilares. A su lado lloraba una muchacha vestida con hábito blanco. Irene se estremeció al reconocerla y supo que toda Valencia estaría buscando a la hija del rey.

—Sois la última mujer que esperaba ver.

—Sigues estando a mi servicio, *lloctinent*, ¿recuerdas?

—Que yo sepa, en nada más puedo serviros. Desde el monarca hasta el último lacayo me buscan para ejecutarme del modo más atroz. El tesoro del hospital ya está en mi poder, así que tampoco tenéis nada que ofrecerme.

Gostança se plantó ante él con mirada ardiente. El hombre procuró no amilanarse. Se fijó en la niña del hábito y abrió los ojos.

—¡Dios mío! Es…

—La necesitaba para huir del convento. Ahora es libre.

Josep se acercó a la muchacha con los ojos entornados y le cogió la barbilla.

—Su Majestad tiene en gran estima a todos sus hijos bastardos, podría negociar.

—Si te la llevas te perseguirán todas las flotas de los reinos cristianos del Mediterráneo —le advirtió Irene ante los sollozos de la niña—. Incluso el rey francés se uniría a tu caza.

—¡Cállate, bruja!

—Es cierto, Josep, ya tienes lo que querías —adujo Gostança mientras mostraba una vieja carta que intrigó a Irene—. Quédate con todas esas riquezas. Ahora sé el lugar donde culminará mi venganza y deseo que me lleves.

—¿Vas a matar a nuestra madre? —clamó la *spitalera* despavorida—. ¿Acaso no has comprendido aún que todo lo que te contaron es mentira? ¿Dónde está ella?

Gostança la miró con intensidad. En su interior se desataba una terrible tormenta entre el odio enquistado y la historia de su madre descrita por Irene en los días pasados. Los cimientos de su causa se agrietaban ante el hecho de que Elena de Mistra también fue forzada por una larva y tal vez no la abandonó al nacer, como le habían asegurado tiempo atrás. Las palabras de vida plasmadas en las *lectionis* abrían un resquicio de duda que arrasaba su alma. La aterraba pensar que toda su existencia era una mascarada abyecta y ella, una figura de trapo mecida a voluntad de almas ensombrecidas por el miedo y la crueldad. No podía ser cierto; ella era la víctima y Dios la había elegido para un cometido sagrado que debía concluir.

—Estoy enferma, hermana —dijo Gostança, llamándola así por primera vez—. Es demasiado tarde para mí. Quiero descansar y sólo concibo una única manera. Que se acallen las voces, que llegue el silencio.

—Gostança, no cometas ese último error.

Irene lloraba desconsolada. Trató de acercarse para transmitirle con un gesto el calor que irradiaba el breviario, quizá la última oportunidad de salvar a su madre, pero el *lloctinent* se interpuso.

—¡Conmovedor! —se mofó. Se volvió hacia Gostança, despectivo—. Antes os temía, ¡ahora os compadezco! Nada os debo ya, mi señora, sólo sois una mujer más. Me llevaré a Irene y vos os quedaréis para responder de vuestros crímenes. —Acarició con impudicia la espalda de la *spitalera*—. Confiad en mí. Sabré tratarla como merece.

Las palabras crueles quebraron algo en el interior de Gostança, pues sus ojos destellaron como un relámpago.

—¡Maldito seas! —gritó mientras se oía un chasquido.

El *gemido* o *tronodió* y la hoja del *cepillo* se le clavó en el brazo. Al grito de Josep, uno de los soldados apareció y disparó su ballesta. La flecha se clavó profundamente cerca del pecho de Gostança y ésta cayó de rodillas, malherida.

Irene aprovechó el giro inesperado de las circunstancias. Tomó de la mano a la aterrada novicia y corrieron por las Atarazanas implorando auxilio a voz en cuello para alertar a todos. El *lloctinent* se levantó asiéndose el brazo. La sangre resbalaba hasta el suelo húmedo, pero no era un corte profundo. Comenzó a ver miradas recelosas en pescadores y mercaderes. Algunos de sus hombres corrían dispuestos a acallar a las que huían, pero todo podía torcerse.

—¡Vámonos!

—Espera… —gimió Gostança tratando de levantarse.

—¡Pudríos en el infierno, señora! —le espetó Josep sin el menor ápice de piedad.

Gostança, abandonada a su suerte, irguió la cabeza para ver al *lloctinent* y al soldado alejarse. Sobre la sangre esparcida en el enlosado cayó una lágrima. Provenía de un lugar desconocido de su alma. Toda su vida pasó fugaz ante sus ojos empañados, se convulsionó y profirió un largo lamento.

Tristán tenía frescas las técnicas empleadas en la defensa de Baza y ordenó que dejaran las monturas en las posadas junto al camino y que se quitaran los sobrevestes que los señalaban como huestes de la ciudad. Los caballeros se habían dispersado por el muelle y cerca de las Atarazanas. Otros deambulaban por la fila de casas de pescadores y almacenes frente a la playa. Mantenían el contacto visual, pero algunos comenzaron a murmurar que el doncel los había llevado al lugar equivocado.

Entonces oyó la voz de Irene pidiendo auxilio y con el corazón desbocado se dirigió a las Atarazanas entre los desconcertados marinos y algunos estibadores. La vio huir de varios *guaytas*. Estaba maniatada y arrastraba a una niña con hábito que debía de ser la hija del rey. Uno de los hombres la alcanzó y las tiró al suelo.

Ira del Infierno tomó el control de su mente. Desenvainó la cimitarra y la primera estocada abatió al que las había atrapado. El resto vaciló un instante. Eran guardias de ciudad, acostumbrados a capturar rateros, no a combatir contra avezados soldados, pero atacaron al mismo tiempo. Tristán se vio asediado por tres aceros que buscaban sus flancos con insistencia; aun así, mantuvo la posición protegiéndolas hasta que los alcanzaron dos caballeros más. Los *guaytas* soltaron las espadas y se hincaron de rodillas con las manos alzadas.

—¡Custodiadlas con vuestras vidas! —ordenó a los hombres. Sólo era un doncel, pero no cuestionaron la orden.

Tristán cruzó una mirada de alivio con Irene. Ella asintió con el ceño fruncido. Era el momento de hacer justicia. Atravesó la bulliciosa lonja y deambuló entre marinos, estibadores y pescadores recién llegados al puerto. A su alrededor se hablaba de lo ocurrido en las Atarazanas y en la ciudad.

Divisó una galera anclada mar adentro, con los remos levantados y las dos velas latinas, mayor y trinquete, arriadas en las entenas. Sobre la cubierta reinaba una aparente calma mientras ascendían cuadro rebeldes desde un bote. Sintió que el vello de la nuca se le erizaba.

Un segundo esquife se acercaba a la galera. Por la estela que dejaba, determinó que había partido del extremo del muelle de madera que se adentraba en el agua y servía de amarre para barcas de pescadores. Unos veinte hombres permanecían de pie, simulando conversar. Estaban aguardando para subir a bordo. Reconoció a Vesach entre ellos. Con disimulo llamó la atención de varios caballeros y accedieron al muelle.

El entablado tenía unos cinco pasos de anchura y se hallaba atestado de marinos y pescadores. Los rebeldes embarcaban en los botes con normalidad. Tristán apoyó la mano en el pomo de su espada y avanzó por la pasarela seguido de cinco hombres.

La táctica era sorprenderlos, pero entonces oyó el chasquido de una ballesta y un grito ahogado. Uno de los *guaytas* se envaró con una saeta clavada en la espalda y, girando sobre sí mismo, cayó al agua. Tristán se volvió, iracundo. Cinco pasos atrás un caballero joven agitaba el arma orgulloso. Vio el escudo de los Vilaragut bordado en la solapa de la capa y en sus ojos la soberbia de un noble que no aceptaba órdenes de un simple doncel.

Otro del estamento del caballero recriminó a éste su error. El pánico se desató en el embarcadero y se extendió por el puerto. La gente dejó sus quehaceres y huyó, provocando encontronazos que acabaron en el agua. Los soldados, obstaculizados por la muchedumbre, vieron a varios rebeldes saltar al esquife y otros al mar. Sobre la tarima temblorosa quedaron ocho hombres y Josep de Vesach, que usaba a un pescador como escudo.

—¡No disparéis! —gritó Tristán, desesperado, antes de lanzarse sobre ellos.

El entablado no permitía quiebros ni carreras y sólo la destreza en la esgrima señalaría al vencedor. Los rebeldes, conscientes de los terribles tormentos si eran capturados, desenvainaron su espada pidiendo que llegaran más botes.

Tristán retrocedió ante el envite del primer contrincante. Oyó gritos y vio caer a un caballero del Centenar de la Ploma con un tajo que le cruzaba el rostro. El resto se defendía con ahínco.

La lucha se prolongó y Tristán advirtió actividad en la galera. Sobre la crujía corrían hombres y el ancla fue recogida. Se disponían a zarpar.

La cimitarra trazó un arco y abatió al *guayta* herido. De pronto notó un hormigueo y se volvió a tiempo de detener la estocada traicionera. Josep de Vesach empujó al pescador malherido contra él y saltó a una de las barcas amarradas.

—He de marcharme, Tristán de Malivern. Nos veremos en el infierno.

—¡No!

Josep saltó sobre las embarcaciones hacia tierra firme. Los rebeldes fueron acorralados por los caballeros y Tristán corrió por el muelle siguiendo al *generós*.

Lo alcanzó en la playa. Josep no disimulaba su miedo. Tenía el brazo izquierdo herido, pero confiaba en que sus hombres llegaran a tiempo. Comenzaron a girar uno frente a otro midiendo sus fuerzas. Ya no eran dos jóvenes. Habían combatido en una guerra: la mejor escuela. Sus aceros chocaron varias veces. Golpes rápidos, imparables para la mayoría, pero que sólo pretendían medir la traza del adversario.

—¿Hasta dónde pensáis hundir el honor de los Vesach? ¡Vuestro abuelo se estará revolviendo en la tumba!

Josep lanzó una estocada directa al vientre que el doncel esquivó con pericia de maestro. El otro abrió los ojos sorprendido. Tristán contraatacó, pero el *lloctinent* logró desviar la hoja con la guarnición de la espada. El combate llamó la atención y los pescadores se aproximaron, si bien manteniendo cierta distancia.

A lo lejos se oyó un chifle desde la galera y los remos descendieron sobre las aguas a la espera de la siguiente orden del cómitre. Luego sonó un tambor y como uno solo hendieron el agua.

El combate en la playa proseguía y cada vez eran más los que curioseaban acercándose demasiado.

—¡No me arrepiento de nada! —le espetó Josep—. Otros nobles asaltan alquerías o caravanas. Es una manera de vivir, tú que eres doncel deberías saberlo.

Tristán reconoció que parte de la nobleza vivía anclada en los usos antiguos, en costumbres feudales de superioridad y vasallaje, pero los tiempos habían cambiado. La riqueza la ostentaban ahora los mercaderes y los Fueros garantizaban la seguridad. Las alianzas se forjaban ante notario mientras las espadas se herrumbraban en los arcones.

Josep de Vesach jamás emplearía las manos para esgrimir una pluma. No sabía vivir así y sólo la muerte lo detendría.

Atacó con fuerza, pero Tristán pudo fintar la estocada y se abalanzó sobre él. Ambos rodaron por la arena buscando un flanco descubierto, tal como hicieron frente al hospital tres años antes. Josep le golpeó el rostro hasta que le sangró la nariz y sacó una daga, que Tristán detuvo con el codo. Las fuerzas estaban equilibradas, pero el doncel había peleado muchas veces en arena como aquélla. Ágil, rodó y se sentó sobre el pecho de Josep. Le dobló el brazo y fue acercando la hoja de la daga hasta el cuello. Las fuerzas de Vesach comenzaron a fallar y, despavorido, notó la punta pincharle la piel

Entonces oyeron un terrible estruendo y un cuerpo cayó sobre ellos. Tristán, ensordecido, se plantó. Estaba desconcertado. A escasos pasos, sobre una barca varada, un hombre fornido seguía arrodillado sosteniendo un arcabuz. La boca de hierro aún humeaba. El que había caído sobre ellos era un pescador con el pecho destrozado. Tres rebeldes saltaron y con las ballestas abatieron a otros curiosos desatando el pánico. Tristán se vio rodeado de hombres y niños aterrados. No podía atacar sin herir a nadie y, frustrado, vio como los rebeldes arrastraban a Josep hasta el esquife y se internaban en las aguas.

Corrió hacia la orilla, pero el arcabucero había cargado de nuevo y disparó. Tristán se lanzó al suelo y una columna de arena se levantó a su espalda. El pánico cundió en la playa. Impotente, vio la barca alejarse fuera de su alcance.

Regresó al muelle para reunirse con el resto de los caballeros y los hombres de armas. Sobre la tarima habían caído siete rebeldes, dos caballeros y un paje. La galera comenzaba a maniobrar, pero en Baza había aprendido a aceptar la derrota y reponerse.

—¡Embarcaremos en la *Intrépida* del almirante don Galcerán y los alcanzaremos! —ordenó a los caballeros.

La galera no tenía el calado de las *naus* o los galeones y se encontraba atracada en el muelle principal ante el palacete junto a las Atarazanas. El capitán y el *notxer* reconocieron a Tristán de Malivern. Estaban al corriente de lo ocurrido en Valencia e incluso de la muerte de Ot de Soria. Sonó el silbato y con el restallido del látigo los galeotes aferraron los remos. Mientras los caballeros embarcaban, la galera rebelde se desplazó por delante del muelle.

Tristán levantó la mirada y se estremeció. Estaba tan cerca que sobre el puente pudo ver el humo de las mechas de las bombardas.

—¡A cubierto! —gritó en el último instante.

Tres truenos siniestros y ensordecedores precedieron el desastre. Frente a la *Intrépida* se alzaron dos columnas de agua, pero el tercer disparo alcanzó la proa. El barco se estremeció con un terrible crujido y comenzó a hundirse arrastrando a marineros, caballeros y galeotes.

Irene oyó el fuego de las bombardas desde las Atarazanas y tras dejar a María de Aragón con los caballeros corrió hacia el muelle con el corazón en un puño. Una parte de ella sabía que ya no podría resistir otra herida más. En su avance esquivaba a oficiales y estibadores, que huían dominados por el pánico.

El calado del puerto no era profundo y la galera quedó encallada en la arena sin hundirse del todo. Los pescadores se habían lanzado al agua y arrastraban a los heridos hasta tierra firme. Angustiada, pasó entre ellos viendo numerosos hombres acribillados por las astillas. El recuerdo de Tristán golpeado por la polea en la *Santa Coloma* la enloqueció y gritaba su nombre entre los heridos.

—Irene… —oyó.

Junto a dos pescadores, Tristán la miraba con el brazo alzado. Apenas tenía unos rasguños en la cara y los brazos. Se abrazaron con fuerza y la joven estalló en un llanto de alivio.

—He fracasado —dijo él desolado.

—¡Estás conmigo, Tristán, es lo único que importa ya! Tu hija ha recuperado a su padre.

Abrazados saludaron a Eimerich, que llegaba con cara funesta. Antes de que pudiera hablar, Irene le rogó que buscara a Gostança en las Atarazanas, tal vez aún vivía. El criado ardía en deseos de explicarles la traición de micer Nicolau, pero, impresionado por lo ocurrido, asintió y se marchó.

77

E imerich encontró un siniestro rastro de sangre pisoteado por mil sandalias. Lo siguió con el corazón encogido hasta unas pilas de redes. Allí descubrió un charco de agua hedionda y teñida de rojo entre las baldosas. No había ni rastro de la dama.

Debía regresar y advertir a los guardias del justicia para que trataran de encontrarla. Antes de volverse algo le llamó la atención junto al charco. Se acercó intrigado y lo asaltó un escalofrío. Enseguida comprendió que eso era lo que debía de estar oculto junto al ajuar en el escondrijo de la capilla, lo que cogió micer Nicolau tras tirarlo de la escalera. Gostança lo había buscado durante años, pues, como afirmaba el abogado, era lo único que la alejaría de Valencia para acallar así el último susurro.

Irene y Tristán, desde el extremo de la pasarela, miraban la galera rebelde alejándose a boga de arrancada y los asaltó la incertidumbre del futuro. Permanecían abrazados, cada uno sumido en sus pensamientos. Tristán la amaba profundamente aunque una parte de su corazón yacía enterrado junto a la mezquita de Baza. La vida los había cambiado, eran más fuertes, pero la pérdida de la inocencia conllevaba sentimientos de nostalgia que jamás los abandonarían. Era el precio por vivir en libertad. Irene buscó con la mano el breviario oculto en un bolsillo de su falda y se sintió reconfortada. Como una más de tantas mujeres allí mencionadas, no había claudicado.

—¿Cuántos han escapado con Josep? —demandó con un hilo de voz.

—Una docena, tal vez más. Buscarán refugio en la Berbería. No pudieron embarcar todo lo que habían saqueado. Hemos recuperado parte del ajuar de tu madre.

Se aferró a él con fuerza, como si la hubiera alcanzado una fría racha de viento.

Se oyeron pasos sobre la pasarela y llegó Eimerich, desencajado por la carrera. Se reunió con ellos en el borde y contempló la galera rebelde en el momento en que desplegaba el velamen. Se puso la mano en el pecho; merecían saborear la sensación de que no todo había salido mal.

—En Creta…

—¿Cómo dices, Eimerich? —demandó Irene volviéndose hacia él.

Con una sonrisa que representaba el triunfo tras tantas pesquisas, le entregó una carta de papel amarillento. Irene se estremeció al reconocer el mensaje que había mostrado Gostança en las Atarazanas. De cerca pudo distinguir unos trazos en tinta azulada: «Elena de Mistra, día de Santa Tecla de MCDLXXXVI».*

—¡Es el relato de su viaje y la ubicación exacta de dónde halló refugio! —explicó el antiguo criado—. ¡Se encuentra en una bahía llamada Matala, al sur de la isla! Esto es lo que robó micer Nicolau de la capilla cuando me tiró de la escalera. Esperaba con ello alejar a Gostança, pero…

Entendieron lo ocurrido en su expresión. Irene regresó con emoción a la carta.

—¿Y dónde la has encontrado?

—En el lugar donde empieza el rastro de sangre de Gostança de Monreale. Ha desaparecido.

Irene tomó la carta de su madre con mano temblorosa. Lloraba mientras la leía. Una parte de ella se preguntaba dónde acabaría la estela sangrienta dejada por su hermana.

---

* 13 de septiembre de 1486.

78

Josep, en la baranda junto a la tolda, contemplaba la línea de la costa levantina. Había perdido a buena parte de los hombres, lo que facilitaría la hora de deshacerse del resto en las costas de África. Casi todo el botín había quedado en el muelle y él debería desaparecer en alguna remota aldea cercana al desierto hasta que otras mil tragedias sepultaran el recuerdo de la traición cometida a su ciudad y al reino.

Sonrió despectivo. Su nombre sería maldecido durante décadas, pero si no lo compartía tenía oro para vivir con holgura una larga temporada, quizá para siempre.

—Josep, ¿qué hacemos con la dama?

Ante el comentario de uno de sus hombres lo recorrió un escalofrío.

—¿Qué dama? —preguntó con malos modos.

El otro se encogió de hombros.

—Gostança de Monreale apareció en el muelle mientras combatíais con Tristán. Estaba malherida y nos dijo que habíais ordenado su embarque. Ya sabéis que no da suerte tener una mujer a bordo, el cómitre y los galeotes murmuran…

Josep lo empujó con brusquedad y cruzó la tolda hasta la trampilla de la pequeña bodega situada bajo el castillo de popa. El cubículo permanecía en penumbras, pero la vio con claridad, con su vestido negro empapado de sangre. Estaba sentada sobre un barril y atisbó el fuste astillado de la flecha clavada en su pecho. Sostenía una lámpara en el regazo con la mirada fija en la llama. Habló sin levantar los párpados.

—Violaron a Elena de Mistra y le hicieron creer que yo había muerto. A nadie importó su sufrimiento ni tampoco el mío.

Josep advirtió que junto a ella uno de los barriles de pólvora estaba abierto.

—Mi señora, dejad la lámpara en el suelo.

—Desde niña he oído las voces que clamaban sangre. Las he silenciado una a una para que Dios me perdonara. —Levantó el rostro. Ni las lágrimas ni la palidez por la pérdida de sangre empañaban su belleza fría, hipnótica. Señaló el mástil de la flecha—. Dios no me ha absuelto; sin embargo, me ha abierto los ojos para ver el error.

Josep trató de acercarse, pero el fuego de sus pupilas negras lo paralizó.

—Esta flecha clavada en el pecho y tu traición me han hecho comprender al fin el significado de las *lectionis* de Elena de Mistra. —Sus ojos descendieron hacia la llama—. ¿Sabes cuál es?

—Gostança, aún estamos a tiempo —musitó él notando un sudor frío en la frente—. Trataremos de curaros la herida, pero soltad la lámpara.

La dama sonrió desdeñosa y prosiguió:

—Que la ponzoña son los hombres como tú, Hug Gallach, Conrad von Kolh o Nicolau Coblliure. Nos agreden, abusan de nosotras y se esconden. El miedo los hace fanáticos o esclavos. Se lamentan y piden perdón a Dios al borde de la muerte, pero no reparan el daño. Lo que oí durante tanto tiempo era en realidad el dolor amargo de mi alma. El mismo que padecen incontables mujeres sometidas, engañadas y sin consuelo ante la indiferencia o el desprecio.

—¡Detente! —imploró Josep, aterrado.

Gostança de Monreale levantó la lámpara sobre la negra pólvora. Él dio un paso atrás e instintivamente se cubrió el rostro con los brazos.

—Hoy acaba lo que empezó hace años. No me reuniré con mi madre para pedirle perdón, pero Irene lo hará por mí. Te espero en el infierno, Josep de Vesach.

En el muelle todos vieron desconcertados que la lejana galera quedaba envuelta en una esfera de luz brillante.

—¡Ha estallado!

Al instante arribó la profunda deflagración. Uno de los mástiles se desplomó sobre las aguas. La gente del puerto se agolpó en la orilla señalando la columna de humo bajo la que se atisbaban restos del casco flotando, aún en llamas. Varias barcas se aprestaron para salir hacia el naufragio en busca de restos y supervivientes, pero la explosión había sido terrible y era difícil imaginar que alguien u ninguna aún

—Gostança —musitó Irene. Un velo de pena y alivio contrajo sus facciones.

—¿Crees que ha sido ella? —indicó Tristán.

—¿Por qué? —se preguntó Eimerich—. Ya conocía el paradero de Elena.

Tristán se adentró en la mirada profunda de Irene, carente de la dulce candidez de antaño. Algo de la joven se hundía hacia el abismo junto con los restos del barco.

—Quiso ser espectro, demonio, amante, verdugo… —siguió la *spitalera* de En Sorell—. Y, tal vez, la verdad se abrió paso al fin en la costra malvada de su alma y no pudo soportar el peso de tanta sangre derramada. —Se encogió de hombros con la mirada perdida en la lejanía y apretó la carta de Elena—. Nunca lo sabremos.

Epílogo

La pequeña Elena de Malivern y Bellvent se acercaba dejando sus huellas en la arena dorada y retrocedía chillando cuando las suaves olas la perseguían. En silencio la observaban Irene y Tristán cogidos de la mano. Reinaba un ambiente invernal, aunque el sol brillaba en lo alto refulgiendo sobre las tranquilas aguas.

Envueltos en la serenidad de la apartada cala de Matala, al sur de la isla de Creta, se dejaron arrullar por el rumor tranquilo del mar y la risa cantarina de la niña. Su pelo oscuro saltaba con el trote y sus ojos grises miraban atentos para adivinar cuándo llegaría la siguiente ola que lamería sus pies. Sobre una roca, Mey vigilaba la escena con sus grandes ojos dorados.

Flanqueando la cala se alzaban dos acantilados de roca arenisca esculpidos por el viento y el salitre durante eones. Se internaban en el mar, sin vegetación, y en sus muros se abrían cientos de puertas y oquedades que a Irene le recordaban las casas cuevas de Baza. Los pescadores seguían contando que cuando Zeus, en forma de toro, raptó a la princesa Europa para seducirla la llevó primero a aquellos acantilados horadados donde se convirtió en águila para conducirla a la cercana Gortina. El lugar irradiaba una fuerza atávica que los fue conquistando y concediendo una serenidad que creyeron no poder recuperar jamás.

El tiempo sanaba las heridas del cuerpo, pero las otras tardarían en cerrarse. Tristán e Irene descubrieron intacto su amor soterrado, a pesar de que algunos fragmentos habían quedado dispersos como gemas por el camino.

Dejaron la restauración del hospital En Sorell en manos de Lluís Alcanyís y fray Ramón Solivella hasta que regresaran. Tras una singladura de dos semanas hasta Heraclión, donde obtuvieron un salvoconducto de los oficiales del duque de Candía nombrado por Venecia, rodearon la isla hasta Matala, el lugar mencionado en la carta de Elena en la carta; una bahía recogida entre riscos.

En el periplo hasta la isla griega, antes de recalar en Cáller para recoger a la niña, hicieron escala en Livorno y desembarcó Eimerich, que ansiaba regresar al *Studio* en Bolonia. Iba a obtener el bachillerato para en el futuro doctorarse en leyes.

Caterina, tras enterrar a su padre, se recuperaba de la herida en el convento de la Trinitat. Mataba el tiempo ayudando a sor Isabel de Villena y a su asistenta, sor Aldonça de Monsoriu, a revisar y ordenar los papeles de la *Vita Christi*, un texto que a pesar de ser religioso pasaría a formar parte de la «Querella de las Mujeres», pues era una lúcida defensa de la condición femenina que rebatía al misógino *Spill* del médico Jaume Roig y a otros muchos autores que desde Aristóteles demolían una y otra vez la esencia de sus compañeras. Pero Caterina tenía claro qué hacer con su vida y, por encima de lo que pudiera sentir por Eimerich, iba a regresar junto al cardenal Rodrigo de Borja. La salud del papa Inocencio VIII se resentía y ya había comenzado una soterrada lucha sin cuartel en busca de aliados para el próximo cónclave.

A sus espaldas oyeron un cántico suave y el corazón se les aceleró.

—Ahí llegan —indicó Irene.

Tristán se acercó a la pequeña Elena y la cogió en brazos. La niña protestó tratando de escaparse y regresar a la arena, pero en cuanto oyó las voces se quedó boquiabierta como sus padres. Mey aleteó atenta.

Por un tortuoso sendero que descendía hasta la cala entre olivos y pinos retorcidos por el viento, avanzaba una fila de mujeres ataviadas con túnicas albas portando ramos de mirto y laurel. Las dos últimas sostenían un icono griego de la Virgen de la Sabiduría con el Niño, con fondo dorado y brillantes vestiduras. Ya en la playa, el himno se mezcló con el rumor de las olas. Algunas se cubrían con velo y otras dejaban que su melena ondeara libre. Tanto las más jóvenes como las ancianas miraron sorprendidas a los extranjeros, pero algo debían de saber a través de los pescadores, pues sonrieron a modo de bienvenida. Una de las muchachas les indicó con una señal que las siguieran.

Irene avanzó con Tristán, que llevaba a la pequeña en brazos. Se acordó de Rabi'a y la imaginó exultante entre aquel grupo que se acercaba al acantilado. Enfilaron por una cornisa sobre las aguas hasta una caverna orientada al mar.

Bajo las aguas transparentes vieron restos de muros; la caverna se hundía con el paso de los años, pero se internaron hasta el fondo, donde se alzaba una ermita ortodoxa. Las mujeres dejaron el icono sobre el altar y encendieron lampadarios de bronce. Por un recodo aparecieron otras cinco con aspecto de ermitañas. A Irene le dio un vuelco el corazón. Elena de Mistra avanzaba encorvada, ayudada por dos jóvenes. Sus ojos grises, dulces y luminosos, intercambiaron una mirada y la madre lloró de felicidad. Irene también se enjugó las lágrimas. Sin poder contenerse corrió hasta ella y se abrazaron, dichosas. Cuando la *spitalera* iba a hablar, su madre posó el dedo en sus labios.

Un nuevo canto se elevó, reverberando en la roca mientras las mujeres dejaban algunas ofrendas de pan a los pies del altar. Las voces comenzaban agudas y descendían en complejas escalas y melismas formando una polifonía armónica y sobrecogedora.

Como aprendió con Tora, Irene cerró sus sentidos y los fue abriendo lentamente, uno a uno. Primero se concentró en el viento fresco de la gruta acariciando sus mejillas, después aspiró el olor del mar para luego poner la atención en la cadencia del canto antiguo y finalmente abrió los párpados para contemplar a las fieles en torno al altar. Se estremeció con la nueva percepción del lugar, del canto y de las damas. Vio sus rostros radiantes, las miradas resplandecientes, cómplices entre ellas. Ajenas a las miserias de sus vidas, se dejaban llevar por el himno antiguo. Casi pudo ver sus almas elevándose para danzar libres bajo la bóveda. Ninguna cadena de este mundo las ceñía en ese instante. Las mujeres sí tenían alma y la suya vibró con ellas. Habían completado el periplo de formación de la Academia de las Sibilas.

—Es como *El cant de la Sibil·la* —musitó Tristán, impresionado.

Entonces lo entendió todo.

Allí no veneraban un culto ancestral, pagano, sino que celebraban algo más esencial. Eran sibilas porque habían mantenido viva la llama que las unía a la Sabiduría: esa fuerza primordial que convivía con Dios desde la eternidad.

La mirada de Elena de Mistra estaba puesta en ella, como si atisbara sus pensamientos, y asintió levemente. Tendrían tiempo de reencontrarse, pero en ese momento debía estar de nuevo sola, pues el último sello del laberinto se desplomó para dejar entrar la potente claridad del exterior.

Arrastrada por el canto poderoso y familiar en sus matices, comprendió que más allá del culto, los conocimientos o los remedios que compartían, estaban llamadas a ser Diotima de Mantinea, la maestra de Sócrates, o las «conocedoras» de Parménides. Las hijas de Eva eran desde siempre guardianas de algo esencial que resguardaba a la humanidad de caer en el ominoso légamo del miedo y la ira: la belleza y el amor.

Esa misma tarde, sentada frente a las tranquilas olas, mientras su madre intimaba con la nieta, Irene se sentía inmensamente feliz. Dejó sobre la roca el breviario y mojó la cánula de la pluma. Apoyada en una tabla redactó la *Septima lectio*.

SEPTIMA
LECTIO

Así comprendí, querida hija, el papel que Dios nos ha encomendado. Aquellos días en la lejana isla de Creta nos alojamos con una familia de pescadores, con mi madre y otras mujeres. Nos mostraron viejas lascas sacadas de la tierra, de un pueblo antiguo, con pinturas de figuras femeninas de melena ondulada y grandes ojos negros; bellas como Gostança, mi hermana, de la que algún día te hablaré. En otras las vi venerando a sus dioses junto a los hombres. Tal vez en el futuro alguien ponga nombre a ese pueblo y desentierre su historia, pero lo esencial que debes comprender es que lo que contaban los antiguos era cierto, que lo que he tratado de enseñarte es verdad.

En una edad remota «ellas los miraban a los ojos», participaban de una misma existencia y, juntos, buscaron la transcendencia como seres celestes que somos. Cuando se produjo el desequilibrio, ellos tomaron las espadas y nosotras nos vimos confinadas en la casa, de la que no hemos salido. Puede que fueran víctimas de una terrible conquista de pueblos ignorantes, más cerca del fango que de la luz, o de un cataclismo que trastocó los fundamentos de la sociedad. La verdad de nuestra esencia compartida quedó soterrada por la ignorancia y, siglos más tarde, algunos sabios aseguraban que las mujeres no éramos más que varones fallidos, cargados de vicios y defectos.

La memoria se perdió o fue deformada en nuevos mitos que exaltaban la sumisión o advertían sobre nuestra debilidad de espíritu. El fuego del pebetero quedó reducido a una llama escuálida, pero no lograron apagarla, pues en cada una de nosotras, de cualquier rincón del orbe, anida la luz de la heroína. Nuestras madres, esas mujeres de bello aspecto que pude contemplar en Creta, siguieron unidas a la sabiduría y lograron transmitir lo esencial a la siguiente generación.

El miedo y la ignorancia no han podido extinguir la llama que reluce en cada época de modo distinto. Siempre que veas la pintura o la escultura de una santa o una sabia con un libro entre las manos debes recordar el largo periplo, las penas y las humillaciones sufridas y el esfuerzo realizado para que se las vincule con el saber.

Lejos quedan las profetisas y las sacerdotisas filósofas que inspiraron a Parménides y Sócrates al trazar la base de nuestro pensamiento, pero su recuerdo y el de otras que rescataremos del olvido algún día será el faro que guíe tu vida hacia la dignidad. El amor y la belleza son nuestro legado especial, no sólo en su aspecto mundano sino en el trascendental, y ambas residen en ti.

Cada una de nosotras lleva un camino distinto. Tal vez algún día seamos libres de gobernar nuestra existencia, pero no será en este tiempo. Ahí está, hija, la septima lectio, la que cada una debe aprender con los años, entre dichas y miserias, aunque sin dejar que la pequeña luz de la lámpara se extinga.

Ahora que conoces la otra «Querella de las Mujeres», la que merodea por antiguos secretos, mitos, filosofía y religión, tienes la responsabilidad de transmitir tales verdades a tus propias hijas, y por eso te he escrito estas páginas basadas a su vez en el breviario con las reflexiones de la mía, Elena de Mistra.

Las sibilas de la Antigüedad profetizaron portentos y hechos venideros; nosotras también cantamos a las mujeres del futuro y nuestro canto es de esperanza y libertad, de belleza y amor, un tributo que, como has visto en las septem lectionis, nos pertenece por derecho natural.

Lo contrario, no lo olvides, hija, sería traicionar a las que vendrán.

No tengas miedo. Que ellas sean siempre tu guía.

Contexto histórico

Con la conquista de Constantinopla por los turcos, hecho que convulsionó la sociedad de la época, el comercio mediterráneo se decantó hacia Occidente y tras la guerra civil catalana, de la que Barcelona tardó décadas en recuperarse, Valencia se convirtió en la puerta del Mediterráneo para Aragón y Castilla.

A finales de la década de 1480, Valencia vive una época de esplendor comercial y cultural, aunque no exenta de graves problemas de abastecimiento, corrupción y hambrunas. Aconteció en 1487 la séptima avenida del Turia y un nuevo brote de pestilencia poco después. Mientras, la Inquisición provocaba el éxodo de conversos hacia otros reinos causando desocupación y pobreza.

La ciudad se engalanaba con portentosos edificios como la Lonja de la Seda o el desaparecido palacio Sorell, pero también prosperaban lugares sórdidos como el Partit, el mayor burdel de Europa. Florecía un boyante mercado de esclavos capturados sobre todo en operaciones corsarias con respaldo oficial.

Para Valencia eran tiempos de fervor religioso, de cofradías asistenciales y figuras tan genuinas como el *affermamossos*; también de una intensa producción literaria que se ha calificado como el Siglo de Oro de las letras valencianas. El rey ansiaba imponerse sobre los Fueros y los privilegios, aprovechando las diferencias entre los brazos sociales y las bandosidades entre nobles. La sangre manchaba con frecuencia las calles embarradas y fétidas, y sus circunstancias se plasmaban en el enigmático *Llibre del Bé e del Mal*, desaparecido en los avatares de épocas posteriores.

El hospital llamado En Sorell existió con la función de atender a mendigos de las parroquias, pero en 1470 falleció allí el pintor italiano Nicolás Florentino, que trabajó en la catedral. En la novela se ha destacado su función nosocomial.

En la trama conviven personajes históricos: justicias, jurados de Valencia, mayordomos de otros hospitales y médicos; de entre ellos hay que destacar a Peregrina Navarro, natural de Morella. Su historia en la novela es ficticia, pero está documentada la concesión a esta mujer de licencia real para ejercer la medicina en el Reino de Valencia.

Asimismo Miquel Dalmau, influyente jurista, ocupó numerosos cargos en la administración municipal. Consta la muerte del *hostaler* del Partit Montserrat Just y la implicación de su hijo díscolo, Pere Ramón, que huyó de la ciudad, casó con la hija del adelantado de Murcia y nunca respondió por el crimen.

Asimismo debe destacarse a don Felipe de Aragón, hijo del príncipe Carlos de Viana y sobrino de Fernando de Aragón (el Católico). De no haber muerto su padre en extrañas circunstancias, tal vez la historia de Cataluña sería muy distinta. A la noble sor Isabel de Villena, abadesa del real monasterio de la Santísima Trinidad, quien sigue siendo un referente cultural de la época. El 14 de febrero de 1484, con cuatro años de edad, ingresó en ese convento María de Aragón, hija ilegítima del rey don Fernando.

La historia también recuerda a Lluís Alcanyís, reputado físico y poeta; a Luis de Santángel, que financió la primera expedición de Cristóbal Colón; a *na* Estefanía Carròs, noble afincada en Barcelona dedicada a la instrucción de damas, y por último a la poderosa y desgraciada *na* Violant Carròs y de Centelles, condesa de Quirra.

La guerra de Castilla contra el Reino de Granada se dirimía sobre todo en terribles asedios como el de Málaga o el de Baza; este último, en el que murieron más de veinticinco mil hombres, permitió alcanzar las puertas de Granada en la campaña del año siguiente para provocar el lento desgaste que acabaría con la conquista definitiva.

El papel de la mujer circunscrita al ámbito doméstico es de

sobra conocido; sin embargo, al cincelar la dura costra de la historia surgen biografías de damas que tuvieron la oportunidad de mostrar su valía y quedó rastro de ellas para las generaciones futuras.

Las *lectionis* se internan en una parte de la historia poco conocida pero cierta, que se intuye en los relatos mitológicos, en textos religiosos, filosóficos o cabalísticos y en el arte, hasta culminar en la dialéctica «Querella de las Mujeres». Aún perviven en España dos representaciones del Espíritu Santo en forma de mujer (en la Cartuja de Miraflores y en la ermita de San Nicolás de Espinosa de los Monteros), si bien la mayoría desapareció en el siglo XVI.

Agradecimientos

A Stella, por su cariño, su apoyo incondicional y sus consejos en esta nueva singladura. A Pedro Mainar, César García, Javier Pérez, Manuel de los Santos, Jordi Cervera, Juan Carlos de Benito y José Manuel García, por ser alquimistas del tiempo. A Celestino Romero, por sus explicaciones sobre artes marciales para el personaje de Tora. A mi madre, Amparo; a mi suegra, Mila; a mis tías, primas y amigas, pues de todas ellas hay trazas en esta historia. En especial, a mi editora, Ana Liarás, por sus sabios consejos y su interés, como también a todo el equipo editorial de Grijalbo, por el buen trato y el respeto que demuestran tanto por el texto como por su autor, y a Penguin Random House Grupo Editorial por su confianza.

El papel utilizado para la impresión de este libro
ha sido fabricado a partir de madera
procedente de bosques y plantaciones
gestionados con los más altos estándares ambientales,
garantizando una explotación de los recursos
sostenible con el medio ambiente
y beneficiosa para las personas.
Por este motivo, Greenpeace acredita que
este libro cumple los requisitos ambientales y sociales
necesarios para ser considerado
un libro «amigo de los bosques».
El proyecto «Libros amigos de los bosques» promueve
la conservación y el uso sostenible de los bosques,
en especial de los Bosques Primarios,
los últimos bosques vírgenes del planeta.

Papel certificado por el Forest Stewardship Council®